Dangereuse vérité

*

Une collaboration tendue

*

Sous le signe de la peur

ELIZABETH HEITER

# Dangereuse vérité

*Traduction française de*
ISABEL ROVAREY

BLACK ROSE

HARLEQUIN

*Collection :* BLACK ROSE

*Ce roman a déjà été publié en 2021*

*Titre original :*
SECRET INVESTIGATION



**HARPERCOLLINS FRANCE**
83-85, boulevard Vincent-Auriol, 75646 PARIS CEDEX 13
Service Clients — https://www.harlequin.fr/contenu/contactez-nous
ISBN 978-2-2805-2029-4 — ISSN 1950-2753

Édité par HarperCollins France.
Composition et mise en pages Nord Compo.
Imprimé en juin 2025 par CPI Black Print (Barcelone)
en utilisant 100% d'électricité renouvelable.
Dépôt légal : juillet 2025.

MIXTE
Papier
FSC FSC® C159065

Pour limiter l'empreinte environnementale de ses livres, HarperCollins France s'engage à n'utiliser que du papier fabriqué à partir de bois provenant de forêts gérées durablement et de manière responsable.

# Prologue

D'abord, il y eut la tempête de sable. Puis vint la pluie de balles.

L'exercice s'était bien déroulé. Les locaux entendaient prendre en main les combats sur la terre qui était la leur, et le capitaine de l'armée américaine Jessica Carpenter était plus que disposée à les laisser faire. À laisser derrière elle cette chaleur de 35 °C – et c'était compter sans les vingt-cinq kilos de matériel qu'elle avait depuis chargés sur son dos, ce qui rendait la température encore plus intenable. À laisser le sable qui se soulevait tout à coup, vous rentrait dans les yeux, le nez et la bouche, crissait sous vos dents. Les pénibles ascensions de montagnes escarpées où, au moindre faux pas, vous pouviez basculer dans le vide, le long d'une pente caillouteuse, où rien ne viendrait stopper votre chute avant que vous vous écrasiez sur des rochers aiguisés, tout en bas.

À rentrer retrouver ses enfants. Son fils aîné entrait au collège cette année. Il aimait les jeux vidéo et le skateboard, et elle sentait bien que les échanges téléphoniques par satellite avec sa mère revêtaient moins d'intérêt à ses yeux quand ses amis attendaient qu'il les rejoigne dans la rue. La cadette allait entrer à l'école maternelle. Son bébé, qui n'avait jamais connu son père et pleurait chaque fois que sa maman partait en opération. Quelle ironie de penser que Jessica, qui avait toujours été partante pour aller en découdre sur le terrain, soit encore ici alors que son mari, ingénieur n'ayant eu aucun goût pour le combat, leur avait été enlevé par un stupide accident de la route, un soir d'orage qui avait rendu la chaussée glissante. Sa voiture avait quitté la route et fini sa course contre un pylône.

— Qu'est-ce que c'est que ça ? lança le jeune militaire à côté d'elle en épaulant son arme et en balayant de son canon l'espace devant lui même s'il était impossible de voir à dix pas.

Jessica abattit la main sur le dessus de son arme, abaissant son canon vers le sol.

— Ne tire pas tant que tu ne vois rien.

Elle s'efforça d'ignorer le battement accéléré de son cœur, qui lui soufflait que quelque chose ne tournait pas rond. Les tempêtes de sable survenaient sans crier gare par ici, et avec une violence telle qu'elles pouvaient vous érafler la peau, en plus de réduire la visibilité à zéro. Quant au bruit, il était si fort qu'il l'empêchait presque d'entendre ce que criait le soldat.

Elle posa la main sur son épaule, espérant le calmer, tandis qu'elle tendait l'oreille pour essayer de capter un son par-delà le rugissement de la tempête. Avait-elle imaginé les tirs ? Peut-être était-ce un combattant local, surpris par la férocité de la tempête de sable. Non, ce devait plutôt être l'un des nouveaux membres de son équipe, pas encore habitué à la violence des éléments dans cette partie du monde.

Le sable se souleva à ses pieds, piquant chaque centimètre carré de peau exposée comme autant de petites aiguilles. Dans des moments comme celui-ci, elle se félicitait de porter l'uniforme qui lui collait à la peau par forte chaleur et l'équipement complet de protection dont elle et son équipe étaient revêtues. Oui, cette opération n'était qu'un exercice, mais ils avaient opté pour l'effectuer dans un col dangereux afin de mettre à l'épreuve leurs approches tactiques. Dans un endroit comme celui-là, on ne pouvait jamais être sûr de ne pas tomber dans une embuscade.

Abaissant son masque de protection, Jessica cligna plusieurs fois des yeux pour en chasser le sable qui les irritait. Mais ils avaient beau larmoyer, le sable était toujours là. Sa vision était brouillée. Elle rentra la tête dans les épaules, s'efforçant de protéger la peau exposée du reste de son visage, mais ça ne servirait pas à grand-chose... Si la tempête persistait avec cette intensité, ses joues seraient bientôt à vif.

Il était temps de se replier. Elle sortit sa radio – sa meilleure chance d'être entendue de son équipe – pour leur ordonner de se replier vers les véhicules lorsqu'une nouvelle rafale de coups de feu retentit.

Instinctivement, elle se baissa, forçant le soldat à côté d'elle à en faire autant, et braqua son fusil d'assaut MP4 devant elle mais elle n'y voyait strictement rien. La menace était-elle bien réelle ? Ou quelqu'un avait-il cédé à la panique dans la tempête ?

— Au rapport ! cria-t-elle dans son émetteur.

Mais sa voix fut emportée par le vent.

Même si cela pouvait faire d'elle une cible aisément localisable, elle alluma la lumière de son casque. Sa main effleura la caméra qui y était fixée, ce qui lui rappela qu'elle avait lancé l'enregistrement de la session d'entraînement. Cela ne leur servirait à rien, désormais, au vu des conditions météorologiques, même si l'appareil en réchappait.

Elle ne s'était pas attendue que la lumière change la donne mais, étonnamment, elle améliora un peu la situation – jusqu'à ce qu'elle se rende compte que c'était en réalité la tempête qui s'apaisait aussi soudainement qu'elle s'était levée. Elle jouit d'un instant de soulagement avant de saisir un mouvement. Un insurgé, surgi d'un affleurement rocheux, dans la montagne, en surplomb de leur position, le canon de son arme automatique crépitant à tout-va.

— À couvert ! hurla Jessica en le visant.

L'insurgé plongea derrière un rocher mais, dans l'accalmie soudaine, le boum-boum-boum nourri d'armes automatiques résonna à ses oreilles. Le tireur n'était pas seul.

Jessica annonça dans sa radio :

— Nous sommes pris pour cibles. La tempête de sable se calme. Des insurgés…

Elle marqua une pause, regardant autour d'elle pour juger du nombre des attaquants. La peur lui étreignit la poitrine lorsqu'elle vit ses hommes détaler de toutes parts pour se mettre à couvert.

— Ils sont au moins vingt, peut-être plus. Envoyez-moi…

La radio s'envola de sa main avant qu'elle ait pu finir sa phrase, et Jessica braqua de nouveau son arme sans se soucier de la douleur qui lui brûlait l'autre main. Elle n'osa pas regarder pour évaluer la gravité de la blessure. La priorité, c'était de vérifier s'il n'y avait pas de victimes dans son équipe. Au moins les avait-elle obligés à revêtir leur équipement pare-balles. Flambant neuf, ce matériel était ce qui se faisait de mieux en matière de protection. Il était léger mais ultra-solide, muni de plaques blindées capables de stopper n'importe quelle munition, à l'exception de celles tirées par un calibre .50. Et ses hommes portaient tous l'équipement intégral aujourd'hui.

Cela ne les épargnerait pas en cas de tir dans le visage ou dans une partie du corps dépourvue de blindage, mais elle avait confiance dans leur entraînement et leur matériel.

Puis le soldat qui était près d'elle – la nouvelle recrue qui avait intégré son équipe moins d'une semaine plus tôt – poussa un gémissement qui lui noua l'estomac. Il s'effondra sur le sol, la tête orientée selon un angle impossible.

Jessica s'agenouilla près de lui malgré tout, cherchant un pouls sous la protection de son cou. Ce fut alors qu'elle vit les perforations des balles. Cinq trous bien nets, en pleine poitrine, selon une ligne en forme d'arc. Elle tapa du plat de la main sur son torse, furieuse qu'il n'ait pas mis son gilet pare-balles, mais une vive douleur remonta le long de son bras comme sa main heurtait une surface dure.

Son effroi s'accrut instantanément, une panique qu'elle n'avait encore jamais ressentie au cours des dix années passées à éviter les balles alors qu'elle servait dans l'armée. Elle releva brusquement la tête, observant la scène. Les locaux, fuyant pour se mettre à l'abri ou déjà étendus sur le sol, inertes. Ses hommes, touchés par des balles dont l'impact aurait dû les faire chuter mais pas les tuer, s'écroulant les uns après les autres sous le feu des insurgés.

Des insurgés en nombre beaucoup trop important.

La panique lui broya le cœur, tendant ses muscles et réduisant davantage encore sa vision – un tunnel, parsemé de grains de sable. Elle ne voulait pas mourir ici, à plus de dix mille kilomètres de chez elle. Elle ne voulait pas abandonner son équipe. Et moins encore laisser ses enfants qui comptaient plus que tout au monde pour elle. C'était justement pour pouvoir subvenir à leurs besoins qu'elle s'était engagée et avait pris ce travail dans l'armée, à l'époque où son mari étudiait encore en vue de l'obtention de son diplôme. Ce travail dont elle avait découvert qu'il lui plaisait suffisamment pour qu'elle continue à l'exercer même après le décès de son conjoint.

Mais elle ne voulait pas mourir pour lui.

Une douleur explosa dans son bras, et l'impact de la balle la fit tituber et reculer de deux pas. Elle était touchée. Elle transféra son MP4 dans l'autre main, le sang qui coulait de son pouce s'étalant sur le pontet de son arme tandis qu'elle ripostait. Le tir suivant la fit tomber à la renverse. Elle heurta lourdement le sol, le choc chassant brutalement l'air de ses poumons.

C'était l'effet que produisaient les balles lorsqu'elles percutaient l'équipement de protection. Elles vous coupaient la respiration et laissaient un bel hématome.

Mais, cette fois, la sensation d'oppression ne s'atténuait pas. Au contraire, elle empirait. Jessica chercha son souffle, essaya de relever le canon de son MP4 comme elle voyait un autre insurgé braquer son arme sur elle. N'y parvenant pas, elle voulut s'emparer de son arme de poing, beaucoup plus légère que le fusil d'assaut.

Ses doigts se refermèrent sur la crosse mais sa vision commença à se brouiller. Puis tout devint noir.

# 1

— Je suppose que tout le monde a vu le reportage, au journal télévisé, déclara Jill Pembrook, directrice de la Division Criminelle Tactique du FBI sans attendre que son équipe ait pris place dans la salle de réunion.

Debout à l'extrémité de la longue table, elle croisa les bras sur son tailleur bleu marine sur mesure. Sur un grand écran, derrière elle, une vidéo était en pause, l'image figée montrant le visage terrifié d'un militaire.

Pembrook était petite, si bien que le fait d'être debout face à son équipe, dont la majorité était désormais assise, ne suffisait pas à la mettre en position de domination. Mais elle n'avait pas besoin de cela. Elle travaillait pour le Bureau depuis près de quarante ans, ce qui signifiait que ses dirigeants avaient décidé de la garder au-delà de l'âge légal de départ à la retraite. Avec sa peau pâle et ridée, et ses cheveux gris bien coiffés, elle pouvait passer pour une gentille et inoffensive, quoique très chic, grand-mère… jusqu'à ce que vous croisiez son regard. Vous compreniez alors pourquoi le FBI lui avait confié la direction de la DCT – division d'intervention rapide capable de contrer pratiquement n'importe quelle menace.

Davis Rogers n'en revenait encore pas d'avoir réussi à intégrer cette unité. Il promena son regard sur les autres agents, dont les parcours étaient très variés. Certains étaient issus de l'armée, comme lui, d'autres étaient spécialisés dans la négociation en cas de prise d'otages, le profilage, la recherche de personnes disparues ou le piratage informatique. Il ne faisait partie de l'équipe que depuis quelques mois, mais avait été bien accueilli et avait tout de suite ressenti le genre de camaraderie qu'il n'avait éprouvée qu'avec ses familles – celle de l'armée et celle de la vie civile.

En sa qualité de nouveau venu, normalement, dans cette situation, il patientait sagement jusqu'à ce que la directrice lui assigne une mission. Attendait posément l'heure de faire ses preuves – sans frimer ni jouer les fiers-à-bras, travers que partageaient bien des rangers de l'armée. Mais aujourd'hui, ce n'était pas possible. Pas dans cette affaire.

Il serra les dents comme Hendrick Maynard venait se poster au côté de Pembrook. Hendrick était leur génie informatique maison. Avec sa grande carcasse dégingandée et son visage qui portait encore des traces d'acné, il semblait en âge de fréquenter le lycée, mais cette apparence juvénile cachait un esprit extrêmement brillant et une vraie maturité.

La mine plus sérieuse qu'à son habitude, le geek de l'équipe prit la télécommande et déclencha la lecture de la vidéo sur l'écran. C'était la vidéo qu'avait vu Davis la veille, au journal télévisé, puis de nouveau ce matin en version un peu plus détaillée sur YouTube.

Elle commençait brusquement, au beau milieu d'un échange de tirs avec le crépitement continu des détonations en fond sonore et le sable volant de tous côtés, l'intensité du vacarme perceptible même par le truchement de la vidéo. Le soldat dont le visage avait été figé sur l'écran acheva sa chute et ne se releva pas. Au travers du sable qui tournoyait, rendant l'ensemble de la scène difficile à voir, la caméra passa rapidement, en panoramique horizontal, sur les soldats américains et les combattants afghans qui, les uns après les autres, tombaient comme des mouches. Puis, soudain, tout s'éclaircit comme l'objectif plongeait vers le bas, révélant, en gros plan, un jeune soldat, les yeux et la bouche ouverts, mort. La caméra s'abaissa encore et une main apparut, se plaquant sur le gilet de protection très nettement transpercé en cinq endroits.

Un citoyen américain lambda n'aurait sans doute pas remarqué, dans ce bref extrait vidéo, que le soldat était revêtu d'un équipement de protection intégral. Mais cela n'avait pas échappé à la chaîne d'information. Ils avaient également su qui dirigeait la caméra : le capitaine décoré Jessica Carpenter. Veuve, mère de trois enfants, et depuis 6 h 52, heure du Tennessee, nouvelle victime confirmée des combats en Afghanistan.

Davis se la représenta telle qu'elle était, dix ans plus tôt, le jour où il l'avait rencontrée. À peine moins grande que son mètre quatre-vingt-trois, avec une peau sombre magnifique et des cheveux qu'elle rassemblait en tresse à l'arrière de son crâne, elle avait porté l'uniforme avec une confiance qu'il lui enviait. De cinq ans son aînée, elle avait eu deux mois d'expérience militaire de plus que lui, ce qui lui avait paru beaucoup à l'époque. Si elle n'avait pas été mariée, heureuse en ménage et mère d'un enfant en bas âge et d'un nourrisson, il aurait peut-être tenté sa chance avec elle.

Mais, la situation étant ce qu'elle était, ils étaient devenus amis. Elle l'avait même formé au tout début, avant qu'elle devienne capitaine et qu'il s'oriente vers les opérations spéciales. S'il n'avait pas été assis dans cette salle de réunion en ce moment à attendre qu'on lui donne une chance de découvrir les personnes responsables de sa mort, il se serait trouvé dans un avion, en route pour le Mississippi, afin d'assister à ses obsèques.

Davis serra le bord de la table pour se retenir de taper du poing dessus. Comme il reprenait le contrôle de lui-même, il se rendit compte que Hendrick avait éteint la vidéo et s'était rassis. Autour de lui, les agents hochaient pensivement la tête, d'un air professionnel. Seul l'agent Jace Cantrell – JC pour l'équipe – montrait des signes de colère. Mais JC avait été militaire, lui aussi. Et, comme le disait l'adage : « Soldat un jour, soldat toujours. »

Au Bureau, également, perdre la vie en mission était une possibilité connue et acceptée de tous les agents. Vous faisiez votre possible pour l'éviter mais, si cela arrivait, vous saviez que vous aviez défendu une cause en laquelle vous croyiez. Mais mourir de cette façon, comme Jessica était morte, en faisant confiance à l'armée et au matériel de protection dont on l'avait dotée... Non.

— Je tiens à me charger de cette affaire, déclara Davis.

Les regards se tournèrent vers lui : la profileuse, le Dr Melinda Larsen, l'évaluait en silence, le regard soupçonneux, comme si elle savait qu'il avait connu l'une des victimes. La toujours tirée à quatre épingles Laura Smith l'observait, silencieuse elle aussi, l'expression indéchiffrable, mais son cerveau formé par une grande école de l'Ivy League était probablement en train d'analyser la moindre nuance de ses propos. JC, lui, le fixait d'un air compréhensif même s'il ne savait pas que Davis connaissait Jessica. Aucun membre de l'équipe n'était au courant.

— Votre intérêt personnel dans cette affaire risque-t-il de poser problème ou représente-t-il, au contraire, un atout ? demanda Pembrook, le ton et le regard neutres.

Davis se raidit. Elle faisait allusion à son passé de militaire… Forcément. Mais, si elle pensait le mettre en difficulté par sa question, elle sous-estimait tout ce par quoi il était passé lors de sa formation de ranger.

— Un atout. Je connais le fonctionnement de l'armée. Et je connais le produit. J'ai moi-même porté les gilets pare-balles Petrov Armor.

C'était cette société qui avait fourni l'équipement porté par Jessica et son équipe lors de l'embuscade dans laquelle ils avaient péri. Ce matériel, censé être la technologie la plus performante et la plus récente sur le marché, avait essuyé un échec retentissant qui avait abouti à la mort de presque tous les soldats et combattants locaux. Trois militaires et un Afghan seulement en avaient réchappé. Du point de vue de Davis, ce n'étaient pas les insurgés qui avaient tué Jessica et ses hommes. C'était Petrov Armor.

Il ne fit pas état du reste. Il avait fait plus que simplement revêtir les gilets pare-balles de la société ; il avait eu l'occasion d'en tester l'efficacité au tout début, alors qu'il était encore membre de la force d'élite des rangers et que Petrov Armor était plus réputée pour les armes qu'elle fabriquait que pour ses équipements de protection. Il avait validé le test, ne tarissant pas d'éloges sur la capacité des gilets à stopper les balles et le confort qu'ils offraient à l'utilisateur. Avec enthousiasme, il avait avalisé l'achat d'équipements Petrov Armor par l'armée afin qu'ils soient employés régulièrement sur les théâtres d'opérations. Et c'était exactement ce qui s'était produit.

— Je ne parle pas du matériel de protection, répondit Pembrook, le regard braqué tel un rayon laser sur lui tandis que l'agent Kane Bradshaw rejoignait discrètement la salle de réunion, en retard, et se calait contre le montant de la porte. Je parle de Jessica Carpenter.

Sa voix s'adoucit.

— Je vous présente mes condoléances.

Les regards sur lui se firent plus insistants, mais Davis ne détourna pas les yeux et soutint le regard de Pembrook.

— Merci. Et non, cela n'affectera pas mon jugement dans cette affaire.

Pembrook hocha la tête, mais il ne put déterminer si elle le croyait. Reportant son regard sur le reste du groupe, elle poursuivit ses explications.

— Petrov Armor a décroché un gros contrat avec l'armée voilà cinq ans. L'équipement dont était munie cette équipe est ce qu'ils font de plus récent et de plus résistant. Il n'est pas encore très répandu sur le terrain, mais les versions antérieures de ce matériel sont, elles, couramment utilisées. L'armée s'apprête à tester l'ensemble des matériels de protection actuellement utilisés, et ce dans tous ses corps. Ils n'ont jamais eu de problème avec Petrov Armor auparavant et entendent bien ne pas en avoir d'autres à l'avenir.

— Dans le même temps, ils nous ont demandé d'ouvrir une enquête. On a eu de la chance qu'il y ait eu cette couverture médiatique. Nous ne savons pas encore d'où vient la fuite, mais toutes les informations n'ont pas été dévoilées. Ou, si elles l'ont été, la chaîne d'information n'a pas tout révélé. Quoi qu'il en soit, les journalistes ne semblent pas connaître le nom du fournisseur des équipements... Du moins, *pas encore,* acheva Pembrook.

— Rowan, nous n'aurons pas à nous inquiéter de la police, cette fois, reprit-elle. Vous vous occuperez des médias. Hendrick vous apportera un soutien informatique si nécessaire.

Rowan Cooper hocha la tête, l'air un peu plus pâle que d'habitude, mais assise bien droite sur sa chaise.

Les membres de la DCT, se déplaçant d'un bout à l'autre du pays et du monde, avaient souvent affaire aux forces de police. Parfois, leur aide était la bienvenue et la coopération, aisée. Mais les forces de l'ordre locales ne voyaient pas toujours d'un bon œil l'intervention des fédéraux, auquel cas il incombait à Rowan d'arrondir les angles. Davis n'enviait pas du tout cette tâche. Mais il enviait encore moins celle de devoir composer avec les journalistes.

— Quelle est notre lecture initiale de la situation ? demanda JC. La société Petrov Armor vient-elle juste de commencer à livrer des produits de qualité inférieure ou avons-nous affaire à une sorte de sabotage ?

— Au point où en sont les choses, nous n'en savons rien. L'armée n'a pas encore commencé les tests des matériels. Pour l'instant, ils en sont à prévenir les familles et à s'occuper du rapatriement des corps.

L'étau qui avait comprimé le cœur de Davis à la seconde où il avait entendu la nouvelle, la veille, se resserra encore. Il n'avait jamais rencontré en personne les enfants de Jessica, mais il leur avait parlé une fois, par le biais d'une conversation vidéo incroyablement nette malgré les milliers de kilomètres de distance. Ils étaient orphelins désormais.

Davis prit une grande inspiration et essaya de se concentrer tandis que Pembrook continuait :

— Petrov Armor a récemment connu de grands changements. Il y a environ un an, son fondateur et P-DG, Neal Petrov s'est mis en retrait pour passer le flambeau à sa fille, Leila Petrov, anciennement en charge du service clientèle de la société. L'une des grandes transformations qu'elle a opérées a été de stopper la production d'armes pour concentrer l'activité de l'entreprise sur le matériel de protection, exclusivement. Mais vous pouvez parier que c'est Neal Petrov qui a convaincu le conseil d'administration d'approuver cette décision. Il était l'actionnaire majoritaire et, à ce titre, jouissait d'une très grande influence. Il a continué à s'occuper de l'entreprise jusqu'à voilà trois semaines, date à laquelle il a été victime d'une agression qui a mal tourné et a été tué.

— Vous pensez que la nouvelle P-DG rogne sur les coûts maintenant que papa n'est plus là pour veiller au grain ? demanda Kane sans bouger de l'endroit où il s'était posté, près de la porte.

Il avait certainement choisi cette position stratégique pour pouvoir s'éclipser rapidement en cas de besoin. L'agent, bénéficiant d'un statut à part, connaissait la directrice de longue date mais était l'un des seuls membres de l'équipe que Davis ne parvenait pas tout à fait à cerner. Il semblait toujours entrer et sortir du bureau à sa guise et passait plus de temps à l'extérieur, occupé à quelque mission secrète, qu'à collaborer avec l'équipe.

— Peut-être, répondit Pembrook.

Elle regarda JC.

— Je veux que vous l'ameniez ici. Allez-y avec Smitty.

Laura Smith inclina la tête, coinçant une mèche blonde derrière son oreille.

Davis ouvrit la bouche pour protester mais Melinda lui coupa l'herbe sous le pied. En profileuse qu'elle était, elle suggéra :

— Débrouillez-vous pour frapper les esprits. Emmenez-la au vu et au su de tous. On n'a pas suffisamment de preuves pour l'arrêter pour le moment, mais Leila Petrov n'a que trente ans, ce qui est très jeune pour être P-DG d'une entreprise. Techniquement, elle a pris ses fonctions voilà un an, mais on peut supposer que son père l'a guidée jusqu'à tout récemment. C'est certainement lui qui a convaincu le conseil d'administration de la laisser prendre les rênes de la société à sa suite. Si on la secoue un peu et qu'on la déstabilise d'entrée de jeu, elle sera plus susceptible de coopérer – et de laisser échapper quelque chose – avant d'appeler son avocat.

Pembrook hocha la tête et jeta un coup d'œil à sa montre.

— Allez-y dans une heure. Cela devrait laisser le temps à tous les employés d'être à leur poste quand vous l'embarquerez.

Davis pressait si fort les mains l'une contre l'autre sous la table qu'il sentait le sang pulser dans les veines de ses bras. Incapable de ronger son frein plus longtemps, il lança :

— Madame...

Mais il n'eut pas le temps d'en dire plus, car Jill Pembrook s'était tournée vers lui.

— Davis, je crois que votre expérience militaire pourra être utile également. Je vais vous laisser prendre les commandes de cette enquête.

Surpris, il en resta un instant sans voix, mais ses mains se dénouèrent, et il respira tout à coup plus librement.

— Je vous remer…

— Bien, conclut Pembrook. Je ne vous retiens pas plus longtemps… Au travail, tout le monde.

Elle se tourna vers lui.

— Suivez-moi, Davis. J'ai à vous parler.

Avant qu'il ait pu répondre, elle était déjà sortie.

Comme il passait devant Kane pour la suivre, l'agent le fixa, un sourcil arqué et un sourire sardonique aux lèvres, mais Davis l'ignora. Il se moquait de l'opinion de Kane comme il se moquait des mises en garde qu'allait lui asséner Pembrook.

Il était sur l'affaire. Que ce soit la nouvelle P-DG Leila Petrov qui soit en cause ou quelqu'un d'autre, il allait faire tomber le coupable.

Juste avant d'entrer dans le bureau de la directrice, il leva brièvement les yeux vers le ciel, adressant un adieu muet à sa vieille amie et lui promettant de venger sa mort.

— Le soldat que vous voyez a trouvé la mort dans l'embuscade. Le capitaine Jessica Carpenter, qui filmait l'exercice, a perdu la vie également, son gilet de protection ayant été transpercé par les projectiles. L'armée a ouvert une enquête. Nous vous tiendrons informés des suites de…

Eric Ross éteignit la télévision, et Leila Petrov dut se forcer à pivoter vers lui. Elle essaya de chasser de son visage l'horreur et l'incrédulité qui devaient y être peintes, mais Eric la connaissait depuis qu'elle avait treize ans. Il lui avait donné son premier baiser deux ans plus tard pour, trois ans après, lui briser le cœur. Il lisait en elle en cet instant aussi facilement que par le passé.

— Peut-être que ce n'est pas notre matériel.

— Mais peut-être que si.

Petrov Armor avait fourni à l'armée des millions de dollars

d'armes et d'équipements de protection au cours des trente dernières années. Les commandes avaient été modestes au début, son père parvenant à peine à en tirer un bénéfice les premières années. Mais, aujourd'hui, l'entreprise avait pris son essor grâce à l'armée qui était devenue son principal client et lui permettait désormais d'employer près de deux cents personnes. C'était le legs que lui avait laissé son père. Mais, maintenant, c'était elle qui en était la responsable.

Statistiquement, il y avait donc de grandes probabilités que ces soldats aient porté lors de cette embuscade du matériel provenant de Petrov Armor. Pourtant, cela semblait impossible. Petrov Armor ne badinait pas avec la qualité de ses produits. Toute faiblesse, si minime fût-elle, était repérée dans le centre d'essais. Si le blindage présentait un quelconque défaut, l'élément de protection était mis au rebut. L'entreprise pouvait se permettre cette perte-là ; elle ne pouvait pas se permettre la moindre erreur.

Leila prit une grande inspiration et expira lentement, par le nez, priant le ciel de ne pas être prise de nausée. Non qu'elle ait eu grand-chose à rendre. C'était à peine si elle parvenait à se nourrir depuis que son père avait tenu tête à son agresseur au lieu de lui abandonner son portefeuille sans discuter. En un instant, un stupide instant, elle avait perdu l'un des deux seuls proches qui lui restait. Les larmes lui montèrent aux yeux, et elle battit furieusement des paupières pour les refouler, ne voulant pas qu'Eric les voie.

Peut-être avait-il été son confident, son meilleur ami et son amoureux mais, maintenant, il était son employé. Elle ne voulait pas que quiconque, dans l'entreprise, puisse douter de ses qualités de dirigeante.

Elle avait dû lutter une année entière pour que ses employés la prennent au sérieux dans son nouveau rôle de P-DG Ses efforts, lui semblait-il, avaient fini par payer... jusqu'à la mort de son père. Elle avait alors découvert qu'il subsistait bien des ressentiments à l'idée qu'elle lui ait succédé. Loin de se décourager ou de lâcher pied, elle avait mis un point d'honneur à venir chaque jour, sans prendre de congé pour faire son deuil, en partie parce qu'elle savait que c'était ce que son père aurait voulu – qu'elle se concentre tout entière sur le travail – et en partie parce que s'immerger dans le travail était la seule chose qui pouvait l'empêcher de ressasser la douloureuse perte qu'elle venait de subir. Mais il s'agissait avant tout de montrer au personnel qu'elle méritait le poste qu'elle occupait. Il était hors de question de craquer maintenant, alors qu'il y avait tant en jeu.

Leila inspira de nouveau un grand coup et releva bravement le menton.

— Il faut agir, et vite. Commence à passer des coups de fil. Vérifie quels corps de l'armée ont passé commande, cette année. Il faut qu'on sache s'il s'agit de notre matériel afin de comprendre ce qui a pu se passer si c'est le cas. Et on ferait bien de tâcher de retracer le lot concerné. S'il y a d'autres problèmes, je veux être la première informée.

— Leila...

— Je veux que tu t'y mettes tout de suite, Eric. On n'a pas de temps à perdre.

— Tu devrais peut-être appeler ton oncle.

Joel Petrov, le frère cadet de son père et directeur de l'exploitation chez Petrov Armor, n'était pas encore arrivé. S'il n'avait pas vu le journal télévisé, elle voulait le laisser dans l'ignorance aussi longtemps que possible. Il avait géré tant de choses pour sa famille, avait maintenu l'entreprise à flot des années durant après la mort de sa mère, quand son père était tellement accablé par le chagrin qu'il en avait tout oublié, elle y compris. Son oncle avait comblé le vide, dans ce domaine-là aussi, s'assurant qu'elle mangeait correctement et arrivait à l'école à l'heure. Veillant à ce qu'elle se sente encore aimée et choyée par quelqu'un.

Pour l'heure, elle avait besoin de prendre un peu de recul. Après tout, ils allaient peut-être découvrir que ces morts terribles n'étaient pas dues à leur matériel. Elle avait travaillé dur pour que s'opère au mieux la transition entre l'entreprise qui avait fabriqué à la fois des armes et du matériel de protection, et celle qui, dorénavant, produisait exclusivement des équipements de protection. Elle avait souhaité que Petrov Armor soit mondialement reconnue comme une entreprise sauvant des vies, et non comme un fabricant d'armes. Cette affaire remettait tout cela en jeu.

Peut-être que le vent de panique qui l'avait emportée dans son tourbillon ne serait plus qu'un mauvais souvenir avant même que son oncle ait quitté le lit de la conquête avec laquelle il avait probablement couché la veille, et qu'elle serait en mesure de lui annoncer calmement qu'elle avait réglé la crise qui s'était présentée.

— Nous cherchons Leila Petrov.

La voix inconnue résonna dans les bureaux en *open space* de Petrov Armor, franchissant la porte fermée de son bureau. Avant même que celle-ci soit brusquement poussée, livrant passage à un homme et une femme vêtus de costumes sombres, elle comprit.

Petrov Armor était dans le pétrin.

Elle s'avança, s'efforçant de dissimuler les émotions qui se bousculaient en elle – la peur, la culpabilité, la panique. D'une voix ferme et posée, elle annonça :

— Je suis Leila Petrov.

— FBI, déclara la femme d'une voix sévère qui instilla un sentiment de honte chez Leila. Agents Smith et Cantrell. Nous avons quelques questions à vous poser. Si vous voulez bien nous suivre...

Eric vint se poster à son côté, se plaçant légèrement en avant par rapport à elle.

— Vous n'avez pas de mandat ? Vous ne pouvez pas...

— Arrête, lui intima sèchement Leila.

L'autre agent prit la parole, sa voix portant suffisamment pour être entendue des employés, derrière lui. Des employés dont les têtes étaient toutes tournées vers son bureau derrière leurs cloisons de séparation.

— Nous pouvons parler ici, si vous préférez.

Leila attrapa son sac à main et secoua la tête.

— Non. Je vous accompagne, déclara-t-elle.

— J'appelle notre avocat, clama Eric, sa voix forte contrastant avec la discrétion du ton qu'elle avait employé.

La tête haute, elle remonta l'allée centrale des bureaux,

adressant sur son passage des « Ne vous inquiétez pas » qui se voulaient rassurants tandis qu'elle suivait les agents Smith et Cantrell. Espérant que cette sortie humiliante ne serait pas le début de la fin de tout ce que son père avait bâti.

# 2

Bien que située dans un bâtiment quelconque à l'extérieur d'Old City, à Knoxville, dans le Tennessee, la Division Criminelle Tactique disposait d'une salle d'interrogatoire que lui auraient enviée la plupart des bureaux locaux du FBI. Peut-être était-ce dû à la présence dans l'équipe d'une profileuse qui croyait à l'intérêt d'agencer la pièce en fonction de chaque interrogatoire. Ce qui signifiait que la salle pouvait prendre des allures de confortable salon d'hôtel ou se présenter sous l'aspect austère d'une cellule de prison. Tout dépendait de ce que Melinda jugeait le plus approprié pour faire parler le témoin.

Aujourd'hui, c'était la formule « cellule de prison » qui avait été retenue. Des chaises inconfortables de part et d'autre d'une longue table grise, une lumière blafarde. Mais ce dont Davis avait surtout conscience, c'était de la caméra vidéo fixée dans un coin, prête à diffuser en temps réel tout ce qui se passait dans la salle au reste de l'équipe.

*Ne perds pas ton sang-froid*, s'intima-t-il comme la porte s'ouvrait. Il entendit Smitty dire à la P-DG de Petrov Armor d'entrer.

Il avait lu la biographie de Leila Petrov. Même lorsqu'on était titulaire d'un diplôme d'administration des affaires avec des options en communication et marketing, complété par un MBA, trente ans était un âge extrêmement jeune pour être à la tête d'une entreprise pesant peu ou prou un milliard de dollars. Mais, évidemment, le népotisme avait le don d'ouvrir les portes.

Il avait également vu sa photo. Elle était belle, indéniablement, avec des cheveux foncés, brillants et de grands yeux bruns. Mais elle évoquait davantage une étudiante préparant son premier entretien d'embauche qu'une dirigeante d'entreprise. Pour autant, il était bien décidé à ne pas la sous-estimer. Trop souvent, alors qu'il était en mission à l'autre bout du monde, il avait vu de jeunes soldats inexpérimentés perdre la vie simplement parce qu'ils avaient pensé qu'une inoffensive jeune fille ne pouvait pas être une bombe humaine.

Mais, lorsqu'elle franchit le seuil de la salle d'interrogatoire, il n'en éprouva pas moins un petit coup au cœur qui fit affluer d'un coup son sang dans les parties de son anatomie les plus inappropriées. Peut-être était-ce sa démarche déterminée, son menton relevé, l'air de dire : « Vous ne me faites pas peur », dans une salle qui mettait mal à l'aise des criminels endurcis. À la façon dont son regard se promena rapidement sur lui et dont ses joues rosirent, il sentit que l'attraction qu'elle lui inspirait était réciproque.

Elle se reprit plus vite que lui et fronça les sourcils en découvrant la salle d'interrogatoire.

— Si vous cherchez à m'impressionner, ça ne marchera pas. Je suis venue ici de mon plein gré. Je suis toute disposée à vous aider, mais je n'apprécie pas vos méthodes d'intimidation.

Il hésita à revoir son approche de l'entretien mais décida de faire confiance à Melinda. Il n'avait jamais travaillé avec un profileur avant d'entrer à la DCT mais, depuis le peu de temps qu'il était là, il avait eu l'occasion de constater que cela pouvait porter ses fruits.

— Si vous croyez que ça, c'est de l'intimidation, vous n'avez pas vocation à travailler en partenariat avec l'armée. Asseyez-vous.

Au lieu d'obtempérer, elle plissa les yeux et croisa les bras, posant un pied en arrière comme si elle était prête à faire demi-tour.

Davis jura intérieurement, car si l'idée lui prenait de s'en aller, ils n'avaient aucun moyen de la retenir. Mais il avait choisi un angle d'attaque et il fallait s'y tenir. Il croisa donc les bras, lui aussi, arqua les sourcils et attendit.

Un bref sourire finit par relever les coins de sa bouche, puis elle tira l'une des chaises et se percha juste au bord. Sanglée dans son tailleur noir bien coupé, le dos très droit, le port altier, plutôt que de paraître sur le point de fuir, elle réussit à donner l'impression que c'était elle qui menait la danse.

*Ne jamais sous-estimer une personne devenue P-DG à trente ans, quel que soit le contexte,* se dit-il. Puis il tira une chaise, lui aussi, et s'installa face à elle. Il se pencha en avant, réduisant l'espace entre eux.

OK, le cadre de l'entretien ne l'avait pas intimidée, le fait que le FBI ait débarqué en fanfare dans son entreprise pour l'entendre non plus, mais peut-être son physique y parviendrait-il. Elle était grande – sans doute un mètre soixante-quinze sans les petits talons qu'elle portait – mais il l'était davantage, et il avait la musculature que lui avait value son passé de ranger.

Elle soutint son regard sans un battement de cils. Ses yeux avaient la couleur d'une tasse de café avec, peut-être, juste un soupçon de crème. D'aussi près, il voyait à quel point sa peau était lisse et unie, mais le rose de ses joues s'était accentué, désormais, sous l'effet de la colère. Et, bon sang ! elle sentait le citron, sans doute quelque fragrance hors de prix pour aller avec sa tenue de grand couturier.

Une tenue qui, malgré son excellente coupe, était légèrement trop grande, comme si elle avait récemment maigri. Il nota l'emploi d'une épaisse couche de maquillage sous ses yeux, qui ne parvenait pas tout à fait à dissimuler ses cernes foncés. La légère rougeur de ses paupières ne lui échappa pas non plus. Sans doute était-elle due au chagrin d'avoir brutalement perdu son père trois semaines plus tôt.

— Je suis l'agent spécial Davis Rogers. Je suis sûr que les agents Smith et Cantrell vous ont dit de quoi il s'agissait – à supposer que vous n'ayez pas entendu la nouvelle au journal télévisé.

Davis savait que Smitty et JC n'étaient pas entrés dans les détails, le but étant de l'ébranler en la confrontant à plusieurs agents d'affilée. Mais, jusqu'ici, cela ne semblait pas beaucoup l'émouvoir.

Il n'avait nulle envie de souligner son sang-froid mais c'était une qualité cruciale dans les opérations spéciales. Il ne put s'empêcher d'admirer cette aptitude chez une civile faisant face à une enquête de grande envergure sur la société qu'elle dirigeait, enquête qui pourrait lui valoir une peine de prison.

— Les soldats qui ont été tués dans une embuscade, répondit Leila. D'après les journalistes, ils portaient des tenues de protection. Je suppose, puisque je suis ici, que l'armée doit penser qu'elles venaient de chez Petrov Armor.

Il vit l'espoir briller au fond de ses yeux, le souhait qu'il rectifie sa déclaration et déclare que tout cela était une erreur ou qu'on l'avait amenée ici pour son expertise sur le sujet. Il éprouva l'ombre d'un remords l'espace d'une nanoseconde, puis se souvint de Jessica.

— Elle ne le *pense* pas. Cela a été confirmé.

Elle poussa un profond soupir, puis hocha la tête. Son regard demeura grave, sans trace de panique, simplement de la tristesse pointant derrière la détermination.

— Je demande à voir les plaques de blindage.

— Pardon ?

Elle plaisantait ?

— Ce sont des preuves dans une enquête en cours.

Sa réponse aurait dû la faire blêmir, mais non. La dureté de son regard s'intensifia.

— Il ne peut pas s'agir de notre matériel.

Il ne put retenir un ricanement étouffé. C'était *ça*, sa défense ?

Elle continua sur sa lancée avant qu'il ait pu trouver quoi répondre à une requête aussi ridicule.

— Nous soumettons nos matériels à une batterie de tests et de vérifications très performants. Mon père a intégré l'armée à dix-huit ans. Il y est resté pendant quatre ans et a vu mourir trois camarades pendant un exercice d'entraînement. Cela l'a beaucoup marqué, et il a voulu faire quelque chose. Il a décidé de se consacrer à la fabrication de matériels de protection plus efficaces. L'armée a financé sa formation, l'a aidé à acquérir les compétences et connaissances nécessaires à la création de Petrov Armor. Il était très important pour lui que son activité sauve des vies – et ça ne l'est pas moins pour moi. Dès le début, c'est principalement avec l'armée que nous avons travaillé.

Elle parlait d'un ton passionné, mais Davis avait été agent

du FBI spécialisé dans la criminalité en col blanc pendant quatre ans, avant d'être recruté par la DCT. Il ne lui avait pas fallu longtemps pour se rendre compte que l'une des qualités les plus utiles aux P-DG d'entreprises véreuses était de savoir mentir effrontément. Il avait également appris que lorsque la situation devenait délicate, ces mêmes dirigeants s'empressaient de donner les autres pour sauver leur peau. Il se renfonça donc contre le dossier de sa chaise et attendit.

Leila se pencha en avant, se rapprochant de lui.

Il dissimula sa surprise devant son audace, s'efforçant de ne pas respirer son subtil parfum citronné.

— Rien ne sort de notre usine sans avoir été soigneusement inspecté. De plus, nous ne procédons à aucune modification sans l'avoir préalablement testée avec toutes les armes contre lesquelles nos équipements garantissent une protection. Donc, soit les balles tirées par les insurgés ont changé, soit ces soldats ne portaient pas un équipement Petrov Armor.

Comme elle ne démordait pas de sa version et qu'il ne savait pas combien de temps cela durerait, Davis décida de lui tendre la perche.

— Qu'en est-il de la personne responsable des inspections ? Ou du personnel chargé d'effectuer les tests ? N'est-il pas possible qu'il y ait eu une volonté de réduire les coûts sans que vous vous en soyez rendu compte ?

Si elle avait deux sous de cervelle, elle allait en convenir, prendre de la distance pour le cas où toute l'affaire lui exploserait à la figure – ce qui, il en était sûr, n'allait pas tarder à se produire.

Mais la fureur flamba dans son regard.

— Vous pensez vraiment que je vais vous donner un nom ? Non. Ce n'est pas possible. Les postes à responsabilité comme ceux-ci sont occupés par des personnes travaillant pour Petrov Armor depuis longtemps. On ne concentre pas le pouvoir entre les mains de certains sans que des contrôles surprises soient effectués par d'autres membres de l'équipe. C'était la façon dont procédait mon père bien avant qu'il ait ouvert le capital de la société, et le conseil d'administration et moi-même nous y tenons toujours aujourd'hui.

Se sentant froncer les sourcils, Davis se ressaisit pour afficher un masque neutre. Soit elle était meilleure comédienne qu'elle ne le semblait, soit elle croyait vraiment ce qu'elle disait.

Le problème, c'était que lui croyait l'armée. Jessica avait porté un équipement Petrov Armor lorsqu'elle était morte. Ce qui signifiait que quelqu'un mentait.

Un mauvais pressentiment lui soufflait que c'était peut-être le père de Leila Petrov, l'homme qui avait dirigé l'entreprise pendant de longues années avant de trouver la mort, trois semaines plus tôt. Si Davis avait raison, il avait déjà manqué sa chance d'envoyer le coupable en prison et il ne pourrait pas véritablement venger la mort de son amie.

Depuis douze ans qu'elle travaillait pour le FBI, Melinda Larsen avait vu à l'œuvre quelques-uns des menteurs les plus doués du pays. Avant cela, alors qu'elle terminait sa thèse de psychologie, elle s'était entretenue avec des tueurs en série incarcérés. Ils lui avaient servi les histoires les plus convaincantes qu'elle ait jamais entendues pour prouver leur innocence, quasiment sans se trahir par le langage corporel. Ils lui avaient glacé le sang tant le mal qu'ils avaient chevillé au corps était profondément ancré en eux sous leurs dehors calmes, voire affables.

Ces visites avaient visé à la préparer à tenir son rôle au sein de la DCT, où elle ne disposait pas de mois ou d'années lors d'enquêtes au long cours, mais devait poser des diagnostics quasiment sur le vif. La mission était très difficile mais Melinda avait découvert qu'elle aimait ce défi-là.

C'était également la meilleure façon qu'elle avait trouvée au cours des dix dernières années pour ne pas s'appesantir sur les deuils qu'elle avait subis dans sa vie personnelle. Car, avant la DCT, elle avait eu beau se concentrer sur les dossiers qu'elle avait en charge, c'était toujours une certaine affaire non résolue qui était restée au cœur de ses préoccupations. Mais ici, ce dossier avait tendance à refluer à l'arrière-plan. Elle commençait à accepter qu'elle ne connaîtrait peut-être jamais la vérité concernant l'affaire la plus importante à ses yeux et sur laquelle elle n'avait jamais pu travailler officiellement. À la DCT, elle commençait enfin à pouvoir avancer dans la vie.

L'affaire Leila Petrov n'avait pas semblé présenter beaucoup de difficultés, mais Melinda avait tout de même émis sa mise en garde habituelle face à Davis et Pembrook car, si douée soit-elle – et elle était l'une des meilleures de sa discipline –, elle pouvait toujours commettre une erreur.

— Un unique entretien ne suffit pas pour établir une évaluation approfondie.

Jill Pembrook hocha la tête, un petit sourire mi-amusé, mi-encourageant aux lèvres. Cette expression-là, Melinda la connaissait bien désormais. Davis, les bras croisés, avait lui l'air passablement agacé dans ce que Melinda considérait comme ses vêtements civils – un jean délavé et un T-shirt sombre qui soulignait ses bras et son torse puissants. Mais l'irritation de Davis n'était pas dirigée contre elle, elle le savait. Elle concernait le grand avocat qui avait débarqué au beau milieu de l'interrogatoire de Leila Petrov et l'avait sortie de là.

— Je pense qu'elle dit la vérité. Elle n'est pas au courant.

Devant la déclaration de Melinda, Davis parut lâcher un peu de pression.

— Oui, je suis d'accord, dit-il en secouant la tête. Et, soyons honnêtes, Petrov Armor n'est pas une petite société, mais ce n'est pas une multinationale non plus. À moins qu'il ne s'agisse d'une pure négligence – ce dont je doute étant donné le nombre d'années depuis lequel l'entreprise fournit l'armée –, il se passe quelque chose de bizarre.

— Réduction des coûts ? suggéra Melinda. Peut-être les procédures de test dont Leila Petrov pense qu'elles sont réalisées dans les règles ne le sont pas tant que ça. À moins qu'elle n'ait été trop ébranlée par la récente mort de son père pour remarquer qu'ils avaient commis une erreur sur une grosse livraison. Ou alors nous avons affaire à un sabotage.

Davis parut intrigué.

— S'ils réduisaient les coûts, ça signifierait sans doute que son père était au courant et qu'il cherchait à gagner plus d'argent en rognant sur la qualité du matériel et, peut-être, en se montrant moins regardant sur les tests. Pour ce qui est de la négligence, cela voudrait dire qu'un ou plusieurs de ses employés profitent de ce qu'elle est bouleversée par son deuil pour tirer au flanc. À moins qu'ils n'aient tous été chamboulés par la mort du patron historique... Mais un sabotage ? Tu penses à un employé ou à quelqu'un d'extérieur à la société ?

— Compte tenu de ce que j'ai lu concernant leurs procédures, un sabotage ne me semble possible que par un membre du personnel. Si c'est le cas, il pourrait s'agir de quelqu'un qui a une dent contre l'armée.

— Ce qui est également improbable, compte tenu de ce qu'a dit Leila concernant l'ancienneté des employés occupant des postes à responsabilité, intervint Davis. Et si ce micmac était en place depuis longtemps, quelles sont les probabilités que l'armée ne s'en soit pas rendu compte plus tôt ?

— Je suis d'accord, convint Melinda. Donc, si c'est un sabotage, c'est sûrement quelqu'un qui voulait discréditer Neal Petrov lui-même. Mais, franchement, je pense que le motif le plus probable est le plus évident.

— La cupidité, acquiesça Davis. Ils ont fourni des produits de qualité inférieure pour l'argent, pour engranger de plus gros profits. Eh bien, ça a fini par se retourner contre eux. Mais, si c'est le cas, cela nous ramène à Neal Petrov. En tant que P-DG puis actionnaire majoritaire, c'était lui qui était le plus susceptible d'avoir à y gagner. Maintenant qu'il est mort...

— JC était au téléphone avec l'armée pendant que vous interrogiez Mlle Petrov, déclara Pembrook. Il confirme que le lot de matériel porté par les soldats qui ont été tués a été livré après la mort de Neal Petrov. Il est possible qu'il ait prévu le coup auparavant, mais je pense qu'il pourrait y avoir un complice.

— Oui, renchérit Melinda. S'il y a véritablement autant de tests et d'inspections que le prétend Leila Petrov, il semble difficile qu'une seule personne puisse être en cause, fût-elle P-DG À deux, en revanche...

Davis approuva d'un vigoureux hochement de tête, l'étincelle d'impatience qui luisait de nouveau dans ses yeux indiquant à Melinda à quel point il était désireux d'envoyer les responsables de la mort de son amie derrière les barreaux. Cette affaire le touchait peut-être d'un peu trop près. Cela pouvait donner lieu à des erreurs ; d'un autre côté, cela pouvait aussi induire exactement la détermination farouche dont ils avaient besoin.

— Melinda et moi avons parlé d'envoyer quelqu'un de chez nous dans l'entreprise, dit Pembrook en le regardant.

— En infiltration ? Ce ne peut pas être moi puisque Leila Petrov me connaît, fit observer Davis d'un ton laissant transparaître sa frustration. De même que JC et Smitty.

— Si, je pense que ce devrait être toi, justement, répliqua Melinda.

Avant l'interrogatoire, Davis aurait été la dernière personne qu'elle aurait suggérée. Mais, en assistant à l'entretien, elle avait quasiment vu crépiter les étincelles entre eux, tant de colère que d'attirance, et c'était ce qui lui avait donné cette idée.

Davis la considéra comme si, à force d'entrer dans la tête de criminels, elle avait fini par perdre les pédales.

— Je ne vois pas comment je pourrais…

Melinda tendit son téléphone portable devant elle.

— Comme ça, le coupa-t-elle.

Elle avait trouvé une offre d'emploi d'assistant de Leila Petrov.

— On a de la chance.

— Mais Leila Petrov me connaît. Elle n'acceptera jamais.

— Je pense que si, répliqua Melinda tandis que Pembrook suivait l'échange avec intérêt, son cerveau passant sans doute déjà en revue un million de scénarios à la vitesse de l'éclair.

— Ah ? Et pourquoi ?

— À cause de l'attirance, déclara simplement Melinda.

Pendant qu'elle parlait, Kane Bradshaw passa devant la porte ouverte. Il ne s'arrêta pas, se contentant d'arquer un sourcil en la regardant, l'air amusé.

Se forçant à faire comme si de rien n'était, Melinda reprit :

— Il y a eu une attirance instantanée entre vous deux.

Comme Davis fronçait les sourcils, elle se hâta d'ajouter :

— C'est mon travail de saisir ce genre de choses. Je ne dis pas que tu n'as pas été professionnel. Mais tu peux jouer de ça pour gagner sa confiance.

— Elle est à la tête de l'entreprise, insista Davis. Elle ne se laissera pas convaincre de manœuvrer de la sorte.

— Je crois que si.

— Parce qu'elle me trouve mignon ? Allons, Melinda. Nous ne sommes plus au lycée.

Elle ne put s'empêcher de lui retourner un petit sourire. Ce grand Afro-Américain athlétique *était* mignon, en effet, ce qui influencerait Leila Petrov, qu'elle le veuille ou non.

— Non, mais nous sommes tous deux tombés d'accord sur le fait qu'elle est probablement innocente. Je pense qu'elle veut connaître la vérité. Tu peux l'y aider, elle le sait.

Cela donna à réfléchir à Davis pendant quelques instants, mais il finit par froncer de nouveau les sourcils.

— J'ai très envie d'être celui qui mettra la main sur le coupable, je t'assure. Mais ça me paraît être un risque insensé.

— Vous êtes sûre de ce que vous avancez ? demanda posément Pembrook à Melinda.

Le cœur de celle-ci se mit à battre plus fort quand elle pensa qu'elle pourrait préconiser une mauvaise méthode qui ferait capoter une enquête de première importance. Mais, tandis qu'elle repassait dans sa tête l'entretien de Davis avec Leila Petrov, son instinct lui confirma ses premières conclusions.

— Il faut que Davis la persuade que c'est le seul moyen de sauver l'entreprise que son père a créée. Ce qui veut dire qu'elle doit penser qu'ils sont du même côté. S'il y parvient, oui, je suis sûre que ça fonctionnera.

Pembrook arrêta son regard d'acier sur Davis qui se tint immobile, comme s'il faisait l'objet d'une inspection militaire. Finalement, elle inclina la tête.

— D'accord. Davis, ce sera vous le sous-marin.

# 3

— Il y a eu erreur. Le FBI a ouvert une enquête, et ils ne tarderont pas à trouver les vrais responsables. D'ici là, il faut qu'on se concentre sur la préparation de nos prochaines livraisons.

C'était par ces mots que Leila s'était adressée à ses collaborateurs afin de les remobiliser à son retour. Tous avaient hoché la tête et souri. Des sourires un peu crispés qui cédèrent la place à des murmures sitôt qu'elle fut entrée dans son bureau.

Avec un peu de chance, il y aurait de nouvelles commandes à honorer. 80 % de leur chiffre d'affaires était réalisé avec l'armée. Le reste se partageait entre les forces de l'ordre et les sociétés de sécurité privées. Ils avaient déjà surmonté un important manque à gagner lorsqu'ils avaient stoppé la fabrication d'armes. Maintenant que les équipements de protection constituaient leur activité exclusive, leur partenariat avec l'armée et leur réputation revêtaient une importance décisive. Leur source de revenus principale se tarirait si la tragédie survenue au Moyen-Orient leur était imputée.

Leila ferma la porte de son bureau, lassée de devoir feindre de ne pas entendre les chuchotis des employés. Puis elle poussa le long soupir qu'elle retenait depuis ce matin, quand les agents du FBI l'avaient emmenée pour être interrogée.

Lorsque Eric lui avait envoyé l'avocat de l'entreprise pour la tirer de là, elle avait été mi-soulagée, mi-agacée. Soulagée parce que, même si elle avait fait mine de ne pas se laisser atteindre par la situation, cette salle sinistre et l'agent fédéral tout en muscles, avec son regard un peu trop pénétrant, avaient commencé à faire naître en elle une vraie inquiétude. Agacée parce que plus elle y songeait, plus elle était certaine qu'il y avait eu méprise. Leurs protections ne pouvaient pas être défectueuses.

Elle en aurait donné sa main à couper. S'asseyant dans le confortable fauteuil derrière son bureau, elle ouvrit son ordinateur portable, prête à se mettre au travail. Car ce n'était pas seulement sa réputation qui risquait d'être détruite si elle ne trouvait pas rapidement ce qui s'était passé.

La question était de savoir comment s'y prendre. Le FBI refusant de lui laisser voir le matériel incriminé, comment pouvait-elle prouver que ce n'était pas le leur ?

Elle aurait dû se mettre à creuser ce point sitôt que l'avocat était venu la chercher au FBI, mais elle avait été trop déstabilisée pour revenir directement au travail. Elle s'était d'abord rendue sur la tombe de son père, avait passé un long moment là-bas, à lui parler comme elle le faisait de son vivant. À cela près que la conversation était à sens unique désormais.

C'était la première fois qu'elle retournait au cimetière depuis le jour où elle avait jeté une pelletée de terre sur le cercueil et qu'elle l'avait regardé disparaître lentement à sa vue. Elle n'avait pas été préparée à voir son nom sur la pierre tombale en granit poli. Mais, après être restée assise là un long moment, elle avait commencé à sentir sa présence. Son amour. Cela l'avait aidée à se concentrer sur ce qu'elle avait à faire.

Un coup frappé à la porte la tira de ses pensées, et Leila lança distraitement un « Entrez ! » en prenant les dernières factures adressées à l'armée. Elle avait déjà demandé à Eric – le directeur commercial de l'entreprise – d'appeler ses contacts, mais peut-être devrait-elle décrocher son téléphone elle aussi. Entre ses connaissances et les relations de son père, peut-être quelqu'un pourrait-il lui fournir des détails concernant le matériel porté par ces soldats.

— Leila, je sais que c'est une journée complètement folle, mais j'ai une bonne nouvelle.

Leila regarda leur responsable des ressources humaines. Ben Jameson était jeune et nouveau dans l'entreprise, mais pressé de faire ses preuves. Jusque-là, il s'était montré efficace et très énergique.

— Ce ne sera pas du luxe.

— Je vous ai trouvé un assistant.

— Oh !

Il fronça les sourcils devant son manque d'enthousiasme mais, avec tout ce qui était arrivé, elle n'avait vraiment pas envie de devoir accueillir maintenant un nouvel employé qu'il faudrait former. Lançant un regard à l'écran de son ordinateur, elle hésita à repousser ce moment. Jusqu'à ce qu'elle ait surmonté le désastre de l'intervention du FBI.

— On a reçu son CV il y a quelques heures, s'empressa de continuer Ben. En temps normal, j'aurais procédé de manière plus classique, mais il était disponible immédiatement pour un entretien et il correspond exactement au profil. J'ai vérifié auprès des références qu'il m'a fournies, et je crois que nous avons tout intérêt à l'engager avant que quelqu'un d'autre nous le souffle. Et, cerise sur le gâteau, comme il était prêt à commencer dès aujourd'hui, j'ai pensé que c'était l'occasion de le familiariser avec les rouages de l'entreprise.

Voyant qu'elle ne répondait pas, il ajouta :

— Comme le quiproquo avec le FBI semble réglé…

Elle se décida enfin à lever les yeux et hocha la tête, espérant que son masque de P-DG ne lui ferait pas défaut.

— Super. Son aide me sera précieuse.

Le visage de Ben s'éclaira.

— Parfait ! Je vais vous le présenter.

Il se tourna vers la porte et appela :

— Davis !

Deux hommes prénommés Davis dans la même journée ?

Leila se leva, l'anxiété tendant sa nuque, et vit Davis Rogers entrer dans son bureau.

Ce matin, avec son jean et son T-shirt qui moulait ses muscles, il lui avait plutôt évoqué quelque patron de boîte de nuit costaud. Pour parachever le tableau, une barbe naissante avait même ombré son menton. Pas exactement l'image qu'elle se faisait d'un agent du FBI.

Mais, maintenant, il était rasé de près et portait un pantalon de costume et un blazer. Il aurait dû paraître moins attrayant dans ces vêtements qui dissimulaient sa plastique parfaite, mais cela la conduisit simplement à se concentrer davantage sur son visage. Sur ses ensorcelants yeux marron foncé dont le regard était rendu plus intense encore par d'épais sourcils bien dessinés. Sur sa peau brune et unie qui lui donnait envie d'y poser la main, d'y chercher les vestiges de sa barbe de ce matin. Sur ses lèvres généreuses qu'elle aurait volontiers embrassées.

Cette idée interrompit net le cours de ses pensées. Elle n'était pas du genre à se consumer de désir pour un homme qu'elle connaissait à peine. Mettant son étrange réaction sur le compte du trop-plein d'émotions qui bouillonnaient en elle – le stress, le chagrin et l'angoisse qui se mélangeaient et lui faisaient perdre le sens commun –, Leila tira machinalement sur les pans de sa veste, s'efforçant de se ressaisir.

— Qu'est-ce que...

— Je suis enchanté de vous rencontrer, la coupa Rogers, parlant haut et fort. Je suis tellement content d'entrer chez Petrov Armor.

— Je serai heureux de vous apporter toute l'assistance dont vous aurez besoin, ajouta-t-il avec une pointe de sarcasme trop subtile pour être captée par Ben.

Mais pas par Leila. Elle sentit son visage se plisser d'incrédulité sous le regard de Ben dont les yeux allaient de l'un à l'autre. Mais, avant qu'elle ait pu jeter Rogers dehors, un coin de ces lèvres si pulpeuses se souleva en un lent sourire. Un sourire tout à la fois amusé et plein d'assurance, comme s'il savait très exactement ce qu'elle pensait.

À quoi jouait-il ? S'imaginait-il vraiment qu'elle allait le laisser semer la pagaille dans sa société, parmi ses employés ?

Les lèvres de Leila s'étirèrent à leur tour, mais elle instilla dans son sourire une nuance glaciale destinée à le dissuader d'avancer d'un pas de plus. C'était un tour qu'elle avait appris bien avant de devenir P-DG, à l'université, lorsque des étudiants éméchés se permettaient de l'interpeller quand elle rentrait tard de la bibliothèque. Cela ne manquait jamais d'effacer les petits sourires suffisants que certains s'autorisaient.

Mais Davis Rogers s'approcha et lui tendit la main.

— Je crois que nous allons bien nous entendre pour accomplir tout ce qui doit l'être ici.

*Quel culot !* Elle aurait dû s'y attendre de la part d'un agent du FBI. Et lui aurait dû s'attendre qu'elle dénonce son bluff immédiatement. Mais, par-delà ce sourire impudent, elle vit, au fond de son regard, quelque chose qui lui coupa l'herbe sous le pied, quelque chose qui ressemblait à de l'honnêteté.

— Merci, Ben, lança-t-elle en tournant les yeux vers son directeur des ressources humaines, qui ouvrit et ferma la bouche comme s'il cherchait quoi dire.

Puis il inclina la tête et recula avant de sortir de son bureau et de tirer la porte derrière lui. La laissant seule face à Rogers.

— Je vous ai permis de rester par pure curiosité, déclara-t-elle en croisant les bras. Mais vous avez, disons, deux minutes pour m'expliquer pour quelle raison je devrais vous laisser jouer ce petit jeu. Ensuite, je vous chasse, et mon avocat retournera dans vos locaux, histoire de vérifier un peu quelle est l'éthique du FBI.

Loin de paraître ennuyé, Davis Rogers s'avança encore, le regard vissé au sien avec une intensité qui fit naître la chair de poule sur ses bras et rendit sa respiration soudain laborieuse. Puis il brandit un dossier entre eux, presque sous son nez.

Elle fronça les sourcils, recula et le prit. Il lui suffit d'y jeter un coup d'œil pour comprendre le pourquoi de son sourire effronté. C'était une photo prise en gros plan d'un équipement de protection. On voyait distinctement qu'il était percé par trois impacts de balle. Et, là, estampillé près de la couture selon l'habitude de la marque, se trouvait le logo de Petrov Armor suivi de l'indication du degré de protection maximal, celui qui aurait dû stopper les munitions qui avaient causé ces perforations.

Elle reporta son regard sur lui tandis qu'un sentiment d'effroi montait en elle, lui nouait la gorge.

— Cet équipement provient d'un lot ayant été récemment livré. Je ne crois pas que vous ayez été au courant, sinon je ne vous en aurais pas parlé. Donc, maintenant, vous avez le choix : soit vous me laissez conserver ma couverture afin de découvrir discrètement comment ces équipements défectueux ont pu être fournis par votre entreprise, soit vous me dénoncez, ce qui ne sera pas sans conséquence : mon équipe débarquera en force pour tout mettre sens dessus dessous ici. Les mandats de perquisition sont déjà prêts.

Leila considéra de nouveau la photo. Elle pouvait avoir été truquée. Ou les balles pouvaient être issues d'une nouvelle technologie capable de transpercer leurs plaques blindées. Mais, en son for intérieur, elle *savait* que quelque chose ne tournait pas rond dans sa société.

Un lot récent... Ce qui signifiait probablement : « depuis qu'elle avait pris les commandes de l'entreprise ». Compte tenu du fonctionnement de Petrov Armor, il ne pouvait pas s'agir d'une négligence. C'était bel et bien intentionnel ; quelqu'un essayait de détruire ce que son père avait mis une grande partie de sa vie à édifier.

Elle croisa de nouveau le regard de Davis Rogers, se rendant tout à coup compte qu'il était peut-être sa meilleure chance de trouver le coupable. Que permettre à un étranger, agent du FBI, de s'introduire sous couverture dans l'entreprise était peut-être le seul moyen de sauver celle-ci. Une enquête secrète conduirait peut-être à l'identification d'un unique responsable, lui laissant une chance de sauver Petrov Armor. Une enquête publique – quelle qu'en soit l'issue – causerait leur perte.

— Je veux que vous me teniez informée de tout ce que vous ferez ici. Si je vous donne mon accord, vous me laissez participer à l'enquête, déclara-t-elle en tendant la main. Marché conclu ?

Le sourire reparut, moins large et plus sérieux cette fois, tandis qu'il mettait sa grande main dans la sienne.

— Marché conclu.

Leila se prit à espérer qu'elle ne venait pas de condamner sa société.

Au bout du compte, que Leila Petrov n'ait pas su que des produits défectueux avaient été livrés à l'armée importait peu. Ce n'en était pas moins elle la responsable de chacune des morts que ce matériel avait provoquées. À commencer par celle de Jessica.

Cette vérité aurait été plus facile à accepter si Davis n'avait pas été de plus en plus impressionné par cette femme. Elle était solide, déterminée. Jusqu'à présent, il avait constaté qu'elle était respectée dans l'entreprise. Parfois avec des réticences, mais le personnel, dans l'ensemble, semblait vraiment apprécier sa dirigeante.

Cependant, la plupart des employés avaient paru être attachés à son père. Il avait noté des gestes de sympathie sur leur passage, une réelle tristesse dans leurs regards quand ils mentionnaient son nom. Pourtant, si Leila n'avait rien su des défauts que présentaient leurs produits, quelles étaient les chances que son père n'ait pas été au courant non plus ? Plus il en apprenait sur leurs procédures de sécurité, plus cela semblait improbable. Car même si le lot incriminé avait été livré après la mort de Neal Petrov, il avait sans doute été fabriqué de son vivant.

Il était rapidement apparu que Petrov Armor ne plaisantait pas avec la sécurité. Les employés entraient et sortaient grâce à une carte individuelle, pour accéder non seulement au bâtiment, mais à chacune des zones sensibles. Il avait noté la présence de caméras de surveillance autour du site, mais également à l'intérieur des bâtiments. Qui que soit celui qui était à l'origine de l'envoi des produits défectueux, il savait comment contourner ces obstacles.

Prenant note mentalement de demander à visionner les enregistrements de ces caméras à l'époque où le lot incriminé avait été fabriqué, Davis plaqua un sourire sur son visage comme on le présentait à une autre employée.

— Davis, voici Theresa Quinn, responsable du service recherche et développement de Petrov Armor. Theresa, voici mon nouvel assistant, Davis Rogers.

Comme lors des précédentes présentations, Leila s'exprimait d'une voix ferme, et aucun des employés n'avait paru noter quoi que ce soit d'inhabituel, mais il percevait son malaise. Elle n'aimait pas leur mentir. Il espéra qu'elle n'allait pas craquer et leur révéler qui il était vraiment.

Il fallait qu'il reste le plus possible à côté d'elle. Mais une dirigeante dotée d'une vraie conscience professionnelle, c'était à la fois une bonne et une mauvaise chose. Une bonne parce que s'il avait raison et qu'elle n'était pas impliquée, cela signifiait que Melinda avait raison aussi et que Leila voulait connaître la vérité même si elle ne souhaitait pas la voir ébruitée. Et une mauvaise parce que mentir lui était difficile.

— Que s'est-il passé avec ces agents du FBI ? demanda Theresa du ton de quelqu'un qui était là depuis longtemps et jouissait d'une position d'autorité.

Une certaine irrévérence perçait dans son intonation, comme si elle se considérait comme l'égale de Leila et non comme une simple employée.

Davis examina Theresa plus attentivement. Vêtue d'un jean et d'un chemisier aux manches retroussées, ses cheveux brun acajou relevés en un chignon ébouriffé, elle paraissait plus jeune que les pattes d'oie autour de ses yeux ne l'attestaient. Davis jugea qu'elle devait avoir la cinquantaine. Il se demanda si l'assurance et l'autorité qu'elle dégageait tenaient seulement à son âge et à son poste ou si elle avait plus d'influence au sein de Petrov Armor que n'en avait généralement un responsable de R & D.

Leila se raidit visiblement à cette question, et Davis en conclut que les deux femmes ne s'appréciaient pas.

— Ainsi que je l'ai déjà dit, tout est réglé, répondit-elle.

Les yeux de Theresa se plissèrent.

— Comme ça ? Si facilement ?

— Comme ça, oui. Les produits ne venaient pas de chez nous.

— Savons-nous d'où ils provenaient ? demanda encore Theresa, d'une voix toujours un peu suspicieuse mais dans laquelle dominait la curiosité. Parce que cela va faire le ménage parmi la concurrence.

Davis se tendit en entendant ce commentaire perfide mais il s'appliqua à paraître calme et vivement intéressé par l'échange, ainsi que l'aurait fait, lui semblait-il, un assistant nouvellement embauché.

— Le FBI refuse de communiquer cette information, répliqua Leila, qui se tourna alors vers lui. Laissez-moi vous présenter notre directeur commercial.

Puis elle appela dans l'espace ouvert des bureaux :

— Eric !

L'homme qui se retourna semblait avoir approximativement le même âge que Leila et lui. Les cheveux blonds maintenus en place par du gel, les yeux bleu foncé exactement de la même teinte que son costume, il avait tout du parfait directeur commercial. Mais, comme il s'avançait dans leur direction et que son regard glissait brièvement sur lui pour s'arrêter sur Leila, tout ce que Davis vit c'était un homme qui avait le béguin pour sa patronne.

Trahir l'entreprise que celle-ci dirigeait n'était pas la meilleure façon d'entrer dans ses bonnes grâces. À moins que Leila ait repoussé ses avances et qu'Eric n'ait voulu se venger.

Comme Eric stoppait devant eux, son attention toujours tout entière braquée sur Leila, comme s'il n'y avait personne d'autre, Davis tendit la main.

— Davis Rogers, le nouvel assistant de Leila.

Les yeux d'Eric se plissèrent légèrement tandis qu'il l'examinait et lui décochait un sourire rien moins qu'authentique.

— Eric Ross. Directeur commercial.

Sa main serra la sienne un peu trop fort tandis qu'il ajoutait :

— Je suis heureux que Leila ait enfin un assistant. Elle travaille trop. J'espère que vous veillerez à ce qu'elle ne se surmène pas.

Avant que Davis ait pu répondre - ou, plutôt, trouvé comment répondre à une telle réflexion -, Eric laissa retomber la main et reporta son attention sur Leila. D'une voix sensiblement plus basse, il déclara :

— Ton père était comme un père pour moi aussi, Leila. Tu sais que tu peux me parler quand tu veux.

Sa main vint se poser sur son bras en un geste qui se voulait réconfortant mais qui était un peu trop familier.

— Personne ne t'en voudra si tu prends un peu de temps pour faire ton deuil.

Leila se dégagea d'un mouvement d'épaule tandis que ses joues se coloraient légèrement. Elle s'éclaircit la voix et baissa brièvement la tête.

— Je sais, Eric. Merci.

Davis les observa tour à tour, se demandant s'il y avait eu

quelque chose entre eux, tandis que Theresa renchérissait, avec moins d'émotion :

— Votre père nous manque à tous. C'était un bon patron et un homme bien.

Puis elle tourna les talons, laissant Davis songeur quant au sens de sa remarque. S'agissait-il d'une marque de sympathie ou bien d'une pique subtile visant la façon dont Leila gérait l'entreprise ?

À en juger par le regard torve avec lequel Eric la regardait s'éloigner, la deuxième option devait être la bonne. Davis se focalisa de nouveau sur lui. Apparemment, il connaissait Leila et sa famille de longue date. Si Neal Petrov avait été comme un père pour lui, peut-être lui avait-il confié ses secrets... ou demandé de l'aider à gagner un peu plus d'argent hors comptabilité officielle.

Avant que Davis ait eu le temps de creuser cette hypothèse, un homme traversa les bureaux d'un pas pressé, fonçant droit sur Leila. Cinquante-cinq ans environ, les cheveux foncés, les yeux bleu clair, il était le portrait craché de l'homme dont Davis avait étudié les photos le matin même, en plus jeune, plus séduisant. Ce devait être le frère cadet de Neal Petrov, Joel.

Sitôt qu'il les eut rejoints, l'homme prit Leila par les épaules, plongeant le regard dans le sien.

— Ça va ? J'ai appris que le FBI t'avait emmenée pour t'interroger à propos de ce drame dans l'armée.

Le regard de Leila dériva un instant vers Davis puis elle répondit, sans regarder son oncle tout à fait dans les yeux :

— Ça va. Il s'agissait d'une erreur. Ne t'inquiète pas.

— Que je ne m'inquiète pas ? Tu sais bien que je m'inquiète toujours. Depuis que ton père nous a quittés...

Il soupira, adressa un sourire triste à Leila, puis la relâcha.

— Désolé, reprit-il plus doucement. Cette conversation est d'ordre privé. Mais j'aurais voulu que tu me préviennes. Eric m'a dit...

— Tout va bien, l'interrompit Leila. Oncle Joel, je te présente mon nouvel assistant, Davis Rogers. Davis, Joel Petrov, notre directeur général adjoint.

L'intensité du regard que Joel posa sur lui évoqua à Davis un père jaugeant le premier prétendant de sa fille adolescente. Il se demanda fugitivement pourquoi Neal Petrov ne l'avait pas nommé, lui, P-DG plutôt que sa fille.

Puis Joel serra la main qu'il lui tendait.

— Bonjour, Davis. Heureux de vous rencontrer. Je suis sûr que vous vous plairez ici.

Mais rapidement, il la lâcha et détourna son attention de lui aussi clairement que s'il lui avait tourné le dos.

— Je suis soulagé que tout cela n'ait été qu'un malentendu, dit-il à Leila. Mais si quelque chose d'autre venait à se produire, je voudrais que tu me laisses t'aider. Tu as assez de soucis comme ça en ce moment.

Il lui pressa affectueusement la main puis se dirigea vers son bureau, situé en bordure de l'*open space* et ferma la porte.

— Finissons notre tour, lui dit Leila, passant devant le bureau de son oncle en direction du centre d'essais d'une démarche décidée, professionnelle.

Davis pressa le pas derrière elle, réfléchissant à toute allure. Joel était le n° 2 de la société, et pourtant quand Neal Petrov s'était retiré, il avait fait en sorte que ce soit sa fille de vingt-neuf ans qui prenne la relève. Et alors qu'il avait quitté ses fonctions de P-DG, il avait continué à venir au bureau. En tant que fondateur et actionnaire principal, il tirait toujours des revenus de l'entreprise. Peut-être avait-il renoncé à son poste de P-DG afin d'être exonéré de toute responsabilité si les choses tournaient mal. S'il avait favorisé la prise de pouvoir de sa fille, ce n'était peut-être pas par népotisme, mais parce qu'il l'avait jugée assez inexpérimentée pour ne pas s'apercevoir de ce qui se passait.

Il fronça les sourcils, se rappelant la tristesse qui avait voilé le regard de Leila quand Eric avait évoqué son père. Si ses soupçons étaient fondés, Neal Petrov n'avait pas véritablement aimé sa fille parce qu'en utilisant son inexpérience et sa confiance il l'avait également placée dans le viseur de la police si jamais la vérité venait à éclater. Il avait fait d'elle son bouc émissaire.

Davis était loin de pouvoir prouver quoi que ce soit, mais il regretta que Neal Petrov ne soit plus de ce monde pour le faire payer si jamais il avait raison.

— Je vais vous montrer notre centre d'essais, dit Leila d'une voix forte et assurée comme si le fait de lui montrer leurs protocoles de tests pouvait prouver que personne n'avait pu saboter les produits.

— Auparavant, nous testions les armes dans une aile séparée mais nous avons stoppé la fabrication d'armes, et elle a été convertie en un nouveau service de recherche et développement pour nos équipements de protection.

Elle se servit de sa carte clé pour franchir une nouvelle porte et la lui tint ouverte.

Comme il la suivait, son téléphone sonna, et Davis y jeta un coup d'œil. Un message de Hendrick s'afficha sur l'écran.

Cette affaire est de bien plus grande ampleur que nous ne le pensions. Le nom de Petrov Armor est déjà apparu dans des affaires traitées par le Bureau – de *nombreuses* affaires sur plus de dix ans. Il y a eu enquête mais ça n'a pas abouti.

Fronçant les sourcils, Davis pianota sur son téléphone.

Des affaires en lien avec l'armée ? Des produits défectueux ?

La réponse arriva presque immédiatement, et Davis jura sous cape.

Non. Des ventes d'armes à des criminels bien connus.

# 4

Kane Bradshaw n'appréciait pas du tout d'être confiné dans un bureau, au FBI, à éplucher de vieux dossiers. Il détestait tout spécialement le faire en compagnie du Dr Melinda Larsen.

Il coula un regard vers elle, la tête penchée sur son ordinateur portable, arborant l'expression sérieuse qu'elle affichait par défaut. Elle ressemblait plus à une universitaire qu'à un agent du FBI, avec sa petite taille et ses cheveux noirs qu'elle portait toujours lâchés sur les épaules. Ses origines asiatiques conféraient à sa peau des reflets dorés et, avec son visage parfaitement lisse en dépit de son travail stressant, elle paraissait dix ans de moins que sa petite quarantaine. Mais il lui suffisait de plonger le regard dans ses yeux brun foncé pour y lire chacune de ses années de travail, chaque affaire difficile.

C'était l'une des expertes les plus éminentes du FBI en matière de langage corporel et une sacrée bonne profileuse. Ils avaient collaboré occasionnellement au fil des années, mais il avait espéré ne jamais l'avoir pour équipière au sein de la DCT.

Il l'avait observée, au bureau : prompte à donner son opinion sur les affaires puis étudiant en silence ceux qui prenaient la parole. Esquissant mentalement leur profil, il en était sûr. Il n'y avait pas échappé, lui non plus. Si elle était à la hauteur de sa réputation, elle avait déjà dû s'introduire profondément dans son cerveau, dans son âme. Il n'avait pas l'intention de la laisser y pénétrer plus avant.

Il préférait garder ses secrets.

Si n'importe qui d'autre lui avait demandé de travailler avec Melinda, il aurait refusé. Mais il devait à Jill Pembrook plus qu'il ne pourrait jamais lui rendre. Donc, puisqu'elle avait voulu l'associer à cette trop sérieuse profileuse pour enquêter sur les liens entre Petrov Armor et le monde de la criminalité, il le faisait - à contrecœur mais sans piper mot.

— J'en ai une autre, annonça Melinda en orientant son ordinateur pour qu'il voie l'affaire qu'elle avait découverte.

Ils planchaient sur la question depuis la veille, quand Hendrick avait vu le nom de Petrov Armor mentionné à propos de plusieurs affaires dont s'était occupé le Bureau. Leur expert en informatique avait identifié tous les dossiers, mais Pembrook avait chargé Melinda et lui de parcourir chacun d'eux puisque Petrov Armor n'avait jamais pu être officiellement accusée.

Jusque-là, les éléments qu'ils avaient trouvés étaient trop minces pour être d'une quelconque utilité. Comme un seul pistolet Petrov Armor retrouvé sur la scène d'une tuerie de masse. Bien que le tireur ait été un criminel ayant déjà plusieurs condamnations à son actif, la preuve avait été faite que ce n'était pas lui qui avait acheté l'arme. Un ami, sans antécédents criminels, en avait fait l'acquisition et la lui avait prêtée si bien qu'aucune charge n'avait pu être retenue contre l'entreprise.

Melinda et lui avaient lu et éliminé plus d'une douzaine de cas de ce genre. Des armes en petites quantités et dont l'achat ne pouvait être imputé à des criminels notoires même si elles avaient fini par atterrir entre leurs mains. Sans rien de tangible prouvant que Petrov Armor avait facilité une vente illégale.

Néanmoins, de temps à autre, une affaire concernant des armes en nombre nettement supérieur se présentait. On en avait trouvé sur les lieux d'un important vol à main armée coordonné et planifié. Ou tout un lot dans le grenier d'une maison appartenant à un membre d'un gang connu. Bien que les armes aient été de marque Petrov Armor, les numéros de série avaient été effacés, si bien que les enquêteurs n'avaient pas pu établir que la société les lui avait vendues. Ce qui expliquait que Petrov Armor ait été entendue, mais jamais mise en cause.

L'entreprise avait le droit de vendre des armes à des civils ; ce qui était interdit, c'était bien sûr de les vendre à des criminels. Ce crime relevant également de la compétence de l'ATF, l'agence fédérale chargée de la lutte contre les armes à feu, la plupart des affaires dont Hendrick avait établi la liste étaient communes au FBI et l'ATF. Ce qui signifiait qu'il en existait peut-être d'autres.

— C'est quoi, cette fois ? demanda Kane en se penchant vers elle.

Comme chaque fois qu'il s'approchait un peu trop d'elle, Melinda s'écarta imperceptiblement. Elle non plus n'était probablement pas ravie de faire équipe avec lui. Bien que la directrice n'en parle jamais, le rôle qu'avait joué Kane dans la mort de la fille de Pembrook était connu de tous.

Kane serra les dents et s'efforça de ne pas s'agacer de sa réaction. C'était l'une des raisons pour lesquelles il aimait travailler seul. Mais Pembrook avait clairement indiqué qu'elle entendait associer dans cette affaire la capacité de Melinda à deviner les intentions des gens – même à la simple lecture d'un dossier – et la grande expérience de terrain de Kane, sous couverture parmi des criminels. Jusque-là, il devait reconnaître que leur équipe fonctionnait malgré tout plutôt bien… Sauf lorsque Melinda reculait à son approche.

— Un meurtrier condamné, qui a bénéficié d'une libération conditionnelle anticipée. Environ un mois après sa sortie de prison, il a enfilé un gilet pare-balles Petrov Armor, s'est muni d'un pistolet Petrov Armor et a tué cinq personnes sur son ancien lieu de travail, dont la personne qui l'avait dénoncé. Il avait acheté le matériel de protection directement à Petrov Armor, ce qui n'a rien d'illégal. Mais pour l'arme, c'est une autre histoire. L'ATF n'a jamais pu trouver d'où il la tenait mais son ami, criminel lui aussi, a dit aux agents du FBI que l'achat du pistolet avait été plus aisé encore que celui de l'équipement de protection. Après ça, il n'a plus rien voulu dire. Mais il s'est sûrement procuré les deux en même temps, l'un officiellement et l'autre, non.

Kane se renversa contre le dossier de sa chaise et, d'une poussée des talons, la fit tenir en équilibre sur ses deux pieds arrière. Il fixa le plafond, les mains croisées derrière la tête.

— Peut-être voulait-il simplement dire qu'il est facile

d'emprunter une arme achetée légalement par un ami. Ça se pratique couramment.

Même s'il ne la voyait que dans son champ de vision périphérique, il nota la moue dubitative de Melinda.

— Tu parles, grommela-t-elle. Une protection *et* une arme... Si un ami à toi, un ami avec un lourd passé criminel, venait d'acheter un gilet pare-balles, lui prêterais-tu une arme sans poser de questions ?

Kane haussa les épaules. Melinda était plus douée que quiconque pour lire en vous, mais elle n'avait jamais travaillé sous couverture. Lui, à l'inverse, avait passé tant de temps à faire semblant d'être quelqu'un d'autre que sa véritable identité lui semblait parfois floue. Ce qui n'était pas plus mal, à son avis.

Cela lui avait appris à quel point les gens étaient prompts à croire ceux qu'ils aimaient, même contre toute logique, même quand tout indiquait qu'ils avaient tort. De là à prêter une arme à un criminel en se mentant et en se disant que c'était par peur, parce qu'il cherchait à se protéger – peut-être d'un système dont vous vous étiez également persuadé qu'il l'avait condamné d'avance –, il n'y avait qu'un pas.

— OK, admit Melinda. Cette affaire est peut-être moins parlante que d'autres impliquant des armes en quantité. Mais si on les met toutes bout à bout, on tient quelque chose.

— Je ne sais pas, nuança Kane. Beaucoup d'armes se vendent au marché noir. Ça ne signifie pas que Petrov Armor ait été impliquée.

Se redressant sur sa chaise, Melinda croisa les mains devant elle sur la table. Kane reconnut ce geste. Elle s'apprêtait à faire valoir ses arguments.

Il dissimula un sourire tout en lui accordant son attention.

— La vente illégale d'armes est synonyme d'énormes marges bénéficiaires. Les criminels sont prêts à payer plus cher parce qu'ils ont besoin de passer par des voies détournées. Mais, l'an dernier, Leila Petrov a stoppé cette partie de leur activité.

Kane laissa retomber sa chaise sur ses quatre pieds, regrettant de n'avoir pas fait le lien avant.

— Donc, maintenant, celui qui se livrait à ces ventes illégales

– si c'est bien ce qui se passait – comble la perte de profit en vendant des équipements de qualité moindre au prix fort.

— Voilà, acquiesça Melinda, lui souriant enfin.

C'était probablement le premier vrai sourire qu'elle lui adressait depuis qu'ils travaillaient ensemble à la DCT, ou même depuis que leurs chemins s'étaient croisés avant cela. Il nota à quel point ce sourire changeait son apparence. Non qu'elle ne soit pas jolie, mais il n'avait jamais apprécié le genre intello et un peu trop perspicace. Toutefois, il devait fuir davantage encore une Melinda souriante et fière.

— Il faut qu'on trouve le moyen d'examiner les comptes de l'entreprise, déclara-t-elle.

— Ils tiennent probablement une double comptabilité, dit Kane, mettant de côté son bref et ridicule moment d'attirance. Peut-être qu'on devrait essayer d'organiser une transaction. Se faire passer pour un truand qui veut leur passer commande. Une opération sous couverture de ce genre est facile à monter. Je l'ai fait des centaines de fois.

S'il était occupé à tenter de faire affaire avec quelqu'un de chez Petrov Armor, au moins ne serait-il pas enfermé dans un petit bureau avec Melinda Larsen, à faire mine de ne pas se soucier qu'elle ait le pouvoir de mettre quelqu'un à nu d'un seul coup d'œil. À faire mine de ne pas se soucier qu'elle puisse le mettre à nu, lui.

— Non, répondit Melinda. Il faut d'abord travailler en amont, préparer le terrain, sinon on risquerait de tout faire capoter et d'éveiller les soupçons de celui qui est derrière tout ça à l'encontre de Davis.

Kane se retint d'insister. Il mourait d'envie de retourner sur le terrain, d'endosser une nouvelle personnalité comme il aurait enfilé un nouveau costume, d'échapper au regard pénétrant de Melinda, mais elle avait raison, il le savait.

Il devrait patienter avant de retrouver l'action et le danger qu'il adorait, la chance de s'élancer sous une pluie de balles comme son ancienne partenaire – la fille unique de Pembrook – l'avait fait. La chance de mourir en accomplissant quelque chose d'utile. Ainsi qu'il aurait dû le faire des années plus tôt, à son côté.

Davis était sous couverture dans la société depuis un jour et demi, mais Leila avait l'impression qu'il était là depuis une semaine.

Le fait de devoir surveiller ses moindres paroles la rendait anxieuse, et elle devait en permanence résister à l'envie de lui lancer des regards, ce que le personnel aurait pu trouver suspect. Peut-être pas le personnel dans son ensemble, mais cela aurait assurément mis la puce à l'oreille d'oncle Neal ou d'Eric. Elle était même surprise que cela ne se soit pas encore produit.

Mais elle ne leur mentait jamais, ni à l'un ni à l'autre.

Un lien spécial l'avait unie à Eric autrefois, un lien dont elle avait pensé qu'il ne se romprait jamais. Il avait été l'ami qui l'avait arrachée à une profonde dépression trois ans après la mort de sa mère, son premier amoureux, deux ans plus tard. Puis lorsque leur liaison avait pris fin, ils avaient fini par redevenir des amis. Ce ne serait plus jamais comme lorsqu'ils étaient adolescents, mais Leila ne pouvait oublier tout ce qu'il avait fait pour elle ni l'importance qu'il revêtait aux yeux de sa famille.

Son oncle et elle étaient proches. Ils ne se fréquentaient pas beaucoup en dehors du bureau, mais c'était surtout dû au fait qu'ils passaient tous deux le plus clair de leur temps au travail – et le reste, s'agissant de son oncle, avec des femmes qu'il semblait séduire avec une étonnante facilité. C'était un don qu'elle n'avait jamais eu avec le sexe opposé et, après la façon dont Eric avait rompu avec elle, qu'elle ne regrettait guère de ne pas posséder.

Cette idée lui fit jeter un coup d'œil à Davis tandis qu'il l'accompagnait jusqu'à sa voiture. Eric marchait de l'autre côté, se répandant avec une inutile prolixité sur les conditions de la dernière vente qu'il avait conclue, ce qui révéla à Leila qu'il y avait *une* chose qu'il avait bel et bien remarquée : son attirance pour Davis.

Eric la connaissait trop bien. Il avait sans doute noté qu'elle consultait Davis du regard un peu trop souvent. Ce qu'il ne pouvait pas savoir, en revanche, c'était que l'attrait qu'il exerçait sur elle n'était pas seul en jeu. Elle s'inquiétait aussi à cause de la raison pour laquelle Davis était là.

Eric était jaloux, songea-t-elle non sans une certaine frustration doublée d'un peu de colère. Il avait perdu le droit de l'être il y avait bien longtemps, lorsqu'il lui avait brisé le cœur.

— Non, ce n'est pas vrai, c'est une blague ! s'exclama- t-elle, dépitée, en regardant son pneu avant droit complètement à plat. Saleté de chantier de construction... C'était ma roue de secours.

Davis s'inclina en avant, les sourcils froncés.

— Et je suppose que vous n'en avez pas d'autre. Si vous en aviez une deuxième, je pourrais changer le pneu.

— Oui, soupira Leila. Moi aussi, je le pourrais mais je n'ai pas de deuxième roue de secours, évidemment. J'ai dû encore rouler sur un clou.

Elle fit taire la petite voix intérieure qui lui soufflait que c'était peut-être l'un de ses employés. Elle n'ignorait pas que certains d'entre eux n'avaient pas apprécié qu'elle ait pris la suite de son père. Pourtant, ils auraient dû s'y attendre. Depuis qu'elle avait fait ses premiers pas dans la société, cinq ans plus tôt, elle avait travaillé aux côtés de son père plus que n'importe qui d'autre dans la société. Petrov Armor était une entreprise familiale, et le conseil d'administration avait bien vu l'intérêt de continuer dans ce sens. Personne ne pouvait le nier. Et sûrement pas de cette façon puérile.

— Je vais te raccompagner, proposa Eric en posant une main sur son bras.

— Ce n'est pas un problème. Je peux m'en charger.

La curiosité qui se peignit sur le visage de Davis lui indiqua qu'il avait lui aussi remarqué la jalousie d'Eric à son égard.

Avant que Leila ait pu dire qu'elle allait appeler un taxi, Davis ajouta :

— Je suis son assistant, après tout. Ce sera l'occasion pour nous de parler de ce que je peux apporter à Petrov Armor.

— Votre rôle consiste à aider Leila dans son travail, commença Eric. Pas à...

— Oui, c'est une bonne idée, le coupa Leila. Merci.

Elle prit rapidement congé d'Eric puis pivota sur ses talons pour suivre Davis jusqu'à son véhicule.

Elle sentait encore le regard désapprobateur d'Eric dans son dos lorsqu'elle prit place dans le SUV noir de Davis mais ne se retourna pas. Elle s'enfonça dans le confortable siège baquet de ce qu'elle supposait être son véhicule du FBI et ferma les yeux. Les deux derniers jours avaient été stressants, et les trois dernières semaines parmi les pires de sa vie.

Elle avait eu beau se plonger dans le travail, comment aurait-elle pu oublier que son père avait créé l'entreprise à partir de rien, qu'il avait été à l'initiative de toutes les décisions la concernant ? Il avait choisi le mobilier et la décoration des locaux, lui avait réservé le bureau à côté du sien. Puis, lorsqu'il lui avait transmis les rênes de la société, ils avaient simplement retiré la plaque P-DG fixée à la porte de son bureau pour la remplacer par une autre indiquant Fondateur. Elle n'y était plus entrée depuis qu'il était mort.

Comme elle songeait à ce terrible moment où elle avait reçu l'appel lui annonçant son décès, elle sentit sa gorge se serrer. Ravalant son chagrin, elle rouvrit les yeux, battit rapidement des paupières pour refouler ses larmes et se força à reporter son attention sur la seule chose qu'elle était encore en mesure de contrôler : le legs de son père.

— Alors, qu'avez-vous découvert ?

Son cœur se mit à battre plus vite tandis qu'elle attendait et redoutait tout à la fois sa réponse. Certes, il était vrai qu'elle ne connaissait pas personnellement chacun de ses deux cents employés. Mais elle connaissait sa « garde rapprochée », ceux qui occupaient des postes clés et des fonctions qui auraient pu leur permettre ce genre de manipulation. Et elle faisait confiance à chacun de ces employés-là. Plus éloquent peut-être encore, son père avait eu toute confiance en eux. Il avait bénéficié de trente-quatre ans d'expérience soit en tant que propriétaire de Petrov Armor soit, après l'ouverture de son capital, en tant qu'actionnaire principal. Et même après qu'elle en était devenue la dirigeante, il avait toujours été là pour guider ses pas.

— Votre sécurité semble inattaquable, déclara Davis sans quitter la route des yeux. Mais, demain, j'aimerais visionner les enregistrements de vidéosurveillance de la période où les équipements concernés ont été fabriqués puis expédiés. Je veux aussi avoir accès aux registres d'entrées et de sorties de vos cartes clés. Voir qui a eu accès à des zones sensibles alors qu'ils n'avaient rien à y faire, qui était présent à des heures inhabituelles.

— Bien sûr.

Son esprit se révoltait à l'idée de laisser une personne extérieure à l'entreprise examiner les vidéos des caméras de surveillance, mais mieux valait que ce soit Davis qui trouve la vérité plutôt qu'une vaste enquête publique du FBI. À supposer qu'elle puisse être certaine qu'il la tiendrait au courant de tout ce qu'il découvrirait et la laisserait régler la trahison au mieux, sans trop de retombées médiatiques.

Elle n'était pas naïve au point de penser que la presse pourrait être tenue éternellement à l'écart. Mais il était préférable que l'annonce vienne de Petrov Armor plutôt que sous la forme d'un communiqué du FBI.

— Et concernant les suspects ? Qui a pu faire ça, à votre avis ? Est-il possible qu'un échange ait été effectué après que la commande a quitté notre site ?

À peine eut-elle formulé cette idée qu'elle fit son chemin dans son esprit, lui redonnant espoir. Peut-être subsistait-il une chance qu'elle ne se soit pas totalement trompée sur le compte d'un des responsables de son entreprise.

— Je ne suis là que depuis un jour et demi, répondit Davis. Pour l'instant, tout le monde est suspect.

— Vous voulez que je coopère avec vous, n'est-ce pas, Davis ? Alors, il faut que vous jouiez franc jeu aussi avec moi. Je ne peux pas vous dire ce que je sais de quelqu'un si je n'ai aucune idée des personnes sur lesquelles vous voulez enquêter en priorité.

Il tourna à demi la tête et sonda son expression un bref instant comme s'il y cherchait quelque chose.

— Parlez-moi d'Eric Ross.

Elle faillit s'étrangler tant sa suggestion était grotesque.

— Eric ? Un traître ? Je le connais depuis mes treize ans. Il était presque aussi proche de mon père que moi-même. Croyez-moi, il n'a rien à voir avec tout ça.

— Vous êtes sûre que vous êtes tout à fait impartiale ? Eric en pince pour vous, ça saute aux yeux.

— Non, il ne...

Elle poussa un profond soupir.

— C'est ridicule. Écoutez, j'ai bien conscience que j'ai dû mal juger quelqu'un dans la société. Mais ce n'est pas Eric.

Elle se tourna sur son siège pour le regarder et se laissa distraire par l'allure et la prestance qu'il avait dans son pantalon de ville et son blazer. Une bosse, sur sa hanche, retint son attention.

— Vous portez une arme.

Il lui lança un nouveau coup d'œil, inquisiteur.

— Toujours. Même si je n'y étais pas tenu par le règlement du FBI, j'ai été ranger dans l'armée avant de rejoindre le Bureau. J'aime être préparé.

Un ranger. Leila le visualisa dans un uniforme de l'armée, avec, vissé sur la tête, le révéré béret beige qui l'identifiait comme appartenant à l'unité d'élite des forces spéciales. Il était facile de l'imaginer sautant en parachute d'un avion, pilotant un bateau rempli de soldats sur une rivière, dans la jungle, ou descendant en rappel une falaise. C'était quelque chose dans l'assurance tranquille de son regard, l'insolence de son sourire et la puissante musculature que son blazer peinait à dissimuler.

Se forçant à chasser cette image de son esprit, elle plaisanta :

— Donc, si vous êtes toujours paré, qu'y a-t-il dans le coffre ? Un bateau pneumatique et un parachute ?

Il coula un nouveau regard dans sa direction, mais il y avait cette fois de l'amusement au fond de ses yeux et dans ce sourire sexy qui incurvait ses lèvres.

Il l'avait probablement déjà cataloguée dans son esprit : chef d'entreprise sérieuse, résolue à suivre l'exemple de papa et à se montrer à la hauteur. Pas vraiment une personne normale, équilibrée, qui rentrait chez elle le soir dans une maison trop silencieuse, ne pouvait dormir sans bruit de fond et aimait danser seule dans son salon pour décompresser.

Leila regretta aussitôt de lui avoir donné un aperçu de son ridicule sens de l'humour. Elle ramena sa jambe gauche par terre et reprit sa position initiale sur son siège, face au pare-brise. Mais il était dur de ne pas penser à ce sourire, à ces lèvres. Son ventre se tendit de désir, et elle se demanda si cela aussi faisait partie de son arsenal.

Se servait-il souvent de son sex-appeal pour parvenir à ses fins lorsqu'il travaillait sous couverture ?

Et que voulait-il exactement ? Il avait sous-entendu qu'il soupçonnait Eric, émis la suggestion ridicule que celui-ci avait le béguin pour elle. Mais il avait sûrement fait des recherches sur elle, sur son passé. Savait-il qu'Eric et elle étaient sortis ensemble pendant trois ans ? Puis qu'il lui avait brisé le cœur ? Savait-il à quel point il lui avait été difficile d'intégrer l'entreprise dans laquelle Eric travaillait, d'essayer de le traiter comme un simple collègue ?

Comme Davis s'arrêtait devant sa maison, Leila réalisa qu'elle ne lui avait pas donné son adresse. Un sentiment de malaise s'installa en elle, se substituant au désir qu'il lui avait inspiré.

Bien sûr qu'il savait tout cela. Et sans doute bien d'autres choses aussi. Pis, il ne lui avait communiqué aucun élément concret concernant l'enquête.

Était-ce délibéré ? Ou comptait-il partager ses informations au compte-gouttes, lorsqu'il aurait besoin d'elle ?

Elle n'en savait rien, mais une chose était certaine en tout cas : elle ne pouvait pas lui faire confiance.

# 5

— Vous vous rendez compte que je pourrais révéler qui vous êtes n'importe quand, n'est-ce pas ?

Plissant les yeux, Leila Petrov le considéra, les lèvres pincées, les bras croisés sur la poitrine. Elle avait de nouveau pivoté sur son siège après avoir débouclé sa ceinture et ne manifestait aucune intention de sortir du véhicule.

Si furieuse qu'elle paraisse, Davis savait que l'inquiétude qui l'habitait, lui, ne transparaissait pas dans son expression. Après toutes les années qu'il avait passées à pénétrer en territoire ennemi que ce soit en courant sous le feu de l'adversaire ou en sautant en parachute, sans renforts pour venir leur porter secours, à lui et son équipe, il était habitué à feindre l'assurance dans les pires moments de doute. Si ses camarades soldats n'y avaient vu que du feu, il en irait de même avec la jeune dirigeante de Petrov Armor.

— Eh bien ? demanda-t-elle comme le silence se prolongeait.

Une envie de sourire lui vint, que Davis s'empressa de réprimer.

Elle n'était pas du tout telle qu'il se l'était représentée en ouvrant son dossier. Qu'elle ait ou non fait l'objet de favoritisme parce qu'elle était la fille de son fondateur, elle connaissait parfaitement l'entreprise. Elle n'avait pas froid aux yeux et ne craignait pas de lui rappeler l'accord qu'ils avaient conclu. Et il ne s'était pas attendu à cet humour pince-sans-rire.

Il fut repris de l'envie de rire en pensant à son commentaire concernant la présence d'un bateau pneumatique dans sa voiture.

Si elle avait su combien de fois ce genre de précaution lui avait sauvé la mise lorsqu'il était ranger...

— Vous vous moquez de moi ? lança-t-elle. Parce que vous savez, si ces gilets sont vraiment les nôtres, j'ai bien l'intention de découvrir qui est derrière tout ça. Que ce soit avec votre aide ou...

— Je ne me moque pas de vous, la coupa Davis en se penchant vers elle et en voyant sa poitrine se soulever plus vite. Pour quelle raison voudriez-vous me dénoncer ?

— Vous ne respectez pas votre parole. Et je n'apprécie pas que vous me manipuliez en usant de votre charme, en...

Elle agita la main devant elle d'un geste vague, désignant leur proximité.

Cette fois, Davis eut conscience de trahir sa surprise. Il se redressa, s'efforçant de ressaisir.

Leila pivota un peu plus sur son siège, empiétant à son tour sur son espace personnel comme elle l'avait fait dans la salle d'interrogatoire.

— C'est ainsi que vous procédez quand vous êtes en infiltration ? Vous essayez de vous mettre vos contacts dans la poche par la séduction ?

— Je ne...

Davis s'interrompit et poussa un soupir qui s'acheva par un petit rire.

— C'est la première fois que je travaille sous couverture.

Et cela le mettait plutôt mal à l'aise. S'introduire en territoire ennemi en tant que ranger ou participer à des assauts dangereux en tant qu'agent du FBI lui correspondait beaucoup mieux que de se glisser dans la peau d'une personne qu'il n'était pas. Manipuler les gens pour obtenir des informations lui était étranger et lui donnait vaguement l'impression de mal agir, même si ces gens étaient animés d'intentions criminelles.

— La première fois ? Oh !

Elle se renfonça dans son siège, se tournant de nouveau vers l'avant, ce qui permit à Davis d'étudier son profil.

Elle ne ressemblait pas à Jessica Carpenter. Le dossier de Leila indiquait qu'elle avait des origines russes et pakistanaises tandis que Jessica était afro-américaine. Leila avait un profil délicat alors que Jessica avait le port d'un soldat. Mais il y avait quelque chose de similaire sous la surface, quelque chose dans l'équilibre entre le sérieux de l'apparence et un côté plus doux, un peu gauche, que toutes deux tentaient de dissimuler.

À ceci près que Leila était toujours là et qu'elle s'efforçait de protéger une entreprise qui avait tué Jessica.

Le fait qu'elle n'ait rien su n'y changeait rien. Le fait qu'il l'apprécie de plus en plus au fur et à mesure qu'il passait du temps en sa compagnie n'y changeait rien. Tout ce qui comptait, c'était utiliser tous les moyens à sa disposition pour garder sa confiance et identifier le ou les responsables.

Il s'obligea donc à lui faire un lent sourire entendu.

— Je n'y peux rien si je vous trouve séduisante.

Ses lèvres s'entrouvrirent comme si elle était sur le point de dire quelque chose, mais il ne lui en laissa pas l'occasion.

— Je respecte notre marché. Je vous ai dit que je cherchais des renseignements sur Eric Ross.

Elle tourna vivement la tête vers lui. *Touché !* Le lien entre Eric et elle n'était pas que professionnel. Son stratagème avait fonctionné : il avait réussi à détourner son attention de la vraie question – à savoir, s'il lui disait tout. Ce qui n'était pas le cas, évidemment. Et ne le serait jamais.

L'accès de jalousie qu'avait fait naître en lui sa réaction le surprit, mais il l'ignora et persista :

— À moins que ce ne soit là que le bât blesse ? Que vous ne vouliez pas que j'enquête sur votre ex ?

Elle encaissa l'attaque l'espace d'une seconde puis fronça farouchement les sourcils.

— Jusqu'où êtes-vous allé fouiner pour savoir avec qui je sortais quand j'étais adolescente ?

Davis n'avait pas été au courant mais, sentant que sa colère pouvait conduire à des réponses, il haussa les épaules.

— Je suis du FBI. Nous nous appliquons à en savoir le plus possible sur les suspects lorsqu'une enquête est ouverte.

— Les suspects ? releva Leila. Je croyais que nous avions dépassé ce stade.

— C'est le cas, répondit Davis, s'exprimant avec une lenteur et une mesure qui contrastaient avec ses répliques rapides. Mais vous savez bien que nous devons commencer par le haut, Leila. Nous en savons beaucoup sur vous.

Ses joues s'empourprèrent.

— Donc, vous savez qu'Eric m'a soutenue quand je rejetais tout le monde après la mort de ma mère ? Qu'il m'a fait aider avant que j'en sois arrivée à me faire du mal ? Et qu'il est sorti de ma vie sans explication quand j'ai eu mon diplôme de fin d'études secondaires ? Qu'il m'a appelée tous les soirs depuis que mon père est mort juste pour s'assurer que je ne retombe pas dans la dépression ?

La jalousie céda la place à une certaine reconnaissance vis-à-vis d'Eric qui avait été là quand Leila en avait besoin. Davis avait vu la façade de Leila se fissurer quand il était question de la disparition de son père, mais il ne l'imaginait pas dépressive, encore moins animée de velléités autodestructrices. Cette idée lui serra le cœur.

La voix de Leila vacilla encore un peu puis la colère reprit le dessus.

— Pourquoi le FBI a-t-il besoin de connaître les moments les plus douloureux de ma vie ? Est-ce pour les utiliser contre moi ?

Regrettant immédiatement sa tactique, Davis résista à l'envie de lui prendre la main.

— Rien de tout cela ne figure dans notre dossier, Leila.

Du moins, pas vraiment. Il avait appris que sa mère était morte vingt ans plus tôt, mais il n'avait rien su d'Eric.

— J'ai simplement deviné, pour vous et Eric, à la façon dont il se comporte avec vous.

— Oh !

Elle baissa les yeux avant de planter de nouveau son regard sur lui, l'air un peu perdu mais plein d'espoir.

L'estomac de Davis se contracta, sous l'effet de la culpabilité et de la nervosité. S'en prendre à un ennemi qui représentait une menace, c'était une chose. C'en était une autre que d'essayer de gagner la confiance de quelqu'un tout en sachant qu'il serait peut-être amené à trahir cette confiance par la suite.

Mais c'était son travail. Son collègue Kane faisait ça tout le temps – et il semblait aimer ça. S'il fallait en passer par là pour que justice soit rendue à Jessica, Davis devrait s'y employer de son mieux.

S'efforçant de tenir la culpabilité à distance, il déboucla sa ceinture et se tourna pour lui faire face.

— Comment vous en sortez-vous depuis la mort de votre père ?

Un pli barra son front, comme si elle essayait d'évaluer sa sincérité. Puis elle soupira.

— Mon père et moi, nous étions comme deux meilleurs amis. Ma mère est morte lorsque j'avais dix ans. Je n'ai jamais connu sa famille, si ce n'est quelques cousins que j'ai vus par vidéo. Ils vivent tous au Pakistan. En venant vivre ici avec mon père, ma mère les a pour la plupart perdus de vue. Ils ne lui ont jamais vraiment pardonné son départ. Du côté paternel, la famille... n'est pas exactement idéale. À l'exception de mon oncle. Mon oncle est merveilleux. Il m'a aidée à surmonter la perte de ma mère et il m'aide, maintenant, après celle de mon père.

Elle soupira de nouveau et renversa la tête contre son siège.

— Je n'arrive pas à croire qu'il ne soit plus là.

— Je suis désolé.

— Il a fallu qu'il résiste à cet agresseur, dit-elle avec un petit rire amer. C'est mon père tout craché. Ne jamais céder à qui que ce soit.

Le cœur de Davis se comprima tant la souffrance était perceptible dans la voix de Leila. Il comprenait la réaction qu'avait eue Neal Petrov. D'après le rapport de police, il avait une arme à sa ceinture. Ce n'était apparemment pas inhabituel ; il possédait un permis de port d'arme. Il avait dû croire pouvoir maîtriser son agresseur, mais c'était lui qui s'était fait tuer.

— Ce devait être une forte personnalité, souligna-t-il.

— Oui. Mais pas avec moi. Il était tendre et sentimental.

— Vous étiez sa fille unique.

Sans le regarder, elle hocha la tête.

— À la mort de ma mère, il a craqué. Il s'est coupé de tout et de tous – moi y compris.

Davis fronça les sourcils. Pas étonnant qu'elle ait sombré dans la dépression. À dix ans, non seulement elle avait perdu sa mère mais son père s'était en plus désintéressé d'elle.

— Je suis heureux pour vous qu'Eric ait été là, alors.

Elle le fixa, surprise.

— Je n'ai rencontré Eric que trois ans plus tard. Mais mon oncle s'est occupé de moi. Avant cela, oncle Joel était...

Un sourire un peu désenchanté et vaguement amusé souleva un coin de sa bouche avant de disparaître.

— Disons, superficiel, instable. Il ne pensait qu'aux femmes et à l'amusement. Non qu'il ait changé de ce point de vue-là. Mais, quand il a vu à quel point mon père était effondré, incapable de réagir, il est intervenu. C'est pour ainsi dire lui qui m'a élevée pendant quelques années, qui a dirigé l'entreprise également, jusqu'à ce que papa remonte la pente. C'est alors que mon père et moi sommes devenus réellement proches. Et c'est juste avant que j'ai fait la connaissance d'Eric.

— Donc, c'est votre oncle qui a tenu les rênes de l'entreprise pendant un temps.

— Oui. Il y a même consacré tant d'énergie qu'il a perdu son propre emploi.

— Comment cela ?

— Il ne travaillait pas pour Petrov Armor avant cela. Il était commercial pour un groupe pharmaceutique. Mais quand mon père a repris le dessus, il a offert un emploi à oncle Joel pour le remercier de tout ce qu'il avait fait.

Davis hocha la tête, s'efforçant de garder l'air détaché pour demander :

— Après tout ça, comment se fait-il que votre père n'ait pas proposé au conseil d'administration de nommer votre oncle P-DG de l'entreprise quand il s'est retiré ?

— Qu'est-ce qui vous fait croire que mon père pouvait forcer la main aux membres du conseil ?

— Ce n'est pas le cas ? Il était actionnaire principal, non ? Avant que ses parts soient réparties entre Leila et Joel à sa mort.

— Oui, mais...

— Dans ce cas, pourquoi ne pas avoir confié cette fonction à votre oncle ?

L'oncle en avait-il conçu du ressentiment ? Suffisamment, peut-être, pour vouloir saboter l'entreprise…

Leila se mit à rire.

— Oncle Joel, P-DG ? Non, impossible. Enfin, évidemment, il a *de facto* dirigé l'entreprise quand j'étais enfant. Il en est capable. Il l'a même développée. Mais il ne veut pas de cette responsabilité-là. Il n'en a jamais voulu. Être directeur général adjoint lui convient. Il a la sécurité et son mot à dire concernant la gestion de l'entreprise, mais sans en endosser toute la responsabilité.

— Et comment prend-il le fait de devoir vous rendre des comptes ?

— Bien, dit-elle en haussant les épaules. C'est un peu étrange… C'est mon oncle, après tout. Mais il s'en accommode tout à fait. Bien mieux que certains autres.

— Comme Theresa Quinn, par exemple ?

La responsable R & D ne lui avait pas paru enthousiasmée par le fait d'avoir Leila pour patronne.

— Comment avez-vous deviné ? demanda Leila avec un soupir. Elle n'est pas la seule, cela dit. Mais ils me connaissent, tous ; ils savent à quel point je tiens à l'entreprise que m'a léguée mon père.

Elle lui décocha un regard dur.

— Ils finiront par s'habituer.

Comme elle avait formulé ces derniers mots avec moins d'assurance, Davis souligna :

— J'en suis sûr.

L'expression de Leila se fit songeuse mais, tandis qu'elle le regardait, l'anxiété qui hantait ses yeux s'estompa peu à peu. Ses lèvres s'entrouvrirent, et il l'entendit déglutir. Tout à coup, il lui sembla que la chaleur était subitement devenue intenable dans l'habitacle.

Puis elle s'inclina vers lui, les paupières closes.

Il se sentit basculer vers l'avant lui aussi tandis que sa main se posait sur sa joue et que sa bouche se tendait vers la sienne, irrépressiblement. Mais le bon sens reprit le dessus juste à temps.

Se redressant brusquement, Davis détourna les yeux.

— Je ferais mieux de m'en aller. Appelez-moi si vous avez

besoin de quoi que ce soit ou si vous pensez à quelque chose concernant l'affaire, d'accord ?

Elle le dévisagea, clignant des yeux, l'air affreusement embarrassée. Puis, en un battement de cils, son trouble s'effaça, remplacé par un masque dur, professionnel.

— Bonne nuit, Davis.

Elle descendit du véhicule et remonta l'allée pavée qui conduisait à sa maison sans un regard en arrière.

Quel idiot il faisait !

Leila Petrov avait été à deux doigts de l'embrasser, et il s'était dérobé. Résultat : non seulement il avait laissé passer sa chance de savourer le goût de ses lèvres, mais il avait également gâché le début de confiance qui s'était instauré entre eux. Mais c'était une limite que son éthique professionnelle l'empêchait de franchir.

De plus, elle avait été vulnérable à ce moment-là. Et il lui avait menti. Pendant chacun des fichus moments qu'il passait avec elle, il lui mentait. Car, si elle savait qu'il était là pour enquêter sur l'origine des produits défectueux, elle ne se doutait pas à quel point il voulait voir le coupable puni. Comment aurait-elle pu imaginer que même si elle était innocente, il la tiendrait toujours pour responsable puisqu'elle était à la tête de Petrov Armor ?

Il l'aimait bien – trop, sans doute – et refusait de l'utiliser. Même pour faire avancer l'enquête. Même pour venger la mort de Jessica.

Davis tapa du poing sur le volant tandis qu'il s'éloignait du domicile de Leila. Son corps lui criait de faire demi-tour, de frapper à sa porte et de s'ouvrir à elle. Dans le même temps, son cerveau lui envoyait le même message – à ceci près que c'était pour les besoins de l'enquête.

Mais il ne pouvait pas se prêter à ce jeu-là. Elle avait déjà trop perdu dans la vie.

Son portable se mit à sonner, et Davis appuya sur la touche Bluetooth de son volant, les yeux rivés sur la route. Un coup d'œil au tableau de bord lui apprit que c'était Melinda Larsen et non Leila.

Il en éprouva une déception telle que cela le prit de court.

— Allô ? Davis, tu es là ?

— Oui, dit-il avant de s'éclaircir la voix. Qu'y a-t-il ?

— Kane et moi nous sommes penchés sur les ventes d'armes illégales que Petrov Armor a pu réaliser, comme tu le sais.

Quelle étrange équipe ils formaient, ces deux-là. Davis avait du mal à imaginer la toujours calme et pondérée Melinda Larsen et l'insaisissable Kane Bradshaw, jamais là où on l'attendait, travaillant ensemble.

— Vous avez trouvé quelque chose ?

— Peut-être. On a des photos d'une affaire menée conjointement par le FBI et l'ATF. Les ventes d'armes illégales n'étaient qu'une partie de l'affaire, mais on passe au crible tout ce qu'on trouve. La plaque minéralogique d'une Lexus apparaît partiellement sur une photo prise en ville. Le conducteur n'est pas visible mais le numéro, même s'il est incomplet, renvoie à une certaine Theresa Quinn, responsable de...

— La recherche et du développement de Petrov Armor, acheva Davis à sa place.

— Attention, reprit Melinda. Des centaines de Lexus rouges pourraient correspondre à ce numéro partiel. Mais dans le Tennessee ? Et à proximité de l'endroit où se tenait la réunion d'un gang ?

— Comment ça, « à proximité » ? Qu'est-ce que ça signifie ?

— Qu'il est possible qu'il n'y ait pas de lien. Mais une Lexus dans les bas quartiers de la ville ? Tout près du lieu où un membre de gang avait rendez-vous avec quelqu'un pour une vente d'armes ?

— Qui était le vendeur ?

— On ne sait pas. Ni l'un ni l'autre ne se sont présentés au rendez-vous. L'ATF pense que le type a eu peur. Ou la fille, si le véhicule appartient bien à Theresa Quinn.

C'était indubitablement une piste, songea Davis. Theresa ne semblait pas porter Leila dans son cœur, ce qui pouvait résulter du fait qu'elle avait collaboré à des ventes d'armes illégales avec son père pendant des années sans que la jeune P-DG s'en soit rendu compte.

— OK. Je fais un crochet par le bureau, annonça Davis.

— Bien. Kane et moi sommes toujours en train d'éplucher les dossiers, mais on aimerait savoir comment ça se passe pour toi, vu de l'intérieur.

— Je suis sûr que c'est beaucoup plus amusant, commenta la voix de Kane à l'arrière-plan.

— Pas vraiment, non, marmonna Davis. À tout de suite.

Il ne lui fallut pas plus de cinq minutes pour arriver à destination. Il trouva Kane et Melinda assis de part et d'autre de la longue table de conférence où l'équipe tenait ses réunions, chaque matin. Chacun scrutait l'écran d'un ordinateur portable, et Davis se demanda combien d'heures ils avaient réussi à tenir sans échanger un mot.

— Si aucun chef d'accusation n'a jamais pu être retenu contre Petrov Armor, ce n'est pas par hasard, dit Kane. Si, comme je le pense, ils vendent des armes au marché noir à des criminels, c'est sans doute qu'ils ont mis au point un dispositif bien huilé. Il va falloir creuser de ce côté-là.

Une boule noua l'estomac de Davis. Ça aurait dû être une bonne nouvelle – non que Petrov Armor excelle dans l'art de dissimuler des ventes illégales, mais qu'il existe des façons détournées de recueillir des preuves –, mais Davis ne pensait qu'à une chose : l'espoir dans les yeux de Leila quand elle avait suggéré que le matériel avait peut-être été échangé après le départ de l'usine.

Elle croyait sincèrement que le cœur de sa société était sain. Mais, apparemment, elle se trompait.

— Pas facile, le travail sous couverture, hein ? demanda Melinda.

Davis la regarda, se disant qu'elle avait probablement décrypté chacune de ses émotions.

Et, tout à coup, l'attention de Kane, elle aussi, se fixa sur lui. Davis s'obligea à hausser les épaules. Essaya de chasser Leila de ses pensées.

— C'est une grosse entreprise. Mais le nombre de personnes qui auraient pu à la fois vendre des armes sous le manteau *et* produire des équipements de qualité inférieure est sans doute assez réduit. À supposer qu'il s'agisse d'une seule et même personne.

— C'est forcément quelqu'un qui occupe un poste important,

confirma Kane. Peut-être plus d'une personne, d'ailleurs, puisque Neal Petrov était probablement impliqué. Tu as quelqu'un dans le collimateur ?

— Theresa Quinn est forcément en tête de liste, intervint Melinda avant d'arrêter son regard sur Davis. Qu'en est-il du frère de Neal Petrov, Joel ?

— Peut-être, éluda Davis, n'aimant guère l'idée que non seulement le père, mais aussi l'oncle de Leila puissent être des criminels. On ne peut pas exclure que Neal et Joel Petrov aient été de mèche. Après la mort de la femme de Neal, c'est Joel qui a pris en charge la société pendant quelques années, donc peut-être a-t-il géré également la partie illégale des affaires de son frère. Ce qui expliquerait qu'il l'ait gardé après son retour.

Les sourcils de Melinda s'arquèrent.

— Tout cela est prometteur. Même si on n'a encore aucune certitude concernant cette Lexus rouge.

— Et le directeur commercial ? demanda Kane.

— Eric Ross.

L'ex de Leila qui lui avait brisé le cœur il y avait longtemps, mais l'appelait chaque soir depuis trois semaines pour s'assurer qu'elle allait bien après la mort de son père.

— C'est aussi une possibilité. Il a accès à tout, et son travail l'amène à se déplacer souvent. Personne ne se serait étonné de le voir emporter des échantillons à montrer à ses clients... Il était aussi très proche de Neal Petrov, donc ils auraient très bien pu être associés.

— Même si, en tant que fille de Neal Petrov, elle était la coupable toute désignée, Leila Petrov a paru véritablement ébranlée lors de son interrogatoire, déclara Melinda. Il y a un an, c'est elle qui a décidé de stopper la fabrication d'armes pour recentrer l'activité de l'entreprise sur le matériel de protection. Elle n'aurait jamais agi ainsi si elle avait gagné des fortunes avec la vente d'armes sur le marché parallèle.

— Leila n'est pas impliquée, asséna Davis avec force.

Les mots lui avaient échappé avant qu'il ait eu le temps de réfléchir.

Kane haussa les sourcils mais se borna à dire :

— Est-ce que tu as envisagé que son père eût pu la mettre en place parce qu'elle ne risquait pas de soupçonner quoi que ce soit ? Qu'elle serait facile à tromper ? Si c'est le cas, ça s'est retourné contre lui quand elle a décidé de fermer la filière de fabrication d'armes. Mais elle n'en constituait pas moins toujours un bouc émissaire acceptable.

Melinda fronça les sourcils.

— C'est extrêmement cynique.

— Peut-être bien, mais as-tu lu le dossier du monsieur ? répliqua Kane en poussant une enveloppe en papier kraft de l'autre côté de la table.

Davis l'intercepta.

— Qu'est-ce que c'est que ça ?

La plupart des dossiers étaient informatisés, au FBI, sauf ceux qui dataient d'il y a si longtemps que le transfert n'avait pas été effectué.

— Le rapport de police concernant l'agression dont a été victime Neal Petrov. Je viens juste de le parcourir. Mais il y a aussi un très ancien dossier des services sociaux. Il y a vingt ans, un voisin les a appelés pour signaler qu'une petite fille de dix ans, Leila, était toute seule depuis une semaine. La police s'est rendue sur les lieux et malgré les dénégations de la fillette qui a prétendu que son père venait de s'absenter, l'état de la maison l'a contredite. Il s'en est fallu d'un cheveu que les services de protection de l'enfance ne soient informés. L'oncle est intervenu et a arrangé les choses.

— La femme de Neal venait de mourir, dit Davis, sentant ses épaules s'affaisser tandis qu'il lisait le compte rendu faisant état d'une enfant sale, affamée, livrée à elle-même, mais s'efforçant malgré tout de faire bonne figure face aux policiers.

Sachant que l'histoire s'était bien terminée et ayant l'impression de s'immiscer dans une partie de sa vie à laquelle elle n'avait pas souhaité lui donner accès, Davis reporta son attention sur le rapport relatif à l'agression de Neal Petrov.

Il était bref. Davis parcourut rapidement la relation des faits et s'apprêtait à refermer le dossier lorsqu'un petit détail capta son attention. Il poussa un juron et se redressa d'un coup sur son siège.

— Qu'y a-t-il ? demanda Kane.

— Je ne crois pas que cette agression ait été le fait du hasard. Je pense que Neal Petrov a été assassiné.

# 6

— Assassiné ? répéta Kane. Mais ce n'est pas ce que conclut le rapport.

— Officiellement, quelqu'un a sauté sur Petrov, lequel a cherché à s'emparer de son arme pour se défendre et a été abattu par l'agresseur. Mais ce dernier n'a jamais été arrêté.

— Et ? demanda Kane. Il était dans un secteur où les agressions sont fréquentes. Comme il a cherché à résister, une issue fatale était malheureusement à craindre. L'agresseur aura pris peur et tiré.

— L'arme de Petrov était rangée à l'arrière de sa ceinture.

Davis survola rapidement le dossier une dernière fois pour s'assurer que rien ne lui avait échappé, mais il jura de nouveau dans sa barbe. Il avait raison.

— D'après ce rapport, son bras droit était positionné en arrière, comme pour s'emparer de son arme.

— Ce qui cadre avec la thèse de l'agression, souligna Kane, l'air d'attendre cependant la suite.

— Le bras de Petrov ne montrait aucune blessure. Pas la moindre égratignure. Pas de fracture des doigts ni du poignet attestant qu'il avait tenté d'amortir sa chute. Pas d'éraflure sur l'avant-bras provoquée par le choc avec le trottoir. Comme si...

— Comme si son bras avait été placé dans cette position après coup, acheva Melinda, l'air pensif.

— Précisément.

— Eh bien, l'affaire vient de prendre une nouvelle tournure des plus intéressantes, déclara Kane.

En effet, c'était capital. Car, s'il ne s'agissait plus d'une banale agression mais d'une mise en scène, cela signifiait que l'auteur était quelqu'un que Petrov connaissait. Et que le meurtrier devait avoir un rapport avec l'équipement défectueux qui sortait des chaînes de fabrication de Petrov Armor. Cela jetait un éclairage tout à fait différent sur ce qui se tramait à l'intérieur de l'entreprise.

Mais Davis pensait en cet instant à la tristesse dans la voix de Leila lorsqu'elle avait évoqué la perte de sa mère, au chagrin qu'il avait lu dans ses yeux quand ses employés avaient parlé de son père. Il n'avait pas envie d'être la cause de nouvelles souffrances. Il n'avait pas envie de lui annoncer qu'une personne qu'elle connaissait sans doute avait assassiné son père.

— Donc, qui aurait pu vouloir la mort de Neal Petrov ? reprit Melinda.

Davis dut se faire violence pour recentrer son attention, mais il ne réussit qu'à moitié à chasser le regard triste de Leila de son esprit.

— Pas mal de gens s'il était impliqué dans des ventes illégales d'armes à feu et de matériel défectueux.

— Ou, même s'il était innocent et qu'il a découvert ce qui se passait au sein de sa société, ajouta Kane. Mais je reste quand même partisan de la première hypothèse – à savoir que c'est lui l'instigateur. À mon avis, il tirait énormément d'argent de ces ventes illégales puis il s'est retiré à l'âge de soixante ans. Avec lui pour partenaire toujours dans la place, la personne que nous recherchons jouissait toujours de tous les accès nécessaires. Petrov aussi puisqu'il était toujours dans l'entreprise au titre de consultant et de membre du conseil d'administration. Il pouvait donc se concentrer sur le versant illégal de son activité. Je parie qu'il a promu sa fille au rang de P-DG parce qu'il savait qu'elle ne croirait jamais cela de lui.

Kane s'interrompit pour regarder Davis d'un air interrogateur. Celui-ci hocha la tête à contrecœur.

— Leila adorait son père. Elle ne l'aurait effectivement jamais soupçonné d'actes répréhensibles de ce genre. Mais, franchement, elle n'arrive toujours pas non plus à croire que ce puisse être un employé de la société. Elle pense qu'un échange a pu s'opérer après que la commande a quitté le site de Petrov Armor.

— Ça aurait pu être plausible - même si c'était improbable - quand nous pensions que seul un lot d'équipements était en cause. Elle ne sait pas que l'affaire a pris une autre dimension, qu'elle concerne aussi des ventes illégales d'armes, répliqua Kane. Donc, Petrov installe sa fille dans le fauteuil de P-DG pour avoir les coudées franches. Et voilà qu'elle arrête la production d'armes. Pour tirer son épingle du jeu, il se rabat sur la fourniture d'équipements de protection au rabais en troquant les matériaux habituels contre des matériaux de moindre qualité. Ça tendrait à suggérer que Quinn est aussi dans le coup.

— Et qu'elle l'aurait fait tuer ? intervint Melinda. Mais pour quelle raison ?

— Peut-être pour empocher seule tous les profits, suggéra Davis. Elle n'acceptait pas que Leila ait pris la direction de l'entreprise. Peut-être en voulait-elle à Neal Petrov de l'avoir promue à ce poste et de lui avoir donné la possibilité de stopper la fabrication d'armes, et donc de tuer la poule aux œufs d'or.

— À moins que ce ne soit pas Quinn qui l'ait tué, reprit Melinda. Peut-être s'agit-il de quelqu'un qui a découvert ce que faisait Petrov et a voulu se venger.

— Mais les protections défectueuses n'ont causé des morts qu'après le meurtre de Petrov, souligna Davis.

— Du moins, à ce que nous en savons, répondit Melinda. Mais si c'est quelqu'un de la société ? Quelqu'un qui avait appris pour les ventes d'armes et voulait que tout cela s'arrête ? Quelqu'un qui a peut-être même envoyé le lot défectueux pour qu'une enquête soit ouverte puis, voyant que c'était trop long, aura fait tuer Petrov.

— Il aurait été plus simple de prévenir la police de façon anonyme, souligna Davis. La fourniture de matériel défectueux, ça me paraît un peu extrême.

— Oui, mais quel meurtre commis par vengeance n'est pas extrême ?

— D'accord... S'il s'agit d'une vengeance. Mais je ne le pense pas. Il semble plus probable qu'il ait été tué par son partenaire de ventes illégales d'armes, non ?

Davis lança un regard à Kane, se demandant quel était son avis. Melinda était peut-être profileuse, mais Kane avait passé la majeure partie de sa carrière sur le terrain, en infiltration. Il avait collaboré de façon répétée avec la CIA et connaissait mieux que personne les tractations illicites des criminels pour les avoir souvent observées de près. La rumeur courait même qu'il y avait occasionnellement participé afin de ne pas se trahir.

— Peut-être, déclara finalement Kane, dubitatif. Moi, c'est le timing qui m'intéresse. Que s'est-il passé voilà trois semaines pour que Neal Petrov soit abattu ? C'est proche de la date d'envoi de ce lot défectueux. Et puis il y a cette histoire d'arrêt de la fabrication d'armes, l'an dernier. Quelque chose me dit que tout cela est lié.

— Leila est d'accord pour me laisser visionner la vidéosurveillance et consulter les registres d'accès à l'époque de la fabrication du lot incriminé, les informa Davis. Peut-être que ça nous fournira un indice.

— D'ici là, veille à te comporter comme si l'enquête portait toujours uniquement sur le lot défectueux, recommanda Melinda. Il ne faut pas que Leila apprenne que son père a été tué sinon elle risquerait de tout dévoiler, ce qui serait désastreux pour notre enquête.

— Je sais, répondit Davis en évitant de la regarder dans les yeux.

Il n'avait pas l'intention de révéler la vérité à Leila, du moins pas tant qu'ils n'auraient pas procédé à une arrestation. Mais il avait déjà du mal à lui mentir sur des points peu importants, fût-ce par omission… Alors, comment allait-il lui cacher quelque chose d'aussi énorme ?

Il faisait 22 °C, et le soleil brillait mais Kane Bradshaw était planqué dans un passage souterrain, dans un recoin sombre. À quinze mètres de là, une transaction de drogue était en train de s'opérer. Trente mètres plus loin, un amas de cartons et de couvertures abritait plus de SDF qu'un endroit aussi exigu ne pouvait en contenir.

Mais Kane ne se souciait pas de cela. Adossé à un pilier, il balaya la zone du regard jusqu'à ce qu'il repère son informateur. Dougie Zimmerman arriva de sa démarche sautillante, l'air fanfaron comme toujours, remontant un pantalon qui refusait obstinément de rester au-dessus de ses hanches osseuses. Comme il avait rasé le peu de cheveux encore plantés sur son crâne et arborait un bouc qui dissimulait en partie la peau vérolée de son visage, Dougie paraissait plus arrogant que réellement menaçant.

La vérité se situait quelque part entre les deux.

Dougie avait quitté l'école et commencé à conduire des camions chargés de marchandises illégales à dix-sept ans. Parvenu à l'âge de dix-neuf ans, il avait déjà fait deux courts séjours en prison et n'avait jamais dénoncé personne. Ce qui lui avait valu la confiance du milieu criminel dans lequel il évoluait et de nouvelles missions illégales. Un an plus tard, il s'était de nouveau fait prendre, cette fois avec une quantité de drogue suffisante pour l'envoyer croupir de longues années en prison.

Mais la partenaire de l'époque de Kane avait fait disparaître le procès-verbal de l'arrestation et avait fait de Dougie un informateur du FBI. Cela s'était passé huit ans plus tôt. Depuis lors, Dougie était l'un des meilleurs indicateurs de Kane. Ce dernier avait aidé à faire oublier plusieurs chefs d'accusation pour détention de stupéfiants, un pour détention illégale d'arme à feu et même un pour vol qualifié afin que Dougie puisse rester dans la rue. Car il transmettait plus de précieuses informations qu'il ne causait de dommages.

Pour autant, si Dougie avait endossé le costume du parfait informateur, c'était pour ne pas retourner en prison et pour l'excitation que lui procurait le fait de jouer ce double jeu. La journée terminée, il était toujours un délinquant. Et Kane, un agent du FBI.

Bien qu'il gardât les mains le long du corps, Kane se tenait sur le qui-vive, prêt à réagir au moindre signe de coup fourré. De toute la DCT, c'était lui qui avait les meilleurs réflexes. Jamais encore une rencontre avec un informateur ne s'était mal passée pour lui, mais il avait connu de nombreuses opérations d'infiltration qui avaient mal tourné si bien qu'il était toujours prêt. En général, avec plusieurs armes dissimulées sur lui.

Une fois, une seule – celle qui avait coûté la vie à sa partenaire –, sa préparation n'avait pas suffi. C'était pourquoi il était seul dans ce passage sombre et n'avait même pas voulu dire à Melinda où il se rendait. Puisque Pembrook le forçait à travailler avec Melinda, celle-ci n'avait qu'à se charger de la partie de l'enquête consistant à lire des dossiers dans un bureau climatisé. Lui s'occuperait du reste.

— Alors, qu'est-ce que tu as pour moi ? demanda-t-il en promenant rapidement son regard sur Dougie.

Mais les vêtements mal ajustés de Dougie ne permettaient guère de cacher une arme. Et Kane doutait qu'il soit venu accompagné. Si celui-ci avait noué de nombreux contacts dans le milieu du crime du Tennessee, il n'aimait pas travailler longtemps avec quelqu'un. Sa relation avec Kane était certainement la plus durable qu'il ait jamais entretenue.

La tête de Dougie pivota lentement de droite à gauche, dans un ralenti qui évoquait plus l'indétermination qu'une façon de surveiller son environnement. Puis il hocha brièvement la tête.

— Le bruit court que, si on recherche des armes, on peut trouver des pistolets Petrov Armor dans le coin. J'ai essayé d'en savoir le plus possible sans éveiller les soupçons, mais personne ne semble savoir exactement qui est le contact.

Kane fronça les sourcils. Dougie connaissait tout le monde. Alors si quelqu'un fournissait illégalement des armes de chez Petrov Armor depuis plus de dix ans, c'était qu'il savait dissimuler à la fois son activité illicite et son identité.

— Y a-t-il eu des ventes, récemment ?

La filière de fabrication d'armes avait beau être désormais fermée, cela ne signifiait pas que Petrov Armor n'avait pas de stocks encore disponibles. Quelqu'un pouvait très bien les écouler sous le manteau au prix fort.

— Je ne sais pas si c'est vraiment récent, mais...

Dougie inspecta de nouveau les alentours puis se pencha en avant et baissa le ton.

— On dit que la FAEP a acheté beaucoup d'armes dernièrement.

Il paraît qu'ils ont une salle remplie de pistolets de chez Petrov Armor.

Un courant électrique se propagea sur la peau de Kane. Son instinct lui soufflait que le renseignement était exact et qu'il tenait là une piste.

La Fraternité pour une Amérique Ethniquement Pure était un groupe de fanatiques haineux qui avaient fait de la lutte contre l'égalité leur cheval de bataille. Le FBI les avait à l'œil depuis qu'ils étaient apparus sur leurs radars, quatre ans plus tôt, mais jusque-là les violences ciblées commises ici et là par ses membres n'avaient pas pu être reliées de façon suffisamment probante au groupe lui-même pour procéder à des arrestations à grande échelle.

— Tu pourrais me présenter ? demanda Kane.

Dougie secoua la tête.

— Hein ? Pas question. Ces types sont dingues. Je ne veux pas avoir affaire à eux.

— Tu n'en as pas besoin. Dis-leur simplement que je veux les rencontrer.

Dougie fit la moue, ce qui lui conféra une apparence plus patibulaire encore.

— Je n'ai pas de contacts chez eux, mais je connais un gars qui en a. C'est lui qui m'a parlé des armes. Je peux te mettre en rapport avec lui… À condition d'être remercié pour ma peine, bien sûr.

En général, Kane répliquait que Dougie devait s'estimer heureux d'être libre, mais l'enjeu était cette fois trop important. Il acquiesça d'un bref hochement de tête.

— Quand peux-tu arranger ça ?

— Je ne sais pas. Peut-être demain, dit Dougie en jetant un nouveau coup d'œil autour de lui. Je t'appelle.

Kane attendit encore cinq bonnes minutes avant de partir dans la direction opposée. D'après le protocole, il était censé transmettre l'information à sa partenaire – en l'occurrence, Melinda. Mais elle ne manquerait pas de s'opposer à son intention d'entrer en contact avec la FAEP. Elle arguerait que c'était trop dangereux, qu'il fallait travailler en amont… Ou, pis, qu'elle voulait venir avec lui.

La seule idée de Melinda Larsen l'accompagnant sur le terrain lui provoqua un frisson. Et celle de travailler avec elle sous couverture l'effraya davantage encore.

Pourtant, il fallait agir. Ils ne pouvaient pas attendre que Davis identifie le coupable. D'autant qu'il s'attachait de plus en plus à Leila Petrov. Et ce n'était pas seulement une attirance physique. Kane s'en était rendu compte en écoutant Davis, la veille, quand il était passé au bureau. Il avait parlé d'elle avec admiration et avec empathie.

Davis était un type bien. Il faisait merveille dans le combat au corps à corps ou dans une fusillade, et Kane l'aurait sans hésiter choisi comme partenaire dans la plupart des situations dangereuses. Mais l'infiltration ? Ce n'était pas son point fort. Il avait l'esprit trop… militaire, il était trop franc, trop direct. Il n'avait pas l'art et la manière d'habiter un personnage comme si c'était sa seconde peau.

Et cette lacune-là pouvait être fatale.

# 7

Pour ce qui lui sembla être la centième fois de la journée, Leila jeta un coup d'œil à la porte fermée de son bureau. Elle avait à peine échangé trois mots avec Davis depuis son arrivée, ce matin-là. Il avait proposé de passer la prendre, mais elle s'était levée tôt et avait appelé un taxi afin de l'éviter.

Elle n'arrivait pas à croire qu'elle ait essayé de l'embrasser la veille. Oh ! il n'avait rien dit mais, à en juger par la façon dont il s'était rétracté, ce n'était pas nécessaire. Apparemment, même s'il avait usé du flirt et de l'attrait qu'il exerçait sur elle pour obtenir des informations, elle avait franchi une ligne en agissant comme elle l'avait fait.

Elle aurait dû se féliciter qu'il y ait mis le holà. Débordée par les émotions, elle avait réagi de façon inappropriée. S'il l'avait laissée faire, elle se serait sûrement sentie plus mal à l'aise encore aujourd'hui. Et pourtant, comme elle aurait aimé se blottir contre ce torse large, se perdre dans ses baisers… ne fût-ce que l'espace d'un moment, pour s'extirper de la dure réalité, oublier que son père n'était plus là et que son entreprise – son précieux héritage – était en proie à de graves difficultés.

Fermant les yeux pour ne pas céder à l'envie de pleurer, Leila se força à inspirer et à expirer lentement jusqu'à ce qu'elle ait réussi à dominer son chagrin. Lorsqu'elle les rouvrit, Davis était sur le seuil de son bureau et refermait doucement la porte derrière lui.

C'était bien sa chance qu'il soit arrivé juste au moment où

elle craquait. Elle s'obligea à plaquer un sourire sur son visage, espérant masquer ainsi son désarroi.

— Alors, le visionnage des vidéos et la consultation des registres d'accès ont-ils donné quelque chose ?

Le matin même, elle lui avait fourni le code du programme informatique qui recensait tous les déplacements du personnel dans la société. Elle lui avait aussi remis les bandes vidéo de la sécurité interne et externe. Les premières n'étaient conservées qu'une semaine, mais s'agissant de la sécurité externe ils les archivaient pendant plusieurs mois.

Visiblement pris au dépourvu, car il s'apprêtait sans doute à lui demander si elle allait bien, il fronça les sourcils.

— Eh bien ? le pressa-t-elle.

Elle ne reproduirait pas la même erreur. Dorénavant, elle garderait en permanence à l'esprit qu'ils étaient, à leur corps défendant, partenaires dans une enquête menée sous couverture par le FBI afin de découvrir la vérité sur ce qui était arrivé à ces soldats. Point final.

Même s'ils collaboraient, même si elle respectait son intelligence et son expérience d'enquêteur, ils ne seraient jamais du même côté de la barrière. Certes, ils tendaient vers le même but pour l'instant, mais une fois le coupable identifié savoir si l'arrestation de celui-ci entraînerait ou non Petrov Armor dans sa chute serait le cadet de ses soucis. Et ça, elle ne pouvait l'accepter.

— Oui, j'ai trouvé quelque chose.

Le cœur de Leila se mit à palpiter beaucoup trop vite. Elle agrippa le bord de son bureau et se leva.

— Quoi ?

*Ou plutôt : « Qui ? »*, songea-t-elle, le cœur battant.

— Il n'y avait rien sur les vidéos externes. Pas vraiment, du moins, commença Davis, contournant l'angle de son bureau et venant se placer à côté d'elle pour se mettre à taper sur l'écran de son ordinateur. Je ne savais pas exactement quel moment précis je devais cibler, donc faire le tri parmi toutes ces vidéos a été un peu fastidieux. Mais il manque des enregistrements. Je ne sais pas si c'est une erreur du système ou une suppression délibérée. Mais ce qui est certain, c'est que ça évoque des agissements suspects – comme un camion qu'on aurait chargé de nuit, par exemple.

— Je persiste à penser qu'un échange a pu être effectué après que la commande a quitté notre entrepôt, assura-t-elle en se rasseyant et en regardant ce qu'il faisait sur l'ordinateur.

Elle vit ses doigts s'immobiliser en suspens au-dessus du clavier, son corps tout entier se figer. Cela ne dura qu'un instant, mais la bouche de Leila s'assécha subitement. Il y avait quelque chose qu'il ne lui disait pas.

Avant qu'elle ait pu développer sa pensée, il tourna l'ordinateur vers elle.

— Ceci est un peu plus intéressant.

Leila approcha le visage de l'écran et parcourut les lignes du registre. Chaque fois qu'un employé utilisait sa carte de sécurité pour pénétrer dans le bâtiment ou dans l'une des zones sécurisées, le système en gardait la trace.

— Theresa Quinn était ici, tard le soir, pendant la période où ce lot d'équipement était en préparation.

Leila soupira.

— Ce n'est pas exactement une preuve irréfutable, Davis. Theresa ne vit que pour le travail. Elle vient même le week-end, parfois.

— Oui, mais ces incursions, au beau milieu de la nuit, ne semblent pas si fréquentes, sauf pendant cette période.

Se penchant de nouveau, Leila consulta les dates en question et constata qu'il avait raison.

— Ce n'est quand même pas concluant.

Theresa n'avait jamais été favorable à sa nomination au poste de P-DG, mais elle n'avait jamais paru briguer ce poste. Elle pensait simplement que Leila était trop jeune, qu'elle ne l'avait pas mérité et n'était pas à la hauteur.

Mais, en vraie professionnelle, une fois Leila en place, elle n'avait plus émis le moindre commentaire et n'avait rien fait qui puisse nuire à la bonne marche de l'entreprise.

— Theresa et vous ne vous entendez pas, nota Davis.

— Oh ! vous avez remarqué ? souligna Leila non sans ironie. C'est mon oncle qui l'a fait entrer dans la société à l'époque où il remplaçait mon père. Mais quand papa a repris ses fonctions, il a dit que l'embauche de Theresa avait été l'une des meilleures initiatives de son frère. Elle n'a pas un caractère facile, mais jamais elle ne trahirait la société qu'elle contribue à développer depuis vingt ans.

— Comment a-t-elle pris votre décision de fermer la branche vente d'armes ?

Déroutée par ce changement de sujet, Leila se renfonça dans son fauteuil pour mettre de la distance entre eux.

— Elle n'était pas contente mais, à vrai dire, aucun des cadres ne l'était. Mais j'y réfléchissais depuis longtemps et, l'an dernier, cela m'a paru être le bon moment. L'armée avait testé nos nouveaux équipements protecteurs ultra-légers, et c'était un vrai succès. Les commandes affluaient. Il était temps de cesser de nous disperser et de nous recentrer sur ce qui avait été le cœur de l'activité au tout début. Et puis, en toute franchise, j'ai toujours préféré traiter avec l'armée. Donc fabriquer du matériel solide, capable de protéger efficacement les soldats paraissait être la voie à suivre, d'autant que l'activité était de plus en plus florissante et profitable.

— Ne restait-il pas des stocks d'armes invendus ?

— Ils ont été détruits pour la plupart, répondit-elle en levant les yeux pour le regarder. Pourquoi vous intéressez-vous tant au virage stratégique opéré par la société ?

— Il me surprend un peu, voilà tout. Votre père était d'accord ? Il avait consacré du temps au développement de cette activité.

— Mais lui et le conseil d'administration m'avaient confié les rênes de l'entreprise. Bien sûr, ce n'aurait pas été son choix. Nous n'étions pas toujours d'accord, mais il a toujours soutenu mes décisions. Il me savait déjà en butte aux réticences des salariés concernant ma nomination…

Elle baissa les yeux.

— S'il ne m'avait pas apporté son soutien sur cette question, cela aurait remis en cause ma légitimité. Je pense qu'il le savait.

— C'était un bon père, déclara Davis.

Ne sachant trop s'il s'agissait d'un constat ou d'un sarcasme, elle souligna avec chaleur en le regardant bien en face :

— Oui. Le meilleur.

Elle imaginait sans peine ce qu'il se disait. Que c'était son oncle qui avait dû pallier son absence après la mort de sa mère. Mais c'était de l'histoire ancienne ! Son père avait grandi dans un foyer dysfonctionnel, auprès de parents violents. Joel et lui n'avaient pu compter que sur eux-mêmes. Il lui avait dit une fois que lorsqu'il avait rencontré sa mère à l'étranger, où il se trouvait pour affaires, un seul regard lui avait suffi pour changer la trajectoire de sa vie. Leila avait bien conscience que c'était le souvenir idéalisé d'un homme qui avait profondément aimé son épouse et l'avait perdue trop jeune, mais cette pensée lui tirait toujours un sourire attendri.

— Il a mis du temps à surmonter la mort de sa femme, c'est vrai. C'est assez normal, non ? Mais il a fini par remonter la pente et, ensuite, ça a été un père formidable.

Elle sourit au souvenir de la première fois qu'elle avait amené Eric à la maison et l'avait présenté à son père. Elle n'avait alors que treize ans et ne voyait en lui qu'un ami. Mais son père avait dû voir que l'intérêt que lui portait Eric, de trois ans son aîné, était d'une nature différente.

— Qu'y a-t-il de si drôle ? demanda Davis.

— Rien... Je me disais juste que si mon père vous avait rencontré, il vous aurait sacrément eu à l'œil.

Davis la fixa, perplexe, pensant peut-être qu'elle faisait allusion à l'enquête et au fait que son père aurait percé à jour sa couverture. Ayant simplement voulu plaisanter à propos de leur attirance mutuelle et de cette situation impossible, Leila précisa :

— Je ne parlais pas de l'enquête, même s'il aurait sans doute deviné la raison de votre présence ici. Non, il vous aurait eu à l'œil pour une raison tout autre.

Elle arqua les sourcils d'un air appuyé, attendant qu'il ait compris.

Finalement, ses lèvres s'étirèrent lentement, comme à son habitude, en même temps qu'une lueur s'allumait dans son regard.

— Vraiment ?

Elle déglutit, résistant à l'envie de passer la langue sur ses lèvres. Ce n'avait été qu'une boutade de sa part, mais elle était de nouveau en train de sortir de son rôle de patronne d'entreprise, et pourtant ça ne lui semblait pas étrange cette fois. En fait, être elle-même lui était plus facile avec Davis que cela ne l'avait été avec n'importe qui d'autre depuis bien longtemps.

Se détournant de lui, elle essaya de relever sa garde. Elle ne pouvait pas se sentir tellement *à sa place* auprès de cet homme. Surtout si peu de temps après la mort de son père. Surtout compte tenu de qui il était et de ce qu'il faisait ici.

L'enquête terminée, il s'en irait. Et Petrov Armor ne se remettrait peut-être jamais de son passage.

Quoi qu'elle puisse ressentir à son égard, elle ne pouvait pas permettre que Davis détruise la seule chose qu'il lui restait.

— Des nouvelles ? demanda Davis à Melinda.

Il s'était réfugié dans sa voiture, dans le parking de Petrov Armor, pour parler sans risque d'être entendu. Le soleil tapait sur les vitres du véhicule, mais Davis ne pouvait enlever sa veste à cause de l'arme qu'il portait à la ceinture.

— Kane est allé quelque part, en rendez-vous, annonça-t-elle, l'impatience transparaissant dans sa voix. Voilà un moment qu'il est parti.

— Comment ça se passe, la collaboration avec Kane ?

Il n'avait pas pu s'empêcher de poser la question. Il avait apprécié Melinda dès la minute où il avait fait sa connaissance. Intelligente, toujours prête à mettre son expertise psychologique au service des affaires sur lesquelles ils travaillaient, elle était calme et avait tendance à rester un peu sur son quant-à-soi, mais ça ne le dérangeait pas. Si elle gardait sa vie personnelle jalousement cachée, ça ne l'empêchait pas de se montrer amicale.

À l'inverse, Kane, lui, réussissait le tour de force d'être à la fois un charmeur et un loup solitaire. Tout le monde, dans l'unité, savait qu'il avait autrefois fait équipe avec la fille de Pembrook, notamment lorsque celle-ci avait trouvé la mort, mais personne ne connaissait les circonstances exactes du drame. Sa méthode, c'était d'éviter de frayer avec l'équipe et de mener ses propres opérations de son côté. Davis se demandait pourquoi Pembrook le laissait n'en faire qu'à sa guise mais une chose était sûre : l'homme obtenait des résultats.

— Bien.

La concision de sa réponse était en soi éloquente, et comme elle ne pouvait pas voir son visage, il s'autorisa un sourire. Ce fut ce moment-là qu'Eric Ross choisit pour passer à proximité de la voiture, rentrant probablement d'une visite chez un client. Il lui jeta un regard un peu étonné, continua son chemin et entra dans le bâtiment.

Ross lui inspirait une antipathie viscérale, que Davis s'efforçait de combattre car, tout bien considéré, il n'avait rien fait pour la mériter si ce n'est avoir été il y a bien longtemps le petit ami de Leila.

Se concentrant de nouveau sur Melinda, Davis relata ce qu'il avait appris sur Neal Petrov et qui soulevait de nouvelles interrogations.

— Donc, d'après Leila, son père a appuyé sa décision d'arrêter la production d'armes alors qu'il n'était pas d'accord avec cette idée, résuma Melinda. C'est intéressant. Tu crois qu'elle dit vrai ?

— Pourquoi mentirait-elle ? Je sais bien qu'elle incline naturellement à défendre son père, mais elle croit toujours que l'enquête ne porte que sur un lot de matériel défectueux. D'ailleurs, j'ai failli me trahir en lui parlant de ce que j'avais trouvé dans les registres d'accès sécurisé.

Dieu merci, il s'était rattrapé avant de révéler qu'il cherchait la trace d'autres anomalies. Il n'avait pas échappé à Leila qu'il lui cachait quelque chose, mais il était à peu près certain qu'elle ne savait pas quoi.

C'était une erreur de débutant. Le « besoin d'en connaître » était une notion primordiale pour tout agent du FBI. Et ce n'était pas comme s'il n'avait pas été rompu à la manœuvre : déjà, à l'armée, la plupart des missions auxquelles il avait participé en tant que ranger avaient été classifiées comme hautement confidentielles. Seulement, quelque chose en elle le poussait à parler un peu trop librement.

— Mentir, peut-être pas, lui accorda Melinda, le rappelant au moment présent. Mais son père aurait pu se dire qu'il n'avait pas besoin de s'opposer à son projet si l'ensemble des salariés s'en chargeait à sa place. Et nous ne savons pas combien de personnes sont impliquées… Peut-être Petrov avait-il prévu de poursuivre la fabrication d'armes à l'insu de Leila. À moins qu'il n'ait eu suffisamment de stocks pour qu'il estime pouvoir se contenter de vendre ces derniers pendant un certain temps.

— D'après elle, les stocks ont été détruits.

— C'est peut-être ce que son père voulait lui faire croire.

Davis considéra d'un air pensif l'entrée du site de Petrov Armor.

Kane décrivait Neal Petrov comme un personnage impitoyable, mais Leila parlait de lui avec amour et affection. Se pouvait-il que l'amour filial l'ait aveuglée à ce point ? Son père avait-il été si bon comédien ? Ou la vérité était-elle plus complexe ?

— Davis ? À quoi penses-tu ? demanda Melinda.

Il avait dû garder le silence longtemps, s'avisa-t-il. Ce qu'il pensait, c'était qu'il se sentait coupable de ne pas avoir dit à Leila qu'il soupçonnait son père de n'être pas étranger à la mort de ces soldats. Et plus coupable encore de ne pas lui avoir révélé que celui-ci avait peut-être été assassiné pour cette raison.

Plutôt que d'avouer à Melinda à quel point les sentiments que lui inspirait Leila étaient compliqués, il soupira.

— Je me demandais si Petrov avait soutenu Leila tout simplement parce qu'il l'aimait.

— Suffisamment pour renoncer au juteux marché qu'il menait en sous-main depuis plus de dix ans ? Un marché qui devait lui rapporter des millions, en plus des revenus qu'il en tirait légalement ? Ça paraît peu probable, mais j'ai beau avoir l'habitude de décortiquer les motivations des gens, d'analyser le terreau dans lequel elles ont pu prendre racine, l'être humain ne cesse jamais de me surprendre. Et l'amour est un moteur puissant.

— Et s'il avait voulu mettre un terme à ces affaires illégales pour elle ?

Plus il y pensait plus l'idée prenait corps dans son esprit. Si quelqu'un valait la peine de renoncer à des millions de dollars et de changer de façon de vivre, n'était-ce pas une personne comme Leila Petrov ? Une dirigeante courageuse, résolue, toute dévouée à la société dont elle tenait les rênes, qui se refusait à soupçonner ceux en qui elle avait confiance d'agissements criminels ? Une jeune femme qui s'efforçait de dissimuler son côté maladroit et un peu loufoque de peur que les gens ne la prennent pas au sérieux ? Plus d'une fois il avait ri à ses plaisanteries absurdes, l'avait surprise en train de fredonner des airs populaires tout en travaillant à son bureau ou vue se mettre à dodeliner de la tête en cadence avec la musique sitôt qu'elle montait dans sa voiture.

Toutefois, elle était d'un sérieux irréprochable lorsqu'il s'agissait de ses responsabilités de chef d'entreprise. Et elle avait des principes. Elle se faisait un devoir de coopérer à l'enquête interne qui visait son entreprise – mettant ainsi en jeu ses moyens d'existence – afin de faire éclater la vérité.

— Bien, reprit calmement Melinda. Donc, il l'a suivie lorsqu'elle a stoppé la fabrication d'armes. Après tout, il n'a peut-être pas du tout voulu utiliser sa fille comme paravent pour le cas où les choses tourneraient au vinaigre. S'il avait vu là l'occasion de remettre l'entreprise sur le droit chemin ? De lui léguer une affaire saine, exempte de cette menace ?

— Mais le matériel défectueux ? Ce serait purement accidentel ?

— J'en doute, dit Melinda, dont le scepticisme faisait écho au sien. Et si c'était son complice qui avait saboté la branche Équipements pour que la fabrication d'armes soit relancée ?

— En attirant délibérément l'attention sur Petrov Armor ? Ça semble bien risqué.

— Ou alors Neal Petrov a eu l'occasion de réduire les coûts en utilisant des matériaux moins chers, et il n'a tout bonnement pas résisté à la tentation. Dix ans passés à frayer avec le milieu de la criminalité... C'est long. Tout arrêter d'un coup ne doit pas être facile. Et puis il n'y a pas que l'argent, rappela Melinda. Le risque en lui-même peut être excitant.

Oui, c'était plausible. Et ça ouvrait même de nouvelles perspectives concernant le mobile du meurtre de Petrov.

— OK. Donc, Neal Petrov appuie la décision de sa fille. Son complice n'apprécie pas. Theresa – ou quelqu'un d'autre – pense qu'elle va le convaincre de renoncer... Mais quand elle comprend que ça n'arrivera pas, elle le tue.

# 8

Theresa Quinn – ou une autre personne de chez Petrov Armor – avait-elle réellement assassiné Neal Petrov ?

Davis jeta un coup d'œil à Leila depuis le coin de son bureau où il s'était installé. Il avait réussi à l'éviter presque toute la journée, la veille, mais ça ne pouvait pas durer. Il avait besoin de certaines informations auxquelles elle seule pouvait lui donner accès.

Il devait reconnaître que lorsqu'il avait demandé à voir la comptabilité de la société, bien qu'un peu contrariée, elle avait tout de suite accepté, ce qui était tout à son honneur. Depuis, il épluchait les livres de compte. Le problème, c'était que si les finances de Petrov Armor avaient été falsifiées, le responsable avait dû s'appliquer à leur donner une apparence légale. Davis devrait peut-être les faire examiner par un expert-comptable.

Selon Leila, Theresa Quinn n'avait pas accès à ces documents. Donc, si elle essayait toujours de vendre des armes de façon illégale ou de livrer des équipements défectueux à l'armée, la comptabilité de ces dernières semaines, depuis la mort de Neal Petrov, laisserait peut-être apparaître des anomalies.

Et même si tout semblait normal dans les écritures passées pendant cette période, Petrov lui-même avait pu commettre une erreur. Et si Theresa n'était pas impliquée, il avait pu faire preuve d'une négligence que quelqu'un aurait remarquée. Peut-être ce quelqu'un avait-il essayé de le faire chanter. S'il avait refusé de payer, cela pouvait aussi expliquer son assassinat.

Pour l'instant, tout n'était que conjectures. Davis soupira et étendit ses jambes sous le bureau que Leila lui avait fait installer.

Pour ce qui devait être la millième fois depuis son arrivée ce matin, il coula un regard dans sa direction. Un léger parfum d'agrume flottait dans la pièce, celui-là même qu'il avait senti lorsqu'elle avait été interrogée dans les locaux de la DCT. Il était en passe de développer une vraie tendresse pour le citron.

Depuis qu'il l'avait rencontrée trois jours plus tôt, il ne l'avait vue vêtue que de tailleurs-pantalons gris, noirs ou bleu marine. Son maquillage était toujours très discret, ses cheveux invariablement tirés en chignon serré. C'était comme si elle se présentait sous un jour aussi austère que possible pour faire oublier sa jeunesse et sa beauté. Mais même l'apparence la plus stricte ne pouvait tout masquer.

Mais, depuis qu'elle avait lancé cette blague à propos du bateau pneumatique, il la voyait sous un jour différent. Il l'imaginait aisément dans un jean et une large chemise, les cheveux lâchés sur les épaules. Et, au lieu d'arborer son expression sévère, elle riait.

Si ce n'est qu'elle n'avait aucune raison de se réjouir pour le moment. S'il avait raison concernant le meurtre de son père, les choses ne pourraient qu'empirer.

Au stade où ils en étaient, il pouvait ne s'agir que d'une hypothèse farfelue, mais il se sentait coupable de ne rien lui avoir dit.

— *Quoi ?* demanda Leila au bout d'un moment, un demi-sourire flottant sur ces lèvres qui avaient été si proches des siennes l'autre jour.

— Je n'ai rien dit.

— Oh ! c'est inutile. Vous ne cessez de me dévisager.

Elle se leva, traversa la pièce et vint se planter devant lui.

— Qu'y a-t-il ? Qu'avez-vous découvert ?

Davis baissa les yeux pour fixer son ordinateur.

— Rien de spécial. Je cherche des incohérences.

— Parce que les équipements de protection se composaient de matériaux meilleur marché ? Vous pensez que l'achat de ces fournitures faisait l'objet d'une comptabilité parallèle ?

— C'est possible, dit-il, évasif.

Il avait travaillé dans la criminalité en col blanc suffisamment longtemps pour savoir qu'il y avait peu de chances que quelqu'un qui avait truqué ses livres de compte pendant dix ans commette une erreur aussi grossière. Mais la DCT ne voulait pas que Leila sache que Petrov Armor avait trempé dans des ventes illégales d'armes. Il ferma son ordinateur pour qu'elle ne voie pas les dates qu'il consultait.

— Cessez de me mentir.

Il finit par relever les yeux, surpris par sa véhémence.

— Je ne mens pas. Je ne sais pas ce que je vais trouver. Sans doute rien. Mais s'il y a un endroit par où commencer, c'est ici.

— Vous ne savez pas ce que vous allez trouver mais vous cherchez quelque chose de précis, n'est-ce pas ? insista-t-elle d'un ton accusateur.

Ses yeux se plissèrent.

— À moins que vous ne me cachiez quelque chose. Vous suspectez quelqu'un d'autre que Theresa ? Et ne venez pas me reparler d'Eric.

— Non, il ne s'agit pas d'Eric.

Il n'était pas en tête de liste de ses suspects pour l'instant... Ce qui ne voulait pas dire que Davis l'en avait définitivement éliminé. Et puisque Leila avait parlé de lui...

— Vous m'avez dit qu'Eric et votre père étaient proches. Votre rupture n'a pas entamé cette proximité ?

— Mon père avait engagé Eric alors que nous n'étions déjà plus ensemble. Plus âgé que moi, Eric a commencé à travailler très jeune dans la société tout en poursuivant ses études en cours du soir. Moi, j'étais encore au lycée. Il n'y a que cinq ans que je travaille à plein temps pour Petrov Armor – j'ai commencé deux ans avant que mon père ouvre le capital. Eric, lui, a dix ans d'ancienneté. Bref... Pour répondre à votre question, Eric était un peu le fils que mon père n'a jamais eu, étant donné que son géniteur était le plus souvent absent.

Davis plissa les yeux, essayant de déchiffrer son masque impassible. Jalousait-elle la position d'Eric dans la vie de son père ? Eric en voulait-il à Leila d'avoir été catapultée au poste de P-DG après seulement quelques années dans la société alors que lui y travaillait depuis dix ans ?

Leila poussa un soupir exagérément profond et planta les poings sur ses hanches.

— Croyez-moi, *jamais* Eric n'aurait trahi mon père.

— Et vous, vous aurait-il trahie ?

Elle lui décocha un regard noir.

— Vous pensez vraiment qu'Eric aurait expédié des équipements défectueux pour m'atteindre, moi ? Pour quelle raison ? Il y a plus de dix ans qu'il a rompu avec moi. Et notez bien que c'est *lui* qui a rompu, pas moi. Il occupe l'un des postes clés de la société. Chercher à me détruire en nuisant à la société reviendrait à scier la branche sur laquelle il est assis.

Davis hocha lentement la tête. Son raisonnement se tenait, mais il ne pouvait s'empêcher de se représenter l'expression d'Eric quand Leila l'avait laissé la raccompagner chez elle deux jours plus tôt. Quoi qu'en pense Leila, ce type-là nourrissait des sentiments à son égard.

Puisqu'il l'avait déjà mise sur la défensive en évoquant Eric, Davis se dit qu'il pouvait tout aussi bien poursuivre avec le reste des questions désagréables.

— Qu'en est-il de votre oncle ?

Ses mains tombèrent de ses hanches le long de son corps tandis qu'elle secouait la tête.

— Vous plaisantez ? Vous soupçonnez la seule personne, à part moi, qui soit plus investie qu'Eric dans l'entreprise ? Il a renoncé à sa carrière pour aider papa à maintenir la société à flot et ne l'a plus jamais quittée.

— Mais, justement, suggéra Davis. Peut-être en a-t-il nourri du ressentiment.

— Ça, j'en doute, rétorqua-t-elle. Il gagne nettement plus d'argent qu'avant ; il fixe lui-même ses horaires. Papa lui laissait une totale liberté, et j'ai continué sur à le faire. Je lui devais bien ça après tout ce qu'il a fait pour nous. S'il le voulait, il pourrait partir à la retraite dès maintenant. Je pense qu'il reste pour moi.

— D'accord, mais...

— Davis, je comprends. Vous ne connaissez pas ces personnes. Pour vous, c'est une affaire comme une autre. Mais, moi, c'est *ma* vie. C'est sur *ma famille* que vous enquêtez.

Elle s'interrompit pour prendre une grande inspiration.

— Il semblerait qu'il y ait un fruit pourri chez Petrov Armor, vous avez raison sur ce point. Et je comprends que vous commenciez par le sommet. Mais aucun des cadres sur lesquels vous vous interrogez ne passe commande des matériaux bruts. Aucun d'entre eux ne s'occupe des expéditions. Vous l'avez dit vous-même, nous avons un bon système de sécurité et de tests du matériel. De toute évidence, quelqu'un a trouvé le moyen de contourner ces obstacles. Mais ce ne peut pas être mon oncle. Ni mon ex. Et, sincèrement, malgré les données de la carte d'accès de Theresa, je ne l'imagine pas non plus dans ce rôle.

— Leila...

— Je sais. Vous allez me dire que je ne suis pas objective, que vous devez faire votre travail. Et, moi aussi, je veux trouver les coupables et les voir traînés en justice. Mais je dois protéger ma société dans le même temps. Quand le coupable sera identifié vous partirez, et celui-ci sera appréhendé – à juste raison. Mais tous les autres employés et moi-même devrons nous serrer les coudes et faire front. Je ne permettrai pas que cette affaire détruise la société que mon père a passé sa vie à construire. Je ne permettrai que *vous* la détruisiez.

— Je ne veux rien détruire du tout, riposta sèchement Davis. Ce n'est pas *moi* qui ignorais que des produits entachés d'un défaut fatal sortaient des lignes de fabrication de *mon* entreprise !

Les épaules de Leila s'affaissèrent d'un coup tandis que la colère peinte sur son visage se muait en un mélange de culpabilité et de douleur.

Voyant à quel point sa réplique l'avait blessée, il regretta instantanément ses paroles.

Son regret s'intensifia encore lorsqu'elle déclara posément :

— Si vous me tenez pour responsable de tout cela, je ne suis pas sûre que ce soit une bonne idée de m'avoir demandé de collaborer avec vous pour trouver la vérité. Et, par voie de conséquence, je ne suis pas sûre non plus que vous ayez votre place ici, Davis.

Dougie y était arrivé.

Kane sourit en lisant le SMS sur son téléphone professionnel. Il allait lui décrocher un rendez-vous avec le fumier de la FAEP. Apparemment, Dougie avait cru bon d'en rajouter une couche en précisant à l'intermédiaire, son contact, que Kane avait peut-être sa propre filière pour se procurer des armes à feu. Cette partie-là n'était pas vraiment idéale mais il s'en arrangerait.

— Pourquoi souris-tu ? demanda Melinda d'un ton suspicieux.

Kane rangea son portable et la regarda.

— J'ai un rendez-vous galant ce soir.

Elle battit des paupières, signe qu'il l'avait prise de court, mais ses yeux en amande se plissèrent aussitôt après.

— C'était ton téléphone professionnel, non ?

Il haussa les épaules d'un air dégagé, se félicitant de sa réputation de forte tête.

— Hum ! Il s'agit d'un autre agent.

Melinda continua à le dévisager, les yeux toujours plissés.

Il était excellent menteur, par la force des choses - compte tenu du nombre de fois où il avait opéré en immersion, il n'aurait plus été de ce monde si ce n'avait été le cas. Mais, apparemment, Melinda n'était pas en reste non plus dans son domaine, le profilage, puisqu'elle semblait toujours savoir quand il ne jouait pas franc jeu avec elle.

Plutôt que de soutenir son regard, il opta pour changer de sujet.

— J'ai aussi eu un retour de mon indic. Il a un ami qui connaît un membre de la FAEP et serait susceptible de me renseigner sur la fraternité et leurs liens avec Petrov Armor. Je vais creuser de ce côté-là, voir si on peut trouver quelque chose dans nos dossiers sur une connexion éventuelle.

— Je m'en suis déjà occupée, répliqua Melinda, reportant son attention sur son ordinateur. Si nous n'avons jamais réussi à réunir des preuves contre la FAEP, c'est parce que ce réseau est très nébuleux. On les considère comme un groupe mais, en réalité, ils ne sont pas clairement organisés. Ce qui est délibéré, à mon avis. Ça permet à chacun des membres de nier toute appartenance au groupe et de revendiquer un acte isolé s'il se fait prendre.

— C'est ce qui est souvent arrivé, confirma Kane.

Le groupe était surtout connu pour être en relation avec des individus ayant posé des bombes dans des sociétés dont les dirigeants étaient issus des minorités et même dans des lieux de culte. Le nom de la FAEP était fréquemment revenu dans la bouche des coupables, certains ayant notamment déclaré avoir appris à fabriquer des bombes grâce à un de leurs sympathisants mais si cela avait en deux ou trois occasions abouti à une arrestation, jamais le FBI n'avait pu procéder à un coup de filet d'envergure.

Pour ne rien arranger, la FAEP ne possédait ni registres officiels ni listings de membres. Et, au lieu d'utiliser Internet comme bon nombre d'organisations criminelles, ses membres s'en tenaient à la bonne vieille méthode du bouche-à-oreille. En théorie, cela aurait dû faciliter l'infiltration du groupe. Mais en théorie seulement. Car, en plus d'être de dangereux fanatiques, les membres de la FAEP avaient tendance à se montrer extrêmement paranoïaques.

— Et donc ? Tu envisages de rencontrer le contact de ton indic ? demanda Melinda.

— Je ne pense pas, non, prétendit Kane. Mais ce pourrait être le moyen de coincer Petrov Armor s'ils vendent réellement des armes à des membres de la FAEP.

— Je ne te crois pas.

Melinda s'était exprimée d'un ton posé, sans manifester colère ni frustration. Étrangement, ce fut précisément cette absence d'émotion qui fit que Kane se sentit coupable de lui cacher la vérité. Mais, en réalité, il lui rendait service.

— Pense ce que tu veux, répondit-il en jetant un coup d'œil à son téléphone dont le bip venait de lui annoncer l'arrivée d'un nouveau SMS.

— Je reviens, déclara-t-il en se levant et en sortant dans le couloir sans lui laisser le temps d'argumenter.

Le message émanait encore de Dougie.

C'est bon. Mon contact peut t'avoir un rendez-vous avec quelqu'un de la FAEP. J'ai dit exactement ce que tu m'avais demandé de dire. Que je t'avais connu quand j'étais à Vegas.

Que tu avais dû quitter la ville parce que la situation devenait tendue pour toi, comme tu avais incendié des commerces tenus par des Asiatiques et des natifs du Moyen-Orient. J'ai dit aussi que tu serais intéressé par l'achat d'armes mais que le contact que tu avais ici n'était plus valide.

Kane sourit. C'était lui qui avait soufflé l'histoire des incendies à Dougie. Les faits s'étaient réellement produits, mais le vrai responsable était six pieds sous terre, victime d'une vengeance qui avait mal tourné. Kane était intervenu trop tard pour sauver cette ordure et l'envoyer en prison. Mais plutôt que de divulguer la vérité, il l'avait tue afin de pouvoir utiliser cette information, le cas échéant. Elle s'était avérée parfaite pour ce cas précis, la FAEP étant connue pour ses incitations répétées à la haine raciale et à la violence.

Concernant les armes à feu, Dougie avait improvisé mais Kane avait déjà géré bien pire.

Joli travail. Quand, le RV ?

La réponse arriva immédiatement.

Demain.

Vendredi. Kane hocha la tête. Il aurait préféré le week-end, ce qui lui aurait évité d'avoir à s'expliquer vis-à-vis de Melinda, mais il n'allait pas se plaindre.

Parfait. Merci, vieux.

Rangeant l'appareil dans sa poche, il fit demi-tour pour rentrer dans la salle de réunion et faillit entrer en collision avec Melinda.

— Un autre rendez-vous galant ? demanda-t-elle d'une voix où perçait l'ironie. Allez, ne me raconte pas d'histoires. Quand a lieu la rencontre ?

— Il n'y a pas de rencontre, Melinda, répondit-il en commençant à la contourner.

Mais elle se déplaça d'un pas, lui barrant le passage.

Il arqua un sourcil. Certes, elle avait suivi la même formation du FBI que lui, mais il la dépassait d'une vingtaine de centimètres et devait peser trente kilos de plus qu'elle.

Refoulant son agacement, il tourna les talons et s'éloigna dans la direction opposée. Une chose que Melinda devrait apprendre, le concernant, c'était que, lorsqu'il s'agissait d'une infiltration, il entendait bien travailler seul. Sans renforts. Sans filet. Cela valait mieux pour tout le monde.

— Je te rappelle qu'on est censés être partenaires ! lança Melinda derrière lui d'un ton irrité, mais moins qu'il ne l'ait cru.

Kane serra les dents et s'abstint de répondre. L'image du corps désarticulé de la fille de Pembrook, à l'issue de cette mission qui avait tourné au drame, s'imposa à son esprit.

Jamais plus il n'emmènerait de partenaire sur le terrain, Melinda Larsen encore moins que quiconque.

# 9

Davis lui en voulait. Il la tenait responsable de ce qui était arrivé. Des morts de ces soldats.

Cette idée lui était douloureuse et lui comprimait la poitrine, l'empêchant de respirer. Parce que la vérité, c'était qu'elle aussi s'en voulait.

Comment avait-elle pu ne pas voir que quelqu'un sapait l'entreprise de l'intérieur ? Que des équipements inefficaces étaient fabriqués à son nez et à sa barbe ? Et tout cela pourquoi ? Pour gagner plus d'argent ? La société était bénéficiaire. Les ventes étaient en hausse. Ils s'apprêtaient à étendre leurs marchés. Mais, évidemment, si quelqu'un en était arrivé à de pareilles extrémités, ce n'était pas pour renflouer les comptes de la société – qui n'en avaient pas besoin – mais bien pour s'enrichir personnellement.

Jamais des équipements de qualité douteuse n'auraient dû pouvoir sortir de leur usine. Son père avait géré l'entreprise pendant vingt-neuf ans sans le moindre incident. Elle l'avait fait pendant trois semaines, et une tragédie s'était produite.

Pourtant, elle n'avait rien changé aux procédures ni aux méthodes. Le manque de concentration dû à son deuil éprouvant en avait-il été la cause ? Mais un lot d'équipements de protection ne se fabriquait pas en une nuit. Il avait fallu tout préparer, introduire les matériaux bon marché, veiller à ce que les équipements frauduleux passent les batteries de tests…

Certaines de ces étapes s'étaient forcément déroulées quand son père était encore là.

Leila considéra la zone d'expédition située à l'arrière du site où les commandes d'équipement étaient chargées dans les camions. Elle était actuellement vide, les prochaines expéditions devant s'effectuer la semaine suivante.

Mais même ces livraisons-là étaient sujettes à caution. Elle n'en avait pas informé le personnel mais, à moins de trouver très vite le coupable, l'armée annulerait très probablement les commandes en cours. Cet incident marquerait peut-être la fin de son entreprise. La fin de tout ce que son père avait construit.

*Concentre-toi*, s'admonesta-t-elle. La zone d'expédition était cachée de la route mais visible de certaines des fenêtres de l'arrière du bâtiment, là où ils entreposaient les stocks. L'endroit était calme. Si quelqu'un avait chargé des produits défectueux en dehors des heures ouvrées, comment cela avait-il pu fonctionner ?

Le service Recherche et Développement de Theresa était situé à l'arrière, lui aussi. Il n'était pas équipé de fenêtres, mais Theresa passait son temps à aller et venir, arguant que marcher l'aidait à affiner ses idées. Elle travaillait souvent très tard. Donc, le chargement d'un camion à des heures inhabituelles était extrêmement risqué... sauf si Theresa était impliquée.

En temps normal, les bons d'expédition étaient toujours signés par un cadre. Elle poursuivit son raisonnement.

Peut-être celui ou celle qui avait signé ceux des équipements défectueux était-il de mèche avec un employé de la zone d'expédition.

Cette piste potentielle lui redonna courage, allégeant l'anxiété qui l'oppressait. Elle passa sa carte de sécurité dans la fente prévue à cet effet pour retourner dans le centre d'essais désert. Elle se dirigea vers l'ordinateur et ouvrit le journal des expéditions. Le premier point qui attira son attention fut la date : le lot incriminé avait été expédié non pas après la mort de son père, quand elle était susceptible d'avoir commis des erreurs inexcusables parce qu'elle était bouleversée, mais *avant*.

Mais ce fut le nom qui figurait dans le journal qui la cloua contre le dossier du siège habituellement occupé par Theresa.

C'était celui de son père qui figurait en regard de la commande. Avait-il bâclé l'inspection des produits ?

Leila se pencha en avant pour examiner la copie de la signature. Pouvait-elle avoir été falsifiée ?

— Que se passe-t-il, ma chérie ?

Leila se redressa sur son siège en entendant la voix de son oncle. Il la considérait, l'air préoccupé.

— Tu as l'air soucieuse... Nous n'avons aucune expédition prévue avant la semaine prochaine.

Il regarda autour de lui.

— Je me doute bien que tu n'es pas venue ici pour bavarder avec Theresa. Alors, qu'y a-t-il ?

Theresa les avait-elle vraiment trahis ? L'idée lui laissait un goût amer mais lui semblait toujours aussi invraisemblable. Theresa était fière de la qualité des équipements que son service avait contribué à mettre au point, et à juste titre. Avant d'en faire l'acquisition de grandes quantités, l'armée les avait testés dans toutes les situations que rencontraient les soldats des opérations spéciales sur le terrain, ce qui n'était pas rien. Le matériel avait passé les tests haut la main.

Theresa n'était pas mariée, elle n'avait pas d'enfants. Il lui arrivait de parler d'une sœur plus âgée et d'un neveu et, de temps en temps, d'un homme qu'elle voyait de loin en loin depuis des années. L'entreprise était sa vie. Même si c'était elle qui était la mieux placée pour avoir trahi, Leila ne parvenait tout bonnement pas à l'imaginer dans ce rôle.

Cependant, si elle l'avait fait, quelle pouvait en être la raison ? La colère que Leila ait été nommée P-DG ? Elle avait eu une année entière pour agir. Ou alors pour donner sa démission et aller mettre ses talents d'innovation au service d'une autre société. Mais non. Elle était restée, et Leila avait continué à lui octroyer des primes bien méritées.

— Leila ? répéta son oncle Joel en s'avançant et en posant la main sur son bras.

Elle battit des paupières et sentit ses lèvres s'étirer malgré elle en un sourire doux-amer. Il ressemblait tant à son père.

Elle n'était censée parler à personne de ce qui se passait

réellement. C'était l'accord qu'ils avaient conclu avec Davis. Mais ce n'était pas comme s'il avait véritablement respecté leur pacte de son côté. Et son oncle, de toute façon, était la dernière personne qui aurait trahi l'héritage de son père.

— Oncle Joel, il y a quelque chose que...

— Leila.

La voix de Davis, ferme et un brin incisive, l'interrompit. Elle jeta un coup d'œil en direction du couloir qui donnait accès au centre d'essais et le vit, les bras croisés, l'air courroucé.

Comme son oncle se retournait vers lui, son expression se fit plus neutre.

— J'ai trouvé les chiffres que vous vouliez, annonça-t-il.

Son oncle lui fit de nouveau face, et Leila s'efforça de garder le sourire aux lèvres.

— Peu importe, oncle Joel. Ce n'était rien.

Sa main demeura sur son bras.

— Tu es sûre ?

— Oui, affirma-t-elle en se levant pour emboîter le pas à Davis, consciente que son oncle la suivait du regard.

Mais il y avait pis que cela : Davis avait compris ce qu'elle s'apprêtait à faire. Quelles étaient les chances, désormais, qu'il lui confie des informations ?

Leila Petrov avait failli saboter son enquête, songea Davis en remontant les couloirs au pas de charge. Lorsqu'ils furent parvenus dans le bureau de Leila, il fit volte-face, le visage crispé, prêt à lui faire la leçon.

Mais il se domina et commença par contenir sa fureur. Lui passer un savon ne servirait à rien. Il avait déjà perdu une fois son sang-froid et l'avait accusée d'être la responsable. C'était sans doute cela qui l'avait conduite à chercher conseil auprès de son oncle. S'il aggravait la situation, ce serait sa faute si l'enquête tournait court. Et il aurait gâché ses chances de faire ses preuves à la DCT et d'obtenir justice pour Jessica.

Il prit donc plusieurs longues inspirations ainsi qu'il le faisait avant de se lancer dans une mission, quand il était ranger. Son corps reconnut ce signal, et les battements de son cœur s'apaisèrent aussitôt.

— Alors, vous avez trouvé quelque chose dans le grand livre ? demanda Leila, une once de provocation dans la voix.

Elle avait le menton relevé, les mâchoires contractées, le défiant du regard dans l'attente des reproches qui allaient pleuvoir.

— Non. J'ai dit ça pour vous donner une raison de sortir du centre d'essais. C'est une enquête *secrète*, Leila. Le FBI aurait pu envoyer n'importe qui ici sous couverture sans vous en aviser.

Il était si près d'elle qu'il l'entendit déglutir.

Bien. Elle était nerveuse… Encore heureux. Après ce qu'elle avait été sur le point de faire, c'était bien un minimum.

— Nous n'avons pas essayé de vous cacher ce que nous faisions. La DCT a fait le choix de m'envoyer, moi, car nous croyions que vous étiez innocente. Nous pensions que vous nous aideriez à trouver la vérité, par respect pour ces soldats qui ont été tués.

Elle ouvrit la bouche pour répliquer mais il poursuivit :

— Je comprends que vous ayez confiance en votre oncle, mais il pourrait parler à quelqu'un en qui *lui* aurait confiance, et cette personne pourrait être tentée, elle aussi, se confier à une autre. En un clin d'œil, notre chance de coincer le coupable – et, potentiellement, de sauver votre société – serait réduite à néant.

Leila laissa échapper un grand soupir. Son air de défi avait disparu, remplacé par une expression circonspecte et… quelque chose d'autre aussi.

Il fallut à Davis quelques secondes pour comprendre que c'était de la culpabilité.

Subitement, ce fut son tour d'éprouver le même sentiment. Pouvait-il vraiment lui en vouloir de ne pas avoir identifié un criminel au sein de son entreprise ? N'était-ce pas là son travail, à lui ?

Cette pensée inattendue fit retomber sa colère.

— Écoutez, je suis désolé de ce que je vous ai dit à propos de votre responsabilité…

Il marqua une pause, puis prit une grande inspiration.

— Je connaissais l'un des soldats qui ont été tués.

Les lèvres de Leila s'arrondirent, et elle cligna de nouveau des paupières mais, cette fois, il vit ses yeux s'embuer.

— Jessica Carpenter. C'était une amie à moi, continua Davis, pas très sûr de savoir pourquoi il lui confiait ces informations, mais désireux tout à coup qu'elle sache. C'est elle qui filmait la séquence vidéo, sans doute dans le cadre de l'exercice. Elle était veuve et mère de trois enfants. Ces gamins sont maintenant seuls au monde. Jessica était quelqu'un de bien. Courageuse, intelligente, forte, car il faut de la force pour être une femme dans un rôle d'encadrement que trop d'hommes considèrent devoir leur revenir de droit.

De nouveau, il s'interrompit, s'apercevant que cette description aurait pu tout aussi bien concerner Leila.

Chassant cette idée, il poursuivit :

— C'est pour Jessica que je suis ici. Je *veux* trouver la vérité – pour elle. Peu importe à qui vous croyez pouvoir faire confiance s'agissant de notre enquête. Si je pense que vous allez dire à quelqu'un qui je suis, c'est terminé. Je m'en vais, et c'est le FBI qui débarquera avec tous les mandats voulus pour démanteler tout le bâtiment, service par service.

Leila le fixa, horrifiée, et il comprit que, par sa tirade, il venait de détruire le peu de confiance qu'il avait regagné. Pourquoi ne parvenait-il pas à trouver le juste équilibre avec elle ? Pourquoi ne pouvait-il pas, à l'instar de Kane Bradshaw, se glisser dans la peau du personnage qu'il fallait pour mener à bien sa mission sans se soucier de notions telles que l'honnêteté et les sentiments des gens ?

— Je ne...

Il ne savait pas ce qu'elle était sur le point de dire, mais il ne la laissa pas aller plus loin. Il n'y avait qu'un moyen de remédier à son erreur pour restaurer le lien avec elle. C'était d'être plus sincère avec elle de façon qu'elle pense pouvoir avoir confiance en lui.

— Leila... Le lot d'équipements défectueux n'est plus le seul problème. Même à l'époque où votre père dirigeait la société, des transactions illégales se produisaient.

— Quoi ? murmura-t-elle dans un souffle en écartant les pieds comme pour se préparer à encaisser un choc physique.

— Quelqu'un de chez Petrov Armor vend des armes à des criminels depuis longtemps.

# 10

L'ancien chantier de construction où le membre de la FAEP joint par le biais de Dougie avait fixé la rencontre était typiquement le genre d'endroit où l'on pouvait tuer quelqu'un sans que son corps soit retrouvé avant des semaines, voire des mois.

Pour ajouter à l'atmosphère sinistre, le soleil déclinait, jetant sur les lieux des ombres inquiétantes. Kane était adossé à un mur à demi monté, sans trop s'y appuyer de peur que seule la gravité le maintienne encore debout. Le contact de Dougie était en train de se frayer un chemin parmi les vestiges des constructions abandonnées, croyant passer inaperçu. Feignant de ne pas avoir repéré l'homme, ni l'avancée furtive de ses renforts armés, Kane consulta ostensiblement sa montre et fronça les sourcils.

L'heure fixée était dépassée de près de vingt minutes. Kane avait été observé dès l'instant où il avait garé sa voiture sur le bord de la route pour descendre à pied jusqu'au site. L'endroit était bien choisi pour un rendez-vous de ce genre : tous les points d'accès en étaient faciles à surveiller, et il était idéalement désert. C'était typiquement le genre d'endroit où un agent averti ne serait pas venu seul.

Comme l'homme se décidait enfin à se montrer, Kane lui adressa un sourire arrogant. Il s'était trouvé en pire situation des dizaines de fois. À choisir entre ne compter que sur lui-même pour inventer une histoire ou un personnage crédible et s'appuyer sur quelqu'un d'autre pour assurer sa sécurité, il optait invariablement pour la première solution. C'était probablement pour cela qu'il était encore en vie.

— Kane Bullet ? C'est un drôle de nom, ça.

Son sourire insolent toujours plaqué sur les lèvres, Kane ne bougea pas d'un pouce pour aller à sa rencontre.

— Il ne vous plaît pas ? Dommage. C'est celui que j'ai pris.

L'homme rit. Blond, aux yeux bleus, il était solidement charpenté et portait un jean déchiré et un T-shirt orné d'une inscription Armé et Dangereux. Bien que le vêtement ne soit pas ajusté, il était clair que le premier qualificatif, au moins, était vrai. Une bosse soulevait le tissu au niveau de sa hanche.

— Alors, comme ça, il paraît que vous avez eu des ennuis à Vegas et que vous voulez prendre un nouveau départ dans le Tennessee ?

— Oui, acquiesça Kane avec un vague haussement d'épaules en se détachant du pan de mur.

Il garda les mains bien le long du corps de façon à ne pas donner au type ou à ses amis de raison de s'alarmer.

— J'ai regardé sur le Net, pour ces incendies. Sale histoire.

Kane lui servit un commentaire qu'un membre de la FAEP serait tout disposé à gober.

— S'ils ne voulaient pas griller comme des sardines, ils n'avaient qu'à s'en aller d'eux-mêmes.

Le type rit de nouveau, d'un rire gras qui aurait fait grincer Kane des dents s'il n'avait été dans la peau d'une ordure du même acabit que son interlocuteur. Pour l'instant, Kane Bradshaw n'avait pas voix au chapitre ; il était profondément enfoui sous une couche d'abjection et de haine nommée Kane Bullet.

D'arrogant, son sourire se fit donc hargneux.

— J'aurais bien voulu en faire davantage, à Vegas, mais vous savez ce que c'est… Je n'aurais pas été utile du fond d'une cellule. Donc, j'ai filé avant de les avoir aux trousses.

L'homme avait repris son sérieux.

— Votre ami… Il a dit que vous l'aviez échappé belle.

Il plissa les yeux comme s'il essayait de deviner à l'expression de Kane si les flics n'étaient pas sur leur piste en ce moment même.

Kane leva les yeux au ciel d'un air blasé.

— Pas tant que ça. Vous savez comment sont les flics. Ces chiens adorent se vanter. S'ils avaient vraiment eu quelque chose de sérieux, ça aurait fait la une des journaux alors que là c'était : « Nous poursuivons les investigations... L'enquête suit son cours... bla-bla-bla ». J'ai préféré mettre les voiles avant qu'ils m'aient dans le collimateur, mais ne vous inquiétez pas... ce n'est pas moi qui vous attirerai des ennuis. Je veux qu'on soit amis, pas ennemis.

L'homme se détendit visiblement.

— Tant mieux parce que chez nous la trahison, ça ne pardonne pas.

— Je n'ai aucun problème avec ça. Moi, tout ce que je cherche, c'est un contact. Je ne sais pas si Dougie vous l'a dit, mais j'avais un plan, ici, pour des armes à feu. Malheureusement, il n'est plus d'actualité.

Il secoua la tête de droite à gauche, l'air dépité, puis ajouta, décidant de courir un risque :

— J'avais une ouverture chez Petrov Armor mais depuis que cette idiote de nouvelle patronne a stoppé le versant légal de leurs ventes d'armes, la filière parallèle s'est un peu asséchée aussi.

Son interlocuteur se raidit puis rejeta vigoureusement les épaules en arrière. Il fit craquer ses vertèbres cervicales en tournant la tête à droite puis à gauche avant de lui décocher un petit sourire crispé.

— Ah oui ?

Les cheveux se dressèrent sur la nuque de Kane. Il avait commis une gaffe. Mais laquelle ? Leila Petrov était-elle impliquée, contrairement à ce qu'ils avaient cru ? Les renseignements concernant la filière de la FAEP étaient-ils été erronés ? Si tel était le cas, il perdait son temps.

Le type porta la main à sa poche, et Kane se tendit mais ce fut un téléphone qui apparut. Il tapa quelque chose sur l'appareil, puis le rangea.

— C'était qui, ce contact ?

Kane s'efforça de rétropédaler sans éveiller les soupçons.

— Écoutez, peut-être que ce contact m'a mené en bateau depuis le début. Mais je ne suis pas une balance. Je ne peux pas dévoiler son nom. Même si, apparemment, il m'a raconté n'importe quoi. C'est ça, mon problème, vous comprenez. Je ne connais pas les gens du Tennessee comme je connaissais ceux de Vegas. C'est pour ça que j'ai demandé à Dougie.

Le type hocha la tête, mais il le fixait toujours, les yeux plissés.

— Pas facile de faire confiance à des gens qu'on ne connaît pas, hein ?

Kane fit semblant de ne pas saisir le double sens.

— Pas vraiment, non. Mais j'ai suffisamment entendu parler de la FAEP pour savoir que je peux avoir confiance en vous. Et j'espère que vous en avez assez vu, vous aussi, concernant mes actions, pour savoir qu'on est du même côté.

L'homme parut enfin se détendre vraiment.

— Et quelles sont celles que vous envisagez pour l'avenir ? Les armes, ça n'a rien à voir avec les incendies.

Kane prit un ton dur, sérieux.

— Même objectif, méthode différente. Sans compter que les flics ont un peu trop fourré leur nez dans les histoires d'incendies de Vegas. Je me suis dit qu'il était temps de passer au cran au-dessus.

— Je vois. Histoire qu'ils commencent à se faire vraiment du mouron, hein ?

Le type le dévisagea pendant de longues secondes puis, voyant que Kane ne bronchait pas et ne baissait pas les yeux, finit par sourire.

— Je crois qu'on va pouvoir vous aider.

— Chéri !

L'estomac de Kane se contracta subitement lorsqu'il entendit résonner cette voix féminine, trop nasillarde et haut perchée. Il éprouva un accès de peur tel qu'il n'en avait pas connu depuis longtemps. Il pivota sur lui-même, sachant déjà qui il allait voir.

Melinda avançait au milieu des débris, juchée sur des talons d'une hauteur vertigineuse, affublée d'une robe si moulante que personne n'aurait pu imaginer qu'elle puisse dissimuler une arme.

Il déversa intérieurement une bordée de jurons comme elle venait se poster auprès de lui et lui passait le bras autour de la taille.

— Je me suis fait du souci pour toi, geignit-elle, avec, peinte sur le visage, une expression stupide qu'il n'aurait jamais cru possible de voir chez la belle et sagace Melinda.

Le maquillage dont elle s'était barbouillé le visage, occultant sa beauté naturelle, n'y était peut-être pas étranger.

Elle jouait un rôle que le FBI avait dévolu à ses agents femmes pendant des décennies, celui de la petite amie collante et jalouse. Cela marchait tout particulièrement dans les affaires liées à la mafia, où les cibles ne laissaient pas les femmes se joindre à eux, mais offraient souvent les services de prostituées à leurs nouvelles recrues. Refuser s'assimilait à un affront.

Mais, dans le cas présent, l'initiative n'aurait pas pu tomber plus mal.

Avant même qu'il se soit retourné vers son interlocuteur, il sut que celui-ci avait dégainé son arme.

Melinda poussa un petit rire idiot.

— Hé ! du calme ! Je voulais juste savoir où était mon homme, moi ! J'ai regardé dans son téléphone.

Elle lui caressa le bras, ce qui eut pour effet de le faire se crisper davantage encore.

Le contact de la FAEP la toisa rapidement puis arrêta un regard dur sur Kane.

— Vous détestez les Asiatiques au point de faire brûler leurs boutiques mais vous sortez avec l'une des leurs ?

Kane sentit les doigts de Melinda se contracter autour de son bras comme elle comprenait son erreur.

Le type de la FAEP pointa son arme sur le front de Kane.

— Alors, comme ça, vous avez voulu m'embobiner ?

Il sourit et déplaça le canon de son arme vers Melinda.

— Eh bien, vous allez pouvoir la regarder mourir avant que je vous tue, vous aussi.

•

« Quelqu'un de chez Petrov Armor vend des armes à des criminels depuis longtemps. »

La phrase de Davis hantait toujours Leila tandis qu'elle quittait rapidement les bureaux, concentrée sur le claquement de ses petits talons sur le sol pour ne pas se mettre à hurler.

Qui était le loup qu'ils avaient laissé entrer dans la bergerie ?

Un sentiment de colère et de trahison grandit en elle au point qu'elle avait l'impression qu'une boule de plomb comprimait sa poitrine, mais elle continua à marcher en s'efforçant de maîtriser ses émotions. Elle dévia de la trajectoire qui l'aurait conduite au centre-ville, là où elle aurait pu croiser des connaissances.

Le crépuscule tombait déjà, l'heure où Old City, la vieille ville de Knoxville, commençait à s'animer avec l'ouverture des bars branchés. Mais, dans la direction opposée, tout était calme, tranquille. Des rues bordées de grands arbres centenaires et une belle rivière au cours rapide. L'endroit idéal pour réfléchir à tout ce qu'elle avait fait de travers.

Elle avait planté là Davis, prétendant se rendre aux toilettes. Il devait croire qu'elle y était toujours. Mais elle avait éprouvé le besoin impérieux de sortir. De s'éloigner de tout et de tout le monde.

Ces dernières semaines, ses seuls moments de solitude avaient été le soir, lorsqu'elle rentrait chez elle. Des moments qu'elle avait passés à essayer de ne pas pleurer de chagrin ou de colère, désespérant de jamais retrouver le sommeil. Pendant la journée, elle s'abîmait dans le travail, s'efforçait de rassurer le personnel tout en s'appliquant à faire que l'entreprise continue de tourner et à convaincre chacun qu'elle tenait fermement la barre.

Et tout cela pourquoi ? Pendant ce temps-là, quelqu'un l'avait continuellement trahie. C'était pire qu'un lot unique d'équipements défectueux. Les armes de Petrov Armor qui avaient atterri dans des mains criminelles avaient dû causer des centaines, des milliers de tragédies au fil des années !

Et elle en était responsable. Son père aussi. Ni l'un ni l'autre n'avait rien vu. Ni l'un ni l'autre n'avait soupçonné qu'une chose aussi terrible puisse se produire.

*Comment* cela avait-il pu arriver ?

Elle ralentit le pas comme elle traversait une passerelle, regardant l'eau au-dessous. La balustrade était basse... Il aurait été facile de l'enjamber et de laisser les flots emporter tous ses soucis.

À ceci près qu'elle n'était plus cette personne-là. Elle était toujours à la tête de cette entreprise, elle en était toujours la responsable. Elle ne se déroberait pas, même si cela devait la détruire, et détruire le legs de son père.

Elle allait aider Davis à trouver le coupable et veiller à ce qu'il paye pour ce qu'il avait fait.

Ce devait être quelqu'un en qui elle avait confiance. Quelqu'un qu'elle connaissait depuis longtemps. Qui était venu chez son père. Peut-être même quelqu'un en compagnie de qui elle avait pleuré lors de ses obsèques.

À cette pensée, elle serra les poings. Comment cette personne avait-elle pu faire ça à son père ? À elle ? Aux soldats qui étaient tombés sous les balles ennemies à l'autre bout du monde en se croyant protégés par le matériel Petrov Armor ? Et à tous ceux qui avaient subi les conséquences de cette trahison et qu'elle ne connaissait pas ?

Le craquement de la passerelle lui apprit que quelqu'un approchait. Leila se redressa, s'apercevant qu'elle avait été si absorbée par ses pensées qu'elle ne l'avait pas entendu. Il était déjà là, tout près.

Son cœur se mit à cogner lorsque, du coin de l'œil, elle aperçut un éclat métallique indiquant que la personne était armée.

Son instinct prit le dessus, renforcé par les cours d'autodéfense que son père avait exigé qu'elle suive avant son départ pour l'université. Leila tendit le bras, écartant l'arme juste au moment où le coup partait. La détonation résonna dans l'air, faisant siffler ses oreilles, tandis que la balle allait se perdre dans l'eau sombre.

Le tireur grimaça, l'air étonné, et recula légèrement. Les détails s'imprimèrent dans l'esprit de Leila alors même que le temps semblait subitement ralentir. Il était plus grand qu'elle. Blanc, les cheveux bruns, des yeux gris qui avaient l'éclat de l'acier. Elle ne le connaissait pas.

Puis la main de son agresseur se dirigea de nouveau vers elle, et le temps retrouva soudainement son cours normal. Au lieu de tourner les talons pour s'enfuir – et de recevoir à coup sûr une balle dans le dos, piégée qu'elle était, sur cette passerelle,

elle se rapprocha encore. Pivotant sur le côté, elle agrippa de ses mains les doigts qui tenaient l'arme pour la lui faire lâcher.

Mais il était fort. De son autre main, il lui attrapa les cheveux et tira assez fort pour que la douleur se diffuse tout au long de sa colonne vertébrale.

Elle perdit l'équilibre, mais ne lâcha pas prise. Tombant sur la passerelle, elle l'entraîna avec elle.

L'arrière de sa tête l'élançait, et sa vision se troubla, mais elle maintenait toujours le poignet de son agresseur de ses mains. Elle imprima une brutale rotation dans un sens puis dans l'autre. L'homme poussa un cri, mais tenait toujours le pistolet. Elle redoubla d'efforts pour s'emparer de l'arme, prenant appui contre la balustrade pour tirer de toutes ses forces.

Et la rambarde, tout à coup, ne la retint plus. Le fragile garde-corps avait cédé. Ils basculèrent tous les deux dans l'eau, en contrebas.

# 11

Davis ne reconnut pas le son de sa voix lorsqu'il cria en voyant Leila et son agresseur tomber de la passerelle.

Il s'était trouvé trop loin pour intervenir lorsque l'homme avait surgi de nulle part, l'arme au poing. Il avait veillé à rester à bonne distance de Leila pour qu'elle ait le temps d'assimiler ce qu'il venait de lui confier. Il l'avait donc laissée prendre de l'avance, s'était arrêté pour demander par SMS à Kane et Melinda s'ils avaient du nouveau. Puis il avait perdu de précieuses secondes à regarder impatiemment son téléphone, attendant leur réponse, avant de consulter ses autres messages. Bref, il s'était laissé distraire, et cela avait peut-être coûté la vie à Leila.

Cette pensée lui noua la gorge, l'empêchant de respirer tandis qu'il courait plus vite, puis plongeait dans l'eau à l'endroit où les deux corps avaient disparu, happés par les remous.

Davis était bon nageur. Cela avait fait partie de son entraînement de ranger. Mais le courant était particulièrement rapide ce soir, probablement en raison de l'orage qui avait éclaté dans la journée. Il l'entraîna sous l'eau avant de le renvoyer à la surface comme une coquille de noix ballottée par les flots, mais Davis se reprit rapidement.

Seulement… un nageur moins entraîné ? Désorienté, il pouvait se mettre à nager dans la mauvaise direction, se laisser happer vers le fond au lieu de remonter.

Et si cette personne était déjà affolée et paniquée parce qu'elle s'efforçait d'échapper à un agresseur…

— Leila ! appela-t-il, balayant la surface du regard tandis qu'il se laissait porter par l'eau.

Il ne la voyait nulle part.

Prenant son souffle, il plongea, cherchant à repérer un mouvement. Intérieurement, il maudit Leila et ses tenues de couleur sombre, neutre. Bon sang ! pourquoi n'avait-elle pas une prédilection pour le rouge ou le jaune ? N'importe quelle couleur vive aurait été plus facile à localiser.

Il nagea avec le courant, espérant l'apercevoir, jusqu'à ce qu'il manque d'air et doive remonter à la surface. Il cria encore son nom, le cœur battant beaucoup trop vite pour être au maximum de ses performances.

Il inspira une nouvelle fois à fond, manquant de peu de boire la tasse comme l'eau de la rivière le soulevait de nouveau. Mais même la méthode éprouvée à laquelle il avait maintes fois eu recours pour se calmer lors de périlleuses missions ne fonctionnait pas.

*Nom d'un chien, où est-elle ?*

Il ne pouvait pas être arrivé trop tard.

Mais il ne la voyait pas. Si elle était restée si longtemps sous l'eau, ce n'était probablement pas de sa propre volonté.

La panique menaçait, mais il refusait de s'avouer vaincu. Puis le courant l'emporta et, tout à coup, après un méandre, elle fut là, à quinze mètres devant lui, luttant toujours contre son assaillant.

Mus par le soulagement et la fureur, ses bras et ses jambes se mirent à battre l'eau avec une puissance redoublée tandis qu'il gardait le regard fixé sur l'homme qui voulait du mal à Leila. L'homme qu'il allait bientôt étrangler.

Avec l'impression que cela avait duré une heure, il les rejoignit moins d'une minute plus tard. Mais juste avant qu'il puisse arracher les mains de l'homme du cou de Leila, le poing de cette dernière s'éleva et s'abattit sur le nez de son agresseur.

La tête de l'homme bascula brutalement en arrière avec un bruit qui lui fit grincer des dents. Le sang se mit à couler, et il disparut sous la surface.

— Ça va ? demanda Davis, attrapant Leila par les bras, prêt à la ramener jusqu'au rivage.

Elle se libéra, cherchant son souffle et inspirant à grandes goulées saccadées l'air qui lui avait manqué.

— Ou-oui, murmura-t-elle d'une voix rauque. Attrapez-le. Il faut le coin...

Elle s'interrompit, prise d'une quinte de toux.

Davis tendit de nouveau le bras pour la stabiliser mais elle lui donna une tape sur la main.

Il hocha la tête. Si elle avait été assez coriace pour tenir tête à son agresseur alors qu'il tentait de l'étrangler, elle pouvait rejoindre seule le rivage.

Lui lançant un dernier coup d'œil, il plongea de nouveau. L'homme était en train de couler et toujours emporté par le courant.

Davis ajusta sa position et prit de la vitesse pour pouvoir le rattraper avant que lui-même manque d'air. Il passa les bras sous ses aisselles et, battant furieusement des jambes, les propulsa tous deux vers la surface.

Alors le poids familier d'un corps à sauver réveilla son instinct. Il nagea vers le rivage et sortit l'homme de l'eau. Cherchant un pouls, il sentit son cœur battre faiblement. Mais l'inconnu ne respirait plus.

Il releva un instant les yeux, vit Leila assise par terre, les genoux remontés contre la poitrine, puis reporta son attention sur son agresseur. Davis mourait d'envie de serrer les mains autour de son cou, mais il ne constituait plus une menace et avait besoin d'assistance.

Davis se pencha et pratiqua le bouche-à-bouche jusqu'à ce que l'homme, dans un hoquet, recrache l'eau qui l'avait étouffé. Se redressant, il le regarda tousser et reprendre tant bien que mal son souffle, semblant ne pas savoir où il était.

Enfin, l'agresseur leva les yeux. Davis éprouva un choc. Il connaissait ce type ; il avait vu sa photo dans les fichiers que Melinda lui avait montrés l'autre jour.

Il était lié à la FAEP.

Une nouvelle fois, il allait perdre sa partenaire en mission. Une nouvelle fois, une femme qui s'était fait un nom au FBI au fil de tant d'affaires dangereuses et à qui il tenait avait été désignée comme son équipière, et, désormais, c'était la fin.

À ceci près que, cette fois, il allait tirer sa révérence avec elle.

Kane essaya de s'arracher à ce fatalisme, de reprendre la posture de matamore de Kane Bullet. Combien de fois n'avait-il pas eu une arme pointée sur sa tête ? Et il s'en était toujours sorti.

Mais que pouvait-il inventer pour expliquer *cela* ?

D'une brutale bourrade, il poussa Melinda derrière lui, assez fort pour qu'elle trébuche sur ses impossibles talons et tombe. La main tendue vers elle, paume ouverte, il lui enjoignit de rester là où elle était.

— Vous fichez tout mon plan par terre, mon vieux, proféra-t-il, avançant d'un pas menaçant dans la direction du membre de la FAEP tout en espérant qu'il n'allait pas prendre une balle dans la tête. Ou que, si cela se produisait, Melinda, à tout le moins, pourrait maîtriser le type et le désarmer une fois que lui serait mort.

Ce qui, bien sûr, ne l'aiderait pas à semer ses renforts, qui devaient être en train de se rapprocher.

Le pistolet revint se braquer sur Kane. Comme pour déjouer une éventuelle entourloupe, le type le tenait fermement, des deux mains. Mais la curiosité l'emporta.

— Qu'est-ce que j'ai fichu en l'air, exactement ?

— Je me servais d'elle depuis des mois pour approcher son père et accéder à la grande agence bancaire qu'il possède en centre-ville, une agence dont la sécurité est réputée inviolable. Vous avez tout gâché.

Les yeux de son interlocuteur se plissèrent tandis qu'il étudiait Melinda d'un air calculateur.

L'espace de quelques secondes, Kane crut qu'il avait mordu à l'hameçon. Puis le type partit d'un petit rire dénué d'humour.

— Vous me prenez pour un abruti ? Vous êtes flic.

C'était terminé. Kane avait opéré en infiltration assez souvent, dans des situations complètement différentes, pour savoir qu'il ne regagnerait pas la confiance de l'homme. Il s'était trop précipité pour accepter cette rencontre, n'avait pas pris suffisamment de précautions. S'il avait été seul, il aurait sans doute pu lui sauter dessus et s'emparer de son arme. Il l'aurait alors utilisé comme bouclier humain en tablant sur le fait que ses comparses ne tireraient pas sur leur chef pour l'avoir, lui. Mais, avec Melinda toujours au sol, avec ses hauts talons, c'était risqué.

Par intermittence, Kane voyait des hommes progresser parmi les décombres dans son champ de vision périphérique.

Il était temps de tenter le tout pour le tout.

— Je n'approcherais pas davantage si j'étais vous ! lança-t-il d'une voix de stentor.

Son contact jeta instinctivement un coup d'œil par-dessus son épaule, mais Kane ne put tirer parti de l'occasion. Son arme se trouvait dans un holster de cheville... Pas l'endroit le plus aisément accessible. Et il ne pouvait prévenir Melinda sans alerter également le type de la FAEP.

Il jura intérieurement puis déclara à haute voix :

— Je ne suis pas flic, non. Mais vous avez raison, concernant ces incendies... C'était *vraiment* une sale affaire. Mais ce n'était pas moi. Je me suis dit que vous préféreriez cette histoire-là à ce que je veux réellement.

Il avança encore d'un pas, vit les yeux de son contact s'arrondir brièvement sous l'effet de la surprise et, aussi, de la peur.

C'était exactement le but recherché. Qu'ils s'interrogent, qu'ils se demandent pourquoi il n'avait pas peur alors qu'il aurait dû être terrifié. Ce subterfuge avait déjà fonctionné par le passé. Mais c'était le pari le plus risqué qu'il ait jamais pris. Et, cette fois, il n'y avait pas que sa vie en jeu.

— Je suis un ancien militaire. Un ex-ranger, pour être précis, ajouta-t-il, sautant sur la première idée qui lui vint à l'esprit, l'unité des opérations spéciales dans laquelle Davis avait travaillé. Mes amis et moi, on a été radiés des cadres pour cause d'indignité après un... petit incident. Bref, on avait tous des fusils et des pistolets avant d'entrer dans l'armée, mais maintenant, après la cour martiale...

Il fit la grimace, instillant dans son expression autant de

rage qu'il le put afin que son air conquérant se mue en un faciès menaçant.

— Plus moyen d'acheter une arme. Et, pour nous venger de l'armée comme nous l'avons prévu, il nous en faut.

Le regard de son interlocuteur dériva brièvement vers Melinda, et il secoua la tête.

— Parce que vous pensez qu'on va vous aider maintenant ?

Kane haussa les épaules, s'efforçant de réinsuffler à son personnage un peu de son attitude bravache. Mais cela tomba à plat cette fois-ci, comme s'il ne parvenait pas à entrer pleinement dans la peau de son personnage et demeurait encore en partie Kane Bradshaw, agent du FBI terrifié à l'idée de perdre une autre partenaire.

— Non. Mais si vos renforts approchent encore - ou si vous appuyez sur cette détente, mes camarades rangers se feront un plaisir de cribler votre front de jolis petits trous depuis leur poste de tir, à cent cinquante mètres d'ici.

Du pouce, il désigna un emplacement derrière lui.

Les yeux de son contact se déportèrent vers la direction indiquée et, machinalement, il recula d'un pas. Puis ses lèvres se relevèrent en un ricanement méprisant, et Kane comprit que le bluff n'avait pas pris.

Cette fois, c'était fini.

Tout en songeant fugitivement que c'était inutile, Kane n'en pivota pas moins sur lui-même pour se jeter sur Melinda et lui faire bouclier de son corps. Il entendit l'air s'échapper d'un coup de ses poumons en même temps qu'une détonation retentissait.

Puis il la sentit remuer au-dessous de lui et, tandis qu'elle le repoussait, il s'aperçut qu'elle tenait un petit pistolet. Où diable avait-elle bien pu le dissimuler ?

Il empoigna l'arme fixée à sa cheville tout en jetant un coup d'œil au type de la FAEP, qui était étendu sur le sol, puis en direction de ses renforts. Il les vit, les bras en l'air, tandis que des agents s'avançaient vers eux. Apparemment, son bluff n'en avait pas été un.

Roulant sur le côté pour rendre sa liberté de mouvement à Melinda, il leva une main à l'adresse de Laura Smith qui sortait de la cachette où elle s'était embusquée. Elle avait tout d'une cadre d'entreprise dans son ensemble bien coupé, mais était la preuve vivante que les apparences pouvaient être trompeuses.

Puis son regard revint se poser sur sa partenaire qui avait deviné non seulement ce qu'il mijotait mais l'endroit où la rencontre devait se tenir. Plutôt que de tenter de le dissuader, elle avait décidé d'intervenir. Ce faisant, elle avait non seulement gâché leurs chances d'infiltrer la FAEP, mais également compromis son informateur. Maintenant, le FBI devrait aider Dougie à disparaître de la circulation. Il fixa en silence Melinda, sentant la fureur l'envahir. Lorsqu'il retrouva finalement l'usage de la parole, il crut qu'il allait se mettre à crier, mais ce fut d'une voix presque inaudible qu'il déclara :

— Bon sang ! mais qu'est-ce qui t'a pris ?

# 12

Leila était assise, grelottante de froid, regardant d'un œil hagard la rivière qui avait bien failli l'engloutir.

Davis avait attaché les poignets et les chevilles de son agresseur avec des liens en plastique, puis avait prévenu la DCT de l'agression. À son tour, elle avait averti la police locale afin qu'elle se charge de l'arrestation, car l'équipe de Davis s'était portée à la rescousse de Kane et Melinda qui avaient eu un problème lors d'une rencontre avec un contact de la FAEP.

Ce qui n'était pas une coïncidence, Davis en était certain. Mais il ne pouvait pas se soucier de cela pour le moment.

À l'arrivée des policiers, il leur montra son badge et s'entretint à voix basse avec eux afin de leur demander de garder l'agresseur le temps que quelqu'un de la DCT vienne le récupérer pour l'interroger. Puis il leur tourna le dos et regarda Leila.

Le choc avait déjà été rude lorsqu'il lui avait parlé des ventes illégales d'armes mais, maintenant, elle avait l'air complètement perdue.

Et c'était loin d'être terminé. Il devrait encore lui révéler la vérité concernant son père.

Mais, pour l'heure, l'urgence était de la ramener chez elle. Elle ne pouvait rester plus longtemps assise là, à grelotter, trempée jusqu'aux os.

Il s'agenouilla devant elle, attendant qu'elle lève les yeux.

Au bout d'un moment, elle finit par se rendre compte de sa

présence. Son expression égarée disparut, remplacée par de la méfiance et de la peur.

— Ça va aller, promit-il doucement. On va élucider cette histoire d'agression.

Ses paroles ne parurent pas la rassurer, mais la méfiance céda la place à la colère. Il passa les mains sous ses bras et l'aida à se mettre debout.

— Je vais vous raccompagner chez vous.

Elle se laissa guider docilement comme il demandait à l'un des policiers de les reconduire. Il s'inquiéterait de leurs véhicules plus tard.

Par chance étant donné qu'elle n'avait pas ses clés, l'ouverture de la porte de chez elle était commandée par un Digicode si bien qu'ils purent accéder à son domicile. Elle entra dans la maison, comme en pilotage automatique, suivie de Davis, qui referma la porte derrière eux.

Comme le cliquetis de la serrure résonnait dans la cuisine toute de carrelage et granit, elle se tourna vers lui, l'air perplexe. Elle ouvrit la bouche comme pour dire quelque chose mais il s'avança. Il la prit par les coudes, comme il l'avait fait près de la rivière, se remémorant la peur qu'il avait eue lorsqu'il l'avait crue noyée.

— Davis, croassa-t-elle, la voix encore éraillée.

L'une de ses mains quitta son coude et vint frôler sa joue.

— Ça va ?

Elle laissa échapper un rire étranglé.

— Vous plaisantez ? Bien sûr que non. Mais peut-être que ça, ça me fera du bien, dit-elle en se pelotonnant contre lui.

Il recula vivement, ramenant la main sur son coude.

— Moi aussi, j'en ai envie, croyez-moi, murmura-t-il, d'une voix soudain un peu voilée. Mais...

— Quoi ? L'odeur de la vase n'est pas aphrodisiaque ? ironisa-t-elle avant de détourner les yeux et de se détacher de lui.

Un sourire tremblota sur ses lèvres. Elle ne jouait plus la chef d'entreprise constamment drapée dans un sérieux et un professionnalisme exagérés. Malgré les impairs qu'il avait commis, elle commençait à baisser la garde et à lui laisser entrevoir un peu de sa véritable personnalité. Et plus il apprenait à la connaître, plus elle lui plaisait.

Mais il n'arrivait pas à croire qu'ils aient encore failli s'embrasser. Il n'était pas question de franchir cette ligne-là. Il avait beau être persuadé de son innocence, le FBI ne l'avait pas totalement éliminée de sa liste de suspects. Il existait en tout cas un lien entre elle et le coupable et s'il voulait coincer celui-ci, il devait conserver son impartialité.

Mais, à la regarder maintenant, dans ses vêtements dégoulinants d'eau boueuse, les cheveux emmêlés et le maquillage coulant sur ses joues, il se prit à regretter que les circonstances ne soient pas différentes. Il aurait tellement voulu être libre de lui faire la cour, pouvoir lui pardonner d'être la patronne de l'entreprise ayant fourni le matériel qui avait provoqué la mort de Jessica...

Lorsque leurs regards se croisèrent de nouveau, il comprit, à la façon dont ses pupilles se dilatèrent, qu'elle avait vu le désir flamber dans le sien. Puis son masque indéchiffrable revint, mais quelque chose avait changé – quelque chose d'important. Il le vit à son expression, le sentit à son attitude tout à coup plus détendue.

— Je vais aller prendre une douche chaude et me changer. Je n'ai rien à vous prêter, mais il y a un sèche-linge dans le vestibule, côté entrée de service. On est passés devant en entrant. Ensuite, nous discuterons.

Puis elle tourna les talons et sortit sans lui laisser le temps de répondre.

Lorsqu'elle redescendit au rez-de-chaussée quelques minutes plus tard, il avait mis son pantalon, sa chemise et ses chaussettes à sécher, déposé son badge et son arme sur la table basse et s'était enroulé dans un plaid qui traînait sur le canapé, dans le séjour, à côté d'un roman d'amour.

Son regard glissa sur lui, traçant sur sa peau un chemin de feu tandis que les coins de ses lèvres se soulevaient irrépressiblement.

— Très seyant.

Puis elle se laissa tomber à son tour sur le canapé, mais à distance raisonnable de lui.

Elle avait passé un pantalon de jogging et un T-shirt, nettoyé son visage et libéré ses cheveux des vestiges de ce qui avait été un chignon serré, lesquels cascadaient maintenant en mèches mouillées sur ses épaules. L'envie le prit d'y plonger les doigts, de suivre les gouttelettes d'eau qui roulaient le long de ses bras nus.

Il resserra résolument le plaid autour de lui et déclara :

— Eric est passé pour voir comment vous alliez. Je lui ai dit que vous étiez épuisée et que je vous avais ramenée.

Elle hocha la tête, l'air peu intéressée, et il attendit qu'elle le bombarde de questions. Elle allait sûrement réclamer des détails concernant les ventes illégales d'armes. Lui demander s'il savait qui était son agresseur ou pourquoi il l'avait suivie. Mais lorsqu'elle parla enfin, ses propos le surprirent.

— Merci de m'avoir secourue, Davis. Merci d'avoir été là pour moi. C'est réconfortant de savoir que j'ai quelqu'un sur qui compter quand tout mon univers semble s'écrouler.

Elle était revenue au travail comme si de rien n'était. Comme si elle n'avait pas échappé à une tentative de meurtre la veille.

Leila frissonna dans son bureau fermé, là où personne ne pouvait voir à quel point elle était effrayée. Elle avait monté le chauffage plusieurs fois, mais ça ne semblait toujours pas suffire.

Au moins était-on samedi. Il y avait donc peu de personnel, ce qui était très bien ainsi. Personne ne serait témoin de son comportement étrange. Davis et elle étaient convenus de ne rien dire de sa mésaventure de la veille. Il lui avait confié que l'agresseur appartenait à un groupe auquel Petrov Armor était suspecté d'avoir vendu illégalement des armes. Il ne savait toujours pas pourquoi l'homme s'en était pris à elle. Jusque-là, il avait refusé de parler. Et Davis s'était arrangé pour que le rapport de police ne parvienne pas aux oreilles des médias.

Bien qu'elle ait probablement été suivie depuis son bureau la veille, elle se sentait plus en sécurité ici que toute seule chez elle. Peut-être était-ce aussi grâce au petit pistolet qu'elle dissimulait au fond de son sac à main, même si sa présence la mettait mal à l'aise. Elle avait beau diriger une entreprise qui avait fait commerce d'armes pendant des années, elle n'avait jamais aimé tirer. Les cours que son père lui avait fait prendre régulièrement afin qu'elle garde la main n'y avaient rien changé. Mais, aujourd'hui, elle se félicitait quand même de les avoir suivis. Elle tâta le contour du pistolet sous le cuir du sac, puis rangea ce dernier dans le tiroir de son bureau.

L'objectif, en venant ici aujourd'hui, avait été de se changer les idées en s'absorbant dans le travail, mais c'était surtout Davis qui monopolisait son attention. Lui aussi était venu, d'une part pour profiter de ce qu'il n'y avait presque personne pour fureter dans des endroits où l'assistant de la patronne n'avait rien à faire et, d'autre part, pour garder un œil sur elle. Il avait également dormi chez elle la veille, sur son canapé, roulé dans son plaid. Plaid qui l'avait tenue éveillée une partie de la nuit... Qu'avait-il dissimulé ? Portait-il ou non quelque chose au-dessous ?

Mais elle avait réussi à se tenir éloignée de lui et avait passé la nuit à se tourner et à se retourner dans son lit. Dès le premier jour, elle n'avait pu s'empêcher d'éprouver de l'attirance physique pour Davis. Mais, hier, la donne avait changé. Il avait paru abasourdi quand elle avait été sur le point de l'embrasser. Et la façon dont il l'avait regardée ensuite... Elle inclinait à croire qu'il commençait à ressentir quelque chose pour elle.

À cette idée, elle sentait le sourire lui monter aux lèvres et avait des papillons dans l'estomac. Mais ça n'aboutirait jamais à rien. Il enquêtait sur son entreprise. S'il se passait quelque chose entre eux, l'intégrité de l'enquête pourrait être remise en cause, et cela pourrait semer le doute sur son compte dans l'esprit des gens, et ce même si le coupable était arrêté. Contrairement à une aventure avec un bel agent du FBI au sourire fascinant et à l'éthique admirable, ce soupçon perdurerait, ce qui pourrait mettre son travail en péril.

— Leila.

Elle releva la tête d'un coup. Perdue dans ses pensées, elle n'avait pas entendu la porte s'ouvrir.

— Eric.

Son directeur commercial refermait la porte derrière lui, avec les sourcils froncés et cette mine chagrinée qu'elle connaissait bien.

Elle retint un soupir. Cela partait d'un bon sentiment de sa part. Son père leur manquait terriblement à tous les deux. Eric avait pris quelques jours de congé après les obsèques et l'avait appelée tous les jours pour l'inciter à faire de même. Mais la perspective de ne pas venir travailler, d'essayer de combler le manque autrement l'avait angoissée. Elle l'angoissait, encore aujourd'hui.

— Que se passe-t-il ?

Elle secoua la tête, désarçonnée par sa question.

— Comment ça ?

— Que s'est-il passé hier ? Tu es partie en laissant ton sac à main au bureau et tu n'es pas revenue chercher ta voiture. Je suis allé jusque chez toi, et c'est ton assistant qui m'a ouvert, trempé des pieds à la tête.

Il marqua une pause comme s'il attendait une explication puis continua :

— Il m'a assuré que tu allais bien, que tu étais allée faire une promenade puis que tu t'étais aperçue que tu étais trop fatiguée pour conduire et qu'il t'avait raccompagnée. Je m'apprêtais à l'écarter de mon chemin pour voir par moi-même si tout allait bien quand j'ai entendu l'eau de la douche à l'étage. Leila, je sais que ce ne sont pas mes affaires mais...

— Je ne couche pas avec mon assistant, Eric, le coupa-t-elle, espérant qu'il ne noterait pas l'intonation un peu trop aiguë de sa voix.

— Bien.

Les sourcils d'Eric retrouvèrent leur courbure naturelle, mais il y avait toujours de la préoccupation dans sa voix. Il contourna son bureau pour venir la rejoindre, et elle éprouva une sensation bizarre, comme s'ils étaient revenus à l'époque où ils étaient plus que de simples collègues et amis.

— Leila, j'ai paniqué quand j'ai vu que ta voiture était toujours ici au moment où je m'apprêtais à rentrer chez moi. J'ai vraiment eu peur. Je veux dire, après ce qui est arrivé à ton père...

Il ferma les yeux, poussa un soupir dont elle sentit le souffle sur son visage et ajouta :

— Je me suis rendu compte à quel point tu me manquais, Leila.

Elle éprouva un soudain accès de nervosité et d'incertitude, et s'efforça de prendre ses paroles à la légère.

— On se voit tous les jours, Eric.

Il posa les mains sur ses bras, les laissa glisser jusqu'à ses mains, qu'il prit entre les siennes.

Ce contact lui sembla familier, mais étrange. Ses mains lui semblaient plus grandes aujourd'hui, mais leur chaleur était aussi réconfortante qu'elle l'avait été la première fois qu'il avait tenu sa main quand elle avait treize ans.

— Je me soucie vraiment de toi, tu sais, dit-il d'une voix forte et claire en la regardant dans les yeux. Beaucoup plus que ce ne devrait être le cas compte tenu du fait que nous ne sommes plus ensemble depuis longtemps.

Le cœur de Leila s'emballa, mais elle s'efforça de faire abstraction de sa proximité et essaya de se comporter comme s'il était normal qu'il soit en train de lui tenir les mains, dans son bureau.

— On est amis depuis longtemps, Eric. On a partagé beaucoup de choses. C'est normal que tu te fasses du souci.

— Je me disais… Nous n'aurions peut-être pas dû rompre.

Clignant des paupières, elle le considéra, sans voix, tandis qu'un mélange d'émotions tourbillonnait en elle. De la joie, de la confusion, de l'incertitude. Elle avait attendu si longtemps d'entendre ces paroles. Il avait été son premier amour, celui qui l'avait quittée.

Mais les années avaient passé, les choses avaient changé. Ils n'étaient plus tout à fait les mêmes personnes que lorsqu'ils étaient amoureux. Et pourquoi lui disait-il tout cela maintenant ? Était-ce la peur de la perdre ou le chagrin causé par la mort de son père qui lui faisait dire des choses qu'il regretterait par la suite ?

Il la connaissait assez pour sentir son hésitation.

— Notre histoire appartient au passé, Eric.

Formuler ce constat était douloureux, mais douze longues années s'étaient écoulées depuis qu'il lui avait brisé le cœur sans un mot d'explication. Douze ans au cours desquels ils étaient devenus les personnes qu'ils étaient aujourd'hui. Douze ans de travail au fil desquels une vraie amitié s'était tissée entre eux, débarrassée du poids de leur ancienne relation.

— Ne dis pas ça, protesta-t-il en secouant la tête et en s'approchant encore, le bout de ses pieds touchant les siens, les lèvres à quelques centimètres de sa bouche.

— C'est toi qui as rompu, Eric. Tu...

— C'est ton père qui m'a demandé de cesser de te voir.

— Quoi ? répliqua-t-elle, reculant d'un pas sous l'effet de la stupeur. Mais pourquoi ?

Il soupira, passa une main dans ses cheveux blonds, ce qui eut pour résultat de les ébouriffer comme quand il était adolescent.

— Je m'étais juré de ne jamais te le dire pour que tu ne lui en veuilles pas. Il voulait que tu abordes l'université avec l'esprit libre, que cela marque une vraie coupure. J'ai d'abord protesté, mais il pensait qu'il était important que tu trouves ta propre voie seule, que tu apprennes à être forte.

Il haussa les épaules, l'air totalement désemparé.

— Je me disais qu'il changerait d'avis. Mais ensuite, tu as commencé à travailler ici et... honnêtement, c'était inconfortable. Je ne savais pas sur quel pied danser ni comment me comporter. On a eu des aventures, chacun de notre côté... Puis, tu es devenue ma patronne, et la situation a de nouveau pris une tournure très étrange. Mais, pour moi, il n'y a jamais eu quelqu'un comme toi, Leila.

Elle secoua la tête, ne sachant pas le moins du monde comment répondre à cela. Elle avait rêvé tant de fois qu'Eric lui tienne ce langage, lui dise qu'il avait eu tort ! Dans ses rêves, elle se jetait alors dans ses bras. Mais jamais elle n'aurait imaginé que son père ait pu être à l'origine de leur rupture. Ni qu'elle puisse un jour éprouver tant d'hésitation à l'idée de renouer avec Eric.

— Je comprends que tu sois ébranlée, dit Eric devant son silence qui se prolongeait. Mais réfléchis-y, d'accord ? Pour ce qui est de l'entreprise, toi et moi, nous pourrions peut-être vendre nos parts et repartir de zéro ensemble... Nous associer dans une nouvelle aventure.

Il sourit, le regard plein d'espoir, puis porta sa main à ses lèvres et y déposa un baiser.

Comme elle continuait à le regarder, pétrifiée, son sourire s'élargit puis il se détourna et se dirigea vers la porte. Il se retourna une dernière fois avant de l'ouvrir et manqua entrer en collision avec Davis qui se tenait sur le seuil, la mine renfrognée.

— Davis, le salua-t-il avec raideur.

Puis il s'éloigna, et Davis vint droit sur elle. Elle se rendit compte que c'était lui qu'elle avait eu en tête lorsqu'elle avait dit à Eric que leur histoire appartenait au passé.

Pourtant, ça n'avait pas de sens ! Elle le connaissait à peine alors qu'Eric avait toujours fait partie de sa vie.

— Ce n'est pas l'homme qu'il vous faut, décréta Davis en contournant le bureau pour venir se planter devant elle, exactement comme Eric l'avait fait.

— Pardon ?

Il avait écouté leur conversation ? À partir de quand ?

Au lieu de répondre, il glissa les mains autour de sa taille et l'attira à lui, si près que ses lèvres effleurèrent les siennes.

— Leila ?

Pour toute réponse, elle noua les bras autour de son cou et se souda à lui. La langue de Davis se glissa entre ses lèvres, et un long frisson la parcourut. Elle en eut l'absolue conviction : quoi qu'il puisse advenir dans le futur, en cet instant précis sa place était exactement là où elle se trouvait.

# 13

Il avait embrassé Leila Petrov. Et ce n'était pas une erreur ponctuelle née d'un accès de désir auquel il n'avait pas su résister. Non, c'était bien plus profond que cela. S'ils ne s'étaient pas trouvés au bureau...

Son objectivité était compromise. Il devait parler à Pembrook, lui demander de le retirer de l'affaire. L'étape suivante, c'était l'obtention de mandats de perquisition et l'intervention de la cavalerie, ainsi qu'il l'avait dit à Leila.

Mais même si le FBI s'efforçait d'être discret, quelqu'un filmerait les agents en train de fouiller les bureaux ou parlerait à la presse. Qui que soit le coupable derrière tout ça, la réputation de Petrov Armor en pâtirait. Il ne pouvait pas faire ça à Leila.

— Tu es trop proche d'elle désormais.

La voix de Kane le fit sursauter et pivoter sur lui-même. Il ne demanda pas à son collègue ce qu'il voulait dire.

Il ne s'était pas justifié en expliquant pourquoi il avait répondu aussitôt après avoir entendu son téléphone vibrer lui indiquant l'arrivée d'un SMS. Ni pourquoi il avait accouru immédiatement après avoir lu le message qui l'informait d'un prochain débriefing sur la rencontre de Kane avec un membre de la FAEP. Il s'était simplement détaché des lèvres de Leila, effleurant de ses mains sa peau tandis qu'il se dégageait, s'efforçant de mémoriser la saveur de ses lèvres, de sa peau, le parfum de ses cheveux, de fixer dans son esprit l'expression interdite de ses magnifiques yeux bruns. Parce qu'il savait que cela ne pourrait pas se reproduire.

Il devait impérativement recouvrer son impartialité. Parce que, même s'il aurait dû le faire, il n'avait aucune intention de renoncer à sa mission en immersion. Il mènerait l'enquête jusqu'à son terme.

Ignorant la remarque de Kane, il demanda :

— Qu'est-ce qui est arrivé là-bas ?

— Melinda est arrivée, répliqua Kane, les lèvres pincées, tout en jetant un coup d'œil autour de lui pour s'assurer que leur collègue ne l'entende pas et en tirant la porte de la salle de réunion.

Melinda les attendait à l'intérieur, un ordinateur portable ouvert devant elle. Vêtue de l'un de ses chemisiers à encolure ras du cou, ses cheveux lisses bien coiffés, elle ne portait qu'une légère touche de maquillage. La tension qu'exprimait son visage et les égratignures qui couvraient ses avant-bras suggéraient que le rendez-vous s'était déroulé plus mal encore que Davis ne l'avait imaginé.

— Nous pensons savoir ce qui s'est passé, pour l'agression de Leila, annonça Melinda avant même que Kane et lui aient eu le temps de s'asseoir.

Kane fit la grimace comme elle le regardait avec insistance, mais il prit la parole :

— C'est mon informateur qui a organisé la rencontre. Il a dit à son ami qui connaissait un membre de la FAEP que j'avais un contact ici susceptible de me vendre des armes, mais que le plan ne fonctionnait plus. J'ai tâté le terrain pour voir la réaction du type avec qui j'avais rendez-vous. J'ai prétendu que mon contact était chez Petrov Armor, mais que les ventes d'armes illégales semblaient s'être taries quand la nouvelle direction avait mis fin à la fabrication d'armes. Le type a alors envoyé un SMS à quelqu'un, expliqua Kane en grinçant des dents. Désolé, mon vieux...

C'était donc sûrement à cause de ce texto que quelqu'un avait suivi Leila et tenté de la tuer. L'homme refusait toujours de se mettre à table et, maintenant, le contact de Kane à la FAEP était mort.

Davis serra les poings sous la table, mais il contint rapidement son accès de colère. Kane avait agi selon la logique. Ils savaient que quelqu'un de chez Petrov Armor vendait des armes sous le manteau. N'importe quel bon enquêteur – un enquêteur non aveuglé par son faible pour une cible visée par l'enquête – aurait abordé le sujet.

— La bonne nouvelle, reprit Melinda, son regard allant de Kane à lui. C'est que cela nous apprend quelque chose : le type avec qui Kane avait rendez-vous ne savait pas pourquoi la production d'armes avait été arrêtée. Quand il l'a découvert, il a voulu se venger.

— Et le fait que la source interne, le vendeur, n'ait pas dit à la FAEP que c'était Leila qui avait pris cette décision nous en apprend une autre : il cherchait à la protéger et ne voulait pas que la FAEP, ou d'autres acheteurs, la tienne pour responsable du tarissement de la filière, nota Davis.

— Il semble de plus en plus probable que le père de Leila ait été derrière ces ventes illégales. Son complice l'aura sans doute assassiné à cause du tournant décidé par sa fille.

— D'après Leila, les stocks d'armes restants ont été détruits, mais je présume que c'est ce qu'on lui a dit, et que Neal Petrov ou son complice ont simplement évacué les marchandises pour les écouler au marché noir, ajouta Davis. Mais tout de même... si Petrov n'y était pour rien ?

Davis songea à la photo qui trônait sur une étagère, derrière le bureau de Leila. Un portrait d'elle et son père, assis côte à côte dans ce qui semblait être une fête en extérieur, la tête renversée, riant aux éclats.

— S'il n'avait jamais rien su de ce qui se passait ?

Kane fit la moue et secoua la tête.

— Tu n'es peut-être pas tout à fait objectif.

— C'est possible, reconnut Davis parce qu'il n'avait effectivement pas envie que le père de Leila soit impliqué – non pas à cause de l'enquête, mais parce qu'il voulait éviter à Leila de découvrir que le père qu'elle aimait tant lui avait infligé pareille trahison. Mais écoutez-moi... Son père est mort voilà trois semaines. Si son complice l'a tué parce qu'il était furieux que Petrov ait soutenu le changement de cap de sa fille, pourquoi n'a-t-il rien dit à ses clients une fois Petrov éliminé ? C'était l'occasion pour lui de se faire mousser auprès d'eux, de proclamer qu'il avait renversé la vapeur, que les armes allaient de nouveau affluer. Or, ce n'est pas ce qui s'est passé : trois semaines après la mort du principal intéressé, ceux-ci ne savaient toujours rien.

Melinda hocha lentement la tête, et Kane lui-même parut pris d'un doute.

— Peut-être que le complice de Petrov essaye, lui aussi, de la protéger, suggéra Melinda. Ce qui tendrait à désigner le frère... Ou le directeur commercial que Petrov considérait comme son fils mais qui n'était *pas* son fils.

— Oui, acquiesça Davis, même si cette hypothèse-là ne le satisfaisait guère non plus. Joel et Eric auraient sûrement voulu préserver Leila. Mais quant à savoir s'ils auraient tué Petrov ? Ils ont l'air profondément affectés par sa mort.

— Entre l'air et la chanson..., observa Kane. Tu appartiens au FBI depuis assez longtemps pour savoir que les criminels les plus avertis ont deux visages. Ils ont tous des familles qu'ils aiment probablement. Ils sont appréciés de leur entourage professionnel. Mais une seule chose les anime : être le n° 1. Et celui qui a si bien caché son jeu depuis au moins dix ans – et, franchement, depuis sans doute bien plus longtemps, selon moi – ne peut être qu'un criminel averti.

— Ça tendrait à éliminer Theresa de la liste des suspects, souligna Melinda. Leila et elle n'avaient pas d'atomes crochus, n'est-ce pas ? Donc, elle n'aurait eu aucune raison de vouloir la laisser en dehors de tout ça.

— Exact, acquiesça Davis dans un soupir. Mais c'était elle la mieux placée pour procéder à l'échange d'équipements. Ni Joel ni Eric n'avaient de raison d'aller manipuler les matériaux bruts.

— Néanmoins, ils avaient accès à l'ensemble du site, eux aussi. Y compris en dehors des heures ouvrées, observa Kane. Tu as trouvé quelque chose de ce côté-là ?

Davis secoua la tête, s'efforçant toujours d'échafauder un scénario n'impliquant pas le père de Leila. La seule possibilité était qu'il n'avait été au courant de rien et qu'il avait récemment découvert le pot aux roses.

— Et si Petrov avait été tué parce qu'il avait découvert la vérité ? Si son meurtrier était à la fois derrière les ventes d'armes illégales *et* la fourniture d'équipements défectueux ? Il n'y a peut-être jamais eu de complice.

Kane et Melinda semblaient sceptiques, mais Melinda lui accorda le bénéfice du doute en déclarant :

— Peut-être. Ça signifie tout de même que c'est quelqu'un qui voulait protéger Leila. Empêcher ce qui est finalement arrivé quand Kane a par inadvertance révélé que c'était elle la responsable de l'arrêt de la fabrication d'armes.

— Quel que soit l'angle sous lequel on considère la situation, renchérit Kane, son regard braqué sur Davis indiquant clairement qu'il le jugeait trop impliqué personnellement, c'est quelqu'un qui est proche de Leila qui est derrière tout ça. Et cette personne est également à l'origine de la mort de son père.

— Alors, on va en parler, oui ou non ? demanda Melinda, debout sur le seuil de la salle de réunion, les mains appuyées contre le chambranle, barrant le passage à Kane.

Davis était parti une heure plus tôt, ne voulant pas laisser Leila longtemps seule au bureau. Après son départ, Melinda et Kane s'étaient penchés sur le passé de Joel Petrov et d'Eric Ross dans l'espoir d'y trouver une indication que l'un d'eux avait empoché des millions de façon irrégulière. Puis Kane avait relevé la tête, l'épuisement peinant à dissimuler la colère dans ses yeux, et annoncé qu'il arrêtait là pour aujourd'hui.

— Je ne trouve rien ni sur l'un ni sur l'autre, déclara-t-il, faisant semblant d'avoir mal compris sa question. Notre meilleure chance de découvrir un indice est notre cheval de Troie, lequel, à mon avis, aurait bien besoin d'un cours accéléré de travail sous couverture.

— Davis est pris entre deux feux, ne put s'empêcher de répondre Melinda tout en ayant conscience qu'elle se laissait manipuler. Il éprouve des sentiments pour Leila.

— C'est bien le problème, souligna Kane en rejetant une mèche qui lui tombait sur le front. C'est l'un des pires dangers qui guettent lorsqu'on est en immersion. Il faut véritablement entrer dans la peau de quelqu'un d'autre, ce qui signifie qu'il est facile, partant de là, de *devenir* celui qu'on fait semblant d'être. De voir l'humain derrière le criminel. Personne n'est à 100 % mauvais. Mais, une fois cette ligne franchie, il est compliqué de faire machine arrière, d'assister à son arrestation sans un battement de cils.

— Comment fais-tu, toi ? demanda doucement Melinda.

C'était une question qu'elle s'était toujours posée, le concernant. La profileuse, en elle, savait bien qu'il aimait le danger, qu'endosser l'habit d'un autre était pour lui un moyen de disparaître. De s'effacer, d'échapper, mission après mission, à tout ce qu'il souhaitait oublier dans sa vie.

Melinda ne savait pas exactement ce qui s'était passé entre lui et la fille de Pembrook. Mais ce qui était certain, c'était qu'il n'avait jamais pu se défaire de la culpabilité qui le hantait, s'agissant de la mort de sa partenaire.

— C'est simple, répondit Kane en levant le bras et en retirant sa main du chambranle. J'agis toujours seul.

Il passa devant elle, plongeant les yeux dans les siens un bref instant avant de détourner le regard. Il était grand, beau, auréolé de danger et de mystère. Le genre ténébreux dont elle serait tombée raide dingue, adolescente.

Mais elle était adulte aujourd'hui, et bien trop calée en psychologie pour ne pas voir clair dans son jeu. Elle se retourna vers la haute silhouette qui s'éloignait.

— Tu penses que j'ai tout fait rater.

Il fit volte-face, l'air tellement furieux qu'elle manqua reculer. *Presque*.

— Oui, c'est ce que je pense, en effet. Et ce n'est pas tout. Tu as aussi compromis Dougie, qui était une ressource précieuse pour moi, pour le FBI. Et tu as failli...

Il poussa un profond soupir et n'acheva pas sa phrase.

Mais c'était inutile. Elle avait failli causer leur mort à tous les deux, elle le savait.

Son jugement la blessa, même si elle ne lui donnait pas tort sur ce point. Elle n'avait pas prévu que le seul fait qu'elle soit asiatique suffirait à démolir sa couverture. Mais comment l'aurait-elle pu ? Il avait agi en solo, sans l'informer de rien, sans même l'aviser de l'existence de ce rendez-vous. Elle avait dû le suivre, fouiller dans son téléphone pour en découvrir le lieu et l'heure, parce que, à la minute où il était sorti répondre à l'appel de son indicateur, elle avait deviné ce qu'il mijotait.

— Et tu ne crois pas que si tu avais été honnête avec moi, nous aurions pu préparer ensemble un plan en vue de cette rencontre ? Cela aurait présenté deux gros avantages : tu aurais eu des renforts, et j'aurais su que je ne devais pas intervenir de cette façon.

— Il n'y avait pas besoin de s'y mettre à deux pour concevoir un plan, riposta sèchement Kane. J'en avais un. Je travaille seul - j'ai *toujours* travaillé seul.

— Pas toujours, non.

Melinda avait bien conscience de pousser le bouchon un peu loin en évoquant - fût-ce en creux - la fille de Pembrook. Mais elle ne s'était pas attendue à voir flamber une telle rage dans ses yeux.

— Tu n'as *aucune* idée de ce que c'est que de voir quelqu'un à qui tu tiens mourir sous tes yeux. Alors, ne viens pas me servir ton discours de profileuse et me reprocher de ne pas jouer collectif alors que c'est *toi* qui as tout fait capoter.

Melinda vit la seconde précise à laquelle Kane se rendit compte qu'il était allé trop loin, le moment où la fureur se mua en regret. Et elle en connaissait aussi la raison.

De son côté, Kane avait compris à son expression qu'elle *savait*.

— Tu as raison, je n'ai jamais perdu... de partenaire, reconnut-elle d'une voix atone en laissant retomber les bras et en s'écartant de la porte.

L'envie la démangea de porter la main à la bague qu'elle portait en pendentif, sous son chemisier, mais elle résista à la tentation. Sa vie privée ne regardait personne, surtout pas Kane Bradshaw.

Dans le Tennessee, Pembrook était la seule à savoir qu'elle avait eu un mari, un fils, une *vie* en dehors du travail. C'était justement pour échapper aux regards empreints de pitié des collègues qui étaient au courant de sa perte qu'elle avait accepté ce travail ici.

Un sourire chargé d'ironie étira ses lèvres quand elle pensa que, d'une certaine façon, Kane et elle se ressemblaient plus qu'elle ne l'aurait cru. Tous deux fuyaient leur chagrin, la différence étant qu'elle s'y employait en se plongeant dans l'aspect intellectuel du travail tandis que lui fonçait bille en tête au-devant du danger.

— Melinda, je suis...

— Tu as aussi raison sur un autre point, Kane, poursuivit-elle. Toi et moi, nous ne sommes pas vraiment partenaires. Mais, pour l'instant, il y a un groupe de fanatiques fous furieux qui achètent illégalement des armes à feu et se croient autorisés à éliminer celle qui a osé leur porter atteinte en stoppant la filière par laquelle ils se procuraient ces armes. On va mener cette affaire jusqu'à son terme. Ensuite, on pourra reprendre les choses comme avant.

Les muscles palpitèrent sous la peau de sa mâchoire et ses yeux se plissèrent tandis qu'il la jaugeait, mais il finit par se borner à incliner la tête.

— D'accord.

À l'instant où il se détournait pour s'en aller, elle regretta tout ce qui venait de se passer. Elle regretta de s'être à demi trahie à propos de la perte de son mari et de son fils, tués ensemble. De lui avoir montré comment s'y prendre pour la contrarier, la rejeter. Et, plus que tout peut-être, d'avoir proposé de continuer à collaborer avec lui sur les mêmes bases qu'avant.

# 14

Lorsque la sonnette tinta à près de minuit le dimanche soir, Davis fronça les sourcils et glissa son arme dans la ceinture de son jean avant d'aller coller son œil au judas. Puis il jura sous cape et ouvrit grande la porte à Leila.

Elle entra sans attendre d'y avoir été invitée, et il jeta un coup d'œil dans la rue, cherchant du regard la voiture de patrouille qu'il avait requise afin de surveiller son domicile jusqu'à ce que l'affaire soit résolue. Jusqu'à ce qu'ils soient certains que d'autres membres de la FAEP ne s'en prendraient pas à elle.

De fait, une voiture blanche et noire stationnait devant chez lui.

— J'ai dit aux flics que je venais ici, et ils ont insisté pour m'accompagner, expliqua-t-elle.

Il referma la porte à clé tandis qu'elle examinait le séjour, au-delà de l'entrée, avec curiosité.

À quand remontait la dernière fois qu'une femme avec qui il sortait était venue chez lui ? À trop longtemps. Non qu'il n'ait eu aucune aventure récemment, mais elles n'étaient jamais assez durables pour qu'il en arrive au stade du « Passe chez moi, ce soir ». Quelques sorties lui suffisaient pour se faire une opinion. Et plutôt que de blesser l'intéressée en prolongeant une liaison qui ne menait à rien, il préférait arrêter les frais rapidement. Les choses se passaient ainsi depuis si longtemps qu'il en était venu à se dire qu'il n'était pas fait pour une relation stable.

Mais la présence de Leila ici, chez lui, ne lui semblait pas du tout incongrue. Comme elle passait devant lui pour aller s'asseoir, sans invitation, sur son grand canapé confortable, il réprima un sourire.

Il ne l'avait pas appelée. Hier matin, il l'avait embrassée comme si cela lui était aussi indispensable que l'air qu'il respirait, puis il était parti pour la DCT. À son retour, il avait pris soin de ne pas se retrouver seul avec elle afin d'éviter une conversation embarrassante ou un autre baiser enfiévré. Parce que, s'agissant de Leila, il ne pouvait plus compter sur sa volonté : elle fondait comme neige au soleil. Pour autant, il avait une affaire à résoudre avant de se demander sérieusement si une relation avec Leila Petrov était envisageable.

Mais il aurait dû se douter qu'elle lui forcerait la main. Qu'elle n'attendrait pas sagement qu'il décide si oui ou non il était prêt.

Il la suivit dans le séjour et, craignant de ne pouvoir résister à l'envie de la toucher s'il prenait place à côté d'elle sur le canapé, il opta pour la prudence et s'assit dans un fauteuil, en face d'elle.

Elle plissa légèrement les yeux en voyant le siège qu'il avait choisi puis se pencha en avant.

— Parlez-moi de ces ventes illégales d'armes.

— Quoi ?

Un bref sourire passa sur son visage, aussitôt remplacé par le masque sérieux de la chef d'entreprise.

— Vous vous attendiez que j'exige des explications concernant ce baiser, dans mon bureau ? demanda-t-elle en arquant un sourcil. Ne vous inquiétez pas, on va y venir.

Il ne put se retenir de rire.

Décidément, Kane avait raison : il perdait le sens commun dès lors qu'il s'agissait de Leila. Mais était-ce si surprenant qu'il ne sache pas lui résister ? S'il l'avait rencontrée dans d'autres circonstances, il l'aurait depuis belle lurette invitée chez lui.

Cette pensée dissipa bien vite le reste de sourire qui flottait sur ses lèvres. Il allait tout faire pour lui épargner les répercussions des agissements de celui qui avait utilisé son entreprise aux fins d'activités illégales. Mais, ensuite, il devrait partir, retourner à son travail et la laisser tenter de recoller les morceaux, seule. Car il avait beau espérer de tout son cœur que tout s'arrangerait pour elle, il y avait peu de chances que sa société s'en sorte indemne. Que *Leila* s'en sorte indemne.

Quant à bien dissocier ses sentiments grandissants pour Leila et l'enquête à proprement parler, c'était bien difficile. Quand tout serait fini, elle lui en voudrait, c'était certain. Et, abstraction faite de ce qu'il ressentait pour elle, serait-il, lui, capable de faire la part des choses entre ce que lui dictait son cœur et ce qui était arrivé à Jessica ? Lui pardonnerait-il jamais sincèrement d'avoir dirigé la société qui avait causé la mort de son amie ?

— Ah non ! n'allez pas vous fermer comme une huître, se récria Leila, se méprenant sur les émotions qui avaient dû transparaître sur son visage. Je sais que l'enquête est en cours, mais on est censés collaborer, vous et moi, non ? Vous m'avez dit que ce commerce illégal durait depuis plus de dix ans. Alors, essayons de creuser cette piste ensemble. Depuis combien de temps, exactement, à votre avis ? *Beaucoup* plus de dix ans ? Et de quelle quantité d'armes parlons-nous ?

Davis l'étudia. Regard intense, jean moulant et grand T-shirt. Elle avait de nouveau les cheveux lâchés, le visage exempt de maquillage, et il s'aperçut qu'il aimait vraiment son allure « civile », dépouillée de son uniforme de P-DG. La vraie Leila, celle que le personnel de son entreprise ne voyait jamais. Mais elle lui avait ouvert la porte, permis de voir sa vulnérabilité. Elle lui avait fourni des informations sensibles sur l'entreprise qui lui tenait tant à cœur, avait placé sa confiance en lui pour l'aider à trouver qui l'avait sabotée en sous-main tout en évitant sa destruction.

Il déglutit péniblement, conscient qu'il ne méritait pas entièrement cette confiance. Se représentant Kane dans cette situation, il prit sur lui et planta un regard chargé de ce qui ressemblait à la plus grande sincérité dans celui de Leila. Il pouvait lui révéler la vérité concernant les détails – la durée et le volume des transactions illégales qui s'étaient opérées à son insu –, mais il resterait toujours trop de choses qu'il devrait lui cacher.

— On est du même côté, lui rappela-t-elle doucement.

Hochant la tête, il chassa de son esprit ses sentiments mitigés et se concentra.

— Le temps durant lequel ce commerce illégal s'est déroulé ? Nous n'avons pas de certitude. Au moins onze ans, c'est sûr, mais cela pourrait couvrir une vingtaine d'années.

— *Vingt* ans ? Pratiquement aucun des employés n'était là il y a vingt ans, objecta Leila, accablée, en se laissant retomber contre les coussins du canapé.

Seulement son oncle et Theresa, songea à part lui Davis. Mais même s'ils parvenaient à apporter la preuve que des armes se vendaient illégalement depuis vingt ans, ça ne réduisait pas nécessairement le cercle des suspects. Parce que son père était toujours soupçonné d'avoir piloté ce commerce clandestin en parallèle de ses affaires légales. Auquel cas il pouvait très bien s'être associé à quelqu'un *par la suite*. À quelqu'un comme Eric.

Il n'avait pas dit à Leila que le FBI avait restreint le nombre des suspects. Ce n'étaient plus seulement les employés jouissant d'un accès privilégié au site qui étaient dans leur collimateur, mais désormais ceux qui tenaient aussi suffisamment à elle pour vouloir la protéger des crapules de la FAEP. Mais elle n'était pas bête. Elle avait compris que ses principaux suspects étaient des gens qu'elle connaissait bien, des gens auxquels elle était attachée.

Et pourtant, elle ne lui avait pas retiré son soutien. Une émotion qu'il ne put tout à fait identifier se fit jour en lui. De la fierté ? De l'attachement ?

— Et pour ce qui est du nombre d'armes ?

— Beaucoup. Au prix du marché noir bien sûr, une quantité suffisante pour représenter des millions de dollars.

— Des *millions* ? répéta-t-elle en regardant longuement le plafond avant de reporter son regard sur lui, s'efforçant visiblement de digérer l'information. Petrov Armor ne se remettra jamais d'un coup pareil.

Davis se tendit, luttant contre l'envie de se précipiter à côté d'elle pour la réconforter, lui dire qu'elle se trompait, que si un criminel isolé était à l'origine de ce trafic, Petrov Armor pourrait, une fois cette personne éliminée, restaurer sa réputation. Mais ne serait-ce pas mentir ? La branche Vente d'armes n'existait plus. Si l'enquête mettait en évidence la responsabilité de Petrov Armor s'agissant des équipements défectueux, quelles que soient les circonstances, l'armée lui accorderait-elle de nouveau sa confiance ? Rien de moins sûr. Or, c'était son principal client.

— Peut-être pas, admit-il.

Puis il avança le seul argument qui n'était pas un mensonge.

— Mais si quelqu'un peut réussir à sauver la société, c'est vous.

Elle lui adressa un sourire incertain puis quitta le canapé et combla la distance qui les séparait.

Comme il s'apprêtait à se lever, à s'éloigner peut-être, elle s'agenouilla devant son fauteuil et posa les mains sur ses genoux. Les muscles de ses jambes se contractèrent malgré lui, et le sourire refleurit sur le visage de Leila, durablement cette fois.

De ses genoux, ses mains se portèrent à ses joues, ses doigts effleurant la surface légèrement rugueuse de son menton qu'il avait négligé de raser ce matin.

Le souffle de Davis se fit plus court, et il dut agripper les bras de son fauteuil pour se retenir de se pencher en avant et de souder ses lèvres aux siennes. Comme il demeurait immobile, le petit sourire de Leila s'accentua, plissant le coin de ses yeux, tandis qu'elle se redressait légèrement, rapprochant le visage du sien.

Sa bouche n'était plus qu'à quelques centimètres de la sienne lorsque la panique le poussa à révéler l'information qu'il lui avait jusqu'alors dissimulée.

— Leila... La mort de votre père n'était pas un accident.

La mort de son père ne résultait pas d'une agression qui avait mal tourné. C'était... un meurtre ! Commis par quelqu'un en qui son père avait eu confiance et qui avait utilisé son entreprise pour fournir des armes à des criminels et des équipements de médiocre qualité à l'armée. Tout ça pour quoi ? Pour de l'argent !

Leila essaya de refouler ses larmes mais, déjà, elles débordaient de ses paupières et inondaient ses joues en un torrent impossible à juguler.

Et ce n'était pas seulement parce qu'elle venait d'apprendre que c'était un proche qui avait probablement tué son père. C'était la perte de son père en elle-même. Quelque chose qu'elle avait enfoui profondément dans son esprit, en se focalisant sur son travail, sur cette enquête afin de ne pas avoir à affronter l'implacable réalité.

Mais il était bel et bien parti. L'être qui lui était le plus cher sur terre.

Ses sanglots s'intensifièrent, secouant spasmodiquement ses épaules. Et Davis, agenouillé devant elle, l'encercla de ses bras. Elle se cramponna à lui, pleura dans son giron tandis qu'il lui caressait les cheveux, jusqu'à ce que les larmes se tarissent.

Il tira alors sur le bas de son T-shirt pour le lui offrir.

Elle réussit à rire et accepta de l'utiliser pour éponger ses joues. C'était le genre de geste qu'elle aurait pu avoir, adolescente, avec le T-shirt d'Eric, quand elle pleurait la perte de sa mère. Et voilà qu'aujourd'hui, si longtemps après, c'était auprès de Davis qu'elle trouvait du réconfort.

Avec lui, elle se sentait en sécurité. Elle pouvait être elle-même, sans craindre de paraître faible ou pas de taille à assumer son rôle de chef d'entreprise. L'ironie de la chose, c'était qu'elle aurait dû se méfier de lui plus que de tout autre du fait qu'il était du FBI !

L'évidence s'imposa soudainement à elle : elle était en train de tomber amoureuse de lui.

Peut-être même cela s'était-il produit dès le premier regard. Elle aurait dû comprendre que cet homme représentait un danger, non seulement par le seul attrait physique qu'il avait d'emblée exercé sur elle, mais également par le risque qu'il faisait courir à son cœur.

Les mains agrippant toujours le bas de son T-shirt, elle leva les yeux et le fixa. L'expression de ses yeux noisette était tellement soucieuse. Lui aussi tenait à elle. Il ne l'avait pas dit, mais elle le lisait dans son regard.

Pour autant, il n'en était pas moins du FBI. Et il enquêtait sur tous les membres de son personnel. Les informations qu'il venait de lui communiquer désignaient sans erreur possible un employé haut placé chez Petrov Armor. Il ne s'agissait pas d'un incident isolé, d'un échange ponctuel de matériel. Quelqu'un sabotait son entreprise depuis longtemps, de façon régulière. Quelqu'un qu'elle connaissait bien.

— Je ne devrais pas être ici, murmura Davis.

Ses paroles n'avaient pas de sens, et elle secoua la tête.

— Vous êtes pourtant chez vous.

Il rit, ce qui eut pour effet d'atténuer la tension de ses traits.

— Je veux dire : « avec vous », Leila.

Il prit son visage en coupe entre ses mains, et elle ne put que le laisser faire, s'abandonner à leur caresse.

— Mais c'est plus fort que moi... Je n'y arrive pas.

Plutôt que de lui rappeler que c'était elle qui s'était présentée à sa porte sans y avoir été conviée, elle laissa glisser les mains de son T-shirt vers le creux de son dos. Juste au moment où elle le sentait sur le point de céder à ses avances et de s'incliner vers elle, son téléphone vibra, les faisant sursauter tous les deux.

Elle le vit tourner la tête en direction de l'appareil, débattre intérieurement avant de finalement grommeler :

— Il faut que je réponde.

Il se redressa, s'écarta d'elle et décrocha.

— Davis Rogers, annonça-t-il d'un ton professionnel.

Il la fixait toujours, le regard doux comme une caresse. Puis, tout à coup, son expression se durcit.

— Une seconde, dit-il d'un ton bref.

Il écarta l'appareil de son oreille et déclara :

— Je reviens dans une minute.

Tandis qu'il sortait de la pièce, elle se leva lentement et se servit de son propre T-shirt pour se tamponner les yeux. Regardant autour d'elle, elle découvrit un intérieur plus coloré que les vêtements généralement bleu marine ou noir qu'il portait ne l'auraient laissé deviner. Avisant un miroir au-dessus d'une console, elle s'en approcha.

Elle avait les yeux rouges et gonflés, le nez aussi. Le reste de sa peau était anormalement pâle. Le manque de sommeil de ces dernières semaines avait laissé des traces. Elle avait survécu comme elle pouvait depuis la mort de son père, s'abrutissant de travail pour éviter de craquer, craignant qu'une fois les larmes venues elle ne puisse plus jamais les endiguer. Mais le fait de s'être épanchée sur l'épaule de Davis avait eu un effet libérateur. Cela avait soulagé un peu de sa perpétuelle tension, lui avait rappelé qu'elle n'était pas un robot en pilotage automatique.

Davis y avait contribué, lui aussi. Par sa présence, il l'avait obligée à éprouver des émotions, arrachée à l'espèce d'hébétude dans laquelle elle s'était retranchée après la mort de son père pour tenir le coup. Elle était loin d'avoir fait son deuil mais c'était un début. Avec un peu de chance, quand cette enquête serait terminée – quelle qu'en soit l'issue – peut-être Davis serait-il encore là.

Il avait dit qu'il n'aurait pas dû être ici, avec elle, mais il ne lui avait pas demandé de partir. Et c'était lui qui s'était incliné vers elle juste avant que cet appel sur son téléphone les interrompe.

Leila sentit s'épanouir sur son visage un large, un irrépressible sourire. Ce qui se passait entre eux ne tenait pas simplement au fait qu'elle avait besoin de quelqu'un pour l'aider à surmonter sa peine. Si tel avait été le cas, elle se serait sans doute tournée vers Eric, l'homme dont elle s'était encore crue à moitié amoureuse jusqu'à ce qu'il lui avoue vouloir la récupérer, se remettre en couple avec elle. Mais la notion de couple lui avait évoqué Davis, pas lui.

Ce qui existait entre eux était authentique. Et, à en juger par ce qu'avait dit Davis un moment plus tôt, il le sentait aussi.

Oui… Cela pourrait marcher entre eux. Une fois l'enquête terminée, ça pourrait marcher. Oh ! ce ne serait pas facile, surtout si elle devait prendre un nouveau départ professionnel, selon l'issue de l'affaire et la façon dont Petrov Armor s'en tirerait. Mais Davis en valait la peine.

Elle s'avança vers la porte de la pièce dans laquelle il avait disparu. Sa communication devait être terminée à présent. Elle brûlait d'envie de lui dire qu'elle était prête à attendre jusqu'à la clôture de l'enquête, mais pas plus longtemps. Qu'elle le désirait et qu'une fois que tout aurait été tiré au clair…

— Oui, je sais bien que Leila fait toujours officiellement partie de la liste des suspects.

Les paroles de Davis, formulées dans un soupir agacé, lui firent l'effet d'une douche froide. Elle se figea.

Sa voix s'abaissa encore jusqu'à n'être plus qu'un murmure, si bien qu'elle dut tendre l'oreille.

— Oui, je comprends, Kane. Mais on sait tous les deux que

ce n'est pas elle. C'est quelqu'un qui la protège tout en soufflant des millions à son entreprise à son nez et à sa barbe... Oui, je parierais sur l'oncle ou l'ex.

Il marqua une pause avant de reprendre :

— Oui, Theresa est toujours dans la course, même si elle est en bas de ma liste maintenant.

Les oreilles de Leila se mirent à siffler. Elle se sentit tellement déstabilisée qu'elle dut prendre appui contre le mur. Bien sûr, après les révélations de Davis sur les ventes d'armes, elle savait que le coupable ne pouvait être qu'une personne occupant un poste à responsabilité.

Mais elle avait pensé qu'il l'avait écoutée quand elle avait expliqué que jamais son oncle ni Eric n'auraient trahi son père. Elle avait également cru qu'il se fiait à son jugement, s'agissant de Theresa.

Sans bruit, elle recula sur la pointe des pieds en se tenant au mur. Elle avait besoin d'air.

Davis avait des sentiments pour elle. Cela, elle en était certaine. Mais il se servait toujours d'elle pour obtenir les informations dont il avait besoin pour son enquête.

C'était pire que le sentiment de trahison que lui avait laissé l'abandon d'Eric. Davis lui avait fait croire qu'ils travaillaient main dans la main pour coincer le saboteur et, pendant ce temps-là, il complotait avec ses collègues pour lui enlever un autre être qu'elle aimait.

Parvenue dans l'entrée, elle tourna doucement la poignée et ouvrit précautionneusement la porte, puis se rua vers sa voiture. Insérer la clé dans le démarreur lui parut prendre des heures mais, enfin, elle mit la voiture en route et s'éloigna à vive allure.

Il était temps que tout le monde cesse de lui mentir. Il était temps d'arrêter de compter sur le FBI pour trouver la vérité. Désormais, si elle voulait prouver que les gens qu'elle aimait n'étaient pour rien dans cette affaire, elle devait prendre elle-même les choses en main.

# 15

Le FBI la considérait toujours comme suspecte. Pas seulement d'avoir triché sur la qualité du matériel vendu à l'armée, pas seulement d'avoir vendu illégalement des armes. Mais sans doute aussi d'avoir tué son père.

Que Davis ne la croie pas responsable importait peu. En dépit de toutes ses promesses, il continuait à la tenir à l'écart. Elle lui avait donné accès à tout, sans restriction, l'avait aidé de son mieux, quitte à ce que cela détruise sa carrière. Et, malgré tout cela, il ne lui disait toujours pas l'entière vérité.

Elle ne pouvait donc plus se fier à lui pour obtenir des informations. Ni pour ménager tous ceux de ses employés qui n'étaient *pas* coupables.

Après sa fuite de la veille, il l'avait appelée. Sachant que si elle ne répondait pas, il déboulerait aussitôt afin de s'assurer que tout allait bien, elle avait pris une grande inspiration pour se calmer, puis avait décroché.

Elle avait été surprise de s'entendre lui expliquer d'une voix normale qu'elle avait éprouvé le besoin de rentrer chez elle pour assimiler la nouvelle concernant le meurtre de son père. Il avait formulé les regrets appropriés, lui avait même proposé de venir la rejoindre. Il avait semblé si sincère qu'elle avait serré le téléphone jusqu'à en avoir mal à la main, mais l'en avait dissuadé d'une voix égale, en instillant dans son intonation juste la dose de tristesse qui convenait.

Ce matin, elle avait attendu dans sa voiture qu'il arrive au bureau puis l'avait pris à part avant qu'il entre pour lui signifier qu'elle entendait désormais se consacrer entièrement à la découverte de l'identité du meurtrier de son père et à son arrestation, et s'occuperait de ce qui se passait entre eux ensuite. Elle avait même réussi à le lui dire de l'air le plus sérieux du monde, en le regardant bien en face.

Il avait acquiescé puis effleuré sa main et promis :

— On y arrivera, Leila.

Il lui avait fallu se faire violence pour ne pas se mettre à hurler. Elle avait même envisagé une demi-seconde de le chasser séance tenante, de lui interdire l'accès à l'entreprise, mais cela n'aurait servi à rien. Ils devaient toujours découvrir qui s'était employé à saborder Petrov Armor de l'intérieur, qui avait provoqué la mort de ces militaires. Mais elle veillerait à ne plus fournir à Davis le moindre détail sur ceux qui lui étaient chers.

Il aurait toute latitude pour examiner tous les dossiers qu'il voudrait, les comptes de la société, les registres d'accès... Peut-être cela finirait-il par porter ses fruits et faire éclater la vérité : que le responsable était quelqu'un d'autre qu'oncle Joel ou Eric – et que Theresa, même si elle ne l'appréciait pas spécialement.

De son côté, Leila avait commencé ses propres investigations. Sa première mesure avait été d'ajouter un niveau d'alerte supplémentaire au système de sécurité afin d'être avertie au cas où quelqu'un essayerait de désactiver un dispositif manuellement. Aucune tentative de contournement des procédures pour sortir des équipements du site ne devait plus passer au travers des mailles du filet.

Maintenant, il était temps de se faire épauler, de s'adjoindre le concours de la personne à qui elle avait confié ses secrets les plus intimes depuis qu'elle avait treize ans.

Elle composa un numéro en interne sur son poste.

— Eric ? Tu peux venir me retrouver au quai de chargement ? Je voudrais te parler de quelque chose.

Eric figurait toujours sur la liste de suspects de Davis, mais il n'avait pas de raison d'avoir voulu du mal à la société, ni à elle et son père. S'il avait brigué une promotion, voulu plus d'argent, il aurait pu aisément l'obtenir sans recourir au meurtre et au sabotage.

Elle raccrocha avant qu'il ait eu le temps de la questionner puis sortit par l'entrée principale. Ce matin, elle avait installé Davis à un ordinateur situé près de l'endroit où travaillait Theresa, et lui avait donné accès à leur base de données d'armes afin qu'il recherche les numéros d'identification de celles qui ne correspondaient pas à des ventes officielles. La tâche ne s'annonçait pas aisée, les numéros de série des pistolets Petrov Armor trouvés par le FBI dans différentes affaires ayant, au dire de Davis, été effacés. Mais elle lui avait suggéré de procéder par date et de voir s'il pouvait trouver des opérations d'apparence suspecte.

En vérité, elle priait le ciel qu'il trouve quelque chose, une preuve quelconque qui incriminerait quelqu'un d'autre que Joel, Eric ou Theresa. Après tout, ils n'étaient pas les seuls à être dans l'entreprise depuis assez longtemps pour avoir été mêlés à ce commerce illégal depuis au moins onze ans *et* avoir eu accès aux matériaux de blindage. D'autres employés, même s'ils n'étaient pas très nombreux, remplissaient ces critères.

Repensant à Theresa, elle fronça les sourcils. C'était la seule des trois avec qui elle n'entretenait pas un lien privilégié. Theresa n'était pas toujours tendre vis-à-vis de Leila, son comportement frisait même parfois l'insubordination. Mais elle était grassement payée et adorait la recherche et le développement. Pourquoi aurait-elle risqué de tout perdre ?

Quoi qu'il en soit, ces recherches dans la base de données allaient prendre du temps, et Davis n'était pas près d'en venir à bout. Ce qui signifiait qu'elle avait le champ libre pour conduire son enquête, seule, de son côté. Du moins, *presque* seule.

Lorsque Eric l'aperçut en arrivant dans la zone d'expédition, il lui adressa un grand sourire. Elle ne put s'empêcher de le lui retourner. Eric avait beaucoup changé depuis l'époque où elle l'avait rencontré. D'adolescent boutonneux et dégingandé, il était devenu l'homme qu'il était aujourd'hui : le directeur commercial d'une grande société. Mais son sourire était toujours le même. Leur relation était d'une nature différente aujourd'hui, mais elle n'oublierait jamais qu'il avait été là quand elle avait eu désespérément besoin de soutien.

Son oncle aussi s'était montré très présent à l'époque, allant même jusqu'à emménager chez eux pendant quelque temps après la mort de sa mère. Il lui avait préparé à manger, l'avait conduite à l'école, aidée dans ses devoirs, lui avait prouvé de mille façons qu'elle était toujours aimée, même si son père, à ce moment-là, n'était pas en état de lui témoigner sa tendresse.

Ni l'un ni l'autre n'aurait trahi son père. Ni l'un ni l'autre ne l'aurait trahie, elle. Et, surtout, ni l'un ni l'autre n'aurait tué celui à qui tous deux avaient été totalement dévoués.

Lorsqu'il l'eut rejointe, au lieu de s'arrêter, il l'attira à lui et la serra avec effusion entre ses bras. Ce qui conduisit Leila à s'apercevoir que, contrairement à douze ans plus tôt, il n'était pas du tout en phase avec elle. Il croyait qu'elle l'avait convoqué après sa suggestion de l'autre jour, quand il lui avait proposé de ressusciter le couple qu'ils avaient autrefois formé.

Elle s'avisa tout à coup qu'elle ne lui avait jamais dit non en termes clairs et précis.

Lorsqu'elle leva les yeux pour le détromper, elle le vit qui la fixait, son large sourire se muant peu à peu en une expression entendue, plus intime.

Elle se dégagea doucement.

— Eric, j'ai quelque chose à te dire.

— Je sais que la situation était ambiguë entre nous, Leila, mais tout va changer maintenant, je te le promets.

Comme il plongeait la tête vers elle, Leila recula d'un pas et lança de but en blanc :

— Davis est un agent du FBI sous couverture.

*

Davis avait à peine vu Leila depuis lundi. Trois jours s'étaient écoulés depuis et, désormais, il était assis à son bureau, qu'elle avait fait déménager à l'extérieur du sien, prétextant que sa présence la déconcentrait. D'abord, il avait trouvé l'argument plutôt flatteur, mais il lui était rapidement apparu que quelque chose n'allait pas.

Elle l'évitait. Pis, elle passait de plus en plus de temps avec Eric. L'un de ses principaux suspects. Ce que, bien sûr, il ne pouvait lui avouer, d'autant que l'autre était son oncle.

Joel Petrov ne passait pas beaucoup de temps au bureau. Pour autant que Davis puisse en juger, il s'acquittait de son travail avec autant de diligence que possible puis filait avec un sourire charmeur aux lèvres et un signe de la main. Rattrapant sans complexe toutes les heures supplémentaires accumulées vingt ans plus tôt quand son frère avait eu besoin de lui pour tout gérer à sa place. Il avait accès à tout mais, d'après ce que Davis avait appris en glanant des informations auprès des uns et des autres et en consultant les mouvements de la carte de Joel dans le registre, il ne s'était jamais trouvé dans des zones d'accès restreint à des heures inhabituelles. En revanche, il s'absentait assez souvent pour avoir pu rencontrer des contacts cherchant à acheter illégalement des armes, mais ne les aurait vraisemblablement pas joints par ses canaux de communication professionnels.

Eric Ross, lui, était ici la plupart du temps. Davis avait découvert avec surprise que son niveau d'accès était aussi élevé que celui de Joel et de Theresa. Et que celui de Neal Petrov lui-même. Contrairement à Joel, sa carte *à lui* révélait une activité singulière, ce qui avait échappé à Davis au premier examen des registres. Ses nombreux rendez-vous extérieurs liés à des transactions légales pouvaient en camoufler d'autres qui l'étaient moins. Ou peut-être même ces rendez-vous n'avaient-ils tous été que des écrans de fumée. Ne lui aurait-il pas été facile de prétendre que des tractations commerciales n'avaient pas abouti quand elles n'avaient en réalité servi qu'à couvrir des marchés occultes passés avec des criminels ?

Était-ce là la raison pour laquelle il ne quittait plus Leila ? Parce que le fait qu'elle sache qu'il y avait un traître au sein de la société l'inquiétait ? Ou n'était-ce que de la jalousie, parce qu'il sentait le lien de plus en plus étroit qui les unissait, Leila et lui ?

Et puis il y avait Theresa. Mais le fait qu'elle n'ait eu aucune raison de vouloir protéger Leila plaidait plutôt en faveur de son innocence.

Il s'apprêtait justement à lui rendre visite au centre d'essais, à l'arrière des bâtiments. Eric mis à part, elle était la seule dont la carte d'accès fasse apparaître des allées et venues en dehors des heures ouvrées. S'il avait conscience de devoir marcher sur des œufs s'agissant de Joel et Eric en raison de leur proximité avec Leila, il en allait différemment de Theresa.

Lorsqu'il ouvrit la porte de la zone où Theresa passait le plus clair de son temps, même lorsque aucun test n'était en cours, Davis vit tout de suite à quel point l'endroit était idéalement placé. D'une part, personne ne pouvait passer par là sans être vu de la responsable R & D. Et, d'autre part, il offrait la possibilité d'échanger le matériel de protection et de trafiquer les registres en toute discrétion, à l'abri des regards.

Elle leva les yeux à son arrivée, l'expression empreinte d'un mélange de dédain et de méfiance. Il regarda le bloc-notes qu'il tenait à la main, les sourcils froncés.

— Nous avons relevé quelques anomalies dans les données des registres d'accès. Leila m'a demandé d'en trouver l'origine.

Theresa se redressa sur son siège et fronça les sourcils à son tour, l'air attentif. Mais n'était-ce pas un soupçon d'inquiétude qu'il lisait dans ses yeux ?

— Quel genre d'anomalies ?

— Une utilisation fréquente de votre carte d'accès à des heures inhabituelles, répondit Davis, guettant sa réaction.

Elle parut sincèrement stupéfaite.

— Vous voulez dire, le week-end ? Mais tout le monde sait qu'il m'arrive de venir le week-end, dit-elle, sur la défensive.

— Non. Je veux dire, le soir, quand vous revenez à des heures tardives après avoir fini votre journée.

Theresa secoua la tête.

— Vous faites erreur, objecta-t-elle en se levant et en croisant les bras. Je travaille souvent tard. Mais, une fois partie, je ne reviens pas.

— On a noté votre présence il y a trois semaines, vendredi soir. Vous êtes revenue vers minuit...

L'espace d'un instant, il crut qu'elle n'allait pas lui répondre du tout. Puis elle leva les yeux au ciel et secoua la tête, l'air sûre d'elle.

— Il y a trois semaines, j'assistais à un concert le vendredi soir. Attendez…

Elle prit son sac à main, fourragea à l'intérieur et en sortit son téléphone, sur lequel elle pianota rapidement.

— Tenez, regardez… Encore que je me demande bien pourquoi j'accepte de me justifier auprès de l'*assistant* de Leila. Voilà une photo du concert. Vous voyez l'incrustation de la date sur l'image ?

Il prit le téléphone, regarda l'écran et le lui rendit.

— Alors, comment se fait-il que le registre indique l'utilisation de votre carte ce soir-là ?

— Je ne sais pas.

Il la fixa d'un air dur, essayant de trouver la faille en elle.

— Écoutez, je sais que Leila ne me porte pas particulièrement dans son cœur. Et c'est réciproque. Attention, ne vous méprenez pas : je trouve qu'elle fait du bon travail à la tête de cette société. Pourtant, croyez-moi, j'étais sceptique au départ. Chacun sait qu'elle n'aurait jamais obtenu ce poste si son père n'avait pas été le fondateur de l'entreprise.

— Cependant, vous ne voyiez pas d'un très bon œil cette promotion ?

Theresa fit la grimace.

— C'est vrai. Elle n'avait pas assez d'expérience.

— Qui, selon vous, était plus qualifié pour ce poste ? Vous ?

Theresa laissa échapper un petit rire.

— Peut-être… si on parle purement d'expérience de l'entreprise. Mais devoir gérer tout l'aspect administratif d'une société ?

Elle frissonna ostensiblement.

— Très peu pour moi ! Ce que j'aime, c'est être au cœur de l'action, améliorer les produits. Je n'ai aucune envie de quitter la recherche et le développement.

— Mais, au bout du compte, ce n'est pas vous qui choisissez les orientations de l'entreprise, qui prenez les décisions. C'est Leila.

Theresa acquiesça d'un lent hochement de tête.

— Comme l'arrêt de la fabrication d'armes ? Oui, c'est vrai. Je pense que c'était une erreur stratégique. Mais je ne suis pas la seule. Son père lui-même était de cet avis. Il a simplement préféré ne pas en faire état publiquement.

Davis fronça les sourcils. Ça recoupait ce qu'il avait entendu dire par ailleurs et ça cadrait avec l'idée que le père de Leila avait été derrière le commerce illégal d'armes, mais avait été prêt à y renoncer pour sa fille. Ce qui tendait à prouver qu'il avait aimé celle-ci, quels qu'aient été ses défauts par ailleurs. Plus Davis passait de temps chez Petrov Armor, moins il croyait Neal Petrov capable d'avoir placé Leila là où elle était pour en faire un bouc émissaire.

Peut-être était-ce là la raison de son assassinat. S'il avait voulu rentrer dans le droit chemin pour la protéger, son complice ne l'avait peut-être pas entendu de la même oreille.

Mais qui était ce mystérieux complice ? Theresa ? Ce n'était pas impossible. Peut-être s'était-elle sentie prise à la gorge, dans l'incapacité de fournir les armes commandées par la FAEP. Peut-être avait-elle espéré que la production en serait relancée après la mort de Neal Petrov.

Il secoua la tête. Ce n'était pas impossible mais cela lui semblait de plus en plus improbable.

Il avait dû garder le silence un peu trop longtemps car, tout à coup, Theresa lâcha :

— Écoutez, je ne sais pas ce dont Leila me croit coupable ni ce qui se passe avec ma carte d'accès. Elle et moi, nous ne sommes pas les meilleures amies du monde mais quand j'ai fait savoir à son père que je ne la croyais pas prête à prendre les rênes de la société, il m'a fait promettre de lui apporter quand même mon soutien. Neal, Joel et moi nous connaissions depuis très longtemps. Bon sang ! j'ai connu Leila enfant. Alors, quand Neal est mort, je me suis juré de protéger sa fille par loyauté envers sa mémoire. Et, croyez-moi, j'ai largement tenu parole.

À l'intensité de son regard, il comprit qu'elle estimait avoir fait quelque chose de réellement important en ce sens. Avait-elle pu tuer Neal Petrov pour avoir sabordé leur lucrative manne de revenus illégaux puis avoir voulu se racheter en ne lâchant pas sa fille ?

Tandis qu'il soutenait sans ciller son regard, Davis songea que c'était tout à fait envisageable.

Theresa Quinn venait subitement de remonter en tête de sa liste de suspects.

# 16

— Et si ce n'était pas qu'une histoire de matériaux à moindre coût permettant à quelqu'un de se remplir les poches ni vu ni connu ? suggéra Eric.

— Comment ça ? demanda Leila.

C'était étrange, cette enquête qu'ils menaient en catimini tous les deux. Il l'avait aidée à justifier auprès du personnel la non-expédition d'équipements de protection cette semaine – prétextant que le retard venait de l'armée. Ses employés avaient paru y croire.

Mais, au lieu de lui donner l'impression de partager quelque chose avec lui, tout ce temps passé auprès d'Eric la mettait chaque jour un peu plus mal à l'aise. Il fallait absolument qu'elle lui rappelle ce qu'elle lui avait déjà dit, à savoir que ses sentiments pour lui n'étaient plus ceux qu'elle avait autrefois nourris à son endroit. Mais cette discussion devrait attendre. Il y avait trop à faire par ailleurs concernant l'avenir de l'entreprise – à commencer par débusquer le traître qui était parmi eux.

Chassant ses tracas personnels concernant Eric, Leila s'efforça de revenir à ce qu'il venait de suggérer.

— Qu'est-ce que tu veux dire, exactement ?

— Réfléchis, reprit-il avec animation. Si *deux* lots d'équipements avaient été fabriqués ? Un peu comme pour les armes... Si un lot de moindre qualité avait été envoyé à l'armée tandis que celui qui leur était initialement destiné était vendu avec une marge bien supérieure au marché noir ? Les grands criminels peuvent avoir besoin de gilets pare-balles. Si le volume des ventes illégales d'armes est aussi considérable que Davis semble le penser, qui nous dit que les criminels qui en font l'acquisition n'achètent pas aussi des équipements de protection ?

Cette idée la secoua d'un frisson si violent qu'elle attrapa le blazer qu'elle avait enlevé une heure plus tôt quand ils avaient commencé à éplucher les factures. Si Eric voyait juste, c'était de très mauvais augure. Des gens ayant besoin à la fois d'armes et de tenues de protection sophistiquées, c'était forcément synonyme d'un massacre en préparation, non ? Elle devait mettre un coup d'arrêt à tout ça.

Elle ne pouvait changer le passé, mais elle pouvait contribuer à démasquer le coupable. Et, avec un peu de chance, une fois qu'il aurait été appréhendé, le FBI lui arracherait, en plus de ses aveux, la liste de ses clients afin que tous soient enfin traduits en justice.

— Même en tenant compte du coût d'achat des équipements de qualité inférieure, la marge bénéficiaire serait beaucoup plus importante, continua Eric sur sa lancée sans même se rendre compte qu'il n'avait pas besoin de la convaincre que sa théorie se tenait. Je sais que tu penses que Davis est complètement fou mais...

Il fit la moue.

— Et, crois-moi, ce n'est pas de gaieté de cœur que je lui donne raison. Mais qui est la personne qui, dans l'entreprise, peut circuler partout *et* a le plus facilement accès au matériel de protection ?

— Theresa, admit Leila presque à regret.

Car, sans trop savoir pourquoi, malgré ses préventions, elle avait toujours du mal à croire que Theresa ait pu trahir Petrov Armor.

— C'est forcément elle, insista Eric, percevant sa réticence. Ça tombe sous le sens.

Il la dévisagea avec intensité jusqu'à ce qu'elle finisse par opiner du chef. Peut-être avait-il raison. Peut-être Davis et lui avaient-ils tous deux raison.

— On n'a plus besoin de Davis, asséna Eric, l'air soulagé

qu'elle ait fini par convenir de l'implication de Theresa. Dis-lui ce que tu soupçonnes et renvoie-le là d'où il vient pour continuer l'enquête de l'extérieur.

— Je ne peux...

— Leila... Après la mort de ton père puis tout ce qui vient d'arriver, tu as besoin d'une coupure. Une coupure franche et nette. Je sais à quel point tu es attachée à l'entreprise. Je sais que tu la considères comme le legs de ton père mais tu as tort...

Elle esquissa un geste de dénégation.

Il lui sourit de nouveau, mais d'un sourire désenchanté et grave cette fois.

— Tu ne vois donc pas, Leila ? Le véritable héritage de ton père, c'est *toi*. Si tout ce que tu m'as dit est vrai, cette entreprise est finie. Ce qu'il faut maintenant, c'est limiter les dégâts. Et tout recommencer. Créer une nouvelle entreprise. Pas forcément dans le Tennessee. On peut partir, aller quelque part pour prendre du recul afin d'y réfléchir.

Il la regardait avec ces grands yeux bleu foncé qui l'avaient séduite voilà si longtemps.

— Peut-être à l'étranger, sur une plage quelque part ? Et ensuite...

Elle secoua la tête. Non. Elle aurait donné très cher pour que rien de tout cela ne se soit produit, mais elle ne pouvait pas tout laisser en plan en se défaussant sur quelqu'un d'autre pour tenter de sauver ce qui pouvait l'être.

C'était *son* entreprise. *Sa* responsabilité. Elle devait bien ça aux soldats qui étaient morts, au personnel qui, comme elle, avait été floué, abusé pendant si longtemps. À son père.

Elle vit la déception poindre dans les yeux d'Eric avant même qu'elle ait répondu.

— Je dois aller jusqu'au bout. Quoi qu'il advienne.

Hier, en fin de journée, Leila s'était éclipsée à l'insu de Davis. Elle l'avait informé par SMS qu'elle rentrait chez elle se reposer et le verrait le lendemain. Mais elle avait passé toute la matinée barricadée dans son bureau. Lassé d'attendre qu'elle en sorte et lui explique pourquoi elle l'évitait, Davis se leva et alla avec détermination vers la porte de son bureau. Il avait la main sur la poignée lorsqu'il entendit la voix d'Eric à l'intérieur. Il se figea. Certes, qu'elle s'entretienne avec son directeur commercial n'avait rien d'anormal en soi mais, alors que la semaine passée elle s'était bornée à répondre avec concision et efficacité à ses questions, ils semblaient désormais être constamment fourrés ensemble.

Un mauvais pressentiment se logea au creux de son estomac. Se pouvait-il qu'elle se soit confiée à Eric, à propos de l'enquête ?

Comme c'était régulièrement le cas depuis quelques jours, les persiennes du bureau vitré de Leila étaient fermées. Mais il nota un interstice sur un côté, là où deux lattes un peu déformées étaient disjointes. Jetant un coup d'œil par-dessus son épaule pour s'assurer qu'il n'était pas observé, Davis approcha le visage de l'ouverture.

Leila était assise derrière son bureau, comme d'habitude, mais Eric, au lieu de se trouver en face, était installé à côté d'elle. Un pli barrant son front, il parlait avec animation et montrait quelque chose sur l'écran à Leila, qui l'écoutait, l'air grave et concentrée. *Comme s'ils avaient pris l'affaire en main et menaient eux-mêmes l'enquête.*

Davis se redressa et recula. Une main lui pressa l'épaule pour éviter une collision. Il se retourna, gêné d'avoir été surpris en train d'épier Leila, et vit Joel debout derrière lui.

Celui-ci lui tendit la main.

— Davis, c'est bien ça ? lança-t-il d'un ton amical.

Comme il acquiesçait et lui serrait la main, Joel suggéra :

— On n'a pas eu l'occasion de faire connaissance. Tenez, venez donc prendre un verre avec moi en bas de la rue, qu'on discute un peu.

Sans lui laisser une chance de décliner l'offre, il ajouta, l'entraînant à sa suite d'une main posée sur son épaule :

— Allez, en route !

Sautant sur l'occasion de pouvoir enfin s'entretenir avec Joel lequel, entre ses horaires irréguliers et le fait qu'il ne semblait pas pressé de rappeler lorsqu'on lui laissait des messages sur sa boîte vocale, était aussi insaisissable qu'une anguille, Davis le suivit jusqu'à un pub, à quelques centaines de mètres de là.

Durant leur court trajet, Joel garda le silence et attendit qu'ils se soient installés à une table et aient passé commande pour lancer à brûle-pourpoint :

— Alors, dites-moi, Davis, vous êtes plus qu'un assistant, n'est-ce pas ?

Désarçonné, il éprouva un bref moment de panique mais Joel continua :

— Je vois bien que vous êtes quelqu'un d'ambitieux. Le poste d'assistant n'est qu'un point de départ pour vous.

Du menton, il indiqua l'eau gazeuse de Davis qui venait d'arriver.

— J'apprécie qu'un employé ne boive pas durant ses heures de travail. Aux yeux de certains, commander de l'alcool est un geste social mais cela peut déconcentrer…

Il marqua une pause appuyée puis ajouta :

— Un peu comme les femmes.

Davis acquiesça, baissant légèrement la tête pour prendre l'air contrit, ce qui ne lui fut pas difficile. Pour un agent sous couverture, ne pas avoir réussi à cacher son intérêt pour Leila n'était pas très brillant.

Mais au moins Joel ne le soupçonnait-il pas d'être du FBI. C'était en fin de compte une bonne chose qu'il soit venu le voir. Il ne lui restait plus qu'à aller à la pêche aux informations en orientant subtilement la conversation.

— J'aime beaucoup travailler avec Leila, commença-t-il. Mais c'est vrai que si j'ai accepté ce poste, c'était dans un premier temps pour observer de l'intérieur le fonctionnement d'une grande entreprise.

S'en tenant au faux CV que lui avait concocté la DCT, il enchaîna :

— J'ai un diplôme en gestion d'entreprise. Mais…

Il feignit de marquer un temps d'hésitation.

— Une chose m'intrigue un peu. Je me demande…

Il laissa sa phrase en suspens, espérant que Joel saisirait la balle au bond.

— Quoi donc ? Allez-y. Je vais vous donner un bon conseil : vous n'obtiendrez jamais ce que vous voulez si vous ne le demandez pas. Ensuite, ma foi... Il faut avoir de la suite dans les idées – et de la volonté.

Davis hocha la tête, se demandant si Leila ne tenait pas son attitude proactive de son oncle plus que de son père.

— Eh bien, en fait, je m'interroge, à propos de Theresa. Elle était ici bien avant Leila. Je trouve surprenant que...

— Que ce soit Leila qui ait été nommée P-DG ? acheva Joel à sa place. Je sais que les gens pensent que c'est du népotisme. Pour être franc, je ne suis pas totalement impartial sur la question, évidemment – il y a eu une période où c'est moi qui ai élevé cette jeune personne. Mais ne sous-estimez pas ses capacités, ce serait une erreur. Elle a peut-être été promue à la tête de l'entreprise un peu jeune, mais elle est parfaitement à sa place dans ce rôle.

Davis ne put s'empêcher d'éprouver de la fierté, même si c'était un peu ridicule. Il n'avait pas de raison d'éprouver autre chose qu'un intérêt objectif. Mais même s'il n'était pas en odeur de sainteté auprès de Leila pour le moment, il ne serait jamais impartial en ce qui la concernait. Jamais.

Il repoussa cette idée dérangeante en se promettant d'y réfléchir plus tard, une fois sa mission d'infiltration chez Petrov Armor terminée.

— Quant à Theresa, elle est fantastique, continua Joel. Passionnée, d'une intelligence remarquable en matière d'innovation. Peut-être un peu excessive parfois, mais elle est fiable. Et c'est un vrai bourreau de travail mais, croyez-moi, c'est parce qu'elle adore la recherche, le processus de création. Elle n'est pas du tout intéressée par l'administration d'une entreprise. Eric, en revanche...

Davis, qui l'écoutait en fixant pensivement le fond de son verre, ne put s'empêcher de relever la tête.

— Vous savez, reprit Joel. J'aime bien Eric. Je l'ai connu adolescent lui aussi. Même à l'époque, il tournait toujours autour de Leila.

Joel joua avec son verre, encore presque plein.

— Donc, tout ce que je peux dire, c'est qu'elle se laisse peut-être aveugler, s'agissant de lui.

Davis arqua les sourcils.

— Comment cela ? releva-t-il, se demandant pour quelle raison Joel l'avait approché.

Était-ce seulement pour bavarder à bâtons rompus et le conseiller sur sa carrière ? Ou dans le but inavoué de lui parler d'Eric ? Joel soupçonnait-il ce dernier de quelque chose et éprouvait-il le besoin d'utiliser Davis comme caisse de résonance ?

Joel soupira, l'air tiraillé par des sentiments contradictoires.

— Eric aimait mon frère comme un père. Son propre père n'était jamais là. Ce qui, malgré tout, vaut mieux que ce par quoi Neal et moi-même sommes passés, mais c'est une autre histoire. Quoi qu'il en soit, quand Eric a quitté le lycée, mon frère a senti du potentiel en lui. Il a su que c'était un grand travailleur, qu'il pourrait réussir s'il était épaulé par un bon mentor. Il l'a convaincu de venir travailler ici tout en suivant des cours du soir.

Davis hocha la tête en silence, connaissant déjà l'histoire.

— Seulement, Eric avait beau être *comme* un fils pour Neal, il n'était *pas* son fils. Alors, quand le moment est venu de donner un nom pour lui succéder à la tête de Petrov Armor...

Joel haussa les épaules et but une longue gorgée d'eau pétillante.

— Eric est jaloux que ce soit Leila qui ait été nommée ?

— Disons plutôt qu'il en a conçu une certaine amertume.

Joel reposa son verre. La mine ennuyée, il reprit :

— Il aime toujours Leila, ça, je le sais. Mais je ne suis pas sûr que cet amour soit exempt de ressentiment. Il s'entremêle en lui avec tout ce qu'il estimait devoir lui revenir. Ce n'est pas seulement le fait que Leila soit la fille de Neal. C'est aussi le poste qu'elle occupe. Je pense... qu'il serait prêt à faire presque n'importe quoi pour l'obtenir – ou, si ce n'est pas possible, pour faire en sorte que Leila le perde.

# 17

Les jours de semaine, nombre d'employés restaient au bureau tard le soir. Le père de Leila avait composé un groupe de personnes motivées qui aimaient leur travail. Mais le vendredi, beaucoup d'entre eux, cadres y compris, partaient plus tôt, ce que son père et elle avaient encouragé, considérant que c'était une juste compensation de leur assiduité et de leurs efforts tout au long de la semaine.

Mais ce soir, Leila aurait bien voulu avoir opté pour une politique différente. Il n'était que 18 heures mais, du fait qu'on était vendredi, l'*open space* était désert. En temps normal, être seule au bureau ne la dérangeait pas, mais en cet instant elle aurait préféré entendre le brouhaha des employés de l'autre côté de la porte. Cela lui aurait rappelé qu'elle n'était pas seule au monde, qu'il y avait toujours des gens qui l'aimaient et qu'elle aimait, qu'elle avait toujours une société à diriger, un objectif vers quoi tendre. Lorsqu'elle était seule, il était trop facile de s'appesantir sur tout ce qu'elle avait perdu. Sa mère, il y a longtemps. Son père, récemment. Et bientôt, sans doute, l'entreprise qu'il lui avait transmise.

Il était aussi trop facile de se focaliser sur Davis. De songer à quel point il lui manquait déjà après une semaine passée à l'éviter. De se demander ce qu'il avait pu découvrir d'autre durant ce laps de temps.

Il devait s'être rendu compte qu'elle lui cachait quelque chose désormais, mais comme il n'avait pas mis un terme à sa mission, il ne se doutait sûrement pas qu'elle ait pu vendre la mèche concernant sa véritable identité.

Elle avait rompu la promesse faite à Davis en révélant la vérité à Eric mais, tenaillée par la culpabilité de l'avoir mis dans la confidence, elle avait fait promettre solennellement à ce dernier de ne pas ébruiter la nouvelle. C'était d'ailleurs presque involontairement qu'elle lui avait dévoilé la vérité : il avait été sur le point de l'embrasser, et elle avait voulu l'en empêcher. Même si Davis l'avait trahie, elle ne voulait pas à l'origine lui faire la même chose.

Elle avait donc beau mourir d'envie de chercher conseil auprès de son oncle, elle résistait stoïquement à la tentation de se confier à lui.

Cependant, elle se demandait si Davis ne s'en était pas chargé lui-même. Son oncle et lui avaient mystérieusement disparu dans l'après-midi pour revenir au bout d'une heure, la mine grave. Son oncle avait adressé un petit signe de tête à Davis avant que tous deux reprennent le chemin de leur espace de travail – le genre de signe de connivence qui signifiait qu'ils partageaient un secret.

Que Davis ait de son plein gré divulgué un secret du FBI était surprenant mais son oncle était très persuasif. Et perspicace. Si quelqu'un connaissait les tenants et aboutissants de la société aussi bien – sinon mieux – qu'elle, c'était oncle Joel.

Avant qu'Eric s'en aille, Davis avait passé la tête par l'entrebâillement de la porte pour lui annoncer d'une voix posée qu'il rentrait chez lui.

Elle avait été tentée de le rappeler, de le sommer de jouer cartes sur table avec elle, à propos de ce qui se passait non seulement chez Petrov Armor mais également entre eux. Mais elle avait résisté, et maintenant Davis était parti. Une petite voix dans sa tête lui souffla qu'elle ne le reverrait probablement pas lundi matin. Et que ce serait peut-être un groupe du FBI qui débarquerait en force à sa place, brandissant des badges, pour tout retourner du sol au plafond.

Jurant à mi-voix, Leila se massa la nuque et se leva. L'obscurité, hors de son bureau éclairé, était déprimante – pour ne pas dire inquiétante si l'on songeait que son agresseur l'avait suivie de son lieu de travail jusqu'à cette passerelle l'autre jour. Mais il était désormais en prison, se rassura-t-elle. Aucun autre incident n'étant survenu depuis, la police avait estimé qu'elle ne courait plus de risques et avait donc cessé sa surveillance. Davis avait paru moins convaincu, mais peut-être était-ce seulement son instinct protecteur qui parlait. Quoi qu'il en soit, elle devait se concentrer sur ce qu'elle était en mesure de contrôler.

De plus, quel meilleur moment que celui-ci pour découvrir où en était Davis de ses investigations ? Mais par où commencer ?

Les registres d'accès sécurisé. C'était l'un des points que Davis avait examinés sans elle. Eric et elle avaient discuté de l'accès privilégié de Theresa aux matériaux et avaient passé en revue les commandes de fournitures. Mais Davis s'étant déjà penché sur les registres d'accès, Eric avait suggéré qu'il était inutile d'y revenir.

Oui, mais Davis ne lui disait pas tout. Peut-être n'avait-il pas trouvé un unique accès anormal sur la carte de Theresa, mais plusieurs. Et, même si elle ne voulait pas croire à la culpabilité de Theresa, Eric avait raison. Elle était l'employée la plus susceptible d'être la personne qu'ils recherchaient.

De tous les anciens employés de l'entreprise, elle était l'une des rares à n'avoir pas été engagée par son père. C'était oncle Joel qui l'avait découverte. Quand son père avait repris le travail, Theresa et lui avaient paru partager une admiration mutuelle, mais peut-être Leila avait-elle mal interprété leurs relations.

Elle se laissa retomber dans son siège et ouvrit sur son ordinateur les registres d'accès sécurisé, faisant défiler les données jusqu'à la date d'expédition des équipements défectueux. Un seul accès, tard le soir, sur la carte de Theresa, ainsi que Davis l'avait indiqué. Elle remonta plus loin, jusqu'à la période où ils avaient été fabriqués. Trois accès tardifs avaient été enregistrés cette semaine-là. Son cœur se mit à battre plus vite.

Mais son souffle se bloqua dans sa gorge lorsqu'elle lut le nom correspondant à la carte utilisée. Ce n'était pas celle de Theresa, mais d'Eric.

— Non, dit-elle à haute voix en se penchant vers l'écran comme si le fait de s'en rapprocher pouvait changer quelque chose à ce qu'elle voyait écrit noir sur blanc. Non, ce n'est pas possible.

— Qu'est-ce qui n'est pas possible ? lança une voix familière, depuis la porte de son bureau.

Pétrifiée, elle leva les yeux et vit Eric, l'épaule calée contre le chambranle.

Davis troqua sa chemise et son pantalon à pli contre un jean et un T-shirt. Il ne réenfilerait probablement pas sa tenue de bureau lundi matin.

L'étau se resserrait autour d'un suspect désormais. Davis aurait préféré qu'il s'agisse de Theresa car ça aurait été moins douloureux pour Leila, mais il semblait bien qu'Eric Ross soit le traître. Après son entretien avec Joel, il s'était replongé dans les registres d'accès en remontant beaucoup plus loin qu'il ne l'avait fait précédemment. Et il avait découvert une série d'accès anormaux. Ça ne constituait pas une preuve formelle, mais c'était suffisant.

En toute logique, l'étape suivante était d'envoyer une équipe munie de mandats de perquisition, ce qui se produirait sans doute avant lundi. En pensant aider Davis dans sa carrière puis en se laissant aller à exprimer ses doutes concernant un type dont il pensait qu'il n'était pas l'homme qu'il fallait à sa nièce, Joel avait fourni à Davis les derniers éléments qui lui manquaient pour orienter son équipe sur la bonne piste.

Joel lui avait confirmé les motivations qui avaient pu pousser Eric à voler celui qu'il avait considéré comme un père, puis à le tuer : la jalousie et la vengeance. C'était le point que Melinda, en bonne profileuse, soulevait toujours lorsqu'ils demandaient des mandats. Le mobile. Eh bien, désormais, il connaissait celui d'Eric Ross.

Cela remettait en question la théorie de deux complices. Eric n'avait bien sûr pas collaboré avec le père de Leila. Eric avait été seul dans le coup.

Il était temps de lever le voile. Davis ne savait pas encore exactement pourquoi Leila avait subitement cessé de lui faire confiance mais, en y repensant, il s'avisa que cela s'était produit après la conversation téléphonique qu'il avait eue avec Kane, chez lui. Un début d'explication se fit jour dans son esprit. Leila avait dû l'entendre dire qu'il soupçonnait toujours les gens qui lui étaient les plus proches. Oui… C'était à partir de ce moment-là qu'elle s'était éloignée de lui et rapprochée d'Eric.

Oh ! elle n'avait rien fait de radical, comme lui interdire l'accès aux fichiers confidentiels de la société ni rien de ce genre ; sans doute pensait-elle encore que la vérité allait éclater et les blanchir. La perspective de lui dessiller les yeux le désolait, mais ça ne pouvait plus continuer comme ça. Eric devait craindre que Leila ne soupçonne quelque chose. Si ce n'était pas déjà fait, elle finirait peut-être par laisser échapper que son assistant était un agent du FBI sous couverture, et Eric s'empresserait d'effacer ses traces. S'il s'y prenait bien, le FBI ne pourrait peut-être jamais prouver sa culpabilité. Ou alors, il s'enfuirait et trouverait refuge à l'étranger, dans un pays avec lequel les États-Unis n'avaient pas d'accord d'extradition.

En rentrant chez lui, il avait plusieurs fois tendu la main vers son téléphone pour appeler Leila. Lui expliquer qu'il n'avait jamais eu l'intention de lui faire du mal, ni d'ailleurs de tomber amoureux d'elle. Mais il ne pouvait pas lui avouer que Petrov Armor, c'était terminé pour lui.

Si elle ne le haïssait pas encore, ce serait bientôt le cas.

Davis prit une grande inspiration, s'efforçant de réprimer l'envie de frapper quelque chose parce qu'il n'avait pas le temps de se rendre à la salle de sport pour décharger son agressivité sur un punching-ball. Il se pencha et ramassa l'attaché-case dans lequel il avait rangé les notes et informations concernant Eric. Il voulait les trier, les assembler et les remettre à Pembrook au plus vite, en finir avec ça et pouvoir reprendre le cours de sa vie.

Sans Leila, songea-t-il, la mort dans l'âme. Il se massa les tempes, où une pulsation sourde se faisait subitement sentir. Comment avait-elle pu, en si peu de temps, en venir à occuper une telle place dans sa vie ?

*Oublie ça, concentre-toi*, s'intima-t-il. Il n'avait pas la main sur ce qui arriverait une fois les mandats délivrés. Il ne savait pas si l'arrestation du coupable entraînerait toute l'entreprise dans sa chute. Il ne pourrait rien si la carrière de Leila et le legs qu'elle s'était battue pour préserver étaient détruits.

Il ne pouvait faire que son travail. En tant qu'agent du FBI, il avait prêté serment de faire respecter la loi. Et il s'était juré de trouver le responsable de la mort de Jessica.

Serrant les dents, Davis compara les informations qu'il avait réunies sur Eric avec les notes de Kane et Melinda concernant la période sur laquelle le commerce illégal d'armes s'était étalé. Il leva la tête, agacé, comme son téléphone sonnait, hésitant à répondre. Mais c'était un numéro local. Peut-être Leila, depuis son bureau.

— Davis, annonça-t-il d'un ton sec, encore en mode FBI.

Et aussi, peut-être, pour tenter de se cuirasser, si jamais c'était bien elle. Parce qu'il n'était pas sûr de pouvoir lui mentir sans s'en vouloir terriblement.

Mais la voix au bout de la ligne n'était pas celle de Leila.

— Davis, c'est Joel. Écoutez, je suis désolé de vous appeler en dehors des heures de travail mais j'ai trouvé quelque chose.

— Quoi donc ?

Après que Joel lui avait confié craindre qu'Eric ne convoite le poste de Leila, Davis avait feint d'hésiter à parler pour, après moult fausses tergiversations, finir par révéler qu'il avait senti que quelque chose de bizarre se tramait dans l'entreprise. Il avait dit suspecter une prochaine prise de contrôle du poste de P-DG. Eric avait peut-être rogné sur les coûts en s'arrangeant pour faire rejaillir la responsabilité sur Leila. Joel avait promis de se pencher sans délai sur la question.

La fin de la journée venue, comme Joel était parti sans un mot, Davis en avait conclu que celui-ci soit ne l'avait pas cru soit n'avait rien trouvé. Mais maintenant, l'intensité de sa voix disait le contraire.

— Après notre discussion, j'ai jeté un coup d'œil à nos livres d'achats. Et vous avez raison. J'ai remarqué quelques petites choses étranges, notamment concernant les récents achats de plaques de blindage des équipements de protection. Ils ont tous été effectués par Eric. Il n'y a rien de véritablement flagrant mais enfin, ces petites choses additionnées les unes aux autres... C'est bizarre.

— Bizarre comment ?

— Eh bien, ces achats semblent trop importants. Comme s'il avait payé plus de matériaux que l'entreprise n'en a effectivement reçus.

Sauf si tous avaient bien été livrés mais qu'une partie avait été mise de côté en vue de ventes illégales, pensa Davis à part lui.

— Si nous avions reçu toutes ces fournitures, Theresa l'aurait remarqué, continua Joel. C'est elle qui les réceptionne.

— Mais si ce n'avait pas été le cas ?

— Que voulez-vous dire ?

— Eric sait-il comment sont assemblés les équipements ? Aurait-il pu lui-même procéder à l'échange des plaques blindées qui y sont insérées ?

— Bien sûr, répondit sans détour Joel. Il est là depuis assez longtemps pour connaître le processus de montage mais... pourquoi aurait-il fait ça ?

— Je ne sais pas mais tout cela est décidément très louche, conclut Davis, résumant la situation.

Son pouls s'accéléra quand il pensa qu'il aurait peut-être de nouveaux éléments charge contre Eric à apporter à sa patronne. S'il pouvait amener Joel à les lui fournir de lui-même, ce serait encore mieux.

— Oui, acquiesça Joel. En temps normal, je ne parlerais pas de tout cela avec un nouveau venu dans l'entreprise, mais je ne soupçonnais rien avant que vous me mettiez la puce à l'oreille. Je vais devoir informer Leila à un moment ou à un autre, mais elle a eu tant de problèmes dernièrement que j'hésite à l'ennuyer avec ça s'il y a une autre explication.

— Je crois que vous avez raison, confirma Davis, qui, pour les besoins de l'enquête, voulait que Leila reste dans l'ignorance tout en en concevant de plus en plus de culpabilité.

— Je suis content que vous soyez d'accord, dit Joel. Parce que, même si je ne tiens pas spécialement à ce que ma nièce renoue avec son ex, la vérité m'oblige à dire qu'Eric n'est pas le seul à toujours éprouver des sentiments. Leila n'a jamais vraiment tourné la page non plus. Il a rompu du jour au lendemain avec elle, mais ce n'était pas son choix à lui...

— Comment ça, ce n'était pas son choix ? l'interrompit Davis, pris d'un mauvais pressentiment.

— Je suis sûr que mon frère était animé des meilleures intentions, mais le fait qu'il ait demandé à Eric de rompre avec Leila, à l'époque, est peut-être à l'origine de tout ce qui arrive aujourd'hui. Eric devait se dire que Neal changerait un jour d'avis, lui confierait les rênes de la société et lui donnerait sa bénédiction pour qu'il reprenne sa relation avec sa fille. Mais ce n'est pas ainsi que les choses se sont passées.

— D'où la rancune qu'il aurait développée, souligna Davis.

— Exactement. Je pense que l'autre raison pour laquelle il tient tant à être P-DG est qu'il veut prouver sa valeur à Leila. Ça peut paraître paradoxal puisque ce serait à ses dépens, mais c'est une question de pouvoir, je suppose.

Joel poussa un profond soupir.

— Du moins, c'est ce que je *soupçonne*. Mais j'ai besoin d'un avis extérieur. Je connais Eric depuis si longtemps qu'il est difficile pour moi d'être objectif. Parce que... j'ai découvert autre chose. Dans notre centre d'essais externe.

Davis retint son souffle et compta jusqu'à trois avant de parler pour masquer sa soudaine excitation.

— Externe ?

Il savait qu'il existait une deuxième zone d'essais sur le site, un local insonorisé dans lequel les armes étaient autrefois testées. Mais Leila ne lui avait jamais parlé d'installations externes.

— Oui, l'autre endroit où nous testions les armes, indiqua Joel comme si c'était évident, sans paraître noter la tension de Davis.

D'un autre côté, pourquoi l'aurait-il sentie ? Joel croyait dévoiler une simple machination d'Eric visant à miner la crédibilité de Leila et à s'emparer de son poste. Il n'imaginait pas qu'il était en train d'aider le FBI à démanteler une entreprise criminelle au long cours.

— Quand Leila a stoppé la fabrication des armes, nous n'en avions plus réellement besoin. Nous avions déjà nos installations sur place. Donc, cet autre site a été fermé. Du moins… il était censé l'être.

OK. Et, s'il ne l'avait pas été, c'était l'endroit parfait pour procéder aux tests des stocks d'armes destinés au marché parallèle. Et à l'échange de matériaux sur les équipements de protection. En somme, de gagner des monceaux d'argent tout en ruinant la réputation de celle qu'Eric s'escrimait dans le même temps à déloger.

Davis baissa les yeux, s'avisant qu'il serrait le poing si fort qu'il avait coupé la circulation sanguine à l'extrémité de ses doigts. Il ouvrit la main et remua les doigts.

— Où se trouve ce centre ?

— Je vais vous envoyer l'adresse par SMS, dit Joel. Écoutez, ça m'ennuie de vous solliciter encore, mais… serait-ce trop vous demander que de suggérer que vous m'y retrouviez ce soir ? J'aimerais vous montrer en personne ce que j'ai trouvé avant d'en parler à Leila, avoir votre avis sur ce que tout ça signifie.

— D'accord, s'empressa d'acquiescer Davis, veillant à conserver un ton faussement dégagé.

Mais, intérieurement, il jubilait. Il y était ! C'était ça, il le sentait. La pièce manquante du puzzle qui allait l'aider à identifier le responsable de la mort de Jessica.

— Super ! dit Joel. Je viens de vous envoyer le texto. À quelle heure pouvez-vous m'y retrouver ?

— Je peux partir maintenant.

— Parfait. Alors, à tout de suite.

Davis raccrocha et consulta sa messagerie. Rien, pas la moindre nouvelle de Leila. Il attrapa sa veste en cuir et se dirigea vers sa voiture. L'équipe de la DCT devait en ce moment se préparer en vue d'une intervention massive. Ils le savaient sur le point d'aboutir dans son enquête. Il les avait appelés après son premier entretien avec l'oncle de Leila et leur avait donné le nom de son suspect. Mais si cet ultime rebondissement confirmait bien ce qu'il pensait, les mandats pourraient être délivrés sans délai.

Et il serait peut-être en mesure de procéder à une arrestation dès ce soir.

# 18

— Qu'est-ce qui n'est pas possible ? répéta Eric en s'avançant dans son bureau comme s'il y était chez lui.

Leila se hâta de fermer la fenêtre où étaient listées les commandes de fournitures au nom d'Eric sur son ordinateur, le cœur battant. L'instant suivant, il contournait son bureau et venait se poster à côté d'elle devant l'écran désormais vide.

Le regard d'Eric alla de l'ordinateur à Leila, suspicieux. Avec dix-sept années d'expérience derrière lui, il lisait en elle comme dans un livre ouvert. Elle chercha désespérément une explication plausible tout en essayant d'assimiler le fait qu'Eric pouvait être celui qui trahissait la société depuis si longtemps. Celui qui avait tué son père et tenté de la tuer, elle aussi.

Elle se leva si brusquement que son siège alla buter contre le mur, derrière elle.

Dix-sept ans de souvenirs défilèrent à toute vitesse dans sa tête tandis qu'Eric posait la main sur son bras et se penchait, le regard interrogateur, innocent.

— Ça va ?

Des images d'Eric à seize ans, dégingandé et timide, venant s'asseoir à côté d'elle. Puis celles de lui, quelques mois plus tard, faisant la connaissance de son père et se prenant presque aussitôt d'une profonde affection pour lui. Et toutes les années qui avaient suivi, au bureau, riant avec son père, célébrant leur réussite après la signature de gros contrats, puis pleurant à chaudes larmes à ses obsèques.

Tous ces souvenirs étaient-ils de la comédie ?

Tout n'avait-il été que mensonge ? Avait-il fait semblant de l'aider à mener l'enquête pour être près d'elle et voir ce qu'elle savait ? Feint d'avoir toujours des sentiments pour elle ? Suggéré de partir avec elle à l'étranger dans le seul but d'échapper au FBI ?

Leila se dégagea sans répondre. Elle avait envie de fuir, mais sa respiration était si rapide qu'elle se crut sur le point de tomber en hyperventilation. Eric était l'un des meilleurs à la course à pied au lycée. Quelle chance aurait-elle de le distancer ?

La tuerait-il de ses propres mains ? En faisant croire à une nouvelle agression ?

Elle serra les poings ; sa respiration se fit plus égale, plus mesurée, plus profonde au fur et à mesure que la colère remplaçait la panique et l'incrédulité. S'il avait tué son père, elle n'allait pas tourner les talons et prendre la fuite dans l'espoir de sauver sa peau. Elle allait se battre. Si la fureur comptait autant que la force brute, il ne s'en tirerait pas impuni cette fois, lui, l'homme qui avait été son confident, son premier amour.

Ce fait à lui seul rendait sa trahison plus ignoble encore.

— Leila, murmura-t-il. Mais enfin, que se passe-t-il ?

Son intonation était inquiète, mais elle cachait autre chose qu'elle ne put tout à fait identifier.

— Salut, Leila. Je me demandais si… Oh ! pardon !

Leila fit volte-face en entendant la voix de Theresa. La responsable du service R & D se tenait, immobile, dans l'embrasure de la porte, son regard allant de l'un à l'autre. Elle se mit à reculer comme si elle sentait qu'elle était arrivée au mauvais moment.

— Désolée. Je peux revenir plus t…

— Theresa ! la rappela Leila d'une voix trop haut perchée.

Elle se força à respirer à fond, lentement, pour se calmer, réfléchissant à toute allure. Une illumination fusa soudain dans son esprit. Il lui en coûta terriblement, mais elle agrippa l'avant-bras d'Eric et coula vers lui un regard entendu. Comme s'il était son allié.

Il plissa le front en même temps qu'une moue perplexe se peignait sur ses traits.

*Fais semblant de toujours croire que c'est Theresa*, se dit Leila.

*Fais semblant d'avoir paniqué parce que tu as trouvé une preuve de sa culpabilité.*

Le tour de passe-passe fonctionnerait-il ? Réussirait-elle à sauver sa vie ? À dissiper les soupçons d'Eric assez longtemps pour qu'elle puisse alerter Davis ?

— Je me suis laissé dire que vous aviez toujours été opposée à ma nomination au poste de P-DG, lança agressivement Leila en avançant d'un pas vers Theresa tout en présentant mentalement ses excuses à l'intéressée qui, si elle ne s'était jamais montrée amicale, n'avait pas une fois remis en question sa position de dirigeante.

Theresa secoua la tête, manifestement plus stupéfaite par l'éclat soudain de Leila que pressée de se disculper.

— Plus grave encore, Theresa, il semble que vous ayez...

— Vous voulez parler des incohérences concernant ma carte d'accès ? l'interrompit Theresa.

Elle poussa un grand soupir, destiné à être entendu.

— Encore ? Votre assistant est déjà venu me voir à ce sujet, il ne vous l'a pas dit ?

Elle fronça les sourcils, porta son regard sur Eric puis le braqua de nouveau sur Leila.

— Écoutez, c'est vrai, déclara Theresa, la prenant de court.

*Quoi ?* Leila jeta un coup d'œil à Eric. Avait-elle mal interprété ce qu'elle avait vu ? Son cœur se gonfla d'espoir. Eric avait toujours affirmé que son père était pour lui la figure paternelle qui lui avait manqué, et elle savait que cette façon de voir les choses était réciproque. Son père avait toujours considéré Eric comme un fils. Et elle avait désespérément envie de croire que rien de tout cela n'avait été faux.

— Je pensais que cette fonction n'aurait pas dû vous revenir, déclara Theresa. Mais je n'en ai jamais fait état publiquement. Je vous ai toujours soutenue dans vos décisions, au sein de l'entreprise. Je vous ai protégée de mon mieux, par respect pour votre père. Et pour votre oncle, même si je ne crois pas lui devoir quelque chose, à lui.

Elle ponctua sa phrase d'un petit rire nerveux qui ressemblait si peu à la Theresa toujours pleine d'assurance que l'attention de Leila s'aiguisa subitement.

— Pourquoi ? demanda-t-elle.

— Pourquoi quoi ?

Theresa l'observait, l'air de se demander si elle devait continuer à se défendre et à prouver de sa loyauté.

— Pourquoi avez-vous le sentiment de ne pas être redevable à oncle Joel ?

C'était lui qui l'avait engagée, après tout.

— Eh bien, parce que ce qu'il a obtenu de moi devrait lui suffire, je pense.

Elle rougit légèrement et haussa les épaules.

— Vous et oncle Joel étiez...

— Oui, de nouveau ces derniers mois, admit Theresa, regardant Leila et Eric tour à tour, ses joues s'empourprant un peu plus. C'est idiot, je sais. Mais nous avons été amants. Ponctuellement, par périodes, au fil des années. Sans que cela devienne jamais une relation suivie. Votre oncle ne s'investira jamais dans une relation sérieuse.

Une nouvelle et terrible possibilité germa dans l'esprit de Leila tandis qu'elle assimilait tant bien que mal cette information. Si oncle Joel avait eu une liaison avec Theresa, il avait pu facilement subtiliser sa carte sans qu'elle s'en rende compte. Peut-être même emprunter sa voiture.

Elle essaya de chasser cette idée folle. Elle aimait son oncle. Il l'aimait. Il avait largement contribué à l'élever. Et il aimait son père également. Les deux frères avaient grandi dans une ambiance familiale si délétère qu'elle n'avait jamais rencontré ses grands-parents.

Il avait sauvegardé le moyen de subsistance de son père, avait assuré le maintien de leurs revenus afin d'envoyer Leila dans les meilleures écoles. Mais, par cette position, oncle Joel avait aussi obtenu le plus haut niveau d'accès au sein de l'entreprise – ce qui, sinon, n'aurait jamais été le cas. Et il était souvent en déplacement, hors du bureau, ce à quoi Leila n'avait jamais jusque-là prêté spécialement attention. Mais, à la lumière de ce qu'elle savait maintenant, qui sait s'il n'avait pas utilisé tout ce temps pour s'enrichir au détriment de l'entreprise ?

*Non, impossible*, conclut-elle, honteuse d'avoir ne fût-ce qu'envisagé cette hypothèse.

— ... un grand charmeur, disait Theresa.

Leila s'avisa qu'elle parlait toujours de sa relation avec son oncle.

— Ça n'aurait jamais marché sur le long terme, poursuivit Theresa, les joues écarlates. Je sais que votre oncle et vous êtes très proches, mais s'il a la réputation d'un coureur de jupons invétéré, ce n'est pas sans raison, vous savez. Il est...

Elle secoua la tête.

— Peu importe. Seigneur ! Je me demande pourquoi je vous dis tout ça. Et je me demande aussi pourquoi ma carte d'accès suscite tout à coup autant d'intérêt, mais, quoi que vous puissiez penser, je n'ai jamais...

— Il est *quoi* ? insista Leila, soudain désireuse de crever l'abcès.

De nouveau, Theresa haussa les épaules.

— Je ne pense pas qu'il soit réellement capable d'aimer quelqu'un.

Elle s'excusa aussitôt après, essaya de rétropédaler, mais Leila ne l'écoutait plus que d'une oreille. Des propos qu'avait tenus son père des années plus tôt, non sans une bonne dose d'embarras et un soupçon de honte, revenaient à sa mémoire : « Il n'est tout bonnement pas fiable, chérie. Il ne fait les choses qu'en fonction de son propre intérêt. »

Cela remontait à il y a très longtemps, avant la mort de sa mère, un jour que son oncle, coutumier du fait, avait une fois de plus brillé par son absence à un événement où il était attendu.

Mais il avait changé par la suite... Non ? Elle ne pouvait pas s'être méprise à ce point sur son compte.

Leila croisa les bras et les serra nerveusement sur son abdomen, se rendant compte que si c'était vrai, ce serait pire encore que si ça avait été Eric le coupable. Car cela signifierait alors qu'oncle Joel avait tué son propre frère.

— Leila...

La gravité de la voix d'Eric la tira brutalement de ses pensées noires. Lui aussi devait avoir compris les implications de ce qu'ils venaient d'apprendre.

— Je suis désolé, déclara-t-il, consterné, en lui prenant le bras. Je sais que je t'avais donné ma parole mais...

Son regard alla de Theresa à Leila.

— J'ai dit à ton oncle que Davis était du FBI.

La FAEP était sur le point de tomber.

Pas en totalité puisque la nébuleuse comptait des sympathisants disséminés aux quatre coins du pays. Mais les membres locaux étaient en nombre suffisant pour que Kane se félicite du coup de filet en préparation.

À une chose près : Melinda avait fait des pieds et des mains pour participer à l'arrestation.

Encore maintenant, elle continuait de discourir, en mode profileuse, comme si elle avait le droit d'aller fouiner dans son cerveau.

Après leur dernière discussion houleuse, au cours de laquelle elle avait sous-entendu – intentionnellement ou non - qu'elle aussi avait subi une très douloureuse perte, il avait cru qu'elle renoncerait. Qu'elle le laisserait prendre les choses en main et s'effacerait pour retourner à l'examen des dossiers et au profilage proprement dit. Chacun, comme il se doit, se concentrant sur ses points forts.

Mais Melinda était coriace, obstinée. Même si elle ne voulait pas travailler avec lui.

Ce qui était vexant. Et ironique si l'on songeait qu'il avait tout fait pour ça. Seulement maintenant qu'il y était parvenu, il aurait presque voulu faire machine arrière.

Presque, mais pas tout à fait. En tout cas, pas maintenant. Pas au moment où la DCT s'apprêtait à procéder à la dangereuse arrestation d'un groupe connu pour sa propension à la violence et qui détenait un véritable arsenal à sa disposition. Le FBI avait eu vent d'une importante rencontre devant avoir lieu ce soir. Les mandats d'arrêt étaient fin prêts, et le plan consistait à leur tomber dessus sans crier gare afin d'en épingler le plus possible avant qu'ils se soient passé le mot et aient eu le temps de prendre le large – ou de s'armer jusqu'aux dents et de se préparer à l'affrontement.

Bref, il ne voulait *pas* voir Melinda dans les parages.

— C'est toujours à cause de la fille de Pembrook, déclara Melinda.

Kane n'en crut pas ses oreilles. Elle avait osé.

Il serra les dents, s'efforçant de contenir la colère qui montait en lui chaque fois que quelqu'un se risquait à évoquer le sujet.

— Tu as peur que je sois touchée pendant l'assaut comme elle l'a été.

— Pas *touchée*. Morte, rectifia-t-il d'un ton cassant. Elle est *morte*.

— Et moi, je ne suis pas *elle*.

Il eut envie de plaquer la main sur sa bouche pour la faire taire.

Ou bien ses lèvres. Méthode différente, résultat identique. Elle serait bien forcée de cesser de le harceler.

— Allez, on y va.

La voix de Laura l'avait précédée. Quand leur équipière apparut dans l'embrasure de la porte, l'expression aussi rigide que tout le reste de sa personne, elle leur jeta un regard inquisiteur avant d'ajouter :

— Quel que soit le motif de votre dispute cette fois-ci, je vous suggère de bien le mémoriser et de remettre ça à plus tard. *Après* l'arrestation, par exemple.

Puis elle tourna les talons, et Melinda le dévisagea, les sourcils arqués en signe de défi.

— Très bien, dit Kane en exhalant un profond soupir.

Si elle tenait absolument à se précipiter au-devant du danger au lieu de rester tranquillement au bureau et de se consacrer à *son* travail, grand bien lui fasse.

Il passa devant elle, raide comme la justice, pour aller rejoindre le reste de l'équipe qui convergeait vers les SUV. Au passage, il attrapa une mitraillette, qu'il accrocha à son épaule, avant de monter dans l'un des véhicules.

L'opération promettait d'être périlleuse, du genre de celles que le FBI confiait la plupart du temps à l'une de ses équipes d'assaut. Mais Pembrook était certaine que la DCT pouvait s'en charger, et personne n'allait la contredire. Compte tenu du niveau de risque de l'intervention, chaque agent était muni d'un équipement plus complet qu'à l'accoutumée. Ils avaient tous des gilets pare-balles – qui ne venaient pas de chez Petrov Armor, Dieu merci – et même des casques.

L'usage de mitraillettes n'était pas non plus habituel. Le SUV avait été aménagé de façon que deux rangées de sièges s'alignent l'une face à l'autre à l'arrière du véhicule. Melinda prit place en face de lui, l'air plus frêle que jamais, disparaissant presque sous son lourd équipement. Elle le regarda droit dans les yeux, un masque indéchiffrable sur le visage. Mais il nota quelque chose dans ses yeux qui ressemblait à de la nervosité.

Son estomac se contracta. Elle n'avait pas la même expérience que le reste de l'équipe s'agissant d'opérations de ce type. Certes, elle avait été agent spécial. Mais ensuite, elle avait quitté le terrain pour se cantonner à un travail de bureau où elle analysait la mentalité des tueurs en série, des terroristes et des fanatiques. Sa place n'était pas ici.

Mais ce n'était pas son problème.

Il essaya de réprimer son anxiété, mais elle ne fit que croître tandis que le SUV démarrait et roulait vers le site du raid. Après les innombrables missions d'infiltration auxquelles il avait participé, il était rare qu'il éprouve de l'appréhension. Quand c'était le cas, c'était souvent le signe que quelque chose allait aller de travers.

La dernière fois qu'il avait ressenti un tel stress, c'était le jour où la fille de Pembrook avait trouvé la mort.

# 19

Oncle Joel *savait*.

Eric lui avait révélé que Davis était un agent du FBI sous couverture. Mais il n'en avait pas soufflé mot à Leila. Il ne lui avait pas reproché d'avoir ouvert les portes de l'entreprise au FBI. En revanche, il avait fait ami-ami avec Davis et l'avait emmené hors du bureau pendant plus d'une heure cet après-midi.

Qu'avait-il pu se passer durant ce laps de temps ? Si Davis soupçonnait oncle Joel, pourquoi ne lui en avait-il rien dit ? Et si oncle Joel était impliqué, quel intérêt pouvait-il avoir à se lier d'amitié avec Davis ?

Elle avait tenté de joindre ce dernier trois fois en dix minutes, et tous ses appels avaient basculé sur sa boîte vocale. Peut-être était-il occupé et se faisait-elle un sang d'encre pour rien. Après la complicité qui avait été la leur, elle ne le croyait pas capable de l'ignorer par pure réaction revancharde.

Mais pouvait-elle être vraiment sûre de son jugement ? Elle jeta un coup d'œil à Eric puis à Theresa. En l'espace de quelques jours, elle les avait soupçonnés tous les deux. Et, qui sait, peut-être avait-elle eu raison dans l'un des cas et oncle Joel était-il totalement innocent.

Mais la peur et le sentiment d'horreur et de trahison qui l'étreignaient étaient si forts qu'elle ne pouvait pas courir le risque de faire fausse route une nouvelle fois. Il fallait qu'elle localise Davis.

Si oncle Joel avait pu aller jusqu'à abattre son frère, la vie d'un agent du FBI ne pèserait pas bien lourd.

— J'ai besoin de votre aide, déclara-t-elle d'une voix affreusement étranglée.

Que puis-je faire ? demanda Eric.

De son côté, Theresa, manifestement effarée, répétait pour la troisième fois :

— Davis est du FBI ? Votre assistant ?

— Oui, Davis appartient au FBI, répondit Leila en se tournant pour faire face à Theresa et sonder son expression.

Si c'était elle la traîtresse, elle était douée pour garder son sang-froid sous la pression.

— Voilà pourquoi il passait son temps à me demander ma carte d'accès, murmura Theresa, horrifiée. J'aurais dû me douter que vous mentiez à propos des équipements... Ils provenaient bien de chez nous, n'est-ce pas ?

— Oui.

Theresa se laissa tomber sur le siège situé en face du bureau de Leila. Elle secoua la tête, incrédule.

— Je ne m'en relèverai pas. C'est peut-être votre entreprise mais, moi, je suis responsable du développement. Comment ai-je pu ne rien voir, malgré la rigueur de toutes nos procédures de test et de contrôle de la qualité ?

— Le responsable les connaissait par cœur et savait comment les contourner, répondit Leila, de plus en plus convaincue que ce dernier ne se trouvait pas dans cette salle.

— Et tu crois vraiment que c'est ton oncle ? demanda Eric, la peine qu'elle lisait dans ses yeux faisant écho à la sienne.

Il n'avait jamais été proche de Joel, donc c'était pour elle qu'il se tourmentait. Elle lui en sut gré, consciente de l'affection profonde qu'il lui portait. Mais, maintenant qu'elle savait Davis potentiellement en danger, Leila ne nourrissait plus aucun doute : ce qu'elle avait dit à Eric était vrai. Leur histoire était du passé. C'était de Davis dont elle était aujourd'hui amoureuse.

Il fouilla son expression, espérant y déceler quelque chose qu'il ne trouva pas. Il la connaissait trop bien.

Elle secoua imperceptiblement la tête, regrettant qu'il ait

compris la vérité de cette façon, regrettant de lui infliger malgré elle cette souffrance.

Mais, avant qu'elle ait pu dire quelque chose, Eric déclara doucement :

— Ce n'est pas grave, Leila. De quelle façon pouvons-nous t'aider ?

— Il faut qu'on retrouve Davis. Je sais que c'est sans doute ridicule, mais je crains qu'il n'ait des problèmes. Si mon oncle est vraiment derrière tout ça...

— Vous croyez que *Joel* a fabriqué les équipements défectueux ? demanda Theresa, mortellement pâle. Mais enfin... Pourquoi ?

— Pour l'argent.

Elle avait encore du mal à y croire mais, lorsqu'elle se souvenait de l'homme qu'avait été son oncle avant qu'il se mobilise au service de sa famille au moment de la mort de sa mère, elle était bien forcée de convenir que c'était possible.

Elle ravala non sans peine le sanglot qui lui montait dans la gorge. Ce n'était pas le moment de se lamenter à la pensée de tout ce qu'elle perdrait si ses soupçons se confirmaient. Elle devait s'activer et faire en sorte que Davis ne tombe pas dans le même piège que son père.

— Theresa, je voudrais que vous alliez chez mon oncle, déclara Leila, la voix forte et claire maintenant que son esprit n'était plus obscurci par les émotions mais concentré sur les mesures à prendre. S'il est là, inventez n'importe quelle excuse pour expliquer votre venue mais prévenez-moi immédiatement par texto.

Puis, elle se tourna vers Eric.

— Quant à toi, va chez Davis et vois s'il est chez lui. S'il n'y a personne, appelle le FBI.

— Et toi ? répliqua Eric.

— Moi, je vais me rendre au centre d'essais externe.

Ils l'avaient fermé l'année précédente avec le projet de le convertir à terme en centre de test pour les équipements de protection. Mais ils n'en avaient pas besoin dans l'immédiat. Le centre du site principal leur suffisait.

Oncle Joel avait adoré y aller. Elle le trouvait souvent là-bas, parfois en train de s'exercer au tir avec l'un de leurs pistolets, lorsqu'elle venait inspecter les lieux à l'époque où ils vendaient encore des armes. Lorsqu'elle s'en étonnait, il répondait toujours par une plaisanterie : « On fabrique des armes, Leila. Prendre la peine de venir effectuer une petite séance de tir une fois de temps en temps, c'est bien la moindre des choses. »

— Peut-être ferions-nous mieux de rester groupés et d'aller vérifier ensemble les endroits les uns après les autres ? proposa Eric.

— Non, objecta Leila. Je réagis probablement de façon excessive mais je dois en avoir le cœur net. Et il faut qu'on fasse vite. Vous êtes d'accord ?

Theresa se leva, le visage blême mais les joues marquées maintenant de deux taches rouges.

— Oui, dit-elle en se penchant pour serrer avec chaleur la main de Leila par-dessus le bureau. Soyez prudente. Je sais que c'est votre oncle et que vous l'aimez, mais il a un côté sombre. Si vous le trouvez, veillez à ne pas lui dévoiler vos soupçons.

Comme elle tournait les talons et sortait, Eric saisit le bras de Leila.

— Écoute, Leila, ça semble risqué. Je persiste à croire…

Elle se libéra d'un geste.

— Eric, peu importe ce que dit Theresa. Mon oncle ne me ferait jamais de mal. C'est toi qui dois faire attention. Si oncle Joel est avec Davis, va-t'en et appelle le FBI, OK ?

Il acquiesça en silence, les lèvres pincées en une moue qu'elle connaissait bien. Ça ne lui plaisait pas, mais il savait qu'il ne réussirait pas à la dissuader.

Puis il partit. Leila resta dans son bureau et envoya un nouveau message à Davis. Elle fixa l'écran pendant une trentaine de secondes, espérant voir une réponse arriver. Comme rien ne venait, elle s'élança en courant.

Le centre d'essais externe n'était pas très loin du site principal mais, contrairement à ce dernier, autour duquel les constructions avaient poussé comme des champignons, ses alentours étaient restés quasiment déserts. *L'endroit parfait pour commettre un meurtre.*

À cette idée surgie de nulle part, un frisson la parcourut. Comme elle entrait dans le parking, son cœur se mit à battre si fort qu'elle en éprouva le martèlement dans ses oreilles, dans son ventre.

Deux voitures étaient là – celle de Joel et celle de Davis.

Il y avait peut-être à cela une explication banale. Peut-être oncle Joel avait-il proposé à Davis de lui faire visiter les lieux. Elle n'avait même pas songé à le faire, l'endroit étant inutilisé.

*Oncle Joel ne tuerait jamais Davis. Il n'aurait jamais tué papa.*

Mais elle avait beau se le répéter comme un mantra, la peur demeurait.

Elle mit pied à terre et regarda autour d'elle. Le centre était vraiment planté au milieu de nulle part, avec des bois d'un côté et une vaste étendue herbeuse de l'autre. La clôture, de part et d'autre de l'entrée, était intacte mais elle avait trouvé la barrière levée, à son arrivée – un dysfonctionnement dans le mécanisme, sans doute. Depuis quand était-elle ainsi ? Leila n'en avait aucune idée puisqu'elle n'était plus venue ici depuis longtemps.

Verrouillant sa voiture, elle sortit son téléphone de son sac tout en courant vers l'entrée. D'une main tremblante, elle chercha le numéro de téléphone du bureau local du FBI. Mais lorsqu'elle le composa, elle tomba sur un serveur vocal qui commença à lui réciter une liste d'options. N'ayant pas le temps d'attendre, elle raccrocha.

Quoi qu'il ait prévu de faire à Davis, oncle Joel ne lèverait jamais la main sur elle. De cela, elle était certaine. Si elle arrivait à temps, elle pourrait l'empêcher de commettre l'irréparable.

Rapidement, elle glissa sa carte d'accès dans le lecteur, tira la porte et entra.

Les lumières étaient allumées mais le hall d'accueil était vide. La zone d'essais à proprement parler était située à l'arrière. Aucun son ne lui parvenait, mais si les deux hommes étaient là-bas, il était normal qu'elle ne les entende pas d'ici, les locaux étant bien sûr insonorisés.

Leila utilisa de nouveau sa carte pour accéder à la zone sécurisée. Son cœur eut un à-coup lorsqu'elle vit le voyant vert indiquant que le pas de tir était utilisé.

Elle s'avança lentement, le cœur cognant à chaque pas plus fort contre sa cage thoracique, la respiration de plus en plus saccadée. Lorsqu'elle ouvrit la lourde porte d'acier, ce fut pour découvrir ce qu'elle avait tant redouté.

Davis était agenouillé au milieu du pas de tir. Il avait du sang sur la tête et oscillait de droite à gauche. Du fond de la salle, son oncle pointait un pistolet Petrov Armor sur lui.

La FAEP avait été au courant de l'opération.

À un moment, le SUV s'engageait en silence, tous feux éteints, dans l'étroite allée menant à la résidence où vivait l'un des membres les plus aisés de la FAEP, lieu de la rencontre.

Au moment suivant, le monde explosait autour de Kane dans un déchaînement insensé de lumière et de bruit. Le SUV s'inclina sur deux roues avant de retomber sur le côté opposé à celui où il se trouvait.

La tête de Kane rebondit contre le casque de JC. L'agent s'était ménagé une place au milieu de leur rangée. Une douleur fusa dans son crâne tandis qu'il sentait un liquide poisseux couler le long de son œil. Tous les membres de l'équipe, autour de lui, cherchaient à se mettre à couvert, les réflexes et l'entraînement prenant le dessus. En face de lui, une main sur la tête, Melinda clignait des yeux, interdite. JC, avec sa formation militaire, fut le premier à réagir, en dépit du coup qu'il avait reçu à la tête.

— Allez, allez, bougez ! ordonna-t-il. On est des cibles trop faciles ici ! Ils vont nous tirer comme des lapins !

La FAEP avait dû équiper l'entrée de la propriété de caméras ou d'un système d'alarme. Ce genre de groupe se tenait toujours sur le pied de guerre, prêt à se battre. Ils avaient piégé l'allée. Et les membres réunis ce soir n'allaient pas tarder à venir les achever. D'ailleurs, Kane entendait déjà le rugissement d'un moteur puissant, puis un crissement de freins.

S'accrochant d'une main à la portière qui se trouvait maintenant au-dessus de lui, il se débattit pour se libérer de sa ceinture de sécurité. Puis un visage apparut derrière la vitre, un faciès à la fois hargneux et souriant. Son propriétaire leva le canon de son arme.

Oubliant la ceinture, Kane empoigna son pistolet. Il avait toujours été l'un des plus prompts de son équipe à dégainer mais, en voyant le reflet de son visage se superposer à celui de son adversaire sur la vitre, il craignit cette fois de n'avoir pas été assez rapide. Alors qu'il tirait trois coups, faisant exploser la vitre dont les débris retombèrent en pluie sur lui et ses équipiers, au-dessous, il se demanda s'il avait touché sa cible. Au bout de deux secondes, le visage grimaçant de son adversaire disparut de son champ de vision.

Il attendit que vienne la douleur d'un impact de balle sur son propre corps, mais il n'éprouvait que la piqûre cuisante de ce qui semblait être des centaines d'échardes de verre. Pas l'intensité fulgurante d'une balle. Puis d'autres détonations retentirent, nombreuses, beaucoup trop nombreuses, et Kane grinça des dents, sachant que leur véhicule n'était pas blindé. Aussitôt après, un cri dans l'habitacle confirma ses craintes, et l'estomac de Kane se noua.

Bon sang ! Il n'y avait pas moyen de sortir de ce SUV.

Il avait toujours su qu'il perdrait la vie en mission, il avait même appelé ce moment de ses vœux d'une certaine façon, parce que c'était tout ce qu'il méritait.

Mais tout son être se révulsait à l'idée de partir comme ça, entouré de plusieurs équipiers.

Il regarda du côté de Melinda, toujours attachée sur son siège, cible facile si un autre membre de la FAEP parvenait à atteindre les vitres latérales – désormais juste au-dessus de leurs têtes. Son regard glissa jusqu'au pare-brise, maintenant perpendiculaire au sol. Ses deux équipiers, à l'avant, étaient soit touchés soit morts, et il vit l'un de leurs assaillants se pencher, le regard chargé de haine, et lever son arme.

Kane réagit instantanément, visant et tirant en même temps que JC. Apparemment, Laura, sur le siège conducteur, n'était pas inconsciente comme il l'avait cru, car il la vit braquer son arme au même moment. L'homme s'écroula sous les balles. Le pare-brise explosa lui aussi et, tandis que les coups de feu traversaient le plancher du véhicule – se dressant désormais à la verticale face aux fanatiques, JC cria :

— Les boucliers pare-balles !

Subitement, quelqu'un lui en tendit un, et Kane le plaça sur le plancher du véhicule – devenu façade latérale – pour se protéger et protéger ses coéquipiers. En face, Melinda en avait positionné un, elle aussi. Mais voilà qu'elle poussait maintenant Evan Duran, occupant le siège voisin du sien.

Tant bien que mal, ils échangèrent leurs places. Melinda faillit tomber mais parvint à se récupérer et à se glisser entre les agents, jusqu'à l'autre flanc du SUV, celui qui était par terre. Mais le véhicule avait dû retomber sur quelque chose, peut-être un rocher, si bien qu'il reposait, non pas à plat, mais incliné côté pare-brise. Il vit Melinda forcer sur la portière qui, après plusieurs tentatives, s'entrouvrit un peu.

— Messieurs de la FAEP, c'est l'heure de la surprise, grommela-t-elle.

Kane tendit la main pour la retenir, comprenant son intention. Elle était petite et mince. Elle allait se faufiler par l'ouverture. Mais personne ne pourrait la suivre.

C'était du suicide. Les doigts de Kane se refermèrent sur l'étoffe de son blouson, mais il ne pouvait assurer une bonne prise de là où il se trouvait, d'autant que, dans le même temps, Laura s'efforçait de tirer Ana Sofia, l'agent qui avait été sur le siège passager, à l'arrière du SUV et que d'autres boucliers pare-balles se dressaient autour d'eux, tandis que JC levait le bras au-dessus de Kane et tirait. Un membre de la FAEP poussa un hurlement de l'autre côté du pare-brise.

Le morceau de tissu auquel Kane se cramponnait lui échappa, et Melinda disparut.

Elle était maintenant toute seule, dehors, pour affronter Dieu sait combien d'assaillants.

# 20

C'était une très, très mauvaise idée.

Melinda avait été un agent spécial de terrain autrefois. Bardée de diplômes en psychologie comme elle l'était, son superviseur avait jugé qu'elle constituerait un atout pour les innombrables affaires de traite d'êtres humains dont le FBI s'occupait. Ce travail s'était parfois avéré dangereux, mais les personnes qu'elle y avait côtoyées – tant victimes que coupables – lui avaient donné envie de se spécialiser dans le profilage.

Mais il y avait si longtemps désormais qu'elle avait quitté le terrain qu'elle avait commencé à oublier ce que c'était que d'être à pied d'œuvre, face aux criminels. Il pouvait arriver que le profilage la place au cœur de l'action, mais le plus souvent elle restait assise à son bureau, à se focaliser sur les infimes détails d'un dossier qui lui permettaient d'analyser un comportement et l'aidaient dans la traque des criminels.

À son arrivée à la DCT, elle avait eu besoin d'une remise à niveau concernant le travail de terrain. Mais maintenant, cela lui semblait bien insuffisant.

Elle ne pouvait pas compter sur des renforts. Sauf si l'un des autres agents réussissait à quitter le SUV par le pare-brise sans se faire tuer. Mais le risque était tel qu'elle n'imaginait qu'un seul agent capable de le prendre.

Le fait de penser à Kane lui donna un coup de fouet. Elle accéléra le mouvement et parvint à s'extraire du SUV par l'étroite ouverture. Son casque passa de justesse, et elle sentit Kane lâcher prise. Une fois dehors, elle rampa jusqu'à l'extrémité du véhicule en priant le ciel qu'il reste en équilibre et ne retombe pas sur elle.

Quand elle s'était aperçue que le SUV ne reposait pas totalement à même le sol, elle avait compris que c'était leur seule chance. Car il ne fallait pas se faire d'illusions... Même si les boucliers pare-balles protégeaient efficacement ses collègues, les membres de la FAEP finiraient par encercler le véhicule et y pénétrer. Ses équipiers seraient alors faits comme des rats, prisonniers de la carcasse d'acier.

Bon sang ! de tous les agents présents, elle était la moins préparée à ce type d'opération. Mais l'échec signifierait la mort pour ses collègues.

Elle n'aurait qu'une occasion. Une unique occasion d'en abattre le plus possible en détournant leur attention assez longtemps pour que ses coéquipiers aient le temps de se ruer à l'extérieur par le pare-brise. Si elle jouait bien sa partie, ensemble, ils pourraient triompher de leurs ennemis.

Une paire de bottes apparut, et Melinda se figea, n'osant même plus respirer.

Elle était prise au piège. Pas moyen de s'extraire d'au-dessous du véhicule puis de foncer jusqu'aux arbres pour se mettre à couvert comme elle l'avait prévu. Si elle faisait feu d'ici, ils connaîtraient aussitôt sa position.

— Grimpe, murmura l'un d'eux. On va les prendre en tenaille. Vous deux, vous tirez depuis le côté, en haut, et nous, depuis l'arrière. Dis à Don de se poster à l'avant pour canarder ceux qui essayeraient de s'échapper par là.

La respiration de Melinda s'accéléra, et son champ de vision se rétrécit. La peur dominait tout, ses sens y compris.

Le plan de la FAEP était bon. Les agents bloqués à l'intérieur de l'habitacle tiraient encore par moments, mais seulement par le pare-brise. Pour détourner l'attention de la FAEP et lui donner sa chance. Sans trop savoir ce qu'elle avait en tête étant donné qu'elle ne leur avait rien dit.

Elle était bonne tireuse. Mais ils étaient au moins quatre, là, tout près d'elle, à l'arrière du véhicule et un, à l'avant. Même si elle réussissait à toucher les quatre qui étaient à sa portée, elle ne voyait que leurs pieds et leurs mollets.

Cela pourrait suffire à les mettre hors d'état de nuire, le temps que ses collègues sortent par l'avant.

Si elle devait mourir aujourd'hui, autant tout faire pour leur offrir au moins une occasion de livrer bataille.

Dans l'incapacité de porter la main à l'anneau qu'elle portait sous son T-shirt, elle se concentra sur son contact contre sa peau. L'anneau d'or dont elle ne se séparait jamais en mémoire de son défunt mari. Il lui donnait toujours de la force. Le fait de penser à lui apaisa sa respiration, aiguisa ses sens.

Au moment où deux membres de la FAEP montaient pour se poster sur le côté du SUV et tirer par les vitres, Melinda appuya sur la détente. Un coup. Puis deux coups, à la suite. Deux types s'effondrèrent, hurlant de douleur, mais roulèrent sur eux-mêmes pour se mettre à l'abri. Se préparant sans doute à faire feu eux aussi, maintenant qu'ils avaient une nouvelle cible à portée de tir.

Melinda ne perdit pas de temps. Elle cria pour prévenir ses collègues tandis qu'elle pivotait vers le côté du SUV, au moment où l'un des types qui étaient perchés sur le véhicule sautait. Un concert de détonations se joignit à ses coups de feu tandis que Melinda tirait à tout va, se demandant si c'était l'adrénaline qui l'empêchait de ressentir la douleur des balles qui avaient dû l'atteindre.

Les deux types qui se tenaient sur le côté du véhicule tombèrent. Sans attendre de voir s'ils étaient morts ou non, Melinda les cribla de balles avant de braquer son arme vers ceux qu'elle avait pris pour cibles en premier. Ils avaient dû récupérer suffisamment pour être en état de riposter et de la tuer, maintenant.

Mais, au moment où elle s'apprêtait à tirer, une nouvelle paire de bottes atterrit sur le sol, et quelqu'un se mit à les mitrailler. Quelqu'un d'autre, cependant, tenait encore le canon de son fusil pointé droit sur elle. Elle ferma les yeux, s'attendant à entendre partir le coup. Mais au lieu de cela, elle sentit une main se poser sur sa jambe.

Elle sursauta, ouvrit les yeux. C'était Kane, agenouillé à côté d'elle. Il l'aida à s'extirper d'au-dessous du véhicule.

— Joli travail, murmura Evan en accourant depuis l'avant du SUV, Laura sur ses talons.

Tous deux s'immobilisèrent pour balayer rapidement les environs de leurs mitraillettes.

Kane l'aida à se relever, lui ôta son pistolet des mains.

— Tu t'en es bien sortie, dit-il d'une voix plus profonde que d'habitude.

Puis, tout à coup, il l'attira à lui. Elle aurait pu jurer qu'il avait caressé ses cheveux de la paume de sa main avant de la relâcher et de se mettre à parler logistique.

Ana Sofia était blessée. Non pas par balle, mais assommée par le choc quand le SUV s'était renversé sur le côté. Evan avait reçu une balle dans le bras. « Une simple égratignure », avait-il dit. Laura avait un gros hématome sur le côté du front et du sang sur le visage. Mais tous étaient en vie, et leurs cibles étaient toutes mortes. Leur plan d'attaque initial avait échoué mais ils s'en sortaient bien.

Sentant son cœur s'emballer de nouveau, Melinda se laissa tomber sur le sol et ferma les yeux, laissant ses collègues gérer le reste. Il fallait encore écarter les armes des suspects, même s'ils étaient morts – c'était la procédure. Appeler les secours, la DCT, s'occuper de l'évacuation des corps, informer Pembrook...

Au travers d'une sorte de brouillard, Melinda sentit la main de Laura se poser sur son bras.

— Ça nous arrive à tous. Respire, ça va passer.

Puis, de plus loin, ce fut cette fois la voix de JC, de toute évidence au téléphone, qui lui parvint :

— Comment ça, vous ne savez pas où est Davis ?

Elle essaya de se concentrer, de se rendre utile d'une façon ou d'une autre. Bon sang ! elle était du FBI, non ?

Mais le sifflement dans ses oreilles s'intensifia au lieu de s'atténuer. Puis, tout à coup, elle s'aperçut que c'était Pembrook qui la forçait à relever la tête, qui la regardait droit dans les yeux. Sa voix acheva de la tirer de l'espèce d'hébétude dans laquelle elle était engluée.

— C'est fini, Melinda. Knoxville nous envoie des renforts pour traiter la scène. Il nous faudra vos dépositions à tous mais, pour le moment, on a besoin de vos compétences en profilage. Il faut retrouver Davis.

Melinda fronça les sourcils et prit une grande inspiration.

— Aux dernières nouvelles, il a quitté Petrov Armor pour rentrer chez lui.

— On va envoyer un agent là-bas. Son portable est éteint, donc impossible de le localiser, mais Hendrick est sur ses claviers, au bureau. Peut-être que Davis est retourné à Petrov Armor entre-temps et que...

— Non, il a dit qu'il en avait terminé là-bas.

Le SMS qu'elle avait reçu de Davis annonçait qu'il suspectait Eric Ross et que sa mission prenait fin. Elle avait demandé des détails, mais n'avait pas obtenu de réponse.

— Avez-vous posé la question à Kane ?

— Il ne sait rien de plus non plus, répondit Pembrook en jetant un coup d'œil autour d'elle, les sourcils froncés.

Melinda balaya du regard les environs.

JC était toujours là, et Rowan aussi, maintenant. Mais les autres agents avaient disparu, certains sans doute pour être soignés, d'autres pour retourner au bureau et remplir leurs formulaires de déclarations concernant l'opération de ce soir. Cependant...

— Où est-il ?

Pembrook secoua la tête, l'air préoccupée.

— Apparemment, il est déjà parti.

L'appréhension gagna Melinda.

— Comment ça, parti ?

— Il devait reprendre une mission sous couverture.

— Quoi ?

— C'est tombé il y a quelques jours... Du nouveau dans un important trafic de drogue sur lequel Kane opérait en immersion. Nous l'avions exfiltré, mais sa couverture n'était pas compromise. Ça tombe au mauvais moment, mais...

— Il est vraiment parti ? Comme ça ?

Après tout ce qui était arrivé ce soir ? Sans même lui dire au revoir ?

Pembrook se redressa, épousseta les genoux de son pantalon.

— Vous êtes profileuse, Melinda. Vous devez comprendre.

Se tournant, elle ajouta :

— Allez, du nerf ! J'ai besoin de vous. *On* a besoin de vous.

Grimaçant parce qu'elle avait mal un peu partout, Melinda se releva, le cerveau en ébullition.

OK. Kane était parti. Elle aurait cru, après la façon dont elle leur avait sauvé la mise ce soir, la façon dont toute l'équipe s'était soudée pour survivre, qu'il aurait compris que la solidarité entre collègues pouvait être profitable. Mais, apparemment, cela n'avait servi qu'à renforcer son désir de faire cavalier seul.

Une douleur qui ne devait rien à ses muscles endoloris lui cisailla la poitrine. Mais elle l'ignora et pressa le pas pour rattraper Pembrook.

Elle ne pouvait pas s'inquiéter pour Kane maintenant. Se laisser aller à songer à quel point elle avait envie de continuer à travailler avec lui, à le voir quotidiennement, à lui parler. À se quereller avec lui.

Pour l'heure, elle devait se concentrer sur Davis. Aider à le retrouver.

Joel Petrov l'avait attiré dans un guet-apens.

Il était arrivé ici, rempli d'excitation à l'idée de découvrir cette nouvelle piste incriminant Eric Ross, mais tandis qu'il se redressait sur ses talons et découvrait qu'il se trouvait sur un stand de tir, Davis avait compris. Joel avait falsifié toutes les données qui désignaient Eric, les enregistrements d'utilisation de sa carte d'accès et les commandes de fournitures signées de son nom.

Avec l'impression d'avoir du coton dans le cerveau, il essaya de se lever.

— Ttt... Restez où vous êtes, le mit en garde Joel.

Davis leva les yeux, et sa vision se brouilla. Il cligna plusieurs fois des paupières, et les deux images de Joel finirent par se fondre en une seule. Celui-ci le tenait en joue avec un pistolet, suffisamment loin de lui pour qu'il ne puisse pas l'atteindre.

D'une main, Davis tâta sa poche de poitrine à la recherche de son téléphone. Il porta l'autre à sa tempe et sentit la présence visqueuse du sang.

Il ne savait pas combien de temps il était resté inconscient mais assez longtemps, visiblement, pour que Joel ait pu le traîner jusqu'au beau milieu de ce stand de tir.

À la douleur sourde qui pulsait dans sa tête et au sang qui maculait sa main, il sut qu'il avait une commotion cérébrale.

Ce n'était pas la première fois. Il s'était trouvé à proximité d'un engin explosif improvisé lors d'une mission quand il était ranger, mais il avait alors eu toute une équipe pour le mettre hors de la ligne de tir, l'évacuer par hélicoptère. Ici, il était seul et ne pouvait s'en prendre à personne d'autre qu'à lui et à son désir désespéré de résoudre l'affaire.

Il avait prévenu l'équipe qu'il suspectait Eric mais n'avait rien dit de son rendez-vous avec l'oncle de Leila, ici.

— C'est ça que vous cherchez ? demanda Joel en brandissant son téléphone avant de le poser sur la tablette de la loge, à l'extrémité d'une ligne de tir. Je sais depuis plusieurs jours que vous êtes du FBI.

Un sourire ironique étira ses lèvres.

— C'est Eric qui m'en a informé. Après vous avoir assommé, je l'ai éteint.

Donc, la DCT ne pouvait pas tracer l'appareil. Davis vacilla sur ses genoux, pris de nausée.

— Désolé, dit Joel comme s'il lisait en lui. Je ne pouvais pas courir le risque que vous vous réveilliez avant que je sois prêt.

— Et maintenant ? Qu'est-ce qu'on fait ? demanda Davis d'une voix qui sonnait aussi cotonneuse que l'était son esprit. Vous allez me tuer ? Vous croyez vraiment vous en tirer ? Ce n'est pas exactement l'endroit idéal pour faire croire à une agression.

Les lèvres de Joel se retroussèrent en un mauvais sourire.

— Parce que vous croyez que je n'ai pas pensé à tout ? Après tout ce que j'ai dû faire pour mon frère ? Je n'avais pas le choix. Neal avait tout découvert. Croyez-moi, s'il y avait eu un autre moyen...

— Donc, c'était vous et vous seul, depuis le début, dit Davis d'une voix toujours aussi peu assurée mais chargée de colère.

Une colère qu'il éprouvait pour Leila. Elle avait eu raison à propos de son père. Malheureusement, elle s'était trompée sur son oncle.

— On était si proches, Neal et moi, autrefois, étant enfants. On se serrait les coudes tous les deux, face à nos parents. Mais, en grandissant, nous nous sommes éloignés. Il s'est marié, chose que nous nous étions promis tous les deux de ne pas faire. J'ai essayé de me réjouir pour lui, mais je n'y suis jamais vraiment parvenu, je crois. Et puis Leila est née, et Neal a voulu que je fasse de nouveau partie de sa vie. C'est ce qui s'est passé.

La rancœur, dans sa voix, se changea en désenchantement.

— Mais à la mort de sa femme, j'ai su que nous pouvions de nouveau être tous les deux contre le monde entier.

Melinda aurait été fascinée par la psychologie du personnage, songea Davis avant de se ressaisir et de se dire qu'il perdait les pédales – sans doute à cause de la commotion. Il secoua la tête, mais cela ne réussit qu'à altérer de nouveau sa vision et à aggraver son mal de tête.

Il ne devait pas perdre de nouveau connaissance, sinon il pourrait bien ne jamais se réveiller. Restant immobile, il demanda :

— Leila n'était donc qu'un dommage collatéral de votre soif d'argent ? Les millions que vous avez amassés avec le commerce illégal d'armes ne suffisaient-ils pas ? Quel besoin aviez-vous de tuer ces soldats, de détruire votre propre nièce ?

La colère de Davis se mua en fureur, lui donnant envie de sauter à la gorge de Joel. Mais il était impuissant, il le savait. Sa cible était trop loin, et Davis, même s'il ne bougeait pas, avait l'impression d'osciller en permanence d'avant en arrière.

— Ce matériel n'était pas censé provoquer la mort de qui que ce soit.

— Oh ! vous avez l'air vraiment ému, siffla Davis comme une image de Jessica lui montrant des photos de ses trois enfants, fièrement sanglée dans son uniforme de l'armée, s'imposait à son esprit.

— Ce matériel était moins cher, mais il était bien destiné à être vendu à quelqu'un. Comment aurais-je pu deviner qu'il serait si peu efficace ? Vous croyez que c'est de gaieté de cœur que j'ai attiré l'attention sur nous de cette fâcheuse façon ?

Davis serra les dents, retenant une réplique cinglante. Dix-huit soldats et sept combattants locaux avaient péri en Afghanistan, et Joel Petrov ne pensait qu'à lui et au désagrément que cela lui avait causé.

— Quant à Leila, elle n'aurait jamais dû se rendre compte de rien, continua-t-il. Quand son père l'a promue à la tête de l'entreprise, je me suis dit que c'était parfait. Elle était trop jeune pour ce poste, trop confiante...

Ses sourcils se rapprochèrent, creusant deux profonds sillons entre ses yeux.

— Elle n'aurait jamais dû stopper la production d'armes, conclut-il comme si tout était la faute de sa nièce.

— Il est impossible de revenir en arrière maintenant, déclara Davis. C'est elle qui m'a permis d'infiltrer la société. Elle sait que j'appartiens au FBI. S'il m'arrive quelque chose...

— Elle tiendra Eric pour responsable, comme je l'avais prévu, acheva Joel à sa place.

Il consulta sa montre.

— Et maintenant, assez de discours.

Il ajusta sa prise sur son pistolet.

— Ça ne marchera pas, insista Davis, en portant une main à sa tempe, le coup sur le crâne lui faisant tourner la tête.

— Encore désolé, répéta Joel.

Les paupières de Davis se baissèrent. Que pouvait-il faire ? Il était physiquement incapable d'agir.

Mais, soudain, une voix déchira le silence.

— Oncle Joel ! Arrête !

Leila apparut derrière Joel, hors d'haleine, horrifiée.

Avançant de quelques pas vers Davis, son oncle se déporta sur le côté et retourna son pistolet contre Leila.

— Tu ne devrais pas être là, déclara-t-il avec une intonation autoritaire dans la voix.

— Non ! cria Davis, essayant de se mettre debout.

Il trébucha et retomba sur les genoux, mais nota que l'arme était à nouveau braquée sur lui.

— Oncle Joel, reprit Leila d'un ton implorant. S'il te plaît, tu ne peux pas faire ça...

— Je suis navré, Leila, dit Joel d'un ton presque sincère mais sans cesser de pointer son arme sur Davis.

— Arrête... Je l'aime ! s'écria-t-elle à brûle-pourpoint.

L'arme trembla, et Davis se demanda s'il avait bien entendu. Elle l'aimait ? Disait-elle cela dans l'espoir d'empêcher son oncle de le tuer ? Ou le pensait-elle vraiment ?

Le cœur de Davis se mit à battre à coups redoublés, ce qui lui fit prendre conscience simultanément de deux vérités : lui aussi l'aimait. Et il allait probablement mourir sans avoir eu le temps de le lui dire.

# 21

L'homme qu'elle aimait allait mourir, tué par celui qui avait contribué à l'élever.

Elle fixa son regard sur son oncle, n'osant pas poser les yeux sur Davis qui avait la moitié du visage en sang et parvenait à peine à se maintenir en équilibre sur ses genoux.

— Tu as tué papa, murmura-t-elle d'une voix altérée par la douleur. Par cupidité. Comment as-tu pu ? C'était ton frère, ta seule famille.

— Ce n'était pas par cupidité, se défendit son oncle, presque sur un ton d'excuse.

Presque, mais pas tout à fait.

— Ah non ? Et c'était pourquoi, alors ?

— Le pouvoir, dit-il simplement.

— Et tu trouves que c'est une meilleure raison ?

Le pistolet trembla légèrement dans la main de Joel, dont l'attention était centrée sur elle et non plus sur Davis.

Du coin de l'œil, elle nota que ce dernier s'avançait centimètre par centimètre, à genoux.

— Je ne te demande pas de comprendre. Ton père a voulu t'épargner les détails de notre enfance mais…

— Je sais qu'elle a été difficile.

Elle se rappelait avoir entendu son père dire une fois à sa mère qu'il craignait qu'oncle Joel ait refoulé ses émotions au point de se refermer totalement sur lui-même pour ne plus rien éprouver.

Mais ce ne pouvait pas être vrai. Il avait vécu avec eux pendant plusieurs années. Chaque matin, il avait été là, lui préparant le petit déjeuner, l'accompagnant jusqu'au bus scolaire, bienveillant, prévenant.

Il avait de l'affection pour elle. Elle en était sûre.

Forte de cette certitude, elle alla un peu plus loin.

— Oncle Joel, je t'aime, tu le sais. Tu ne peux pas faire ça.

— Je n'irai pas en prison, murmura-t-il. Le pouvoir. Le contrôle de ma propre vie. C'est ce à quoi j'ai toujours aspiré. Je sais que ça paraît fou, mais aucune somme d'argent, aucun filet de sécurité ne me semble jamais suffisant. Tu ne vois pas les choses de la même façon, bien sûr, mais j'ai travaillé dur pour en arriver là où je suis. Je ne le laisserai pas tout détruire.

— C'est *toi* qui as tout détruit, répliqua durement Leila.

Davis se rapprochait toujours, mais très lentement. Et dans l'état qui était le sien, jamais il ne pourrait stopper Joel.

— Tu as détruit Petrov Armor, continua-t-elle, rattrapée par la colère. Tu as tué mon père. Tu nous as tous trahis.

Il secoua la tête et recula, le visage de nouveau fermé. Et Leila sut qu'elle était en train de le perdre.

— Tu m'aimes, insista-t-elle en avançant vers lui tout en approchant la main de son sac. Je le sais. J'en suis sûre.

— Peut-être que je ne suis pas vraiment capable d'aimer qui que ce soit, déclara-t-il doucement, tristement, tandis qu'il braquait de nouveau le canon de son arme sur elle.

Mais le pistolet tremblait dans sa main. Quoi qu'il dise, elle était à peu près sûre qu'il ne la tuerait pas. Mais pour ce qui était de Davis, c'était une autre histoire.

— Bien sûr que si, tu es capable d'aimer, asséna-t-elle avec véhémence tandis que ses doigts se glissaient dans son sac et se refermaient sur la crosse du petit pistolet qui ne la quittait plus depuis son agression.

Alors même que ces mots sortaient de sa bouche, sa certitude se renforça. La fureur flambait toujours en elle, encore mêlée de confusion et d'un sentiment d'incrédulité. Toute cette scène lui semblait complètement irréelle.

Oui, une opportunité de gagner de l'argent illégalement avait dû se présenter à lui, mais ce n'avait pas été son objectif initial.

Si ça avait été tout ce qui comptait pour lui, il aurait eu cent fois l'occasion de la laisser tomber. À l'époque où il avait été P-DG par intérim de la société, il aurait pu accepter l'offre de vente que lui avait soumise son père, alors au fond du gouffre. Mais Joel avait toujours refusé.

Pas une fois, tout au long de ces années, il ne lui avait fait faux bond. Vingt ans plus tôt, les services de protection de l'enfance avaient été à deux doigts de la placer en famille d'accueil. Elle aurait été seule au monde. Et perdue comme elle l'était alors, elle ne s'en serait probablement jamais remise.

Jamais elle ne lui pardonnerait d'avoir tué son père et conduit l'entreprise à sa perte, mais elle ne pouvait pas faire table rase de ce que son oncle avait représenté pour elle. Elle ne serait pas devenue celle qu'elle était aujourd'hui sans lui.

— Je t'aime quand même, oncle Joel, dit-elle, les mots s'étranglant dans sa gorge tant ils s'apparentaient à une trahison vis-à-vis de son père.

Mais elle tendit la main devant elle, paume ouverte, l'implorant d'y déposer son arme. D'être l'oncle qui l'avait élevée. De faire passer l'intérêt de sa nièce avant le sien, d'accepter d'aller en prison au lieu de tuer une autre personne qui lui était chère.

Car elle aimait Davis. Elle ne savait pas comment cela avait pu se produire en si peu de temps, mais si elle doutait de ses intentions à lui, de la sincérité de ses sentiments, elle n'avait plus aucun doute quant à ce qu'elle ressentait, elle.

— S'il te plaît, l'implora-t-elle, approchant encore la main.

Le menton de Joel tremblota, son regard s'abaissa vers son arme, puis sa main. S'il remarqua que Davis s'était un peu rapproché de lui, il n'en montra rien.

— Je t'en prie, le supplia-t-elle de nouveau, le sentant près de capituler.

Elle vit sa glotte monter et descendre tandis qu'il déglutissait péniblement. Puis il secoua imperceptiblement la tête, et elle sut que sa décision était prise.

Elle aussi avait un choix à faire, désormais. Entre l'homme qui l'avait élevée, qu'elle aimait d'un amour inconditionnel en dépit de tout, et celui dont elle s'était follement éprise. Celui qui était voué à s'en aller, mais qu'elle aimait quand même.

Un gémissement presque inhumain lui échappa comme elle orientait la main qui tenait le pistolet, à l'intérieur de son sac, et faisait feu.

Et l'un des hommes qu'elle aimait s'écroula sur le sol.

# Épilogue

Leila avait tué son oncle.

Une semaine plus tôt, tout s'était joué en un instant. C'était en partie l'instinct qui l'avait guidée. Mais elle avait visé juste. En pleine poitrine. Un tir fatal.

Davis avait passé deux jours à l'hôpital. Quelques heures après qu'elle avait tiré sur son oncle, l'une de ses équipières lui avait donné de ses nouvelles, disant qu'il souffrait d'une sévère commotion cérébrale.

La jeune femme, une profileuse au regard bienveillant, l'avait rappelée récemment pour lui faire savoir que Davis était sorti de l'hôpital et avait été autorisé à reprendre le travail. Apparemment, il s'occupait déjà d'une autre affaire.

Leila n'avait pas eu l'occasion de lui parler depuis que les ambulanciers l'avaient évacué, à peine conscient, sur une civière. Elle lui avait pressé la main, avait déposé un bref baiser sur ses lèvres malgré la présence de ses collègues du FBI, puis était partie.

Elle avait tué son oncle pour le sauver, lui. À cet instant, sa vie entière avait basculé.

Se renfonçant contre le dossier de son fauteuil dans le bureau de son père, elle promena son regard sur la pièce familière. Elle n'avait pas l'intention de s'y installer mais, ici, elle avait l'impression de sentir sa présence.

Pressant une main sur son cœur – où la douleur semblait

avoir définitivement élu résidence, Leila se leva et fit le tour du bureau en regardant les premiers gros contrats que son père avait encadrés et accrochés au mur.

Petrov Armor ne survivrait peut-être pas. Quand la nouvelle s'était répandue concernant les équipements et son oncle, un tiers de ses employés lui avaient présenté leur démission. Les autres étaient restés, mais elle sentait tous les jours peser sur elle l'incertitude de leurs regards. Ils ne pouvaient s'empêcher de penser qu'elle avait trahi leur confiance en leur cachant la vérité sur les équipements défectueux.

Quant à l'armée, leur plus gros client, elle avait annulé la totalité de ses commandes. Le coup était si rude que Leila devrait peut-être se séparer de certains de ses employés qui lui étaient restés loyaux. Mais elle avait pris sa décision : elle allait tout rebâtir, prouver à tous qu'elle pouvait relancer l'entreprise de son père et lui rendre sa réputation, son honneur – et ses clients.

Regardant par l'embrasure de la porte, elle vit que la lumière était toujours allumée dans le bureau d'Eric. Theresa aussi était encore là, elle le savait, occupée à élaborer de nouvelles procédures visant à renforcer la sécurité et la transparence de leur système de production. Des gens solides. Des gens fiables. Des fidèles qui ne la lâcheraient pas.

Mais ils n'étaient pas sa famille. Elle n'avait plus personne désormais, à part les parents violents de son père qu'elle ne chercherait jamais à joindre et la famille de sa mère, au Pakistan, qu'elle ne connaissait pour ainsi dire pas.

Ils n'étaient pas *Davis*. Davis qui s'était frayé un chemin jusqu'à son cœur, alors même qu'il enquêtait sur les noirs secrets de l'entreprise qu'elle dirigeait.

Il ne l'avait pas appelée. Peut-être son état l'avait-il empêché d'entendre sa déclaration d'amour. Ou peut-être celle-ci n'avait-elle pas eu tant d'importance à ses yeux.

Parce qu'il était du FBI. Et qu'elle n'était que la dirigeante d'une entreprise sur laquelle il avait enquêté. Son travail fini, il était parti. Point final.

Mais même si ce n'était pas là l'explication de son silence, pourrait-elle jamais être avec quelqu'un qui l'avait mise en position de tuer le seul proche qui lui restait ?

Un frisson la secoua tandis qu'un sanglot se logeait dans sa poitrine. Mais elle refoula ses larmes, ravala le sanglot. Elle avait suffisamment pleuré pour son oncle ; elle refusait de lui accorder une larme supplémentaire.

Et elle ne pouvait pas pleurer pour Davis non plus. Pour ce qui aurait pu être. Pas encore... Parce que ça aurait été admettre qu'elle l'avait bel et bien perdu, ce à quoi elle n'était pas encore prête.

— Leila.

Elle sursauta en entendant la voix qui venait de prononcer son nom avec tant de douceur. Davis. Elle cligna des yeux, se demandant si elle n'avait pas rêvé. Mais non. C'était bien lui là, devant elle, en chair et en os.

Derrière lui, dans la pénombre de *l'open space*, Eric lui adressa un petit sourire triste et un hochement de tête. Puis il tourna les talons et disparut dans son bureau.

— Que faites-vous ici ?

— Il fallait que je vienne, murmura-t-il avant de s'approcher.

Il avait un gros pansement sur le côté de la tête qui cachait les points de suture qu'on lui avait posés. Mais son regard était vif et clair, nota-t-elle tandis qu'il comblait d'un dernier pas le mètre qui les séparait et prenait ses mains entre les siennes.

C'était ce qu'avait fait Eric, dans son bureau, il n'y avait pas si longtemps. Mais elle n'avait pas senti son pouls s'emballer ni l'espoir supplanter le chagrin dans son cœur.

Elle leva les yeux, sondant son regard, cherchant à deviner ses intentions.

Tout avait-il réellement changé en une semaine ? Malgré leurs promesses, ils s'étaient dissimulé des informations. Et elle avait tué pour lui l'un des êtres qui lui étaient chers. Pourrait-elle jamais dépasser ça ?

Lorsqu'il porta ses mains à ses lèvres et les embrassa avec révérence, elle sut que c'était son vœu le plus cher.

— Je suis désolé pour votre oncle, dit-il en éloignant ses mains de ses lèvres. Je n'aurais jamais imaginé que ça se terminerait comme ça.

Un sourire hésitant – nerveux, peut-être ? – flotta un instant sur ses lèvres.

— Je n'aurais jamais imaginé tomber amoureux de vous.

Les paroles qui suivirent se perdirent dans un bruit de fond qu'elle ne réussit pas tout à fait à saisir, car tout ce qu'elle entendait, c'était le tambourinement effréné de son cœur dans ses oreilles tandis que se répétaient en boucle dans sa tête les mots les plus importants : « Je n'aurais jamais imaginé tomber amoureux de vous. »

— Qu'avez-vous dit ? demanda-t-elle dans un murmure.

Il s'avança plus près et l'enlaça.

— Je dis que je ne peux pas renoncer à vous, Leila. Après tout ce qui est arrivé, c'est peut-être ce qui serait le plus logique, mais... je ne peux pas. Je vous aime. Je veux nous donner une chance. Plus de mensonges, plus de demi-vérités entre nous. Tous les deux, du même côté, toujours.

Il saisit une de ses mains, la retourna et promena un doigt caressant sur sa paume, faisant naître en elle un frisson d'excitation.

— En fait, je crois que nous l'avons toujours été.

Elle hocha la tête. Oui, ils avaient recherché la même chose : la vérité. Et ils l'avaient trouvée, même si celle-ci n'avait pas été celle que Leila souhaitait.

— Un nouveau départ, renchérit-elle, plus sûre d'elle qu'elle ne l'avait jamais été.

Il lui adressa un sourire encore un peu troublé, mais authentique, et déplaça les doigts pour enserrer fermement sa main dans la sienne.

— Marché conclu, confirma-t-il en écho à la promesse qu'ils s'étaient faite lorsqu'il était arrivé dans son entreprise sous couverture. Un nouveau départ.

Puis il l'attira dans ses bras et la pressa contre lui. Elle se haussa sur la pointe des pieds tandis que s'épanouissait sur ses lèvres son premier vrai, grand sourire depuis une semaine. Un sourire rempli de confiance et d'espoir.

— Moi aussi, je vous aime, Davis.

— Je sais, répondit-il. Et je vous promets une chose : quoi qu'il arrive désormais, c'est ensemble que nous y ferons face.

Et il scella ce serment d'un baiser.

BETH CORNELISON

# Une collaboration tendue

*Traduction française de*
CATHERINE VALLEROY

BLACK ROSE

HARLEQUIN

*Titre original :*
COLTON 911: DEADLY TEXAS REUNION

*Ce roman a déjà été publié en 2021.*

# Prologue

*Bureau du FBI à Chicago*

L'agent spécial Nolan Colton détestait les costumes presque autant qu'il détestait les convocations inattendues. En attendant d'être introduit dans le bureau de son chef, il tira sur le col de sa chemise et desserra un peu son nœud de cravate. La patience n'avait jamais été son fort, et son genou tressautait. Que diable s'était-il passé qui justifie un entretien urgent ? Rien de bon, sûrement.

Prenant une tablette anti-acide dans sa poche, il la mâchonna. L'anxiété lui avait noué l'estomac toute la nuit. Quand l'assistante vint enfin le chercher, il inspira à fond, tira sur ses manchettes et franchit la porte la tête haute.

La première chose qu'il remarqua fut que Dean Humboldt n'était pas seul. Le directeur délégué Jim Greenley était assis face à lui, et un homme qui parut vaguement familier à Nolan occupait un siège à gauche du bureau. La seconde fut qu'on ne l'invitait pas à s'asseoir.

Il adopta une posture rigide, les pieds légèrement écartés et les mains nouées devant lui.

— Bonjour, messieurs.

— Agent spécial Colton, dit le directeur délégué en le saluant d'un rapide hochement de tête.

L'assistante quitta le bureau en refermant la porte derrière elle, et Nolan éprouva un bref accès de claustrophobie.

— Merci d'être venu, agent spécial Colton, dit Humboldt.

— Je n'ai pas eu l'impression d'avoir le choix.

Humboldt s'éclaircit la gorge.

— Non. Une affaire assez sérieuse a été portée à ma connaissance, et nous devons la traiter.

— Je ne savais pas que le Bureau traitait d'affaires non sérieuses.

Sa tentative d'humour tomba à plat. Humboldt fronça les sourcils, et Greenley échangea un regard avec le troisième homme, qui ne s'était pas encore présenté.

— Désolé. De quoi s'agit-il, monsieur ?

Humboldt ouvrit un dossier et fit glisser une grande photo en noir et blanc sur le bureau.

— Ceci.

Nolan fit un pas en avant. L'adrénaline se rua dans ses veines. Il s'agissait d'une photo de lui et d'une collègue dans une posture hautement compromettante.

*Bon sang.* Il avait cru enterré cet épisode mal avisé. Ils étaient seuls dans cette chambre d'hôtel. Alors d'où venait cette photo ? La réponse le secoua. Et le mit en colère.

— Hum... Où avez-vous obtenu ceci ?

— C'est nous qui posons les questions, agent spécial Colton, dit Greenley.

— Vous reconnaissez la femme sur la photo ? demanda Humboldt

Il acquiesça d'un hochement de tête.

— L'agent spécial Charlotte O'Toole. Nous avons travaillé ensemble sur une affaire à Portland l'année dernière.

Il inspira lentement et décida que l'honnêteté était la meilleure défense.

— Nous avons fait une bêtise, je le reconnais. Une erreur. Mais cela ne s'est pas reproduit.

Humboldt regarda tour à tour les deux autres hommes. Greenley arqua un sourcil grisonnant. Quand il fit glisser une photo similaire vers lui, Nolan grinça des dents.

— Que dites-vous qu'il s'est passé cette nuit-là, agent spécial Colton ? demanda Humboldt continuant de l'appeler par son titre au lieu de son prénom.

Pris de confusion, Nolan pencha la tête.

— Je crois que c'est plutôt clair. Me demandez-vous des détails ? Parce que je dois dire, monsieur, que je trouve très déplacé de se vanter de ce genre de choses.

Humboldt croisa les mains sur son bureau.

— En général, moi aussi. Mais, considérant les allégations de l'agent O'Toole, je pense qu'il serait sage de nous faire part de votre version des choses.

Un frisson parcourut le dos de Nolan.

— Ses allégations ?

— Elle prétend que vous l'avez agressée.

Nolan sentit son sang se figer dans ses veines. Sa réputation et sa carrière s'effondraient littéralement sous ses yeux. Il fit effort pour reprendre son souffle.

— L'agent spécial O'Toole nous a déclaré la semaine dernière que vous lui avez fait des avances répétées lorsque vous étiez à Portland. Elle prétend qu'elle les a repoussées avec constance et vous a rappelé qu'un tel comportement était à la fois non professionnel et malvenu auprès d'elle.

L'incrédulité nouait la gorge de Nolan. Il émit un son étranglé, mais le choc l'avait rendu quasi muet.

— Pensant qu'elle aurait besoin de preuves de votre comportement, elle a dissimulé une caméra pour filmer les incidents ultérieurs.

*Pour me piéger, plutôt !* Nolan serra les poings. Il était victime d'un coup monté. *Mais pourquoi ?*

Humboldt tapota le dossier.

— Il y en a d'autres si vous voulez les voir, mais elles racontent la même histoire.

Nolan jeta un nouveau coup d'œil à la photo et nota qu'il avait l'air d'agresser Charlotte qui, pour sa part, semblait le repousser. Bien sûr, cela ne s'était pas du tout passé comme ça.

— J'aimerais tout de même les voir, dit-il d'un ton rogue.

Son chef lui tendit le dossier. Le troisième homme poussa un soupir d'irritation, mais Nolan l'ignora et feuilleta le reste des clichés. Tous donnaient l'impression qu'il forçait Charlotte. Il était clair qu'elle avait fait exprès de prendre des poses suggérant la contrainte. *Pourquoi ?* se demanda-t-il à nouveau.

Charlotte et lui s'étaient bien entendus sur le plan professionnel et personnel. Du moins l'avait-il cru. Pourquoi se retournait-elle contre lui ? Mais non, il ne s'agissait pas d'un revirement sentimental. La pose de la caméra, l'ardeur avec laquelle elle l'avait persuadé – car c'était elle qui l'avait poussé à transgresser les règles – révélaient la préméditation. Charlotte l'avait utilisé.

— Quelle garce, marmonna Nolan dans sa barbe.

Le troisième homme parut enfler et gronda :

— Je vous remercie de ne pas parler ainsi de ma femme.

À nouveau abasourdi, Nolan croisa son regard.

— Votre femme ?

— Vous ne saviez pas ? interrogea Greenley.

Nolan ricana, sans plus se soucier de respect.

— Évidemment que non.

— L'agent spécial O'Toole est marié depuis cinq ans au sénateur, énonça Greenley en levant une main.

— Six, corrigea le troisième homme.

Nolan branla du chef comme s'il avait mal entendu.

— Je vous demande pardon… Le sénateur ?

Humboldt désigna du menton l'homme en question.

— Oui. Le sénateur du Nebraska, George Dell.

*Quelle mélasse !* Il avait couché avec la femme d'un sénateur ? Charlotte ne lui avait jamais parlé d'un mari, moins encore d'un mari aussi haut placé.

Son mauvais pressentiment prenait des proportions insoupçonnables. Un kaléidoscope d'émotions le traversa tandis que son cerveau engourdi tentait de prévoir les conséquences de ces accusations. Il dut raidir les genoux pour que ses jambes continuent de le porter.

— Tout ça, euh… est un gros malentendu.

— Vous niez ses assertions ? demanda Humboldt.

Il leva un regard stupéfait vers son patron. Humboldt travaillait depuis assez longtemps avec lui pour le connaître. Comment pouvait-il penser qu'il était capable d'une chose pareille ? Il jeta le dossier sur le bureau.

— Un peu que je les nie ! Je ne suis pas un violeur !

Le sénateur bondit sur ses pieds, les poings serrés.

— Vous traitez ma femme de menteuse ?

Nolan retint de justesse une réponse cinglante. Il devait faire attention à ne pas donner la corde pour le pendre. Mais se défendre d'une accusation d'agression sexuelle allait être au mieux compliqué. Au prix d'un grand effort, il s'adressa d'un ton calme au sénateur.

— Tout ce que je peux vous dire, c'est que je ne savais pas que Charlotte était mariée et que ce qui s'est passé entre nous n'était pas un viol. Je sais que vous n'avez pas envie d'entendre cela, mais c'était consensuel à cent pour cent.

Le sénateur avança de deux pas, le visage écarlate et les lèvres retroussées dans un rictus agressif.

— Espèce de fils de...

Greenley prit le bras du sénateur.

— Monsieur, s'il vous plaît. Asseyez-vous.

Se tournant vers Humboldt, Nolan se frotta le visage.

— Monsieur, vous me connaissez. Vous savez que ces accusations sont grotesques. Jamais je n'ai...

— Mon opinion personnelle ne compte pas, déclara Humboldt d'un air à la fois guindé et désolé. Une affaire de cette ampleur requiert une enquête interne.

*Une enquête.* Cette idée donna un mince fil d'espoir à Nolan. L'enquête allait sûrement dévoiler la vérité. Il serait exonéré, sa réputation serait blanchie et...

— Jusqu'à ce qu'elle soit achevée, vous êtes suspendu sans traitement...

— Quoi ? hurla-t-il, sous le choc.

— Avec effet immédiat.

Humboldt tendit la main.

— Donnez-moi votre insigne et votre arme de service.

Nolan le regarda bouche bée. Ça ne pouvait pas être vrai. Sa carrière représentait tout pour lui. Même si on le déclarait innocent, cette tache sur son nom le suivrait partout.

Il glissa un regard à Greenley, espérant de l'indulgence, mais se heurta à une contenance de marbre.

— Je jure que je n'ai… je n'ai jamais…

Il secoua la tête, et sa poitrine se contracta. Humboldt avait toujours la main tendue. Mais Nolan refusait que le sénateur soit témoin de son humiliation.

— Ce sont des âneries !

Tournant les talons, il sortit en trombe du bureau. Il était presque arrivé à l'ascenseur quand Humboldt le rattrapa.

— Nolan, attendez.

Pivotant sur lui-même, il pointa l'index et gronda :

— Vous savez que je n'ai pas fait ce dont elle m'accuse. Je n'aurais jamais profité d'une femme ! Bon sang, vous m'avez laissé raccompagner votre fille chez elle après le barbecue en juillet !

— Je n'ai pas le choix, dit Humboldt en levant à nouveau la main. Nolan, j'ai les mains liées. C'est votre parole contre la sienne, et elle a des photos compromettantes.

Bouillant de colère, Nolan détacha son holster et fit claquer son arme dans la main de son chef.

— Ouais, des photos bien choisies. Mais où sont les autres, hein ? Elle s'est jetée sur moi, Dean. C'était son idée, et elle a pris les rênes, quoi qu'en disent les photos.

— Votre insigne et votre carte.

Nolan grogna de frustration en les repêchant dans sa poche.

— Vous savez que je déteste l'espèce d'homme qui harcèle les femmes. Seigneur, ça me rend malade d'être rangé dans la même catégorie que ce genre d'ordures ! J'ignore ce qui se passe mais, s'il vous plaît Dean, ne les laissez pas me débarquer. Ce doit être politique, ou… je ne sais pas. Mais c'est un tas d'absurdités. Je vous le jure !

À sa décharge, Humboldt prit un air chagriné.

— Rentrez chez vous, Nolan. Profitez-en pour… aller pêcher ou revoir de vieux amis.

— Pêcher ? C'est tout ce que vous me proposez ?

— Je suis désolé, dit Humboldt.

Nolan enfonça le bouton de l'ascenseur avant de se raviser. Il devait brûler de l'adrénaline. Les poings serrés, il s'éloigna à grands pas. Cette injustice le révoltait. Après tant d'années de travail acharné, on lui retirait tout en une fraction de seconde. Et son chef lui suggérait d'aller pêcher ?

Il claqua la porte de l'escalier et se mit à dévaler les marches deux par deux. Ce faisant, une image s'imposa à lui. Et il sut où il irait jusqu'à ce que ce cauchemar en finisse.

Whisperwood.

# 1

*Whisperwood, Texas*

— C'est un cauchemar. Ma fille, ma petite fille, a été assassinée, et je veux que vous découvriez qui a fait ça.

Summer Davies soutint le regard de l'homme qui lui faisait face. Sa première pensée fut *le pauvre homme, comme il doit souffrir !* et la seconde : *enfin, une vraie affaire !*

Depuis l'ouverture de Davies Investigations LLC à Whisperwood, Summer cherchait du travail. Bien trop souvent, quand un client potentiel pénétrait dans son petit bureau, il ne lui accordait qu'un intérêt relatif jusqu'à ce qu'il comprenne qu'elle était la seule enquêtrice.

Assis devant elle, Atticus et son fils Ian avaient échangé un regard hésitant quand elle les avait informés que ce serait elle qui effectuerait le travail. En habituée du sexisme, elle avait souri et demandé des détails. Et Atticus avait lâché sa bombe. Une affaire de meurtre.

Summer jeta un regard préoccupé aux deux hommes.

— Vous êtes sûrs qu'elle a été assassinée ? Elle n'a pas seulement disparu ?

Ian se redressa sur sa chaise à barreaux – elle ne pouvait pas encore se permettre d'acheter mieux – et lança :

— Bien sûr que oui. Son corps a été retrouvé dans le parking de Lone Star Pharma. Vous vivez où ?

Summer laissa passer et plissa les yeux.

— Attendez... Lone Star Pharma ? Vous êtes la famille de Patrice Eccleston ?

La découverte du corps de la jeune femme avait suscité des spéculations à n'en plus finir. Résoudre l'affaire prouverait son cran et donnerait à son agence l'élan dont elle avait besoin. Et permettrait à la famille de faire son deuil, se corrigea-t-elle avec un tiraillement de conscience.

Atticus se tamponna les yeux, luttant visiblement contre les larmes.

— Oui. Patrice est ma fille.

Une expression de souffrance traversa son visage.

— *Était* ma fille. Je...

Il poussa un soupir, et Summer sentit son cœur se serrer. Ses traits convulsés par le chagrin faisaient peine à voir.

— *Est*, dit-elle en se penchant vers lui. Patrice sera toujours votre fille, quoi qu'il arrive. Je vous présente mes condoléances, monsieur. J'aimerais beaucoup pouvoir amener l'auteur de ce meurtre devant la justice.

Atticus croisa son regard, une lueur d'espoir dans les yeux.

— Merci. Ça me déchire de penser que le monstre qui a fait ça court toujours. Elle mérite que justice lui soit faite !

— Absolument, acquiesça Summer

Tandis qu'elle réfléchissait à la manière de procéder, son chat gris sauta sur le bureau et s'assit sur ses papiers.

Le visage de Ian refléta la surprise puis l'offense, comme si un animal au bureau était le summum du non-professionnalisme.

— Pas maintenant, Yossi.

Summer souleva le chat et le déposa par terre, puis balaya les poils qu'il avait laissés sur le bureau.

— L'enquête est-elle toujours en cours ? reprit-elle comme s'il ne s'était rien passé. Je serais heureuse de me charger de votre affaire, mais je ne veux pas marcher sur les plates-bandes de la police.

— Oui, dit Ian, ils disent qu'ils enquêtent, mais nous ne nous attendons pas à beaucoup de résultats de leur part.

— Thompson est un homme bien. Je sais qu'il fait ce qu'il peut. Mais... jusqu'ici, nous n'avons rien obtenu.

Atticus s'essuya les yeux à l'aide de sa manche.

— Nous pensons que les gens ont peur de parler aux flics. Vous pourriez peut-être en apprendre davantage ?

— Un regard neuf, renchérit Ian en agitant la main.

Summer se renversa dans son fauteuil en se mordillant un ongle. Cela ne servirait à rien de critiquer le chef de la police. Elle jeta un coup par la fenêtre de son bureau et contempla les piétons et les pigeons dans la rue.

D'autre part, l'embarrasser n'était pas le pire. Si elle avait l'air d'interférer avec l'enquête ou...

Soudain, son cerveau eut comme un court-circuit. Ses yeux venaient de s'arrêter sur un homme en jean et T-shirt, qui arpentait le trottoir d'un pas vif. Ses cheveux châtains, ses larges épaules et sa démarche souple remuaient des souvenirs.

*Allez, Têtard, montre-leur que tu n'as pas peur !*

Sans réfléchir, elle tira la cordelette du store pour mieux voir. Prenant cela pour une invitation, Yossi sauta sur le rebord de la fenêtre. Elle essaya d'apercevoir le visage de l'homme, mais il était de dos.

— Mademoiselle Davies ? Il y a un problème ?

L'homme posa un gobelet sur le toit de sa voiture, ouvrit sa portière, reprit le gobelet, monta et démarra. Summer continua de fixer l'emplacement vide plusieurs secondes.

— *Vous déménagez ? Où ça ?*

— *Partout où l'armée nous envoie, répondait une Summer de douze ans en haussant les épaules.*

*Nolan cilla, l'air triste.*

— *Et je te reverrai un jour ?*

Non. Il s'était avéré qu'elle n'avait pas revu son ami d'enfance depuis cet adieu, dix-sept ans auparavant. Ils s'étaient écrit quelque temps, puis...

Un bruit sonore la tira de sa rêverie. Se retournant, elle vit Ian Eccleston frapper la surface de son bureau de la main.

— Allôôô, mademoiselle Davies ?

— Vous allez bien ma chère ? Vous avez l'air d'avoir vu un fantôme, dit Atticus en penchant la tête.

*C'est peut-être le cas.* Summer ramena ses cheveux en arrière.

Rassembler ses pensées après ça, c'était comme de courir après un sac de billes.

— Je suis désolée. J'ai cru voir… quelqu'un de mon passé. Quelqu'un d'important…

Mais il n'était pas revenu à Whisperwood depuis des années, à sa connaissance. Pourquoi serait-il là maintenant ?

— Pouvez-vous nous aider ou non, mademoiselle Davies ? lança Ian. Je dois dire qu'à en juger par ce que j'ai vu de votre agence…

Il jeta un regard dédaigneux sur son ameublement et s'arrêta d'un air désapprobateur sur Yossi.

— … je n'ai pas spécialement confiance en votre capacité à gérer une affaire aussi importante que le meurtre de ma sœur.

— Je suis désolée que vous ayez ce sentiment. Je vous promets que, si je prends votre affaire, je ferai tout mon possible pour découvrir la vérité.

— Si vous prenez l'affaire ?

Atticus fronça les sourcils et lança un regard de biais à son fils avant de poser ses yeux larmoyants sur elle.

— Vous n'en êtes pas sûre ?

— J'aimerais vous aider. Mais, considérant les circonstances, je pense qu'il serait sage de faire un petit travail préliminaire avant de vous faire des promesses.

Ian leva les yeux au ciel et grommela à son père :

— Tu vois, papa. Qu'est-ce que je t'avais dit ?

— Chut, Ian. Ce n'est pas gagné, mais mademoiselle Davis est notre dernier espoir.

Dernier espoir ? Devait-elle se sentir honorée ou insultée ? Néanmoins être le dernier espoir d'un père éploré était un défi. Une mission. Plus que tout, elle voulait prouver à ces hommes et à toute la ville qu'elle n'avait pas commis d'erreur en s'installant à Whisperwood trois mois auparavant. Elle était une excellente enquêtrice et elle était déterminée à faire taire les sceptiques et les défaitistes.

Carrant les épaules, elle s'éclaircit la voix

— Voici ce que je peux faire, dit-elle en prenant un bloc-notes et en décapuchonnant son stylo préféré. Je peux noter vos coordonnées et quelques informations sur Patrice, et faire ensuite une première évaluation. S'il s'avère que je peux apporter quelque chose que la police n'a pas réussi à faire et que mes efforts ne nuisent pas à l'enquête, alors nous poursuivrons. D'accord ?

— Que voulez-vous savoir ?

— Tout : ses loisirs, ses lieux de sortie, ses habitudes, ses amis… Alors, qu'en pensez-vous ?

— J'en pense que je ferai tout ce qu'il faut pour mettre le meurtrier de ma fille derrière les barreaux.

En regardant défiler les magasins sur Main Street, Nolan se rappela ses étés passés à Whisperwood. Le ranch de ses cousins, un domaine de quatre cents hectares près d'Austin, était le lieu idéal pour un jeune garçon avide d'apprendre à pêcher, à chevaucher et à attraper des veaux au lasso. Quelque part entre le début de l'école primaire et la fin de ses études secondaires, il était tombé amoureux de Whisperwood. Tout lui avait manqué depuis son dernier été au ranch, les journées brûlantes à manœuvrer le bétail, les nuits moites à chasser les lucioles et surtout la fille qui avait rendu ces étés si mémorables : Summer.

Avec ses cheveux couleur sable, son rire pétillant et son sourire éclatant, Summer était aussi éblouissante que la saison dont elle tirait son nom. Et, en vrai garçon manqué, elle n'avait aucun mal à les suivre, lui et ses cousins, quand ils escaladaient, couraient, nageaient, se battaient et transpiraient par les chaudes journées du Texas Hill Country.

Et puis Summer avait déménagé avec ses parents.

Nolan soupira, se remémorant ce jour de juin où, à l'âge de treize ans, il avait appris que sa meilleure amie s'en allait. Il était arrivé au ranch Colton, impatient d'aller la chercher pour une longue promenade à cheval.

— Mon vieux, elle s'en va en Caroline du Nord ce week-end, lui avait dit son cousin Forrest. Elle ne te l'a pas écrit ?

Il se frotta la poitrine, sentant un creux se former sous son sternum. Ce n'était rien comparé au coup de poing qu'il avait reçu en apprenant la nouvelle. Les années suivantes, il s'était tout de même amusé avec ses cousins, mais sans l'éclat des journées passées aux côtés de Summer.

Tendant le cou, il examina les enseignes. Le Whisperwood General Store, où Forrest, Donovan et lui avaient un jour fauché une boîte de préservatifs. À une rue de là, se trouvait le Bluebell Diner, où les pancakes au chocolat étaient les meilleurs du monde. Son estomac gronda avec nostalgie. Au coin de la rue, un garage avait ouvert, Kain's Auto Shop. Devant une baie, un mécanicien en combinaison était penché sur le moteur d'un pick-up poussiéreux.

À un feu rouge, il sirota son café et conclut que l'installation de Jojo's Java en ville était un bonus. Sur sa hanche, son portable se mit à bourdonner.

— Agent spécial Colton, dit-il par habitude.

— Quel ton officiel, Nolan, dit une voix féminine. J'aimerais avoir un titre plus ronflant que Bellamy, cousine par alliance.

Il sourit, se représentant la femme de son cousin Donovan, enceinte de huit mois.

— Pas besoin de titre ronflant. Le fait que tu supportes Donovan suffit à te faire une place dans mes tablettes. Que puis-je faire pour toi ?

— Si tu as un peu de temps, pourrais-tu venir au bureau et me rendre un service ?

Bellamy était comptable chez Lone Star Pharma.

— Quel genre de service ?

Nolan mit le téléphone en mode mains libres pour pouvoir conduire.

— Mes collègues ont organisé une fête pour le bébé ce matin, et j'ai une montagne de cadeaux à rapporter à la maison. Je sais que tu es en vacances, s'empressa d'ajouter Bellamy.

Nolan réprima son amertume en l'entendant qualifier son congé sans solde de « vacances », mais c'était lui-même qui avait menti là-dessus.

— J'aurais préféré ne pas te déranger, mais Donovan est ligoté par une affaire, et Dallas...

— Aucun problème.

— … et Avery ont déjà les mains pleines avec les jumeaux. Et Forrest…

— Stop, Bellamy. Je suis ravi de t'aider, dit-il, en tournant dans Alamo Street.

De fait, il était soulagé d'avoir quelque chose à faire. Il avait aidé Hays à nettoyer les stalles et avait promis à Josephine de l'accompagner à son rendez-vous chez le médecin, mais il était tristement à court d'occupations. Il avait besoin de s'occuper l'esprit, faute de quoi il deviendrait dingue à force de ruminer.

— Tu es sûr ? Ça me gêne, mais je ne suis pas censée porter quoi que ce soit de lourd et…

— Ne t'en fais pas. Je ne faisais rien sauf flâner en ville et me rappeler le passé. J'arrive.

— Merci, Nolan ! Tu me sauves la vie !

Il arriva aux bureaux de Lone Star Pharma quelques minutes après et se gara le plus près possible de la porte indiquée par Bellamy. Descendant de voiture, café en main, il survola du regard le complexe, qui était bien plus grand que dans ses souvenirs. Il avait entendu dire que la société se développait, et ces nouveaux bâtiments en témoignaient.

À l'autre bout du parking, il remarqua une zone délimitée par un ruban jaune et sentit sa curiosité s'éveiller. Scène de crime ou précaution générale ? Au dîner, ses cousins avaient parlé des dégâts causés par l'ouragan Brooke. Mais n'avaient-ils pas aussi mentionné la découverte d'un cadavre enterré sous le parking ? Il sentit sa nuque le picoter et se dirigea vers le ruban jaune, comme aimanté.

Sa curiosité fut à son comble quand il vit une femme fureter autour. Petite, blonde et potelée, elle était accroupie au bord de l'excavation avec un calepin. Une journaliste peut-être ? Qui qu'elle fût, son jean la moulait de manière si agréable que Nolan y regarda à deux fois… avant de se morigéner. Il avait été suspendu parce qu'il avait laissé une femme le convaincre de suivre ses bas instincts au lieu de la déontologie. Plus jamais.

Il traversa le parking d'un pas silencieux. La femme était si absorbée par sa tâche qu'elle ne parut pas remarquer son approche. *Regrettable*, se dit-il. Et s'il avait eu l'intention de la voler ou de la kidnapper ? Elle devait faire plus attention à ce qui l'entourait.

Il s'arrêta à quelques mètres derrière elle et l'observa. Sans se relever, elle dit :

— Juste pour que vous le sachiez, j'ai un .38 et l'habitude de m'en servir.

Nolan sourit et marmonna :

— Bienvenue au Texas...

— Vous voulez quelque chose ? reprit-elle en continuait de photographier la tranchée peu profonde où le corps avait sans doute été découvert.

Nolan prit une gorgée de café et répondit :

— Votre nom et la raison pour laquelle vous fouinez.

La blonde tourna la tête, ouvrit la bouche et sauta sur ses pieds. Puis elle se rua sur lui et l'étreignit de toutes ses forces.

— Oh mon Dieu, mon Dieu ! Nolan !

Il n'eut pas d'autre choix que de la retenir, faute de quoi ils seraient tombés à la renverse. Elle noua les jambes autour de sa taille, et il passa ses mains sous son derrière rond tandis qu'elle le serrait en gloussant.

Son cœur s'arrêta soudain. Il connaissait ce rire pétillant.

— Summer ?

Nolan s'écarta, essayant d'apercevoir son visage. Mais en levant la tête, elle lui heurta le menton, et il se mordit la langue. De toute façon c'était sûr, cette petite bombe était bien Summer. *Sa* Summer.

— Oui ! lança-t-elle avec un sourire à cent mille volts.

Son visage avait perdu les rondeurs de l'enfance, mais pas ses traits elfiques et ses yeux en amande couleur de café.

Il lui fallut un instant pour reprendre son souffle et s'exclamer :

— Ça alors ! Comment vas-tu ?

Elle reposa finalement les pieds par terre et fit un pas en arrière, non sans le tenir à bout de bras, comme si elle avait peur qu'il disparaisse.

— Je vais bien ! Je vais très bien, en fait, maintenant que tu es là ! Oh mon Dieu, Nolan, je suis si heureuse de te voir !

Il rit et désigna du menton le café renversé sur son T-shirt.

— Visiblement.

Elle baissa les yeux et tressaillit.

— Oups. Désolée !

— Ce n'est rien. Un T-shirt, ça se lave.

Il désigna le ruban jaune.

— Que faisais-tu là-dessous ?

— Oh ! ça ?

Elle se baissa pour ramasser son calepin.

— Je recueille des données pour une nouvelle affaire.

— Une affaire ? Tu es dans la police ?

Elle plissa le nez de la manière fascinante dont il se souvenait et secoua la tête.

— Non. Je suis détective privée.

Nolan haussa les sourcils et laissa échapper un petit rire. Le sourire de Summer faiblit, et elle lui jeta un regard noir.

— Qu'est-ce qu'il y a ?

— C'est juste que...

— Une femme peut être détective privée aussi bien qu'un homme ! assena-t-elle en se redressant de toute sa hauteur.

Il leva les deux mains

— Ne te vexe pas ! Je ne t'imaginais pas en privée, c'est tout.

Elle cessa de grincer des dents et lui adressa un sourire de guingois.

— Ah oui ? Et qu'imaginais-tu ?

Il haussa l'épaule.

— Je ne sais pas. L'armée, peut-être, comme ton père ? Ou t'occuper de bétail avec Jonah et Dallas ?

Elle tordit un peu la bouche, faisant mine de réfléchir.

— Pas l'armée. Trop de déménagements. J'en ai eu ma dose avec mon père.

Puis reportant son attention sur lui, elle lui tendit à nouveau les bras.

— Je n'arrive pas à croire que c'est toi ! Tu es vraiment là ! Ça fait bien trop longtemps !

Il lui rendit maladroitement son accolade, conscient des courbes féminines qui se pressaient contre lui.

*C'est Summer, pour l'amour du ciel ! Tu n'as pas le droit de remarquer son corps !*

Reculant pour le regarder, elle lui demanda :

— Et toi ? Que fais-tu ici ?

Il désigna du pouce les bureaux.

— J'ai rendez-vous avec Bellamy. La femme de Donovan, tu sais ?

Elle hocha la tête.

— Je l'ai rencontrée. Elle est géniale.

— Apparemment ses collègues lui ont préparé une fête surprise aujourd'hui, et elle avait besoin d'aide pour caser des trucs dans sa voiture.

Summer eut un sourire taquin.

— C'est très gentil de ta part, mais… je voulais dire, que fais-tu ici à Whisperwood ?

Son expression passa de l'excitation à l'espoir.

— Tu es revenu vivre ici ? Oh ! Nolan ! Dis-moi que oui !

Il se gratta le menton avec une moue de regret.

— Je crains que non, Têtard.

— Têtard…, soupira-t-elle avec bonheur. Ça fait une éternité qu'on ne m'a pas appelée comme ça.

Elle pencha la tête de côté.

— Alors qu'est-ce qui t'amène, après tant d'années ?

Qu'elle soit voulue ou non, il entendit une légère réprimande dans son ton.

— J'ai pris des congés pour… me reposer. Prendre du recul par rapport à certains trucs.

Au lieu de la satisfaire, cette réponse parut intriguer Summer. Son regard devint intense et son front se plissa.

— Qu'est-ce que ça veut dire, prendre du recul ?

— C'est un problème lié au travail.

— Tu as été viré ?

Il joua des épaules et s'éclaircit la gorge.

— Non.

Elle le fixa, et il reconnut la perspicacité de ses yeux bruns. Summer avait toujours été capable de lire en lui.

Il rejeta les épaules en arrière et détourna les yeux. Cette suspension était un non-sens, une humiliation. Comment ses collègues pourraient-ils le prendre au sérieux après cela ?

— Nolan ?

— Écoute, euh… Bellamy m'attend, alors il faut que j'y aille. Mais c'était génial de te revoir, Summer.

Il sourit avec sincérité.

— J'adorerais prendre un café avec toi. D'ailleurs tu m'en dois un après ça, dit-il en désignant son T-shirt.

Summer coinça une mèche dorée derrière son oreille et hocha la tête.

— Moi aussi… Tiens prends mon numéro.

Elle le gribouilla sur son calepin et arracha la page.

— Appelle-moi. Je veux que tu me racontes ce que tu as fait et que tu me dises quel recul tu dois prendre sur ta mystérieuse carrière.

Après avoir plié le papier en deux, il le fourra dans sa poche arrière.

— Tu peux compter là-dessus.

Puis il se pencha pour l'embrasser sur la joue, saisissant au passage l'odeur fleurie de son shampoing. À la dernière seconde, cette démonstration d'affection lui parut déplacée et il tourna le visage en sorte qu'ils s'effleurèrent seulement la joue. Il fit un grand pas en arrière et frotta sa main libre sur son jean. Bon sang, en était-il vraiment là ? À surveiller tous ses gestes de crainte qu'on ne les interprète de travers ?

Il continua de s'éloigner à reculons, comme s'il ne voulait pas lâcher Summer du regard. Pendant tant d'années, elle avait été le sel de sa vie. Son énergie et sa nature solaire l'avaient toujours galvanisé. Dans sa situation, il avait bien besoin d'une dose massive d'amitié et de positivité, et tomber sur Summer lui donnait l'impression d'un énorme coup de chance. Il ne croyait pas à la destinée ou au karma, mais la revoir le réconfortait au-delà des mots.

Il leva la main et l'agita avant de se retourner à contrecœur. Avec elle, ce congé forcé ne serait peut-être pas totalement perdu. Il se sourit à lui-même en traversant le parking. Summer déteignait déjà sur lui. Il venait de trouver le bon côté du désastre qu'était sa vie actuelle.

Elle ne s'était pas trompée en reconnaissant Nolan par la fenêtre de son bureau. Un vertige de bonheur la prit, lui coupant le souffle. Après ces années de silence, revoir son ami d'enfance était une joie à laquelle elle ne s'attendait pas. Elle pria pour qu'il l'invite à sortir. Pas sortir-*sortir*, ce n'était pas le genre de relation qu'ils avaient. Mais elle voulait passer un long moment en tête à tête avec lui, café ou pas. Parce que, bon sang, Nolan lui avait manqué.

Quand elle avait demandé à Avery Logan – sa meilleure amie – si les Colton avaient entendu parler de lui, elle lui avait dit qu'il n'avait plus repris contact avec ses cousins. Depuis plusieurs années, sa vie était un mystère. Pourquoi s'était-il éloigné de la famille dont il était si proche autrefois ?

En le regardant s'éloigner, elle ne put s'empêcher d'admirer ses larges épaules, le balancement assuré de sa démarche et les reflets dorés dans ses cheveux châtains. Elle effleura son visage. Elle avait cru qu'il allait l'embrasser, et s'était sentie déçue qu'il ne le fasse pas. Non parce qu'elle s'attendait à un baiser – ils n'étaient qu'amis, après tout – mais parce qu'elle avait senti une réticence en lui. Il s'était retenu. Refermé.

Leurs rapports étaient si simples quand ils étaient enfants. Leur camaraderie était une seconde nature pour eux. Alors qu'est-ce qui avait changé ? En dehors du fait que Nolan n'était plus un adolescent dégingandé et boutonneux, mais un homme grand et beau, doté d'une barbe sexy.

— Fiou, murmura-t-elle en continuant de le fixer.

Ses muscles étaient assortis à sa taille. Des muscles qu'elle aurait bien caressés.

Bonté divine ! Elle se secoua. Était-elle vraiment en train de mater Nolan Colton ? *Sors-toi ça de la tête, Davies. Tu veux embarrasser ton vieux copain ? Imagine qu'il te surprenne à le regarder comme la dernière part de gâteau.*

Génial. Maintenant elle voulait Nolan *et* le gâteau. Fâchée contre elle-même, elle le suivit des yeux jusqu'à ce qu'il disparaisse dans le bâtiment. *Nolan Colton. Ici à Whisperwood.* C'était un émerveillement sans fin.

Mais elle revint sur terre et se tourna vers la tranchée. Il ne fallait pas laisser le retour de Nolan la distraire de son travail. On l'avait chargée d'identifier celui qui avait tué Patrice.

Aussi pittoresque et accueillante qu'elle paraisse, Whisperwood n'était pas étrangère au crime. Ces derniers mois, on avait identifié le tueur à la momie. Horace Corgan avait avoué ses crimes sur son lit de mort. La police avait supposé que Patrice était une autre de ses victimes, mais le mourant avait nié avec véhémence.

En fait, les circonstances du meurtre en faisaient une anomalie, une affaire non résolue, une blessure ouverte pour sa famille... Summer fixa la terre retournée, le cœur serré. Pauvre Patrice. Si des ouvriers n'étaient pas venus réparer le bitume abîmé par les récents orages, la jeune femme n'aurait jamais été retrouvée. C'était évidemment ce sur quoi son meurtrier avait compté.

— Patrice, murmura Summer dans le vent, je te promets de faire tout mon possible pour trouver qui t'a fait ça. S'il y a une justice dans ce monde, je ferai arrêter ton meurtrier.

Puis elle rempocha ses notes et retourna à sa voiture.

# 2

L'esprit en ébullition, Summer réfléchit à l'étape suivante. À qui devait-elle parler en premier ? Comment devait-elle procéder pour ne pas torpiller ses relations avec la police ? Quel bon vent avait ramené Nolan à Whisperwood ?

Elle secoua la tête. Cette dernière question ne l'aiderait pas à tenir parole envers Patrice. Elle repêcha les clés de sa Beetle dans son sac.

À cet instant, le claquement d'une porte métallique attira son attention. À l'entrée de Lone Star Pharma, Bellamy Colton tenait la porte à Nolan, qui s'efforçait d'équilibrer une vertigineuse pile de cartons. Bellamy le guida jusqu'à une voiture garée dans le parking et ouvrit le coffre.

Jetant son sac et son calepin sur le siège de sa propre voiture, Summer se dirigea vers eux.

— Vous voulez un coup de main ? leur cria-t-elle.

— Merci Summer, mais je crois que Nolan va y arriver, répondit Bellamy avec un large sourire

Summer se précipita pour retenir la boîte du dessus.

— Vous en êtes sûrs ?

Nolan lui adressa un sourire gêné.

— Merci. Ça a failli tomber.

Summer l'aida à caser les paquets dans le coffre et lui dit :

— J'ai fini ma tâche ici, nous pourrions aller boire ce café.

— Maintenant ?

— Je n'ai pas envie que tu ne disparaisses encore.

Il la regarda bouche bée.

— Moi, j'ai disparu ? C'est Mme Je-ne-suis-pas-sur-les-réseaux sociaux qui parle ?

Elle pencha la tête en cillant.

— Hein ? J'ai des comptes sur les réseaux sociaux. Qu'est-ce que...

Bellamy s'éclaircit la gorge.

— Hum, je ne voudrais pas interrompre une querelle d'amoureux, mais...

Nolan et Summer relevèrent brusquement la tête et lancèrent à l'unisson :

— Nous ne sommes pas...

Le sourire de Bellamy refléta son scepticisme.

— Peu importe... Mes pieds me tuent. Ça ne t'ennuie pas d'aller chercher la balançoire, Nolan ? L'heure du déjeuner est presque terminée, et il faut que je me repose un peu.

— Bien sûr. Je te suis.

Puis à l'intention de Summer :

— Oui, c'est d'accord. Mais profitons-en pour déjeuner au Bluebell Diner. Le portefaix commence à être affamé.

L'humeur de Summer s'allégea.

— Marché conclu.

— Ne bouge pas. Je reviens tout de suite.

Elle le salua d'un sourire narquois.

— À vos ordres, capitaine.

Nolan revint cinq minutes plus tard, trimballant un grand carton. Summer contempla la boîte, puis le siège arrière de la voiture de Bellamy.

— Euh, capitaine ? Je ne crois pas qu'il y ait la place.

— Pas dans ce bateau, répondit-il. Je lui ai dit que je le mettrai dans ma voiture. Par ici. Je t'emmène.

Summer fit la moue. Le souvenir des accès d'autorité de Nolan lui revint. Apparemment, il n'avait pas changé. Mais elle oui. Elle était son propre patron maintenant, et elle avait appris à ses propres dépens à ne pas laisser les hommes contrôler sa vie.

Nolan se mit en marche et, voyant qu'elle ne le suivait pas, la regarda.

— Tu viens ?

— Oui. Mais je prends ma voiture. Comme ça, nous n'aurons pas à revenir ici.

Il s'arrêta devant une jeep Cherokee bleue, dont il ouvrit le hayon pour déposer la balançoire.

— Comme tu veux. Si tu arrives avant moi, réserve-nous une table.

Elle rit légèrement.

— Toujours aussi autoritaire, je vois.

— Autoritaire ? J'ai seulement dit... Peu importe. Je t'accompagne à ta voiture ?

— Merci, mais je suis juste là.

Elle désigna sa Beetle.

— À tout de suite.

Nolan lui fit un clin d'œil, qui fit à nouveau pétiller le sang dans ses veines. Elle trotta vers sa voiture, plus optimiste qu'elle ne l'avait été depuis des mois. Mais, en reculant hors de son emplacement, elle sentit un avertissement lui chatouiller le cerveau. Quand ils étaient enfants, elle se conformait avec bonne humeur aux diktats de Nolan. Il avait un an de plus qu'elle, c'était un garçon et il avait en général de bonnes idées. C'étaient d'assez bonnes raisons de jouer les suiveuses pour une petite fille de neuf ou dix ans. Mais, huit ans plus tard, la manière dont elle abondait dans le sens de Robby l'avait piégée dans une relation nocive qui lui donnait encore des cauchemars.

Serrant le volant entre ses doigts, elle s'engagea dans la rue. Nolan était d'une beauté renversante, il avait rempli son enfance d'aventures et de rires, mais elle devait être prudente.

Quand elle arriva au Bluebell Diner, un établissement populaire de cuisine sudiste et de spécialités tex-mex, Nolan était déjà calé dans un box. Assis dos au mur, il leva le menton quand elle pénétra dans la salle bondée.

Elle salua quelques personnes en se frayant un passage entre les tables. La première chose qu'elle remarqua fut que Nolan avait changé de T-shirt. Celui-ci était gris et arborait le logo du FBI sur la poitrine.

Il se leva et attendit qu'elle prenne place avant de se rasseoir. Il a toujours des manières de cow-boy, pensa-t-elle, à la fois irritée et flattée. Ces manières vieux jeu indiquaient-elles aussi des opinions vieux jeu sur les femmes ? Elle se glissa dans le box et désigna son T-shirt du menton.

— Où l'as-tu pris ?

— Mon sac de gym était sur le siège arrière, répondit-il en haussant une épaule.

— Je veux dire comment es-tu entré en sa possession ? insista Summer en prenant le verre d'eau posé devant elle.

Nolan agita les doigts d'un geste désinvolte.

— C'est un article courant au Bureau.

Summer s'étouffa avec son eau et reposa le verre. Il lui tendit une serviette en papier.

— On me l'a peut-être donné pour un événement particulier, je ne me rappelle pas.

Elle le considéra bouche bée.

— Tu es au FBI ?

Les sourcils froncés, il grogna :

— Parle plus fort, voyons...

À la table voisine, une femme d'âge moyen jeta un regard curieux à Nolan. Celui-ci lui adressa un sourire embarrassé et lissa des plis fictifs sur la nappe en vichy.

— Oui, dit-il à voix basse en lui tendant un menu plastifié.

Summer se rejeta contre le dossier et le fixa.

— Pas possible ! Nolan ?

Il remua sur son siège.

— Enfin, techniquement, j'y suis toujours, mais...

Il expira bruyamment et lui jeta un regard noir.

— La véritable raison pour laquelle je suis ici, c'est que je suis sous le coup d'une suspension administrative.

Leur serveuse arriva et posa des couverts enveloppés de serviettes en papier.

— Vous avez pu regarder le menu ?

— Non, désolé, dit Nolan en prenant le sien.

— Prenez votre temps, mais la tourte au potiron part à toute vitesse. Si vous en voulez, vous feriez mieux d'en commander dès maintenant.

— Ça doit être bon. Mettez-nous-en deux parts, dit Nolan avec un sourire en coin à la serveuse.

— Deux parts ? Tu dois avoir faim ? s'exclama Summer.

Il la dévisagea par-dessus son menu.

— Tu n'en veux pas ? Tu adorais ça pourtant.

— Quel gosse n'aime pas ça ? Ce que je veux, c'est passer ma propre commande.

Elle adoucit cette remontrance en agitant les sourcils. Puis, se penchant, elle posa les mains à plat sur la nappe.

— Maintenant, dis-moi tout. Comment y es-tu entré ? Quand ? Dans quel département ? La vache, le FBI !

— Je faisais ma formation dans la police de Fort Worth quand je suis tombé sur un article disant que le FBI recrutait. J'ai donc postulé, et ça fait six ans que j'y suis, expliqua Nolan en baissant les yeux sur le menu.

Un air de consternation traversa son visage, et elle se rappela qu'il avait parlé d'une suspension.

— Et tu es à Whisperwood parce que... ?

Il remua la langue dans sa bouche, fit claquer le menu sur la table, puis croisa son regard.

— Je fais l'objet d'une enquête pour agression sexuelle envers une collègue. Je pense que je vais prendre le chili, avec du pain de maïs aux jalapeños. De quoi as-tu envie ?

Le cœur au bord des lèvres, Summer s'insurgea :

— Quoi ? !

— Le chili texan me manque à Chicago.

Elle tendit la main et lui pressa le bras. Ses muscles avaient la dureté de la pierre et, malgré le sujet de la conversation, elle sentit son ventre se contracter à ce contact.

— Ne fais pas semblant de ne pas avoir lâché une bombe. Explique cette histoire...

Elle jeta un coup d'œil à leur voisine et baissa la voix :

— ... d'agression sexuelle.

Il lui reprit le bras, l'air déterminé.

— Je te donnerai les détails plus tard, dans un lieu moins public. Disons pour l'instant que je n'ai pas fait ce dont m'accuse Charlotte.

— Charlotte, hein ?

Summer croisa les bras, le front plissé.

— J'aimais bien ce prénom, avant.

— Pourquoi ne me racontes-tu pas comment tu es devenue détective privée ? Et depuis combien de temps tu es de retour à Whisperwood ? J'ai essayé de te retrouver ces dernières années et je n'y suis pas arrivé. Où étais-tu ?

Il prit une gorgée d'eau, indiquant par son expression qu'il n'en dirait pas plus sur sa vie.

— Je suis allée dans beaucoup d'endroits. Tu te rappelles que mon père a rempilé dans l'armée ?

Il hocha la tête.

— Donc, nous avons déménagé tous les deux ou trois ans. J'ai commencé l'université en Géorgie, avant que des… circonstances ne m'obligent à changer de filière et à déménager dans le Colorado. Après avoir obtenu un diplôme de marketing, j'ai décidé d'être mon propre patron. J'ai gagné un peu d'expérience dans les enquêtes privées grâce aux… circonstances dont je parlais…

Elle haussa un sourcil pour lui faire comprendre qu'elle laisserait cette histoire pour plus tard.

— Hum hum, et qui est évasive maintenant ? demanda-t-il avec un fin sourire.

— Pas évasive, je garde juste les détails pour le tête-à-tête dont tu parlais.

La serveuse revint et prit leurs commandes. Quand ils furent à nouveau seuls, elle déclara :

— Le fait que tu ne m'aies pas trouvée sur les réseaux sociaux pourrait indiquer que tu n'es pas un très bon agent, mais en vérité j'ai tout fait pour me rendre difficile à trouver.

Nolan lui jeta un regard perplexe.

— Et pourquoi ça ?

— Un ex pénible. Ça et le fait que j'ai pris différents noms au fil des ans. Quand on change d'école sans arrêt, on peut se réinventer, s'appeler Victoria par exemple. Après, j'ai essayé Vee et à l'université on m'appelait Vicki. Quand Robby a commencé à me pourchasser, je suis passée à Tori.

— Qu'est-ce qui n'allait pas avec Summer ? interrogea-t-il les yeux plissés. J'aimais bien Summer. Pas seulement le prénom, mais la fille. Pourquoi te réinventer ?

Elle haussa une épaule.

— L'ennui. L'expérimentation. Parce que je le pouvais. Nouvel endroit, nouveau prénom. C'était un jeu.

Il émit un bruit sceptique.

— Et maintenant tu es de retour à Whisperwood. Pourquoi ?

— Ça, c'est facile. J'adore cette ville. De tous les endroits où nous avons vécu, c'est le seul où je me suis toujours sentie chez moi. Whisperwood a toujours représenté ma patrie. C'est ici que je voulais m'installer et élever mes enfants.

Elle écarta les mains.

— Donc, il y a quelques mois, je suis passée à l'acte. J'ai trouvé un bureau sur Main Street et j'ai ouvert une agence de détective privée.

— Et tu as été engagée pour résoudre le crime de Lone Star Pharma ?

Son sourcil levé demandait d'autres détails.

— C'est ma première affaire importante. J'ai collaboré à des affaires criminelles dans mon ancienne entreprise mais, depuis que j'ai ouvert ma société, j'ai surtout suivi des maris infidèles et retrouvé des chiens égarés.

— Des chiens ? releva Nolan d'un air amusé.

Elle gloussa.

— Oui. Il y a quelques semaines, une petite fille est venue me demander de retrouver son chien. Elle avait deux dollars et, moi, j'avais un peu de temps.

Elle haussa les épaules.

— Nous avons retrouvé le chien à deux maisons de là. Je ne lui ai rien fait payer. Mais la rumeur s'est répandue à l'école primaire, et j'ai retrouvé deux autres chiens. Dans la même maison, d'ailleurs. Le caniche de Mme Nesbit était en chaleur, et tous les chiens du voisinage venaient lui rendre visite. Affaire résolue.

Il se mit à rire, un son riche qui la fit frissonner de tout son être. Leurs plats arrivèrent, et elle s'attaqua au sien.

— Et l'affaire que tu as maintenant ? C'est une vraie affaire ?

— Je crois bien. Une jeune femme de vingt ans a été étranglée et enterrée dans le parking où tu m'as vue tout à l'heure. Sa famille n'est pas satisfaite de la manière dont la police s'occupe de l'affaire, donc elle m'a engagée pour retrouver le meurtrier.

Le regard fixé sur elle, Nolan pressa son pain de maïs.

— Tu enquêtes sur un meurtre ?

Du pouce, elle essuya la condensation sur son verre d'eau. Avait-elle détecté une note d'incrédulité dans son ton ? Elle espérait que non. Elle en était arrivée à attendre du sexisme de tout le monde, mais elle voulait croire que Nolan était au-dessus de cela. Elle acquiesça d'un signe de tête.

Il ne dit rien, prit un morceau de pain et le mâchonna en la regardant. Elle soutint son regard, se demandant ce qui se passait derrière ces yeux noisette. Quand il eut avalé sa bouchée, il demanda :

— C'est de Patrice Eccleston qu'il s'agit ?

— Oui. Tu as entendu parler d'elle ?

— Mes cousins l'ont évoquée hier soir au dîner.

Il fit une brève pause avant d'ajouter :

— Je loge au ranch. Même chambre que celle que j'avais quand nous étions enfants.

— J'imagine que Joséphine n'a rien changé depuis la dernière fois, dit-elle en souriant.

Il remua son chili, souffla sur sa cuillère et dit :

— Je veux y participer.

Une frite à mi-chemin de sa bouche, elle s'immobilisa :

— Pardon ?

— Ton enquête. Je n'ai rien à faire à part nettoyer les stalles avec Hays le matin et regarder *Jeopardy* avec Joséphine l'après-midi. Je suis un agent spécial du FBI, Summer. Je peux t'aider et je veux participer à ton enquête.

# 3

Summer laissa tomber la frite dans une flaque de ketchup et lui jeta un regard contrarié.

— Qui dit que j'ai besoin d'aide ? Je peux gérer cette affaire toute seule.

— J'en suis sûr, dit Nolan, mais j'ai du temps à perdre et de l'expérience. Pourquoi ne pas m'utiliser ?

Pourquoi pas, en effet ? Elle s'essuya les doigts et réfléchit à son offre.

— Je ne peux pas te payer. J'ai déjà du mal à tirer de quoi payer le loyer tous les mois.

— Je ne te le demande pas.

Il émietta un peu de pain dans son chili et le remua.

— Allez, Summer. Pense comme ce sera génial de faire équipe. Têtard et Crapaud à nouveau réunis.

Elle lâcha un rire.

— Oh mon Dieu ! Ça fait des années !

Passer du temps avec lui serait formidable… S'il n'essayait pas de prendre le dessus. Et s'il répondait à ses questions sur cette accusation d'agression sexuelle.

Seigneur, une agression sexuelle ? Il avait affirmé qu'il était innocent, et a priori elle le croyait, mais… cela faisait dix-sept ans qu'ils ne s'étaient pas vus. Il pouvait avoir changé. L'idée que le Nolan qu'elle avait connu ait pu disparaître lui serra le cœur. Mais elle ne pourrait le jauger sans passer du temps avec lui. Un frisson d'excitation la traversa à cette idée.

— J'ai des conditions.

Il pencha la tête d'un air surpris.

— Dis-les-moi.

— C'est mon affaire, alors c'est moi qui dirige.

— C'est noté.

— Tu ne m'appelles pas Têtard devant le client ou n'importe qui d'autre.

— Bien sûr. Ce ne serait pas professionnel. Et à part ça ?

Elle prit un morceau de son sandwich et le mâchonna.

— Je suppose que c'est tout. La première condition est la plus importante. Ne sois pas autoritaire.

— Qui, moi ? Je ne suis pas...

— Bien sûr que tu l'es, monsieur Deux-parts-de-tourte, dit-elle en riant. Tu l'as toujours été.

— Ah, je vois... Mais ce n'était pas autoritaire, dit-il d'un air innocent. C'était une question de prévenance.

Elle renversa la tête pour rire plus à son aise.

— J'ai aussi des conditions.

Son ton sérieux la prit au dépourvu.

— Ah bon ?

Il posa sa cuillère dans son bol vide et repoussa celui-ci.

— Si nous travaillons ensemble, nous gardons une relation strictement platonique.

Elle ricana.

— Cela va sans dire.

Alors pourquoi le mot « platonique » lui avait-il donné un pincement de déception ? Pourquoi éprouvait-il le besoin de mettre les points sur les *i* ? D'accord, elle avait admiré ses muscles et son air viril. Avait-il lu en elle quelque chose qu'il avait mal interprété ? Que c'était gênant ! Juste au cas où, elle leva les yeux au ciel avec un reniflement dédaigneux.

— Aucun problème.

— Bon, dit-il avec un hochement de tête satisfait. Donc nous sommes d'accord ? Nous allons travailler ensemble sur ton affaire ?

— Euh... Oui.

Elle cilla, prenant conscience de l'engagement. Elle allait faire équipe avec Nolan. Qui était agent du FBI. Pour résoudre un meurtre. Sacré nom d'un chien ! Elle relâcha son souffle, et un sourire excité illumina son visage.

— OK. On fait ça !

La tourte arriva. Summer fit glisser la plus grosse part vers elle et y plongea la cuillère. C'était divin.

Trente minutes plus tard, Summer ouvrit son bureau et fit entrer Nolan. Un chat gris vint à leur rencontre. Nolan s'immobilisa, fixant le félin.

— Summer, il y a un chat ici.

— Hon-hon, c'est Yossi.

Elle jeta sa veste sur le dossier de son fauteuil et s'accroupit pour caresser l'animal.

— Dis-lui bonjour. Il est très amical.

Nolan tendit les doigts pour que le chat les renifle, et Yossi frotta sa tête contre la main offerte. Après avoir gratté la joue du chat, Nolan s'avança et survola le décor spartiate. Les murs étaient nus, et le mobilier consistait en une étagère surchargée de livres, deux chaises de bois placées devant un bureau en métal, une lampe et un classeur. Dans le coin se trouvait ce qu'il supposa être la litière du chat.

Nolan se frotta le menton et prit place sur l'une des chaises.

— J'adore ce que tu as fait de cet endroit. Si je me réinstalle ici, il faudra que tu me donnes le nom de ta décoratrice d'intérieur.

Summer lui jeta un regard cinglant.

— C'est Sally Va-te-faire-voir.

Il rit et posa une cheville sur son genou en la regardant feuilleter le calepin dans lequel il l'avait vue écrire.

— Alors où en es-tu de ton enquête ? Dis-moi tout.

Summer actionna son stylo Bic et se renversa dans son fauteuil.

— D'accord. La victime est Patrice Eccleston, âgée de vingt ans. Sa famille m'a engagée parce qu'elle n'a pas obtenu les réponses espérées de la police.

— Ce n'est pas rare. La police ne peut pas divulguer les détails d'une enquête en cours. Et s'il s'avérait que c'est un membre de la famille qui a commis le meurtre ?

Elle arqua un sourcil blond.

— Désolé, se hâta-t-il de dire.

— L'autopsie a révélé qu'elle a été étranglée. Ses mains étaient attachées. Aucun signe d'agression sexuelle, Dieu merci. Ses ongles cassés indiquent qu'elle s'est débattue, mais on n'a pas trouvé de trace de cellules épidermiques.

— Celui qui l'a étranglé portait de longues manches et des gants. Ou bien elle a été attaquée par-derrière.

Summer hocha la tête et consulta à nouveau ses notes.

— On l'a vue pour la dernière fois quittant le Bailey's Bar and Grill. Elle était seule, selon la caméra de surveillance.

Elle tapota son stylo sur son bloc et regarda Nolan.

— J'ai demandé à son père et à son frère de me donner une liste de ses amis, ses loisirs, ses lieux de sortie...

Elle s'interrompit en voyant Yossi sauter sur les genoux de Nolan et s'y rouler en boule. Elle dissimula un sourire.

— J'espère que tu aimes les chats. Yossi ne connaît pas la notion d'espace personnel.

Il jeta un regard au félin.

— Oui, ça va. Tu disais ?

Elle prit les formulaires remplis par les Eccleston et les fit glisser sur le bureau vers lui.

— Voilà ce qu'ils m'ont fourni jusqu'ici. Je suis allée sur la scène de crime, comme tu sais, pour voir si un détail significatif me sautait aux yeux.

— Et ?

— Rien.

Nolan se pencha en avant pour prendre les papiers. Yossi sortit les griffes pour se cramponner à ses genoux.

— Qui a trouvé le corps ?

— Des ouvriers qui rénovaient le parking. La tornade a causé des inondations, et le revêtement s'est gondolé. Il devait être complètement refait. À l'origine, ils ont pensé que Patrice était la victime d'un type nommé Corgan, un tueur en série qui a avoué le meurtre de plusieurs femmes dans la région. Mais Corgan a nié l'avoir tuée...

— Donc son meurtrier court toujours. C'est pourquoi la famille t'a engagée.

— Exactement.

Il revint aux notes sur le bureau.

— Je crois que je t'ai dit que mes cousins ont parlé un peu de l'affaire au dîner. Je leur en toucherai deux mots cet après-midi, pour savoir s'ils ont des détails qui pourraient nous aider. Des choses que la police n'a pas communiquées à la famille.

Summer s'anima soudain.

— Ce serait génial ! J'avais prévu de commencer à interroger certaines amies de Patrice aujourd'hui. Tu veux qu'on se partage la liste ?

Nolan caressa Yossi et secoua la tête.

— Faisons ça ensemble. Deux paires d'oreilles valent mieux qu'une. Je pourrais saisir quelque chose que tu rates…

Voyant son amie froncer les sourcils, il se hâta d'ajouter :

— … ou vice versa.

Summer était visiblement susceptible à propos de son travail et de ses capacités. Pour quelle raison ? Autrefois, c'était une gamine sûre d'elle. Bien sûr, beaucoup de choses pouvaient avoir changé entre-temps. Dont les moindres n'étaient pas sur le plan physique. Le garçon manqué aux jambes grêles et à la poitrine plate avait disparu, remplacé par une belle femme au regard langoureux. Mais l'expressivité de son visage et ses grands gestes étaient les mêmes. Summer avait toujours été animée, pleine de vie. Dans leur enfance, elle équilibrait son caractère plus tranquille, son penchant pour l'observation. Apparemment, cette synergie existait toujours entre eux, car il sentait revenir sa vieille tendresse envers elle.

Il avait souligné la nécessité de garder une relation platonique autant pour lui-même que pour elle. Assis face à elle, il avait en effet été submergé par toutes sortes d'envies non platoniques. Il avait dû se rappeler constamment que c'était Summer qui était devant lui. Chaque tressaillement de sa bouche pulpeuse, chaque pli désapprobateur de son nez retroussé avait fait battre son cœur. Ses épais cheveux dorés et ses yeux somptueux avaient… Bon sang ! Il était à nouveau en train de s'extasier sur elle. Il se pinça l'arête du nez et s'obligea à réprimer les tiraillements de sa libido.

— ... la première. Ça te va ? disait Summer quand il reprit ses esprits.

Il s'éclaircit la gorge, plongea les doigts dans la fourrure du chat et hocha stupidement la tête.

— Euh, bien sûr.

À quoi venait-il de donner son accord ?

# 4

— On devrait peut-être prendre ta voiture, dit Summer, en réprimant un petit rire.

Nolan repliait avec difficulté ses longues jambes à l'avant de la Beetle.

— Non, je suis casé. Allons-y.

Même sans sa taille considérable, Nolan avait sa manière à lui de remplir l'espace. Il dominait une pièce avec sa confiance et sa beauté, et à présent, dans l'habitacle minuscule, il semblait aspirer tout l'oxygène. Ou peut-être était-ce l'impression qu'avait Summer en sa présence. Elle avait la tête qui tournait depuis qu'elle l'avait étreint sur le parking de Lone Star Pharma. « Lui avait sauté dessus » était plus exact. Mais elle était si heureuse de le voir. Étaient-ce ces salutations excessivement enthousiastes qui l'avaient poussé à exiger une relation platonique ? Probablement.

D'accord, elle devait refréner ses impulsions. Il était peut-être devenu un rêve ambulant, mais leur relation avait toujours reposé sur l'amitié.

Il boucla sa ceinture et lui lança un regard ironique.

— Arrête de rire, ou je vais penser que c'était un piège.

— Je ne riais pas, dit-elle d'un ton léger, l'air innocent. J'ai cherché l'adresse sur Google.

Elle lui tendit son téléphone.

— Tu fais le navigateur ?

Il balaya l'écran et indiqua Main Street du pouce.

— Bien sûr. Prends vers l'est, vers Caldwell Street.

Quelques minutes plus tard, ils arrivèrent à la résidence où vivait la colocataire de Patrice. Une petite jeune femme avec des cheveux auburn frisés et des taches de rousseur vint ouvrir la porte du 4-B. Son regard se posa sur Nolan, et une étincelle traversa ses yeux, témoignant de son intérêt pour l'homme qui se trouvait sur le pas de sa porte.

— Amanda Cole ? demanda Summer.

— Oui ?

L'expression d'Amanda se modifia. Déçue de s'apercevoir que son visiteur était accompagné d'une femme ?

— Je m'appelle Summer Davies et je suis enquêtrice. Voici mon associé, Nolan Colton. Vous auriez quelques minutes à nous consacrer, s'il vous plaît ?

— À quel sujet ?

— Patrice Eccleston. Vous étiez colocataires, je crois ?

Le chagrin déforma les traits d'Amanda. L'interroger serait d'autant plus facile que ses pensées et ses émotions se lisaient sur son visage.

— Pouvons-nous entrer ? demanda Nolan.

Amanda déglutit avant d'acquiescer d'un signe de tête, et ouvrit la porte plus grand pour les laisser passer.

L'appartement était décoré dans un style que Summer aurait qualifié d'universitaire. Des meubles bon marché et dépareillés, des déchets de pizza, des magazines de potins et des livres de poche.

Nolan contempla une chaise papillon d'un air sceptique et prit place sur un canapé certainement récupéré dans un vide-greniers. Amanda s'installa sur une chaise de metteur en scène en se mordillant la lèvre inférieure. Sachant qu'elle ne pourrait maintenir une position digne sur la chaise papillon, Summer rejoignit Nolan sur le canapé.

— Que voulez-vous savoir sur Patrice ? demanda leur hôtesse d'une voix frémissante.

— Des renseignements de base. Pour avoir une image de sa vie durant les semaines qui ont précédé sa mort.

— Amanda ? Qui est-ce…

Une deuxième jeune femme, grande, mince et au teint café au lait s'arrêta net en voyant les étrangers sur le canapé.

— Oh... Salut.

Nolan se leva et tendit la main tandis qu'Amanda disait :

— Maria, ces personnes sont des enquêteurs privés qui veulent parler de Patrice. Voici ma colocataire, Maria.

Summer sourit à Maria, qui était en tenue de sport.

— Seriez-vous Maria Hernandez, par hasard ?

Maria lança un regard circonspect à sa colocataire.

— Comment le savez-vous ?

— C'est le frère de Patrice qui nous a donné votre nom. Vous êtes sur la liste des personnes que nous voulons interroger. Ian et son père m'ont engagée pour enquêter sur la mort de Patrice.

— Vous ?

Son ton reflétait son expression dubitative.

— Pourquoi ?

— Je suis enquêtrice.

— Et lui ? demanda Maria en agitant la main vers Nolan.

— Il m'aide sur cette affaire.

Maria remua les pieds, mal à l'aise.

— Nous avons dit tout ce que nous savions à la police.

Summer acquiesça.

— Je suis sûre que cela leur sera utile. Mais nous voulons explorer... d'autres options.

— Vous avez une minute ?

Nolan désignait la chaise papillon. Maria eut l'air irritée.

— J'allais justement sortir courir.

Nolan lui adressa un sourire béat, qui fit battre le pouls de Summer.

— Nous ne vous garderons pas longtemps, c'est promis.

Maria soupira et alla prendre une chaise en bois.

— Avant de commencer, puis-je voir vos cartes ?

Summer prit sa licence dans son sac pour la montrer aux filles. Quant à Nolan, il agita la main.

— Je peux vous montrer mon permis de conduire, mais mon insigne est dans l'Illinois en ce moment.

— Votre insigne ? demanda Amanda. Vous êtes policier ?

Il hésita un instant, puis répondit :

— Du FBI. Mais je ne suis pas ici à titre officiel. Je seconde seulement Summer.

Amanda et Maria s'entre-regardèrent avec de grands yeux.

— Bien, reprit Summer d'un ton animé, nous avons pensé que vous pourriez nous dire où Patrice aimait passer ses soirées, si elle avait un petit ami, quelles étaient ses habitudes sur les réseaux sociaux... Ce genre de choses. Commençons par la question du petit ami.

Toutes deux secouèrent la tête, et Amanda déclara :

— Elle avait beaucoup d'amis, mais aucun n'était un « petit ami ».

Summer jeta un coup d'œil à la liste donnée le père de Patrice. Il n'y avait pas de noms masculins.

— Vous pourriez nous donner les noms de ces amis ? Comment connaissait-elle ces garçons ?

— De ses cours. Elle allait à l'institut technique de Hargrove pour devenir mécanicienne.

Nolan leva vivement la tête.

— Mécanicienne ? Auto ?

— Quoi ? Une femme ne peut pas faire de la mécanique ? lança Maria d'un air de défi.

Summer se tourna vers Nolan et vrilla un regard ironique sur lui.

— Oui, Nolan. Y a-t-il une raison pour laquelle une femme ne pourrait pas faire de la mécanique ?

Il leva les mains.

— Du calme, mesdames. J'ai juste été surpris. Ce n'est pas un métier courant pour une femme. Mais ça ne me pose pas de problème qu'une femme soit tout ce qu'elle désire.

Summer afficha un sourire satisfait.

— Bien, maintenant que nous avons réglé cela...

Elle se tourna vers Amanda.

— Ces noms ?

— Je ne les connais pas. Elle ne les appelait que Barry, Charlie, Tyler, etc., dit Amanda.

— C'était la même chose quand nous allions au Happy

Hooligans, ajouta Maria. Elle ne présentait les garçons que par leurs prénoms. C'était décontracté et...

Elle haussa les épaules. Summer se mit à écrire.

— Donc Barry, Charlie et Tyler. Tous étudiants dans la filière mécanique ?

Amanda fit signe que oui. Nolan reprit la parole.

— Vous êtes aussi étudiantes, toutes les deux ?

Maria ricana.

— Comme si j'avais de quoi payer les frais d'inscription. Je suis serveuse au Bluebell Diner le matin et je nettoie des bureaux la nuit à Lone Star Pharma.

Summer nota aussi cette information.

— Et vous, Amanda ?

Maria émit un rire ironique.

— Mandy a un riche papa qui lui paye son loyer.

Amanda fit les gros yeux à son amie.

— Il n'est pas riche. Il m'aide seulement jusqu'à ce que j'aie mon diplôme. J'étudie l'éducation de la petite enfance, dit-elle à Summer. Je veux enseigner en maternelle.

— Comment avez-vous rencontré Patrice, toutes les deux ? demanda Nolan.

— Au lycée. Nous étions toutes à Whisperwood High, répondit Amanda. J'ai souvent été dans la même classe que Patrice. Nous avons sympathisé, même si nous étions... assez opposées.

Summer pencha la tête.

— Opposées comment ?

Amanda agita vaguement la main.

— Je ne fais pas de sport, et Maria et elle étaient dans l'équipe de basket. Et puis il y avait son amour des voitures. Je n'y comprenais rien. Mais elle était super gentille et elle avait le sens de l'humour. Nous sommes devenues amies parce que nous avions toutes deux perdu notre mère.

Summer prenait à nouveau des notes quand Nolan demanda :

— Patrice avait-elle des ennemis ? Un ex-petit ami qui l'embêtait ? Une rivale qu'elle avait rendue furieuse ?

Maria secoua la tête.

— Non. Comme l'a dit Mandy, Patrice était très gentille. Tout le monde l'aimait.

— Elle n'a jamais mentionné de dispute sur Facebook ou en classe ? L'un de ses camarades la harcelait peut-être ?

Maria et Amanda secouèrent la tête de concert.

— Patrice était très réservée. Elle ne nous racontait pas grand-chose de sa vie privée, mais je crois qu'elle nous en aurait parlé si quelque chose comme ça lui était arrivé.

Amanda leur jeta un regard à tous deux.

— Elle n'était pas sur Facebook. Elle avait des comptes sur Instagram et Snapchat.

— Nous avons déjà dit tout ça à la police, ajouta Maria.

Summer sourit patiemment.

— Je comprends, mais il est possible que nous empruntions une voie différente de la police.

— Pas d'ex-petit ami, déclara Amanda. En cours, les gars la considéraient comme une pote, et je crois qu'elle préférait ça. Au début, il me semble qu'elle craquait un peu pour Barry, mais il n'avait pas l'air de se rendre compte de ses sentiments.

— Et sa famille, son père et son frère ? Quel genre de relation avait-elle avec eux ? demanda Nolan.

Summer lui jeta un regard stupéfait puis se reprit. En plein entretien, il n'était pas bon de laisser transparaître ses propres sentiments. Mais que diable faisait Nolan ? La famille de Patrice était sa cliente ! Pourquoi l'auraient-ils engagée s'ils étaient impliqués dans sa mort ? Voyant Amanda et Maria échanger un regard, elle fit effort pour réprimer son irritation.

— Comme je l'ai dit, sa mère est morte pendant que nous étions au lycée, dit Amanda. C'est une des raisons pour lesquelles nous sommes devenues amies. Je l'ai rencontrée à la cantine un jour et je lui ai dit que je savais ce qu'elle ressentait et que, si elle voulait parler, j'étais disponible.

Nolan hocha la tête et esquissa un demi-sourire.

— C'était très gentil de votre part. Mais son père ? Son frère ? Elle parlait d'eux ?

— Parfois. Rien d'important.

Maria bougea inconfortablement.

— Elle allait déjeuner et regarder un match des Cowboys[1] avec eux le dimanche, et elle allait voir son père une fois par semaine pour lui préparer à manger.

— Avez-vous jamais remarqué du ressentiment dans les relations familiales ? insista Nolan.

Summer lui pinça la cuisse discrètement. Nolan fit une grimace, si légère qu'elle l'aurait manquée si elle n'avait pas observé sa réaction.

Maria hésita, ayant manifestement remarqué cet échange.

— Des trucs de famille normaux. Rien d'important. Elle m'a dit qu'après la mort de sa mère son père était devenu super sévère et protecteur.

Amanda ajouta :

— Et puis, dernièrement, son père la harcelait pour qu'elle trouve du travail. Ça l'embêtait parce qu'en même temps il lui disait de passer plus de temps à étudier.

— Elle a eu un emploi ? interrogea Summer.

Personne n'avait parlé d'un travail pour Patrice.

— Elle a déposé quelques candidatures pour apaiser son père, dit Amanda. Mais, non, elle ne travaillait pas quand…

Son expression se chiffonna, et elle ne finit pas sa phrase.

— A-t-elle dit où elle était allée pour ça ? demanda Summer.

— Je crois qu'elle a rempli un formulaire au Pizza Barn. Nous avons plaisanté sur le fait que la remise accordée aux employés serait un grand avantage pour nous.

Amanda afficha un sourire triste.

— Elle a passé quelques entretiens, mais elle n'a pas dit grand-chose à ce sujet. Juste qu'elle n'avait pas eu le poste.

— Vous pourriez interroger son père sur ces entretiens.

Maria jeta un regard entendu à l'horloge.

— C'est lui qui la conduisait, la plupart du temps.

Summer et Nolan restèrent dix minutes de plus, collectant des informations sur les habitudes et les loisirs de Patrice, ses lieux de sortie favoris et ses autres amies.

1. Les Cowboys de Dallas sont une équipe de football américain.

Quand ils retournèrent à la voiture, Nolan lança un regard interrogateur à sa coéquipière.

— Tu avais une raison de t'en prendre à ma jambe ?

Elle leva les yeux au ciel et grogna :

— Tu étais en train de faire dévier l'entretien vers des choses qui n'ont rien à voir avec l'enquête.

Il fronça les sourcils.

— Quelles questions ne t'ont pas paru pertinentes ?

— Tout ce que tu as demandé sur la famille. Tu ne m'écoutais pas quand je t'ai dit que c'est elle qui m'a engagée ?

— Et alors ?

— Pourquoi m'auraient-ils engagée s'ils étaient impliqués dans sa mort ?

Il se gratta la tempe, le front plissé.

— Hum, tu sais que, dans un féminicide, les suspects les plus probables sont toujours les proches, n'est-ce pas ? Le mari ou le petit ami. Un parent...

Elle mit le contact et secoua la tête.

— Je connais les statistiques mais, dans ce cas, cela n'aurait pas de sens. J'ai regardé son père dans les yeux et j'y ai vu un chagrin authentique.

— Tu es sûre que ce n'était pas de la culpabilité ?

— Nolan !

Elle frappa du plat de la main sur le volant.

— C'est mon affaire ! Je t'ai dit que je ne voulais pas que tu essaies de t'en emparer.

La voyant saisir le levier de vitesse, il lui recouvrit la main pour l'arrêter et tourna la clé pour éteindre le moteur.

— Je ne veux pas que tu conduises dans cet état. Et je veux éclaircir ça avant que nous poursuivions cette affaire.

Elle lui fit face, le cœur battant. Ses yeux changeants étaient plantés dans les siens.

— Tu veux que je t'aide dans cette enquête ou non ?

— Oui, dit-elle avec assurance, mais seulement si tu te souviens de mes conditions. C'est mon affaire. N'essaie pas de prendre le pouvoir.

Sans détourner les yeux, il ne dit rien pendant plusieurs secondes. Enfin son regard s'adoucit, et il déclara :

— Ton affaire. J'ai compris. Pourquoi est-ce aussi sensible pour toi ? Tu sembles hyper susceptible à ce sujet. La Summer que je connaissais n'était pas aussi à cran.

Elle ramena une mèche de cheveux derrière son oreille et s'efforça de ne pas céder à l'énervement. Nolan avait posé une question pertinente et il méritait la vérité.

— La Summer que tu connaissais était traitée en égale par vous, les garçons. Tu ne m'écartais jamais parce que j'étais une fille. Mais cette Summer – elle se désigna – n'a jamais pu prendre la direction d'une affaire, malgré le fait que j'étais aussi bonne, voire meilleure, que les hommes. Cette Summer-là était traitée comme une femme de ménage améliorée, qu'on envoyait chercher les cafés ou faire des photocopies. J'ai eu ma dose de regards lubriques, de discours pédants et d'explications condescendantes.

L'expression de Nolan s'assombrit.

— J'en ai finalement eu assez et j'ai démissionné.

— Bien, dit-il en hochant la tête.

— Je suis venue ici pour lancer mon agence. Mais, même ici, je vois des regards bizarres quand je dis que je suis la patronne. Des gens ont changé d'avis en apprenant que c'était une femme qui s'occuperait de leur affaire.

Elle souffla avec colère.

— Donc, oui, je suis susceptible quand il s'agit de sexisme, parce que je vis ça depuis des années. Et ça me rend dingue ! acheva-t-elle en griffant l'air.

Nolan resta immobile, les yeux braqués sur elle. Ce regard pénétrant éveilla quelque chose au fond d'elle. Enfin, il parla d'une voix calme et apaisante.

— D'abord, ce Nolan – il posa une main sur sa poitrine – est le Nolan que tu connaissais. Je ne faisais pas de différence quand nous étions enfants et je n'en fais pas maintenant. Ce que je vois chez toi, ce sont ton caractère et tes capacités, pas le fait que tu es une femme.

— D'accord, répondit-elle à contrecœur.

Sa réponse aurait dû lui remonter le moral, mais la sensation qu'il avait éveillée retomba, laissant un vide douloureux. Elle voulait être traitée en égale, mais serait-ce si terrible s'il la voyait comme une femme ? Voulait-elle vraiment n'être qu'une bonne copine pour lui ? Son côté féminin disait non, tandis qu'une part plus pragmatique lui rappelait la règle qu'il avait imposée.

— Ensuite, je suis navré que tu aies subi ce genre de discriminations. J'aimerais bien rappeler une ou deux choses à tes collègues.

Il serra le poing, ne laissant aucun doute sur la manière dont il aurait aimé les leur rappeler.

— Enfin, les questions sur la famille de Patrice étaient nécessaires. Je n'essayais pas de prendre le dessus. C'était pour les éliminer en tant que suspects. Il n'est pas impossible qu'ils t'aient engagée pour brouiller les pistes.

Il pencha la tête et lui prit le poignet.

— Je pense que, si tu dépasses ton agacement, tu comprendras que j'ai raison.

Les picotements étaient de retour, multipliés par dix. La chaleur de sa main lui donnait le vertige.

— Summer ?

Elle le regarda, se répétant ses derniers mots.

— Oui, tu as raison. Je suis désolée d'avoir réagi avec autant de force.

Elle poussa un soupir de détente.

— J'essaierai d'être moins entêtée dorénavant.

Il sourit et lui fit un clin d'œil.

Quand elle remit le contact, sa main tremblait. Elle prit la direction de la rue, priant pour que Nolan n'ait rien remarqué. Cette attirance insensée était son problème. Il lui avait clairement signifié qu'il voulait que leur amitié suive le même cours. Strictement copains. Potes asexués.

Comme cette amitié lui tenait à cœur, elle trouverait un moyen de refréner sa fascination pour son physique de bodybuilder, son contact enivrant et sa trogne à s'extasier.

Tandis qu'elle conduisait, Nolan lut ses notes.

— Je suggère que nous interrogions à nouveau son père et que nous rencontrions ses camarades de classe.

Summer hocha la tête.

— Je suis d'accord. Je veux aussi examiner ses profils sur les réseaux sociaux.

Il feuilleta le calepin et se pencha vers elle.

— En parlant de réseaux sociaux, dis-m'en plus sur cet ex que tu essayais d'éviter. Robby ?

Elle lui jeta un regard surpris.

— Oui, Robby. C'est moi qui t'ai dit ça ?

— Au déjeuner. Je retiens bien les noms. C'est pratique pour les enquêtes.

— J'imagine.

Elle reposa les yeux sur la route.

— Nous sommes sortis ensemble quelque temps, mais je me suis très vite aperçue qu'il n'était pas pour moi. J'ai donc rompu, mais il n'a pas aimé ça. Il ne voulait pas comprendre.

— Quand était-ce ?

— Hum, à la fin de ma première année d'université, donc... il y a presque dix ans.

— Quand as-tu entendu parler de lui pour la dernière fois ? Il te fait toujours des misères ?

Elle lui adressa un grand sourire. Cette attitude protectrice répandit un doux sentiment de sécurité en elle.

— Tu as l'intention de le tabasser pour moi ?

— Si nécessaire.

— Eh bien, merci pour la pensée, mais, après que j'ai menacé de déposer plainte, il a fini par comprendre.

— Tant mieux.

Le meurtre de Patrice découlait-il d'une relation qui avait mal tourné ? Un ex-petit ami avait-il refusé de s'en tenir là ?

— Hé, prends note d'interroger le père de Patrice sur ses anciens petits amis.

— Bonne idée, dit-il en hochant la tête.

— Euh, Nolan ? Tu notes ? dit-elle.

Il se tapota la tempe.

— C'est là-dedans. En tant que partenaire, tu profites de mon excellente mémoire et de mon attention aux détails.

Elle ricana.

— Et de ta modestie ?

Il lui jeta un regard ironique.

— Et moi je profite de ton humour pince-sans-rire.

Il lui pressa à nouveau l'épaule.

— C'est l'une des choses que j'aime le plus chez toi, Têtard. Ne change jamais.

Elle savait qu'il n'avait pas dit « aimer » dans ce sens, mais l'entendre prononcer ce mot lui donna un drôle de chatouillement dans le ventre. Elle lui adressa un sourire de remerciement.

« Ne change jamais », avait-il dit. Mais ses réactions à cette version adulte de son ancien ami ne voulaient-elles pas dire que quelque chose avait déjà changé en elle ? Tomber amoureuse de Nolan, qui n'était là qu'à cause de ses ennuis professionnels, était la recette du chagrin. Elle ferait bien de s'en souvenir.

# 5

En arrivant au bureau, Nolan lut les notes de Summer sur ses rencontres avec la famille de Patrice. Elles étaient méticuleuses, et les questions et les idées notées dans les marges reflétaient un esprit clair et analytique.

Summer continuait de le surprendre. Non qu'il n'ait pas su qu'elle était intelligente. Enfant déjà, il le savait. Et elle avait toujours été capable de le faire rire. Elle était aussi exubérante et énergique qu'aujourd'hui. De plein de manières, elle était tout ce dont il se souvenait, mais… bon sang ! Chaque fois qu'il la regardait, il était à nouveau stupéfait par la femme sexy qu'elle était devenue. Tenir sa promesse s'avérait plus difficile qu'il ne l'avait prévu. Sa détermination professionnelle le remplissait de fierté. L'histoire de sa quête d'identité lui avait serré le cœur. Et ce Robby qui l'avait harcelée ? Nolan avait envie de rencontrer ce type pour lui apprendre à ne pas embêter sa Summer.

Il revint mentalement sur cette pensée. Pas *sa* Summer, juste Summer. Il ne pouvait pas penser à elle ainsi. Il repartirait bientôt pour Chicago, et la dernière chose qu'il voulait, c'était lui donner une fausse idée de ses intentions.

— Tu ne crois pas ? Ho-ho ! Nolan ?

Tiré de sa rêverie, il leva les yeux.

— Désolé, quoi ?

— Je disais juste que la conversation avec Atticus peut attendre. Rencontrer les camarades de classe de Patrice devrait passer en premier. Où étais-tu ?

Il écarta la question d'un geste vague.

— Je n'arrive pas à me sortir de la tête cette conversation avec mes cousins hier soir.

C'était un mensonge. Pas question de lui dire qu'il était obsédé par elle.

— Sur le tueur à la momie ? Je croyais que les flics avaient décidé que Patrice n'était pas une de ses victimes ?

— C'est vrai, mais mes cousins ont trempé dans un tas de trucs dangereux ces derniers mois. Ça n'a peut-être pas de rapport, mais ce serait de la négligence de notre part de ne pas envisager qu'il y ait un lien.

Summer acquiesça.

— D'accord. On peut étudier ça.

Nolan fit pivoter le fauteuil pour regarder par la fenêtre. Il contempla ces petits commerces qui rendaient Whisperwood si spéciale. Les multinationales n'avaient pas encore envahi la ville. On pouvait encore acheter des œufs frais, des légumes cultivés sur place, une boîte de biscuits du Whisperwood General Store, une tasse de café maison ou un outil chez B & B Hardware. Petites villes…

— Je ne crois pas aux coïncidences, et cette ville est trop petite que pour ces crimes ne soient pas liés à la mort de Patrice d'une façon ou d'une autre.

Il se retourna et vit Summer cajoler son chat.

— D'accord, je me fie à ton instinct. Alors allons tout de suite au ranch

— Ce n'est pas le meilleur moment.

— Alors quand ? Je suis flexible, répliqua Summer en haussant une épaule.

— Ils font un barbecue demain soir, en guise de bienvenue pour moi. Tout le monde est censé être là. Pourquoi ne viendrais-tu pas ?

— Je ne veux pas m'imposer dans une soirée familiale.

— Tu ne t'imposeras pas. Tu seras ma cavalière.

Le pouls de Summer accéléra.

— Ta cavalière ?

— Pas ma cavalière pour flirter. Mon invitée. Peu importe. Ne te prends pas la tête avec la sémantique, Têtard.

Il avait utilisé son surnom pour lui rappeler comment il la voyait. La fille maigrichonne qui lui collait aux basques. Son pote le garçon manqué.

— D'accord, Crapaud, dit-elle avec emphase pour indiquer qu'elle avait saisi. Je viendrai. Ce sera une bonne excuse pour voir Avery et les jumeaux. Je n'ai pas revu les petits chéris depuis qu'ils sont nés.

— Ils sont nés il y a deux semaines, s'exclama-t-il. Je doute que tu aies beaucoup raté.

— Ce n'est pas vrai. Avery dit qu'ils changent tous les jours.

— Hum.

Elle sentit son regard sur elle et lui jeta un coup d'œil.

— Quoi ? Je n'ai pas le droit de rendre visite aux jumeaux de ma meilleure amie ?

— Ta meilleure amie ?

— Eh bien oui. Depuis quelques années.

Elle posa Yossi par terre et brossa son T-shirt. Quand elle regarda Nolan, elle vit qu'il avait les yeux braqués sur sa poitrine. Ses pupilles s'étaient-elles dilatées ? Elle expliqua :

— Je la connais depuis l'école primaire, et après qu'on a déménagé, nous nous sommes écrit. Nous avons repris contact il y a quelques mois. C'est en partie à cause d'elle que je suis venue ici. Elle m'a rappelé que Whisperwood est l'endroit idéal pour s'installer et fonder une famille.

Il releva brusquement la tête.

— Tu vas fonder une famille ?

— Eh bien, pas tout de suite, mais un jour, oui, j'espère.

Elle tira une chaise, s'assit et lui jeta un regard inquisiteur.

— Et toi ? Tu as déjà pensé à t'installer avec femme, enfant et chien ?

— Pas récemment. Le boulot m'oblige à être plus souvent qu'à mon tour sur la route et ce n'est pas très pratique.

Il poussa un gros soupir et fixa la surface du bureau.

— Encore que ça pourrait changer bientôt, si cette fichue enquête tourne au vinaigre.

Summer sentit son cœur se serrer en le regardant.

— Hé, nous ne sommes plus en public. Tu peux me dire de quoi tu es accusé et ce qui s'est vraiment passé ?

Il resta silencieux un instant.

— Oui, si tu veux.

Elle lui pressa la main en signe de soutien. Il ne parut pas le remarquer, et son regard resta distant tandis qu'il commençait :

— L'année dernière, j'ai travaillé sur une affaire à Portland, avec une collègue.

— Charlotte, dit-elle, se rappelant le prénom.

— Oui, Charlotte. C'est une femme très séduisante, très en forme. Donc, oui, je l'ai remarquée dans ce sens-là.

Summer, qui mesurait un mètre soixante et ne faisait pas beaucoup de sport, réprima un autre élan de détestation.

— Elle s'est débrouillée pour me faire savoir que je l'intéressais aussi. Des contacts fortuits, de longs regards, des commentaires suggestifs. Si suggestifs que j'ai commencé à me sentir mal à l'aise. Il y a des règles, à la fois écrites et non écrites, qui interdisent les relations entre agents. Je ne voulais pas franchir cette ligne et mettre nos carrières en danger. Je le lui ai dit. À quoi elle répondait : je n'en parlerai pas si tu n'en parles pas non plus.

Summer grogna intérieurement. Cette femme avait l'air d'une faiseuse de problèmes.

— Je m'en suis tenu à ma décision et j'ai cru le problème réglé. Elle m'a fichu la paix quelques jours, puis... un soir, elle m'a demandé de venir dans sa chambre pour discuter de l'affaire. Nous avions des questions à examiner, alors j'ai accepté. Il s'est avéré qu'elle avait caché une caméra et qu'elle savait où se tenir pour être en plein cadre. Elle m'a fait du rentre-dedans. Je lui ai dit non. Elle a continué à m'embrasser et à se frotter contre moi, en me promettant que personne ne saurait.

Summer pressa plus fort les poignets de Nolan. Elle avait mal au ventre et un goût de bile dans la gorge. Nolan retira une de ses mains et l'essuya sur son jean en marmonnant.

— J'ai été tellement stupide. Je le savais. J'aurais dû camper sur mes positions, mais elle était belle, et elle m'avait excité... J'ai cédé. J'ai jeté la prudence par la fenêtre, et nous avons fini au lit.

— Oh ! dit Summer, déçue.

Malgré les indices du contraire, elle avait espéré qu'il avait résisté avec noblesse.

— Passons directement à la semaine dernière, où j'ai été convoqué par mon chef. J'ai appris qu'elle m'accusait de lui avoir fait des avances inopportunes et qu'elle avait des photos pour le prouver.

— Elle t'a piégé ! s'exclama Summer avec véhémence.

— Oh ! ce n'est pas fini, dit-il d'un ton moqueur.

Il lui expliqua comment les photos le faisaient apparaître comme l'agresseur et elle comme la victime. Comment il avait appris que Charlotte était mariée à un sénateur. De là, suspension, enquête interne, temps libre pour rendre visite à ses cousins pendant qu'on décidait de son avenir.

— Oh ! Nolan..., dit-elle dans un grognement. Quel bazar ! Vraiment, je suis navrée. Cette Charlotte, elle est... Berk ! Comment a-t-elle osé ! Quelle raison avait-elle de faire ça ? Accuser quelqu'un de viol, c'est très grave !

L'expression de Nolan se modifia.

— Il y a autre chose qui... cloche.

— Quoi ?

Il croisa son regard, l'air sombre.

— Le terme viol n'a jamais été utilisé. J'ai lu la paperasse, et ce n'est pas de viol dont elle m'accuse.

Summer rumina cette minuscule info.

— Agression sexuelle est le terme utilisé. Dans ses déclarations, elle parle de tripotages et de baisers mais pas d'acte sexuel en soi. Pourtant, elle sait très bien que nous...

Il s'interrompit puis dit avec soupir :

— ... avons couché ensemble. Alors pourquoi s'arrêter à des pelotages, alors qu'elle pourrait parler de viol ? Je suis sûr qu'elle a des photos de nous au lit. Bien entendu, ces photos-là la montreraient en train de prendre les devants, parfaitement capable d'interrompre la chose. Je ne l'ai pas forcée. Jamais.

— Je ne sais pas. Mais... ne pas être accusé de viol est une bonne chose, non ?

— Oh ! comprends-moi, je suis reconnaissant qu'elle ne m'ait pas accusé de cela. Je suis juste curieux de savoir pourquoi elle ne l'a pas fait.

Summer se mordilla la lèvre inférieure en méditant l'histoire perturbante que Nolan venait de lui exposer.

— Peut-être parce qu'elle ne pouvait pas prouver le viol. Pas de marques de coups, pas de postures parlantes...

— Hmph, grogna-t-il en tirant son téléphone de sa poche et en appelant un numéro enregistré.

— Bonjour, Stu. C'est Nolan.

Il se tourna vers elle et articula en silence : *mon avocat.*

— *Je reviens*, lui répondit-elle de la même manière en désignant la kitchenette.

Nolan acquiesça, puis dit dans le téléphone :

— J'ai réfléchi... Pourquoi Charlotte n'a-t-elle pas parlé de viol ? Pourquoi ne pas faire la totale au lieu de limiter ses accusations à...

Summer ferma la porte. Elle frissonna malgré le vif soleil d'octobre qui réchauffait la pièce. Nolan était dans de beaux draps. Des affaires comme celles-là se résumaient en général à la parole de l'un contre celle de l'autre. Mais Charlotte avait installé un appareil-photo. Cela indiquait la préméditation. Son avocat allait-il arguer qu'elle s'était sentie menacée et que l'appareil-photo était une mesure de protection ? Mais Nolan disait qu'elle l'avait invité dans sa chambre. Pourquoi faire cela si elle s'était sentie menacée ?

Summer ouvrit le mini-réfrigérateur et prit une bouteille d'eau. Yossi se frottait contre ses tibias en miaulant. Elle s'accroupit pour le caresser. En général, son chat l'aidait à se calmer. Mais, même s'il ronronnait bruyamment, ce jour-là il ne parvenait pas à apaiser le tourbillon de ses pensées et l'anxiété qui lui tordait les entrailles.

Nolan acheva sa conversation avec son avocat et ouvrit la porte de communication. En voyant sa carrure impressionnante sur le seuil, Summer sentit son pouls accélérer. Durant une fraction de seconde, elle pensa : *et s'il l'avait fait ?* Comme s'il avait lu ses pensées, il dit :

— Pour info, je sais de quoi a l'air ma défense. Je sais que beaucoup de femmes sont vraiment agressées et maltraitées. Ça me rend malade de penser qu'une chose pareille puisse arriver à une femme que j'aime. Ma mère, ma sœur…

Il s'interrompit, et son regard s'adoucit.

— Ou toi.

Summer en eut le souffle coupé. Il fit lentement un pas.

— Les hommes qui profitent des femmes de cette manière sont des ordures. Ils n'ont aucune excuse. Au regard des mouvements récents sur les réseaux sociaux, ma défense semble difficile. Mais c'est à double sens, Summer. Les femmes aussi peuvent s'en prendre aux hommes.

Elle relâcha d'un coup l'air qu'elle retenait dans ses poumons.

— Je le sais. Et pour info, je te crois.

Le visage de Nolan se froissa comme s'il avait mal, et il inspira brusquement.

— Merci. Ça signifie…

Sa voix se fêla, et il se passa une main sur le visage.

— … beaucoup pour moi.

Elle sentit son cœur se serrer douloureusement. Elle n'avait jamais vu Nolan aussi ému. Contournant Yossi, qui tournait toujours autour de ses chevilles, elle prit son ami dans ses bras.

— Oh ! Nolan. Tu vas t'en sortir. Tu prouveras ton innocence et tu reprendras ton travail. Garde la foi.

Il plaqua brièvement une main dans son dos, puis recula. S'éclaircissant la gorge, il hocha la tête.

— J'apprécie ton soutien. Stuart pense qu'il trouvera assez de failles pour me donner une chance. Il étudie tous les angles de l'affaire. Dis-moi de ne pas m'en faire.

Elle rit sans joie.

— Bien sûr.

Il fit un pas en arrière et agita la main en direction du bureau.

— Alors, où en étions-nous ?

Summer donna une bouteille d'eau à Nolan, versa des croquettes dans le bol de Yossi et retourna à son bureau. Nolan orienta la chaise vers elle et s'assit. Luttant contre un reste d'émotion, Summer tenta de reprendre le fil de ses pensées. Elle avait un meurtre à résoudre.

— Bon, dit-elle en croisant les bras sur le dossier devant elle. Nous devons trouver les gars que fréquentait Patrice à l'école. On peut commencer par appeler le bureau des inscriptions et demander une copie de son emploi du temps.

— Bonne idée.

— Et si l'affaire du tueur à la momie est pertinente, je ne veux pas attendre jusqu'à demain pour parler à tes cousins. S'ils ont des informations, j'aimerais les entendre dès aujourd'hui. Je pense qu'il faut commencer par Dallas. Avec deux nouveau-nés, je doute qu'Avery et lui soient au barbecue.

— Tu as sans doute raison.

Yossi sauta sur ses genoux et lui effleura le menton. Nolan sourit et le gratta derrière l'oreille pour lui faire plaisir.

— À dire vrai, je n'ai pas vu Dallas depuis mon arrivée et j'ai mes propres questions à lui poser.

— Alors c'est réglé.

Summer prit son téléphone.

— J'envoie un texto à Avery pour lui demander à quel moment nous pouvons venir.

Nolan acquiesça d'un sourire lent.

— C'est toi le chef.

En attendant la réponse d'Avery, elle se leva et ajouta la nourriture préférée de Yossi à son écuelle.

Son téléphone émit un bip, et elle lut la réponse d'Avery.

Vous êtes les bienvenus n'importe quand ! Ce n'est pas comme si j'allais quelque part avec ces deux gloutons à nourrir toutes les deux heures LOL

Elle lut le texto à Nolan et ajouta :

— Qu'est-ce que tu dis ? Pas de meilleur moment que le moment présent.

Nolan se leva et désigna la porte.

— Après toi, patron.

Ils arrivèrent chez Avery trente minutes plus tard, après s'être arrêtés au Bluebell acheter un plat congelé. Quand Dallas vint ouvrir. Le caniche noir d'Avery se mit à danser autour de leurs jambes en jappant.

— Tais-toi, Lulu !

Summer tendit le plat à Dallas.

— Suprême de poulet. Avery m'a dit que vous en aviez par-dessus la tête des lasagnes.

Dallas lui adressa un large sourire.

— Yes ! Entrez donc. Avery et les bébés sont par là.

— Tatie Summer est là ! s'exclama Summer en entrant dans la pièce suivante.

Nolan serra la main de Dallas.

— Félicitations, cousin. Te voilà papa à plein temps.

Le visage de l'ancien sergent s'éclaira comme un lampion.

— Le meilleur boulot que j'aie jamais eu.

Il jeta un coup d'œil à la pièce où Summer avait disparu.

— Alors, Summer et toi, vous avez repris contact. C'est formidable.

Plissant les yeux, il donna un coup de coude à son cousin.

— Alors, c'est quoi l'histoire ? Elle et toi, vous… ?

Il leva les sourcils de façon suggestive. Nolan lui glissa un regard noir.

— Ne te fais pas d'idées. Nous sommes amis, c'est tout. Et nous enquêtons sur le meurtre de Patrice Eccleston, alors toute info que tu pourras nous donner sera la bienvenue.

Dallas reprit son sérieux.

— Bien sûr. Avery et moi avons travaillé là-dessus avant les jumeaux. Si je peux vous donner un coup de main…

Il s'interrompit et cligna des yeux avec lassitude.

— Je veux dire… Du moment que je peux trouver quelqu'un pour rester avec Avery. Il est trop tôt pour la laisser seule avec les bébés.

Nolan hocha la tête, persuadé qu'il y avait autre chose derrière la réticence de son cousin à quitter sa fiancée. Dallas avait perdu sa première femme dans une tragédie qui l'avait profondément marqué et, d'après ce que Nolan avait entendu dire, l'accouchement d'Avery avait été très délicat.

— Pour l'instant, nous n'avons besoin que d'infos. Je ne veux pas t'arracher à tes devoirs de changeur de couches

Dallas grogna.

— Un processus sans fin. On n'a pas plutôt fini de changer l'un que l'autre a souillé sa couche.

Il désigna le plat congelé.

— Laisse-moi ranger ça au congélo, faire sortir Lulu et je vous rejoins dans une minute.

Nolan donna une claque dans le dos de son cousin et avança vers le salon. Le spectacle qui l'accueillit le prit au dépourvu.

Summer, les yeux brillants d'amour, câlinait l'un des bébés en roucoulant. Il sentit son cœur cogner dans sa poitrine. Un sentiment de déjà-vu le prit. Elle avait l'air si naturelle avec ce bébé dans les bras, si heureuse, qu'il la contempla une minute entière.

Magnifique. Son amie était rayonnante. De la racine de ses cheveux à la pointe de ses orteils, Nolan fut rempli de l'envie de la rendre aussi heureuse tout le temps. Il eut ardemment envie qu'elle le regarde avec ces yeux, avec cette attention ravie.

— Hé, homme du FBI, j'en ai aussi un pour toi.

La voix d'Avery rompit le charme, et il plaqua un sourire sur son visage. Qu'est-ce qui lui prenait ? Était-il vraiment en train de flasher sur Summer ? Ne s'était-il pas juré quelques heures auparavant de garder leur relation strictement platonique ? Alors d'où venaient ces idées insensées ? Il se passa une main sur le visage avant d'entrer dans le salon.

La nouvelle maman offrit à Nolan de prendre son enfant.

— J'ai dit à Ezekiel que son cousin Nolan venait, et il est impatient de te rencontrer.

Il refusa d'un geste.

— Je, euh… ne sais pas comment tenir les bébés.

Avery rit doucement.

— Dallas était nerveux au début aussi. Mais c'est tout simple. Tu arrondis les bras, puis tu le tiens contre ta poitrine. Il suffit de soutenir sa tête.

— Vas-y, Crapaud. Il ne mord pas, dit Summer en riant.

— Crapaud ? releva Avery avec un gloussement.

— C'est le surnom que je lui donnais quand nous étions enfants, expliqua Summer avec une étincelle d'espièglerie dans le regard.

Nolan grogna, la suppliant des yeux.

— Ne…

— Nous avions fait un feu, un soir. Je crois que c'était le 4 juillet, et Nolan et ses cousins avaient bu beaucoup de soda.

Le sourire de Summer s'élargit à mesure qu'elle racontait.

— Les garçons étant des garçons, ils ont décidé de faire un concours de rots.

Dallas revint à cet instant de la cuisine.

— Qui a roté ? Mon garçon ?

— Non, toi, apparemment. De même que ton cousin ici présent.

Avery tapota le canapé à côté d'elle. Nolan fit la grimace.

— Summer est décidé à me gêner devant ta fiancée.

Dallas sourit d'un air narquois.

— Continue, Summer.

— Eh bien… Nolan a gagné le concours haut la main quand il a émis un rot si tonitruant que je lui ai dit qu'il ressemblait à un crapaud.

— Oh oui. Je me souviens de ça. Quelle époque ! dit Dallas en riant.

Avery rit si fort qu'elle réveilla le bébé dans ses bras.

— Et le nom lui est resté, acheva Summer en s'adossant à son siège, visiblement satisfaite d'elle-même.

— Vu qu'elle me suivait comme mon ombre et qu'elle faisait la moitié de ma taille, j'ai pris l'habitude de l'appeler Têtard, précisa Nolan pour ne pas être en reste.

— Crapaud et Têtard enfin réunis. On dirait une histoire pour enfants, plaisanta Avery.

Nolan observa Summer, dont le visage brillait de plaisir. Aucune de ses impulsions du moment n'était appropriée pour un livre d'enfants. Avant que son expression ne trahisse ses pensées, il fit face à son cousin et s'éclaircit la gorge.

— Le but de notre visite est d'obtenir des informations sur l'affaire sur laquelle travaille Summer.

— En partie, car le principal objectif de notre visite est

d'aduler ces jolis bébés et de voir comment va ma meilleure amie, corrigea Summer.

Une bizarre sensation s'infiltra dans son ventre quand il l'entendit appeler Avery « ma meilleure amie ». *Seigneur, Colton, tu as trente-deux ans. Pourquoi te soucies-tu de la manière dont elle appelle son amie ?*

Mais tout ce qui pouvait indiquer qu'ils n'étaient pas aussi proches, qu'ils ne jouissaient pas d'une relation aussi étroite, l'ennuyait. Il avait essayé de rester en contact avec Summer. Il avait souvent pensé à elle et, quand il avait perdu sa trace, il avait pleuré cette perte. Summer l'avait toujours rendu heureux d'une manière inimitable. Cette amitié, ce sentiment de... quoi ? Complémentarité ? Réconfort ?

— Mais, pendant que nous sommes là, dit Summer en braquant son regard sur les nouveaux parents, nous aimerions que vous nous parliez du meurtre de Patrice Eccleston.

Elle plissa le visage de dégoût.

— Oh mon Dieu, comme je déteste mettre un aussi vilain sujet à portée de ces innocentes oreilles.

Elle éleva le bébé et déposa des baisers sur ses oreilles minuscules. Dallas et Avery échangèrent un regard.

— Quoi ? dit Nolan. Pourquoi ce regard ?

— Vous mettez le doigt là où ça fait mal. Nous avons interrogé un suspect il y a quelques semaines avec Forrest et Rae – sa nouvelle fiancée, dit Dallas en s'asseyant.

— Oui, je loge au ranch. Je l'ai rencontrée.

Dallas hocha la tête.

— C'est vrai. Eh bien, le suspect est mort de manière étrange pendant que nous étions là.

— C'était assez horrible, dit Avery, le visage crispé par ce souvenir.

— J'imagine !

Summer adressa un regard de commisération à son amie. Puis, penchant la tête, elle demanda :

— C'est de Corgan que vous parlez ? Le tueur à la momie ?

Dallas acquiesça.

— C'est lui. Avant de mourir, il a avoué ses crimes, mais il a nié avoir tué Patrice.

— Selon ce que son père m'a dit de l'état du corps, Patrice n'était pas momifiée, dit Summer. Donc cela semble indiquer que Corgan disait la vérité.

Nolan se dit qu'il devait finir de revoir les notes de Summer sur sa première rencontre avec Atticus.

— On dirait bien, dit Avery en appuyant le bébé contre son épaule. Il nous a donné des détails perturbants sur son goût pour les jeunes femmes et sur la manière dont il les avait momifiées pour, je cite, « préserver leur beauté ».

Avery frissonna, et ses joues pâlirent. Dallas posa une main sur son genou. Elle lui adressa un sourire tremblant.

— Que Corgan donne autant de détails, qu'il confesse ses forfaits et qu'il nie être responsable de la mort de Patrice...

Summer se mordilla la lèvre inférieure, le front plissé.

— A-t-il donné un indice sur celui qui pourrait l'avoir fait ?

Frottant sa mâchoire non rasée, Dallas acquiesça.

— Peut-être. Il a murmuré « Melody ». Je voulais chercher de quoi il s'agissait, mais...

Il caressa du doigt la joue de Zeke et sourit.

— ... j'ai été assez occupé.

— Je comprends.

Nolan sentit l'inquiétude le chatouiller en regardant son cousin et Avery roucouler au-dessus du bébé. Dallas était manifestement au septième ciel dans son rôle de papa. La fierté et le bonheur brillaient dans ses yeux. Nolan prit un instant pour s'imaginer à sa place. Découvrir soudain qu'il était père. S'installer et fonder une famille. Mettre sa carrière entre parenthèses, renoncer aux voyages et aux inconnues de son métier afin de prendre soin de sa famille.

Son regard se tourna vers Summer comme mu par sa propre volonté. Ce qui était fou parce que, eh bien c'était Summer. Et il avait établi des règles pour leur collaboration. Après cette débâcle avec Charlotte... Un froid glacial le saisit.

— Vous dites que Corgan est mort subitement pendant que vous l'interrogiez ? Comment est-il mort ?

Les questions de Summer interrompirent le fil de pensée de Nolan. Il se secoua pour se concentrer sur la conversation. Il ne serait d'aucune aide à Summer s'il laissait ce bazar avec Charlotte le distraire.

Avery poussa un soupir tremblant et murmura :

— Il a été assassiné.

# 6

— Quoi ?

Summer se redressa, bouche ouverte. Dallas prit gentiment le bras de sa fiancée, l'apaisant d'une caresse.

Fermant les yeux, Avery inspira profondément.

Dallas se tourna vers Nolan et Summer et expliqua :

— Quand nous sommes arrivés chez Corgan, il était déjà au bout du rouleau. Il avait un cancer du poumon en phase terminale et il était sous oxygène. À un certain moment, après qu'il a nié sa responsabilité dans la mort de Patrice, Rae, Forrest, Avery et moi sommes sortis de sa chambre pour discuter. Pendant que nous étions à l'extérieur, son tuyau d'oxygène a été retiré et il a commencé à s'étouffer. Nous sommes accourus pour voir ce qui se passait. Il n'arrivait plus à absorber d'air, et son teint indiquait qu'il suffoquait.

— Seigneur, c'est affreux ! dit Summer en jetant un regard horrifié à ses amis. Qui a pu faire ça ? Vous étiez là ?

— Nous avons essayé de l'aider. Son infirmière était là, mais elle n'a pas pu le sauver. Plus tard, quand les flics sont arrivés avec le coroner, on n'a pas pu la retrouver. Elle avait… disparu.

Nolan fit la grimace.

— Disparu ? Vous voulez dire qu'elle s'est enfuie après avoir sabordé les chances de survie de son patient ?

— Pourquoi une infirmière…, commença Summer.

— Nous le soupçonnons, mais nous n'avons aucune preuve. Comme je l'ai dit, le stress de voir Horace suffoquer a été éprouvant. Nous étions distraits, nous nous interrogions sur l'indice que nous avait donné Horace, et nous n'avons pas vu l'infirmière partir.

— Quel indice ? releva Summer.

— Horace est mort avant que l'ambulance arrive, mais il a articulé « Melody » avant de succomber. Il a fait un gros effort pour le prononcer, et nous pensons donc que c'était important pour lui, expliqua Dallas.

— Mais important à quel point de vue ?

Summer se leva et déposa Ariana Josephine dans son berceau. Remontant ses manches, elle regarda Dallas.

— Vous avez eu l'impression que cette Melody était une autre victime de meurtre ? Ou une ex-petite amie de Corgan ?

— Aucune idée. Nous n'avons pas d'autre contexte en dehors du fait qu'il l'a prononcé alors qu'il savait qu'il était en train de mourir.

— Donc Melody n'est peut-être pas une personne.

Nolan se frotta la nuque, déconcerté par ce bizarre indice.

— Il pouvait parler d'une mélodie, d'un air. Ou d'un animal. Ou d'un code de coffre-fort, ou...

— Un mot de passe, un nom de rue, une entreprise..., continua Summer. Ça pourrait être n'importe quoi.

— Exactement, dit Dallas d'un ton découragé. Ça me rend malade de laisser ça sans réponse, mais je ne suis pas en bonne position pour chercher ce que ça veut dire. Je vous serais très reconnaissant si vous vouliez vous en charger.

— Absolument, dit Nolan, qui avisa soudain l'expression sceptique de Summer. Qu'est-ce qu'il y a, Têtard ?

Elle se mit à faire les cent pas.

— Tu crois que Melody est liée au meurtre de Patrice ? Si Horace ne l'a pas tuée, n'allons-nous pas tout brouiller en nous intéressant à la signification de ce mot ? J'ai un client qui me paie pour découvrir qui a tué sa fille. C'est là-dessus que je dois me concentrer.

— Nous ne savons vraiment rien d'autre que ce que nous a raconté Dallas.

Avery passa Zeke à son compagnon et prit sa fille.

— Je suis sûre qu'Horace voulait en dire davantage, mais c'est tout à ce qu'il a réussi à émettre.

— Mettons Melody de côté pour l'instant et revenons à l'infirmière, proposa Nolan. Elle était la seule avec Horace après que vous êtes sortis de la chambre, c'est ça ?

— Autant que nous sachions.

Dallas tint une sucette devant la bouche de son fils jusqu'à ce qu'il se mette à la téter.

— Il est possible que quelqu'un se soit caché pendant que nous parlions à Horace ou qu'elle ait laissé entrer quelqu'un à notre insu. Mais nous ne sommes pas restés très longtemps hors de la chambre, dit Avery.

— Donc c'est son infirmière qui l'a tué ? lança Summer d'un ton incrédule.

Elle sortit son calepin et se mit à écrire.

— Vous avez une idée de l'endroit où elle se trouve maintenant ? J'aimerais lui parler. Et j'imagine que la police aussi !

Penchant la tête, elle regarda Dallas.

— Ou bien ils l'ont déjà fait ? Qu'a fait la police à propos du meurtre d'Horace ?

— Forrest serait dans une meilleure position pour répondre à cela, dit Dallas. Je suis sûr que les flics aimeraient parler à l'infirmière, mais je ne pense pas qu'ils l'aient fait. J'ai entendu dire que personne ne l'a vue depuis la mort d'Horace. Si elle a bien tué son patient, je suppose qu'elle n'a pas agi de son propre chef. Quel était son mobile ?

— À moins qu'elle ne soit qu'une dealeuse de pilules et qu'elle ait pensé qu'Horace allait la dénoncer. Tu connais les rumeurs sur qui-tu-sais, dit Avery à Dallas d'un ton venimeux. On dit qu'il se sert des infirmières pour faire circuler de fausses ordonnances.

Dallas inspira fortement et lui jeta un regard de pitié.

— Et tu sais que ces rumeurs n'ont pas été prouvées, malgré d'innombrables descentes chez lui. Nous devons nous en tenir aux faits, chérie.

— Toi, tu t'en tiens aux faits. Moi, je sais qu'il a fourni l'héroïne qui a tué mon frère.

Nolan regarda tour à tour son cousin et Avery.

— De quoi s'agit-il ?

Dallas se passa une main sur le visage.

— Zeke, le frère d'Avery, est mort d'une overdose. Elle croit aux rumeurs qui disent que le propriétaire du garage est le trafiquant du coin. Les rumeurs disent aussi qu'il paye les infirmières pour qu'elles vendent des opiacés.

Avery se renfrogna tandis que Dallas poursuivait :

— Le garage de Kain a été fouillé plusieurs fois, et la police n'a jamais rien trouvé contre lui. Si c'est un dealer, il se débrouille très bien pour ne pas être repéré.

— Ils trouveront un jour, grommela Avery. Ou bien il n'y a pas de justice dans ce monde.

Summer fit la grimace.

— D'accord. Donc, que ce Kain soit ou non derrière tout ça, l'infirmière en question pourrait-elle faire partie de celles qui trafiquent les pilules ? Peut-être Corgan savait-il pour elle et elle craignait qu'il ne la dénonce. Ça a pu être son mobile.

Dallas leva la main.

— Peut-être. Mais je te le dis, après avoir entendu Horace décrire comment il avait repéré, tué et momifié ces femmes, même moi j'avais envie de le tuer. Elle aurait pu être indignée et avoir décidé de hâter son trépas.

Avery considéra son fiancé les sourcils haussés. Il haussa une épaule.

— Tu vois ? Sans preuve, ce ne sont que des spéculations.

Avery leva les yeux au ciel.

— Spéculations mises à part, hasarda Nolan, je pense qu'il serait prudent de partir de l'hypothèse que l'infirmière est la principale suspecte pour la mort de Corgan.

— Quel est son nom, d'ailleurs ? demanda Summer en levant les yeux de ses notes.

Avery fit la grimace.

— Euh... Quelque chose avec un *r* ?

Dallas prit son téléphone et tapa quelque chose.

— Jane Oliver.

Summer nota le nom.

— Et quel est son cabinet ?

— Whisperwood Home Health.

Dallas se leva en entendant son fils miauler et lui tapota gentiment le dos.

— Donc l'hypothèse est celle-ci, continua Nolan. Cette Mme Oliver a été payée ou menacée. Peut-être avait-elle des liens avec l'une des femmes assassinées.

Summer fit la grimace.

— Comme Dallas, je n'aime pas les suppositions.

— D'accord, dit Nolan. Pour savoir ce qui s'est passé et pourquoi, nous devons retrouver Jane Oliver.

Summer fit la moue, perdue dans ses pensées.

— Même si ça m'ennuie que l'infirmière ait disparu, j'en reviens au fait qu'il n'y a pas de lien avec Patrice, et que je dois penser avant tout à elle. Si Corgan ne l'a pas tuée, son meurtrier est toujours en liberté.

— Pas de lien ? releva Nolan. Tu penses vraiment que c'est une coïncidence si une ville de la taille de Whisperwood a eu une vague de crimes et de disparitions ? J'aimerais être sûr que Jane Oliver n'est pas la dernière victime de meurtre.

Summer se mordilla les lèvres, puis hocha finalement la tête.

— D'accord. On s'arrêtera au cabinet en partant.

Elle tapota sur son calepin avec son stylo.

— Merci de nous aider, dit Avery. Ça me rassure de savoir que quelqu'un prend la suite.

— Oui, je me sentais un peu coupable de laisser ces questions sans réponse, mais nous nous disions qu'il valait mieux nous retirer de l'affaire à cause des jumeaux, ajouta Dallas. D'autant plus que nous avions les réponses quant au tueur à la momie et aux boutons de l'armée.

Summer releva vivement la tête.

— Les boutons de l'armée ?

Dallas cilla comme s'il était surpris.

— C'est comme ça que nous nous sommes retrouvés impliqués dans l'affaire. Forrest a appris qu'on avait trouvé des boutons avec les femmes momifiées. Il s'est avéré qu'ils appartenaient à l'USA, et il m'a demandé de voir ce que je pouvais apprendre sur les vétérans dans la région.

— Excuse-moi… l'USA ? demanda Summer.

— L'uniforme standard de l'armée. Les boutons de cet uniforme n'ont pas changé depuis longtemps, donc cela faisait une grande quantité de vétérans.

— Et les boutons vous ont menés à Corgan ? Il avait été dans l'armée ?

— Renvoyé pour déshonneur, confirma Avery en hochant la tête.

Son visage s'éclaira.

— Attendez ! C'est ça le lien.

Elle se tourna vers Dallas pour qu'il le lui confirme.

— Il n'y avait pas des boutons de l'armée avec les restes de Patrice ?

La surprise de Summer se refléta sur le visage de Nolan.

— On a trouvé un bouton sur Patrice ?

Summer souffla.

— Ça aurait été sympa si son père ou son frère m'avaient dit ça. J'ai eu une copie du rapport de police, mais ce devait être une version élaguée.

Elle se pencha à nouveau sur ses notes, écrivant et traçant des lignes pour relier les informations.

Nolan l'observa. Un pli de concentration lui creusait le front, le soleil allumait des reflets d'or dans ses cheveux, et elle se mordillait la lèvre. Tout cela lui donnait envie de goûter lui-même à cette lèvre pleine. Il ne pouvait nier que son amie d'enfance s'était transformée en une femme magnifique, ce qui rendait d'autant plus difficile de s'en tenir à sa politique de ne pas toucher. Mais il s'y tiendrait, coûte que coûte.

Cette résolution lui pinça le cœur. La voix de l'intuition, à laquelle il se fiait pour résoudre ses affaires, murmurait à présent à son oreille. Sa règle allait-elle lui coûter une chance qu'il regretterait toujours d'avoir manquée ?

Il posa les yeux sur son cousin et vit que Dallais l'observait avec un sourire entendu. Le pouls de Nolan accéléra. Que révélait son expression ? Il lança à Dallas un regard noir signifiant *Quoi ?* En retour, les yeux de Dallas lui répondirent : *Tu ne peux pas me tromper. J'ai vu comment tu la regardais.* Nolan secoua la tête discrètement. Son cousin haussa les sourcils, ce qui voulait dire : *Tu ne peux nier qu'elle est sexy. Pourquoi ne pas tenter ta chance avec elle ?* Du moins fut-ce ainsi que Nolan l'interpréta. Dallas lui demandait clairement où ils en étaient, Summer et lui. Il secoua la tête avec plus de fermeté.

Avery, qui tenait toujours la petite Ariana dans ses bras, leva les yeux à ce moment. Nolan se hâta de reprendre une expression impassible. S'éclaircissant la gorge, il revint mentalement à la discussion. Melody. Les boutons. L'infirmière meurtrière.

— Apparemment, notre tâche d'aujourd'hui est déjà définie. Y a-t-il autre chose que vous savez qui pourrait nous mettre sur la voie concernant le meurtrier de Patrice ?

Summer leva les yeux.

— Tu disais que Forrest voulait ton aide pour les boutons. Quel est son lien avec cette affaire ?

— Thompson, le chef de la police de Whisperwood, lui a demandé de prêter main-forte sur les affaires de meurtre, dit Dallas.

— Forrest travaille avec la police d'Austin, et on l'a spécialement mandaté pour collaborer avec la police de Whisperwood, ajouta Nolan. C'est l'une des raisons pour lesquelles je veux aller au barbecue demain soir.

Summer acquiesça.

— Bon. Y a-t-il une chance que vous veniez ?

— Non, même si je suis désolée de le rater. Les jumeaux sont trop petits, et le pédiatre nous a dit qu'il y a des cas de grippe dans la région.

Summer esquissa une moue exagérée.

— Dommage. Je comprends, mais vous allez nous manquer.

Zeke poussa un cri aigu de déplaisir et convulsa son petit corps. Nolan se leva, prenant l'agitation du bébé pour une invitation à partir.

— Nous allons vous laisser pouponner. Zeke a l'air d'être fatigué que nous monopolisions votre attention.

Avery soupira.

— Une petite colique, rien de grave.

Elle sourit d'un air las à Dallas.

— N'est-ce pas, chéri ?

Le sourire de Dallas démontra à Nolan combien son cousin était heureux malgré le manque de sommeil et les taches sur son T-shirt.

Summer prit son sac et son calepin, puis traversa la pièce pour étreindre Avery et Dallas et embrasser les bébés.

— Appelle-moi si tu as besoin de quoi que ce soit.

Dallas se dirigea vers la porte, un Zeke hurlant dans les bras, mais Nolan l'arrêta.

— Ne nous raccompagne pas. Donne son biberon à ce garçon avant qu'il ne s'étouffe de rage.

Une fois dans la voiture de Summer, Nolan dut ravaler l'envie de lui ordonner de rouler directement jusqu'au cabinet d'infirmières. Il lui donna à la place le temps d'assimiler tout ce qu'ils avaient appris. Enfin, elle démarra.

— Alors patron, on va où ?

— On va où, en effet ?

Elle baissa sa vitre pour laisser rentrer l'air frais et prit la direction du centre-ville.

— Même si j'aimerais découvrir ce qui est arrivé à Jane, je ne suis pas certaine qu'il y ait un lien avec notre affaire. Trouver le meurtrier de Patrice est ma priorité. Je propose qu'on parle au reste de ses amis, à ses camarades de classe, et qu'on aille ensuite poser nos questions à sa famille.

— D'accord.

Nolan lui jeta un regard en hochant la tête.

Les cheveux de Summer dansaient dans la brise, le tentant avec leur parfum fleuri attisé par l'air tiède. Faire équipe avec elle sur cette affaire, garder la bonne perspective sur leur relation allait être plus dur qu'il ne l'avait imaginé. Il ne voulait pas se reprocher toute sa vie d'avoir fait du mal à Summer ou trahi leur amitié. S'il ne pouvait refréner son attirance croissante pour elle, sa fascination pour la beauté intelligente qu'elle était devenue, il faudrait qu'il s'éloigne d'elle.

# 7

— Il doit bien y avoir une raison à la mort de Patrice. Connaissait-elle le tueur ? Était-ce une question d'opportunité ? Se trouvait-elle au mauvais endroit au mauvais moment ? A-t-elle contrarié quelqu'un ?

Summer pensait tout haut en conduisant.

— Était-ce un crime passionnel ? Maria et Amanda ont dit qu'elle n'avait pas de petit ami, mais l'un de ses camarades n'était peut-être pas heureux de cet état de fait ?

— Hum hum, marmonna Nolan.

Elle lui jeta un regard, essayant de ne pas remarquer comme le soleil d'octobre le mettait en valeur. Il avait les yeux fixés sur les commerces, en particulier sur Kain's Auto Shop. Summer ralentit et considéra à son tour le bâtiment, pourvu de baies et d'un petit bureau donnant sur la rue. À travers la vitre, elle crut voir quelqu'un derrière le comptoir.

Elle freina, tentée de satisfaire sa curiosité au sujet de l'homme qu'Avery soupçonnait si fort de faire du trafic de drogue. Nolan lui jeta un regard aigu.

— Changement de plan, Têtard ?

Elle fit la moue et accéléra.

— Pas aujourd'hui. Il y a trop à faire. Mais, quand j'aurai du temps, je pense que je viendrai fouiner chez Kain.

Nolan serra les dents.

— Je ne suis pas sûr d'approuver ça. Si ce type trempe effectivement dans un trafic de drogue, il n'appréciera pas.

Elle lui donna un petit coup sur la poitrine.

— Bon sang, Nolan. Accorde-moi un peu de bon sens ! Ce que je voulais dire c'est… Je crois que je dois faire la vidange de ma voiture.

— Sois juste prudente, d'accord ? lança-t-il.

— Toujours.

Elle désigna du doigt JoJo's Java à une rue de là.

— Je suis prête pour une dose de caféine, pas toi ?

Il hocha la tête avec insouciance.

Summer se gara devant la boutique, et ils y entrèrent. Une odeur de café fraîchement moulu les accueillit. Summer inspira fortement et déclara :

— C'est le paradis. C'est ainsi que sent le paradis.

— Que puis-je pour vous messieurs-dames ? demanda la vendeuse.

Derrière le comptoir, Summer avisa une employée qui sortait un plateau de petits pains à la cannelle du four.

— Je voudrais l'un de ceux-ci et un grand café maison à emporter.

— La même chose.

Nolan sortit son portefeuille et ajouta :

— Je t'invite.

— Merci, Crapaud. Je t'en suis reconnaissante, d'autant plus que ce mois-ci est un peu long.

— Tu as vraiment fait un pari en accrochant ton enseigne, n'est-ce pas ?

Il lui tendit son café et s'empara du sachet contenant les petits pains.

— Peut-être. Mais ça ne m'ennuie pas de compter les sous jusqu'à ce que ça aille mieux. Ça valait la peine de revenir à Whisperwood pour m'installer auprès de mes amis.

— Donc tu es heureuse, ici ? demanda-t-il en buvant son café noir.

— Oui. Très.

Elle lui sourit pour le remercier, et ils regagnèrent la voiture en flânant.

— Une seule chose me rendrait plus heureuse.

Il arqua un sourcil.

— Gagner au loto ?

— Ça aussi, mais... Non. Que tu restes ici. Pour toujours.

Son sourcil s'abaissa, et son sourire disparut.

— Désolé. Je ne crois pas que ça arrivera. Whisperwood est génial pour des vacances, mais mon travail – à supposer que j'en ai toujours un – est à Chicago. Et je suis toujours sur la route. Je vais là où on a besoin de moi. En outre, j'ai investi trop de travail et de temps au FBI pour le quitter sans une bonne raison.

— Oh...

Elle s'efforça de dissimuler sa déception. Qu'est-ce qui serait une bonne raison de quitter le FBI ? Pourquoi ne pouvait-il travailler avec le Bureau au Texas ?

Devant son bureau, elle tendit son café à Nolan pour qu'il le tienne tandis qu'elle déverrouillait la porte. Mais, quand elle essaya de la pousser, celle-ci résista.

— Un problème ? demanda Nolan.

— Pas un problème, un chat, dit-elle souriant

Approchant la bouche de l'entrebâillement, elle cria :

— Je suis là, Yossi ! Ôte-toi de là !

Un doux miaulement l'accueillit, et une patte grise passa par la fente. Elle poussa doucement la porte, et Yossi s'enroula autour de ses jambes en ronronnant bruyamment. Summer prit son chat dans ses bras.

— Gentil chat. Tu as surveillé le bureau pendant que je n'étais pas là ?

Nolan posa les cafés sur le bureau et retira sa veste.

— Donc tu vis ici ?

Elle le vit survoler la petite pièce du regard. La plupart des gens auraient trouvé son mode de vie insensé, mais seule l'opinion de Nolan comptait.

— Oui, dit-elle en lui montrant la kitchenette et la pièce d'archivage transformée en petite chambre.

— Tu as une douche ?

— Au gymnase. Je me lève à 5 heures pour me doucher. Je lave mes vêtements à la laverie et j'ai déjà économisé la moitié d'un mois de caution pour une maison.

Nolan écarquilla les yeux.

— En voilà de la détermination.

Elle entra dans le bureau et posa Yossi sur la table.

— Je rêve d'avoir une vraie maison depuis toujours. Je me disais que, quand je serais grande, j'aurais des racines : un porche avec des rocking-chairs, un jardin avec beaucoup de fleurs et une cuisine fleurant bon le pain chaud.

Elle prit son gobelet et se sourit à elle-même.

— Tu sais faire du pain ? demanda Nolan en prenant une chaise devant le bureau.

Elle rit à s'en étouffer.

— Bien sûr que non ! Mais je peux rêver que ma cuisine sente comme ça, non ?

— Touché.

Nolan désigna de la tête l'ordinateur portable.

— Nous ne devrions pas faire quelques recherches en ligne ?

— Bonne idée.

S'installant dans son fauteuil, elle alluma son ordinateur. L'écran s'anima, montrant une photo de Yossi. Du coin de l'œil, elle vit Nolan lui glisser un regard.

— J'aime mon chat. Ne me juge pas.

— Ai-je dit quelque chose ? s'enquit-il en riant.

Tandis qu'elle se connectait aux réseaux sociaux, Nolan déplaça sa chaise et s'assit à côté d'elle. Son odeur, faite de café, de savon et de quelque chose qui lui appartenait en propre l'enveloppa. Essayant de se concentrer sur sa tâche, elle tomba sur le compte Instagram de Patrice et fit lentement défiler les photos.

— Hum. Tu vois quelque chose d'intéressant ?

— Pas encore, mais son compte est public. Tu ne pourrais pas voir les photos s'il était privé.

Summer fronça les sourcils.

— Tu as raison. Ça nous est utile, mais c'était imprudent de sa part. Les jeunes femmes devraient faire plus attention.

Elle contempla à nouveau Nolan.

— À propos, quand tu retourneras à Chicago…

Le simple fait de prononcer ces mots lui donna une crampe d'estomac.

— … je t'enverrai une requête sur Facebook. Tu regarderas, n'est-ce pas ?

— Je ne suis pas sur Facebook.

— Oh… Je croyais que tu m'avais cherchée sur Facebook.

— J'ai créé un compte temporaire pour te chercher, puis je l'ai supprimé. Dans mon métier, je ne peux pas faire ça. Cela représenterait un danger pour ma famille et mes amis.

Il la dévisagea.

— Même avec les réglages les plus stricts. Je ne peux pas prendre ce risque.

— Oh. Bien sûr. Naturellement.

Les entrailles nouées, elle se remit à étudier les photos de Patrice. Il s'agissait, pour la plupart, de clichés d'elle et de ses colocataires, ou de photos de vacances et de mèmes inspirants.

Nolan posa une main sur sa nuque et lui massa les muscles du cou.

— Summer…

— Hum ? fit-elle sans le regarder.

Il lui était difficile de feindre l'indifférence à ce contact.

— Pas de Facebook ne signifie pas que je ne resterai pas en contact avec toi. Tu ne penses tout de même pas qu'après t'avoir enfin revue je vais te laisser à nouveau disparaître ?

Les yeux de Nolan rayonnaient de quelque chose de chaud et de doux, remplaçant son vernis professionnel habituel. La tendresse de son regard lui coupa le souffle. Avec quelle facilité elle pourrait tomber amoureuse de lui. Si seulement…

Elle se hâta d'écarter cette pensée. Son enfance lui avait appris la douleur qu'il y avait à se séparer des gens qu'on aimait. Même si elle avait choisi de s'installer à Whisperwood pour y faire sa vie, Nolan errait toujours au gré du vent.

Il reposa brusquement les yeux sur l'écran, et son regard laissa place à un sérieux tout professionnel.

— Regarde.

Il tapota une image qui montrait Patrice en train de démonter un moteur.

— Oui ? fit Summer. Nous savons qu'elle étudiait la mécanique auto. Alors… ?

— Regarde au fond. Ce type sourit en se rapprochant d'elle, comme s'il savait qu'on prenait une photo. Mais celui-là…

Il désignait un visage légèrement flou au bord de la photo.

— … lui lance un regard noir.

— Je répète : et alors ?

— Alors… Il n'aime pas le premier. Il est peut-être jaloux de le voir si près de Patrice ?

Summer lui jeta un regard sceptique.

— Ou bien il a une indigestion. Un froncement de sourcils ne fait pas un tueur.

— Je ne dis pas qu'il l'a tuée. Je remarque seulement une dynamique intéressante.

Il tendit le bras pour faire défiler la page. Par mégarde, il effleura le sien, la faisant frissonner. Elle pressa les bras de son fauteuil et inspira profondément avant de dire :

— Tu penses que ce sont les garçons dont nous ont parlé les colocataires ? Ceux avec qui elle traînait parfois ?

— Ce serait logique. Ils ont l'air d'être dans sa classe… Voyons si on peut les trouver sur le campus. On va regarder les horaires sur le site de l'école et y aller…

Il s'interrompit, esquissa une moue d'excuse et fit un geste dans sa direction.

— Si tu penses que ce doit être la prochaine étape.

Elle rit sombrement.

— Visiblement, tu penses que c'est un bon plan.

— Mais c'est toi le patron.

Elle branla doucement de la tête.

— C'est un bon plan.

Se tournant vers l'ordinateur, elle continua de dérouler la page. Quelques autres photos du cours de mécanique apparurent, sans rien d'alarmant.

— Hum, essayons ça.

Summer ouvrit Facebook et chercha le compte de Patrice.

— Mais ses colocataires nous ont dit qu'elle n'utilisait pas Facebook.

Une liste de Patrice Eccleston apparut.

— Ne pas s'en servir ne signifie pas qu'elle n'avait pas de

compte. Ah, elle a été taguée dans plusieurs publications. Certaines depuis sa mort.

Elle les lut en les faisant défiler.

— Tu nous manqueras… Jamais oubliée… T'aimerai toujours… Partie trop tôt…

— Reviens en arrière. Qui a écrit « T'aimerai toujours » ? questionna Nolan.

— Euh, son frère.

Elle lui jeta un regard de biais.

— Tu penses qu'elle avait un amoureux secret ?

— Ça ne serait pas la première fois que ça arrive. Il est trop tôt pour tirer des conclusions, Summer.

Son commentaire lui fit l'effet d'une rebuffade. Elle était consciente de vouloir l'impressionner avec ses compétences, et l'entendre lui faire la leçon piquait sa fierté. Bien sûr, il avait davantage d'expérience dans les affaires criminelles.

— Je te taquinais, Crapaud. Détends-toi.

Il la prit la main et la serra dans une offre de paix silencieuse, tandis que son regard se fixait sur l'écran.

— Qu'est-ce que c'est que ça ?

Elle n'eut pas à demander ce qu'il voulait dire. La photo crevait l'écran. Elle cliqua sur l'icône pour l'agrandir. Une Patrice plus jeune avait été taguée par quelqu'un du nom de Gail Schuster. Le titre indiquait « Regarde ce que j'ai trouvé sur mon fil aujourd'hui. Quelle époque ! Vous me manquez les gars ! » La photo avait été prise lors d'une fête d'Halloween, et plusieurs adolescents portaient des costumes sanglants. L'un d'eux posait près de Patrice, ses mains autour de son cou, ses dents découvertes dans un rictus.

Nolan marmonna un juron.

— Je sais, ce sont juste des gosses qui se la jouent pour Halloween. Mais c'est comme ça qu'elle est morte…

— Qui est-ce ? reprit-il.

Elle pointa le visage de l'adolescent qu'il désignait, et une fenêtre s'ouvrit, l'identifiant comme Henry Cunningham.

— Regarde sa page, pour voir où il vit maintenant.

Elle grogna. Elle avait envie de défendre Henry mais elle s'exécuta tout de même.

— Il vit à... Morgantown, en Virginie Occidentale. Il étudie à l'université d'État.

Elle poussa un soupir de soulagement.

— Elle est morte en avril. Avant les vacances de printemps. Il devait être à Morgantown.

— Probablement. On pourra facilement le confirmer en parlant à ses professeurs.

Nolan se frotta la joue.

— Mais oui, il est tout en bas de notre liste de suspects. Voyons ce qu'il y a d'autre sur le compte.

À mesure que s'allongeait la liste de suspects, l'anxiété de Summer croissait. Au début, elle était excitée par la perspective d'avoir une véritable affaire, une chance de lancer la réputation de sa petite agence. Mais que se passerait-il si elle ne la résolvait jamais ? L'entreprise pouvait lui revenir en pleine figure et entacher son nom. Les dents serrées, elle se promit de trouver l'assassin de Patrice. Mais, pour résoudre l'affaire, devrait-elle se débarrasser de la distraction que représentait Nolan ?

# 8

L'emploi du temps des étudiants en mécanique affichait des cours en milieu d'après-midi le lendemain. Après quelques heures de recherches supplémentaires sur Internet, Nolan emmena Summer dîner à la pizzeria.

Ils y demandèrent si Patrice avait eu un entretien d'embauche, et le gérant leur confirma qu'elle avait déposé une candidature mais qu'ils n'avaient pas d'emploi à pourvoir. Rien ne leur ayant paru bizarre, ils se détendirent devant une pizza saucisse champignons fromage.

En la déposant au bureau après le dîner, Nolan lui donna un chaste baiser sur la joue et lui promit d'être là à 9 heures le lendemain matin.

Quand il arriva le jour suivant, il sentait bon le savon et ses cheveux étaient humides. Summer s'ordonna de penser à autre chose.

— Tu es prêt à y aller ? Notre première visite est pour le père de Patrice.

— Je te suis, dit Nolan en caressant Yossi.

Il la suivit jusqu'à sa Beetle et jeta un regard méfiant au minuscule siège avant.

— On peut prendre ma Cherokee ? J'avais les genoux sous le menton hier, dans cette boîte de sardines.

En riant, Summer rangea ses clés.

— Bien sûr.

Ils arrivèrent quelques instants plus tard dans le quartier

des Eccleston. Summer contempla les maisons, les jolis jardins, les premiers signes de l'automne dans les arbres. Un jour, elle aurait aussi son chez-elle.

La maison était une modeste demeure en brique dans une rue ombragée. Atticus Eccleston leur ouvrit tout de suite. Son visage s'éclaira quand il les vit, et Summer comprit, le cœur serré, qu'elle allait devoir le décevoir.

— Bonjour, mademoiselle Davies. Vous avez des nouvelles ? Vous avez trouvé le meurtrier de ma fille ? demanda-t-il en s'effaçant pour les faire entrer.

Nolan eut droit à un regard perplexe avant qu'Atticus ne repose ses yeux pensifs sur elle. Summer s'efforça de sourire au vieil homme et secoua la tête.

— Pas encore. Mais nous avons rassemblé beaucoup d'informations, donc restons positifs.

Elle désigna Nolan.

— C'est un ami qui m'aide à travailler sur l'affaire.

Les deux hommes se serrèrent la main, puis ils suivirent Atticus dans un salon qui n'avait visiblement pas vu d'aspirateur ou de chiffon à poussière depuis des mois.

— Alors qu'est-ce qui vous amène si vous ne savez pas qui a tué ma Patrice ?

Leur hôte déplaça des piles de magazines et de linge avant de les faire asseoir sur le canapé.

— Nous voulions vous poser d'autres questions et vous mettre au courant de nos progrès. Nous avons pensé que vous pourriez faire la lumière sur certains détails.

Summer s'installa au bord du canapé et sortit son cahier. Nolan s'assit à ses côtés et étudia la pièce et Atticus avec une fausse décontraction.

— Posez toujours, dit Atticus en écartant les mains.

Summer lui décrivit leur entretien avec les colocataires de Patrice la veille.

— Oui, ce sont de gentilles filles. Je suis content qu'elles vous aient aidés.

— Amanda a mentionné le fait que Patrice avait, sur votre

insistance, candidaté pour plusieurs emplois. Savez-vous où ont eu lieu ces entretiens et ce qu'il en est ressorti ?

— Ils se sont bien passés, autant que je sache. Même si elle n'a pas été engagée. Mais je ne crois pas que ça l'ait ennuyée. Maria l'avait découragée d'être serveuse, et la livraison de pizzas l'inquiétait. Trop dangereux.

Il émit un rire sans joie, tandis que ses yeux se remplissaient de larmes.

— Ironique, non ?

Summer lui adressa un regard de sympathie.

— Où s'est-elle présentée ensuite ?

Atticus remua sur sa chaise et essuya le coin de ses yeux.

— Je l'ai conduite à un entretien au garage de Main Street. S'occuper de voitures l'enthousiasmait davantage, mais ça n'a pas marché non plus. Elle n'a pas voulu en parler quand nous sommes repartis, mais elle avait l'air bouleversée. Elle était très susceptible quant au fait d'être une mécanicienne… J'ai supposé que c'était pour ça qu'ils ne l'avaient pas engagée.

Summer connaissait bien le sentiment de ne pas être prise au sérieux dans un domaine traditionnellement masculin.

— Ensuite, elle a déposé une candidature au Whisperwood General Store, continua Atticus.

— Sur Alamo Street ? questionna Nolan.

— Oui, je crois que c'est cette adresse. Mais le magasin n'avait besoin de personne à l'époque.

— A-t-elle jamais parlé d'amis du nom de Barry, Charlie ou Tyler ? demanda Summer.

Atticus se redressa.

— Non. Qui est-ce ?

— Des garçons de sa classe, dit Nolan. Elle sortait avec eux de temps en temps, selon ses colocataires.

— Ces prénoms ne vous disent rien ? insista Summer.

La respiration d'Atticus changea, et il serra les poings.

— Non. Vous pensez que l'un d'eux a fait du mal à mon bébé ?

Summer leva les mains pour calmer l'agitation du père.

— Rien ne montre qu'ils ont quelque chose à voir avec sa

mort. Ses colocataires ne connaissaient pas leurs noms, et nous avons pensé qu'elle vous avait peut-être parlé d'eux...

— Non, l'interrompit M. Eccleston d'un ton catégorique. Patrice connaissait mon opinion quant aux relations amoureuses à son âge.

Summer lança un regard à Nolan, se demandant s'il réagissait de la même manière qu'elle. Cette surprotection n'avait pas sauvé Patrice des mains d'un meurtrier.

— Je sais ce que cherchent les garçons et j'avais promis à sa mère qu'il ne lui arriverait rien.

Il étouffa un sanglot.

— Jamais je ne l'aurais laissée seule avec un mécano.

Sentant l'impasse, Summer passa à autre chose.

— Saviez-vous que la police avait trouvé des boutons d'uniforme dans la tombe de Patrice ?

Atticus se frotta les yeux et soupira lourdement.

— Je suis désolé. C'est toujours... dur d'en parler.

— Je comprends, dit-elle en lui laissant le temps de se reprendre.

— Je crois me rappeler qu'ils m'ont parlé de boutons, mais... je ne voyais aucun lien avec Patrice et je...

Le bruit de la porte interrompit Atticus.

— Papa ?

La porte claqua.

— À qui est cette jeep...

Ian apparut sur le seuil du salon et s'immobilisa en voyant Summer et Nolan. Il plissa les yeux.

— Que se passe-t-il ? Qui est ce type ? dit-il en désignant Nolan du pouce.

Nolan se leva et lui tendit la main en se présentant. Ian la prit avec méfiance.

— J'aide Summer à chercher celui qui a tué Patrice. Vous êtes Ian ?

— Oui. Qu'est-ce que ça peut vous faire ? répondit Ian d'un ton rogue.

Puis, à son père :

— Bon sang, papa ! Nous avons déjà parlé aux flics et nous

leur avons raconté tout ce que nous savions. Qu'est-ce qu'ils veulent encore ?

Il tourna la tête vers Summer.

— Arrêtez de cuisiner mon père et tirez-vous d'ici. Vous n'allez pas retrouver le meurtrier de ma sœur en harcelant mon père !

La posture de Nolan devint défensive, muscles tendus et épaules rejetées en arrière. Summer bondit et posa une main sur son poignet pour lui demander de ne pas intervenir.

— Nous ne le harcelons pas. Et je suis désolée que nos questions le bouleversent, mais nous devons avoir une image aussi complète que possible de la vie de votre sœur. Si vous n'êtes pas complètement francs à ce sujet, nous ne pourrons pas y arriver.

Ian réagit comme si on l'avait frappé.

— Pardon ? De quoi vous nous accusez ? Vous espérez nous coller ça sur le dos ?

— Personne n'a dit ou même insinué que vous…

— Un peu que vous l'avez insinué ! Je sais comment fonctionne votre engeance ! « Cherchez du côté de la famille. La famille cache quelque chose », cracha Ian d'un ton moqueur. « Épinglez leurs incohérences et traînez-les dans la boue » !

— Ce n'est pas…

Ian fit un pas vers Summer et lui hurla en pleine figure :

— Vous êtes pathétique ! Nous n'avons rien fait de mal !

Sa haine fit frissonner Summer, mais elle ne recula pas.

Nolan la contourna et se planta devant Ian.

— Du calme, mon vieux. Vous reculez et vous vous calmez, d'accord ?

— Ian ! cria M. Eccleston tandis que Summer chuchotait un « non » discret à Nolan.

— Sortez d'ici ! hurla Ian. Soit vous trouvez le meurtrier, soit vous remboursez mon père. Mais, si je vous revois ici, j'appelle les flics !

Atticus bondit sur ses pieds.

— Ian Harold Eccleston, tu dépasses les bornes ! Tais-toi ou bien quitte ma maison !

Ian cilla, stupéfait du ton de son père. Atticus tremblait comme une feuille, et son visage était écarlate. Mais son expression se fissura, et ce fut d'une voix fêlée qu'il dit :

— Je ne permettrai pas que tu manques de respect à des gens qui essaient d'arrêter l'assassin de Pattie.

Ian jeta un regard si glacial à son père que Summer en frissonna de tout son être. Elle se reprit néanmoins, peu désireuse de laisser paraître autre chose que la force, la compétence et la conviction. Se redressant de toute sa hauteur, elle dit fermement :

— Messieurs, s'il vous plaît ! Je comprends qu'il s'agit d'une période éprouvante pour vous, mais Patrice ne mérite pas ces chamailleries.

S'adressant à Ian, elle ajouta :

— Notre intention n'est pas de harceler votre père, et je suis désolée de lui causer du chagrin, mais nous avons besoin de la moindre miette d'information. On ne sait jamais où pourrait nous conduire un minuscule indice.

L'expression hostile de Ian ne changea pas. Summer le considéra avec attention. Elle savait que tout le monde avait sa manière de gérer le chagrin, mais cette colère était-elle le signe d'autre chose ? Avait-elle trop promptement écarté les proches de Patrice de la liste des suspects ?

Inspirant profondément pour se donner une contenance, elle reprit ses questions.

— Patrice avait-elle une amie nommée Melody ?

— Non, grogna Ian.

— Pas que je sache, dit son père.

— Ce prénom a-t-il une signification pour vous ?

— Non.

L'attitude de Ian restait revêche.

— Mademoiselle Davies, dit Atticus, si ça ne vous ennuie pas, je ne me sens pas bien et je voudrais me reposer. J'ai votre numéro, je vous appellerai si quelque chose me revient.

À côté d'elle, elle sentit Nolan remuer.

— Bien sûr.

Elle prit son sac sur le canapé.

— Merci. Inutile de nous raccompagner.

Nolan lui emboîta le pas. Elle pouvait presque l'entendre

grincer des dents. Ian les suivit jusqu'à la porte. Elle sentit son regard lui picoter la nuque quand ils traversèrent le jardin pour reprendre la jeep.

— Waouh, dit-elle dès qu'ils eurent refermé leurs portières. Il a besoin d'une thérapie. Quel caractère !

Nolan grogna son assentiment en démarrant. Puis, pensivement, il ajouta :

— Je crois que je vais me renseigner sur Ian et voir s'il n'y a pas des trucs qui dépassent.

Il la regarda comme s'il s'attendait à une dispute. Mais elle leva une main, paume en l'air.

— Sans doute une bonne idée.

— Où va-t-on ? demanda Nolan. Au bureau ?

— Tout juste. Mais, en chemin, arrêtons-nous au cabinet de Jane Oliver. Peut-être ses collègues savent-ils où elle se trouve ?

— Compris.

— Ensuite, après le déjeuner, nous irons parler aux camarades de Patrice. Ça m'ennuie que son père et ses colocataires en sachent si peu, d'autant que Patrice semblait passer pas mal de temps avec eux. Si son père était aussi surprotecteur qu'il en a l'air, je ne serais pas surprise que Patrice se soit un peu rebellée.

Elle regarda défiler les maisons tandis qu'il quittait le quartier.

— Peut-être couchait-elle même avec l'un d'eux ? Se droguait ? Mentait sur son âge ? Que pouvait-elle faire d'autre dans le dos de son père ?

Un carillon s'éleva, et Nolan s'arrêta au bord de la route pour répondre au téléphone.

— Hé, Stu. Quoi de neuf ?

Summer sentit son estomac se nouer.

— Ah, vraiment ? dit-il en se passant une main sur le visage. Et on peut le prouver ? Ce n'est pas une simple allégation ?

Il écouta un instant.

— Est-ce qu'elles vont témoigner ?

Summer détourna la tête, essayant de ne pas avoir l'air d'écouter, alors qu'elle tendait l'oreille.

— Donc tu penses qu'elle a changé d'avis et que, quand il a

découvert la vidéo, elle a dû inventer une nouvelle histoire pour justifier ses actes ?

Summer jeta un regard de curiosité à Nolan. Il leva un doigt pour la faire patienter.

— Quand est prévue ta réunion avec eux ?

Nolan écouta, les yeux fermés.

— Pourquoi pas ? Continue. Bien sûr que c'est pertinent ! Ça pourrait tout expliquer... Bien sûr. Merci de ton appel.

Il raccrocha et fixa le pare-brise plusieurs secondes.

— Stu dit que Charlotte avait l'intention de divorcer du sénateur il y a quelques années parce qu'il l'avait trompée. Il a découvert des amies de Charlotte qui sont prêtes à témoigner que, lors d'un week-end entre filles à Cape Cod, elle a déclaré qu'elle voulait se venger en ayant une liaison de son côté. Elle est allée jusqu'à planifier comment elle lui exposerait son infidélité.

— Elle a parlé de son plan à ses amies ? Ça me semble bien imprudent. Surtout pour un agent du FBI.

Summer agita la main et ajouta :

— Je veux dire que c'est génial pour toi qu'elle l'ait fait !

— Je suis sûr que l'alcool y a joué un rôle mais, oui, c'était imprudent de sa part, quelle que soit la confiance qu'elle plaçait dans ses amies.

— Des « amies », dit Summer en dessinant les guillemets en l'air, qui sont maintenant prêtes à trahir sa confiance. Une fois encore, c'est tant mieux pour toi, mais c'est bizarre que ces femmes se retournent contre elle.

Nolan se contenta de grogner en redémarrant.

— Qu'ont dit d'autre ces amies ?

— Que son plan était de prendre des photos d'elle avec un homme plus jeune pour rendre le sénateur jaloux.

Summer émit un bruit désapprobateur.

— Mais, apparemment, son avocat lui a rappelé que, en vertu du contrat de mariage qu'elle avait signé, si on lui découvrait une liaison, elle n'obtiendrait rien lors du divorce. Le sénateur dispose d'une grande fortune, et sa famille voulait s'assurer que cet argent serait protégé. Charlotte a donc changé d'avis et, au lieu de se venger, s'est contentée de sourire et de supporter les batifolages de son mari.

— Et pourquoi t'accuse-t-elle alors ?

— Ses amies prétendent que le sénateur a découvert les photos de nous sur son ordinateur. Charlotte a dû inventer une explication pour qu'il ne la prive pas de tout l'argent. Je suis donc devenu le bouc émissaire.

Summer poussa un juron très peu féminin, puis déclara :

— Et maintenant, que va-t-il se passer ? Tu disais que ces amies étaient prêtes à témoigner ?

— Oui. Stu travaille à recueillir leurs déclarations avant qu'elles changent d'avis. Il parle aussi d'entamer des poursuites. Mais, vraiment, tout ce que je veux, c'est m'innocenter et reprendre mon boulot.

Summer n'était pas certaine d'être aussi indulgente.

— Mais cette information va faire beaucoup dans ce sens, non ? Je veux dire, si on parvient à convaincre les amies de dire que tu as été piégé, le FBI ne va-t-il pas tout simplement laisser tomber ?

— J'aimerais que ce soit aussi simple. Souviens-toi que le mari est sénateur. Il a du pouvoir et de l'entregent. Stu m'a dit que, quand il a approché ma hiérarchie avec cette information, ils ont refusé de lui parler. Les membres du Bureau ne font confiance qu'aux faits qu'ils découvrent par eux-mêmes. Ils ont promis de parler aux femmes, mais… qui sait ce qu'elles diront quand Charlotte, le sénateur et sa bande d'avocats seront dans la pièce ?

Summer grogna et posa la tête contre l'appui-tête.

— Génial !

Nolan s'engagea dans le trafic, et ils prirent le chemin du cabinet d'infirmières.

Comme prévu, la réceptionniste de Whisperwood Home Health leur confirma que personne n'avait vu Jane Oliver depuis la mort de Horace Corgan.

— Avez-vous une idée de l'endroit où elle a pu aller ? A-t-elle de la famille dans la région ? demanda Summer.

La secrétaire secoua la tête.

— Non, personne. Elle a un ex-mari, mais elle ne le verrait pour rien au monde.

— Pas d'autre famille ? Des parents, des frères et sœurs, des enfants ? insista Summer, frustrée.

— Désolée, non.

La réceptionniste fit signe à une infirmière qui passait.

— Genny, viens ici s'il te plaît. Ces personnes cherchent Jane Oliver. Tu as une idée de l'endroit où elle se trouve ?

Vêtue d'une blouse bleu clair, la dénommée Genevieve les regarda d'un œil méfiant.

— Comme je l'ai dit aux policiers, je ne sais pas où elle est.

— Vous n'avez pas eu de nouvelles d'elle ? demanda Nolan.

— Non.

Genny fit passer la pile de dossiers qu'elle portait d'un bras à l'autre. Son expression parut nerveuse à Summer.

— Parlait-elle d'un lieu de vacances qu'elle aimait ? D'un endroit où elle allait se détendre ? interrogea Nolan.

Genny lâcha un ricanement narquois.

— Qui a le temps de prendre des vacances ? Nous sommes en sous-effectif, et c'est encore pire depuis que Jane est partie. Cela fait quatre jours que je n'ai pas vu mes enfants.

Une idée traversa l'esprit de Summer.

— L'une de vous sait si Jane était une amie de Patrice Eccleston ?

Nolan lui jeta un regard surpris, et les deux femmes échangèrent un regard vide.

— Je ne crois pas, dit la réceptionniste. Ce n'est pas l'étudiante dont on a retrouvé le corps sur le parking de Lone Star Pharma ?

Genny était stupéfaite.

— Vous pensez que Jane a quelque chose à voir avec le meurtre de cette fille ? C'est dingue !

— Je n'ai pas dit ça, tempéra Summer.

La réceptionniste plissa les yeux.

— Vous croyez qu'il y a un lien entre le meurtre de cette fille et la disparition de Jane ?

Summer glissa un regard à Nolan, qui observait les deux femmes avec attention.

— Non. Mais j'essaie de trouver qui a tué Patrice, et je ne peux pas écarter le fait que Jane a aussi disparu. S'il y a un lien, cela pourrait nous aider à découvrir non seulement le meurtrier de Patrice mais aussi ce qui est arrivé à Jane.

— Je ne l'ai jamais entendu prononcer le nom de Patrice. Elle disait qu'elle connaissait la sœur de Thompson, qui a été assassinée, parce qu'elles étaient voisines dans leur enfance.

Summer prit note du lien Oliver-Thompson, même si elle ne voyait pas d'utilité immédiate concernant Patrice. Un sentiment de défaite pesait sur sa poitrine, et elle jeta un regard frustré à Nolan avant de demander :

— Pouvez-vous nous dire quoi que ce soit sur Jane ou sur Corgan qui puisse nous aider à comprendre ce qui lui est arrivé ?

L'agitation de Genny revint, et son visage se plissa d'inquiétude et de réticence.

— Écoutez... Jane est mon amie. Je ne veux pas lui attirer des ennuis. Mais, avant de disparaître, elle se vantait qu'elle allait toucher le « pactole ». Elle ne disait pas comment ni où, mais elle comptait là-dessus pour rembourser ses crédits et verser un acompte pour une nouvelle voiture.

*Voiture.* Le mot suscita une nouvelle idée chez Summer.

— Vous avez des raisons de croire qu'elle était impliquée dans le trafic d'opiacés dans la région ? Nous avons entendu dire que le propriétaire de Kain's Auto Shop serait le dealer local et qu'il se sert d'infirmières pour les livrer.

Genny se raidit.

— J'ai entendu cette rumeur, et elle ne me plaît pas. Les infirmières sont des soignantes. Aucune infirmière que je connais ne fournirait de médicaments à un drogué.

— Pas même pour un « pactole » ? demanda Nolan.

La réceptionniste en resta bouche bée, et Genny lança un regard noir à Nolan et à Summer.

— J'en ai trop dit. Je ne peux pas croire que Jane trempe dans quoi que ce soit d'illégal et je ne sais pas où elle est. Donc... Le travail m'attend.

Les lèvres pincées, elle s'éloigna. Summer la regarda partir, se demandant ce qu'ils devaient faire de cette information. Mais la réceptionniste interrompit ses pensées en marmonnant :

— Elle n'y croit pas venant de Jane, mais moi si.

# 9

Surprise, Summer fit face à la réceptionniste.

— Vous croyez que Jane aurait accepté de l'argent pour ça ?

La femme croisa les bras.

— Jane m'a toujours frappée comme étant du genre à céder à la facilité. Qui plus est, je pense qu'il y a du vrai dans les rumeurs sur les infirmières qui prennent part au trafic de drogue. Je connais quelques personnes qui ont soudain pu s'acheter de jolis objets ou voyager en Europe. Des choses que leurs salaires ne leur auraient jamais permises avant.

Nolan fourra les mains dans ses poches.

— Et le lien avec Kain's Auto Shop ? Vous savez quelque chose à ce sujet ?

— Rien que je puisse prouver. Mais ou bien Tom Kain trempe dans un trafic de drogue ou bien quelqu'un est vraiment doué pour le faire croire. Ma façon de voir, c'est que, si ça ressemble à un chat et que ça miaule comme un chat, ce n'est pas un canard. C'est tout ce que je dis.

Le téléphone sonna sur le comptoir, et elle prit l'appel. Se disant qu'ils avaient tiré tout ce qu'ils pouvaient d'elle, Summer désigna la sortie d'un mouvement de tête à Nolan.

Il la suivit sur le parking, où il lui ouvrit la portière passager. Ce geste galant réchauffa Summer jusqu'au fond de son âme. Elle n'était pas surprise que Nolan soit devenu attentionné à l'âge adulte. Enfant déjà, il avait bon cœur. Mais être témoin de ces changements - au-delà de l'évidente transformation physique de l'homme – était délicieux. Elle avait un peu l'impression d'ouvrir des cadeaux de Noël. Chacune des heures qu'ils passaient ensemble, chacune de leurs conversations lui en révélait plus sur l'homme qu'il était devenu. Elle avait été témoin de son esprit aiguisé, de son instinct protecteur, de sa gentillesse. Que la noblesse de son caractère soit remise en cause par les accusations de sa collègue la mettait en fureur.

Après s'être assis au volant, Nolan consulta l'emploi du temps de l'institut technique.

— Si nous nous dépêchons, nous pouvons manger un morceau et arriver à temps pour l'interclasse à l'école.

Summer boucla sa ceinture de sécurité.

— Tu lis dans mes pensées.

— On va au Bluebell ?

Elle mima une expression de choc.

— C'est effrayant ! Tu as mis mon cerveau sur écoute ?

Il se mit à rire.

— Non, je me souviens juste que tu adorais leur poulet frit.

Elle retint son souffle et lui saisit le bras.

— Et leur gratin de pâtes au fromage. Oh mon Dieu ! C'est le meilleur de tous ! Malheureusement, je ne peux pas manger comme quand j'étais enfant et rentrer encore dans mon jean. Je dois réserver ça à des occasions spéciales.

Nolan pencha la tête pour considérer le ciel à travers le pare-brise.

— Aujourd'hui me paraît un jour plutôt spécial.

Il lui jeta un regard espiègle.

— J'y vais si tu y vas.

Summer partit d'un grand éclat de rire.

— Oh ! Nolan ! Combien de fois m'as-tu dit ça quand nous étions petits ?

— La corde pour se balancer à l'étang. Le ragoût d'okras chez ta grand-mère...

— Les pétards derrière la grange !

Il grogna à ce souvenir.

— Les animaux étaient terrifiés, et nous avons eu de sacrés ennuis. Mais c'était l'idée de Donovan.

— Tu m'as toujours fait faire des bêtises avec ce « j'y vais si tu y vas ».

Il lui adressa un sourire penaud.

— Alors, partante ?

— Partante !

La nostalgie l'enveloppa, aussi douce qu'une couverture. Les souvenirs d'enfance les plus chers de Summer avaient plus à voir avec la présence de Nolan qu'avec ce qu'ils avaient fait. L'avoir à nouveau à ses côtés transformait cette journée en un jour spécial. Elle aurait aimé l'embouteiller pour toujours.

Nolan était-il son âme sœur ? L'idée l'ébranla et pourtant... Mais il ne voulait pas d'elle dans ce sens. Il avait insisté pour que leur relation reste platonique. Pour protéger leur amitié ? Sans doute.

Au restaurant, Summer savoura jusqu'à la dernière miette de poulet, de macaroni au fromage et de petits pains maison. Elle finit même par une charlotte au chocolat, se jurant, quand ils reprirent la jeep, de faire dix minutes de plus de sport le lendemain matin.

— Comme si ça suffisait, marmonna-t-elle.

Nolan s'abstint sagement de commenter.

— D'accord, dix minutes supplémentaires pendant une semaine... Un mois, ajouta-t-elle.

Une fossette se creusa sur la joue de Nolan. Sur quoi, elle soupira.

— Oh ! au diable les regrets. On ne vit qu'une fois, pas vrai ?

Il attacha sa ceinture et hocha la tête.

— Absolument. Ne gâche pas le plaisir que t'a donné ce repas avec des regrets, Têtard.

— Tu as raison, bien sûr. Prends vers le sud sur Main Street, ajouta-t-elle en regardant son téléphone.

Quand Nolan fut sur la grand-route, il lui jeta un bref regard.

— J'ai réfléchi à ce que nous avons appris ce matin. Cette histoire de Jane Oliver mettant la main sur un paquet de fric. Il faudrait qu'on s'assure que Forrest et Thompson le savent.

— Tu penses que Jane a pu être payée pour tuer Horace Corgan ?

Nolan ôta une main du volant pour signifier son accord.

— Elle en a eu l'opportunité, et la promesse d'un gros versement indique un mobile. Ce n'est pas une preuve…

— Mais ça miaule comme un chat, finit-elle.

Il tapota le bout de son nez.

— Si elle a tué Corgan, tu penses qu'elle a pu aussi tuer Patrice ? Une infirmière qui arrondit ses fins de mois avec des meurtres ? Une étrangleuse, en l'occurrence ?

— Intéressante théorie. Mais ça correspond au rapport d'autopsie ?

Elle feuilleta son cahier, où elle avait noté ses remarques.

— Le meurtrier avait des mains modérément larges au vu des lésions sur le cou de Patrice. On ne peut pas écarter qu'il s'agisse d'une femme avec de grandes mains, mais c'est plus probablement un homme.

— La strangulation manuelle demande de la force. Ce n'est pas impossible pour une femme mais, comme tu dis, c'est plus probablement un homme.

Voyant qu'il se concentrait sur sa conduite, Summer contempla le profil de Nolan. Son visage n'avait pas changé au point qu'elle ne puisse plus distinguer le garçon d'autrefois. Mais elle voulait mémoriser ses traits pour le jour où il s'en irait. Quand il réussirait à s'innocenter, il quitterait Whisperwood et rentrerait à Chicago.

— Promets-moi quelque chose.

Il la regarda avec un demi-sourire.

— Quoi donc, Têtard ?

— Que tu ne sortiras pas de ma vie quand tu retourneras à Chicago.

Il devait avoir entendu une note de tristesse dans sa voix, car son sourire s'évanouit.

— Bien sûr que non. Je te l'ai déjà promis. Tu m'as manqué, Summer. Plus que tu ne t'imagines. Te revoir est la seule bonne chose qui soit sortie de ce bazar.

Elle lui pressa l'épaule.

— Peu importe comment cette affaire tourne, je suis certaine que tu retomberas sur tes pieds. Tout ira bien, et tu accompliras encore de grandes choses.

— Puisse la Providence t'entendre.

Il actionna son clignotant et tourna dans l'allée de l'institut technique.

— Je suis sérieuse, Nolan. Tu vas rebondir, c'est sûr. Le Crapaud que je connais est déterminé, astucieux et d'une bonté à toute épreuve.

Il lui adressa un bref sourire.

— Merci, dit-il d'une voix fêlée. Tu veux me nouer la gorge avant que je joue les méchants flics ?

— Tu es le méchant flic ? lança-t-elle en riant.

Ils sortirent de la jeep.

— Il le faut bien. Personne ne te prendrait au sérieux dans ce rôle.

— Oh ! que c'est gentil.

Elle le heurta de la hanche, puis survola du regard les grappes d'étudiants qui se déversaient dans le hall. Quand ils arrivèrent à la salle où l'on donnait les cours de mécanique, elle choisit un étudiant au hasard et l'arrêta.

— Bonjour. Nous cherchons des garçons nommés Barry, Charlie et Tyler. Vous pourriez nous les montrer ?

L'étudiant dégingandé leva les yeux de son téléphone.

— Euh…

Il survola le hall bondé.

— Là-bas, avec le sweat bleu, c'est Barry. Le type petit à qui il parle est Charlie. Tyler a beaucoup manqué les cours dernièrement. Je ne pense pas qu'il soit là aujourd'hui. Barry sait peut-être où il est, parce qu'ils sont très copains.

— Merci. Vous connaîtriez leurs noms de famille, par hasard ?

— Barry Grainger. Le nom de Charlie est…

Il secoua la tête.

— … un nom de Louisiane, dur à prononcer. Le prof l'écorche toujours.

Ils le remercièrent à nouveau et s'engagèrent dans le couloir pour rattraper Barry et Charlie. Quand ils furent assez près, Summer tapa sur l'épaule de Charlie.

— Excusez-moi. Vous vous appelez Charlie ?

Le garçon tourna la tête, puis s'arrêta et détailla lentement Summer. Il arqua un sourcil brun.

— Qui veut le savoir ?

Barry, qui était plus grand, avec une carrure impressionnante et des cheveux blonds décolorés, s'arrêta en s'apercevant que son ami n'était plus à ses côtés. L'air déconcerté, il contourna une troupe d'étudiants pour les rejoindre. Nolan et Summer se présentèrent et expliquèrent qu'ils avaient besoin d'informations pour une enquête.

— C'est à propos de Patrice, dit Barry d'un ton plus affirmatif qu'interrogatif.

— Oui. Vous avez une minute ? Nous vous paierons à boire.

Summer désigna un petit stand qui offrait du café, des sodas et des sandwichs. Barry et Charlie échangèrent un regard puis haussèrent les épaules.

— C'est pas le genre de truc que je bois, mais d'accord, dit Barry. Pourquoi pas ?

Après que Nolan leur eut acheté à chacun un café, ils s'assirent sur des canapés en vinyle. Summer ouvrit son cahier et nota le nom de Barry.

— Donc vous vous appelez Barry Grainger, c'est ça ? Je suis désolée, je n'ai pas saisi votre nom de famille, Charlie.

— Je ne vous l'ai pas donné. C'est Melançon.

Il le prononça avec un épais accent cajun.

Quand Summer le lui demanda, il l'épela à contrecœur.

— Nous ne savons rien sur la mort de Patrice, ajouta-t-il, ignorant le café que Nolan avait posé devant lui.

Il se frottait les mains sur les jambes de son jean taché d'huile de moteur.

— Vous pourriez être surpris, dit Summer. Parfois de petites choses que l'on croit insignifiantes représentent une pièce décisive dans le puzzle d'ensemble.

— Que voulez-vous savoir ? demanda Barry en jetant un regard méfiant à Nolan.

— Vous connaissiez bien Patrice ? demanda ce dernier.

— Un peu. Pas vraiment.

Barry jeta un coup d'œil désapprobateur à son ami.

— Les colocataires de Patrice nous ont dit que vous deux et Tyler alliez souvent boire un verre ou dîner avec Patrice.

Charlie remua sur le canapé et lança un regard noir à Summer.
— Oui. Et alors ?
— Écoutez, Charlie, je ne suis pas ici pour vous accuser de quoi que ce soit. J'ai juste besoin de connaître les derniers jours de Patrice. Qui fréquentait-elle, que faisait-elle, où est-elle allée...
Penché en avant, Barry déclara :
— Le truc, c'est qu'on sortait seulement pour lâcher la pression. On parlait des cours et des profs, on regardait des matchs et on s'amusait. On n'a jamais eu de conversation sérieuse avec elle, vous voyez ?
— L'un de vous a-t-il eu une relation amoureuse avec elle ?
Charlie s'esclaffa.
— C'est une façon polie de demander si on se l'était faite ?
À côté d'elle, Nolan se hérissa.
— Un peu de respect. Ce n'est pas une façon de parler d'une amie. Vous aimeriez qu'on parle ainsi de votre sœur ou de votre mère ?
Summer s'éclaircit la gorge et lui jeta un regard. Il lui répondit par un bref hochement de tête. Message reçu.
— OK...
Summer leva la main d'un geste conciliant.
— L'un de vous a-t-il couché avec elle ?
— Non, lança Charlie avant de prendre enfin son café.
— Moi non plus. Mais Tyler avait essayé. Il l'avait draguée plein de fois, mais elle lui a battu froid.
Summer prit note de cela et demanda :
— Comment a-t-il réagi ?
Barry et Charlie se consultèrent du regard comme s'ils sentaient un piège. Enfin, Barry dit :
— Il était plutôt déprimé.
— Assez déprimé pour lui faire du mal ? demanda Nolan.
— Mon œil ! dit sombrement Charlie.
Voyant leurs regards curieux, il ajouta :
— Impossible.
— Tyler ne l'a pas tuée, dit platement Barry.
— Qu'est-ce qui vous fait croire ça ? repartit Nolan.
— Parce qu'il ne l'a pas fait !

En colère, Charlie avait repris son accent cajun.

— Tyler l'est beaucoup d'choses, mais c'pas un meurtrier.

— En plus, il l'aimait vraiment. Impossible qu'il lui ait fait du mal, ajouta Barry. Il a peut-être été agacé par sa rebuffade, mais il ne l'a pas tuée.

Summer avait envie de dire qu'un grand nombre d'hommes prétendaient aimer la femme qu'ils violentaient, mais elle se mordit la langue. Inutile de biaiser l'entretien en introduisant des commentaires personnels.

— Ouais, dit Charlie en hochant la tête. Quand elle a disparu, z'était à moitié fou. Manqué les cours, fait rougarouin, buvé. Et quand l'ont trouvée...

Il secoua la tête d'un air sombre.

— ... c'était pire.

Summer connaissait assez de Français pour comprendre « moitié fou », mais elle dut demander :

— Que veut dire rouga... ?

Charlie fronça les sourcils avec impatience.

— Rougarouin, ça veut dire... faire des problèmes.

Barry esquissa un sourire de guingois.

— Vous devriez l'entendre quand il a bu. On ne comprend pas la moitié de ce qu'il dit.

Charlie décocha un coup de poing pour rire dans l'épaule de son ami.

Tandis qu'ils se taquinaient, Summer médita l'idée que Tyler avait été bouleversé par le refus de Patrice et avait changé de comportement après sa disparition. Les problèmes qu'il avait provoqués n'étaient-ils qu'une manifestation de son chagrin ou y avait-il autre chose ?

Nolan s'éclaircit la voix et, comme s'il avait lu ses pensées, demanda :

— Quel genre de problèmes a-t-il causé ?

Ramenés au sujet en cours, les camarades de Patrice reprirent leur sérieux. Nolan les considéra tout à tour, les sourcils froncés. Barry et Charlie échangèrent un regard, prenant conscience que leurs remarques avaient jeté la suspicion sur Tyler.

— S'il vous plaît, dit Summer. Vos noms ne seront jamais

mentionnés. Patrice était votre amie. Vous ne voulez pas qu'on trouve son meurtrier ?

— Tyler est aussi notre ami. Je ne vous aiderai pas à le pendre pour quelque chose qu'il n'a pas fait, dit Barry en posant son café et en s'adossant au canapé.

— S'il est innocent, les indices le prouveront.

Summer toucha le genou de Barry, essayant d'établir un contact physique pour combattre la distance émotionnelle qu'il avait mise entre eux.

— Nous ne voulons pas plus que vous que la mauvaise personne soit accusée du meurtre de Patrice. Nous voulons la vérité et la justice. Mais nous avons besoin des faits.

Charlie poussa un profond soupir.

— Y se battait, y déblatérait... L'a échoué au dernier semestre pasqu'y s'est pas donné la peine de venir aux exams.

— Et vous avez parlé avec lui de ce qui se passait dans sa tête ? Des raisons pour lesquelles il se comportait ainsi ?

— C'est plutôt évident, grommela Barry.

— Dites-le-nous quand même, intervint Nolan. Les suppositions ne nous servent à rien.

Tous deux restèrent silencieux une minute, puis Barry dit :

— Écoutez. Je vais vous le dire mais vous devez promettre de ne pas en faire une montagne.

Summer sentit son pouls accélérer. Ce genre de préambule indiquait qu'ils arrivaient enfin à la vérité. Charlie tourna vivement la tête et lança un regard d'avertissement à son ami.

— Continuez, dit Summer en lui adressant un regard compatissant et en s'abstenant de faire une promesse.

Barry fit un geste d'apaisement envers Charlie avant de commencer.

— Le dernier soir où on a vu Patrice, Tyler lui a fait des avances. On était allé au Bailey's après les cours pour boire et faire un billard.

Summer prit note avec l'intention de parler aux employés du bar puis leva les yeux pour qu'il continue.

— Tyler nous a dit qu'il l'avait embrassée, qu'elle s'était mise en rogne et qu'elle était partie.

— Elle a quitté le bar ? demanda Summer pour clarifier ce point. Seule ?

Cela correspondrait à ce que disait le rapport de police.

— Normalement, quand on sortait après les cours, l'un de nous ramenait Patrice chez elle, pour être sûr qu'elle rentrait sans problème.

En parlant, Barry caressait le flanc de sa tasse.

— Vous voyez, pour qu'elle soit en sécurité.

— C'était gentil de votre part, dit-elle avec un sourire encourageant.

— Mais, ce soir-là, vous ne l'avez pas fait ? demanda Nolan.

— Non. Elle est partie toute seule, dit Barry. Elle a pris un Uber ou un truc comme ça. Tyler nous a dit qu'elle était furieuse contre lui. Elle n'était pas en cours le lendemain, ni le surlendemain. On l'a déclarée officiellement disparue à la fin de la semaine, puis son corps a été retrouvé et...

Il se frotta le visage à deux mains.

— Et puis, Tyler s'est reproché ce qui lui était arrivé. S'il ne l'avait pas embrassée... peut-être qu'elle n'aurait pas disparu.

— L'un de vous l'a-t-il effectivement vue quitter le bar ? Physiquement franchir la porte ? insista Nolan.

Les deux amis de Patrice froncèrent les sourcils. Ils se regardèrent, hésitants.

— Je..., commença Charlie, avant de secouer la tête. Je ne me souviens pas.

Barry haussa les épaules.

— Pareil pour moi. Je peux pas dire pour sûr.

Puis comprenant la raison de cette question, il ajouta :

— Mais Tyler est resté avec nous toute la soirée. Je l'ai ramené chez lui en voiture, parce qu'il était en miettes après ça. Il était amoureux d'elle, et il n'arrêtait pas de dire qu'elle finirait par changer d'avis. C'est tout ce que je sais.

— À quelle heure Patrice a quitté le bar ? L'avez-vous notée ?

Barry tordit le visage et se gratta la joue.

— Eh bien, on est sortis de cours à 4 heures et demie, on a mangé un hamburger sur le chemin du Bailey parce qu'ils ont rien de bon à manger...

Il hésita, calculant apparemment.

— Je dirais qu'on est restés deux heures à boire.

— Le match De Astros avait déjà commencé. On le voyait à la TV. Je regardais plus ça que la porte, ajouta Charlie. Je dirais quelque part après 8 heures. J'm'souviens que j'ai pensé que c'était bizarre qu'elle se barre avant que la soirée commence vraiment.

Summer nota les heures et les détails concernant le match.

— Mon vieux, vous voulez trouver son meurtrier ? dit Charlie en plantant ses yeux dans ceux de Nolan. Allez parler à son vieux. Il était d'une sévérité dingue avec elle. C'est à cause de lui qu'elle a pris un appart. Elle détestait ses règles.

Nolan se redressa.

— Vous a-t-elle dit quelque chose qui vous a fait penser que son père était violent ? Vous avez vu des bleus sur elle ?

— Nan, mais… Y'a une première fois à tout, pas vrai ? répondit Charlie. J'dis juste que son père a pu la zigouiller aussi bien que Tyler. P'têt qu'il a découvert qu'elle allait boire des coups avec nous après les cours. L'est devenu fou.

Il haussa les épaules.

— C'tout c'que j'dis.

Summer mâchonna le bout de son stylo.

— D'accord. Quelqu'un d'autre qui aurait pu lui causer des ennuis ? Qui la harcelait sur les réseaux sociaux ? Qui la draguait au bar ? Avec qui elle serait sortie en douce ?

Charlie se lécha les lèvres en réfléchissant.

— Pas que je sache.

Summer regarda Barry, qui secoua la tête.

— Non.

— OK. Eh bien, merci de nous avoir donné de votre temps.

Charlie se leva. Après avoir lancé son gobelet dans une poubelle à proximité, il déclara :

— Écoutez, j'espère que vous allez trouver le salaud qui a tué Patrice. C'était une fille sympa et marrante, qui connaissait drôlement bien la mécanique. Elle ne méritait pas qu'on lui fasse ça.

Summer hocha la tête.

— Nous ferons de notre mieux.

Elle referma son cahier, tandis que les garçons faisaient mine de partir.

— Oh ! attendez ! Une dernière chose…

— Ouais ?

— Le nom de famille de Tyler ?

Tous deux se consultèrent à nouveau du regard. Charlie leva les yeux au ciel, et Barry répondit :

— Whitmore.

Summer acquiesça.

— Merci, les gars.

Fourrant les mains dans leurs poches, les deux garçons s'éloignèrent en direction du hall.

— Donc nous sommes d'accord ? On doit avoir une petite conversation avec Tyler.

— C'est certain, dit Nolan en s'effaçant pour la laisser passer. Il est la dernière personne à l'avoir vue vivante, il faut absolument l'interroger.

Il posa une main au creux de ses reins pour la guider gentiment dans la masse des étudiants. Summer avait vu son père agir de la sorte avec sa mère. Elle avait toujours cru que c'était une manière de ne pas se perdre dans la foule. Mais la chaleur et le poids de la main de Nolan diffusaient une merveilleuse sensation, qui parlait d'affection et d'intimité.

Sa bouche s'assécha à cette idée. Son ami d'enfance était devenu un homme viril, qui exsudait le sex-appeal.

*Du calme, ma fille.* Même si elle avait envie de se coucher à ses pieds, il avait clairement fixé les termes de leur relation et elle s'y conformerait. Parce qu'elle comprenait ses raisons : il s'était brûlé les ailes avec Charlotte. Parce qu'elle le respectait : c'était un homme honorable, un professionnel consommé qui méritait sa coopération. Et parce qu'elle ne pouvait supporter d'abîmer une amitié qu'elle chérissait.

Même après qu'ils avaient perdu le contact, leur amitié était restée un souvenir lumineux dans sa vie. Maintenant qu'ils s'étaient retrouvés, comment aurait-elle pu faire quoi que ce soit qui les sépare ?

# 10

Quand ils frappèrent à la porte du ranch, Josephine vint leur ouvrir avec un grand sourire.

— Bonjour Nolan ! Et cette beauté serait-elle Summer ? Mon Dieu, ça fait une éternité !

Nolan déposa un baiser sur la tempe de Josephine. Le soleil de la fin d'après-midi accrochait des fils argent dans ses cheveux blonds et soulignait l'éclat perpétuel de ses joues rondes. Josephine recula d'un pas avec une moue d'excuse.

— Je crains que le dîner ne soit pas prêt. Nous avons commencé à cuisiner assez tard, car nous avons eu des soucis avec le troupeau. Nous mangerons dans une heure environ.

— Quelle sorte de problème ? s'enquit Nolan.

— J'ai dit des soucis, pas des problèmes. Rien dont il faille t'inquiéter, mon cher. Juste les petits tracas du quotidien. Dans l'intervalle, pourquoi n'allez-vous pas faire une promenade à cheval par ce beau temps, Summer et toi ?

Se tournant vers cette dernière, Josephine ajouta :

— Je parie que ça fait longtemps que tu n'as pas chevauché, je me trompe ?

— Non, c'est vrai. La dernière fois, c'était en vacances avec mes parents dans le Colorado. Mais j'espère que c'est comme le vélo, on s'en souvient toujours.

— Dans le cas contraire, répliqua Josephine, une étincelle dans le regard, je suis sûre que Nolan sera ravi de te montrer.

— Bien sûr, approuva Nolan. Qu'est-ce que tu en penses ? Tu veux aller faire une balade ?

— Ça pourrait être sympa... Mais n'étions-nous pas venus parler de l'affaire avec ta famille ? Nous devrions peut-être chercher d'abord Forrest et l'interroger sur ces boutons.

— Bonté divine, chérie !

Josephine la serra contre elle.

— Amuse-toi un peu ! Il sera toujours temps de parler boulot après le dîner. Nous avons prévu de faire un feu pour que les enfants des voisins fassent griller des guimauves.

— Seulement les enfants ? demanda Summer. Moi aussi, j'adore les guimauves.

Josephine se mit à rire.

— Les grands enfants sont les bienvenus ! Et maintenant, ouste ! Va chevaucher avec ton homme et amuse-toi.

Nolan ouvrit la bouche pour dire que Summer et lui ne formaient pas un couple, mais les mots lui restèrent dans la gorge. D'une part, contredire Josephine lui semblait grossier. D'autre part, cela l'amusait de s'imaginer en partenaire de Summer.

Summer haussa les épaules.

— D'accord. Le boulot peut attendre. Montre-moi le chemin.

Posant une main au creux de ses reins, Nolan l'escorta vers les écuries, où ils trouvèrent Hays et Jonah, le fils aîné de Josephine et Hays, en grande conversation.

— Toc, toc, appela Nolan en s'engageant dans le bâtiment. J'ai entendu dire qu'on pouvait louer un cheval ou deux pour une promenade avant le barbecue ?

— Nolan, mon garçon ! s'exclama Hays en lui assenant une claque sur l'épaule.

Avec un grand sourire, Jonah serra la main de Nolan.

— Hé, vieux. Quoi de neuf ?

— Entrez ! dit Hays en se tournant vers Summer. Qui est cette ravissante demoiselle ?

— Tu te souviens de Summer et de ses parents ? Qui habitaient de l'autre côté du lac ?

— La petite Têtard ?

Le rire de Jonah témoigna de sa joie.

— Oh mon Dieu ! Comment vas-tu ?

Il s'avança pour étreindre Summer. Non, il n'était *pas* mal à l'aise avec les manifestations d'affection de ses cousins, songea Nolan. Même si Jonah continuait de tenir Summer par les épaules après une embrassade plus longue que nécessaire. *Calme-toi. Jonah est fiancé à Maggie. Il n'est pas en train de la draguer.*

Il inspira profondément l'odeur de crottin, de foin et de cuir qui flottait dans l'air. Summer adressa un sourire radieux à Hays et à Jonah, et tous trois échangèrent des plaisanteries et des nouvelles.

Enfin, Hays et Jonah les aidèrent à seller Cody, le cheval de Jonah, et Ginger, la jument préférée de Josephine. Nolan et Summer s'éloignèrent en direction du trou d'eau favori de leur enfance. Le soleil de la fin d'après-midi projetait un halo doré, et une brise automnale agitait les feuilles des peupliers et des saules noirs. La paix et la beauté de ce coin, où Nolan avait tant de bons souvenirs, l'aidèrent à se détendre. Le murmure de l'eau sur les pierres du torrent emportait le stress de l'enquête interne et de la sinistre affaire sur laquelle travaillait Summer. Une grande libellule fila devant lui. Il la suivit des yeux, admirant ses ailes auréolées de lumière.

Summer raccourcit les rênes de Ginger et soupira.

— Rien n'a changé ici. Les arbres sont peut-être un peu plus grands, mais tout le reste est tel que je m'en souviens.

Passant une jambe par-dessus sa jument, elle mit pied à terre. En la voyant accrocher les rênes à une branche basse, Nolan l'imita. Il caressa le cou de Cody, et le cheval hennit de satisfaction.

Summer écarta les herbes hautes pour se frayer un passage jusqu'au torrent. Il y avait là un grand rocher plat sur lequel, enfants, ils prenaient le soleil après la baignade. Chassant une abeille qui bourdonnait devant son visage, Nolan la rejoignit en évitant les branches. Elle s'assit en tailleur pour contempler le ruisseau, les arbres et le ciel. Puis, avec un éclat de rire, elle désigna l'autre rive.

— Regarde, Nolan ! Notre cabane ratée est toujours là !

Nolan se retourna pour regarder ce qu'elle lui montrait.

Effectivement, une planche gondolée de contreplaqué était calée dans le V d'un gros chêne et des tasseaux cloués au tronc pour former une échelle.

— Ça alors !

Il s'installa auprès d'elle, allongeant les jambes et s'appuyant sur ses coudes.

— Pourquoi ne l'avons-nous pas terminée ? Elle avait bien commencé pourtant.

— Autant que je me souvienne, il a commencé à pleuvoir et le torrent était tellement gros qu'on nous a interdit d'y venir. Dans l'intervalle, nous avons commencé à jouer avec la Xbox que Forrest avait eue pour son anniversaire.

— Ah oui. Ensuite il n'y a pas quelqu'un qui a eu l'idée de construire un fort dans le grenier à foin ?

— Où nous nous sommes servis de la vieille poulie pour faire une balançoire, compléta-t-elle.

— C'est vrai !

Elle se mit à rire, un son qui courut le long de ses nerfs de la plus délicieuse des façons. Son corps bourdonnait d'aise.

— C'était la bonne époque, dit-elle. Jusqu'à ce que Donovan se casse la jambe et qu'on nous interdise d'y jouer.

Nolan se gratta le visage.

— Donovan ? Je croyais que c'était Forrest. Peut-être que je confonds avec sa blessure récente.

— Quelle blessure ? Je n'en ai pas entendu parler.

Nolan lui jeta un regard de biais. Des taches d'ombre accentuaient les traits de son visage.

— Il a reçu une balle dans la jambe. Tu as dû remarquer qu'il boite. C'est l'une des raisons pour lesquelles il est revenu ici. Mais Thompson a compris que c'était un enquêteur hors pair, jambe boiteuse ou non.

— C'est pour ça qu'il a quitté Austin ? Je croyais qu'il voulait se rapprocher de sa famille et s'engager dans les Cowboy Heroes !

Nolan arqua un sourcil.

— Pardon ? C'est quoi les Cowboy Heroes ?

— Je suis surprise que tes cousins ne t'en aient pas parlé. C'est un groupe de recherche et de sauvetage qu'ils ont rejoint quand l'ouragan Brooke s'est abattu. Des ranchers qui vont à cheval dans les zones inatteignables en voiture. Ils participent aux opérations de secours quand les ressources en hommes sont limitées. Je crois que tous les Colton en font partie. Avery m'en a parlé. Dallas travaillera avec eux à plein temps quand son congé paternité prendra fin.

— Recherche et sauvetage à cheval, dit Nolan comme pour soupeser le poids de ces mots. Intéressant.

Summer se tourna vers lui.

— Le groupe cherche à s'étendre à tout le Texas et à d'autres États. Ça m'étonne que personne ne t'en ait parlé.

Elle prit un air pensif.

— Tu serais doué pour ça. Si... les choses ne tournent pas comme tu l'espères, tu devrais leur demander de t'engager.

Il médita cette idée jusqu'à ce que Summer s'allonge à nouveau sur le rocher. Avec un soupir de satisfaction, elle posa la tête sur son épaule. Sans réfléchir, il lui prit la main et entrelaça leurs doigts. Ce ne fut que quand elle pencha la tête pour lui sourire qu'il prit conscience de l'intimité de leur posture. Dans l'intervalle qui suivit, tandis que son cerveau se mettait en mode analytique, Summer soupira de contentement.

— C'est agréable, hein ? Le silence et le calme.

Nolan repoussa son inquiétude et inspira profondément. L'odeur des feuilles mortes et de la terre humide se mêlait au parfum floral de Summer. Enivrant. Il aurait pu passer des heures seul avec elle, surtout dans un coin comme celui-ci. Il acquiesça d'un bruit de gorge et ferma les yeux pour écouter le babil du ruisseau.

— Comment te vois-tu dans dix ans ? entendit-il soudain.

Il sentit plus qu'il ne vit Summer rouler sur elle-même pour lui faire face. Il resta silencieux un moment, n'ayant pas envie de parler. Car elle voulait davantage qu'un simple « je ne sais pas ».

— Je n'y ai jamais vraiment réfléchi.

— Tu seras marié ?

— J'imagine.

— Tu auras des enfants ?

— Sans doute. Qui n'a pas d'enfants ?

Il s'interrompit et se tourna vers elle.

— Mes cousins ont l'air heureux, alors ça me pousse à réfléchir. Mais je dois d'abord trouver une femme et…

Il laissa sa phrase en suspens.

— Tu seras toujours au FBI dans dix ans ? demanda-t-elle d'un ton beaucoup plus doux.

Il ricana.

— J'imagine que ça dépend de comment tourne l'enquête du Bureau. Peut-être que je ne travaillerai plus nulle part, en dehors de la buanderie de la prison.

Son expression sardonique tentait de dédramatiser le sujet, mais cette idée lui tordait les entrailles.

Summer se redressa d'un air féroce. Le soleil éclairait ses cheveux dorés, ce qui la faisait ressembler à une lionne défendant ses petits.

— Ça n'arrivera pas. Aussi longtemps que je vivrai. Je serai ton témoin de moralité, ton alibi, quoi qu'il en coûte. Je ne les laisserai pas te mettre sur le dos des choses tellement incohérentes avec ta personnalité que…

Les rayons du soleil. Le feu dans son regard. La passion dans sa voix. Quelque chose le fit basculer. L'émotion le gagna, et il posa une main sur la nuque de Summer. Ses yeux se posèrent sur ses lèvres pleines. Il s'approcha, son nez heurta le sien et…

Il se déroba. Le souvenir des accusations de Charlotte le tira en arrière. Il émit un grognement de frustration et retomba à plat sur le rocher. Les dents serrées, il contempla le ciel à travers les branches des peupliers.

Puis le visage de Summer réapparut, les yeux brillants de perspicacité.

— Nolan ?

Il soupira et détourna les yeux.

— Je sais. J'ai failli… C'était juste une impulsion. Oublie ça, d'accord ?

— Oublier quoi ? Il ne s'est rien passé.

— C'est vrai.

Il expira, mais ses nerfs étaient toujours tendus.

— Nolan, dit-elle d'un ton plus déterminé.

Elle posa sa paume fraîche sur sa joue, l'obligeant à la regarder. Un sourire espiègle creusa sa joue, elle pencha la tête et pressa ses lèvres sur les siennes.

# 11

Le pouls de Summer s'affola dès que sa bouche captura celle de Nolan. Une vague de douceur se déversa en elle. Elle avait embrassé son lot d'hommes auparavant, mais aucun ne l'avait autant émue. Son sang se mit à pétiller dans ses veines. Son intention avait été de lui donner un bécot flirteur sur les lèvres. De le tenter. Une sorte de test.

Plusieurs secondes étourdissantes s'écoulèrent avant qu'elle revienne à elle et se dégage. Elle cligna des yeux, prête à le taquiner sur son manque de spontanéité. Mais les mots moururent sur sa langue devant l'expression fiévreuse de Nolan.

— Dis-le, dit-il d'un ton désespéré. Dis-moi que tu voulais que je t'embrasse aussi.

Le dire ? Son baiser ne parlait-il pas pour elle ?

— Oui, Nolan. Oui.

Avant qu'elle puisse plaisanter, il reprit possession de ses lèvres. Après cela, son esprit s'éteignit et elle se contenta de pures sensations. Ses os parurent fondre, la laissant molle et malléable entre ses bras. Les pensées cohérentes furent remplacées par un tambourinement d'extase dans ses oreilles.

Nolan caressa son corps, s'attardant sur le creux de sa taille et la courbe de sa hanche. Quand ses doigts atteignirent ses fesses, il les pressa gentiment, et de nouvelles vagues de plaisir se déversèrent en elle. Elle se serra contre lui. Elle voulait davantage que cela. Elle avait envie de le sentir dans les endroits les plus intimes. Elle avait besoin de...

Il s'arracha au baiser avec un hoquet. Elle le sentit frémir de tout son corps, tandis que ses yeux embués par le désir se plantaient dans les siens. Quand elle tenta de l'embrasser encore, il prit son visage entre ses mains pour l'arrêter.

— Pourquoi m'as-tu embrassé ? demanda-t-il, le souffle court. Je croyais que nous étions d'accord pour rester sur un mode platonique.

Summer sentit son cœur sombrer. *Quoi ?*

— J'étais... curieuse.

Elle inspira une bouffée d'air et fouilla son regard avant d'ajouter :

— J'ai suivi une impulsion.

Puis, haussant les sourcils, elle lui renvoya la question :

— Pourquoi m'as-*tu* embrassée ? Je croyais que tu voulais une relation strictement professionnelle.

Nolan souffla lentement et se détendit un peu. Les yeux brillants, comme s'il soupesait sa réponse, il dit :

— C'est vrai. Mais nous ne sommes pas au travail, là, non ? Et tu as dit oui.

— Et si j'avais dit non ? le taquina-t-elle.

Mais, voyant un nuage passer dans le regard de Nolan, elle regretta immédiatement sa plaisanterie.

— Alors je me serais abstenu. Je respecte complètement ton droit à dire non, dit-il tristement.

Espérant alléger son humeur, elle lui pinça le menton avec un sourire coquin.

— Alors c'est une bonne chose que j'aie dit oui, hein ?

Puis elle effleura son oreille d'un baiser et murmura :

— Je te défie de le refaire.

Le voyant hésiter, elle posa une main sur sa nuque et approcha son visage pour l'embrasser à pleine bouche, ne laissant aucun doute sur son consentement.

Enfin, il céda et la prit dans ses bras. Sa main posée sur sa hanche se déplaça dans son dos et s'arrêta, comme en attente, sur l'agrafe de son soutien-gorge.

Summer interrompit leur baiser assez longtemps pour reprendre son souffle. Mais, alors qu'elle ouvrait la bouche pour réitérer son consentement, un bruit perturbant leur parvint de la rive du torrent.

Elle se figea et pencha la tête pour écouter. Le bruit revint, plus fort. Les chevaux hennissaient, agités par quelque chose. Summer posa la main sur la poitrine de Nolan et tourna la tête quand il fit mine de l'embrasser.

— Écoute. Quelque chose inquiète les chevaux.

Il releva la tête et regarda en direction des animaux. L'inquiétude colora son visage et il se mit debout.

— Tu as raison. Viens.

Il lui tendit la main pour l'aider à se lever. Ils se hâtèrent de traverser le cours d'eau, glissant sur les pierres et s'aspergeant d'eau froide.

Les chevaux piétinaient nerveusement, mais Ginger était la plus agitée. À leur approche, elle poussa un hennissement aigu et se cabra, arrachant ses rênes de la branche autour de laquelle Summer les avait noués. Nolan se précipita pour calmer l'animal effrayé et évita de peu une ruade.

— Nolan !

Summer s'approcha en courant, mais il lui fit signe de rester à distance. Ginger se cabra à nouveau, puis s'élança dans la prairie, traînant ses rênes derrière elle. Le cœur de Summer se serra en voyant la jument s'emballer.

Cody tirait aussi sur sa longe, les yeux fous.

Summer survola le sol, cherchant un serpent qui aurait pu effrayer les chevaux. Jusqu'à ce que quelque chose passe devant ses yeux avec un bourdonnement coléreux. Penchée en arrière, elle tenta de chasser la guêpe qui tournait autour d'elle. Une autre suivit, et elle retint son souffle.

— Nolan, des guêpes ! Les chevaux ont dû déranger un nid !

Il frappait l'air pour écarter les insectes de Cody et se hâta de détacher les rênes de l'arbre.

— Recule. Elles sont en colère !

Summer était désolée de laisser Nolan sauver seul Cody, mais il était inutile de s'y prendre à deux pour détacher un cheval. Le cœur battant, elle s'éloigna en trébuchant. Avec un pincement de culpabilité, elle songea qu'elle aurait dû inspecter l'endroit avant d'attacher Ginger. La jument rousse avait disparu sans laisser de traces.

Nolan revint en courant, menant Cody par la bride. Summer lui emboîta le pas à vive allure. Quand ils furent à plusieurs dizaines de mètres de l'essaim déchaîné, il s'arrêta et se plia en deux pour reprendre son souffle. Summer aussi était essoufflée, mais elle caressa le garrot de Cody et l'inspecta pour vérifier qu'il n'avait pas été piqué.

— Du calme, mon beau.

Nolan se mit en devoir d'examiner l'autre flanc du cheval.

— Tu as vu dans quelle direction partait la jument ?

— Oui, mais elle est loin maintenant.

— Il faut la retrouver.

— Bien sûr.

Summer trouva une piqûre sur le cou de Cody.

— Mon pauvre. Je suis désolée que cette saleté t'ait piqué. C'est ma faute.

— En quoi est-ce ta faute ? demanda Nolan en la regardant par-dessus le dos du cheval.

— J'ai choisi cet arbre sans voir le nid.

— J'ai également attaché mon cheval sans regarder. Je suis tout aussi responsable.

Il se déplaça autour du hongre, qui piaffait avec nervosité.

— Tu vas bien ? Tu n'as pas été piquée ?

— Je ne crois pas.

C'est alors qu'elle vit la marque rouge sur le cou de Nolan.

— Oh Nolan ! Combien en as-tu ?

— Deux ou trois, je pense. Ça ira.

Elle le regarda presser une grosseur rouge sur son bras en serrant les dents.

— Retournons au ranch, dit Nolan. Je ne sais pas ce qu'il faut faire à un cheval qui a été piqué, mais je ne veux pas le faire attendre trop longtemps.

— D'accord.

Ce fut seulement alors qu'elle se rendit compte que son moyen de transport avait pris la fuite.

— Euh...

Nolan continuait de calmer le cheval en murmurant doucement. Il la regarda et devina aussitôt la raison de son hésitation.

— On va marcher un bout de chemin pour donner à Cody le temps de se calmer, puis on le montera à deux. Je pense qu'il pourra le supporter. Pas vrai, mon beau ?

Il caressa l'encolure du cheval, et les oreilles de l'animal se détendirent, signe qu'il se calmait.

— Et Ginger ? Il faut la retrouver.

— Oui, dit Nolan en regardant autour de lui. Ouvre l'œil. Si on ne la retrouve pas sur le chemin, je repartirai la chercher avec un de mes cousins.

Ils prirent la direction de l'écurie, et les pensées de Summer revinrent au moment précédant l'attaque des guêpes. Les baisers qu'elle avait partagés avec Nolan… Ses mains, qui avaient exploré son corps, s'étaient glissées sous son T-shirt…

Nolan semblait perdu dans ses pensées, et elle ne voulait pas lui demander à quoi il pensait. Elle n'imaginait que trop bien qu'il s'accusât d'avoir transgressé ses propres règles. En se rappelant ce qu'il avait dit de Charlotte et de la manière dont elle l'avait poussé à transgresser son éthique, la culpabilité la prit. N'avait-elle pas fait la même chose ?

— Je suis désolée, marmonna-t-elle dans un silence tendu.

Il lui glissa un regard de biais.

— Arrête de battre ta coulpe. Tu ne pouvais pas savoir qu'il y avait un nid de guêpes.

— Non… Je veux dire, le baiser.

Il fit un faux pas et lui jeta un regard fulgurant.

— Tu es désolée que ce soit arrivé ?

Elle rumina la question en se mordillant la lèvre.

— Non.

Inspirant fortement, elle croisa son regard.

— Je suis désolée d'avoir insisté. Tu avais fixé des limites et je les ai ignorées. Je ne suis pas meilleure que Charlotte.

— Waouh…

Il s'arrêta de marcher.

— Tu ne peux pas comparer. C'est tout à fait différent.

— Vraiment ? Je savais que je n'aurais pas dû, mais j'ai laissé mon impulsivité prendre le dessus.

— C'est pour ça que c'est entièrement différent. C'est une émotion authentique qui te motivait.

Elle plissa le nez, pas sûre de comprendre. L'impulsivité et l'émotion étaient des anathèmes pour le Nolan qu'elle connaissait.

— Charlotte m'a piégé. Elle avait tout prévu. Elle m'a utilisé puis, quand elle a changé d'avis, elle a décidé de me sacrifier. Elle se fichait que j'en souffre.

Il se redressa un peu.

— Tu avais l'intention de me faire du mal en m'embrassant ?

Summer en resta bouche bée.

— Non ! Jamais !

— C'est bien ce que je disais.

Son regard s'assombrit, et sa mâchoire se tendit.

— En plus… c'est moi qui t'ai embrassée le premier. C'est moi qui devrais m'excuser.

— Tu m'as *presque* embrassée. C'est moi qui ai pris le relais.

Elle s'approcha de lui et posa une main sur sa poitrine.

— Tu regrettes ?

Il la regarda dans les yeux, les pupilles élargies. Sous sa main, elle sentit les rapides battements de son cœur.

— Non.

Elle sourit, mais il gâcha tout en ajoutant :

— Mais je devrais. Et je sais que ça ne doit plus arriver. Donc promettons-nous de ne plus en parler, d'accord ?

Summer sentit son cœur sombrer dans sa poitrine. Sa réaction lui révélait ce qu'elle n'avait pas osé accepter jusque-là. Elle voulait davantage de son meilleur ami qu'un baiser exploratoire. Elle voulait une relation physique et romantique avec lui.

Une sorte de croassement lui échappa, qu'il prit pour un assentiment. S'approchant de Cody, il caressa l'encolure du cheval et tapota la selle vide.

— Je pense qu'il s'est assez calmé pour que nous le montions. Tu veux un coup de main ?

Elle ravala sa déception et examina son offre. Cody faisait au moins une main de plus que Ginger. Pas facile pour quelqu'un de sa taille. Déchiffrant son hésitation comme un besoin d'aide, Nolan la prit sous les bras.

— À trois. Prête ? Un, deux, trois.

Summer agrippa le bord de la selle, engagea le pied dans l'étrier et essaya de passer la jambe par-dessus le dos de Cody. Elle sentit la main de Nolan se planter au milieu de son derrière. Il poussa, et elle fut enfin assez haut pour s'installer sur la selle. Les joues rouges, elle se demanda si sa gêne tenait au fait d'avoir eu besoin d'aide ou à ce que Nolan l'avait empoignée de manière si intime. Un peu des deux, peut-être. Elle n'eut pas le temps de débattre la question, car Nolan enfourcha Cody derrière elle. Elle avança autant qu'elle put sur la selle, mais il était tout de même plaqué contre elle.

Elle agrippa la corne de la selle et déglutit. Le trajet jusqu'au ranch allait être compliqué.

Nolan éprouvait une forme spéciale de torture, dans laquelle le plaisir lui-même était un tourment. Le derrière de Summer était fermement pressé sur son aine, et aucune tentative de distraction ne suffisait à tenir sa libido en laisse.

Summer ne pouvait pas ignorer son excitation et orientait vaillamment la conversation sur des sujets neutres. Le dernier texto d'Avery. Les questions qu'elle voulait poser aux cousins. L'histoire de son adoption de Yossi.

— J'ai inspecté deux pièces pleines de chats à la Humane Society et je n'arrivais pas à me décider. Je n'avais pas trouvé celui qui me faisait un ... déclic, tu vois ?

Il voyait. Il avait senti ce déclic quand ses lèvres avaient touché celles de Summer. Qu'il s'agisse de destin, de karma ou d'âmes sœurs, il avait été ébranlé jusqu'au fond de lui-même. Et terrifié. Comme un lâche, il avait battu en retraite. Il ne savait pas quoi faire des sentiments intenses qui l'avaient aveuglé. Parce que c'était... Summer !

Il répondait à son quasi-monologue par des monosyllabes. Il était sûr que, s'il en disait plus, elle percevrait dans sa voix la tension sexuelle qui l'habitait.

— J'étais sur le point de partir, quand quelqu'un a montré une rangée de cages au fond. Un petit chat gris était en train de cogner sur la vitre. Quand l'employé du refuge l'a pris, il a presque sauté dans mes bras. Et c'est comme ça que je me suis décidée. C'était celui-là.

Nolan émit un grognement.

Elle soupira.

— Je t'ennuie.

— Non, pas du tout. *Tu m'excites. J'essaie juste de ne pas devenir fou.*

Un faible grondement attira son regard. Deux 4x4 se matérialisèrent au loin, venant vers eux.

— On dirait que la cavalerie arrive, dit-elle.

Quand les véhicules approchèrent, ils virent que Hays conduisait l'un d'eux et Jonah l'autre. Nolan tira sur les rênes de Cody, et les hommes coupèrent les moteurs pour pouvoir parler sans crier.

— Tout le monde va bien ? demanda Hays. Nous nous sommes inquiétés en voyant Ginger revenir sans sa cavalière.

— Ginger est revenue ?

Summer lâcha un rire de soulagement.

— Dieu merci. J'étais consternée à l'idée de vous dire que nous l'avions perdue.

— Oh oui, dit Jonah en souriant. Ginger sait où on sert le dîner et elle n'est pas du genre à manquer un repas.

Hays avait cependant l'air préoccupé.

— Comment s'est-elle échappée ? Elle ne t'a pas jetée à bas, n'est-ce pas ?

Summer secoua la tête et parla du nid de guêpes.

— Je crains que Cody n'ait quelques piqûres. Ginger aussi, sans doute. C'est pour ça qu'elle s'est enfuie. Je suis désolée.

Jonah s'esclaffa.

— On est au Texas ici. Les serpents, les guêpes et les scorpions font partie du paysage. Je suis juste content que vous n'ayez pas de mal tous les deux.

Il pointa un doigt vers Nolan.

— Du bicarbonate de soude et un antihistaminique devraient suffire à vous guérir, toi et Cody.

Hays plissa un œil pour évaluer l'état de Cody.

— Ce vieux canasson a l'air plutôt fatigué. Pourquoi ne pas monter avec l'un de nous, Summer ?

Bien qu'il comprît la sagesse d'épargner un poids supplémentaire à Cody, Nolan ressentit une bouffée de déception. C'était totalement incohérent... puisqu'il venait de maudire le derrière de Summer et le parfum de ses cheveux.

Il suivit les 4x4 jusqu'à l'écurie et aida Jonah à soigner Cody. Ginger avait aussi été piquée plusieurs fois, mais elle mâchonnait du foin frais d'un air satisfait et elle remarqua à peine les soins de ses maîtres.

Hays et Summer laissèrent Nolan et Jonah finir leurs tâches et se dirigèrent vers la maison pour se rafraîchir avant le dîner.

Très vite, une odeur de bois brûlé parvint aux narines de Nolan, suivie du tintement de la cloche. Il sourit en l'entendant. Il se souvenait d'avoir été appelé ainsi quand il était enfant.

— Josephine se sert toujours de cette vieille cloche, hein ?

Jonah gloussa.

— De temps en temps. Je suis un peu comme le chien de Pavlov avec ce truc. Ça suffit à me faire saliver.

Nolan assena une claque dans le dos de son cousin.

— Allons manger alors, lui dit-il en riant.

Tandis qu'ils se dirigeaient d'un pas détendu vers la maison, Jonah donna un coup de coude à Nolan.

— Alors, Summer et toi ? Qui aurait pensé après tout ce temps que vous finiriez ensemble ?

Nolan lança un regard noir à son cousin.

— Nous ne sommes pas en couple. Pourquoi dis-tu ça ? Un homme ne peut pas avoir une amie sans que tout le monde suppose qu'ils sont ensemble ?

Jonah lui sourit d'un air narquois.

— Waouh ! J'ai marché sur un serpent à sonnette ou quoi ?

— Nous ne sommes pas en couple, répéta Nolan.

— Hum hum, marmonna Jonah, mais son ton n'était pas convaincu.

— Non. Et je te serais reconnaissant de ne pas dire une chose pareille devant Summer.

— Hum hum.

Nolan s'arrêta et fit face à son cousin, les bras croisés.

— Pourquoi tu penses qu'on est ensemble ?

Jonah secoua la tête et rit.

— Tu ne peux pas lui parler sans rougir. Tu es un cas, Nolan. J'ai des yeux. Je vois bien comment vous vous comportez l'un avec l'autre. Et cette chevauchée sur Cody... ?

Il jeta un regard entendu à son cousin.

— Que s'est-il passé d'autre durant cette promenade ?

— Rien.

Nolan reprit sa marche, puis s'arrêta à nouveau et dévisagea Jonah.

— Nous nous sommes embrassés, d'accord ? C'est tout. Mais ça n'aurait pas dû arriver. Nous sommes amis, point. C'est tout ce que nous pouvons être. J'ai laissé les choses s'emballer, et du coup ça complique tout.

Il fourragea dans ses cheveux.

— Je ne veux pas perdre son amitié, et j'ai peur de lui faire du mal sans le vouloir en sortant avec elle.

Il souffla d'exaspération.

— J'ai fait des conneries, Jonah, et il faut que je remette de l'ordre dans ma vie. Donc, sois sympa, d'accord ?

Son cousin le contempla longuement puis hocha la tête.

— Bien sûr, vieux. Comme tu veux. Mais, juste pour que tu le saches, je pense que vous allez super bien ensemble. Un peu comme si vous étiez destinés l'un à l'autre, tu vois ?

Le problème, c'était que Nolan ne voyait que trop bien. Si sa vie n'avait pas été aussi bouleversée, il aurait peut-être envisagé une relation différente avec Summer. Mais il ne pouvait pas l'entraîner dans le chaos actuel. Sa carrière au FBI était une inconnue. Tout son avenir était une inconnue. Si on le poursuivait au pénal...

Une bouffée d'acide lui mordit l'estomac. Son avocat devait trouver le moyen de l'innocenter. D'une manière ou d'une autre.

Quand ils atteignirent le jardin de derrière, un feu rugissant les accueillit. Il survola les grappes de gens pour trouver Summer et la vit assise près de la fiancée de Forrest, Rae. Summer tenait un bébé et souriait à l'enfant avec une expression d'amour frappante. Nolan retint son souffle. Summer serait sans nul doute une mère géniale. Il ne pouvait l'imaginer vivre sans son propre bébé à câliner.

Ce qui rendait son propre avenir d'autant plus obscur. Même si, en dépit du bon sens, il voulait explorer l'attirance fiévreuse qu'il éprouvait pour Summer, il ne pouvait lui donner la vie qu'elle méritait. Quand l'affaire serait réglée, soit il retournerait à la vie trouble et imprévisible d'un agent infiltré du FBI, soit il irait en prison.

Comme si elle avait senti son regard, Summer leva les yeux, et son sourire laissa place à un froncement de sourcils. Elle lui fit signe d'approcher d'un signe de tête.

— Pourquoi fais-tu une tête pareille, Crapaud ? lui demanda-t-elle.

— Quelle tête ? Désolé. Je... pensais.

— Eh bien, n'y pense plus. C'est une soirée familiale, et tu fais peur aux enfants.

Il écarta les mains.

— Quels enfants ?

— Connor pour commencer, dit Summer en levant le petit garçon joufflu.

— Tu as déjà rencontré mon fils, Nolan ? demanda Rae.

Nolan se plia en deux et prit la main potelée du bébé dans la sienne.

— Enchanté de te rencontrer, Connor.

Le bébé retira sa main et se mit à pleurer.

— Qu'est-ce que j'ai fait ? s'enquit Nolan.

Rae le reprit à Summer et secoua la tête.

— Rien. Il est timide et il fait ses dents. Il a été grognon toute la soirée. Forrest est le seul qui arrive à le calmer.

— J'entends tinter mes oreilles. C'est à quel sujet ? demanda Forrest en apparaissant avec un verre de thé glacé pour chacune des femmes.

— Tu exerces ta magie sur le bébé, apparemment, dit Nolan.

Une fois qu'il eut remis les boissons à Rae et à Summer, Forrest prit Connor dans ses bras. Le bébé se calma immédiatement.

— Incroyable ! s'exclama Summer. Forrest, tu es un magicien.

— Assieds-toi avec nous, Nolan, dit Rae en désignant une

chaise. Summer était en train de me dire qu'elle a été engagée pour retrouver le meurtrier de Patrice Eccleston.

Forrest tourna vivement la tête vers sa compagne.

— Ah vraiment ?

Il prit une chaise face à sa fiancée et étendit sa jambe blessée devant lui.

— Engagée par qui ?

— La famille de Patrice, répondit Summer. Et je n'ai pas l'intention de marcher sur les plates-bandes de la police. En fait, j'aimerais travailler main dans la main avec vous, si possible. Je vous ferai part de ce que j'apprends et j'espère que vous pourrez m'orienter dans la bonne direction.

Forrest tourna Connor vers lui et pencha la tête.

— Qu'est-ce que tu en penses, mon pote ? On les laisse entrer dans le club ?

Connor babilla et gloussa, produisant une bulle de salive.

— Je suis d'accord, dit Forrest en hochant la tête.

Puis à Summer :

— En quoi puis-je t'aider ?

Summer chercha la meilleure façon de commencer à questionner Forrest.

— Je viens d'avoir l'affaire, et nous en sommes encore à rassembler des informations. Nous avons parlé à ses amis et à ses colocataires. Même si j'ai les rapports de la police et du légiste, nous avons encore besoin de préciser des choses.

— Nous ? releva Forrest.

Elle glissa un regard à Nolan, puis revint à Forrest.

— Nolan me fait profiter de son expertise dans l'affaire.

Forrest et Rae échangèrent un regard. Summer tenta d'ignorer le sentiment qu'ils venaient d'avoir toute une conversation avec ce regard. Une conversation remplie de conjectures sur leur partenariat.

— Donc nous devrions peut-être commencer par là ? Quand Atticus est venu me voir, il m'a dit que Patrice avait été étranglée à mains nues. Les contusions et le larynx écrasé le confirment. La suffocation est la cause officielle de la mort, mais il y avait aussi des traces de lutte. Des bleus sur les bras et les jambes, des ongles cassés.

Forrest acquiesça.

— C'est vrai.

— Dallas et Avery ont mentionné la présence de boutons de l'armée. Que peux-tu nous dire là-dessus ?

Forrest haussa une épaule.

— C'est déconcertant. En apparence, cela indiquerait un lien avec Corgan. Mais il a nié être responsable de sa mort.

— Bien sûr. C'est ce que Dallas nous a dit.

Nolan se frotta la mâchoire.

— Vous partez donc de l'hypothèse que Corgan avait un complice ? Ou que Patrice a été tuée par un copycat ? Ou que les boutons ont été déposés pour dérouter les enquêteurs ?

— Tout est possible, dit Forrest en essuyant la bave de Connor. Et tout mérite réflexion.

Rae se tortilla sur sa chaise.

— Laisse-moi vous jeter un autre os alors.

Summer changea de position pour lui faire face. – Oh ! ça semble épouvantable, surtout à la lumière du meurtre.

La jolie brunette soupira et dit :

— L'un des avocats de mon cabinet, Lukas, Jolley et Fitzsimmons...

Elle regarda directement Summer.

— ... a eu une brève liaison avec Patrice.

Summer eut un haut-le-corps.

— Quoi ? Tu es sûre ?

— Oui, cela vient d'une source fiable au bureau. Elle me l'a dit quand je me suis plainte à elle que Kenneth – c'est le nom de l'avocat – me fichait les jetons. Il ne faisait pas mystère de son faible pour moi, bien que je lui aie rappelé qu'il était marié.

Summer remarqua que Forrest s'était rembruni.

— Il trouvait toujours le moyen de me mettre la main aux fesses, ou me fixait dans les réunions et clignait de l'œil. Une fois, il m'a coincée dans la salle de photocopies pour bavarder, soi-disant.

— Berk, dit Summer avec un frisson de dégoût.

— En tout cas, dit Rae en chassant un moustique, sa liaison

avec Patrice était bien connue en ville, du moins dans certains cercles. J'ai entendu des gens dire que ça avait duré deux ou trois semaines. On les a vus dîner dans ce restaurant en dehors de la ville...

— La Cantina, dit Forrest.

— C'est ça, La Cantina – des fajitas délicieuses – et on les a vus aussi dans sa voiture à lui, trois jours plus tard.

— Sa femme ne l'a pas appris s'ils s'exhibaient en public comme ça ? demanda Nolan.

— Et le père de Patrice ? questionna Summer. Il jure qu'elle n'avait personne.

Elle fourragea dans ses cheveux, gagnée par l'irritation.

— Je ne sais pas pour son père, mais son frère savait, dit Forrest, tenant toujours le bébé près de s'endormir. Je sais que Ian a affronté Kenneth devant le cabinet. C'était assez violent, mais il est parti avant qu'on appelle la police.

Rae fit la grimace.

— J'ai vu ça. Pouah...

Summer grogna, puis s'exclama de manière théâtrale :

— Oh ! mon royaume pour un client franc !

Nolan se mit à rire et lui massa la nuque brièvement. Elle savoura ce contact, s'apercevant à quel point elle était tendue. Impatiente de prendre des notes sur ce qu'elle entendait, elle regarda autour d'elle.

— Oh ! zut, j'ai laissé mon sac dans la maison !

Repoussant sa chaise, elle prit une serviette en papier.

— Quelqu'un a un stylo ?

Nolan se leva et lui adressa un charmant sourire.

— Je vais chercher ton sac.

Forrest se tourna pour le suivre.

— J'y vais aussi. Je crois que la crevette est prête à s'endormir.

— Merci, chéri, dit Rae avec un sourire heureux en lui tendant la couverture et le doudou de Connor.

Ils se regardèrent en souriant, puis Forrest s'éloigna. Summer laissa Rae baigner dans sa bulle de bonheur un instant avant de ramener la conversation sur le meurtre.

— Donc tu penses que ce Kenneth pourrait être enclin à la violence et mêlé à la mort de Patrice ?

Rae plissa le visage.

— C'est un mari infidèle et un bon à rien, mais violent ? Je ne sais pas.

Elle se leva et prit une assiette qu'elle remplit de crudités, de chips de maïs et de sauce avant de revenir s'asseoir.

— Je t'ai parlé de son aventure avec Patrice parce que je pense que personne d'autre ne l'a fait. Une liaison pourrait être le mobile d'un meurtre, n'est-ce pas ?

— Hum. C'est vrai.

Rae tendit son assiette à Summer.

— Goûte cette sauce taco, elle est divine.

Summer s'exécuta et signifia son approbation.

— C'est délicieux. La police a-t-elle interrogé Kenneth ? demanda-t-elle la bouche pleine.

— J'aimerais le croire. Je l'ai dit à Forrest le jour même où ils ont trouvé le corps. Mais Kenneth est habile. Sa spécialité est de trouver des failles dans la loi. Je le vois très bien répondre de manière évasive.

Elle porta une autre chips à sa bouche et ajouta :

— C'est gênant de reconnaître qu'il fait partie de notre cabinet, mais son beau-père est le Fitzsimmons de Lukas, Jolley et Fitzsimmons, et son poste est garanti.

Summer prit une lamelle de poivron et songea tout haut :

— C'est une raison de plus de ne pas vouloir qu'on découvre ses liaisons. Son beau-père ne les prendrait pas bien.

Rae pointa un bâtonnet de carotte dans sa direction.

— Tout à fait. Mais il faudra que tu attendes si tu veux interroger Kenneth. Il est en déplacement jusqu'à lundi.

Avec un craquement sonore, elle mordit dans le bâtonnet de carotte.

— Maintenant, dit-elle en lançant un regard derrière elle, parle-moi de Nolan. Visiblement, il se passe quelque chose entre vous.

Summer s'étouffa et se mit à tousser sans vergogne.

— Quoi ? fit-elle d'une voix éraillée.

Rae lui jeta un regard entendu.

— Les effleurements, les regards en coin, les vapeurs de phéromones...

Summer prit son thé et but avidement avant de croiser le regard de Rae.

— C'est si évident que ça ?

— Pour quelqu'un qui est récemment tombée amoureuse et qui a vu d'autres faire de même...

Rae désigna le feu, près duquel Jonah tenait une grande blonde par les épaules, sa fiancée, supposa Summer.

— Oui, c'est évident.

Summer rougit comme une pivoine.

— Tu n'as pas l'air heureuse. Votre relation est-elle censée demeurer secrète ? Parce que je dois te dire, Summer, que, si c'est le cas, tu dois apprendre à mieux contrôler tes expressions faciales, acheva-t-elle avec un sourire.

Summer fixa les perles de condensation sur son verre.

— Le truc c'est que... Nolan résiste.

Voyant Rae lever un sourcil sceptique, Summer se sentit obligée de le défendre.

— Il se débat dans de gros problèmes professionnels en ce moment, et entamer une relation amoureuse ne serait pas...

Elle bafouilla et fit une autre tentative.

— Il ne veut pas mélanger le travail et le plaisir.

Le mot « plaisir » renvoya Summer à leurs baisers près du ruisseau. Une nouvelle rougeur envahit ses joues, et elle reprit sa respiration. Rae ne rata pas ces signes révélateurs.

— Apparemment, tu n'es pas d'accord avec lui là-dessus. Tu as peut-être déjà franchi les limites avec lui ?

Summer but une autre gorgée de thé et tenta de calmer les battements de son cœur.

— Je... Je veux ce qui est le mieux pour Nolan. Je respecte ses désirs et les raisons de ses choix.

— Mais... ?

Rae pencha la tête, sachant manifestement ce que Summer retenait. Cette dernière poussa un gros soupir.

— Oh Rae, je suis stupéfaite de constater que mes sentiments pour lui ont changé. Il est si sexy, si gentil et…

Elle souffla.

— Bonté divine, je passe mon temps à avoir envie de lui arracher ses vêtements.

Rae se mit à rire et prit la main de son amie.

— Alors fais-le ! Quoi de plus excitant que de se peloter en public ?

Épaules basses, Summer secoua la tête.

— Le plus important est de ne rien faire qui puisse gâcher notre amitié. Nous étions amis bien avant que cette attirance insensée vienne tout embrouiller. Je ne peux pas perdre sa confiance ou son amitié, Rae.

Une vague de panique la saisit, lui rappelant la reculade de Nolan après leurs baisers.

— Et j'ai peut-être déjà tout gâché avec lui.

# 12

Tout en accordant son pas à l'allure de Forrest, Nolan se repassa la conversation.

— Avant que nous déviions sur l'histoire de l'avocat...

Un grondement d'irritation lui parvint de son cousin. Nolan ne dit rien, mais il comprenait le déplaisir de Forrest à l'idée qu'un homme pareil travaille avec sa compagne.

— ... nous parlions des boutons qui ont été trouvés avec les femmes assassinées. Que Corgan ait nié ou non avoir tué Patrice, ces boutons établissent un lien avec elles.

Forrest acquiesça.

— Tu te demandes s'il y a d'autres indices en commun ?

— Exactement, dit Nolan en levant une main.

Il ouvrit la porte à Forrest, qui tenait le bébé endormi. En entrant, ils croisèrent Donovan et Bellamy, les bras chargés de saladiers et de plats. Alex, le labrador noir de Donovan, les suivait, flairant avidement l'air. Nolan s'effaça pour les laisser passer.

— Hé, Nolan ! dit vivement Donovan. Quand es-tu arrivé ?

Nolan lui tendit la main, puis se rendant compte qu'il avait les mains occupées, rit et gratta plutôt la tête du chien.

— Il y a quelques heures. Summer et moi sommes allés faire une balade à cheval au ruisseau.

Il fit effort pour ne pas laisser ses pensées s'égarer sur la manière dont ils avaient passé le temps. Il suffisait que Jonah ait déjà deviné ses véritables sentiments pour Summer.

Bellamy éleva le plat qu'elle portait.

— Eh bien, vous allez dans la mauvaise direction. Le souper est servi. Venez pendant que c'est chaud !

Forrest hocha la tête.

— J'arrive. Il faut que je mette Connor au lit.

Nolan avisa le sac de Summer sur le canapé du salon et alla le prendre. Il attendit patiemment devant la maison que Forrest revienne, armé d'un écoute-bébé avec vidéo.

— Je parie que même le FBI ne possède pas ce genre de truc. Il est si sensible au bruit qu'il peut lire tes pensées.

Nolan y jeta un coup d'œil, se rappelant une autre caméra, dans une autre chambre, un souvenir amer.

— Si vous avez parlé à Atticus Eccleston, vous savez que les mains de Patrice étaient ligotées ? reprit Forrest.

Nolan acquiesça.

— Patrice n'était pas momifiée comme les autres femmes.

— Exact. Pas plus qu'elle n'avait de bâillon. Mon sentiment est que le meurtrier de Patrice a entendu parler des boutons, qu'il en a achetés quelques-uns – ce qui est facile, étant donné qu'ils sont très courants – et qu'il les a disposés sur le corps de Patrice en l'enterrant.

Forrest se tourna vers Nolan avant qu'ils atteignent le cercle de chaises autour du feu. Le soleil de la fin d'après-midi jetait des ombres dures sur son visage. Nolan nota les fines ridules enserrant ses yeux et sa bouche, preuve du stress qu'il avait enduré ces derniers mois. Dallas lui avait raconté qu'on avait tenté d'écarter Forrest et Rae de l'enquête sur le tueur à la momie avec des menaces et des tentatives d'assassinat. Ce genre de choses suffisait certainement à creuser des rides de stress.

Bien qu'on eût identifié le tueur, Nolan considérait qu'en enquêtant sur la mort de Patrice Summer pouvait aussi se mettre en danger. Cette pensée le glaçait jusqu'à la moelle.

— Bien sûr, disait Forrest, le fait que le meurtrier l'ait enterrée dans un parking indique son espoir qu'on ne la retrouve pas avant des années. Les boutons sont simplement un moyen de brouiller les pistes si nécessaire.

Nolan posa une main sur le bras de son cousin.

— Forrest, dis-moi honnêtement. En te basant sur ce que

la police sait du meurtrier de Patrice, tu penses que la vie de Summer est en danger ?

Forrest prit un air encore plus sérieux.

— Allons, Nolan. Tu es du FBI. Tu connais le comportement des criminels. Il a déjà tué une fois. Qu'est-ce que *tu* penses qu'il fera pour empêcher qu'on le découvre ?

Nolan sentit une remontée acide lui brûler l'estomac.

— C'est ce que je craignais.

— Ton père a tenté de tuer Forrest ? s'exclama Summer.

Son incrédulité était à son comble. Rae branla du chef, les sourcils froncés.

— Quelqu'un le menaçait - ainsi que moi et Connor. Ce quelqu'un n'appréciait pas que Forrest mette son nez dans l'affaire du tueur à la momie et dans le meurtre de Patrice, et pour protéger sa fille et son petit-fils, mon père a tenté de tuer Forrest.

Rae déglutit avec difficulté.

— Nous pensons que celui qui le menaçait est aussi celui qui l'a tué.

Summer la regarda bouche bée.

— Ton père a été tué à cause de l'enquête sur le tueur à la momie ?

— Et de la mort de Patrice.

Summer comprenait maintenant que la lassitude qui émanait de Rae n'était pas seulement due à un bébé grincheux.

— Les premières menaces ont commencé à arriver après qu'on a découvert le corps de Patrice.

Summer se renversa sur sa chaise, l'esprit agité par toutes sortes de suppositions.

— Mais, si je comprends bien, Corgan a admis avoir tué les femmes momifiées.

— Hum hum, fit Rae.

— Alors peut-être est-ce lui qui est à l'origine de la mort de ton père ? Même s'il ne l'a pas tué en personne, il a pu ordonner qu'on le tue… et qu'on te menace ?

— Il a dit que ce n'était pas lui. Il a été tué pendant que nous étions là, et on l'a peut-être fait taire parce qu'il savait qui était derrière tout ça.

Summer réfléchit en se mordillant la lèvre.

— Et il aurait été tué par son infirmière ? Jane Oliver ?

Rae fit la grimace.

— Ce serait logique. Elle était la seule personne présente.

— Nous avons parlé aux collègues de Jane tout à l'heure. Elles ont dit qu'elle se vantait d'être sur le point de mettre la main sur une grosse somme d'argent.

Rae se pencha vers Summer.

— Ah bon ?

— Notre hypothèse, que nous ne pouvons pas encore confirmer, est qu'elle était un pion dans un complot quelconque, du moins qu'elle a été payée pour tuer Corgan ou laisser quelqu'un le tuer.

Rae haussa les épaules, puis posa une main sur le bras de Summer.

— Ça m'a l'air d'être la réponse la plus logique. D'autant plus que nous soupçonnons Jane de faire aussi partie des infirmières qui fournissaient des pilules sur ordonnance.

— Avery nous a parlé de ça. Elle pense que la source de ce trafic est le propriétaire de ce garage sur Main Street...

— Tom Kain.

— C'est ça.

— Je ne peux rien te dire sur les rumeurs concernant Kain, en dehors du fait que nous en avons entendu parler aussi. Forrest a interrogé la police. Ils adoreraient le prendre en flagrant délit, mais jusqu'ici ils n'ont rien trouvé.

— Donc il est aussi habile que ton ami Kenneth.

— Et Kain a des amis haut placés qui jurent que c'est un bienfaiteur et un membre honorable de la communauté.

Summer se rongea l'ongle de l'index en réfléchissant à tout cela.

— Le meurtrier de Patrice pouvait aussi avoir l'infirmière de Corgan en ligne de mire. Nous avons supposé qu'elle avait disparu parce qu'elle avait tué Corgan et s'était servi de son argent pour quitter la ville. Mais si elle s'était enfuie parce qu'on tentait de la tuer ? Si elle pensait que le meurtrier de Patrice s'en prendrait aussi à elle ?

Rae plissa le visage en réfléchissant à ce scénario.

— Oui. C'est possible.

Summer ramena ses cheveux en arrière.

— Donc retrouver l'infirmière fait partie des priorités. Cette affaire a tellement d'angles ! La liste des gens que Nolan et moi devons interroger ne cesse de s'allonger.

— Ai-je entendu mon nom ? lança Nolan en apparaissant derrière elle et en lui tendant son sac.

— Dieu merci, dit Summer en repêchant prestement un stylo dedans. Il faut que je note tout ça. Nous allons avoir une journée chargée demain, Crapaud. Cette affaire continue à prendre de l'ampleur.

# 13

Le matin suivant, Summer s'éveilla en sentant Yossi lui frôler le visage. Des coups insistants se faisaient entendre à la porte. Repoussant le chat, elle se peigna rapidement avec les doigts et se dirigea d'un pas titubant vers la porte. Elle l'entrouvrit à peine et jeta un coup d'œil. Le soleil matinal faisait briller les cheveux châtains de Nolan et éclairait son expression maussade.

— Bon sang, Summer ! Tu n'as même pas demandé qui c'était avant d'ouvrir ! Tu es folle ?

Elle sourit et ouvrit la porte plus grand pour le laisser entrer, lui et le plateau de JoJo's Java qu'il tenait.

— Bien le bonjour à toi aussi !

— Ça aurait pu être n'importe qui. Tu dois être plus prudente !

Il lui tendit le plateau.

— J'ai apporté des cafés et des petits pains à la saucisse.

— Premièrement, on est à Whisperwood, pas à Chicago. Je ne sais même pas pourquoi je me donne la peine de fermer ma porte le soir.

Elle referma ladite porte et tendit les mains vers la nourriture.

— Et deuxièmement, ces petits pains ont une odeur divine. Je pourrais t'embrasser.

Le regard de Nolan descendit sur ses lèvres, et elle sentit son pouls s'emballer en prenant conscience de ce qu'elle avait dit. Pour dissimuler son embarras, elle le conduisit à la kitchenette et fit mine de contempler le sac et les cafés fumants.

— Celui avec une croix est pour toi.

— Et comment sais-tu comment je l'aime ? demanda-t-elle en bâillant si fort que ses mâchoires craquèrent.

— J'ai remarqué l'autre jour.

Son pouls accéléra encore. Elle savait qu'il avait l'œil pour les détails, mais qu'il l'observe, elle, qu'il prenne note de ses préférences, c'était... très gentil. Presque intime. Le genre de choses que ferait un amoureux.

Elle prit une gorgée de son café parfaitement sucré.

— Quelle heure est-il ?

— 7 heures et demie.

Elle faillit s'étouffer.

— Bon sang, Nolan ! On est samedi ! La plupart des gens sont encore au lit !

— Le monde appartient à ceux qui se lèvent tôt, non ?

Il se baissa pour caresser Yossi.

— En plus, je n'arrivais pas à dormir. Entre l'enquête et mon affaire chez moi, je n'arrivais pas à débrancher.

Elle nota sa référence à Chicago comme à chez lui. Et pourquoi pas ? C'était bien son chez-lui. Le rappel de son prochain départ lui fit venir l'acidité à la bouche. Posant son gobelet sur le petit comptoir, elle prit une serviette en papier et s'essuya la bouche.

— Qu'a-t-on à faire du monde quand on peut avoir des petits pains de chez JoJo's ?

Elle prit le sachet et en sortit un sandwich. Jetant un coup d'œil à Nolan, elle ajouta :

— Merci, au fait. C'est vraiment gentil.

Son regard était fixé à hauteur de sa poitrine, et elle baissa les yeux, se demandant si elle s'était tachée.

— Que...

La question mourut sur ses lèvres quand il lui vint à l'esprit qu'elle avait ouvert la porte en pyjama. Sans soutien-gorge, ses mamelons saillaient sous le fin T-shirt, et le regard de Nolan ne faisait que les exciter davantage. Une vague de chaleur la parcourut, la réveillant mieux qu'une double dose de caféine. *Tu te mets dans tous tes états pour Nolan. Bon sang de bois, Summer ! Reprends-toi !*

— Euh... Je vais...

Elle pointa le pouce derrière elle.

— ... m'habiller.

Elle fit quelques pas à reculons et faillit trébucher sur le chat.

— Ça t'ennuie de nourrir Yossi ? Les boîtes sont dans ce placard.

Elle désigna une porte et s'enfuit.

Dans la salle de bains, elle s'observa dans le petit miroir. Elle avait eu l'intention de faire du sport et de prendre une douche avant tout autre chose. Les desserts et les bons petits plats allaient commencer à la capitonner si elle n'y prenait pas garde. Mais, comme Nolan était déjà là, elle fit de rapides ablutions.

Quand elle fut habillée, ils décidèrent de passer la journée à interroger des gens et à rassembler des faits. Tandis que Nolan conduisait, Summer chercha l'adresse de Tyler sur Google, puis utilisa une application de cartes pour les conduire à son appartement.

Un jeune homme ébouriffé et non rasé leur ouvrit la porte. Il resta là à cligner des yeux comme s'il venait de se réveiller.

— Si vous vendez quelque chose, je n'en veux pas.

— Tyler Whitmore ? s'enquit Summer.

— Qui le demande ? répliqua le jeune homme aux yeux bouffis.

Ils se présentèrent en disant simplement qu'ils aidaient la famille de Patrice. Tyler n'avait pas l'air du genre à s'épancher auprès de quiconque avait à voir avec la loi.

— Qu'est-ce que vous voulez ?

Summer expliqua que, comme il était la dernière personne à l'avoir vue, il pouvait avoir d'importantes informations sur ce qui lui était arrivé. Comme il semblait toujours réticent à leur parler, elle ajouta :

— Vous ne voulez pas nous aider à attraper celui qui l'a tuée ?

Il leva le menton d'un air sombre.

— L'attraper ? J'aimerais l'étrangler comme il a étranglé Patrice.

Après les avoir considérés d'un regard noir, Tyler se frotta le visage à deux mains et recula pour les laisser entrer. En passant devant lui, Summer nota une forte odeur de corps mal lavé, teintée de relents d'alcool. Elle s'assit sur un futon dans le salon faiblement éclairé, face au fauteuil loqueteux dans lequel Tyler s'installa.

L'entretien prit la même direction qu'avec les amis du jeune homme. Tyler confirma qu'ils étaient allés au Bailey's après les cours et que Patrice avait quitté le bar de bonne heure, seule.

— J'aurais dû au moins veiller à ce qu'elle rentre saine et sauve chez elle. Mais elle est partie sans rien nous dire.

Il soupira, et le chagrin lui froissa le visage.

— Vous savez ce qui l'a poussée à partir si tôt ?

Tyler hocha la tête.

— Oui.

Il avoua ses sentiments pour Patrice. Il avait essayé de l'embrasser.

— C'est ma faute si elle est morte.

Il semblait au bord des larmes. Summer jeta un bref regard à Nolan pour jauger de sa réaction.

— Si je ne l'avais pas embrassée, si je l'avais suivie, elle serait encore là.

Nolan alla s'accroupir devant Tyler et lui mit une main sur l'épaule.

— Ce genre de raisonnement est une impasse. Ne vous laissez pas entraîner dans ce piège. La mort de Patrice est due uniquement à celui qui l'a tuée.

Tyler serra les paupières et se pinça l'arête du nez.

— Avez-vous étranglé Patrice, Tyler ?

Le camarade de Patrice releva brusquement la tête, les yeux rouges et affolés.

— Non ! Je l'aimais !

— Alors cessez de vous culpabiliser. La meilleure chose que vous puissiez faire pour elle c'est d'honorer sa mémoire en vivant le mieux possible. Voudrait-elle vous voir vous enfermer et vous soûler comme ça ?

Tyler secoua la tête.

— Alors retournez en cours. Finissez votre année. Coopérez avec la police pour retrouver son meurtrier.

Summer sentit son cœur se réchauffer en écoutant Nolan consoler ce jeune homme au cœur brisé.

— Consacrez votre énergie à être le meilleur de vous-même. En souvenir d'elle.

Tyler leva les yeux sur Nolan et hocha lentement la tête. Nolan pressa encore une fois son épaule.

— Et pour l'amour du ciel, prenez une douche mon vieux, dit-il en souriant

Summer réprima un gloussement déplacé. La compassion de Nolan la touchait profondément. Voilà que son ami d'enfance emportait une autre part de son cœur.

Tyler et Nolan continuèrent de parler à voix basse pendant quelques minutes, puis Nolan se releva et fit signe à Summer qu'il était temps de partir. Elle prit une carte de visite dans son sac et la déposa sur un coin de la petite table de salon.

— Contactez-nous si vous pensez à quelque chose qui pourrait nous être utile.

Tyler regarda la carte, croisa le regard de Summer et branla du chef. De retour dans la jeep, Nolan poussa un grand soupir.

— Ce n'est pas notre homme.

— Alors on passe au suivant ? Kenneth Dawson ? Cette affaire ne cesse de se ramifier. J'ai l'impression de loucher quand je veux tout embrasser du regard.

— Tableau blanc.

— Pardon ?

— C'est le moment de faire un schéma sur un tableau blanc. Il faut mettre en place les pièces du puzzle.

Il le regarda.

— Tu as un tableau blanc ?

Elle plissa le nez.

— Non.

Il mit son clignotant.

— Alors notre prochain arrêt est pour la papeterie.

Yossi les accueillit à la porte. Summer prit son chat dans ses bras tandis que Nolan suspendait le tableau blanc sur un mur inoccupé. Débouchant un marqueur, il nota les noms de tous ceux qu'ils avaient interviewés jusque-là, y compris les colocataires de Patrice, sa famille, ses camarades de classe, ainsi que Jane Oliver, Horace Corgan et toute personne susceptible d'être liée à l'affaire, en mettant une étoile devant le nom de Kenneth Dawson.

Dans une autre colonne, il écrivit les faits qu'ils connaissaient sur la vie de Patrice. Les cours qu'elle prenait, les endroits où elle avait posé sa candidature, les lieux qu'elle fréquentait et des informations générales sur ses comptes des réseaux sociaux.

— Nous savons que le Bailey's est le dernier endroit où elle a été vue par Tyler.

Nolan encercla le nom du bar et souligna le nom de Tyler.

— Nous devrions aller au Bailey's et demander la vidéo de surveillance de cette nuit-là. Peut-être qu'ils en ont une copie. Cela fait longtemps, mais ça ne mange pas de pain de demander. J'aimerais étudier les autres visages. Quelqu'un a peut-être suivi Patrice quand elle est partie ?

Nolan nota *vidéo surveillance ?* au-dessus de *Bailey's*. Derrière son bureau, Summer fixait le tableau en se mordillant la lèvre.

— Quand Rae a-t-elle dit que Dawson serait de retour ? Je veux lui parler, surtout à la lumière de ce qu'elle nous a dit, à savoir que Patrice voyait un homme marié.

Nolan la regardait avec une expression bizarre. Il semblait fixer sa bouche.

— Euh, je ne me souviens pas... Tu l'as noté, non ?

— Oui, c'est vrai

Sans s'inquiéter de cet air étrange, elle se pencha sur son cahier et feuilleta les pages.

— Voilà. Il doit revenir lundi. C'est le quatorze.

Sans se redresser, elle lança un regard à Nolan. Il avait le regard fixé sur sa poitrine. Elle se rendit compte soudain que la position dans laquelle elle était faisait bâiller son pull. Sans réfléchir, elle lança d'un ton sarcastique :

— La vue est agréable ?

Nolan rougit violemment. Se détournant, il se passa une main sur le visage. Summer, qui souriait, fut soudain frappée par la profondeur de sa détresse. Il n'était pas simplement gêné. Quelque chose le bouleversait. Il n'était pas difficile de deviner quoi. Tout cela venait de Charlotte.

La règle qu'il s'était imposée venait de son expérience avec Charlotte. Il se méfiait de ses réactions à cause de Charlotte.

L'obstacle qui l'empêchait de céder à son attirance avait été érigé par Charlotte.

La fureur l'envahit à l'idée de tout ce que les mensonges de cette femme coûtaient à Nolan et à elle. Et s'ils étaient destinés l'un à l'autre et que l'ombre de Charlotte était la seule chose qui les séparait ?

Elle serra les poings à cette idée. Elle n'était pas du genre à s'effacer et à laisser une garce manipulatrice lui dicter ce qu'elle pouvait faire ou non ! Galvanisée, elle fit le tour du bureau et tira le bras de Nolan. L'index pointé sur son visage, elle lui demanda :

— Nolan Colton, es-tu attiré par moi ?

Les yeux plissés, elle clarifia abruptement :

— Sexuellement attiré ?

Il déglutit avec tant de peine qu'elle vit sa pomme d'Adam monter et redescendre.

— Summer, je suis désolé…

— Arrête de t'excuser et réponds à la question ! Es-tu attiré ou non par moi ?

Un muscle tressauta sur sa joue, et ses yeux prirent une expression brûlante.

— Je pensais que ce qui s'est passé au torrent y avait répondu.

Le rappel des baisers qu'ils avaient échangés suscita une vague de chaleur en elle. Un frisson d'anticipation la parcourut. Carrant les épaules, elle se pencha vers lui.

— D'accord…

Quand elle se mit sur la pointe des pieds pour l'embrasser, il recula.

— Mais ça ne veut pas dire…

Elle grogna de frustration et l'interrompit.

— Au diable les « mais », Nolan ! Et au diable Charlotte, qui t'a rendu si méfiant ! Si tu veux quelque chose, tu dois lutter pour l'avoir !

Elle tapait du pied tout en parlant. Agrippant le devant du T-shirt de Nolan, elle se pressa contre lui.

— Je veux t'embrasser Nolan, et je suis prête à combattre pour avoir ce que je veux !

Elle se dressa sur ses orteils et, tout près de son visage, ajouta à voix basse :

— Parce que je crois que c'est aussi ce que tu veux.

Sur ce, elle prit possession des lèvres de Nolan et l'embrassa. Il ne résista pas. En fait, il s'abandonna au baiser. Elle l'accueillit avec une ferveur égale.

Quand une petite voix lui rappela que Nolan s'en irait bientôt, que sa carrière comptait trop pour qu'il s'engage, elle la fit taire. L'appel du désir était trop fort pour qu'elle puisse prendre en considération les « si ».

Elle imagina plutôt Nolan dans le plus simple appareil. Ses genoux se dérobèrent. S'il n'avait pas passé un bras dans son dos, l'écrasant contre lui, elle aurait sans doute titubé.

Puis ses poumons manquèrent d'oxygène, et elle n'eut d'autre choix que de redresser la tête pour respirer. Gentiment, elle se déprit de ses bras et fit un pas en arrière, pantelante.

Son expression inquiète était presque comique. Presque. Sauf qu'elle connaissait la source de ses doutes et qu'elle avait envie de hurler. Elle savait qu'il battait en retraite dans sa tête, qu'il analysait la situation...

— Summer, tu...

Avant qu'il finisse sa question, elle balaya d'un geste tout ce qui se trouvait sur son bureau. Elle fixa une seconde le désordre et se mit à rire.

— Oh mon Dieu ! J'ai toujours eu envie de faire ça !

Un amusement incrédule se lisait sur le visage de Nolan.

— Tu es vraiment un sacré numéro, tu sais ?

— Oui, je sais, monsieur l'agent du FBI.

Elle agrippa son T-shirt et l'entraîna avec elle en reculant vers le bureau.

— Qu'est-ce que tu dirais de m'embrasser au lieu de parler ?

Elle noua les jambes autour de sa taille et l'attira à elle en s'allongeant sur son bureau.

— Fais-moi l'amour, Nolan.

Un sourire éclaira son visage.

— On ne peut pas faire plus limpide.

Un corps chaud remua à côté de lui, et Nolan sortit de sa léthargie. Summer tourna la tête pour le regarder, et il repoussa de la main les cheveux dorés qui lui tombaient sur le visage.

— Salut, toi, murmura-t-elle d'un ton somnolent.

— Salut, toi. Tu savais que tu ronflais ?

— Ce n'est pas vrai !

— Si.

La voyant ouvrir la bouche pour protester, il lui embrassa le bout du nez.

— Je trouve ça adorable.

— Écoute, c'est la saison des allergies en ce moment, et...

Il rit.

— C'est toujours la saison des allergies au Texas, Sum. Je parie que « Texas » veut dire « allergies » en espagnol.

Elle gigota, et le glissement de sa peau nue contre la sienne l'excita à nouveau.

— Quelle heure est-il ? Je ne voulais pas m'endormir.

Il contempla la petite pièce sans fenêtre et avisa son pantalon, jeté par terre près de la porte.

— Mon téléphone est dans la poche de mon jean. Aller le chercher, ça voudrait dire sortir de ce nid douillet et... te quitter – il pressa un bref baiser sur ses lèvres –, et je n'en ai pas envie.

— Hum...

Elle lui lança un regard mi-sérieux mi-moqueur.

— Et le mien était sur mon bureau avant que je le débarrasse pour que nous soyons plus à l'aise.

Il gloussa en se rappelant son mouvement impétueux.

— Je crois que j'ai cassé mon agrafeuse.

Il se blottit contre elle et lui embrassa le dessus du crâne.

— Je t'en achèterai une neuve pour Noël.

— Noël ? C'est dans deux mois ! Comment vais-je faire pour agrafer des papiers d'ici là ?

— Je ne sais pas... Avec des trombones, peut-être ?

Son téléphone sonna alors qu'il riait. Il envisagea de l'ignorer, mais la possibilité de manquer un message important le poussa à sortir du lit pour aller le chercher. Il jeta un coup d'œil à l'écran. C'était son avocat. Le temps qu'il décroche, l'appel était passé sur la boîte vocale. Comme l'air froid sur sa peau, le rappel de ses ennuis à Chicago lui fit l'effet d'une gifle.

Pourquoi avait-il couché avec Summer ? Pourquoi s'était-il impliqué avec une femme dont il savait qu'elle mettait tout son cœur dans tout ce qu'elle faisait ? Une boule de regret se forma dans son estomac, et il grommela un juron.

Summer s'assit sur l'étroite couchette, le drap plaqué contre sa poitrine.

— Nolan ? Qu'est-ce qu'il y a ? Qui est-ce ?

— Mon avocat. Je... Je vais le rappeler dans la salle de bains.

Il contempla son téléphone avant de ramasser son pantalon et ses chaussettes sur le plancher.

— Écoute, il est 15 h 30. On devrait y aller. Tu n'avais pas prévu d'autres entretiens aujourd'hui ?

Elle se contenta de le fixer, le front plissé.

— Qu'est devenue l'idée de rester à la maison ? Tu n'as pas aimé ça ?

Il inspira lentement, se baissa pour prendre ses chaussures et fixa le mur, incapable de croiser son regard.

— Si, mais...

— Nolan, ne...

— Summer, nous savons tous deux que c'était une erreur.

Il l'entendit souffler de frustration.

— Je ne sais rien du tout. Ça voulait dire quelque chose pour moi !

— Et c'est exactement pour ça que c'était une erreur.

Il lui tourna le dos pour sortir de la pièce, s'arrêtant assez longtemps pour murmurer :

— Je suis désolé, Summer.

# 14

Summersavait que Nolan réagirait ainsi. Mais cela ne faisait pas moins mal de l'entendre rabaisser ce qui avait été si spécial pour elle.

Elle avait aussi compris qu'il avait envie cogner sur quelque chose. Elle l'avait regardé arpenter son bureau comme un lion en cage, les dents serrées, et elle n'avait pas eu besoin de lumière pour savoir qu'il était aussi tendu qu'une corde de guitare. Comme elle avait aussi besoin de décharger tension et frustration, elle l'avait emmené à la salle de sport. Ils s'étaient tous deux défoulés sur un gros sac de frappe, puis avaient pris une douche avant de repartir pour leurs prochains entretiens.

Même si Nolan semblait plus détendu après l'exercice, Summer était morte de fatigue et très triste. Mais elle refusait de laisser sa vie personnelle interférer avec ses responsabilités.

— Je veux parler à Tom Kain, dit-elle à Nolan tandis qu'il balançait son sac de sport sur le siège arrière.

Il se glissa derrière le volant et lui adressa un regard sombre.

— Tu peux venir avec moi ou non, dit-elle, devinant la raison de cette hésitation. Mais j'y vais.

L'expression de Nolan se modifia, la résignation remplaçant le scepticisme.

— Il y a trop de rumeurs pour que j'ignore la possibilité qu'il ait sa place dans le tableau d'ensemble, ajouta-t-elle.

— Parfait.

Retombant dans le silence, il sortit du parking et prit la direction du centre-ville.

Summer étudia son profil, ses cheveux humides, sa mâchoire tendue.

— Alors ça va être comme ça, maintenant ? Tu vas bouder en silence et répondre par un mot à mes questions ?

Il lui glissa un regard, fronça les sourcils, puis soupira.

— Non. Mais…

Il serra les dents et secoua la tête.

— J'ai besoin de temps pour réfléchir. À nous. À l'affaire.

Il lui lança un bref coup d'œil.

— À l'appel de mon avocat.

— Il t'a donné de mauvaises nouvelles ?

— Non. Pas exactement. Il m'a dit que mon patron l'a appelé. Ils ont terminé l'enquête et ils vont se réunir ce week-end pour revoir les informations avec les affaires internes. Je devrais avoir une réponse sur mon avenir au FBI.

Summer sentit son estomac se nouer.

— Waouh, c'était rapide ! Tu penses que… Ton avocat pense que c'est bon signe ? Qu'ils aient fini si vite ?

Nolan haussa les épaules.

— Il ne me l'a pas dit et je n'ai pas posé la question. C'est cette rue ? demanda-t-il en désignant le carrefour devant eux.

— Oui, à gauche.

Sur la dernière centaine de mètres, ils ne parlèrent plus de l'avenir de Nolan, ni de leur relation, ni de n'importe quelle chose qui tournoyait dans la tête de Summer. Fermant les yeux, elle se prépara mentalement à affronter le présumé trafiquant drogue. Il fallait qu'elle soit au top de sa forme.

Ils s'arrêtèrent devant le garage juste au moment où un mécanicien en combinaison fermait les baies. Summer adressa à l'homme un sourire amical en sortant de la jeep. L'homme hocha la tête.

— Désolé, madame, mais il faudra revenir demain.

— Nous ne sommes pas venus pour une réparation. Nous aimerions parler à Tom Kain, s'il est là.

Summer estima que le mécanicien avait une quarantaine

d'années, à en juger par son crâne dégarni et les poils gris émaillant sa courte barbe. L'homme fronça les sourcils et sortit un chiffon de sa poche pour s'essuyer les mains.

— Il est là. Qu'est-ce que vous lui voulez ?

— Nous aimerions lui poser quelques questions, dit Nolan en se joignant à elle.

L'autre homme le dévisagea les yeux plissés.

— Vous êtes flics ?

— Pourquoi pensez-vous cela ?

— Vous en avez l'air, répondit le mécanicien, qu'une étiquette sur sa combinaison identifiait comme « Walter ».

— Vraiment ? dit Summer en penchant la tête. En général, on me dit que j'ai l'air d'une lycéenne.

Elle lui adressa un sourire amical.

— Voudriez-vous dire à M. Kain qu'il a des visiteurs ? Nous promettons de ne pas lui prendre trop de temps.

Walter les considéra avec méfiance avant de hausser une épaule et de se diriger vers la réception. Summer et Nolan le suivirent.

— Attendez ici, leur dit-il.

Il disparut par une porte latérale. De fortes odeurs de pétrole et de moisissure flottaient dans l'air, et Summer survola du regard les bidons d'huile, les filtres et les tuyaux alignés sur les étagères. Le mur perpendiculaire avait une grande vitrine où l'on avait scotché de vieilles coupures de journaux jaunies. Sur l'autre était accroché un calendrier illustré d'une photo de voiture de sport.

Les mains dans les poches, Nolan notait lui aussi les détails. Elle se demanda s'il avait remarqué quelque chose.

— Bonsoir messieurs-dames. Walter m'a dit que vous me cherchiez ?

Cet aimable accueil venait de la porte par laquelle Walter avait disparu. Un homme aux yeux d'un bleu perçant, aux cheveux châtain clair et à la mâchoire carrée s'avançait vers eux. C'était *lui* Tom Kain ? Summer ne s'attendait pas à ce que quelqu'un d'aussi jeune et beau soit le propriétaire d'un garage. Elle avait décidément des préjugés, songea-t-elle avec une pointe de culpabilité. Puis elle se rappela qu'Avery était convaincue que

Tom Kain faisait du trafic de drogue, et un autre stéréotype vola en éclats. Kain avait plus l'air d'un assureur ou d'un dentiste que d'un trafiquant de drogue tel qu'on l'imaginait d'ordinaire.

— Que puis-je faire pour vous ? demanda-t-il en leur adressant un sourire de guingois.

Summer lui tendit la main et se présenta comme une enquêtrice associée à Nolan.

— Si vous avez une minute, nous aimerions vous poser quelques questions au sujet d'une enquête que nous menons.

Un air d'excuse voila le sourire de l'homme.

— Je n'ai vraiment qu'une minute, j'en ai peur.

Il regarda la pendule au-dessus de la porte comme pour renforcer cette affirmation.

— Je dois partir pour la réunion du conseil municipal.

— Vous faites partie du conseil municipal ? demanda Nolan.

Kain secoua la tête.

— Non. Je n'ai pas envie de faire de la politique, mais en tant qu'entrepreneur je crois qu'il est de ma responsabilité de me tenir au courant.

— Bien sûr. Eh bien... Nous essaierons de ne pas vous retarder.

Summer nota qu'il ne les invitait pas à entrer dans son bureau, signe qu'il était pressé de se débarrasser d'eux.

— Nous enquêtons sur la mort de Patrice Eccleston, et son père nous a dit qu'elle a passé un entretien d'embauche ici il y a quelques mois. Vous vous en souvenez ?

Kain se gratta le menton, le front plissé.

— Eccleston, vous dites ? Autant que je me souvienne, nous avons fixé un rendez-vous et elle s'y est présentée, mais elle a quitté les bureaux avant que nous puissions parler.

— Elle est partie ? releva Nolan. Pourquoi ?

Kain haussa les épaules, un charmant sourire aux lèvres.

— Je ne pourrais pas vous le dire. Je suppose qu'elle a changé d'avis. Ou peut-être était-elle lasse d'attendre. J'avais été retardé par le maire ce jour-là, et je crains de l'avoir fait patienter un bon moment.

— Combien de retard aviez-vous ? demanda Summer.

Kain souffla bruyamment en réfléchissant.

— Une demi-heure à peu près. En général, je ne suis pas aussi négligent mais, si vous avez rencontré le maire, vous devez connaître son bagou. Comme je cherchais à le convaincre de diminuer les impôts des petites sociétés, je n'ai pas voulu le brusquer.

Nolan se tourna vers Walter, qui se tenait toujours dans l'embrasure de la porte.

— Vous étiez là pendant qu'elle attendait ?

Walter parut alarmé d'être inclus dans la conversation. Il fit passer son poids d'un pied à l'autre et croisa les bras.

— Euh... Oui et non.

— C'est-à-dire ? dit Nolan.

— Je... Euh...

Il regarda Kain, puis de nouveau Nolan.

— J'étais là, mais je ne l'ai pas vue partir. Je travaillais sous une voiture.

Il fixa le bout de ses chaussures de travail.

Summer jeta un bref coup d'œil à Nolan, mais son visage était impassible. Comme elle formulait sa question suivante, Kain s'éclaircit la gorge et redressa un certificat encadré sur l'étagère derrière le comptoir. Elle lut donc les mots en gros caractères, remerciant Tom Kain pour son soutien financier à la bibliothèque de la ville. Kain croisa le regard de Summer et, feignant la modestie, retourna le certificat.

— Je devrais vraiment jeter ce vieux machin, mais je ne voudrais pas que les bonnes gens de la bibliothèque pensent que je n'apprécie pas leur reconnaissance.

Il lui adressa un sourire contraint.

— Pas plus que l'Église baptiste ou le service pédiatrique à l'hôpital pensent que je recherche leur gratitude en leur faisant des dons.

Summer se mordit la joue pour ne pas rire tout haut de ces manœuvres évidentes. Kain considéra à nouveau la pendule d'un geste théâtral.

— Je dois vraiment y aller. Désolé de ne pas avoir pu vous aider.

Il se prépara à partir, mais Nolan s'interposa.

— Une dernière chose. Le nom Melody vous dit-il quelque chose ?

Du coin de l'œil, Summer vit Walter relever vivement la tête. Sans s'émouvoir, Kain fit une moue pensive.

— Non. Je ne peux pas dire que je connais ce nom-là.

Walter avait repris un air neutre.

— Vous êtes sûr ? Est-ce que cela pourrait avoir un autre sens pour vous ?

Summer inclut Walter dans la question. Les deux hommes échangèrent un bref coup d'œil, dans lequel Summer ne lut rien de significatif. Bon sang ! Elle espéra que Nolan avait déchiffré des subtilités qui lui avaient échappé.

— Si c'est tout...

Kain contourna Nolan et décrocha une veste du portemanteau près de la porte.

— Je dois y aller. Laissez-moi vous raccompagner.

Summer aurait voulu rester pour parler à Walter hors de la présence de Kain, mais l'expression de ce dernier était passée de l'amabilité à une détermination sans faille. Elle tira donc deux cartes de visite de son sac et les remit à chacun d'eux.

— Merci de nous avoir accordé quelques minutes. Si vous pensez à quelque chose qui pourrait nous être utile, appelez-nous s'il vous plaît. Jour et nuit.

Ils suivirent Kain. Pour quelqu'un qui était en retard, il se déplaçait avec une lenteur surprenante. Summer comprit qu'il les observait, voulant s'assurer qu'ils partaient avant lui.

Nolan fit halte près de la portière de sa jeep et regarda Kain se glisser au volant d'une Mercedes Classe S.

Finalement, quand ils sortirent du parking pour retourner au bureau, la Mercedes sortit de l'allée et prit la direction opposée à celle de l'hôtel de ville.

Après avoir ruminé un instant la rencontre avec Kain, Summer rompit le silence.

— Regardez-moi, je donne de l'argent aux bonnes causes, dit-elle d'une voix moqueuse. Je suis un homme d'affaires important et bienveillant.

Nolan se mit à rire.

— Exactement.

L'entendre rire fit merveille sur son humeur. Un petit morceau de leur amitié avait donc survécu ?

— Alors… Des pensées ? demanda-t-elle.

Avant qu'il puisse parler, son téléphone sonna.

— Allô !

— Rejoignez-moi derrière le garage. Kain a des caméras de sécurité partout sauf là. Ne vous garez pas près du garage.

Summer sentit son pouls accélérer.

— Walter ?

— Oui. Rejoignez-moi dans cinq minutes.

L'appel fut coupé.

Nolan lui jeta un regard interrogateur.

— Qu'est-ce qu'il t'a dit ?

— Il veut parler, mais il m'a donné des instructions pour que nous ne soyons pas repérés par les caméras de sécurité.

Elle rangea son téléphone.

— Je crois que nous allons enfin faire une percée dans cette affaire.

# 15

Avant de quitter la voiture, Nolan prit son revolver dans la boîte à gants. Il le fourra dans son holster et tira le pan de sa veste par-dessus. Summer lui lança un regard grave.

— Il faut que nous soyons prudents. Je veux que tu restes derrière moi. Si Avery a raison à propos de Kain, il pourrait être le patron de Walter à plus d'un égard, si tu vois ce que je veux dire.

— Tu penses que nous avons déclenché quelque chose en parlant à Kain ? demanda Summer, inquiète.

— Nous serions idiots d'ignorer cette possibilité.

Nolan tendit la main pour lui caresser la joue, mais la retira aussitôt. Il ne tiendrait jamais son désir en laisse s'il n'arrêtait pas de la toucher. Il soupira.

— Je ne laisserai personne te faire du mal, Summer, je te le promets.

Ils s'approchèrent prudemment du garage, s'arrêtant tous les dix mètres. Le soleil venait de se coucher, et les ombres brouillaient la vue.

— Le voilà, dit Summer en désignant le bout incandescent d'une cigarette dans la pénombre.

Elle voulut traverser la rue, mais Nolan se hâta de la rattraper par le bras.

— Reste derrière moi, ordonna-t-il d'un ton un peu sec.

Elle se tourna vers lui, bouche pincée.

— C'est mon affaire, Nolan. Ne crois pas que, parce que tu as une arme, tu es le boss.

— C'est pourtant ta meilleure chance de rester en vie si nous sommes attaqués. Tu crois vraiment qu'un dealer apprécie que nous venions lui renifler les basques ?

Il sentit Summer frissonner.

— Tout ce que je dis, c'est que nous devons faire attention. Tu diriges la conversation mais garde les yeux ouverts. Et si je te dis de courir ou de te baisser, fais-le immédiatement. C'est compris ?

Elle s'humecta les lèvres et hocha la tête. Nolan serra les dents. Il était essentiel qu'il se concentre.

La main sur la crosse de son arme, il entraîna Summer. Quand ils furent plus près, ils virent le mégot chuter et s'éteindre sous un pied.

— Montrez-moi vos mains, siffla une voix masculine.

Summer leva les mains, mais Nolan répliqua :

— Vous aussi, mon vieux.

Quand l'homme s'exécuta, Nolan leva les siennes. Mais pas avant d'avoir vérifié qu'il s'agissait bien du mécanicien.

— Rebonjour, Walter, dit Summer Merci de m'avoir appelée.

Elle laissa tomber ses mains. Walter se tendit visiblement.

— Levez-les. Vous portez un micro ?

— Non. Je...

Elle hoqueta quand l'homme fit un pas vers elle.

— Hé !

— Du calme, mon vieux, s'interposa Nolan.

Le mécanicien leva le menton d'un air de défi.

— Je vous fouille ou je m'en vais.

Summer posa une main sur le bras de Nolan.

— Laisse-le faire. Nous n'avons rien à cacher.

À l'adresse de Walter, elle ajouta :

— Mon associé a une arme... mais seulement pour nous protéger. Elle restera dans son étui tant que vous ne nous donnerez aucune raison de la dégainer. Mais donnant-donnant : vous nous fouillez, nous vous fouillons aussi.

L'homme les considéra tour à tour et hocha la tête. Tandis que les palpations s'effectuaient, Nolan continua de surveiller les environs. Enfin Walter recula.

— Avant que je vous dise quoi que ce soit, je veux votre

promesse que Kain ne saura jamais que je vous ai parlé. Si vous le lui dites, je nierai et…

— Vous avez notre parole, dit Summer. Tout ce que vous nous direz restera strictement confidentiel. Je protège mes sources à cent pour cent, je vous le promets.

— Vous avez aussi ma parole, dit Nolan.

Walter hocha la tête et fit jouer ses épaules.

— Vous avez parlé de Melody. Pourquoi ?

— Vous connaissez une Melody ? demanda Summer.

— Répondez-moi. Où avez-vous entendu ce nom ?

— Je viens de jurer de ne pas parler de vous. Mes sources méritent la même faveur. Qui est Melody ?

Le mécanicien essuya ses mains sur sa combinaison en soupirant.

— Ce n'est pas qui, mais quoi.

— Que voulez-vous dire ? demanda Summer en sortant son cahier.

Walter le contempla avec malaise.

— N'écrivez rien.

Elle céda et remit le cahier dans son sac.

— Alors qu'est-ce que c'est ?

— Melody est… la Mercedes de Kain.

— Sa Mercedes ? répéta Summer.

Walter acquiesça.

— Melody fait sa fierté. Il est obsédé par cette bagnole.

— Vous parlez de celle qu'il conduisait ce soir ?

Walter eut un mouvement de recul.

— Il a sorti Melody ce soir ? dit-il avec un rire rauque. C'est rare. En général, il la garde sous une bâche au fond du garage. Quand il la sort, c'est pour impressionner les gens.

— Les membres du conseil municipal ? demanda Summer.

— Ouais. Mais il les a déjà mystifiés.

— Qu'est-ce que vous voulez dire par « mystifiés » ? s'enquit Summer.

— Il trompe les gens, dit Walter comme si c'était évident.

— Il les trompe comment ? insista Nolan.

— Écoutez, je ne devrais même pas vous parler.

Walter recula d'un pas et leva les mains.

— S'il le découvre...

— Nous ne le dirons à personne. S'il vous plaît, Walter...

Summer écarta les mains et prit un ton suppliant.

— Nous essayons seulement de rendre justice à cette jeune femme assassinée.

L'agitation de Walter ne fit que croître. Enfin, il dit :

— J'ai menti.

Summer jeta un coup d'œil à Nolan.

— À propos de quoi avez-vous menti ?

— Je l'ai vue – la fille – quand elle est venue au garage.

— Vous avez vu Patrice Eccleston ? Vous lui avez parlé ?

— Oui. Pas longtemps. Je lui ai dit que Kain n'était pas encore là. Elle était censée attendre à la réception, mais...

Il ramassa les épaules.

— Elle s'est approchée de la voiture sur laquelle je travaillais. J'y ai pas vu de mal, puisqu'elle était venue pour un entretien d'embauche.

Il s'essuya le nez en regardant les ombres au loin.

— Et ? le pressa Summer.

— Kain avait garé Melody dans le garage ce jour-là. Il l'avait sortie plus tôt et il n'avait pas encore remis la bâche.

Nolan se demanda si c'était aussi bizarre pour Summer que pour lui d'entendre Walter se référer à une voiture comme à une femme.

— En tout cas, j'étais sous une bagnole comme j'ai dit mais, de là où j'étais, je voyais les pieds de la gonzesse, vous me suivez ?

— D'accord, dit Summer en l'observant de près.

— Eh bien, je l'ai vue marcher vers Melody et regarder par les vitres. Pourquoi pas ? Cette voiture ferait bander n'importe qui...

Il s'arrêta et jeta un regard d'excuse à Summer.

— Désolé, m'dame. Je veux dire...

— Je sais ce que vous voulez dire. Continuez...

— Eh bien, je ne sais pas ce qui s'est passé. J'ai entendu une sorte de hoquet. Du genre effrayé. J'ai tourné la tête et je l'ai vue qui se relevait. Elle était accroupie près de la roue avant. Elle a reculé et elle a filé.

— Vous l'avez suivie ou vous êtes allé voir ce qui l'avait bouleversée ? demanda Summer.

Walter secoua la tête.

— Ça m'a pas paru utile. Y'a plein d'araignées dans le garage. Je me suis dit que la gonzesse avait eu peur d'une bestiole.

Nolan jeta un regard à Summer. Il était de plus en plus irrité par la manière dont le mécanicien appelait Patrice « la gonzesse ». Que devait-elle ressentir, elle qui était spécialement sensible au sexisme ?

Elle demanda pourtant d'un ton calme :

— Comment a réagi M. Kain quand il a appris qu'elle était partie ?

Walter haussa les épaules.

— Il a rien dit. Jusqu'à ce que je lui dise qu'elle avait admiré Melody. Ce bon vieux Tom n'a pas du tout aimé ça. Il est vraiment protecteur avec elle.

Summer mordilla l'ongle de son index, le front plissé.

— Vous avez dit que Kain a des caméras partout. Ces caméras ont-elles pu lui montrer ce que Patrice avait découvert ?

— C'est sûr. Tom repasse les bandes chaque soir. On peut pas l'accuser de négligence. La seule raison pour laquelle il n'y a pas de caméra ici... c'est qu'il n'y a rien.

— Expliquez-nous sa réaction...

Le mécanicien marmonna un juron.

— Faut que j'y aille. J'en ai déjà trop dit.

— Attendez, dit Summer en le retenant par la manche. Juste une dernière qu...

— Non ! Je n'aurais rien dû vous dire. Je...

Il se rapprocha de Summer au point de la toucher.

— Vous devez me jurer que vous ne le direz à personne.

Nolan plaqua une main sur sa poitrine.

— Reculez, mon vieux.

Sans paraître avoir entendu, Walter leva des yeux suppliants.

— Faut me comprendre. J'ai une famille, une hypothèque. J'ai besoin de ce boulot. Si Kain flaire quelque chose...

Il secoua la tête.

— Je ne peux pas dire si les rumeurs sont vraies ou non. Mais je sais que j'ai pas intérêt à le contrarier.

Comme s'il prenait soudain conscience que c'était exactement ce qu'il avait fait, il recula en titubant.

— Ne lui cherchez pas des poux. Il a très mauvais caractère. Je vous aurai prévenus.

# 16

— Je veux examiner la voiture de Kain, dit Summer quelques minutes après.

Ils étaient assis en silence dans l'obscurité, digérant ce qu'ils venaient d'apprendre.

— Idem.

Nolan remua la tête pour détendre les muscles de son cou.

— Surtout les roues.

— Oui. Mais comment allons-nous faire pour nous en approcher si Kain protège Melody ?

Summer changea de position pour mieux voir Nolan. Elle sentait son odeur tout autour d'elle. Chacun de ses gestes, chacune de ses inspirations la grisait. Puis ses paroles lui revenaient en tête, et son cœur tombait comme une pierre dans sa poitrine, tuant tout espoir. *C'était une erreur. Je suis désolé, Summer.*

— Nous savons qu'il conduisait la Mercedes ce soir.

La voix de Nolan la ramena au sujet. Elle fit effort pour se concentrer sur Kain et sa voiture bien-aimée tandis que Nolan faisait crisser sa barbe naissante. Un bruit qui lui rappela qu'il lui avait légèrement écorché les seins et les cuisses. Elle serra les poings sur ses genoux et ajouta :

— Il pourrait être n'importe où, en fait.

Nolan mit le contact. Le moteur fit entendre un ronronnement qui évoqua ses grognements de satisfaction quand... *Pour l'amour du ciel, Summer ! Il t'a dit que c'était une erreur ! Alors passe à autre chose !*

— Allons voir s'il est vraiment au conseil municipal, dit Nolan en s'engageant dans la rue menant à l'hôtel de ville.

Dans le parking, un flot de gens et de voitures leur fit comprendre que le conseil était terminé. Summer tendit le doigt.

— Le voilà.

— Avec Melody.

Nolan s'esclaffa.

— Il a donné un prénom à sa voiture !

— Et alors ? dit-elle en croisant les bras.

— Tu ne trouves pas ça… Attends, tu as aussi donné un prénom à ta voiture ?

— Pas ma voiture actuelle, mais… j'ai donné un nom à la première que j'ai eue.

Il dissimula un sourire avec une moue.

— Et comment l'as-tu appelée ?

Elle braqua un regard intense sur lui.

— Nolan.

Il croisa son regard puis cilla, comprenant soudain.

— Tu l'as appelée comme ça ? Nolan ?

— Tu me manquais. Ça me donnait l'impression d'être près de toi. Et la voiture était têtue comme toi, alors…

Ce dernier point était inexact, mais il fallait minimiser l'importance de son aveu. Il fixa à nouveau le pare-brise.

— Je ne sais pas quoi dire.

— Rien. Il n'y a rien à dire.

Elle agita la main en signe de lassitude.

— Tu peux me ramener au bureau ?

— D'accord. Pourquoi ne pas s'arrêter en chemin et prendre une pizza ?

— Non, merci. Je suis fatiguée. Je vais travailler sur mes notes et me coucher tôt.

Dans un lit qui retenait encore l'odeur de Nolan. Pourrait-elle encore y dormir sans penser à lui ?

Summer évita Nolan le jour suivant. Durant la nuit, un front froid était arrivé, avec une couverture nuageuse. Malgré la morosité du temps, elle fit un long jogging. Devant les maisons, des enfants jouaient sur des pelouses taillées au cordeau. Le genre de maison et d'enfants qu'elle avait toujours rêvé d'avoir...

Combattant la dépression, elle pressa le pas. Elle aurait une maison et une famille un jour. Peut-être pas avec Nolan – son cœur battit douloureusement à cette idée – mais un jour. Elle termina par la salle de sport, où elle prit une douche avant de retourner chez elle d'un pas plus lent. Les feuilles d'automne, vibrantes de couleur au soleil, semblaient plus ternes. Elle passa le reste de la journée avec Yossi sur les genoux, lisant, dormant et regardant les derniers épisodes de *Mme Maisel, femme fabuleuse*.

Le lundi matin à la première heure, Nolan se présenta à sa porte, avec du café et des bagels à la cannelle. Elle se força à sourire joyeusement.

— Bonjour.

Nolan posa le sac sur le comptoir, et elle sentit son regard tandis qu'elle mordait dans un bagel encore tiède.

— Est-ce que ça va ? demanda-t-il en s'adossant au comptoir et en croisant les bras.

Elle feignit la nonchalance en parlant la bouche pleine.

— Bien sûr. Tout va bien.

Il continua de la fixer comme s'il lisait en elle. Elle prit une grande gorgée de café et posa le gobelet.

— Il faut faire le suivi de plusieurs choses aujourd'hui. Dawson doit être de retour, et il faut parler à Forrest et à Thompson de ce que nous a dit Walter.

— Hum hum, fit Nolan. Pourquoi tu ne me regardes pas ?

Elle lui jeta un bref coup d'œil.

— Quoi ?

Il soupira et, ouvrant les bras, l'attira contre lui.

— Tu sais que je n'ai pas voulu te faire de mal. J'ai essayé de toutes mes forces d'éviter... ça.

— Je vais bien, Nolan.

Il resserra son étreinte, et elle lui passa un bras autour de la taille, luttant contre les larmes. Elle devait maîtriser ses émotions ou elle n'arriverait jamais au bout de la journée. Il fallait à tout prix lui cacher l'étendue de son chagrin.

— Si tu es sûre...

— Hum hum.

Il l'embrassa sur le haut du crâne et recula.

— Alors, Dawson... Et parler à Forrest et à Thompson de Melody.

Trente minutes plus tard, ils étaient au cabinet Lukas, Jolley et Fitzsimmons, devant la réceptionniste.

— Je crois comprendre que vous vouliez parler à Me Dawson, dit la réceptionniste. Il m'a demandé de vous dire qu'il n'a aucun commentaire à faire. Il est très occupé.

— Ça ne m'étonne pas, dit Nolan d'un ton sarcastique. Où est son bureau ?

— Je suis désolée, je ne peux pas...

Posant les deux mains à plat sur le bureau, Nolan approcha son nez à quelques centimètres de son visage.

— Nous ne partirons pas avant de l'avoir vu, alors dites-nous seulement où le trouver et nous vous ficherons la paix.

La femme pinça les lèvres d'un air découragé.

— C'est un de mes patrons. Il pourrait me renvoyer si...

Une porte s'ouvrit dans le couloir, et un homme d'âge moyen, légèrement dégarni, sortit en hurlant :

— Candace ? J'ai reçu ce fax du cabinet Gieger ?

La réceptionniste se redressa et vrilla son regard dans celui de Summer. C'est lui, chuchota-t-elle discrètement avant de se tourner vers l'avocat.

— Désolée, maître Dawson, je ne l'ai pas encore eu.

— Bon sang ! Ils m'avaient promis qu'ils l'enverraient à la première heure.

Dawson assena une claque sur le mur et se retourna pour rentrer dans son bureau.

— Euh, maître Dawson ? dit Candace derrière lui. Ces personnes aimeraient vous voir quelques minutes.

Il se retourna et dévisagea Nolan et Summer.

— Accident de voiture ? Divorce ? Testament ?

— Enquête pour meurtre, dit Summer.

Dawson agita la main.

— Je ne prends pas les affaires criminelles, mais je suis sûr que quelqu'un au cabinet...

— Nous ne voulons pas vous engager mais vous poser des questions.

Summer tendit la main.

— Summer Davies, de Davies Investigations. Vous connaissiez Patrice Eccleston...

L'homme pâlit visiblement. Ses lèvres s'agitèrent, mais seuls des sons étranglés en sortirent. Il lança un regard de reproche à Candace avant de reporter son attention sur Summer.

Nolan les rejoignit et se présenta également. Sa main tendue fut ignorée. Après quelques secondes de silence embarrassé, Dawson déclara :

— Comme je l'ai dit, je n'ai aucun commentaire à faire. La confidentialité des échanges client-avocat...

— Patrice était votre cliente ? demanda Summer. Pour quelle raison est-elle venue vous voir ?

— C'est, euh...

Dawson s'éclaircit la voix et rejeta les épaules en arrière.

— Je suis très occupé aujourd'hui. Je n'ai vraiment pas le temps de...

— Nous ne vous prendrons que quelques minutes, dit Nolan en contournant l'avocat.

— Hé ! Revenez ici. Vous ne pouvez...

Mais Nolan franchissait déjà la porte que Dawson avait laissée ouverte. Summer dissimula un sourire devant son audace. Se penchant vers Dawson, elle murmura :

— Ne vous inquiétez pas, Kenneth. Ce sont des questions faciles. Comme nous avons déjà entendu parler de votre liaison, il n'y a pas de raison de la dissimuler.

L'homme écarquilla les yeux et glissa un regard coupable à la réceptionniste, qui faisait mine de ne pas écouter.

— Pas ici, dit-il en serrant les dents.

— Bien sûr que non. Après vous.

— Je ne mentais pas en disant que Patrice était ma cliente, dit calmement Dawson dès qu'il eut refermé la porte.

Il ne leur offrit pas de s'asseoir, mais Nolan prit place dans un des fauteuils en cuir dans une posture détendue.

— Expliquez-nous ça.

Summer n'aimait pas son attitude insouciante et s'efforça de le lui signaler. Mais il agita seulement les doigts, comme pour dire *tout va bien, je sais ce que je fais*. Summer prit donc le second fauteuil et se concentra sur Kenneth.

— Un ami de Patrice nous a dit qu'elle avait une liaison avec un homme marié. Était-ce vous, monsieur Dawson ?

L'avocat se laissa lourdement tomber dans son fauteuil et bafouilla :

— Je... Elle ne... Ma femme...

— Nous ne lui dirons jamais, l'assura Summer.

— Bien que, si l'on en juge par les rumeurs, vous devriez envisager de lui en parler, dit Nolan. Et arrêter d'ennuyer les autres femmes. Ça s'appelle du harcèlement et ce n'est pas acceptable. Suis-je clair ?

Kenneth serra les bras de son fauteuil et hocha la tête. Après quelques secondes de silence, il lâcha :

— Au départ, Patrice est venue me voir pour un conseil juridique sur une question particulière, et... en raison de la nature de son problème, je l'ai rencontrée plusieurs fois en quelques jours.

— Quelle était cette question ?

Le cœur battant, Summer ouvrit son cahier. Elle avait le sentiment qu'ils étaient sur quelque chose d'important. Dawson agita l'index dans sa direction.

— Qu'est-ce que vous écrivez ?

— Juste des notes.

— Je ne tiens pas à ce que vous notiez ce que je dis, proféra-t-il les sourcils froncés.

Nolan sortit son téléphone.

— Vous préférez que nous enregistrions la conversation ?

Kenneth les contempla tour à tour.

— Je vous l'ai dit, je ne peux rien vous révéler en raison de la confidentialité des échanges entre elle et moi.

Summer savait qu'ils étaient tout près de résoudre cette affaire. Elle devait trouver un moyen de faire parler Kenneth.

— Mais ne pourriez-vous parler si vous saviez que cela empêcherait un crime ?

L'avocat cilla rapidement et pencha la tête.

— Je vous demande pardon ?

— Est-il possible que ce que Patrice vous a confié puisse être un indice quant à celui qui l'a tuée ?

L'expression de Dawson confirma clairement que c'était le cas. Nerveuse, Summer lança un coup d'œil à Nolan.

— Et si vous pouviez empêcher l'agression ou la mort d'une autre personne, vous ne pensez pas que vous auriez l'obligation morale de le faire ?

Kenneth ferma les yeux et pinça les lèvres d'un air malheureux.

— Vous devez nous aider à arrêter son meurtrier.

Summer avança sur le bord de son fauteuil et plaqua les mains sur le bureau. Oui, elle finassait pour donner à Dawson une raison de parler. Mais son air anxieux indiquait qu'il réfléchissait à ses arguments. Enfin, il laissa tomber les épaules et se pencha en avant.

— Si je parle, ce pourrait être moi la prochaine victime.

Summer et Nolan échangèrent un regard tendu.

— Mon cousin Forrest travaille pour la police, dit Nolan. Je peux demander qu'on vous protège.

Kenneth fixa son bureau, les doigts noués.

— Je veux aussi une protection pour ma famille.

— Ce sera fait.

Summer ignorait comment Nolan pouvait promettre cela, mais elle ne fit aucun commentaire.

— Tout ce que je peux dire, reprit l'avocat, c'est qu'elle avait vu quelque chose. La preuve d'une activité illégale. Elle voulait savoir si la loi l'obligeait à le signaler. Elle avait peur de se mettre en danger.

— Qu'a-t-elle vu ? lâcha Summer.

— C'est tout ce que je peux dire.

— Maître Dawson, pouvez-vous juste…

— Non ! répondit-il d'un ton ferme. Elle avait peur pour sa vie, et je crois que quelqu'un de très dangereux l'a tuée pour la faire taire. Je ne veux pas être la prochaine victime.

Nolan se percha au bord de son siège et intervint :

— Nous pourrions mieux vous protéger si nous savions de quoi ou de qui il s'agissait.

Kenneth sauta sur ses pieds, secouant la tête.

— Non. C'est terminé.

— Mais si nous pouvions...

Il coupa Summer en décrochant son téléphone.

— Voudriez-vous faire raccompagner mademoiselle Davies et monsieur Colton, s'il vous plaît ?

Nolan se leva à son tour.

— Inutile. Nous partons.

Summer éprouvait presque un sentiment de panique à l'idée de voir la chance de résoudre l'affaire leur échapper.

— Mais...

Nolan la prit par le bras et l'entraîna vers la porte.

— Merci de nous avoir accordé de votre temps, maître Dawson. Rappelez-vous ce que je vous ai dit, hein ?

Dawson lui lança un regard noir et retomba dans son fauteuil.

Tandis qu'ils ressortaient du cabinet, Summer se repassa ce qu'avait dit l'avocat. Patrice avait eu peur de signaler sa découverte. *Sa découverte ?* Ce n'était donc pas une action, comme un meurtre ou un vol, mais un objet. Dans la rue, elle plissa les yeux, éblouie par le soleil automnal.

— Nolan, nous sommes partis trop facilement. En insistant, il nous aurait livré la dernière pièce du puzzle.

— Non, répondit Nolan. J'ai vu le moment où il s'est refermé. Celui où un suspect s'aperçoit qu'il en a trop dit.

Summer s'arrêta sur sa lancée et lui jeta un regard aigu.

— Tu penses qu'il est suspect ?

— Non. C'est un crétin qui aime la gaudriole, mais ça n'en fait pas un tueur. Il est terrifié par quelque chose. Ou par quelqu'un.

— Par celui qui a tué Patrice, acheva-t-elle. Donc...

— Retournons au bureau et récapitulons tout. Nous sommes proches de la résolution, je le sens.

Il lui ouvrit la portière passager, et elle hocha la tête.

— Je suis d'accord. Il est temps de nous servir du tableau blanc.

# 17

Yossi faisait la sieste dans une flaque de soleil sur le bureau quand ils rentrèrent. Summer sentit son cœur battre douloureusement au souvenir de ce qu'elle y avait fait avec Nolan. Nolan qui ne l'aimait pas et avait parlé d'erreur.

Elle repoussa cette pensée douloureuse et inspira à fond. Si elle devait vivre et travailler dans cet espace à l'avenir, il lui faudrait surmonter ces souvenirs. Parce qu'elle n'avait pas les moyens d'acheter un bureau neuf.

Elle incita son chat à abandonner son espace de travail en lui ouvrant une boîte de sa pâtée préférée.

— Allez, Yossi. Le dîner !

Le chat sauta à terre et trotta rapidement vers son écuelle, ronronnant de gratitude. Elle avait terriblement envie de cajoler son ami, mais les responsabilités l'appelaient. Après lui avoir gratté la joue, elle revint vers le bureau, où Nolan inscrivait des commentaires et des schémas sur le tableau.

Durant un instant, elle se tint sur le seuil de la kitchenette, pour l'observer. Son corps mince, ses mouvements efficaces... Son amant. Pour un après-midi unique. Un après-midi qu'elle chérirait le restant de ses jours. Fermant les yeux, elle soupira. *Arrête. Ce n'est pas le moment.*

Nolan et elle avaient un travail important à effectuer. Dawson leur avait livré peu de chose, mais son aveu jetait une nouvelle lumière sur l'enquête. Nolan était-il sur la même longueur d'onde ? Elle le verrait bientôt.

Elle alla ranger son bureau, où Yossi avait poussé les dossiers pour se faire de la place. Prenant son sac, elle sortit son cahier et feuilleta les pages les plus récentes.

— D'accord, ajoute Dawson et une flèche pour le relier à Patrice, que tu appelleras « cliente/liaison ».

Nolan fit un pas de côté pour lui montrer qu'il avait déjà inscrit ces éléments.

— Bien. Alors dans la colonne des faits, ajoute ce que Patrice a vu...

Elle consulta ses notes pour se rappeler les mots de Dawson.

— ... la preuve d'une activité illégale.

— C'est ça.

Nolan se tourna vers le tableau. Summer tambourina sur la surface de son bureau, essayant de ne pas se repaître de la vue du fessier et des larges épaules de son partenaire.

— Il n'a pas mentionné le garage de Kain, donc elle aura pu voir n'importe quoi.

Nolan fit la moue, le front plissé.

— Je pense qu'on peut appliquer le rasoir d'Occam ici. L'explication la plus évidente est la bonne.

Elle leva la main, l'encourageant à poursuivre.

— Et quelle explication évidente vois-tu ? Il existe plusieurs options. Nous avons un tueur en série qui a avoué sur son lit de mort. Une infirmière payée pour tuer son patient et qui a disparu. Un camarade de classe à l'amour importun qui est le dernier à avoir vu Patrice vivante. Un père surprotecteur qui ne savait même pas qu'elle avait des camarades ni une liaison avec un homme marié.

Nolan tapota le marker sur sa paume.

— Aucun de tout ça ne me paraît constituer un mobile. Je parle de ceci.

Il pointa Melody avec le marker.

— C'est la voiture qui l'a tuée ? dit Summer avec un sourire ironique.

Mais des picotements sur sa nuque lui dirent qu'ils suivaient le même raisonnement.

— Réfléchis, Summer. Melody était assez importante pour que Corgan prononce son nom avant de mourir.

Summer feuilleta son cahier jusqu'aux pages relatant leur rencontre avec Tom Kain et Walter. Elle lut un instant avant de regarder Nolan.

— Walter a dit que Patrice regardait Melody en attendant son rendez-vous avec Kain. Il l'a entendue hoqueter et elle est partie rapidement.

— Exactement. Donc cette chose dont Dawson dit qu'elle l'a effrayée pourrait-elle être la même qui l'a terrifiée au point de quitter le garage ?

Summer se redressa.

— C'est logique. Et après que Kain a menti, Walter voulait nous parler de la voiture. Mais en dehors du champ des caméras.

— Des caméras qui veulent dire…

Nolan fit face au tableau, le visage animé.

— Que Kain a certainement vu Patrice quand il a visionné les bandes. Walter nous a dit qu'il le faisait tous les soirs.

Nolan se gratta la tête.

— Si les rumeurs sur Kain sont vraies, il a tout intérêt à garder l'œil sur son garage, effectivement.

— Et si Patrice a vu quelque chose et que Kain l'a su…

Un frisson parcourut Summer. Nolan croisa son regard.

— Il a pu la tuer pour la faire taire. De la drogue, peut-être ? Ou de l'argent ?

— Ce serait logique. Mais…

Ayant terminé son dîner, Yossi revint et sauta sur le bureau pour finir sa sieste au soleil.

— Pas maintenant, Yos.

Summer souleva le chat qui s'était étendu sur son cahier.

— Va dormir sur mon lit. Privilège spécial aujourd'hui.

Yossi lui jeta un regard malheureux, et Summer ignora son pincement de culpabilité en feuilletant ses notes.

— Corgan pouvait-il savoir à propos de Kain ? Avoir non seulement la preuve du trafic de drogue et du lien avec Melody, mais aussi celle du meurtre de Patrice ?

— Kain a pu payer Jane pour tuer Horace s'il parlait de Melody. Ça pourrait être le pactole dont elle se vantait.

Nolan prit son téléphone et composa un numéro.

— Attends, dit-elle en se levant et en s'approchant de lui. Qui appelles-tu ?

— Forrest. Il est grand temps que nous les mettions, lui et Thompson, au courant de ce que nous avons appris.

— Raccroche.

Elle lui prit le bras pour éloigner l'appareil.

— C'est mon affaire, tu te rappelles ! Je ne suis pas prête à la repasser à la police !

— Summer, si nous avons raison, nous devons à Patrice et à sa famille de veiller à ce que Kain soit arrêté dès que possible. En outre, j'ai promis à Dawson que je le ferai protéger jusqu'à ce que les menaces contre lui soient passées.

— Je sais, mais... Faisons d'abord une dernière chose pour confirmer nos soupçons.

— Quoi ?

— Je veux examiner Melody moi-même.

— Et comment comptes-tu faire ça ? lança Nolan, les mains sur les hanches. Kain a des caméras partout, tu te souviens ? Il nous tombera dessus, à supposer que nous puissions même approcher de la voiture. Ce n'est pas comme s'il la garait devant chez lui.

— Mais Melody n'est pas toujours au garage. Il la conduit aux réunions du conseil municipal, tu te souviens ?

— Le conseil vient de se réunir. Je doute qu'ils le feront d'ici quelques semaines. Tu veux vraiment attendre aussi longtemps pour fouiller Melody ?

Summer croisa les bras sur la poitrine et fit quelques pas.

— On pourrait s'arranger pour qu'une réunion extraordinaire soit convoquée. Je suis sûre que ta famille connaît le maire. Tu pourrais demander à Hays de faire en sorte qu'une réunion spéciale soit organisée ce soir.

— Sous quel prétexte ?

— Eh bien, ils pourraient dire qu'il s'agit de sécurité publique, ce qui n'est pas très loin de la vérité si nous devons attraper un meurtrier.

Elle mordillait sa lèvre inférieure en marchant.

— Ou d'une erreur financière inopinée. Les questions d'argent sont toujours une priorité. Une fois le conseil réuni, ils annoncent que l'erreur a été corrigée ou que c'était une fausse alerte et s'excusent. Mais cette ruse nous donne assez de temps pour inspecter la voiture de Kain.

— Sans mandat, fouiller sa voiture est illégal.

Elle grogna de frustration.

— Si ça t'inquiète de te mettre en délicatesse avec le FBI, alors ne viens pas. J'irai seule et je... « Oh mon Dieu ! Quelle magnifique voiture » dit la citoyenne en regardant à travers les vitres.

Nolan lui lança un regard noir.

— Summer...

— Si nous voyons quelque chose de suspect, nous avertirons Thompson.

La désapprobation de Nolan était visible.

— Que puis-je faire d'autre ? dit-elle en écartant les bras. Si ce que Patrice a vu est la clé de l'enquête, il faut que j'examine cette voiture !

— Et si tu te fais tuer aussi ?

Un frisson la parcourut. Était-ce tenter le diable que d'inspecter la voiture ? Probablement. Mais pouvait-elle ignorer tant d'éléments susceptibles de prouver que Kain était lié au meurtre de Patrice ? Elle devait obtenir justice pour la jeune femme. Elle voulait permettre à Atticus de faire son deuil et résoudre sa première affaire. Était-ce téméraire ? Sans doute. Mais faire l'amour à Nolan avait aussi été téméraire, et elle n'aurait échangé ce souvenir pour rien au monde.

Serrant les poings, elle lança un regard têtu à son ami.

— Je vais jeter un coup d'œil à cette voiture de toute façon. Tu vas m'aider ou non ?

# 18

Ce qu'ils faisaient était une erreur à plus d'un égard. Comment diable avait-il laissé Summer le convaincre ? Et comment avait-elle réussi à persuader Hays et le maire de convoquer une session extraordinaire ?

Dans leur enfance, il avait souvent fait ce qu'elle voulait contre son gré. Parce qu'il voulait qu'elle soit heureuse. Parce qu'au fond de lui il admirait sa désinvolture et son goût de l'aventure. Parce que c'était une vraie tête de mule et qu'il devait la protéger. Au moins, il avait exigé d'avertir Forrest de leur plan.

— Fais en sorte que je n'ai pas à venir vous arrêter pour violation de propriété privée, avait dit ce dernier.

— Tiens-toi seulement prêt. Nous aurons peut-être besoin d'un mandat de perquisition avant la fin de la soirée.

Il avait raccroché avant que Forrest puisse en dire plus. Il espérait que Forrest et Thompson arriveraient à temps pour stopper Summer. Cela pourrait lui sauver la vie.

Réprimant un sentiment de catastrophe imminente, il fourra son arme dans la ceinture de son jean et referma sans bruit la portière de la jeep. Torche à la main, il suivit Summer. La Mercedes noire était garée dans un coin sombre.

Nolan attrapa le T-shirt de Summer.

— Du calme, partenaire. Avant de foncer, il faut nous assurer qu'on ne nous observe pas.

Elle contempla la caméra de sécurité fixée au lampadaire.

— L'angle n'est pas le bon. Je pense que nous ne serons pas dans le champ. C'est pour ça qu'il s'est garé là, non ?

Nolan acquiesça d'un grommellement et survola les alentours du regard.

— Les caméras ne sont pas les seuls yeux à redouter. Kain pourrait avoir posté les siens.

Il feignit la nonchalance en balayant du regard les buissons environnants et les autres véhicules. Summer se retenait, mais il voyait qu'elle rongeait son frein, impatiente de prouver sa théorie contre vents et marées.

— Rappelle-toi Têtard, laisse les indices te guider. N'essaie pas de faire entrer les indices de force dans tes suppositions. Si Kain...

Son téléphone le fit sursauter. S'il ne l'avait pas tenu à la main, il l'aurait ignoré. Mais l'écran affichait le nom et le numéro de son avocat. Il ne débattit que quelques secondes avant de répondre. Summer lui lança un regard irrité.

— Salut, Stu. Ce n'est pas le bon moment. Laisse-moi te rappeler plus tard.

Il raccrocha sans lui laisser le temps de répondre et surprit un air de curiosité sur le visage de Summer. Étant donné les risques, ses propres émotions étaient déjà tumultueuses. Les questions de Summer devraient attendre. Il fourra le téléphone dans la poche arrière de son jean, l'esprit un peu confus.

— Tu ne parles pas à ton avocat ? demanda Summer.

— Pas maintenant. Un cauchemar à la fois, d'accord ? Pour l'instant, je veux me concentrer sur notre tâche.

Il vit un frisson la parcourir, et elle hocha la tête.

— Bien sûr.

Elle se remit en marche.

— Viens. Le maire ne peut pas faire durer cette fausse réunion bien longtemps.

— Summer...

Mais elle ne s'arrêta pas avant d'être à proximité de la voiture noire. Tirant une mini-torche de sa veste, elle l'alluma et éclaira les roues de la berline. Puis, après un coup d'œil derrière elle, elle se hâta de passer de l'autre côté et de s'accroupir pour examiner les enjoliveurs.

Mal à l'aise, Nolan survola du regard le trottoir et le parking mal éclairé.

— Fais vite, Summer. Quelqu'un peut arriver d'une minute à l'autre.

— Patience, Crapaud. Je ne partirai pas avant d'avoir découvert ce que Patrice a vu.

Elle inspecta le bas de caisse.

— Regarde à l'intérieur et sous le capot. Je veux repartir avec quelque chose de concret.

Nolan grogna.

— C'est ce que je te disais. Ne présume pas qu'il y a quelque chose. N'oublie pas que la police a déjà fouillé les propriétés de Kain sans rien trouver.

Il se pencha et éclaira les sièges avant, puis arrière. Le tableau de bord...

— Mais Patrice a trouvé quelque chose. Quelque chose qui l'a menée à la mort. Je sais que c'est ça. Je sens...

Elle s'interrompit avec une exclamation.

— Quoi ?

— Je viens de faire bouger l'enjoliveur. Aide-moi.

— Seigneur, Summer ! Tu vas nous faire jeter en prison. Ou pire.

Mais il s'accroupit à côté d'elle et l'aida à dégager l'enjoliveur à l'aide d'un tournevis.

— C'est très joli. Tout ce chrome étincelant...

Summer prit la pièce dans ses mains. Tandis qu'elle l'inspectait, Nolan s'allongea sur le dos et rampa sous le véhicule, dirigeant sa lampe vers le train avant.

Rien ne lui parut suspicieux et il était sur le point de ressortir quand il s'aperçut qu'une partie du logement était plus propre que le reste. Ou plutôt la saleté avait été comme essuyée. En y regardant de plus près, des empreintes de doigts étaient reconnaissables.

— Summer, passe-moi le tournevis.

Elle s'exécuta, et avec l'outil il tapota la zone essuyée. Elle céda soudain, révélant les bords d'une fausse paroi. Le cœur battant,

Nolan introduisit le tournevis pour dégager la paroi. Il éclaira ensuite le logement. Derrière se trouvait une petite cache. Et un sac en plastique zippé, contenant une poudre blanche.

Le pouls de Nolan s'emballa.

— Summer, je crois qu'on vient de toucher le gros lot.

— Qu'est-ce que…, commença-t-elle avant de s'exclamer : Nolan !

Son ton lui donna un coup au cœur, au moment même où une voix masculine résonna :

— Le gros lot, hein ? Dommage que ce soit la dernière chose que vous ferez.

# 19

Summer recula en titubant. Avant qu'elle ait pu réagir, Kain avait planté une seringue et injecté quelque chose dans la jambe de Nolan. Rien de bon, imagina-t-elle.

Nolan grogna et sortit en rampant de sous la voiture. Puis ses yeux roulèrent en arrière et son corps devint inerte.

Summer chercha une arme, mais elle n'avait plus le tournevis, qu'elle avait passé à Nolan. L'enjoliveur ? Il était trop lourd pour qu'elle le lance avec efficacité.

— Apparemment, j'ai quitté à temps cette mascarade.

Kain rempocha la seringue et sortit un pistolet.

— J'ai compris qu'il y avait anguille sous roche dès que le maire a commencé à lire cette proclamation décousue. Je reconnais une tactique de flibustier quand j'en vois une.

Summer sentit son sang se figer dans ses veines. Elle inspira à fond pour crier. Kain braqua son arme sur Nolan.

— Si vous criez, je le tue.

— Nolan ?

Summer s'accroupit près de lui malgré l'arme.

— Que lui avez-vous injecté ? lança-t-elle à Kain.

Celui-ci contempla Nolan avec un sourire satisfait.

— Un tranquillisant. Jane m'a promis que ce truc faisait effet tout de suite. Elle ne m'a pas menti.

Il sortit une télécommande de la poche de son pantalon. Les portières de Melody s'ouvrirent avec un déclic.

— Dépêchons-nous avant que quelqu'un nous voie.

Summer se crispa. Que voulait-il dire par ça ? Elle lança un coup d'œil à l'entrée de l'hôtel de ville. *S'il vous plaît, faites que quelqu'un sorte...*

Kain ouvrit la portière arrière et gronda :

— Montez. Tout de suite.

Son ton n'admettait aucune réplique. Pourtant, elle hésita. Elle ne voulait pas laisser Nolan. Et elle savait, sans l'ombre d'un doute que, si elle montait dans cette voiture, elle mourrait dans moins d'une heure.

Quand Kain rangea son arme pour attraper les jambes de Nolan, Summer y vit sa chance. Elle bondit, prête à le griffer. Mais il réagit immédiatement et lui assena un coup de poing sur le menton. Elle tomba à la renverse avec un choc à lui ébranler les dents. Aussi vite que possible, elle se secoua et remonta à l'attaque. Cette fois, elle réussit à lui égratigner la joue.

— Garce ! cria-t-il.

Il l'attrapa par les cheveux et la traîna vers la portière ouverte. Malgré ses coups de pied et de poing, elle n'était pas de taille à résister. Il la souleva comme un paquet et la jeta dans la voiture. Elle s'effondra en tas, moitié sur le siège, moitié sur le sol.

En se tordant dans tous les sens, elle réussit à se redresser. Elle agrippa la poignée de l'autre côté pour fuir, quand quelque chose de dur s'abattit sur son crâne. Son champ de vision se rétrécit à un tout petit cercle... puis tout devint noir.

Summer avait terriblement mal à la tête. En tâtonnant maladroitement, elle découvrit qu'elle était avachie dans une position inconfortable. Elle avait mal au flanc. Et à la mâchoire. Elle avait un goût de sang dans la bouche et elle était sonnée.

Cela n'arrangeait rien qu'un corps l'écrase. Ni qu'elle rebondisse comme dans un manège. En grognant, elle entrouvrit les yeux et essaya de s'orienter. Et regretta immédiatement de l'avoir fait.

Elle était dans la voiture. Melody. Nolan était effondré sur elle, inconscient. Elle avait les mains ligotées. Et Tom Kain était au volant, les emmenant Dieu sait où.

Un gémissement de peur lui échappa. Un petit bruit discret

mais suffisant pour avertir Kain. Il croisa son regard dans le rétroviseur et grogna.

— Désolé de vous avoir cogné sur la tête, mais je n'avais qu'une seule seringue.

Il fit une pause comme pour réfléchir.

— J'espérais que vous resteriez inconsciente jusqu'à ce qu'on en finisse. Ça aurait rendu les choses plus simples.

Il reporta son attention sur la conduite, puis ajouta avec insouciance.

— Oh tant pis, ça me donne l'occasion de laver ma conscience. De me purger de mes torts.

Il leva à nouveau les yeux, en souriant d'un air fat.

— Peux pas aller voir un curé, après tout. Il est probable qu'il irait trouver la police malgré le secret de la confession.

Il sifflota sur un ton de regret, puis reprit :

— Mais vous savez qui ne trahit jamais la confiance ? Les morts.

Summer sentit la bile remonter dans sa gorge. Déplaçant ses bras, elle agrippa la manche de Nolan et tira dessus, priant pour le réveiller avant que Kain n'exécute son plan. En gigotant un peu, elle parvint à mettre la tête de Nolan sur ses genoux. Dans une meilleure position, elle aurait pu se libérer les mains.

— Quand j'ai tué la fille qui avait découvert la cache de Melody – Patricia quelque chose, le journal donnait son nom...

La colère prit Summer. Non seulement Kain avait tué cette innocente, mais il ne se rappelait même pas son nom.

— ... je lui ai tout dit sur le meurtre de Beau Lemmon.

Stupéfaite, Summer releva la tête.

— Le père de Rae ?

Kain parut surpris de l'entendre.

— Vous la connaissez ? Ah, c'est une petite ville. Eh oui, il travaillait pour moi mais il a fini par avoir des remords. J'ai dû le neutraliser avant qu'il parle.

Le cœur de Summer galopait comme un cheval fou. Le père de Rae... Patrice... Cet homme était un monstre.

— Je suppose que je devrais aussi compter Corgan, même si c'est Jane qui s'en est chargée. Ôter son tuyau d'oxygène était une façon stupide de le tuer, puisqu'il était évident qu'il n'y avait qu'elle. Mais je ne l'ai pas payée pour son intelligence, seulement parce qu'elle avait accès à Corgan.

Kain tourna la tête pour la regarder. Dans la faible lumière du tableau de bord, ses traits lui parurent effrayants. Elle n'arrivait pas à croire qu'elle l'avait trouvé beau. Aucun remords dans la ligne dure de sa bouche.

Elle pencha la tête pour essayer de comprendre où il les emmenait. Quoi qu'il en soit, il faisait noir. Pas de lampadaires ni d'enseignes. Le ciel nocturne était rempli de milliers d'étoiles. *The stars at night are big and bright, deep in the heart of Texas.* Les paroles de cette chanson, qu'elle chantait autrefois autour du feu, surgirent dans sa tête. Que n'aurait-elle pas donné pour revenir à ces jours insouciants ? À l'époque, ses plus gros soucis étaient les piqûres de moustique et l'obligation d'aller au lit à 21 heures. Et sa relation avec Nolan était franche et sans complications. Pas de déménagements, pas d'événements perturbants, pas de gens vindicatifs. Pas de complications autour du sexe. « Une erreur », avait dit Nolan. Bon sang, ça faisait mal.

Une larme roula sur sa joue et tomba sur Nolan.

Il ouvrit les yeux en cillant. Bouche bée, elle le regarda. Vivement, Nolan secoua la tête, lui intimant en silence de ne rien dire. Elle hocha imperceptiblement la tête. L'élément de surprise était leur seule arme contre Kain.

Savoir que Nolan avait repris conscience la réconforta un peu. Elle se sentait aussi ragaillardie par la preuve que Kain avait tué Patrice. Elle avait résolu sa première grande affaire. Dommage que ce soit aussi sa dernière.

Une sorte d'entêtement la saisit. *Bon sang, si je dois y passer, il faut qu'il réponde à mes questions.* Repoussant sa peur, elle s'adressa au profil dur de Kain.

— Donc les rumeurs sont vraies, vous faites du trafic de drogue si je comprends bien…

Elle sentit Nolan se crisper contre elle. À l'avant, Kain parut sortir d'une profonde réflexion. Il leva les yeux dans le rétroviseur.

— La drogue, oui. C'est très lucratif.

— Comment avez-vous réussi à vous en tirer toutes ces

années ? Votre garage et Melody ont été fouillés plus d'une fois, d'après ce que j'ai entendu dire.

Kain sourit fièrement.

— Vous avez bien entendu. Heureusement pour moi, la police doit respecter la loi. Et j'ai un ami bien placé qui m'avertit chaque fois qu'un mandat de perquisition est émis. Grâce à cela, je peux me débarrasser des preuves avant que les flics n'arrivent. Un grand atout, cet informateur.

— Alors c'est vous qui avez fourni la drogue qui a tué le frère de mon amie Avery.

Kain dit d'un ton moqueur :

— Je ne suis qu'un homme d'affaires. Ce n'est pas moi qui la leur injecte dans les veines.

Summer grinça des dents.

— Et vous avez manipulé les infirmières pour qu'elles vous aident à fournir des médicaments. N'est-ce pas ? Jane Oliver, par exemple.

Kain acquiesça.

— Oh ! Mlle Jane a fait plus pour moi que colporter des pilules. Elle s'est révélée une carte précieuse quand Corgan est tombé malade. J'ai appris des choses sur ses meurtres qui m'ont aidé à brouiller les pistes quand j'ai enterré Patricia.

— Patrice, rectifia Summer entre ses dents.

— Qu… Ah oui, c'est vrai. Patrice. Jolie fille. Ça m'a fait mal au cœur de la faire disparaître, mais elle avait découvert mon secret, alors il fallait que je m'occupe d'elle. J'ai donc profité des travaux sur le parking de Lone Star Pharma pour dissimuler mes péchés.

Le trafiquant de drogue se tut assez longtemps pour consulter une carte sur son téléphone.

— Ah bon sang, j'ai manqué l'embranchement à cause de vos jacassements.

Il ralentit et entreprit de faire demi-tour.

Summer glissa un regard au téléphone, essayant de se faire une idée de l'endroit où ils se trouvaient. Mais, en dehors d'une ligne verte indiquant la route, la carte était vide. En d'autres termes, la cambrousse. L'un de ces espaces vides dont regorgeait le Texas. L'espoir auquel elle se cramponnait piqua du nez.

À quelque distance, Kain obliqua dans un chemin flanqué de peupliers et de broussailles. Des branches éraflèrent les flancs de la Mercedes. Il poussa un juron.

— Ces fichus arbres abîment la peinture de Melody !

Il se tourna vers Summer.

— C'est votre faute. La vôtre et celle de votre amoureux.

— Notre faute ? Ce n'est pas nous qui vous avons demandé de nous emmener au milieu de nulle part.

— En fouinant autour de Melody, vous ne m'avez pas laissé le choix. Si vous vous étiez mêlés de vos affaires, elle ne serait pas ici.

Il se retourna en grommelant :

— Je vais devoir l'emmener à Houston pour réparer ça, et ça va me coûter une fortune.

— Oh bouh-ouh...

Summer ne put se retenir, même en sachant que cela énerverait Kain. Il avait déjà prévu de la tuer, qu'avait-elle à perdre ? Mais elle sentit les doigts de Nolan lui serrer le poignet et elle comprit qu'il l'avertissait de ne pas pousser Kain trop loin. Rappelée à l'urgence de la situation, elle songea qu'elle n'aurait pas d'autre occasion d'obtenir des informations.

— Vous savez où se trouve Jane Oliver ? Où elle est allée après que vous l'avez payée pour tuer Corgan ?

Kain acquiesça.

— Oh je sais où elle est. Là où vous serez bientôt. Sous terre. À moins que vous préfériez que je vous laisse en pâture aux animaux sauvages ? Le cycle de la vie et tout ça ?

L'angoisse noua le ventre de Summer.

— Vous l'avez tuée, elle aussi ?

— Elle en savait trop. Et pourquoi la payer alors que je pouvais économiser cinquante mille dollars ?

Summer dut déglutir plusieurs fois pour ne pas vomir.

— Vous êtes un monstre. Vous le savez, n'est-ce pas ? dit-elle d'un ton grave.

— Ah bon ?

Il plissa le front comme s'il réfléchissait à la question.

— Ça me semble un peu dur. J'ai fait des choses que la plupart des gens considèrent comme des péchés. Mais je suis persuadé que, quand on pèsera ces choses à l'aune de mes bonnes actions, on me pardonnera.

— Des bonnes actions ?

La voiture cahota dans un nids-de-poule mais, une fois qu'ils furent en terrain plat, Kain lui lança un regard.

— Je vous ai parlé de mes dons à la bibliothèque et aux autres organismes, n'est-ce pas ?

— Vous croyez que vous pouvez vous racheter après tout le mal que vous avez fait ?

Elle s'esclaffa, abasourdie par son orgueil démesuré.

— Pas entièrement. C'est pour ça que j'ai passé tellement de temps à me confesser. Je décharge ma conscience, on me pardonne et je peux continuer ma vie.

Summer n'en croyait pas ses oreilles.

— Je ne crois pas que ça marche comme ça. Seul Dieu peut pardonner à ceux qui se repentent vraiment.

— Eh bien, j'imagine qu'on verra ça un jour, hein ?

Il esquissa un sourire qui la fit frissonner.

— Vous plus tôt que moi, bien sûr.

Il jeta un coup d'œil par sa vitre.

— En fait, nous y sommes. Le proverbial milieu de nulle part.

Summer aurait voulu demander ce qui rendait cet endroit si spécial, mais l'anxiété lui nouait la gorge. Kain gara Melody et coupa le moteur.

Summer tendit l'oreille pour identifier leur environnement, mais les battements de son cœur l'empêchèrent d'entendre autre chose que le déclic de la portière quand Kain descendit de voiture. Durant les deux secondes qu'il lui fallut pour atteindre la portière arrière et l'ouvrir, Nolan murmura :

— Suis mon exemple.

Puis la portière s'ouvrit aux pieds de Nolan, et Kain leur jeta un coup d'œil.

— Bienvenue dans votre dernier lieu de repos.

# 20

Nolan luttait encore contre les vestiges de drogue. Mais une giclée d'adrénaline le galvanisa quand la voiture s'arrêta et que Kain ouvrit la portière. Il balança un coup de pied au trafiquant, l'envoyant tituber à plusieurs pas.

Derrière lui, Summer poussa un cri de stupéfaction. Kain recouvrit son équilibre en quelques secondes et, les dents serrées, poussa un grognement menaçant.

Ayant déjà utilisé l'avantage de la surprise, Nolan pria pour avoir au moins la force de protéger Summer. Il tâtonna à la recherche de son arme.

— C'est ça que vous cherchez ? demanda Kain en la pointant sur lui.

Il sentit son cœur sombrer. Sans elle, il avait peu de chances de maîtriser leur ravisseur. Et s'il n'aimait pas l'idée de mourir, la pensée que Summer soit assassinée le rendait fou de rage.

— Allons mon vieux, dit Kain. Vous ne me croyiez pas assez stupide pour vous charger dans ma voiture sans vous fouiller ? Vos téléphones sont restés sur le parking, mais je me suis dit que ceci pourrait m'être utile.

Il agita l'arme.

— Sortez. Tous les deux.

Nolan serra les dents, fusillant son adversaire du regard. Les mains de Summer étaient attachées, mais elle pouvait lever suffisamment les bras pour agripper sa manche.

— Dépêchons ! lança Kain.

Secouant la tête, Nolan s'adossa au siège.

— Je ne crois pas. Je suis bien ici.

— Nolan ? murmura Summer d'une voix chargée de terreur.

— Parfait.

Kain prit le pistolet à deux mains et visa la tête de Nolan.

— Je vais vous tirer dessus là où vous êtes.

Summer inspira fortement, et son cœur se serra. Il aurait voulu faire plus pour alléger sa peur.

— Je ne crois pas que vous le ferez, dit-il au dealer. Parce que vous ne voulez pas souiller les jolis sièges de Melody avec du sang et de la cervelle.

Kain cilla et pinça fortement les lèvres. Puis, jurant à mi-voix, il baissa son arme et fit le tour de la Mercedes. Ouvrant l'autre portière, il saisit la veste de Summer à pleines mains.

Elle hurla et se débattit.

— Non ! Arrêtez !

La panique mordit les entrailles de Nolan, et il attrapa les jambes de Summer. Cela ralentit Kain, jusqu'à ce qu'il saisisse son bras. En quelques secondes, il la traîna hors de la Mercedes et la laissa tomber brutalement. Son cri de douleur déchira le cœur de Nolan.

— Summer !

Puis Kain braqua son arme sur le crâne de Summer, et Nolan se figea.

— Sortez de la voiture ou j'abats votre petite copine, dit le malfrat à travers ses dents.

Un sentiment d'impuissance envahit Nolan. Le cœur battant, il s'efforça de trouver un moyen de sauver Summer. Il ne pouvait pas la laisser souffrir, quel qu'en soit le prix.

Summer avait un goût de sang dans la bouche. Elle devait s'être mordu la langue en tombant. Les mains ligotées, elle n'avait pas pu amortir sa chute. Mais au moins elle n'était plus sur ce siège étroit.

En gigotant, elle réussit à passer ses jambes sous elle. Mais, au moment où elle allait se redresser sur les genoux, Kain l'attrapa par les cheveux et pressa le canon de son arme sur sa tempe.

Ses oreilles bourdonnèrent et son pouls parut ralentir. Si Nolan sortait de la voiture, elle savait qu'ils mourraient tous deux en quelques minutes. Mais elle savait aussi que Nolan ferait tout pour la sauver. Elle le regarda se déplacer lentement sur la banquette, une expression meurtrière dans les yeux. La faible lueur dispensée par le plafonnier jetait une lumière dramatique sur la scène.

— Vous savez qu'en nous tuant vous signez votre arrêt de mort. Mes cousins vous enverront dans le couloir de la mort.

— Vos cousins ? s'esclaffa Kain. Vous parlez de ces cow-boys du ranch Colton ?

Il secoua la tête.

— Ils ne me font pas peur. Le vieux Hays pense qu'il a de l'influence en ville, mais c'est moi qui ai le vrai pouvoir. Le pouvoir de l'argent. Des vilains secrets.

Quand Nolan atteignit le bord du siège et tendit les jambes au-dehors, Kain agita l'arme.

— Allez, sortez. Mettez-vous à plat ventre, bras tendus.

Le temps était compté pour Summer. Elle ne pouvait attendre une meilleure occasion, qui ne viendrait sans doute jamais. Déglutissant pour rassembler son courage, elle se dressa sur ses genoux, cria comme un putois et ramena d'un coup sec ses bras contre son ventre. La tension rompit ses liens.

Son hurlement fit sursauter Kain. Durant un instant, il parut désorienté. Les mains libérées, elle se jeta en avant. Son ravisseur tenait toujours ses cheveux, si bien que son bond faillit lui en arracher une pleine poignée. Mais elle réussit à lui donner un coup de coude dans le plexus solaire et à faire sauter le pistolet de sa main.

C'était la diversion dont Nolan avait besoin. Il se jeta sur Kain, épaule en avant, le labourant comme un rugbyman.

Kain lâcha Summer pour se défendre, mais la force du coup de Nolan le renversa sur le dos. Nolan allait-il en profiter pour le tuer ?

Summer reprit son équilibre et pivota pour faire face aux

hommes. Kain décocha un coup de poing à Nolan. Elle se crispa en le voyant lui assener également un coup de crosse. En chancelant Nolan balança son poing, qui atteignit Kain à la joue. L'attention de Summer se braqua sur l'arme que tenait Kain. Si elle pouvait mettre la main dessus…

Au moment où cette pensée lui traversait l'esprit, Kain inclina le revolver… et tira.

# 21

La détonation déclencha une vague de douleur dans le crâne de Nolan, et le cri angoissé de Summer le terrifia. Avait-elle été touchée ? La simple idée qu'elle puisse être blessée le rendit furieux. Il canalisa cette colère dans ses muscles affaiblis. Le coup de feu avait été tiré au hasard. Kain n'avait qu'une main sur l'arme, et son bras était en partie écrasé sous le genou de Nolan.

Son seul avantage était sa position dressée au-dessus de lui, et il pouvait perdre cette supériorité à tout moment. Il devait frapper fort et vite, avant que le trafiquant n'ait la possibilité de lui mettre une balle dans le cœur.

Nolan serra le poing et l'abattit sur la gorge de Kain. Celui-ci s'étrangla et s'étouffa. Nolan referma la main sur son cou en pressant sa pomme d'Adam. Kain se débattit, cherchant à attraper la main qui l'étouffait. Tandis qu'il s'efforçait de respirer, Nolan lui enfonça les doigts dans les yeux. C'était une bagarre déchaînée, sans retenue.

Mais Nolan sentait ses forces s'épuiser. Le pic d'adrénaline qui lui avait permis d'entrer en action déclinait.

Agrippant toujours son arme, Kain lui balança un coup de poing qui l'atteignit à la tempe. Ses oreilles tintèrent et sa vision se brouilla. Tandis qu'il cillait, Kain se cabra. Il arracha la main de Nolan de sa gorge et se mit à quatre pattes, cherchant l'air.

Une ombre passa entre eux, trop rapidement pour que Nolan réagisse. C'était Summer. Le cœur au bord des lèvres, il la vit se jeter sur Kain par-derrière. Nouant ses jambes autour de la taille du dealer, elle lui passa un bras autour du cou et de sa main libre empoigna ses cheveux. Kain cria de douleur.

— Ça fait mal, hein, salopard ! grogna Summer.

— Summer ! cria Nolan en tentant de se redresser.

Comprenant qu'il ne pouvait se débarrasser de Summer en se tortillant, Kain se rejeta en arrière et atterrit sur le dos. La tête de Summer heurta le sol avec un bruit terrifiant.

— Summer !

Nolan rampa vers elle, rempli de peur. Elle ne bougeait plus.

Elle n'arrivait pas à respirer. Ses poumons étaient paralysés. Des élancements lui traversaient le crâne et un bourdonnement emplissait ses oreilles. Des bruits étouffés lui parvenaient, des images floues bougeaient devant elle.

Son esprit s'éclaircit un peu, et l'horreur de la situation la frappa à nouveau. Mais si son cerveau se remettait en route, elle devait toujours lutter pour respirer. Sa chute l'avait privée d'oxygène.

— Summer ?

Nolan apparut à côté d'elle, caressant son visage.

— Tu m'entends ?

Elle battit des paupières et réussit à hocher brièvement la tête. Puis une voix glaçante se fit entendre.

— Je dois dire que la dame est coriace. Jane et Patrice se sont contentées de me supplier.

Aspirant une petite bouffée d'air, Summer répliqua :

— Je déteste... qu'on me traite de coriace

Kain rit en levant son arme.

— Vous voyez ? Bagarreuse jusqu'au bout.

Nolan se plaça devant elle, bras écartés.

— Espèce de salaud...

Trois fortes détonations déchirèrent la nuit, se répercutant entre les arbres. Summer sursauta et ferma vigoureusement les yeux, dans l'attente de la douleur.

— Jetez votre arme ! cria une voix derrière eux.

Encore des coups de feu. Nolan prit Summer dans ses bras et se jeta avec elle sur le sol caillouteux.

— Police ! Jetez votre arme et allongez-vous !

Étourdie par leur roulade, Summer eut l'impression que la terre ondulait sous elle. D'autres détonations, puis le bruit de pieds courant dans l'herbe sèche.

Au-dessus d'elle, Nolan grogna. Summer tremblait des pieds à la tête. La nausée la prit. Des mains la secouèrent.

— Ça va ? Réponds-moi !

Elle souleva les paupières pour distinguer le visage de Nolan et bougea imperceptiblement la tête.

En entendant d'autres cris, elle lança un regard aux silhouettes. L'une courait pliée en deux, forte et agile. La seconde avait une allure plus lente mais non moins menaçante, avec son arme braquée. Les deux hommes fondirent sur Kain, allongé à plat ventre dans l'herbe.

Nolan poussa un soupir tremblé.

— C'est fini, chérie. La cavalerie est arrivée.

Elle posa sur lui ses yeux pleins de larmes.

— Dieu merci. Oh ! Nolan, je suis désolée. Tu avais raison. Je n'aurais jamais dû...

— Chut, lui dit-il en la serrant contre lui.

Il grogna quand elle lui rendit son étreinte. En suivant la direction de son regard, elle remarqua une tache sombre sur sa chemise.

— Nolan ! Tu as reçu une balle ?

Elle tira sur son T-shirt pour le décoller de la blessure.

— Allonge-toi. Ne bouge pas !

Il tressaillit quand elle le repoussa en arrière.

— Ça va. Ce n'est qu'une égratignure.

Mais elle avait relevé son T-shirt et examinait l'orifice.

— Ce n'est pas une égratignure. Oh mon Dieu !

Elle pressa la blessure à deux mains.

— Nolan est blessé ! Il lui faut de l'aide !

Les deux hommes levèrent les yeux. L'un d'eux marmonna quelque chose à son compagnon, qui vint voir Nolan en boitant. Quand il pénétra dans le cercle de lumière provenant de la voiture, Summer reconnut Forrest.

— Montre-moi, dit ce dernier en s'agenouillant maladroitement à côté d'elle.

Nolan haussa les épaules. Forrest prit une torche et éclaira le flanc de son cousin.

— C'est beaucoup plus qu'une éraflure, Nolan. Tu dois aller aux urgences.

Summer s'assit sur ses talons.

— Nous n'avons plus nos téléphones, Kain les a détruits.

— Ce sera plus rapide de vous conduire que d'attendre une ambulance ici, décréta Forrest.

Il éteignit la torche et leur jeta un regard.

— Comment Kain a-t-il pu vous enlever tous les deux ?

— On en parlera plus tard, répondit Nolan d'un air honteux

Summer fit la grimace. Elle ne voulait pas qu'on lui fasse de reproches.

— C'est ma faute. J'ai insisté pour fouiller Melody.

— Melody ?

— La Mercedes. Nous avions des raisons de penser qu'elle contenait de la drogue et que c'est pour ça que Kain a tué Patrice Eccleston.

Elle reprit sa respiration avant d'ajouter :

— Et elle était là. Nous avons trouvé un compartiment secret et un paquet de ce qui doit être de la méthamphétamine.

Forrest arqua un sourcil et jeta un coup d'œil à la voiture.

— Forrest, continua Summer, Nolan a été drogué. Kain avait une seringue, il la lui a plantée dans la jambe et...

— Ce n'est pas une excuse, intervint Nolan.

— ... il lui a injecté un tranquillisant...

— Waouh, waouh, waouh, fit Forrest en levant les mains. Nous verrons tout ça au commissariat. Quand tu auras été examiné, ajouta-t-il en contemplant son cousin.

Il se remit sur pied avec un grognement de douleur et frotta sa jambe abîmée.

— Pour l'instant, je vais aider Dallas à arrêter Kain.

— Forrest ? le rappela Summer.

Il s'arrêta et la regarda.

— Merci.

L'émotion lui nouait la gorge.

— Merci de nous avoir sauvé la vie.

Il souffla et lui adressa un sourire, l'air soulagé.

— Je t'en prie.

Bien qu'on les eût d'abord emmenés dans deux salles d'examen séparées, quand on confirma à Summer qu'elle n'avait qu'une commotion mineure, elle alla attendre avec Nolan les résultats de ses analyses.

La majorité du clan Colton s'était déplacée aux urgences après que Forrest les y avait déposés.

Le trajet de retour en ville avait été intéressant. Forrest conduisait, Summer ruminait et Kain, menotté, était assis entre Dallas et Nolan. Le dealer s'était refermé comme une huître depuis son arrestation. Melody avait été laissée dans les bois, de sorte que l'équipe scientifique puisse la fouiller et rassembler des preuves au matin.

— Comment nous avez-vous trouvés ? avait demandé Nolan à ses cousins en les regardant tour à tour.

Forrest lui avait lancé un regard dans le rétroviseur.

— Beaucoup de chance et quelques faveurs. Après ton appel, j'ai sauté sur le téléphone pour appeler Dallas, étant donné qu'il vit près de l'hôtel de ville.

— J'ai vu ta jeep sur le parking mais pas la Mercedes et j'ai tout de suite eu le sentiment que quelque chose avait mal tourné, dit Dallas en prenant le relais. Une vieille dame qui vit de l'autre côté de la rue m'a fait signe pour me dire qu'elle avait entendu des cris, puis vu une Mercedes partir vers le sud.

— Comme la police le surveillait, nous connaissions déjà l'opérateur téléphonique de Kain et nous lui avons demandé d'écouter ses appels. Une fois que nous avons su en gros dans quelle direction il était parti, Dallas et moi sommes venus le plus vite possible grâce aux infos données par l'opérateur.

Summer pencha la tête, le nez plissé.

— Mais, aussi loin de la ville, les antennes-relais sont rares.

Elles ne pouvaient pas vous donner un lieu aussi précis. Comment avez-vous fait pour arriver jusqu'ici ?

— Bonne question, madame la détective, dit Forrest. Nous avons pensé qu'il se rendrait dans un lieu particulier. J'ai demandé à Dallas d'appeler mon contact au cadastre du comté pour qu'il cherche les propriétés de Kain. L'employé s'est rappelé avoir enregistré le mois dernier la vente d'un terrain pour un club de chasse. Kain n'était pas répertorié comme membre, mais il y avait une TKI Inc.

— TK... Tom Kain, dit Summer.

— En atteignant l'embranchement qui vient jusqu'ici, nous avons entendu les coups de feu, ajouta Forrest.

— J'ai sauté de la voiture et j'ai couru comme un fou en direction des détonations.

Dallas tamponna les éraflures sur sa joue.

— Des ronces m'ont égratigné la figure, mais ça valait la peine de tomber sur le type qui est indirectement responsable de la mort du frère d'Avery.

Dallas avait laissé son portable à Nolan et à Summer jusqu'à ce qu'ils puissent remplacer les leurs. Quand le médecin les autorisa à repartir, Summer s'empressa d'appeler Atticus Eccleston.

— Nous l'avons trouvé, monsieur. Nolan et moi avons trouvé l'homme qui a tué votre fille.

Elle entendit un long soupir tremblé, puis :

— Qui est-ce ?

— Tom Kain.

— Le propriétaire du garage ?

— Oui. Il faisait bien autre chose que réparer des voitures, et nous pensons que Patrice en a eu la preuve en se rendant au garage pour un entretien d'embauche. Il s'en est rendu compte grâce aux vidéos de sécurité et l'a tuée pour la faire taire.

Un long silence suivit. Quand il reprit la parole, la voix d'Atticus était chargée d'émotion.

— Je vais tuer ce salopard.

— Je comprends vos sentiments, monsieur, mais il est probable que l'État du Texas le fera pour vous. Il a tué d'autres personnes, directement ou indirectement, et le district attorney pourrait requérir la peine de mort.

Elle ne prit pas la peine d'informer Atticus que Kain avouait tout ce qu'on voulait dans l'espoir d'éviter le couloir de la mort. Il fallait laisser ce père se réjouir que le meurtrier de son enfant soit enfin derrière les barreaux. Le procès et la sentence viendraient bien assez tôt.

— Je vous donnerai des détails plus tard. Cela a été une longue nuit, mais je voulais que vous sachiez que le meurtrier de Patrice a été arrêté.

Elle entendit un petit sanglot, puis :

— Merci, mademoiselle Davies.

Entre-temps Jonah était allé récupérer la jeep sur le parking de l'hôtel de ville, Maggie et Josephine avaient acheté un repas chaud au Bluebell Diner, et Forrest avait appelé pour dire que Thompson n'interrogerait pas Kain avant que son avocat n'arrive d'Austin. Il allait passer la nuit en prison et serait inculpé au matin.

L'adrénaline qui avait permis à Summer de poursuivre sur sa lancée les derniers jours et surtout les dernières heures se dissipa une fois le danger passé. L'épuisement s'abattit sur elle quand ils retournèrent à son bureau pour se changer avant d'aller dîner avec les Colton.

Elle se réjouissait du bouclage d'une affaire qui avait entraîné tant de morts, mais elle s'excusa au dernier moment.

— Je crois que j'ai rendez-vous avec un dîner léger, quelques ibuprofènes et mon lit, dit-elle à Jonah. Dis merci à Josephine et à Maggie pour le repas et transmets mes meilleurs vœux à tout le monde.

Jonah jeta un regard à son cousin.

— Et toi ? Tu viens avec moi ou tu restes avec ta femme ?

— Ce n'est pas..., commença Nolan.

Il était fatigué de devoir expliquer la nature de leur relation à son cousin. Il préféra s'adresser à Summer.

— Tu veux de la compagnie ou tu préfères que je ne sois pas dans tes jambes ?

Ce qu'elle voulait, c'était se perdre dans une étreinte avec lui, mais il était vain de l'espérer. En outre, il avait l'air aussi fatigué qu'elle, et elle savait que la meilleure option pour tous deux était la tranquillité. La solitude. Le lendemain matin, il serait temps de commencer à démêler tout ça.

— Disons-nous bonne nuit. Je te verrai plus tard.

Avec un bref hochement de tête, Nolan la laissa seule avec Yossi.

Le lendemain matin, la première pensée de Summer fut pour Nolan. Maintenant que l'enquête était terminée, ils pouvaient se concentrer sur leur relation. À supposer qu'il y ait encore une relation. Son insistance idiote à rôder autour de Melody avait failli coûter la vie à Nolan. Elle lui avait forcé la main une fois de plus.

En le séduisant avait-elle ruiné leurs chances de rester amis ? Elle chercha le téléphone à carte qu'ils avaient acheté après leur départ de l'hôpital et, écartant ses cheveux de son visage, composa le numéro du nouvel appareil de Nolan. Puis elle s'arrêta.

C'était une conversation qu'ils devaient avoir face à face. Après avoir repoussé Yossi, elle sortit du lit, s'habilla rapidement et se mit en chemin pour le ranch Colton.

Josephine vint lui ouvrir la porte avec un grand sourire.

— Entre, chérie. Qu'est-ce qui t'amène de si bon matin ?

Summer pénétra dans la maison et sentit un gâteau aux épices en train de cuire dans le four.

— Je voudrais parler à Nolan. Il est là ?

La mine de Josephine s'allongea.

— Chérie, il ne te l'a pas dit ? Il est parti hier soir.

Le cœur de Summer se serra.

— Parti ? dit-elle d'une voix rauque.

— Oui. Il a reçu un appel de Chicago et il a filé. Il n'a même pas pris la jeep. Il a dit qu'il attraperait un vol d'Austin. Donovan l'a conduit à l'aéroport.

— Heu..., balbutia Summer en essayant ses mains sur son jean. Que s'est-il passé ? Pourquoi...

— On l'attendait pour une réunion importante aujourd'hui. Pas le temps de rentrer en voiture.

L'affaire avec Charlotte ? Sans doute. Mais n'aurait-il pas pu appeler de l'aéroport ? Envoyer un texto ?

— Je vois, dit Summer d'une voix fêlée. Sa blessure...

Josephine lui passa un bras autour des épaules.

— Je m'inquiétais aussi. Je lui ai fait promettre de prendre ses antibiotiques à l'heure. Ne t'inquiète pas, ma chère Summer. Il reviendra. Il doit reprendre sa voiture de toute façon.

Mme Colton lui sourit.

— Puisque tu es là, pourquoi ne goûtes-tu pas la tourte à la courge que je viens de sortir du four ? Nous ferions mieux de nous y mettre tout de suite. Quand les hommes arriveront, elle disparaîtra en un clin d'œil.

— Merci, mais... non.

Le parfum d'épices qui l'avait d'abord attirée lui donnait maintenant la nausée. Nolan était parti. Sans un mot.

Elle savait qu'il finirait par retourner à Chicago, mais elle pensait avoir au moins l'occasion de lui dire au revoir. Son silence était-il le signe des dégâts qu'elle avait causés à leur relation ? Son cœur sursautait douloureusement, et elle se retint de justesse de s'effondrer sur le plancher.

— Chérie, tu es toute pâle. Ça va ? demanda Josephine.

Summer ne pouvait ouvrir la bouche. Les larmes qu'elle retenait lui nouaient la gorge. Elle se força à hocher la tête.

— Tu veux que je lui transmette un message quand il reviendra ?

Elle s'enfonça les ongles dans les paumes.

— Non, merci, réussit-elle à dire faiblement.

Si elle s'écroulait maintenant, tout le clan Colton, y compris Nolan, apprendrait son abattement dans l'heure. Et elle refusait de lui faire savoir combien son départ l'avait blessée. C'était à elle de supporter cela. Elle était tombée amoureuse. Malgré les avertissements, malgré la conscience qu'elle avait des dommages irréparables causés à leur amitié. Levant la main dans un au revoir pathétique, elle pivota sur ses talons et se rua dehors.

Sa vue se brouilla tandis qu'elle s'éloignait en voiture. Elle serra les paupières en se morigénant. Il l'avait plus d'une fois prévenue qu'il ne voulait que faire revivre leur ancienne amitié. Il s'était comporté en gentleman en toute occasion, et elle avait enfoncé ses défenses platoniques au bulldozer. Parce que c'était ce qu'*elle* voulait. Ce qu'elle croyait bon pour eux deux.

*Eh bien maintenant, tu as ce que tu mérites. Rien. Tu as insisté alors que tu aurais dû respecter son vœu. En quoi es-tu meilleure que Charlotte ?*

Elle ne lui avait peut-être pas procuré d'ennuis sur le plan professionnel, mais elle avait ignoré ses souhaits et mis leur amitié en danger. Elle se sentait misérable. Pire que ça, nulle.

Nolan était assis autour de la table de conférence, fixant Charlotte. Elle refusait de croiser son regard. Si elle l'avait fait, elle y aurait vu la colère qu'il n'essayait pas de dissimuler. Il continua de fixer sans scrupule son accusatrice, tandis que Stu réglait les détails de l'échange. Le chef de Nolan et un représentant des affaires internes siégeaient à l'autre bout de la table, et le mari de Charlotte était assis à côté d'elle, avec leur avocat.

— Vous êtes conscient que mon client pourrait vous poursuivre en diffamation ? Cette épreuve a eu des répercussions sur sa réputation et sur sa carrière.

— Il a récupéré son boulot et ma femme a retiré ses accusations. Nous allons payer les frais légaux. N'est-ce pas assez ? demanda le sénateur Dell, le visage marbré de taches rouges.

— Ça vous suffirait, sénateur ? Agent O'Toole ? demanda Stu.

Charlotte soupira, le regard fixé sur la table, et marmonna :

— Sans doute pas.

Le sénateur lança un regard dégoûté à sa femme.

— Tu ne m'aides pas. Tu veux qu'ils nous saignent ?

L'avocat lui posa la main sur le bras et lui lança un regard d'avertissement.

— Ce n'est pas mon but, intervint Nolan. La vengeance ne m'intéresse pas.

Le sénateur agita la main en direction de Nolan.

— Voilà. Il ne veut pas de réparations. Alors signons ces papiers et mettons un point final à ce malheureux épisode.

À côté de lui, Stu se tourna sur sa chaise.

— Tu es sûr, Nolan ? Tu es satisfait par cet accord ?

— Je le suis. Je ne veux qu'une chose.

*Enfin, deux.* Mais ni l'agent spécial O'Toole ni le sénateur du

Nebraska ne pouvaient lui donner ce qu'il voulait vraiment, à savoir défaire ce qu'il avait fait à Summer.

— Laquelle ? demanda le sénateur Dell d'un ton soupçonneux.

Il plaqua les mains sur la table.

— Je veux l'entendre de la bouche de Charlotte.

L'interpellée ferma les yeux, la tête toujours baissée.

— Elle n'a pas dit un mot depuis que nous avons entamé cette procédure, poursuivit Nolan.

Voyant qu'elle ne répondait pas, il l'appela d'une voix sonore.

— Charlotte !

Elle leva le menton, et ses yeux effarés croisèrent les siens.

— Tu n'as rien à dire ? demanda-t-il avec incrédulité. Tu te fiches de ce que tu m'as fait ?

Elle déglutit et sa gorge se convulsa.

— Je...

Le sénateur tambourina impatiemment sur la table.

— Bon sang, Charlotte. Donne-lui ce qu'il veut, ou...

— À toutes fins utiles, dit Nolan en lançant un regard dur au sénateur, je n'apprécie pas non plus que vous la harceliez.

L'expression du sénateur, choqué et énervé à la fois, était presque comique. Mais Nolan ne trouvait rien de drôle dans ce qui se passait. Il reposa les yeux sur Charlotte.

— Eh bien ?

Elle laissa tomber les épaules, et son visage se plissa de culpabilité.

— Je n'aurais jamais dû t'entraîner dans mes problèmes personnels.

Il arqua un sourcil. Voyant qu'elle se taisait à nouveau, il pencha la tête.

— Trois mots, Charlotte. Je ne les ai pas encore entendus.

Elle s'humecta les lèvres, déglutit encore une fois et murmura :

— Je suis désolée.

Nolan se tourna vers Stu et hocha la tête.

— C'est bon.

Prenant un stylo, il gribouilla son nom au bas du document et se leva. Le soulagement n'avait jamais été aussi doux.

Il aurait dû se sentir ivre de joie de retrouver son travail et de reprendre sa vie. Mais rien ne lui semblait à sa place depuis qu'il avait quitté Whisperwood. Summer lui manquait. Son sourire et son énergie lui manquaient. Voir son nez se plisser quand elle réfléchissait lui manquait. Même Yossi lui manquait !

Comment avait-il pu désirer quelqu'un d'aussi moralement dépravé, égoïste et lâche que Charlotte ?

Summer avait lancé sa propre affaire, elle avait construit la vie qu'elle voulait en travaillant dur et en faisant des sacrifices. Et elle avait affronté ses revers avec grâce et bonne humeur, partageant sa joie de vivre avec tout le monde. Summer était… inspirante. Elle lui remontait le moral. C'était une perle. Et elle méritait mieux que le bazar qu'il avait laissé derrière lui.

En se dirigeant vers l'ascenseur, il prit son téléphone et écrivit :

Summer – Charlotte s'est rétractée et on m'a officiellement réintégré dans mon poste. Je me suis dit que tu aimerais le savoir.

Tu me manques. Tu es la meilleure chose qui me soit jamais arrivée et…

Il s'interrompit et soupira. Puis il effaça les dernières lignes et pressa la touche « envoyer ». Il ne ferait pas l'erreur de lui donner encore de faux espoirs. Il avait récupéré son poste, sa carrière était de nouveau sur ses rails, et Summer lui avait fait comprendre qu'elle ne rêvait pas d'un mari qui la quitterait pendant des mois.

*Un porche avec des rocking-chairs, un jardin avec de grandes plates-bandes et une cuisine qui sentira le pain chaud.* C'était ça, son rêve. En pénétrant dans l'ascenseur, il dut s'avouer que cette vision lui plaisait aussi.

Il se passa une main sur le visage. *À quoi tu penses, Colton ? Tu viens juste de récupérer ton boulot.*

Lorsque les portes s'ouvrirent au rez-de-chaussée, il traversa le hall et sortit dans le vent froid d'octobre. Quand il avait quitté le Texas, il faisait encore 21°. À Chicago, il faisait à peine 3°, sans compter les effets du vent glacial. Il se recroquevilla dans sa veste et se retourna pour contempler l'édifice de verre et d'acier du FBI. Les grandes fenêtres reflétaient le ciel gris. Ce sévère building n'avait rien de commun avec le charme des bâtiments en brique et en pierre de rivière de la grande rue de Whisperwood. Un autre pincement au cœur.

*Whisperwood. Summer. Tu ne vas pas quitter le FBI et retourner au Texas, si ?*

Et pourtant cette idée n'était pas si folle que ça. Se rapprocher de ses cousins, travailler avec Summer, faire l'amour avec Summer, lui paraissait si juste.

Malgré la froidure, une vague de chaleur le parcourut. Allait-il laisser tomber le FBI pour commencer une nouvelle vie avec Summer ?

— Je vais me gêner !

Se souriant à lui-même, il héla un taxi inoccupé. Il avait des plans à faire.

L'espoir ténu d'avoir des nouvelles de Nolan s'amenuisa à mesure que les heures s'écoulaient. Donner à Atticus et Ian Eccleston les détails de la détention et des aveux de Kain ne suffisait pas pour alléger le poids qui pesait sur le cœur de Summer. Elle aurait voulu annoncer cela à ses clients avec Nolan. Il l'avait aidée, guidée et soutenue tout au long de cette affaire et il aurait dû être là pour partager ce moment gratifiant.

Assise sur le canapé des Eccleston, elle regardait le père et le fils s'enlacer, pleurant de joie et de soulagement.

Elle jeta un coup d'œil à son téléphone en l'entendant biper. Son cœur fit un bond. Nolan, enfin ! Aussi rapidement qu'elle le put, elle dit au revoir aux Eccleston et se précipita vers sa voiture. À l'abri dans l'habitacle, elle lut le texto. Il était bref et direct. Nolan était vengé et avait récupéré son travail. Aussi heureuse qu'elle fût de ces nouvelles, le laconisme du message lui fit mal. Si elle avait encore des doutes, il répondait à ses questions. Nolan était retourné pour de bon à Chicago, et elle devait reprendre sa vie.

Quelques jours plus tard, assise à son bureau, Summer grattait Yossi entre les oreilles, quand un coup se fit entendre à la porte. N'avait-elle pas retourné le panneau du côté « Ouvert » ? Elle jeta un coup d'œil par la fenêtre et eut un hoquet. *Nolan ?*

En allant ouvrir, elle se rappela que Josephine lui avait dit qu'il devait venir reprendre sa jeep. Peut-être voulait-il seulement dire au revoir, mettre un point final. La gorge nouée, elle ouvrit avec un pâle sourire.

— Eh bien, eh bien, mais qui voilà ? Le héros conquérant.

— Salut, Summer. Tu es occupée ?

Elle envisagea de dire que oui. Elle n'était pas certaine de pouvoir supporter de longs adieux. Mais elle haussa les épaules.

— J'imagine que Yossi va s'occuper de mon dossier. Qu'est-ce qui t'amène ?

— J'ai quelque chose à te montrer.

— Ah bon ? dit-elle avec une certaine amertume.

Il la prit par le coude pour l'entraîner dans la rue jusqu'à un pick-up bleu rutilant.

— J'ai échangé ma jeep contre un pick-up. Qu'est-ce que tu en penses ?

Summer plissa le front, perplexe.

— Il est bien. Et... grand.

— Parfait pour transporter des trucs.

Son visage brillait de joie, comme celui d'un enfant. Après un instant de silence embarrassé, elle demanda :

— C'est ce que tu voulais faire ? Me montrer ta voiture ?

— Non, il y a autre chose.

Il tira un journal replié de sa poche.

— J'ai vu cette annonce de maison à vendre dans Bonita Street. Le prix est correct, et j'ai pensé que ça t'intéresserait de la visiter. Qu'est-ce que tu en dis ?

Elle regarda l'annonce qu'il désignait et secoua la tête.

— C'est très gentil, Nolan, mais c'est trop cher pour moi. Il me faut une maison plus petite...

— Attends !

Il lui prit la main et la conduisit près de son pick-up.

— J'ai aussi un cadeau de Noël en avance. Ou plutôt trois.

— Nolan, je ne...

Il la fit taire en posant un doigt sur ses lèvres.

— Attends...

Elle le suivit jusqu'au plateau, où une bâche recouvrait quelque chose.

— Qu'est-ce que c'est...

Il sourit et retira la bâche d'un grand geste pour découvrir deux rocking-chairs sculptés.

— Pour le porche de devant.

Summer sentit son cœur se serrer et des larmes lui piquetèrent les yeux.

— Nolan, ils sont magnifiques !

— Je les ai vus dans une boutique de meubles artisanaux sur le chemin de l'aéroport et j'ai immédiatement pensé à toi.

Elle pressa une main sur sa bouche. Il ne fallait pas qu'elle pleure ou elle ne pourrait plus s'arrêter. Et pleurer devant Nolan était la dernière chose qu'elle voulait faire. Il ne devait pas savoir combien il lui était douloureux de le perdre.

— Merci. Ils sont... parfaits.

Il sourit fièrement.

— Bon. Je me disais que tu les aimerais. Ensuite, je t'ai acheté ces...

Il ouvrit la portière et lui tendit un sachet en papier. Elle regarda à l'intérieur et resta perplexe.

— Des bulbes de fleurs, dit-il, confirmant son idée première. La dame de la jardinerie m'a dit que c'est un mélange de jacinthes, tulipes, crocus et jonquilles. Il faut les planter maintenant pour qu'ils fleurissent au printemps.

— Mais... Où ?

Elle contempla le trottoir devant son bureau. Il ressortit la liste de maisons à vendre et la tapota.

— La maison de Bonita Street a un grand jardin.

Summer sentit son cœur battre la chamade quand la signification de tous ces présents prit forme.

— Et comme je sais que tu n'as jamais fait de pain...

Il prit un autre sac sur le siège arrière. Trois boîtes étaient nichées à l'intérieur, disant « prêt à cuire ».

— Il faut juste décongeler la pâte, la laisser gonfler et la cuire cinquante minutes. J'ai pris du pain au levain, du pain complet et du pain à la cannelle.

Des larmes roulèrent sur ses joues.

— Pour que ma cuisine sente le pain tout juste cuit, dit-elle au milieu de ses larmes.

— C'était ton rêve, non ? Ton but pour le foyer parfait ?

Son sourire s'évanouit quand il s'aperçut qu'elle pleurait.

— Summer, qu'est-ce qui ne va pas ? Je croyais que tu allais adorer tout ça. Tu m'as dit que c'était ce dont tu avais envie depuis ton enfance.

Elle baissa la tête et s'essuya le nez.

— Je l'ai dit. Et c'est génial que tu t'en souviennes...

Sa voix se fêla, et elle s'interrompit pour inspirer profondément.

— Le truc, Nolan, c'est que, ces dernières semaines, j'ai trouvé une faille dans mon rêve.

— Une faille ?

— Quelle faille ?

— Je me suis rendu compte que mon rêve n'avait rien à voir avec les rocking-chairs et les plates-bandes fleuries.

Il poussa un soupir de déception.

— Ça n'a même rien à voir avec Whisperwood... ou n'importe quelle ville en l'occurrence.

— Je ne comprends pas, dit Nolan. Tu disais que tu voulais des racines et...

— Je sais. Mais mon véritable rêve, c'est de construire ce foyer avec quelqu'un. Les racines, la famille, l'amour. C'est ça, un foyer.

Il hocha la tête.

— Je vois.

— Mon rêve concerne... ce quelqu'un.

Elle avait la gorge nouée par l'émotion, mais elle déglutit. C'était l'occasion ou jamais de lui dire ce que son cœur savait depuis toujours. Levant le menton, elle articula d'une voix rauque :

— Il te concerne... toi.

Nolan recula d'un pas et inspira fortement. Elle agrippa le devant de sa veste pour l'empêcher de reculer encore.

— Je ne dis pas ça pour te mettre la pression… Je n'aurais pas dû te le dire du tout, d'ailleurs…

— Summer…

— Je sais que tu as tes propres plans pour l'avenir. Tu as un métier que tu adores et que tu viens juste de récupérer…

— J'ai quitté le FBI.

Elle dut répéter ces mots dans sa tête pour être sûre d'avoir bien entendu.

— Mais… Tu m'as dit que tu avais travaillé trop dur pour le quitter, dit-elle d'une voix confuse.

— Autant que je me souvienne, j'ai dit que je ne partirais pas sans une bonne raison. Et toi, ma chère, tu es une sacrément bonne raison.

— Moi ?

Elle avait peur de bouger, peur de respirer. Elle tenta de réprimer l'excitation qui gonflait en elle. Nolan leva les yeux au ciel, comme il le faisait quand ils étaient enfants. Ses grandes mains chaudes se posèrent sur ses joues froides.

— Oui, toi, espèce d'idiote. Ça a toujours été toi, même quand j'étais trop stupide pour voir la vérité. Je t'aime, Têtard. C'est pour toi que j'ai acheté ce pick-up. Pour Whisperwood. Je veux en faire mon foyer, parce que tu es ici. Je t'aime. Accepteras-tu que je sois la raison d'être de ta maison. Voudras-tu m'épouser ?

La joie éclata en elle et, avec un cri de bonheur, elle lui sauta dans les bras.

— Oh mon Dieu ! Oui, oui ! Un millier de fois oui !

# Épilogue

*Un mois plus tard*

— À Emily Virginia Colton ! cria Hays en levant son verre de champagne.

Toute la famille était rassemblée dans le salon du ranch.

— Santé ! crièrent-ils en entrechoquant leurs verres.

Sur le canapé où elle était assise, son nouveau-né dans les bras, Bellamy sourit à Donovan et embrassa le crâne de sa fille.

Nolan survola les visages de ses cousins, leurs épouses et leurs enfants et, plus important, celui de Summer, à côté de lui. Le bonheur, plus enivrant et pétillant que le champagne, monta en lui. La famille. L'amour. Un avenir radieux. Il était riche de toutes les manières possibles.

— À Maggie et Jonah qui ont enfin fixé une date ! cria Forrest en levant son verre.

— Bravo ! renchérit Nolan tandis qu'ils buvaient aux fiancés.

Près de lui, Summer leva son verre.

— À Davies et Colton Investigations !

— Qui sera bientôt Colton et Colton Investigations, corrigea Nolan en faisant un clin d'œil à sa fiancée.

— À votre nouveau partenariat, dit Dallas, et je ne parle pas seulement de votre agence de détectives.

— Oui ! Santé ! s'exclama Avery en buvant une gorgée.

La famille leur porta un toast, et Nolan attira Summer contre lui pour lui donner un baiser.

— Et à l'excellent bilan de santé des jumeaux, ajouta Summer en retournant un toast à sa meilleure amie.

Avery la remercia d'un geste et ajouta :

— Et au fait qu'ils ont dormi cinq heures d'affilée la nuit dernière, si bien que papa et maman ont pu enfin se reposer !

— C'est drôle, je ne me rappelle pas m'être reposé, lança Dallas en agitant les cils d'un air séducteur.

— À Dallas qui…, commença Jonah.

Maggie lui donna un coup de coude dans les côtes en faisant les gros yeux. Les Colton éclatèrent de rire et levèrent à nouveau leurs verres.

— Au poste de Forrest dans la police de Whisperwood ! dit Donovan.

En entendant la voix de son maître, son chien émit un joyeux aboiement. Des « Santé ! » tonitruants s'élevèrent dans la pièce.

— Waouh, dit Rae en vacillant un peu sur ses pieds. Je crois que je vais être ivre avant que nous ayons fini de célébrer toutes les bonnes nouvelles !

Parmi les rires, Josephine lança :

— Alors tant mieux ! Après ces mois traumatisants, nous méritons bien une série de bonnes nouvelles !

— À l'ivresse des bonnes nouvelles ! cria Forrest en engloutissant le reste de son champagne.

Un chœur de « Bravo » et de « Bien dit » lui répondit.

— À…, dit Jonah, qui s'interrompit en hésitant. Il doit bien y avoir autre chose à célébrer. J'ai l'impression que nous ne faisons que commencer.

Se déplaçant au centre de la pièce, Hays leva les mains.

— Aux Colton ! Que l'amour, le rire et la joie continuent de vivre chez nous !

Toutes les flûtes s'entrechoquèrent.

— Aux Colton !

MARIE FERRARELLA

# Sous le signe de la peur

*Traduction française de*

B. DUFY

BLACK ROSE

HARLEQUIN

*Titre original :*
CAVANAUGH'S MISSING PERSON

*Ce roman a déjà été publié en 2021.*

# Prologue

Elle connaissait cet endroit comme sa poche. C'était là qu'elle les emmenait tous quand ils étaient encore vivants, certaine qu'ils y verraient un vrai nid d'amour.

Elle en appréciait autant qu'eux le calme et l'intimité, mais pour des raisons différentes : son isolement la mettait à l'abri d'une interruption ou d'un sauvetage de dernière minute.

Aussi loin de tout, en effet, c'était impossible. Elle le savait parce que personne, autrefois, n'avait entendu ses appels au secours.

C'était là que les sacrifices devaient avoir lieu pour produire pleinement leur effet cathartique.

Malgré ce choix réfléchi et toutes les précautions qu'elle prenait, elle n'oubliait jamais de rester vigilante. La moindre étourderie pouvait, à terme, lui être fatale, et elle avait déployé trop d'efforts pour risquer de tout perdre à cause d'une faute d'inattention.

Des planches conçues pour ressembler à de simples volets obstruaient les fenêtres de ce petit « nid d'amour », et la porte était fermée, mais le vent qui soufflait aujourd'hui passait dessous et faisait bouger les grandes feuilles de plastique accrochées un peu partout.

Elle alla se pencher sur l'homme allongé sur la table. Il était enveloppé des épaules jusqu'aux chevilles dans du film plastique qui lui aurait interdit tout mouvement s'il n'avait déjà reçu une dose d'anesthésiant assez forte pour endormir un buffle. Elle n'en fixa pas moins pendant un moment la poitrine de son soupirant pour guetter une éventuelle accélération de sa respiration, signe d'un réveil prochain.

Mais, non, l'injection de kétamine se révélait efficace.

— On peut maintenant passer aux choses sérieuses, murmura-t-elle avec un petit sourire de satisfaction.

D'un geste aussi sûr et précis que celui d'un chirurgien – c'était cet idiot de Joel qui le lui avait montré –, elle enfonça la fine lame de son couteau à désosser dans le cœur de la plus récente de ses proies.

Elle avait persuadé la veille ce vieil imbécile de lui donner tout son argent. Comme les autres, il s'était laissé manipuler, si bien qu'elle disposait maintenant d'une petite fortune, mais ce n'était pas cela qui l'intéressait le plus.

Sa motivation première, c'était la vengeance.

Quand elle retira la lame, du sang se répandit sous le film plastique qui recouvrait l'homme. Une fois sûre qu'il était mort, elle se pencha vers le sac à dos qui contenait ses autres outils...

Le moment était venu d'amputer John Kurtz de ce qui pouvait permettre son identification.

Elle avait toujours aimé les outils. Ils la fascinaient. Les gens les utilisaient généralement pour construire ou réparer...

Elle préférait détruire et jeter.

La scie sans fil qu'elle sortit du sac émit, une fois en marche, un bourdonnement régulier garant de sa fiabilité.

Contrairement à tant de choses et de personnes qui l'avaient déçue, cet outil ne la trahirait pas. Elle en sentait les vibrations remonter le long de ses bras, et la denture de sa lame brillante lui fit penser à celle d'un tigre.

Comme grisée, elle fredonna une chanson apprise dans son enfance, avant que sa vie bascule dans l'horreur. Une chanson qui l'obsédait.

Puis elle abaissa la lame de la scie et se mit au travail.

Un de plus.

La recherche d'une nouvelle victime commencerait dès le lendemain. Car le sentiment de satisfaction que l'accomplissement de ce sacrifice lui procurait ne tarderait pas à disparaître.

Comme son innocence.

Mais dans l'immédiat, elle savourait ce moment, parce qu'il scellait sa victoire.

Et c'était tout ce qui comptait.

# 1

— Hé ! Cavanaugh ! cria une voix grave. Il y a là quelqu'un qui te demande !

Le lieutenant MacKenzie Cavanaugh, affectée depuis dix-huit mois au service des personnes disparues du commissariat d'Aurora, leva les yeux de l'écran de son ordinateur et vit son collègue Kyle Choi la montrer du doigt à une femme d'un certain âge.

Il fallut presque une minute à Kenzie pour se rendre compte de son erreur : cette femme était jeune, en réalité. Mais ses traits tirés, ses yeux cernés et sa bouche pincée la vieillissaient.

Et quand elle se dirigea vers elle, Kenzie la reconnut. C'était difficile à croire, mais la femme brune qui s'approchait de son bureau était Connie Kurtz, l'une de ses anciennes camarades d'université.

Kenzie se souvenait d'elle comme d'une étudiante pleine de vie et d'entrain, dont la silhouette pulpeuse faisait se retourner les hommes dans la rue... Elle avait aujourd'hui les joues creuses et flottait dans des vêtements dont l'achat devait dater d'une époque antérieure à un amaigrissement spectaculaire.

Que lui était-il arrivé, pour qu'elle change d'apparence de façon aussi marquée ?

— Connie ? déclara Kenzie afin de s'assurer qu'il s'agissait bien d'elle.

Un hochement de tête le lui confirma, accompagné d'un pâle sourire – qui disparut à peine esquissé.

— Quand j'ai expliqué au policier de l'accueil que je voulais parler au lieutenant Cavanaugh, dit Connie, il m'a demandé : « Lequel ? » Combien de membres de ta famille travaillent ici ?

— Beaucoup, se contenta de répondre Kenzie en l'invitant de la main à s'asseoir dans le siège placé de l'autre côté de son bureau.

Connie se laissa tomber dedans comme si ses jambes, brusquement, ne la portaient plus. Pour briser la glace, Kenzie commença par observer :

— Ça fait au moins dix ans qu'on ne s'était pas vues !

— Dix ans exactement, précisa Connie.

Puis elle passa la langue sur ses lèvres sèches comme si elles étaient collées l'une à l'autre et risquaient sinon de l'empêcher d'ajouter quelque chose.

Mais elle resta malgré tout silencieuse, et Kenzie finit par lui demander :

— Je peux faire quelque chose pour toi ?

Cette visite devait être en rapport avec son métier, car Connie et elle se connaissaient seulement pour avoir eu trois cours de licence en commun, autrefois.

— J'espère..., murmura Connie.

Depuis sa mutation dans ce service, Kenzie avait eu l'occasion de parler à de nombreuses personnes rendues folles d'angoisse par la disparition d'un proche. Il fallait parfois déployer des trésors de patience pour obtenir d'elles des informations utiles, parfois poser des questions simples et directes. Connie appartenait visiblement à la catégorie des gens à traiter avec ménagement.

— Je t'écoute, dit Kenzie.

— Je suis peut-être juste parano...

Il était évident que Connie tentait de s'en persuader : aucune personne saine d'esprit ne se tordait les mains comme elle le faisait sans avoir une raison sérieuse de s'inquiéter.

— De quoi as-tu peur ? demanda Kenzie.

Au lieu de répondre, Connie murmura :

— Il est sans doute parti en vacances à la mer ou à la montagne, comme je le lui avais conseillé.

Ses yeux se remplirent de larmes, qui glissèrent ensuite sur ses joues. Kenzie sortit quelques mouchoirs en papier de la boîte posée sur son bureau et les tendit à Connie, qui s'essuya le visage avec avant de les froisser et de refermer la main dessus, comme si le fait de les tenir pouvait lui donner de la force.

— De qui parles-tu ? déclara Kenzie.

Elle pensait que ce « il » était un petit ami dont Connie n'avait plus de nouvelles.

À l'époque de l'université, Connie sortait beaucoup. Elle était très sociable et changeait souvent de petit ami, tout en privilégiant dans ce domaine une catégorie particulière, celle des mauvais garçons.

Elle avait plus d'une fois proposé à Kenzie de la « caser », mais leurs goûts en la matière différaient. Et même dans le cas contraire, Kenzie n'aurait pu ramener chez elle un de ces « spécimens » sans qu'il en soit immédiatement chassé : les hommes de sa famille – un père, quatre frères et une ribambelle de cousins – étaient tous plus protecteurs à son égard les uns que les autres.

Cela ne l'avait pas empêchée de faire de mauvais choix dans sa vie amoureuse..., pensa-t-elle, désabusée.

Kenzie se força ensuite à concentrer son attention sur Connie, qui s'était remise à pleurer.

— Mon... père..., bredouilla-t-elle entre deux sanglots.

— C'est pour ton père que tu t'inquiètes ? lui demanda Kenzie, surprise.

Connie essuya ses larmes, se moucha, inspira plusieurs fois profondément... La réponse à sa question ne venant pas, Kenzie finit par suggérer :

— Si tu me racontais toute l'histoire depuis le début ?

Il fallut encore deux bonnes minutes à Connie pour se ressaisir.

— Tout a commencé à la mort de ma mère, déclara-t-elle d'une voix encore un peu tremblante.

Kenzie se rappelait avoir vu Mme Kurtz, une femme rousse vive et souriante, à la cérémonie de remise des diplômes de l'université.

— Je ne savais pas que tu avais perdu ta mère, indiqua-t-elle. Je te présente mes condoléances... Quand est-ce arrivé ?

— Il y a un peu plus de trois ans. Mon père a vécu en ermite, ensuite... C'était compréhensible, au début : ils s'étaient connus au lycée, mariés dès la fin de leurs études secondaires… Ils s'adoraient.

Les yeux de Connie se remplirent de nouveau de larmes, et elle s'interrompit.

— Prends ton temps, lui dit Kenzie en poussant vers elle la boîte de mouchoirs en papier.

La patience n'était pas son fort. Elle était même du genre à lire la fin d'un roman avant la première page tant elle avait hâte de savoir comment l'histoire se terminait.

Mais, là, elle contint son envie de presser Connie de questions. Ce serait contre-productif. Mieux valait la laisser dérouler son récit à son rythme.

— Bref, enchaîna Connie, après la mort de ma mère, mon père s'est replié sur lui-même. Je pensais qu'il finirait par reprendre le dessus, mais ça n'a pas été le cas. Quand je lui ai conseillé de sortir, de voir des gens, il a cru que je le poussais à se trouver une nouvelle femme. C'est un peu ce que j'avais en tête, mais je lui ai dit que je voulais juste qu'il se remette à vivre normalement.

Connie marqua une pause et secoua la tête comme pour chasser un souvenir douloureux avant de poursuivre :

— Une violente dispute a éclaté, au cours de laquelle nous avons tous les deux prononcé des paroles que nous avons regrettées – moi, du moins, j'ai regretté celles qui m'avaient échappé… Mon père a ensuite rompu toutes relations avec moi et, comme j'étais en colère, je n'ai rien fait pour arranger les choses.

Un sourire triste apparut sur les lèvres de Connie. Elle soupira et reprit :

— Mais c'est mon père, et j'ai finalement décidé d'essayer de me réconcilier avec lui. Je l'ai appelé, des dizaines de fois, sans arriver à le joindre, et au bout de deux jours j'ai commencé à m'inquiéter. Je suis allée chez lui, et il n'y était pas…

La voix de Connie se brisa, et Kenzie observa :

— Il est peut-être parti en vacances, comme tu le supposais tout à l'heure.

— Non, j'ai dit ça pour tenter de me rassurer, mais je sais que c'est faux. Mon père est quelqu'un de très organisé. S'il avait résolu de partir en vacances, il aurait demandé à la poste de ne pas distribuer son courrier, ou à son voisin de le lui garder. Sa boîte aux lettres est énorme – il achetait autrefois beaucoup de choses par correspondance – mais, là, elle était pleine à ras bord. Il y avait même des prospectus sur la pelouse ! J'ai tout rentré dans la maison et, le lendemain, un de ses voisins, M. Moore, m'a appelée sur mon portable pour savoir si c'était moi qui avais ramassé le courrier.

— Il a ton numéro ?

— Oui, je le lui ai donné après la mort de ma mère pour qu'il puisse me prévenir si jamais mon père tombait malade ou lui semblait suicidaire. Il était alors tellement désespéré que je ne pouvais pas m'empêcher de le redouter, et maintenant...

Connie ne termina pas sa phrase. Elle poussa un nouveau soupir, puis se redressa dans son siège et déclara en la regardant droit dans les yeux :

— Il lui est arrivé quelque chose, j'en suis sûre.

— Il y a pourtant d'autres explications possibles ! Quoi que tu en penses, il est peut-être en ce moment allongé sur une plage...

— Ou dans une ruelle sombre. Mort.

— Tu n'as aucune raison d'envisager le pire, dit Kenzie.

Ses efforts pour rassurer Connie échouèrent : son amie enfouit son visage dans ses mains et se remit à pleurer.

— Je n'aurais... pas dû me fâcher... contre lui, balbutia-t-elle. Pas... lui reprocher de se comporter... comme un vieillard alors qu'il a... encore de nombreuses années à vivre.

— Il est parfois nécessaire de se fâcher contre son père.

— Ça t'est... déjà arrivé ?

— Un nombre incalculable de fois.

C'était faux, mais nécessaire pour déculpabiliser Connie et lui remettre les idées en place.

Et cette tactique-là fonctionna. Elle s'arrêta de pleurer et demanda d'une voix pleine d'espoir :

— Tu accepterais de rechercher mon père ?

— Bien sûr ! Je vais te donner un formulaire à remplir, et je me mettrai ensuite au travail.

Kenzie ouvrit un tiroir et en sortit un dossier rempli d'imprimés vierges. Le dossier du dessous en contenait d'autres – remplis, ceux-là. Ils concernaient des affaires dont certaines avaient été résolues, et d'autres pas, au grand désespoir de Kenzie : elle ne pouvait s'empêcher de penser aux familles qui ne savaient toujours pas ce que leur proche disparu était devenu.

La seule idée de se retrouver dans cette situation lui était insupportable, et c'était pour cela, lui avait dit son oncle Brian au moment de la changer de service, qu'elle ferait de l'excellent travail dans celui-ci.

Le formulaire n'était pas encore rempli que Connie avait eu deux nouvelles crises de larmes.

— Tu veux sortir prendre l'air ? lui demanda Kenzie d'une voix douce. Ça te détendrait.

— Non, je veux finir ça, et participer ensuite à la recherche de mon père.

Bien qu'elle comprenne ce souhait, Kenzie ne pouvait pas le satisfaire.

— Désolée, dit-elle, mais ce n'est pas comme ça que ça marche.

— Ah bon ? Je connais pourtant mon père mieux que personne !

— Sans doute, mais ce genre d'enquête doit être mené par des professionnels – mon coéquipier ici présent et moi, en l'occurrence.

— Comment allez-vous procéder ?

— On va aller interroger les collègues et les voisins de ton père, essayer de savoir si, parmi les clubs auxquels il appartient, il y en a un qu'il fréquente plus souvent que les autres...

— Il n'est membre d'aucun club.

— S'il a un restaurant favori, alors.

— Il n'aime pas la cuisine sophistiquée et considère que payer quelqu'un pour lui préparer des plats qu'il peut faire lui-même revient à jeter l'argent par les fenêtres.

— D'accord... Il a beaucoup d'amis ?

Commençant déjà à se représenter le père de Connie comme un homme solitaire, Kenzie ne fut pas surprise de voir cette dernière secouer la tête avant de répondre :

— Il s'est coupé de tous ses amis après la mort de ma mère et, au bout d'un moment, ils se sont lassés d'essayer de le faire sortir de sa coquille. Ils l'ont abandonné. Comme moi.

— Ce n'est pas vrai, puisque tu t'inquiètes pour lui au point de venir signaler sa disparition ! Tu me donneras tout de même le nom de ses anciens amis. Il y en a peut-être un ou deux qui ne se sont pas découragés.

— Contrairement à moi..., observa Connie, de nouveau les larmes aux yeux.

Kenzie estimait que réconforter les proches d'une personne disparue faisait partie de son travail.

— Arrête de te culpabiliser ! déclara-t-elle. Tu avais ta vie, et la mort de ta mère t'avait profondément affectée, toi aussi. Tu n'as pas « abandonné » ton père : tu as respecté sa décision de gérer seul son veuvage pendant un certain temps au moins.

— Je ne serais donc pas une fille indigne ? observa Connie d'un air reconnaissant.

— Non. On ne peut pas forcer un cheval à boire : il faut le mettre sur le chemin de la rivière et le laisser ensuite s'en approcher à son rythme.

— Je n'avais jamais pensé à comparer mon père à un cheval !

— À une mule, plutôt ?

— Oui, il est têtu : quand il a une idée en tête, difficile de l'en faire changer !

— Je sais ce que c'est : il y a des gens comme ça, dans ma famille.

Voyant Connie sourire et ses joues reprendre des couleurs, Kenzie lui demanda :

— Tu te sens mieux ?

— Oui, un peu, mais je ne me sentirai vraiment bien qu'une fois mon père retrouvé.

— Je comprends... Maintenant, finis de remplir ce formulaire et, si tu pouvais ensuite me donner le nom et les coordonnées des anciens amis de ton père, ça nous ferait gagner beaucoup de temps.

— J'ai gardé le carnet d'adresses de ma mère... Tu veux que je te l'apporte ?

— Oui, il nous sera très utile.

— Mais vous allez retrouver mon père, tu me le promets ?

— On fera tout pour.

Kenzie préférait ne pas prendre un engagement qu'elle n'était pas certaine de pouvoir tenir. Connie n'eut heureusement pas l'air de lui en vouloir de la prudence de sa réponse, et quand, cinq minutes plus tard, elle se leva pour partir, Kenzie lui trouva les traits plus détendus qu'à son arrivée.

Restait à espérer que la recherche de son père connaîtrait une heureuse issue.

# 2

— Tiens ! Tu as l'air d'en avoir besoin !

Le lieutenant Jason Valdez posa un gobelet de café légèrement déformé sur le bureau de son collègue, le lieutenant Hunter Brannigan.

— Ça vient du distributeur automatique ? marmonna ce dernier en levant les yeux vers son coéquipier du service des affaires non résolues.

— Non, je l'ai commandé à une entreprise dont les livreurs se déplacent dans des carrosses tirés par quatre licornes… Bien sûr que ça vient du distributeur automatique ! Je n'allais tout de même pas courir l'acheter dans un de ces cafés prétentieux où les boissons les plus simples coûtent un prix exorbitant !

Hunter souleva le couvercle, huma le contenu du gobelet et fit la grimace.

— C'est du jus de chaussette ! déclara-t-il.

Jason ne se vexa pas. Tout le monde savait que le café des distributeurs du commissariat réussissait l'exploit d'être à la fois fade et amer.

— Ça devrait quand même t'aider à garder les yeux ouverts, observa-t-il en s'installant au bureau placé contre celui de Hunter. Après la nuit que tu as passée, tu risques sinon de t'endormir sur le clavier de ton ordinateur !

— Comment peux-tu savoir quel genre de nuit j'ai passé ?

— Je le sais parce que je suis policier et que tu reviens toujours travailler après un week-end – et parfois même en semaine – avec la tête de quelqu'un qui n'a pas beaucoup dormi. Pour une raison qui m'échappe, les femmes te trouvent irrésistible.

Hunter souleva le gobelet et le posa plus loin avant de riposter en riant :

— Tu es jaloux parce que tu es marié, et que Melinda t'écorcherait vif si elle te voyait ne serait-ce que regarder une autre femme !

— C'est vrai, la grossesse l'a rendue extrêmement possessive et méfiante. Elle me fait peur, par moments.

— Ne lui donne aucune raison de te soupçonner de la tromper, alors !

— La tromper ? répéta Jason. Même si je le voulais – ce qui n'est pas le cas –, je ne le pourrais pas : le temps libre que j'avais avant est entièrement pris par les préparatifs de la naissance !

— Quand le bébé sera là, tu seras encore plus occupé.

— Merci de me le rappeler !

— Mais Melinda sera redevenue la gentille petite femme que tu as épousée.

— Tu crois ?

— Je n'en sais rien, dit Hunter avec un sourire goguenard, mais c'est possible, et il est bon d'avoir un espoir auquel se raccrocher.

— Comme les pauvres gens qui prient pour que nous arrivions à résoudre une vieille affaire… Ce n'est malheureusement pas souvent le cas !

Jason, qui s'attendait à une remarque désinvolte, eut la surprise d'entendre son collègue déclarer gravement :

— Non, mais les quelques fois où nous permettons aux proches d'une victime d'obtenir justice suffisent à prouver l'utilité de notre travail.

D'un geste machinal, Hunter prit le gobelet de café et en but une gorgée. Il faillit la recracher et s'écria :

— On dirait de l'eau de vaisselle !

— Comment sais-tu quel goût ça a ? Tu en as déjà bu ?

— Non, mais j'ai beaucoup d'imagination.

James Wilson, policier corpulent à la calvitie précoce, entra alors dans la pièce. Il se dirigea vers le bureau de Hunter et, le temps de l'atteindre, il ahanait.

— Tu devrais consulter un médecin, lui dit Hunter.

Chaque fois qu'il le voyait, Wilson lui semblait avoir pris du poids.

— J'ai l'impression d'entendre ma femme ! observa-t-il. Maintenant, vous voulez connaître, Valdez et toi, le motif de ma présence ?

— Oui, répondit Jason. Qu'est-ce qui t'amène ?

— La pluie.

— Tu es un peu en retard, Wilson ! Il a plu hier, alors que ce n'est pas la saison, mais on s'en est aperçus. Ça faisait si longtemps que ça n'était pas arrivé en Californie que les automobilistes avaient l'air de ne plus savoir conduire sur chaussée mouillée ! Ils roulaient au pas, avec pour conséquence des bouchons encore pires qu'avant !

— Ne fais pas attention à lui, Wilson : il est originaire du Nouveau-Mexique ! intervint Hunter. Et je suis sûr que tu n'es pas venu nous voir pour parler des caprices de la météo !

— Hé si !

Hunter avait beau affirmer que le manque de sommeil n'avait pas d'effet sur lui, la nuit précédente avait été particulièrement courte : il n'avait pas dormi plus de trois heures, et une migraine commençait à lui vriller les tempes. Il ouvrit le tiroir du haut de son bureau, qui contenait d'habitude un tube d'aspirine... Sa réserve était épuisée, et il avait oublié de la renouveler.

— J'ai trop mal à la tête pour avoir envie de jouer aux devinettes, Wilson ! déclara-t-il en refermant le tiroir. Pourquoi la pluie d'hier est-elle censée nous intéresser ?

— Je peux m'asseoir ?

— Je t'en prie !

Hunter était intrigué : Wilson appartenait à un service dont les bureaux se trouvaient plusieurs étages plus haut. Ce trajet que tout homme, même peu sportif, effectuerait sans y penser, était pour lui une véritable expédition. Ce qu'il était venu dire devait donc être important.

— Je sais qu'il y a une affaire non résolue sur laquelle tu ne cesses de revenir, Brannigan, commença Wilson. La première que tu as eue à traiter...

— Celle de l'homme impossible à identifier parce que sa tête et ses mains avaient été tranchées ?

— Oui.

— Et alors ? Quel rapport avec la pluie d'hier ?

— Il n'a pas « juste » plu : il est tombé des cordes, et ça a provoqué des glissements de terrain. L'un d'eux a emporté toute l'épaisseur de terre qui recouvrait une tombe.

Que ce soit pour ménager ses effets ou parce qu'il avait besoin de reprendre son souffle, Wilson marqua une pause.

— Qu'y avait-il dans cette tombe ? s'exclamèrent Jason et Hunter à l'unisson.

— Une tête et des mains, répondit Wilson avec un sourire presque triomphant.

— Où sont-elles en ce moment ? demanda Hunter en sautant sur ses pieds.

— À la morgue, bien sûr !

Alors qu'il commençait à se diriger vers la porte à grandes enjambées, Hunter s'arrêta net. Valdez et lui étant seuls aujourd'hui dans la salle, ils ne pouvaient pas la quitter tous les deux en même temps. Il se tourna vers son coéquipier et l'interrogea du regard.

— Vas-y, Brannigan ! lui dit Jason. Je sais que cette affaire de victime impossible à identifier te tient particulièrement à cœur. Moi, je l'ai prise en cours de route… Je peux assurer seul la permanence.

— Tu es sûr que ça ne t'ennuie pas ?

— Certain ! Disparais !

Wilson avait emboîté le pas à Hunter. Ce dernier se remit en marche, mais plus lentement, pour lui permettre de suivre, et il lui demanda pendant qu'ils traversaient la salle :

— Comment as-tu appris la découverte de cette tombe ?

— J'ai entendu deux collègues en parler dans la salle de pause, et j'ai tout de suite pensé que ça t'intéresserait.

Quand ils furent devant l'ascenseur, Wilson l'appela avant de reprendre :

— À ton avis, quelles sont les chances pour que cette tête et ces mains appartiennent à ton inconnu ?

— Compte tenu du caractère exceptionnel de cette affaire, je dirais qu'il y a plus d'une chance sur deux pour que ce soit le cas.

L'ascenseur arriva. Hunter y monta, retint la porte pour permettre à Wilson de le rejoindre, puis il appuya sur le bouton du sous-sol.

Pour des raisons pratiques, la morgue avait quelques mois plus tôt déménagé d'un bâtiment séparé à celui du commissariat. Elle se trouvait maintenant au même niveau que le laboratoire de la police scientifique et le service informatique.

Un instant plus tard, l'ascenseur s'arrêta, et la porte s'ouvrit. Hunter la franchit, mais Wilson, lui, ne bougea pas.

— Tu ne descends pas ? lui demanda Hunter.

— Non. Vas-y tout seul !

Le fait que son collègue l'ait accompagné jusque-là avait surpris Hunter, mais il en avait conclu que Wilson était poussé par la curiosité.

Pourquoi, sinon, serait-il monté dans l'ascenseur ? Il avait donc changé d'avis pendant le trajet et, en se retournant après avoir quitté la cabine, Hunter comprit pourquoi : Wilson était livide.

La perspective de poser les yeux sur une tête et des mains restées sous terre pendant des années devait lui donner mal au cœur.

L'intéressé le lui confirma en déclarant :

— Je suis dans la police depuis assez longtemps pour avoir vu des choses qui me donnent des cauchemars… Je n'ai pas besoin d'ajouter ça à la liste.

La porte de l'ascenseur se referma, et Hunter s'engagea dans le couloir qui menait à la morgue.

Le spectacle qui l'attendait n'aurait bien sûr rien d'agréable mais, si la mise au jour de cette tête et de ces mains lui permettait d'avancer dans la résolution d'une affaire sur laquelle il travaillait depuis plusieurs années, cela en vaudrait largement la peine !

Si les empreintes digitales de l'homme étaient encore exploitables et figuraient dans une base de données, il serait identifié. Sa famille, s'il en avait une, cesserait alors de se demander ce qu'il était devenu et pourrait lui donner une digne sépulture.

À peine avait-il franchi le seuil de la morgue que Hunter déchanta : les restes humains posés sur la table d'autopsie étaient beaucoup trop « frais » pour avoir été enterrés des années plus tôt.

Mais puisqu'il était là, se dit Hunter, pourquoi ne pas poser quelques questions ?

— J'espérais que cette macabre découverte serait liée à une de mes affaires non résolues, déclara-t-il au légiste, mais ce n'est visiblement pas le cas... Qu'est-ce qu'elle vous a appris ?

— Je n'ai pas encore eu le temps de procéder à des examens approfondis, répondit le Dr Alexander Rayburn. La Scientifique m'a apporté ce charmant colis il y a deux heures seulement.

La victime avait des cheveux gris et une peau très blanche. Il ne s'agissait manifestement pas d'une personne qui revenait de vacances au bord de la mer !

— La mort remonte à quand ? demanda Hunter.

— Environ une semaine. Je ne peux pas être plus précis pour l'instant. À en juger par son visage, cet homme approchait de la soixantaine. Et c'était un intellectuel.

— À quoi le voyez-vous ?

— À ses mains : elles ne sont ni calleuses ni rêches. Il ne s'en servait dans son métier que pour écrire ou taper sur le clavier d'un ordinateur.

— Vous feriez un excellent enquêteur ! s'écria Hunter, impressionné.

— Un légiste est un enquêteur, d'une certaine façon.

Hunter tourna lentement autour de la table d'autopsie pour pouvoir examiner sous tous les angles ces morceaux d'un homme dont l'existence avait connu la plus horrible des fins.

— Qui est capable de commettre un acte aussi barbare ? déclara-t-il.

— Un psychopathe qui possède un esprit méthodique et une assez bonne connaissance de l'anatomie humaine, répondit le Dr Rayburn.

— Qu'est-ce qui vous fait dire ça ?

— Cette tête et ces mains ont été coupées de façon soigneuse et précise. Le tueur savait exactement où les trancher pour causer le minimum de dégâts et rencontrer le minimum de résistance osseuse… Je pense que la victime était alors anesthésiée ou, plus vraisemblablement, déjà morte.

Hunter s'interdit de visualiser la scène décrite par le légiste. C'était un mécanisme de défense qu'il utilisait depuis sa toute première enquête. Il aurait sinon passé la majeure partie de son temps dans les toilettes, à vomir son dernier repas.

— Autre chose ? demanda-t-il.

— Oui, répondit le médecin avec dans la voix une émotion inhabituelle. J'espère que la crapule qui a fait ça va être vite arrêtée et ira ensuite croupir en prison jusqu'à la fin de ses jours.

— On est deux à le souhaiter, docteur !

Bizarrement, Hunter n'arrivait pas à se décider à partir. Il continuait de regarder pensivement la table d'autopsie, et le légiste, qui avait commencé à prendre des notes, finit par lui déclarer :

— Si ce crime n'a pas de rapport avec une de vos affaires, pourquoi vous y intéressez-vous autant ?

— Je ne sais pas trop…, murmura Hunter.

Et puis la lumière se fit dans son esprit.

— Il se pourrait bien que la victime de mon affaire soit la première du psychopathe dont nous avons « l'œuvre » sous les yeux… C'est le même modus operandi, et il est plutôt insolite !

— Vous pensez à un tueur en série ?

— Oui.

— Mais il ne faut pas avoir trois meurtres présentant un nombre significatif de points communs pour parler de tueur en série ?

— Si, mais mon instinct me dit qu'une troisième victime reste à découvrir. Peut-être même une quatrième, une cinquième… Je vais me rendre avec un chien renifleur de cadavres à l'endroit où cette tête et ces mains ont été trouvées, et explorer les alentours.

— Je vous souhaiterais bien bonne chance, mais je ne sais pas ce que, dans ce cas précis, il faut considérer comme de la « chance ».

— Les techniciens de scène de crime vont ont indiqué où cette macabre découverte avait été faite ?

— Oui. C'est dans le rapport qu'ils m'ont remis. Vous en voulez une copie ?

— Volontiers, merci.

Alors que Hunter quittait la morgue avec ledit rapport, il faillit se heurter à MacKenzie Cavanaugh. Il s'écarta pour la laisser passer et lui sourit.

— Bonjour, Kenzie !

— 'jour..., grommela-t-elle.

— La température de la pièce vient de chuter de dix degrés ! observa le Dr Rayburn.

— Elle remontera dès que Brannigan sera parti, annonça Kenzie.

— Qu'est-ce qui vous amène, lieutenant Cavanaugh ? lui demanda le légiste.

Avant d'entamer ses recherches sur la disparition du père de Connie Kurtz, Kenzie voulait s'assurer qu'il n'était pas mort. Et, logiquement, c'était par la morgue que sa quête commençait.

— J'ai besoin de savoir s'il y a ici un corps susceptible de m'intéresser, expliqua-t-elle au médecin.

— Le mien ? dit Hunter depuis le seuil de la pièce.

Kenzie l'ignora. Brannigan avait beau être un ami proche de deux de ses frères, elle refusait d'encourager ce don Juan à lui parler si ce n'était pas absolument nécessaire.

— Qui cherchez-vous ? lui déclara le légiste.

Kenzie tourna le regard au même moment vers la table d'autopsie, et elle poussa un cri de stupeur.

— C'est cet homme que je cherche ! s'exclama-t-elle en sortant de sa poche la photo que Connie lui avait remise.

# 3

Le Dr Rayburn jeta un coup d'œil à la photo que Kenzie lui tendait.

— Pas de doute, c'est bien lui, indiqua-t-il.

Kenzie était atterrée. La vérité sur la disparition de John Kurtz se révélait bien plus terrible que ce à quoi elle s'attendait. Connie allait être effondrée.

— À quand remonte la mort ? déclara-t-elle.

— Vous êtes la deuxième personne en quelques minutes à me demander ça, et je vais vous répondre la même chose qu'au lieutenant Brannigan.

— Le lieutenant Brannigan ? répéta Kenzie, surprise.

— C'est moi ! dit l'intéressé.

Kenzie pivota sur ses talons et fusilla du regard un collègue qui avait déjà réussi à l'exaspérer un nombre incalculable de fois.

— Pourquoi es-tu venu poser des questions sur John Kurtz ? lui lança-t-elle.

— C'est sur l'homme dont la tête et les mains sont sur la table d'autopsie que j'ai posé des questions.

— Il s'appelle John Kurtz.

— Oui, j'avais compris, mais je l'ignorais au départ.

Brannigan s'amusait à l'embrouiller, comme d'habitude ! pensa Kenzie.

Elle lui tourna le dos et s'adressa au légiste :

— Vous alliez me dire à quand remonte la mort de John Kurtz…

— Comme je l'ai expliqué au lieutenant Brannigan, je n'ai pas encore eu le temps de procéder à des examens approfondis, mais, à première vue, la mort de votre M. Kurtz remonte à environ une semaine. Je ne peux pas être plus précis pour l'instant.

— Où ces... morceaux ont-ils été trouvés ?

L'intérêt de la jeune femme pour cette affaire intrigua Hunter. Il s'approcha d'elle et la contourna afin de pouvoir lui parler face à face.

— Tu connaissais le défunt ? lui demanda-t-il.

— Non, mais je connais sa fille, répondit Kenzie en évitant soigneusement de croiser le regard de Hunter. Elle est venue ce matin signaler sa disparition... Où a-t-il été découvert et par qui, docteur ?

— D'après ce que j'ai compris, il se trouvait sous une couche de terre que le déluge d'hier a emportée. Deux gamins qui jouaient dans la boue sont tombés dessus, et leur mère, épouvantée, a appelé la police.

— Où était-ce ?

— En bordure d'Aurora Park.

— Je vois..., dit Kenzie.

— Je vais me rendre sur place avec un chien renifleur de cadavres, indiqua Hunter. Tu veux m'accompagner ?

Et, là, Kenzie le regarda droit dans les yeux.

La première fois qu'elle avait entendu parler de Hunter Brannigan, c'était de la bouche de ses frères Murdoch et Finn : ils avaient dit que c'était un fêtard, qu'il sortait tous les soirs avec une femme différente et carburait à la liqueur de whisky Southern Comfort, mais que cela ne l'empêchait pas d'être un excellent policier. Il avait été affecté au service des affaires non résolues parce que, selon eux, si quelqu'un était capable d'élucider un crime resté impuni, c'était bien lui.

Peut-être, à un autre moment de sa vie, Kenzie aurait-elle pu se lier d'amitié avec lui. Mais la rupture de ses fiançailles, un an et demi plus tôt, l'avait profondément marquée. Billy Gibson, son fiancé, était un séducteur invétéré. Malgré ses grandes promesses de fidélité, il avait continué à courir le jupon et, à sa troisième incartade, Kenzie avait rompu avec lui. Elle n'avait donné à personne la raison de cette rupture, et surtout pas à ses frères car, s'ils avaient su que Billy l'avait trompée, ils l'auraient écorché vif.

Depuis, Kenzie se méfiait comme de la peste des hommes sexy et beaux parleurs – tout le portrait de Hunter Brannigan...

— Pourquoi tu t'intéresses à John Kurtz ? lui demanda-t-elle.

— Je ne m'intéresse pas à lui ! répondit-il, un éclair de malice passant dans ses yeux verts.

Cet homme avait le don de lui faire perdre patience plus vite encore que son ancien fiancé !

— Alors pourquoi veux-tu aller à l'endroit où sa tête et ses mains ont été trouvées ?

Sachant que cela agaçait la jeune femme, Hunter lui adressa son plus beau sourire : il adorait la taquiner.

— Ce n'est pas le père de ton amie qui m'intéresse, déclara-t-il, mais son meurtrier.

— Pourquoi ?

— Parce que la victime de l'une des affaires non résolues dont je m'occupe a peut-être été assassinée par la même personne.

— Qu'est-ce qui te fait penser ça ?

— La victime dont je te parle a eu elle aussi la tête et les mains coupées.

— C'était un homme ?

— Oui. Maintenant, tu peux soit m'accompagner, soit rester là, et je te dirai à mon retour ce que j'aurai découvert – si je m'en souviens.

Comme Hunter s'y attendait, les yeux bleus de Kenzie lancèrent des éclairs.

— C'est *mon* enquête ! s'écria-t-elle.

— Pas de mon point de vue.

— Arrêtez de vous disputer, tous les deux ! intervint le légiste. Vous allez étudier cette affaire sous des angles différents, mais aussi légitimes l'un que l'autre, alors coopérez !

Kenzie répugnait à l'admettre, mais le médecin avait raison. Elle n'avait pas pour autant envie de faire équipe avec Hunter.

— Je me charge d'emmener le chien renifleur à Aurora Park, lui dit-elle.

— Non ! Soit tu m'accompagnes, soit j'y vais seul !

Contrainte de capituler, Kenzie grommela :

— Bon, on y va ensemble, mais je dois d'abord prévenir mon coéquipier de mon absence.

— J'irai chercher un chien à la brigade cynophile pendant ce temps.

— Elle ne t'en confiera pas un comme ça... Un des dresseurs viendra forcément avec nous.

— Tant mieux ! s'exclama Hunter.

Car il aimait bien les chiens mais, faute d'en avoir jamais eu un, il n'aurait peut-être pas su s'en faire obéir.

— On se retrouve dans une demi-heure sur le parking du commissariat ? suggéra-t-il.

Une sonnette d'alarme retentit dans l'esprit de Kenzie. Elle soupçonnait Hunter d'avoir l'intention de partir sans l'attendre.

— J'ai une meilleure idée, déclara-t-elle. Monte avec moi au service des personnes disparues et, quand j'aurai expliqué à Choi où je vais et pourquoi, on ira ensemble à la brigade cynophile.

— On n'est pas à la maternelle : on n'a pas besoin de se tenir la main pour se déplacer... Même si cette idée n'est pas pour me déplaire.

— Écoutez-la, Brannigan ! intervint de nouveau le légiste. C'est une Cavanaugh, et les membres de cette famille ne manquent ni de bon sens ni de compétence.

— Je ne manque moi-même ni de l'un ni de l'autre, répliqua Hunter, mais par esprit de conciliation, je me range à votre avis, docteur !

Après avoir photographié la tête et les mains de John Kurtz avec son portable, Kenzie quitta rapidement la morgue. Hunter la suivait de près, et ils arrivèrent ensemble devant l'ascenseur. Elle n'avait pas l'intention de lui adresser la parole mais, lorsqu'ils furent montés dans la cabine, le silence devint vite pesant. Elle regardait droit devant elle mais sentait les yeux de Hunter la fixer et quand, de façon quasi involontaire, elle tourna la tête vers lui, ce fut pour s'apercevoir qu'il souriait largement.

— Qu'est-ce qui t'amuse, Brannigan ? lui lança-t-elle.

— Rien de spécial. Je suis une heureuse nature.

— Arrête quand même de sourire, parce que je ne trouve pas,

moi, la situation particulièrement réjouissante ! Je ne suis pas ravie de devoir informer quelqu'un que son père a été assassiné !

— Tu veux que je m'en charge ?

Si elle n'avait pas connu Hunter, Kenzie aurait pensé que son offre partait d'un bon sentiment. Mais elle le savait totalement dénué d'altruisme.

— La dernière chose dont Connie Kurtz a besoin en ce moment, lui déclara-t-elle, c'est de se faire draguer !

— Comment peux-tu me soupçonner d'une chose pareille ? Annoncer à quelqu'un l'assassinat d'un de ses proches n'est jamais facile, et comme tu connais la fille de la victime, je me suis dit que ce serait d'autant plus difficile pour toi... D'où ma proposition.

— Merci, mais je n'ai besoin de ton aide dans *aucun* domaine.

— C'est noté, Kenzie !

— Ne m'appelle pas comme ça !

— Comment veux-tu que je t'appelle, alors ? « Votre Majesté » est un peu cérémonieux mais, si telle est ta volonté, je la respecterai.

— Appelle-moi par mon nom de famille, comme tu le fais pour tes autres collègues.

— Sauf que tu es pour moi plus qu'une simple collègue !

Kenzie ouvrit la bouche pour lui demander ce qu'il entendait par là, mais il la devança :

— Tu es la sœur de Finn et de Murdoch, dont je suis l'ami.

Ce qui était un mystère pour elle. Comment ses frères, des garçons plutôt intelligents, pouvaient-ils trouver sympathique un play-boy comme Hunter Brannigan ?

— Appelle-moi quand même par mon nom de famille, dit-elle, et j'aimerais bien, maintenant, qu'on arrête de perdre notre temps avec ce genre de bêtise !

L'ascenseur s'arrêta alors, et la porte s'ouvrit. Hunter s'écarta pour laisser passer Kenzie et déclara avec un grand geste du bras :

— Après toi !

Il était sûr que cette manifestation de galanterie agacerait la jeune femme. Il le faisait exprès pour provoquer chez elle une réaction. Sans trop savoir pourquoi, il préférait lui inspirer de la colère que de l'indifférence.

— J'ai retrouvé notre disparu, annonça Kenzie à son coéquipier une fois de retour dans son service.

— Déjà ? s'écria Kyle Choi. Où était-il ? Il se cachait dans une cabane pour échapper à sa fille ?

— Non, pas vraiment. Il a été assassiné.

Le visage de Choi s'assombrit.

— Oh ! zut ! dit-il.

Puis il s'adressa à Hunter :

— Qu'est-ce que tu fais là ?

— C'est une longue histoire.

— Tu songes à changer d'affectation ?

— Non.

— Et si Brannigan voulait intégrer ce service, intervint Kenzie, c'est moi qui en changerais !

— À t'entendre, on pourrait croire que tu ne m'aimes pas, Kenzie..., observa Hunter sur un ton faussement plaintif.

— C'est bien le cas ! Et je t'ai demandé de ne pas m'appeler comme ça !

— C'est pourtant bien ton prénom ? nota Hunter d'un air innocent.

Kenzie décida de l'ignorer et se tourna vers son coéquipier.

— La tête et les mains de John Kurtz ont été découvertes en bordure d'Aurora Park, lui expliqua-t-elle. Je vais aller avec Brannigan là où elles étaient enterrées.

— Je connais des endroits plus romantiques pour conter fleurette à une femme, remarqua Hunter, mais on n'a pas toujours le choix !

Voyant Choi froncer les sourcils, Kenzie lui déclara :

— Ne fais pas attention à Brannigan, il dit n'importe quoi ! J'espère trouver là-bas le reste du corps de John Kurtz. Si je peux l'éviter, je ne veux pas annoncer à Connie que seules la tête et les mains de son père ont été découvertes.

— Je comprends, murmura Kyle. Même moi qui n'avais aucun lien avec lui, je trouve cette idée difficilement supportable, alors sa fille...

Choi était en effet un peu pâle, constata Hunter.

— Je te rendrai ta coéquipière dès que je n'en aurai plus besoin, lui dit-il.

Kyle se garda bien de faire un commentaire. Cet homme irritait visiblement Kenzie… Mieux valait rester à l'écart de leur étrange relation. Il se borna donc à leur souhaiter bonne chance quand ils se dirigèrent vers la porte.

— J'espère que tu sais exactement où on va après, déclara Kenzie à Hunter sur le chemin de la brigade cynophile.

Cette remarque était destinée à le mettre en colère, il en avait la certitude, mais c'était un piège facile à éviter.

— Je fais toujours en sorte de savoir où je vais, Kenzie, répliqua-t-il.

— Ne m'appelle pas comme ça !

— Oui, pardon, Cavanaugh… Et en l'occurrence, le légiste m'a remis une copie du rapport de l'équipe de la Scientifique envoyée à l'endroit où la tête et les mains de John Kurtz ont été découvertes. Mais si tu préfères que je t'emmène boire un verre, dis-le ! Ce sera pour moi un tel bonheur que j'irai jusqu'à te l'offrir !

— Tu ne t'arrêtes donc jamais ?

— Non. Pourquoi ?

— Parce que certaines femmes apprécient peut-être ton baratin, mais ce n'est pas mon cas !

— Tu me brises le cœur, Cavanaugh !

— Pour que je te croie, il faudrait que tu en aies un, Brannigan !

Comme ils approchaient de leur destination, Kenzie espérait que Hunter allait arrêter son badinage… Elle se trompait.

— J'ai un cœur ! protesta-t-il. Pose une main sur ma poitrine, et tu le sentiras battre !

— Non merci ! Tout ce que je te demande, c'est de te taire. Moins tu parleras, moins j'aurai envie de te tuer.

— Je parie que tu dis ça à tous les hommes ! s'écria Hunter en riant.

— Non, je ne l'avais encore dit à aucun.

— Tant mieux : j'aime être le premier dans tous les domaines.

Les installations de la brigade cynophile jouxtaient celles du service de contrôle des animaux. Quand ils longèrent l'enclos réservé à ce dernier, les cris les plus divers en jaillirent. Kenzie n'y prêta pas attention. Arrivée devant le chenil où étaient gardés les chiens de la brigade, elle chercha des yeux son cousin par alliance Brady, mais il n'était pas là.

L'agent Jake O'Reilly, l'un des membres les plus anciens de cette unité, vint à leur rençontre et leur demanda :

— Je peux faire quelque chose pour vous, lieutenants ?

— Oui, répondit Kenzie. On a besoin d'un chien renifleur de cadavres. La tête et les mains d'un homme ont été découvertes en bordure d'Aurora Park, et il est possible que le reste de son corps soit enterré dans les environs.

— Et peut-être même les restes d'autres victimes du même tueur, déclara Hunter.

— J'ai exactement ce qu'il vous faut, annonça O'Reilly en ouvrant la porte du chenil. Viens là, Jupiter !

Un gros berger allemand courut vers lui, s'arrêta à ses pieds et le fixa d'un air interrogateur.

— Ces deux gentils policiers ont besoin de ton aide, lui dit O'Reilly.

Le chien aboya comme s'il comprenait. Kenzie trouvait que le qualificatif de « gentil » s'appliquait très mal à Brannigan, mais elle se tut faute d'être sûre de le mériter elle-même.

# 4

Ce fut dans la voiture de Kenzie qu'ils se rendirent à Aurora Park. Hunter avait pris place sur le siège passager, et O'Reilly, à l'arrière, avec Jupiter.

Le berger allemand ne bougea pas pendant le trajet, mais juste avant qu'ils atteignent leur destination, il commença à s'agiter.

La nervosité qu'éprouvait déjà Kenzie monta alors de plusieurs crans. Car si des restes appartenant à d'autres victimes de l'assassin de John Kurtz étaient découverts, comme Hunter en avait émis l'hypothèse, ils avaient affaire à un tueur en série – le cauchemar de tout policier.

À l'exception, peut-être, de Hunter, songea Kenzie en se garant sur le parking. Cela constituerait en effet une avancée majeure dans l'enquête concernant au moins une de ses affaires non résolues.

Ce n'était pas si fréquent...

— On est à l'endroit où une tête et des mains ont été trouvées ? demanda O'Reilly.

— On en est tout près, répondit Hunter.

Le maître-chien ouvrit sa portière et mit pied à terre, imité par Hunter et Kenzie. Le berger allemand, sur la banquette arrière, s'agitait de plus en plus. O'Reilly contourna la voiture et ouvrit l'autre portière, mais il commença par ordonner à son chien :

— Pas bouger, Jupiter !

L'animal obéit, mais il brûlait visiblement de sortir. O'Reilly prit sa laisse et l'enroula autour de son bras.

— Joli ! s'écria Hunter. Il faudra que vous m'appreniez à faire ça !

— Pourquoi ? lui demanda Kenzie. Tu as du mal à empêcher tes petites amies de te fausser compagnie ?

— C'est un problème que je n'ai encore jamais rencontré, répliqua-t-il.

Kenzie retint la remarque acerbe qui lui était montée aux lèvres. C'était elle qui avait ouvert les hostilités, et si elle n'y mettait pas tout de suite fin, ils risquaient de perdre de vue le but de leur expédition. Elle ne pouvait pas se permettre de se chamailler avec Hunter – du moins pas avant de savoir ce que Jupiter allait trouver.

— Pouce ! dit-elle.

— D'accord, déclara Hunter.

Puis il se tourna vers O'Reilly.

— Si vous laissiez votre chien opérer ? Il a l'air très désireux de nous montrer ce qu'il sait faire !

Le berger allemand était maintenant descendu de la voiture, et il bouillait en effet d'impatience.

— Allons-y ! dit le maître-chien.

Il donna un peu de mou à la laisse, et Jupiter bondit aussitôt en avant, l'entraînant à sa suite.

Kenzie et Hunter suivirent le mouvement. La pluie de la veille avait rendu le sol très glissant, et Kenzie faillit tomber à plusieurs reprises. Elle se rattrapa à chaque fois au dernier moment – et eut la satisfaction de voir que Hunter avait lui aussi du mal à garder son équilibre.

Alors même qu'elle se moquait silencieusement de lui, cependant, son pied glissa dans la boue. Elle se sentit partir en arrière et se prépara à une chute aussi lourde que mortifiante sur le derrière…

À la dernière seconde, une main se referma sur son bras et la retint. Le cœur battant, elle regarda sur sa droite en priant pour que O'Reilly ait fait demi-tour et que ce soit lui son sauveur…

Mais c'était Brannigan.

— Merci, marmonna-t-elle.

— Je crois n'avoir encore jamais entendu de remerciement aussi peu chaleureux ! observa-t-il en riant.

— Tu peux lâcher mon bras, maintenant !

— Tu es sûre ? Parce que ça glisse encore beaucoup... Je ne voudrais pas que tu tombes...

Kenzie se dégagea sans douceur et se remit en marche. Elle avait une dette envers Hunter, parce qu'il aurait très bien pu la laisser choir. Elle ne comprenait d'ailleurs pas pourquoi il ne l'avait pas fait, car une chute sur le derrière n'aurait blessé que son amour-propre. La mauvaise opinion qu'elle avait de lui s'en trouvait quelque peu contredite, et cela l'agaçait.

— Regarde ! s'exclama-t-il soudain en pointant le doigt vers le berger allemand. Je crois que Jupiter a flairé quelque chose !

Le chien venait en effet de s'immobiliser, et il commençait à creuser avec une sorte de frénésie.

Hunter et Kenzie le rejoignirent, et O'Reilly déclara, l'air satisfait :

— On dirait que Jupiter a trouvé le reste du corps de votre victime, lieutenant Cavanaugh !

— Ce n'est pas encore sûr, indiqua Kenzie.

Elle s'agenouilla ensuite pour tenter de mieux voir ce que le berger allemand avait entrepris de déterrer, puis elle demanda à O'Reilly :

— Vous pouvez rappeler Jupiter ?

— Au pied, Jupiter ! ordonna le maître-chien.

Kenzie se rapprocha encore de la zone de fouille et, là, ses doutes se transformèrent en certitude. Elle se tourna vers Hunter... et faillit se cogner à lui : il s'était agenouillé à côté d'elle sans qu'elle s'en aperçoive, et leurs têtes étaient à quelques centimètres seulement l'une de l'autre.

— Arrête de me coller, Brannigan ! s'écria-t-elle.

— Pourquoi ? Cette découverte m'intéresse autant que toi... Je te signale cependant que ce tronc est sous terre depuis trop longtemps pour appartenir à John Kurtz.

— Je suis d'accord, admit Kenzie à regret.

— Et c'est une tête et des mains qui manquent à *ma* victime... On a donc trois personnes assassinées selon le même mode opératoire. Cette fois, c'est certain : on a affaire à un tueur en série.

À peine Hunter avait-il fini de parler que Kenzie sortait son portable de sa poche et activait un numéro.

— Qui appelles-tu ? lui demanda Hunter.

Elle leva la main pour lui imposer silence.

— Destiny ? dit-elle, reconnaissant la voix de la personne qui avait décroché. Le grand chef est dans les parages ? Je peux lui parler ?

— C'est la Scientifique que tu as au bout du fil ? murmura Hunter.

Kenzie fit oui de la tête. Le vent tourna juste à ce moment-là, et Jupiter bondit en avant. Il courait si vite que O'Reilly n'aurait peut-être pas réussi à suivre si le chien ne s'était soudain arrêté devant un petit monticule de terre. Il se remit alors à creuser fiévreusement, ce qui retint l'attention de Kenzie jusqu'à ce qu'une voix d'homme retentisse dans l'écouteur de son portable.

— Oncle Sean ? déclara-t-elle. Kenzie, à l'appareil. Je suis à l'endroit où une tête et des mains viennent d'être découvertes.

— Oui, je suis au courant.

— Le lieutenant Brannigan et moi y sommes allés avec un chien renifleur dans l'espoir de trouver le reste du corps, mais, pour l'instant, ce chien n'a encore déterré qu'un tronc enterré là depuis assez longtemps.

— Tu en es sûre ?

— Certaine, et j'ai l'impression qu'il y a d'autres morceaux de cadavre à découvrir... Tu peux nous envoyer une équipe de techniciens de scène de crime ?

— Bien sûr !

— Elle sera là dans combien de temps ?

— Environ une demi-heure. Et je l'accompagnerai.

Kenzie raccrocha, remit le portable dans sa poche et reporta son attention sur O'Reilly, qui semblait avoir du mal à contrôler Jupiter. Le berger allemand brûlait visiblement d'aller creuser plus loin.

— Une équipe de la Scientifique sera là dans une trentaine de minutes, annonça-t-elle aux deux hommes. Qu'est-ce que Jupiter a trouvé, cette fois ?

— Des ossements, répondit O'Reilly.

— Et il semble avoir flairé d'autres restes humains...

— Oui. Je l'empêche de continuer à chercher ?

— Non, laissez-le faire – en veillant évidemment à ce qu'il ne touche à rien.

— Ne vous inquiétez pas : il est bien dressé.

Pendant que O'Reilly et son chien s'éloignaient, Hunter et Kenzie allèrent se pencher sur le deuxième trou creusé par le berger allemand.

— On dirait que le déluge d'hier a mis au jour tout un cimetière ! observa Hunter.

— Oui, mais ça ne peut pas être l'œuvre d'une seule personne.

— Et pourquoi pas ? Gary Ridgway, surnommé « le tueur de Green River », a assassiné entre quarante-neuf et quatre-vingt-dix personnes avant d'être démasqué...

Kenzie frissonna. Elle avait lu des articles sur cette affaire, qui avait balayé les certitudes jusque-là bien ancrées sur ce qui caractérisait un tueur en série. Loin d'être un asocial, Gary Ridgway menait une existence apparemment normale : marié et père d'un fils, il s'occupait d'un groupe de jeunes et enseignait même parfois le catéchisme.

Si un homme comme lui, que tout le monde appréciait et respectait, était en fait un tel monstre, n'importe qui ou presque pouvait être un tueur en série.

— Ça signifie qu'on ne va pas se quitter tout de suite, observa Hunter.

Perdue dans ses pensées, Kenzie l'avait oublié. Elle sursauta et, vexée de ne pas avoir réussi à se contrôler, elle lui demanda sur un ton agressif :

— Qu'est-ce qui te fait dire ça ?

— Ton meurtrier et le mien sont de toute évidence une seule et même personne. Il est donc logique que nous le recherchions ensemble.

La logique n'était pas un facteur suffisant pour convaincre Kenzie de collaborer étroitement avec Hunter. Il ne prenait rien au sérieux, et elle n'avait aucune envie de l'entendre à longueur de journée lâcher des plaisanteries d'un goût douteux.

— Non, mieux vaut enquêter chacun de son côté, dit-elle donc. En tenant bien sûr l'autre au courant de ses découvertes.

— Ce serait une grosse perte de temps, ce qu'agir de façon conjointe permettrait d'éviter.

— C'est à un groupe de travail interservices que tu penses ?

— Oui.

Cette idée parut d'autant plus intéressante à Kenzie que ce genre de formation comptait rarement deux personnes seulement. Hunter et elle ne seraient donc pas constamment en tête à tête.

— Pourquoi pas ? déclara-t-elle. Mais il faut que je demande la permission.

— Tu es une Cavanaugh ! Tu as *vraiment* besoin d'une permission pour faire quelque chose ?

Kenzie soupira intérieurement. Hunter, comme tant d'autres policiers d'Aurora, pensait qu'elle jouissait de privilèges. C'était complètement faux !

— Le fait d'être une Cavanaugh ne me dispense d'aucune obligation ! dit-elle. Je dois au contraire respecter la chaîne hiérarchique mieux que n'importe qui, pour éviter d'être soupçonnée de bénéficier d'un traitement de faveur.

Un sourire narquois accueillit ses protestations.

— Tu ne me crois pas ? s'écria-t-elle.

— Non, mais peu importe... Va soumettre à ton supérieur l'idée d'un groupe de travail interservices ! Plus vite tu le feras, plus vite on s'organisera et on mettra ce malade hors d'état de nuire.

— Tu persistes donc à penser que nous avons affaire à un seul tueur ?

— Oui. Même si le mode opératoire n'était pas exactement le même, je ne pourrais pas croire à l'existence dans la région de *deux* personnes aussi monstrueuses.

Cette remarque surprit Kenzie. Brannigan pensait-il vraiment ce qu'il disait, ou bien essayait-il de se faire passer pour un grand sensible ?

Elle le considéra avec attention, mais son visage était impassible.

— Tu parles sérieusement ? lui demanda-t-elle.

Hunter hocha la tête. Et puisque Kenzie et lui allaient, selon toute vraisemblance, travailler ensemble, pourquoi ne pas lui donner une petite idée au moins de sa conception de l'existence ?

— Il faut considérer le genre humain avec optimisme, répondit-il, sinon on sombre dans le désespoir, et on ne fait plus rien.

Kenzie n'arrivait pas à le croire capable de nourrir une pensée aussi profonde. Il avait dû lire ça dans un magazine, ou l'entendre à la télévision.

— À ton tour ! déclara-t-il.

— À mon tour de quoi ?

— De m'exposer ta philosophie de l'existence.

Pendant qu'ils discutaient, le berger allemand avait commencé à creuser à un autre endroit, et Kenzie fixa les yeux sur lui de peur de se laisser captiver par la façon dont les rayons du soleil jouaient dans l'épaisse chevelure châtain clair de Hunter. Elle ne voulait retenir de cet homme que ses défauts.

— Ma philosophie de l'existence ? répéta-t-elle.

— Oui.

— Eh bien, elle se résume à bien faire mon travail, pour protéger les honnêtes gens, qui constituent l'immense majorité de l'humanité, des quelques méchants qui menacent leur tranquillité.

Kenzie s'attendait à une remarque ironique, mais Hunter la surprit de nouveau en disant gravement :

— On n'est donc pas si différents, tous les deux.

— Si, on l'est, Brannigan ! On n'a même absolument rien en commun !

— Si c'était le cas, on ne serait pas ici ensemble, Kenzie !

— Combien de fois devrai-je te dire de ne pas m'appeler par mon prénom ? C'est réservé à ma famille et à mes amis.

— Que dois-je faire pour entrer dans le club de tes amis ?

— C'est très simple : tu meurs, et tu te réincarnes en quelqu'un d'autre.

Au lieu de se fâcher, Hunter éclata de rire.

— Je vais voir ce que je peux faire ! En attendant, si on allait examiner les dernières trouvailles de Jupiter ?

# 5

Sean Cavanaugh, chef de la police scientifique d'Aurora, promenait son regard sur la vaste zone délimitée par un ruban jaune de scène de crime. Trois de ses hommes étaient en train de la passer au peigne fin.

— Les responsables du parc ne vont pas être ravis, observa-t-il.

Les vacances scolaires venaient de commencer, l'été amenait beaucoup de touristes dans la ville, et les habitants d'Aurora aimaient se promener dans ce parc. La décision avait été prise de le fermer en grande partie au public, pour ne pas risquer que quelqu'un piétine accidentellement un indice encore enfoui sous terre.

Hunter, dont c'était le premier contact professionnel avec le chef de la police scientifique, dit avec un soupir :

— La tournure des événements me chagrine moi aussi, mais pour des raisons différentes.

— Vraiment ? lui lança Kenzie. Je pensais que la découverte de tous ces corps te réjouirait !

— Pourquoi elle me réjouirait ? demanda Hunter en haussant les sourcils. Je n'ai aucune fascination morbide pour les cadavres !

Pour ne pas risquer une dispute avec Kenzie devant Sean Cavanaugh, il s'arrêta là et se tourna vers le Dr Rayburn. Le légiste était arrivé un peu après l'équipe de la Scientifique, et il considérait d'un air incrédule les restes humains qu'elle avait mis au jour – des troncs, des bras et des jambes, pour l'essentiel.

— Combien de personnes différentes Jupiter aura permis de découvrir aujourd'hui, à votre avis ? lui déclara Hunter.

— C'est difficile à dire avant que tous ces... morceaux aient été emportés à la morgue, où je pourrai tenter de savoir quels membres vont avec quel tronc... Jupiter ne serait pas tombé par hasard sur un cimetière dont l'existence aurait été oubliée ?

— Non, répondit Kenzie. J'ai demandé à Valri de consulter les archives de la ville concernant cet endroit, en remontant jusqu'au début du siècle dernier, et elle n'a trouvé trace d'aucun cimetière.

Valri était la cousine de Kenzie, et le membre le plus doué du service informatique du commissariat.

— J'aurais dû me douter que vous aviez déjà vérifié, dit le légiste. De mon côté, j'en saurai plus quand j'aurai examiné tous ces restes humains, mais une chose est sûre : cette affaire figurera dans les annales du crime !

— En tant qu'affaire résolue, espérons-le..., murmura Hunter.

— Est-ce du doute que je perçois dans ta voix, Brannigan ? déclara Kenzie.

— Il n'y a que les idiots qui ne doutent jamais, répliqua Hunter.

— Et tu n'en es pas un, bien sûr !

— Je ne te le fais pas dire.

Sean, qui s'était un peu éloigné pour parler à un de ses hommes, s'approcha de sa nièce et du lieutenant Brannigan.

— Il y a un problème ? s'enquit-il.

— Non, aucun ! répondit Hunter sur un ton enjoué. L'enquête qui s'annonce me convient même particulièrement : j'adorais les puzzles quand j'étais petit.

— Bien... Vous devriez retourner au commissariat, Kenzie, O'Reilly et vous, fit le chef de la police scientifique. Je vous informerai de ce que nous avons trouvé quand les recherches seront terminées.

— Tu es sûr que je ne peux plus du tout me rendre utile ici ? questionna Kenzie.

— Certain. Le mieux, pour le lieutenant Brannigan et toi, c'est d'économiser vos forces. Vous en aurez bientôt besoin parce que, si je ne me trompe, vous allez devoir frapper à beaucoup de portes et poser beaucoup de questions.

— Bon, d'accord..., déclara Kenzie à regret.

Puis, ignorant ostensiblement Hunter, elle s'approcha du maître-chien et lui demanda :

— Je vous ramène ?

— Oui, répondit-il avec un grand sourire. Ma mère m'a appris qu'il fallait toujours repartir avec la demoiselle avec laquelle on était arrivé.

— Je crois que ça ne vaut que dans le cadre des bals de débutantes, observa Hunter derrière eux.

Kenzie se retourna et lui lança :

— Non, les bonnes manières sont de mise en toutes circonstances, mais c'est quelque chose qui t'est étranger, évidemment !

— Euh... Tout bien réfléchi, je vais peut-être plutôt rentrer au commissariat avec quelqu'un d'autre, annonça O'Reilly. Ce sera plus sûr !

Et il ne plaisantait qu'à moitié.

— Ne vous inquiétez pas ! lui dit Hunter. Kenzie a tous ses vaccins à jour. Vous ne risquez donc pas d'attraper la rage pendant le trajet du retour.

Les deux hommes devaient s'attendre à ce que Kenzie explose, mais ce fut d'une voix froide qu'elle déclara à Hunter :

— Je ne sais vraiment pas pourquoi mes frères te trouvent amusant. Moi, je te trouve juste... lourd. Maintenant, je m'en vais, alors décidez-vous, tous les deux : soit vous partez avec moi, soit vous patientez jusqu'à ce que mon oncle ou un de ses hommes retourne au commissariat.

Sur ces mots, elle se mit en marche, et le berger allemand lui emboîta le pas.

— Jupiter a décidé pour moi ! remarqua O'Reilly avec un sourire.

Il rejoignit son chien, et Hunter suivit le mouvement.

— Je compte sur Jupiter pour me défendre si jamais notre charmante conductrice m'agresse, indiqua-t-il.

— Qui te dit qu'il se rangerait dans ton camp ? observa Kenzie.

— Elle a raison, Brannigan ! s'exclama O'Reilly en riant.

Hunter garda le silence jusqu'à ce qu'ils atteignent la voiture, et il demanda alors à Kenzie :

— Tu m'autorises à monter à l'avant ?

— Je pensais plutôt te mettre dans le coffre, répliqua-t-elle, mais je devrais pouvoir supporter ta présence à côté de moi pendant les quelques minutes du trajet.

— Je croyais que tes « quelques minutes » étaient une façon de parler, observa Hunter quand Kenzie se gara sur le parking du commissariat, mais je me trompais !

La jeune femme avait en effet roulé presque pied au plancher – et brûlé au passage deux feux orange.

— J'espérais que la peur te ferait taire, expliqua-t-elle, et j'avais raison.

Kenzie mit pied à terre et, quand O'Reilly fut descendu de la voiture avec Jupiter, elle le remercia chaleureusement.

— Par respect pour tous ces morts, remarqua-t-il, je ne dirai pas que c'était un plaisir, mais j'ai vécu là une expérience hors du commun. Vous me tiendrez informé des résultats de votre enquête ?

Ces derniers mots s'adressaient visiblement à Hunter autant qu'à Kenzie, mais elle répondit comme s'ils ne concernaient qu'elle :

— Je n'y manquerai pas.

Hunter attendit que le maître-chien se soit éloigné pour saisir Kenzie par le bras et l'empêcher ainsi de lui fausser compagnie.

— Qu'est-ce que tu as contre moi ? demanda-t-il.

Kenzie se dégagea vivement et faillit ensuite quitter le parking sans répondre. Elle savait cependant Hunter capable de lui poser de nouveau la question en public, aussi lui déclara-t-elle :

— Tu veux que je te donne mes griefs par ordre alphabétique, chronologique, ou en allant du moins grave au plus sérieux ?

— Dans l'ordre que tu préfères.

— Comme la liste est longue et que je n'ai pas de temps à perdre, je vais me contenter de te dire ceci : je ne connais que trop bien le type d'homme que tu es.

— À savoir ?

— Un vaniteux qui se croit irrésistible et, malgré son intelligence, ne comprend pas qu'une femme puisse lui tenir tête.

Kenzie s'attendait à une réplique cinglante. Au lieu de cela, Hunter sourit et observa :

— Tu me trouves donc intelligent ?

— C'est la seule chose que tu aies retenue de ce que je viens te dire ? s'écria-t-elle, exaspérée, en commençant à s'éloigner.

Mais Hunter ne considérait pas la conversation comme terminée. Et au lieu d'attraper la jeune femme par le bras pour l'arrêter, il alla cette fois se planter devant elle et lui barra le passage.

— Tu me juges sans vraiment me connaître, déclara-t-il, et je sais pourquoi : tu as rompu il y a environ dix-huit mois avec un homme qui ne te méritait pas. Depuis, tu te méfies de tous les hommes, et tu refuses de leur donner l'occasion de te prouver que tout, chez eux, n'est peut-être pas bon à jeter.

Brannigan serait-il au courant de l'histoire de sa relation avec Billy Gibson ? songea Kenzie. L'avait-il apprise par ses frères ? Mais non, ce n'était pas possible : elle n'avait parlé des infidélités de son fiancé à aucun membre de sa famille.

C'était un mystère qu'elle comptait bien élucider, mais pas maintenant !

— Écarte-toi ! ordonna-t-elle à Hunter. Tu n'as peut-être rien de mieux à faire que jacasser au soleil... Moi, si !

Puis elle le contourna et se dirigea à grands pas vers la porte arrière du commissariat. Elle devait se calmer, sinon elle risquait de laisser échapper quelque chose qui démontrerait la justesse de l'analyse de Brannigan.

Hunter jugea plus prudent de ne pas suivre Kenzie de trop près. Quand il entra dans le bâtiment, deux minutes après elle, il tomba sur l'un des frères aînés de la jeune femme, Murdoch Cavanaugh, qui l'arrêta et lui dit :

— Il paraît qu'il y a du nouveau dans une de tes affaires, et que tu vas travailler avec ma sœur ?

Murdoch appartenait à la brigade criminelle, et l'enquête sur les découvertes faites à Aurora Park avait débuté quelques heures plus tôt seulement, mais Hunter ne s'étonna pas de ce qu'il soit déjà au courant. Les nouvelles se propageaient vite, entre services – surtout celles qui concernaient un des membres de la famille Cavanaugh. C'était comme si certains d'entre eux, sinon tous, étaient doués de télépathie.

— Si c'était ta sœur qui décidait, nous ne ferions pas équipe ! déclara Hunter.

— La victime de ton affaire et celle de la sienne ont pourtant eu toutes les deux la tête et les mains tranchées, non ?

— Oui, mais Kenzie n'est pas partageuse.

— En effet, et c'est aussi une sacrée tête de mule ! Ne la laisse pas te mettre à l'écart !

— Je n'en ai pas l'intention.

Les deux hommes se dirigèrent vers l'ascenseur, et Hunter appuya sur le bouton d'appel avant de poursuivre :

— Là, on s'est un peu disputés, et je vais attendre qu'elle ait eu le temps de se calmer, mais il n'est pas question que je reste sur la touche ! Cette affaire d'homme sans mains ni tête est la première que j'ai étudiée… J'en ai résolu d'autres depuis, mais celle-ci me tient particulièrement à cœur, et j'ai enfin une piste…

L'ascenseur arriva, et Hunter entra dans la cabine.

— Bonne chance ! lui dit Murdoch.

— Tu ne montes pas ?

— Non, j'ai à faire au rez-de-chaussée.

La porte de l'ascenseur se referma, et Hunter pressa le bouton de son étage. Il voulait informer son coéquipier de la tournure qu'avaient prise les événements.

— Il y a du nouveau, Valdez ! annonça-t-il en franchissant le seuil de la salle qui abritait leur service.

— La tête et les mains découvertes ce matin appartiennent à l'homme dont on n'avait jusqu'ici que le reste du corps ?

— Non, mais son meurtrier et celui du propriétaire de cette tête et de ces mains, un certain John Kurtz, sont sans doute une seule et même personne. Je vais devoir travailler avec Kenzie Cavanaugh pendant quelque temps.

— Pourquoi ?

— Parce qu'elle a été chargée d'enquêter sur la disparition de ce John Kurtz. Nous recherchons donc le même criminel.

— Elle sait que vous allez collaborer ?

— Oui.

— Mais *vraiment* collaborer ? insista Jason.

Car il était de notoriété publique que Kenzie Cavanaugh

n'aimait pas faire équipe avec un membre d'un autre service que le sien – sauf si c'était elle qui l'avait décidé, et là, ça ne semblait pas être le cas.

— Où veux-tu que j'envoie ta dépouille ? reprit Jason.

Hunter se trouva soudain dans l'étrange situation de devoir défendre une femme qui le détestait cordialement.

— Elle n'est pas si redoutable ! déclara-t-il d'une voix qui manquait cependant singulièrement de conviction.

— Tu es sûr ? Parce que moi, j'ai entendu dire que c'était une forte tête.

— Elle ne me fait pas peur.

— Tant pis pour toi, Brannigan, je t'aurai prévenu !

— Par chance, j'ai déjà rédigé mon testament, indiqua Hunter en franchissant le seuil de la salle dans l'autre sens.

# 6

Parce qu'il avait entendu parler de Kenzie par ses frères et d'autres membres de la famille Cavanaugh qui travaillaient au commissariat d'Aurora, Hunter savait qu'il avait besoin d'aide pour la convaincre de travailler avec lui.

Elle avait accepté un peu trop vite l'idée d'un groupe de travail interservices. Il la soupçonnait de vouloir en fait enquêter de son côté sur la mort de John Kurtz tant qu'aucun lien indiscutable n'aurait été établi entre cette affaire et celle sur laquelle il butait depuis des années.

Hunter pensait qu'aller plaider sa cause auprès de son supérieur direct ne servirait à rien : le capitaine Wade Kilpatrick était un homme froid qui avait pour seul souci de monter en grade. Même couronnée de succès, une collaboration avec un autre service ne lui vaudrait que la moitié des lauriers... Ce n'était sûrement pas suffisant pour le motiver.

Quant au chef du service des personnes disparues, il serait évidemment plus enclin à écouter Kenzie que lui. Et Hunter avait le sentiment qu'elle avait d'autant moins envie de voir leurs enquêtes fusionner que l'idée venait de lui.

Il fallait donc s'adresser à une tierce personne – la plus haut placée et la plus neutre possible.

Brian Cavanaugh, le chef des enquêteurs, avait la réputation d'être extrêmement juste et impartial. Alors, quand l'ascenseur s'arrêta à l'étage de Kenzie, Hunter, au lieu d'en descendre, appuya sur le bouton du deuxième étage, celui où se trouvait le bureau de Brian Cavanaugh.

Normalement, Hunter aurait dû appeler pour prendre rendez-vous, mais son instinct lui disait qu'il fallait se presser, que plus vite un groupe de travail interservices serait constitué, meilleures seraient leurs chances d'empêcher le tueur en série de commettre un nouveau crime.

Arrivé dans la pièce voisine du bureau de Brian Cavanaugh, Hunter demanda à la jolie policière qui remplissait les fonctions de secrétaire :

— Le chef est là ?

Le lieutenant Diane Bellamy leva les yeux de l'écran de son ordinateur.

— Oui, mais il...

— Je n'en ai que pour une minute, déclara Hunter.

*Ou deux...*

Il alla frapper à la porte de communication, tourna la poignée et entra dans la pièce sans attendre d'y être invité.

Brian Cavanaugh n'était pas seul.

Sa secrétaire rejoignit Hunter et s'écria :

— Je suis désolée, chef ! Il m'a prise de court !

— Ce n'est pas votre faute, lui dit Kenzie. Le lieutenant Brannigan ignore tout des bonnes manières.

Elle ne semblait pas surprise de le voir, constata Hunter – et elle le lui confirma en lui lançant :

— Tu as mis plus de temps à venir que je ne le pensais !

— Tout va bien, Bellamy, déclara Brian à sa secrétaire. Vous pouvez disposer... Asseyez-vous, Brannigan ! Le lieutenant Cavanaugh était en train de me parler d'un lien possible entre son enquête en cours et une de vos affaires non résolues...

— Vraiment ?

Ayant soupçonné Kenzie de vouloir à tout prix éviter de collaborer avec lui, Hunter ne s'attendait pas à la trouver là, et il ne comprenait pas pourquoi elle avait pris cette initiative.

— Je suis venue exposer la situation à notre chef à tous les deux, expliqua-t-elle, parce que je veux que ce soit lui qui prenne la décision de nous faire ou non travailler ensemble.

— Le lieutenant Cavanaugh m'a livré un exposé très complet de la situation, indiqua Brian, mais si vous pensez avoir quelque chose à ajouter, Brannigan, je suis prêt à vous écouter !

— Pour moi, déclara Hunter, le lien entre nos deux affaires est évident. La mienne remonte à six ou sept ans, mais ce qui restait de la victime, quand on l'a découverte, portait au niveau du cou et des poignets des traces de coupures semblables à celles que portent la tête et les mains de John Kurtz.

— Ces deux hommes auraient donc été tués par la même personne ?

— Oui, et je pense qu'elle a commis beaucoup d'autres assassinats. Le chien renifleur que nous avons emmené ce matin à Aurora Park y a trouvé un grand nombre de corps sans tête ni mains.

— Mais aucun cadavre complet ?

— Non.

— Ni autres têtes ou mains tranchées ?

— Non.

— Pourquoi, à votre avis ?

Voyant Kenzie ouvrir la bouche pour répondre, Hunter se dépêcha de fournir sa propre explication :

— Dans le cas de John Kurtz, le tueur a pu paniquer, et enterrer sa tête et ses mains là où il met d'habitude le reste des corps. Il doit avoir deux lieux d'enfouissement différents, sinon pourquoi se donnerait-il la peine de mutiler ses victimes ?

— Peut-être parce que cet homme est un déséquilibré ? intervint Kenzie.

— Si c'est un homme..., observa Brian.

— Vous croyez qu'il peut s'agir d'une femme ? s'écria Hunter.

— Quand vous aurez travaillé dans la police aussi longtemps que moi, vous saurez que les apparences sont souvent trompeuses, et que tout est possible.

Brian marqua une pause et fixa longuement ses deux visiteurs tour à tour avant d'enchaîner :

— Je pense qu'il existe en effet un lien direct entre vos deux affaires, et je suis sûr que le Dr Rayburn nous en apportera la preuve – en établissant par exemple que les mutilations ont été effectuées à l'aide du même instrument. Vous allez donc mettre sur pied un groupe de travail interservices, qui comprendra deux autres personnes à part vous dans un premier temps, et plus si le besoin s'en fait sentir. Comme l'identité de la victime la plus récente est connue, commencez par là... Et tenez-moi régulièrement au courant de l'avancée de votre enquête ! Vous pouvez disposer, maintenant !

Hunter se leva, mais pas Kenzie.

— Des questions, lieutenant Cavanaugh ? lui demanda Brian.

— Oui, une.

— Laquelle ?

— Qui dirigera ce groupe de travail ?

Brian hésita. Il savait que sa nièce accepterait mal d'être sous les ordres de Brannigan, même si son affaire à lui était la plus ancienne. Mais la mettre à la tête du groupe de travail risquait de créer des problèmes de communication : Kenzie avait des idées très arrêtées et supportait mal la contradiction.

Après quelques instants de réflexion, Brian trancha.

— Comme vous avez déjà commencé à travailler ensemble et qu'aucun de vos deux services ne s'occupe normalement d'homicides, vous allez codiriger ce groupe de travail.

— Codiriger ? répéta Kenzie, visiblement contrariée.

— Oui, répondit Brian, et sur un pied de stricte égalité. Aucune décision importante ne devra être prise sans concertation... C'est compris ?

— Oui, dirent Kenzie et Hunter en chœur.

— Bien ! Allez arrêter cet assassin avant qu'il – ou elle – fasse une autre victime !

Cette fois, Kenzie se leva, et elle quitta la pièce. Hunter la suivit et lui déclara :

— Je ne m'attendais pas à te trouver dans le bureau de ton oncle !

— J'étais sûre que tu irais le voir, mais j'avais peur que ce soit pour lui demander de m'écarter complètement de l'enquête sur ce tueur en série. Alors j'ai pris les devants.

— Tu voulais absolument que nous menions cette enquête ensemble ?

— Oui. Tu m'es antipathique, mais je travaillerais avec le diable lui-même si ça pouvait m'aider à identifier le meurtrier de John Kurtz !

Kenzie marchait vite mais, une fois arrivée à la hauteur de l'ascenseur, elle dut s'arrêter, et Hunter observa pendant qu'elle pressait le bouton d'appel :

— Je ne sais pas si je dois me sentir insulté ou flatté !

— À toi de voir !

La porte de l'ascenseur s'ouvrit. Une fois dans la cabine, Kenzie appuya sur le bouton de son étage et décréta :

— Les réunions se tiendront dans mon service ! L'espace dévolu au tien a la taille d'un placard.

— C'est faux !

— Il n'est pas *beaucoup* plus grand qu'un placard, alors… Ça te va, comme ça ?

— Oui… Et il est vrai que le chef nous a dit d'intégrer chacun une personne à notre groupe de travail.

— Non, il a parlé de deux personnes en plus de nous, avec possibilité d'en recruter d'autres en cas de besoin. Le groupe comptera donc au départ quatre personnes : nous deux, plus un membre de chacun de nos services.

— Ça me semble équitable. Et je sais déjà qui je choisirai : Jason Valdez, mon coéquipier. Je m'entends très bien avec lui.

Ce qui signifiait que cet homme ressemblait en tout point à Brannigan…, songea Kenzie.

— Génial ! marmonna-t-elle. Je vais donc devoir travailler avec deux dons Juans au lieu d'un…

L'ascenseur s'arrêta. Kenzie en sortit et s'engagea dans le couloir qui menait à son service. Hunter la suivit et, après avoir hésité, il jugea préférable de la détromper.

— Valdez est marié et sera bientôt père. Il est tout le contraire de moi.

— Quelle chance ! Il me plaît déjà !

— Et si tu mettais ton bel esprit au service de notre enquête, au lieu de l'occuper à me chercher des noises ?

Kenzie s'immobilisa et adressa à Hunter un sourire moqueur.

— L'un n'empêche pas l'autre, Brannigan, mais comme tu m'intéresses moins que l'auteur de ces horribles meurtres, c'est sur lui que je vais concentrer mes brillantes facultés intellectuelles. C'est la première fois que le chef me confie la direction d'un groupe de travail, et je ne veux pas le décevoir.

— Il t'en a confié la *co*direction, rectifia Hunter. Et je suis au moins aussi désireux que toi de réussir à arrêter ce tueur... Tu sais déjà à qui, dans ton service, tu demanderas de se joindre à nous ?

— Oui, à Kyle Choi, et je vais lui en parler de ce pas. J'ai quelque chose à faire ensuite, alors si tu allais briefer ton coéquipier pendant ce temps ? Rendez-vous dans une heure dans mon service !

Hunter n'apprécia pas du tout le ton autoritaire de la jeune femme.

— D'une part, je ne suis pas à tes ordres et, d'autre part, j'estime avoir le droit de savoir ce qu'est le « quelque chose » que tu as à faire... De quoi s'agit-il ?

Une expression de colère assombrit les yeux bleus de Kenzie.

— Notre collaboration ne te donne pas le droit d'être au courant de tous mes faits et gestes ! s'écria-t-elle.

— Réponds-moi ! insista Hunter.

Ils avaient tous les deux haussé le ton, et les gens qui les croisaient leur lançaient des regards surpris. Hunter semblait décidé à obtenir satisfaction et, bien qu'elle n'en ait aucune envie, Kenzie se résigna donc à lui expliquer :

— Je n'ai plus d'excuse pour différer une tâche que je redoute. Le tronc et les membres de John Kurtz font sûrement partie des restes humains découverts à Aurora Park, et je dois aller annoncer sa mort à sa fille.

Quand Hunter avait proposé à Kenzie de s'en charger à sa place, elle avait refusé, aussi se borna-t-il, cette fois, à déclarer :

— Je vais t'accompagner !

— Je n'ai pas besoin qu'on me tienne la main !

Comme Kenzie redoutait de toute évidence cette démarche mais était trop orgueilleuse pour l'admettre, Hunter protesta :

— Ce n'est pas pour te tenir la main que je veux t'accompagner.

— Pourquoi, alors ?

*Un prétexte, vite !* songea Hunter.

— Pour interroger ton amie sur les gens que son père a rencontrés ces derniers temps, répondit-il.

— Connie m'a dit ce matin que son père et elle étaient brouillés. Ça signifie qu'elle ne l'a pas vu récemment.

— Merci, je connais le sens de ce mot : je fais des mots croisés ! Mais l'expérience m'a appris que les gens en savent parfois plus qu'ils n'en ont conscience. Toi, tu réconforteras ton amie, et moi, je lui poserai quelques questions.

— Non, je t'interdis de venir !

— S'agissant de ta vie privée, tu as le droit de me tenir à l'écart mais, dans le cadre de notre enquête, tu n'as rien à m'interdire. Donc, je vais parler à mon coéquipier, toi, au tien, et on se retrouve ensuite sur le parking.

Comprenant qu'elle n'aurait pas gain de cause, Kenzie cessa de discuter et se dirigea – non sans maugréer – vers le service des personnes disparues.

# 7

Le trajet du commissariat à la résidence récemment construite à la périphérie sud d'Aurora parut interminable à Kenzie alors qu'il ne faisait pas plus d'une dizaine de kilomètres.

Cela ne l'empêcha pas d'atteindre sa destination plus vite qu'elle ne l'aurait souhaité : son pouls n'avait cessé de s'accélérer à mesure que se rapprochait le moment de parler à Connie, et son cœur battait maintenant à grands coups dans sa poitrine.

Après s'être garée dans le parking souterrain réservé aux visiteurs, elle se tourna vers son passager. Il n'avait pas prononcé un mot depuis leur départ du commissariat, et cela ne lui ressemblait pas.

— Tu es bien silencieux, Brannigan ! Tu regrettes d'être venu ? Dans ce cas, tu peux rester dans la voiture pendant que je vais voir Connie.

Bien que la jeune femme ait détaché sa ceinture de sécurité, elle n'avait pas bougé de son siège, nota Hunter. Cela signifiait qu'il ne s'était pas trompé : elle avait beau affirmer ne pas avoir besoin que quelqu'un lui tienne la main, elle redoutait d'annoncer à Connie Kurtz la mort de son père.

— Non, je ne regrette pas d'être venu, dit Hunter en détachant lui aussi sa ceinture. J'ai pensé que tu avais besoin de calme pour réfléchir à la façon de présenter à ton amie le meurtre horrible de son père, et c'est pour ça que je me suis tu pendant le trajet.

Cette prévenance surprit agréablement Kenzie, si bien qu'elle ne chercha même pas une pique à lui lancer.

— Merci, déclara-t-elle simplement – et sincèrement – avant de sortir de la voiture.

La politesse de Kenzie, à laquelle il ne s'attendait pas, laissa Hunter sans voix, et cela valait sans doute mieux car, s'il avait fait le moindre commentaire, la trêve aurait sûrement été rompue.

Il mit pied à terre et rejoignit Kenzie. Puis, comme elle regardait autour d'elle, l'air indécis, il se risqua à lui demander :

— Tu connais le numéro de l'appartement de ton amie ? Parce que cet immeuble doit en compter des dizaines et des dizaines !

— Non, je vais aller sonner aux portes, l'une après l'autre, en criant son nom jusqu'à ce que je la trouve ! répliqua Kenzie. Évidemment que je connais le numéro de son appartement !

La trêve n'aurait pas duré longtemps ! pensa Hunter, désabusé.

— Et ce numéro est… ?

— 730.

— Si c'est l'ascenseur que tu cherches, il est là-bas ! dit Hunter en montrant du doigt l'angle du mur situé sur leur gauche.

— Comment le sais-tu ? s'écria Kenzie. Tu es déjà venu ici, c'est ça ?

Il avait dû raccompagner un jour l'une des nombreuses femmes qu'il emmenait boire et danser dans toutes les boîtes de nuit de la région !

— Non, je n'étais encore jamais venu ici, répondit Hunter, mais il y a sur le mur une flèche qui indique l'emplacement de l'ascenseur.

Vexée de ne pas avoir vu ce pictogramme, Kenzie se dirigea à grands pas vers l'ascenseur. La cabine était déjà là et, une fois à l'intérieur, elle se plaqua contre la paroi du fond pour être le plus loin possible de Hunter.

Celui-ci appuya sur le bouton du septième étage.

— Je peux le faire à ta place, si tu veux, proposa-t-il quand la porte se fut refermée.

— Faire quoi ?

— Annoncer la mort de John Kurtz à sa fille.

— Non, c'est à moi qu'elle a signalé la disparition de son père, et donc à moi de l'informer de ce qui lui est arrivé.

— Comme tu voudras ! Mais si jamais tu changes d'avis, sache que je suis là.

— Oh ! je le sais, Brannigan ! Inutile de me le rappeler !

L'ascenseur n'arriva que trop vite au septième étage. La porte s'ouvrit, ils la franchirent mais, une fois dans le couloir, Kenzie s'immobilisa.

— Qu'y a-t-il ? demanda Hunter.

Elle se tourna vers lui. Elle devait s'excuser tout de suite, sinon elle n'en aurait plus le courage.

— Je suis désolée. J'ai eu tort de t'envoyer promener alors que tu me faisais une proposition généreuse.

— Ne t'inquiète pas : je comprends. Il est difficile d'annoncer ce genre de nouvelle, et chacun réagit à sa manière à l'appréhension que ça provoque.

Le fait que Hunter pousse la gentillesse jusqu'à lui trouver des circonstances atténuantes lui donna encore plus mauvaise conscience et la poussa aux confidences :

— Je n'ose même pas imaginer ce que j'éprouverais si quelqu'un venait me dire que mon père avait eu la tête et les mains tranchées.

— Alors n'insiste pas sur ce côté-là des choses. Dirige l'attention de ton amie sur l'aide qu'elle peut nous apporter pour identifier le meurtrier de son père. Le désir de vengeance est un puissant remède à la douleur.

— Oui, tu as sans doute raison.

— Ce jour est à marquer d'une pierre blanche ! s'exclama Hunter.

— Pourquoi ?

— En l'espace de deux minutes, tu m'as présenté des excuses et dit que j'avais sans doute raison… C'est un événement mémorable !

— Tâche de ne pas t'y habituer : tu serais déçu, observa Kenzie.

Puis elle se remit en marche, mais Hunter nota que l'ombre d'un sourire flottait sur ses lèvres. Son hostilité envers lui semblait diminuer.

L'appartement 730 était situé à quelques mètres seulement de l'ascenseur. Kenzie s'arrêta devant et sonna.

La porte s'ouvrit alors que Kenzie avait encore le doigt sur la sonnette, et Connie apparut dans l'embrasure.

L'air encore plus malheureux que le matin au commissariat, elle fixa ses deux visiteurs tour à tour avant de murmurer :

— Les nouvelles ne sont pas bonnes, n'est-ce pas ?

— Qu'est-ce qui vous fait dire ça ? lui demanda Hunter d'une voix douce.

— Kenzie serait venue seule, sinon.

— Je te présente le lieutenant Brannigan, Connie ! déclara Kenzie – un peu à retardement.

Son amie salua Hunter d'un petit signe de tête, puis elle bredouilla :

— Mon... Mon père est mort, c'est ça ?

Kenzie aurait voulu pouvoir la préparer à cette terrible nouvelle, mais sa question ne lui laissait pas le choix...

— Oui, répondit-elle.

À peine ce mot avait-il franchi ses lèvres que Connie vacilla sur ses jambes, et elle serait tombée si Hunter ne l'avait rattrapée à temps. Il la souleva ensuite dans ses bras, entra dans le séjour et alla l'allonger sur un canapé recouvert d'un tissu à fleurs bleues et blanches. Puis il glissa un coussin dans son dos.

— Pourquoi tu fais ça ? lui demanda Kenzie, qui l'avait suivi. Ça la met dans une position très inconfortable !

— J'essaie de rétablir la circulation sanguine dans le haut de son corps... À moins que tu n'aies un flacon de sels sur toi ?

— Bien sûr que non ! On n'est pas au XIXe siècle, Brannigan !

— Dans ce cas..., dit Hunter en glissant un second coussin dans le dos de Connie.

Kenzie se rendit dans la salle de bains et en revint un instant plus tard avec un gant de toilette humide, qu'elle posa sur le front de son amie.

Celle-ci bougea légèrement et poussa un petit gémissement. Elle ouvrit ensuite les paupières et, l'air hagard, demanda à Kenzie d'une voix à peine audible :

— Comment mon père est-il mort ?

— Je te le dirai quand tu te sentiras mieux.

Écartant de la main le gant de toilette, Connie s'assit. Elle avait repris des couleurs, et ce fut d'une voix raffermie qu'elle déclara :

— Tu es sûre qu'il s'agit bien de mon père ?

— Hélas ! Oui.

— Vous savez s'il fréquentait depuis peu des gens nouveaux ? intervint Hunter. Ou s'il s'était engagé dans des activités nouvelles ?

— Non, je l'ignore.

— Où habitait-il ?

— Dans la maison où il a toujours vécu, et où j'ai grandi... Pourquoi ?

— Nous avons besoin d'effectuer des recherches dans cette maison, et il nous faut pour cela ton autorisation, expliqua Kenzie avec une douceur que Hunter ne l'aurait jamais crue capable de manifester.

— Je ne comprends pas, dit Connie. Qu'est-ce que vous cherchez ?

Une expression d'horreur se peignit soudain sur son visage, et elle balbutia :

— Mon père a... a été assassiné ?

— Oui, répondit Hunter pour épargner à Kenzie cette terrible annonce. Il ne s'agit ni d'un accident ni d'un infarctus : quelqu'un a tué votre père.

— Et vous pensez qu'il connaissait son meurtrier ? Vous espérez trouver chez lui quelque chose qui vous permettrait d'identifier cette personne ?

— On ne sait encore presque rien sur ce qui s'est passé, déclara Kenzie, mais il faut bien commencer quelque part... Si ton père fréquentait des gens que tu ne connais pas, il y a peut-être parmi eux quelqu'un qui voyait en lui une menace...

— Non, comme je te l'ai dit ce matin, il vivait en ermite. Après la mort de ma mère, il s'était complètement replié sur lui-même.

— Il y a peut-être quand même chez lui quelque chose qui nous donnerait une indication sur la façon dont il a passé ses derniers jours.

Connie pleurait maintenant. De grosses larmes coulaient sur ses joues, et elle les essuyait au fur et à mesure, mais sans parvenir à en interrompre le flot.

— Je vais… vous emmener là-bas…, hoqueta-t-elle.

— Ce n'est pas nécessaire, dit Hunter. Donnez-nous l'adresse, ce sera suffisant. Vous avez la clé ?

— Oui.

— Le lieutenant Brannigan a raison, observa Kenzie. Il vaut mieux que tu restes tranquillement ici. Retourner tout de suite dans cette maison serait trop douloureux pour toi. Je te rapporterai la clé, mais ça m'ennuie de te laisser seule… Il y a quelqu'un à qui je peux demander de venir te tenir compagnie ?

Connie ravala un sanglot et lui donna le nom et le numéro de téléphone d'une de ses amies. Kenzie l'appela et expliqua la situation à une certaine Sherry Peters, qui promit de venir tout de suite.

Kenzie et Hunter restèrent avec Connie jusqu'à l'arrivée de Sherry.

— Vous étiez au lycée ensemble, Connie et toi ? déclara Hunter sur le chemin du domicile de John Kurtz.

— Non, je l'ai connue à la fac, répondit Kenzie. C'était alors une de ces étudiantes joyeuses et insouciantes qui aiment faire la fête et organisent tout le temps des soirées entre amis… Je ne l'avais encore jamais vue aussi triste, aussi perdue.

— Et encore, tu ne lui as pas dit comment son père était mort…

— Non. Elle va déjà avoir du mal à dormir cette nuit. Je ne voulais pas qu'elle fasse en plus des cauchemars ! Mieux vaut attendre, pour lui parler des mutilations, d'en savoir plus sur ce qui s'est passé plutôt que de lui donner des informations au compte-gouttes.

— Tout à fait !

Voyant du coin de l'œil Hunter sourire, Kenzie lui demanda :

— Qu'est-ce qui t'amuse ?

— Rien. Je suis juste content de constater que nous nous entendons bien.

— Ça ne durera pas.

— Sans doute mais, en attendant, je trouve ça agréable.

Kenzie secoua la tête et observa avec un soupir :

— Je ne sais pas quoi penser de toi, Brannigan !

— Et c'est grave ?

— Oui, parce que, si je ne fais pas attention, je vais baisser ma garde – ce que je veux éviter à tout prix.

— Alors voilà ce que je te propose ; on se concentre sur notre enquête et, quand on aura découvert qui a tué John Kurtz et pourquoi, tu pourras t'intéresser à des choses moins importantes, comme la question de savoir ce que tu penses de moi. Mais il y a d'ores et déjà quelque chose dont tu peux être sûre, et qui devrait te rassurer : je ne suis pas du genre à couper les gens en morceaux.

— C'est rassurant, en effet !

Après avoir mis son clignotant pour tourner à gauche, Kenzie remarqua :

— Tu as rattrapé Connie juste au bon moment... Comment as-tu su qu'elle allait s'évanouir ?

— Je ne le savais pas, mais j'ai de bons réflexes. Tu es heureuse de m'avoir laissé t'accompagner, non ?

— Heureuse ? Je n'irais pas jusque-là !

— Tu es dure !

— Hé oui !

Quelques minutes plus tard, Kenzie se garait devant le pavillon de plain-pied où, jusqu'à récemment, John Kurtz vivait. Elle mit le frein à main, coupa le moteur et se tourna vers Hunter.

— Prêt à chercher une aiguille dans une meule de foin, Brannigan ?

— Prêt ! répondit-il avant d'ouvrir sa portière.

Restait à espérer que cette aiguille existait vraiment.

# 8

La maison de John Kurtz avait une cinquantaine d'années. Elle était située dans le deuxième lotissement aménagé à l'époque où la famille qui avait fondé Aurora commençait tout juste à en délimiter les contours. Depuis, la ville s'était considérablement étendue, mais personne ne pouvait le deviner en n'en voyant que le petit lotissement où John Kurtz avait vécu.

La façade en stuc du pavillon aurait eu besoin d'être repeinte : elle était en très mauvais état. Il devait aussi pleuvoir dans la maison à la mauvaise saison : de là où elle était, Kenzie voyait que des tuiles manquaient. Et il y avait sûrement dans la toiture des trous invisibles depuis le devant de l'habitation.

— C'est loin d'être coquet ! observa Hunter.

— Ça l'a pourtant sûrement été, autrefois.

Arrivée devant la porte, Kenzie introduisit dans la serrure la clé que Connie lui avait remise.

— Il n'est pas là !

Kenzie et Hunter se retournèrent. La personne qui avait parlé était un homme âgé, sec et de taille moyenne, vêtu d'un jean trop grand et d'une chemise à carreaux. Ce devait être un voisin qui les avait pris pour des cambrioleurs, car il les considérait avec une méfiance mêlée d'indignation.

— Vous avez vu des gens louches rôder dans le quartier, récemment ? lui demanda Hunter.

— Oui, vous ! Partez, ou j'appelle la police !

L'homme sortit un smartphone de sa poche et le brandit à la manière d'un crucifix destiné à tenir les vampires à distance.

— C'est mon petit-fils qui m'a donné ça, reprit-il, et je sais m'en servir ! Je peux faire venir ici toute une armée de policiers en moins de temps qu'il n'en faut pour le dire : le chef de la police est un de mes bons amis.

— Vraiment ? s'exclama Kenzie, feignant d'être impressionnée.

— Oui, vraiment !

— Ainsi, vous connaissez mon oncle ?

— Euh... oui, je le connais... Je peux savoir qui vous êtes ?

— Je suis le lieutenant Cavanaugh, et mon collègue ici présent est le lieutenant Brannigan.

Kenzie et Hunter montrèrent leurs insignes au vieil homme, qui les étudia l'un après l'autre avant de reculer d'un pas.

— Ainsi, vous êtes de la police..., dit-il, l'air un peu penaud. C'est pour John que vous êtes là ? Parce qu'il a disparu. Sa fille le cherche.

— Oui, on est au courant, indiqua Kenzie. Vous avez une idée de l'endroit où il a pu aller, monsieur... ?

— McGinty. Franklin McGinty, et j'habite la maison d'en face. La fille de John m'a posé la même question, et je lui ai répondu que je l'ignorais.

Quelque chose, dans la voix du vieil homme, alerta Hunter.

— Mais vous le savez, en fait, n'est-ce pas ? déclara-t-il.

— Pas exactement, mais à mon avis – et je n'ai pas voulu le dire à sa fille, parce que les pères ne parlent pas de ces choses-là à leurs enfants –, à mon avis, il est parti avec sa petite amie.

Kenzie échangea un regard avec Hunter. Tenaient-ils une piste ?

— Il a une petite amie ? demanda-t-elle à McGinty.

— Oui. Je les ai vus ensemble deux fois, il y a environ trois semaines. Elle est bien trop jeune pour lui, si vous voulez mon avis, mais les hommes font parfois des choses stupides après avoir perdu la femme de leur vie.

Kenzie ouvrit la porte, entra avec Hunter dans la maison et invita de la main McGinty à les rejoindre.

— C'est d'Edith que vous parlez, n'est-ce pas ? lui dit-elle.

L'air content qu'elle connaisse le prénom de l'épouse de son voisin, McGinty opina vigoureusement de la tête.

— Oui, et c'était une grande dame, cette Edith ! John s'est effondré quand elle est morte. Il a espéré jusqu'au bout qu'elle allait guérir, mais ce n'est pas arrivé... On a tous cru qu'il était du genre à suivre sa femme dans la tombe mais, trois ans plus tard, il est toujours là !

— Qui ça, « on » ? intervint Hunter.

— Les gens du voisinage, ou du moins ce qu'il en reste. Les habitants du quartier étaient soudés, autrefois, mais il y en a plein qui ont vendu leur maison, ou alors ils sont morts.

— C'est triste, observa Kenzie.

Puis elle revint au sujet qui l'intéressait.

— Vous pourriez décrire l'amie de M. Kurtz ?

— Je ne l'ai jamais vue que depuis le trottoir d'en face.

— Essayez quand même !

— C'est une blonde avec une « taille de guêpe », comme on disait de mon temps. Elle dépassait John de dix bons centimètres, mais c'est parce qu'elle portait des talons hauts... Et je ne l'ai pas trouvée très aimable.

— Pourquoi ? demanda Hunter.

— Je lui ai dit bonjour les deux fois où je l'ai vue, et elle ne m'a pas répondu. Elle a fait comme si elle ne m'avait pas entendu, et je sais que ce n'est pas vrai : j'ai une voix qui porte.

— Comment M. Kurtz se comportait-il avec elle ? questionna Kenzie.

— Il avait l'air... subjugué : on aurait dit un collégien à qui une camarade de classe a fait tourner la tête. Mais je vous répète que je n'ai vu cette femme que deux fois. John n'est peut-être pas parti avec elle mais, comme c'est la première personne qu'il fréquente depuis une éternité, je serais surpris que ce ne soit pas le cas.

— Merci, monsieur McGinty. Vous nous avez été d'une grande aide. Si vous vous souvenez de quelque chose, n'importe quoi, appelez-moi !

Kenzie tendit une de ses cartes au vieil homme, qui la mit dans sa poche, et pendant qu'elle le poussait doucement vers la porte, il observa :

— J'espère que John n'est pas tombé dans les mains d'une intrigante.

Ce n'était pas exclu, et Hunter vit à l'expression de Kenzie qu'elle avait envie de révéler à McGinty la vérité sur la disparition de son voisin. Pour l'en empêcher, il déclara à ce dernier :

— Merci encore ! Et vous serez aimable de fermer la porte derrière vous.

Sa demande fut satisfaite, et il se tourna alors vers la jeune femme.

— Tu allais lui dire ce qui est arrivé à John Kurtz, n'est-ce pas ?

— Oui, pour qu'il fasse attention. Il peut y avoir dans les parages une séductrice qui s'attaque aux hommes d'un certain âge du quartier... Mais il apprendra tôt ou tard la nouvelle par les médias, et si je la lui avais apprise, bavard comme il est, il nous aurait tenu la jambe pendant des heures !

— J'ai donc eu raison de hâter son départ ?

— Oui. Cette histoire de petite amie me laisse perplexe, pourtant...

— Pourquoi ?

— Parce que, d'après Connie, son père s'est fâché tout rouge quand, quelque temps après la mort de sa mère, elle lui a conseillé de se remettre à sortir. Il a deviné qu'elle le poussait à se trouver une nouvelle compagne, et leur brouille vient de là.

— Il ignorait alors qu'il allait rencontrer une femme qui lui ferait perdre la tête.

— Très drôle !

— Désolé, le jeu de mots était involontaire !

Tout en parlant, ils étaient entrés dans le séjour et avaient commencé à l'explorer.

— Si tu étais un veuf esseulé, comment t'y prendrais-tu pour trouver une petite amie potentielle ? déclara Kenzie.

— Je m'inscrirais sur un site de rencontres, bien sûr !

— C'est d'un homme d'un certain âge qu'on parle, Brannigan ! Pas d'un ado qui passe ses journées sur les réseaux sociaux !

— Peu importe ! Regarde McGinty... Il n'est pas tout jeune, et il sait se servir d'un smartphone.

— Peut-être, mais Connie m'a dit que son père vénérait la mémoire de sa femme, que la seule idée de la remplacer lui était insupportable…

— Si elle ne l'a plus revu après leur brouille, comment peut-elle savoir s'il n'avait pas changé d'avis et ne s'était pas mis à la recherche d'une compagne ? Il y a des sites de rencontres pour tous les âges, de nos jours. La preuve…

Hunter s'approcha de Kenzie et lui tendit une feuille de papier. C'était le tirage d'une page de profil en haut de laquelle figuraient les mots « Deuxième Chance ».

— Tu viens juste de trouver ça ? demanda Kenzie.

— Non, je suis tombé dessus il y a un petit moment déjà.

— C'est donc ça, et non tes puissantes capacités intellectuelles, qui t'a mis sur la piste des sites de rencontres ! Tu aurais pu me le dire tout de suite !

— Oui, mais ç'aurait été moins amusant, souligna Hunter.

Kenzie lui lança un regard courroucé. Tout n'était donc qu'un jeu, pour lui ?

— On n'est pas là pour s'amuser, Brannigan, mais pour élucider un meurtre, et sans doute même plusieurs ! s'écria-t-elle.

Puis elle sortit son portable de sa poche, l'alluma et entra dedans l'URL inscrite en bas de la feuille. Une page web s'afficha alors sur l'écran.

— Voilà ! dit-elle. Il suffit maintenant de trouver les profils que John Kurtz a consultés, ou les personnes qui ont consulté le sien.

— Voyons s'il possédait un ordinateur, suggéra Hunter.

Une rapide inspection des différentes pièces de la maison ne donna rien.

— Pas d'ordinateur…, déclara Kenzie, déçue.

— Pas d'ordinateur *de bureau*, précisa Hunter.

— S'il passait du temps sur Internet chez lui, et non dans un cybercafé, c'est ce type de machine qu'il aurait eu : un écran de grande dimension est plus confortable.

— Mais impossible à cacher s'il ne voulait pas que sa fille soit au courant de son « vice ».

— Ils étaient brouillés, je te le rappelle !

— Oui, mais Kurtz pouvait craindre que sa fille ne vienne le voir à l'improviste – pour tenter de se réconcilier avec lui, par exemple. Elle avait une clé de la maison.

— Oui, mais...

— Il y a donc peut-être un ordinateur portable dissimulé quelque part. On regarde dans les placards et sous les lits, maintenant ?

Kenzie était sûre que Hunter se trompait, mais le seul moyen de le prouver était d'accepter sa suggestion.

— D'accord, dit-elle.

Et bien lui en prit car, au bout de quelques minutes de recherches, ils trouvèrent un ordinateur portable sous le lit de la chambre d'amis.

— Ça m'agace, déclara Kenzie, mais je suis obligée d'admettre que tu avais raison.

— Ne t'en fais pas ! Je te promets d'avoir tort, la prochaine fois.

Hunter apporta l'appareil dans la cuisine, le posa sur la table et l'alluma. Une fenêtre réclamant le mot de passe apparut sur l'écran.

— Et zut ! s'exclama Hunter. J'espérais que John Kurtz ne s'était pas donné la peine de protéger le contenu de son ordinateur... Mais il a peut-être choisi un de ces mots de passe utilisés par le commun des mortels parce qu'ils sont faciles à retenir.

— Tu sais combien il y en a ? demanda Kenzie.

— Un nombre incalculable, mais ça ne coûte rien d'essayer !

Au bout de cinq tentatives infructueuses, cependant, Hunter poussa un soupir.

— Ça peut prendre des heures..., grommela-t-il.

— À toi, oui !

— Mais pas à toi, parce que tu es un petit génie de l'informatique ?

— Moi, non, mais j'en ai un dans ma famille. On va confier ce portable à Valri. Si elle n'arrive pas à entrer dedans, personne ne le pourra !

— Valri ? Ah oui, Valri Cavanaugh... Il paraît qu'elle est très forte.

— Elle est même prodigieuse !

— Mais dans ce cas, elle croule sûrement sous le travail, et c'est maintenant que nous avons besoin de son aide.

— Elle est très sollicitée, en effet, mais je lui suis apparentée…

— Comme tous les Cavanaugh qui travaillent au commissariat et, vu leur nombre, ils doivent à eux seuls occuper Valri à plein temps !

Kenzie soupira.

— Quel rabat-joie tu fais, Brannigan ! En arrivant ici, on n'avait aucune piste, et on en a une, maintenant… C'est presque inespéré, non ?

— Oui, excuse-moi, Kenzie ! dit Hunter en s'efforçant de paraître contrit.

— Si tu m'appelles encore une fois par mon prénom, je te laisse ici, et tu rentres à pied au commissariat !

— Tu ne le feras pas.

C'était vrai, pensa Kenzie. Hunter lui avait prouvé ses qualités d'enquêteur et, si elle était obligée de l'attendre pour reprendre leurs recherches, ils perdraient un temps précieux.

Leur collaboration s'avérait fructueuse, mais elle produisait un effet indirect : le trouble qu'éprouvait Kenzie quand Hunter se tenait tout près d'elle.

— Je ne serais pas si sûr de rentrer en voiture, si j'étais toi ! déclara-t-elle néanmoins.

— Alors j'obéis, *lieutenant Cavanaugh.*

— Ah ! je préfère !

— Pas moi, murmura Hunter.

— Pardon ?

— Non, rien…

Il éteignit l'ordinateur, le referma et le mit sous son bras. Ils sortirent de la maison et remontèrent en voiture. Hunter fit alors de son mieux pour ignorer la présence toute proche de Kenzie, mais il lui semblait que l'habitacle avait rapetissé.

Après avoir démarré, Kenzie alluma la radio, ce qui les dispensait de parler.

Avec un peu de chance, et à condition de s'interdire en plus de regarder son passager, cette tactique lui permettrait de contrôler un émoi aussi importun qu'inattendu.

# 9

Le lieutenant Valri Cavanaugh était le meilleur élément du service informatique du commissariat. Coachée par Brenda, belle-fille du chef des enquêteurs, elle avait réussi à surpasser son professeur en un temps record.

Si bien que Brenda pouvait maintenant travailler moins. Il lui arrivait même de prendre des vacances !

Valri, elle, arrivait le matin tôt à son bureau et en partait tard le soir pendant la semaine. Elle y passait en plus certains de ses week-ends.

La jeune femme discrète qui n'osait autrefois refuser aucune tâche s'était aussi affirmée au fil du temps : elle savait maintenant se défendre et dire non si nécessaire.

Quand sa cousine arriva avec un ordinateur portable sous le bras, et accompagnée d'un policier qu'elle connaissait vaguement, Valri se prépara donc à livrer bataille.

Elle laissa Kenzie lui exposer sa requête, puis elle secoua la tête et assortit ce geste d'un « non ! » poli mais ferme.

Kenzie ne s'attendait pas à un refus aussi rapide et catégorique.

— Je t'en prie, Valri ! s'écria-t-elle. C'est important !

— Les dizaines de recherches différentes dont je suis déjà chargée le sont tout autant ! indiqua Valri sans lever les yeux du clavier de son ordinateur, ses doigts volant sur les touches tandis qu'elle se connectait à une base de données.

— L'appareil que je t'apporte appartenait à un homme qui a été récemment assassiné, insista Kenzie.

— Je m'en occuperai quand j'aurai le temps. Pose-le sur mon bureau, en attendant... Si tu trouves de la place !

Ledit bureau était en effet encombré d'ordinateurs portables, de téléphones et de tablettes. Kenzie refusa cependant de s'avouer vaincue.

— Cet homme a été victime d'un tueur en série ! dit-elle en posant l'appareil sur un coin du bureau. Si tu nous aides, tu ne nous permettras pas d'élucider *un* meurtre, mais plusieurs, et peut-être même des dizaines !

Cette fois, les yeux très bleus de Valri se posèrent sur Kenzie.

— Écoute, ce n'est pas de la mauvaise volonté de ma part : je suis *vraiment* surchargée de travail.

— On ne voulait pas vous importuner ! déclara Hunter, prenant la parole pour la première fois. C'est juste qu'on trouvait dommage de perdre un temps précieux à chercher ce mot de passe, alors qu'à vous il suffirait de quelques minutes pour résoudre le problème... Mais on ne vous savait pas aussi débordée... On va se débrouiller autrement.

Sur ces mots, il prit l'ordinateur et commença à s'éloigner.

— C'est bon, revenez ! s'exclama Valri. Je vais m'en occuper.

Hunter s'arrêta et se retourna, mais il secoua la tête.

— Non, protesta-t-il, vous êtes déjà submergée de travail. On va...

— Donnez-moi cet ordi ! coupa Valri.

Un sourire à la fois reconnaissant et contrit sur les lèvres, Hunter obéit.

— Qu'est-ce que vous pouvez me dire sur le propriétaire de cet appareil, en dehors du fait qu'il est mort ? grommela Valri.

Kenzie lui remit le formulaire que Connie avait rempli le matin.

— C'est tout ce qu'on a, indiqua-t-elle.

— Ces informations sont fiables ?

— Oui, c'est la fille de la victime qui les a fournies quand elle est venue signaler sa disparition.

— Bon, je vais voir ce que je peux faire.

— Mille mercis ! déclara Hunter avec un grand sourire.

— Mais je ne vous promets rien... Laissez-moi travailler, maintenant !

Après avoir elle aussi remercié sa cousine, Kenzie sortit de la pièce et se dirigea vers l'ascenseur. Hunter arriva à sa hauteur au moment où elle appuyait sur le bouton d'appel, et elle lui adressa un regard qu'il ne parvint pas vraiment à déchiffrer.

— Ton charme a opéré, observa-t-elle.

— Il ne s'agit pas de ça ! Je me suis contenté de me montrer compréhensif.

— Et ça aurait aussi bien marché si tu avais été chauve et bedonnant ?

— Mais oui !

Kenzie soupira. À quoi bon discuter ? Le plus important, c'était le résultat : Valri allait s'occuper de déverrouiller l'ordinateur de John Kurtz.

L'ascenseur arriva et les emmena à l'étage du service des personnes disparues. À peine en étaient-ils sortis que le portable de Kenzie sonna.

C'était Valri.

— Je suis parvenue à entrer dans l'ordi que vous m'avez apporté, ton beau collègue et toi, annonça-t-elle.

Même pour un petit génie de l'informatique comme elle, une telle réussite en si peu de temps était impressionnante, et Kenzie s'exclama :

— Alors qu'on ne t'a pas quittée depuis plus de cinq minutes ? Formidable ! On redescend !

Ayant compris qui appelait Kenzie et pourquoi, Hunter se pencha vers le haut-parleur du téléphone et déclara :

— Vous êtes la meilleure, Valri !

— Vous le saviez déjà, répliqua cette dernière, sinon je n'aurais pas eu le plaisir de votre visite.

Cette remarque pouvait s'adresser à ses deux interlocuteurs ou à Hunter seulement, mais Kenzie penchait pour la seconde hypothèse.

Le temps qu'elle remette son portable dans sa poche, Hunter avait fait demi-tour et se dirigeait vers l'ascenseur. À la fois satisfaite d'être si vite en mesure d'accéder au contenu de l'ordinateur de John Kurtz et agacée de le devoir au pouvoir de séduction de Hunter, Kenzie le rattrapa et lui lança :

— Tu es content de toi, j'imagine ?

— Je devrais l'être ? répondit-il d'un air innocent.

— Repose-moi la question quand on aura arrêté le meurtrier de John Kurtz !

— Je n'y manquerai pas, dit Hunter sur un ton léger en remontant dans l'ascenseur.

Kenzie n'avait jamais eu autant envie d'étrangler quelqu'un, mais son sens de la justice l'obligea à déclarer après être entrée dans la cabine :

— Je reconnais que c'est en partie grâce à toi que Valri a accepté de se pencher sur notre problème.

— Ah ! enfin ! Et... ?

— Et quoi ? Tu veux que je te remercie ?

— Oui. Il me semble l'avoir mérité.

— Merci, marmonna Kenzie.

— Pardon ? Je n'ai pas bien entendu.

— Ça suffit, Brannigan ! Il est décidément aussi difficile de travailler avec toi que je le pensais.

Et même plus, ajouta-t-elle intérieurement, à cause de cette attirance physique imprévue contre laquelle il lui fallait lutter.

— Tu finiras par m'adorer, affirma Hunter.

— Ça m'étonnerait !

— On verra...

L'ascenseur les avait ramenés au sous-sol et, une fois de retour dans les locaux du service informatique, Hunter se dirigea à grands pas vers le bureau de Valri.

— Je ne sais pas comment vous remercier d'avoir déverrouillé cet ordinateur ! déclara-t-il chaleureusement. Vous nous faites ainsi économiser beaucoup de temps et d'efforts.

Surprise que ce beau policier lui témoigne une telle gentillesse, Valri expliqua en rougissant :

— Ça n'était pas bien difficile : M. Kurtz a utilisé comme mot de passe la date de naissance de sa défunte épouse.

— Où l'as-tu trouvée ? lui demanda Kenzie.

Valri gratifia sa cousine du genre de sourire indulgent qu'une mère adresserait à un enfant un peu attardé.

— Internet est une source d'informations inépuisable quand on sait s'en servir, répondit-elle.

— Oui, je suis au courant ! s'écria Kenzie. Mais je ne pensais pas que tu pourrais apprendre autant de choses en si peu de temps !

— C'est parce que je suis compétente et rapide que tu es venue me voir, non ?

— Oui, bien sûr ! Je n'ai jamais douté de tes...

— C'est bon ! coupa Valri. La meilleure façon de me remercier, c'est de reprendre cet ordi et de me laisser m'occuper de tout ça !

Elle accompagna ces mots d'un signe de tête en direction des appareils qui encombraient son bureau, et Kenzie aurait pu jurer que leur nombre avait augmenté au cours des dix minutes précédentes.

Hunter prit l'ordinateur mais ne bougea pas.

— Vous auriez besoin d'aide, dit-il à Valri.

— J'ai un collaborateur, indiqua-t-elle avec un grand sourire, mais il est malade en ce moment. Partez, maintenant, et fermez la porte derrière vous !

— Tu veux que je laisse mon collègue devant ta porte pour empêcher quelqu'un d'autre de te déranger ? lui demanda Kenzie.

Mais Valri s'était déjà remise au travail, et elle se contenta de les chasser d'un geste de la main.

— Ta cousine est extraordinaire ! déclara Hunter sur le chemin de l'ascenseur. Ses supérieurs devraient la cloner !

— Je suis sûre qu'ils ont essayé.

— J'espère qu'elle ne nous a pas rendu service pour rien, et qu'on trouvera dans l'ordinateur de John Kurtz autre chose que des vidéos de chatons en train de se bousculer pour atteindre leur écuelle !

— Le portrait que Connie m'a dressé de son père me fait douter qu'il passe son temps à regarder des vidéos d'animaux, si mignons soient-ils !

— Mais elle t'a dit que jamais il ne se chercherait une nouvelle compagne, et elle s'est trompée...

— C'est vrai, admit Kenzie.

Du coin de l'œil, elle vit Hunter sourire. Agacée, elle lui demanda tandis qu'ils montaient dans l'ascenseur :

— Pourquoi tu souris ?

— Parce que tu viens encore de me donner raison. Si ça continue, on va finir par être comme les deux doigts de la main !

— Dans tes rêves !

— L'espoir fait vivre !

Kenzie jugea inutile de répondre. Quelques instants plus tard, ils entraient dans la salle dévolue au service des personnes disparues, et Kyle Choi sauta aussitôt sur ses pieds.

— On nous a alloué un local, annonça-t-il.

— Vraiment ? s'écria Kenzie, agréablement surprise.

— Oui. Je pense que c'est grâce à ton oncle Brian : il a appelé notre chef pour lui demander de nous installer dans une pièce fermée. Et il n'y en a qu'une à cet étage : le bureau qui sert d'habitude de salle de réunion.

— Ça me rappelle que je dois aller chercher mon coéquipier, observa Hunter.

— Il est déjà là, déclara Kyle, et il a l'air très impatient de se mettre au travail… On s'ennuie à ce point, dans le service des affaires non résolues ?

— Ni plus ni moins que dans celui des personnes disparues, répliqua Hunter.

— Allons-y ! intervint Kenzie. On n'a pas de temps à perdre en vains bavardages !

Puis elle s'empara de l'ordinateur que Hunter tenait sous son bras et se dirigea d'un pas énergique vers la salle de réunion. Les deux hommes la suivirent.

Ils trouvèrent Jason Valdez installé à la table rectangulaire qui, avec six chaises et un tableau d'affichage, composait le mobilier de la pièce.

— Il y a encore du nouveau dans notre affaire, Brannigan ? demanda Valdez, visiblement excité.

— Oui. Je te présente le lieutenant MacKenzie Cavanaugh, et j'imagine que vous avez déjà fait connaissance, Choi et toi ?

Les deux intéressés hochèrent la tête, puis Kyle déclara à Kenzie :

— C'est quoi, cet ordinateur ?

— Celui du père de Connie Kurtz et, espérons-le, la clé du mystère de sa mort.

Le portable de Hunter sonna à ce moment-là. Pensant qu'il s'agissait d'une de ses nombreuses petites amies, Kenzie fronça les sourcils.

Et son humeur s'assombrit encore quand, après avoir pris la communication, Hunter leva la main pour lui imposer silence.

# 10

Le temps que Hunter raccroche, Kenzie bouillait de colère. Alors qu'elle commençait tout juste à voir en lui un bon enquêteur, cet appel sur son portable le ramenait à son statut antérieur de play-boy sans intérêt.

— Il faut que tu dises à tes petites amies de ne pas te téléphoner pendant le service, Brannigan ! lui déclara-t-elle sèchement.

— Mes petites amies ? répéta Hunter, l'air perplexe.

— Ne fais pas l'innocent ! C'est de la personne qui vient de t'appeler que je parle !

— Ah ! Non, tu te trompes : le légiste n'est pas du tout mon type.

— Le légiste ?

— Le Dr Rayburn, si tu préfères. Tu te souviens de lui ? C'est le médecin chargé d'examiner les restes humains découverts à Aurora Park.

Kyle jeta un coup d'œil à sa coéquipière. Les choses risquaient de mal tourner, aussi créa-t-il une diversion en demandant :

— Pourquoi le légiste appelait-il ?

— Parce qu'il a réussi à identifier le propriétaire d'un de ces corps sans tête ni mains, répondit Hunter.

— Comment est-ce possible ? s'écria Kenzie.

— L'une des victimes de notre tueur s'était fait poser une prothèse à la hanche droite.

Pour la première fois depuis qu'ils travaillaient ensemble, Hunter vit alors Kenzie sourire vraiment. Son beau visage en fut illuminé, et il se demanda si elle en avait conscience.

— Alors je comprends, dit-elle, parce que toutes les prothèses de hanche portent un numéro de série qui figure dans une base de données.

— Je suis content de savoir que, si mon oncle Oscar meurt pendant l'une de ses grandes expéditions en solitaire, son corps pourra être identifié et rapatrié ! remarqua Jason Valdez.

— La médecine accomplit des miracles, de nos jours ! lui déclara Kenzie.

Puis elle se tourna vers Hunter.

— Alors, comment s'appelle cette victime ?

— Je l'ignore.

— Comment ça, tu l'ignores ? Le Dr Rayburn vient de t'appeler !

— C'est une information qu'il n'a pas voulu fournir au téléphone.

— Bon... Ça t'ennuie si je t'accompagne à la morgue ? Ma présence ne risque pas de gâcher ton tête-à-tête avec un homme qui te préfère visiblement à moi ?

— Non, ça ne m'ennuie pas, répondit Hunter comme s'il n'avait pas noté le ton sarcastique de la jeune femme.

Pendant qu'ils sortaient du bureau, il ne put cependant résister à la tentation de la taquiner :

— Ne sois pas jalouse, Cavanaugh ! Si le Dr Rayburn m'a appelé, moi, c'est uniquement parce que je l'intimide moins que toi.

— Je ne suis pas intimidante ! protesta Kenzie avec véhémence.

Hunter éclata de rire.

— Qu'est-ce qui t'amuse ? s'exclama Kenzie. Tu me trouves intimidante ?

— Disons que je comprends les gens à qui tu fais cet effet-là.

— Et dont tu n'es pas...

— Non, parce que j'ai connu pire : j'ai été en partie élevé par ma grand-mère maternelle, une vraie terreur ! Elle a enterré trois maris – je pense qu'ils étaient alors bien morts, mais je n'en suis pas absolument certain. Elle jurait comme un charretier, tenait mieux l'alcool qu'un marin, et ne se laissait marcher sur les pieds par personne... Tu ne m'intimides donc pas, mais je suis un cas à part.

— Ça oui, marmonna Kenzie.

L'ascenseur les emmena au sous-sol pour la quatrième fois de la journée et, après en être sortie, Kenzie observa :

— On devrait installer notre groupe de travail ici ! Ça nous ferait gagner du temps.

— Mais ça me priverait du plaisir de passer quelques minutes seul avec toi.

— Tu n'es pas drôle !

— Je n'essayais pas de l'être, déclara Hunter d'une voix caressante qui fit frissonner Kenzie de la tête aux pieds.

Cette réaction l'irrita. Elle connaissait la réputation de cet homme… Comment pouvait-elle se laisser prendre à ses manières enjôleuses ?

— Concentre-toi sur notre enquête, Brannigan ! lui dit-elle froidement. L'heure n'est pas au dilettantisme.

— Tu me traites de dilettante ? s'écria Hunter.

Au lieu de répondre, Kenzie poussa la porte de la morgue, et Hunter se pencha pour lui murmurer à l'oreille :

— On reparlera de ça plus tard.

— Pas si je peux l'éviter !

Kenzie s'approcha du légiste.

— Ainsi, docteur, vous avez découvert une information si extraordinaire que vous ne voulez la communiquer que de vive voix ?

— Oui. Le nom d'Anthony Pagliotti vous dit-il quelque chose ?

— Non, rien.

— Et à vous, lieutenant Brannigan ?

— Oui, répondit Hunter. C'est un chanteur d'opéra qui s'est volatilisé après avoir perdu sa voix.

— Bravo ! s'exclama le médecin.

— D'où tu sors ça, Brannigan ? demanda Kenzie, un peu vexée.

— Bizarrement, ma grand-mère maternelle aimait beaucoup la musique classique, et elle m'a communiqué sa passion.

Kenzie commençait à en savoir sur son coéquipier temporaire plus qu'elle ne l'aurait souhaité. Car tant qu'elle ne voyait en lui qu'un don Juan narcissique, elle pouvait l'ignorer, mais plus il s'humaniserait, plus ce serait difficile.

— La victime que vous avez identifiée grâce à sa prothèse de hanche est donc ce chanteur d'opéra ? déclara-t-elle au légiste.

— Oui. Sa mort date d'une dizaine d'années. Il a, pour son malheur, croisé la route de votre tueur en série.

Kenzie fixait le tronc posé sur la table d'autopsie, et Hunter nota que ce spectacle ne l'impressionnait pas le moins du monde.

— Vous êtes sûr qu'il n'a pas été assassiné par quelqu'un d'autre, docteur ? questionna-t-elle.

— Oui : même modus operandi, même instrument pour trancher la tête et les mains... Il n'y a pas de doute possible : c'est l'œuvre de celui qui a tué John Kurtz.

— Formidable ! s'écria-t-elle. On va pouvoir interroger les gens que Pagliotti fréquentait juste avant sa disparition.

— Il vivait en reclus, indiqua Hunter.

— Comme John Kurtz ! Un profil de victime commence donc à se dessiner ! Mais si cet homme était célèbre, il devait avoir des admirateurs inconditionnels... Il faut les retrouver ! Ils ont peut-être des choses intéressantes à nous apprendre sur lui.

— Peut-être, convint Hunter.

Kenzie et lui esquissèrent un pas vers la porte, mais le légiste les arrêta en disant :

— Il y a autre chose.

Ils se retournèrent d'un même mouvement, et Kenzie demanda :

— Notre chanteur d'opéra vous a livré plus que son identité ?

— Non, il ne s'agit pas de lui.

— Vous avez trouvé une prothèse de hanche sur un autre corps ? déclara Hunter.

— Rien d'aussi directement exploitable, répondit le Dr Rayburn, mais la victime numéro cinq – je les numérote pour mieux m'y retrouver – a sur le torse un tatouage très particulier... Venez voir !

Une rangée de tiroirs métalliques occupait tout un mur de la morgue. Le légiste alla en ouvrir un et dit aux deux policiers, qui l'avaient suivi :

— Regardez ! Je doute qu'il y ait beaucoup de tatoueurs capables de dessiner une Vierge à l'enfant aussi belle !

— La mort est assez récente, n'est-ce pas ? observa Hunter en se penchant sur le tronc.

— Oui, elle remonte à un mois maximum. J'ai envoyé différents prélèvements au labo pour analyse, et j'attends les résultats, mais je pense que vous avez déjà une bonne chance d'identifier cette victime-là grâce à ce tatouage.

— En effet, déclara Kenzie. Vous avez d'autres informations à nous communiquer, docteur ?

— Une seule : les restes humains découverts à Aurora Park appartiennent tous à des hommes blancs d'un certain âge.

Un silence suivit, puis Hunter livra le fruit de ses réflexions :

— Notre assassin semble avoir des comptes à régler avec son père ou une autre incarnation de l'autorité.

— À moins que le choix de cette catégorie de victimes ne soit une solution de facilité, observa Kenzie. Les seniors ont moins de force, courent moins vite et, de façon générale, opposent moins de résistance à un agresseur que les gens jeunes.

Elle regarda Hunter, certaine qu'il allait la contredire, mais il demeura silencieux.

— Vous avez peut-être bien raison, lieutenant Cavanaugh ! déclara le Dr Rayburn.

— Je vais envoyer un des membres de mon groupe de travail prendre des photos de ce torse, lui dit Kenzie. Il fera ensuite avec le tour des salons de tatouage.

— Vous dirigez un groupe de travail ? C'est la première fois ?

Alors qu'elle s'apprêtait à répondre par l'affirmative, Kenzie se ravisa.

— Il s'agit d'un groupe de travail interservices. Je le codirige seulement.

— Avec moi, précisa Hunter. Si vous découvrez quelque chose d'autre, docteur, prévenez-nous.

Comme ce n'était évidemment pas parce qu'elle l'intimidait que le légiste avait appelé Brannigan, Kenzie se dit qu'il avait dû perdre son numéro de portable et elle lui remit une de ses cartes.

— S'il y a du nouveau de votre côté, appelez-moi ! De jour comme de nuit.

Rayburn regarda la carte puis Hunter, l'air de solliciter son avis sur la question.

— Obéissez au lieutenant Cavanaugh, lui dit-il avec un petit sourire, sinon elle me fera une scène.

Pourquoi avait-elle toujours l'impression qu'il s'amusait à ses dépens ? songea Kenzie. Personne n'avait jamais eu autant que lui le pouvoir de la déstabiliser.

— Arrête de sourire, Brannigan ! lui lança-t-elle. Ça donne des rides !

Le sourire de Hunter s'élargit. Quand leur enquête serait terminée, leurs joutes verbales lui manqueraient.

À peine de retour dans la pièce qui allait servir de quartier général à leur groupe de travail interservices, Kenzie déclara à son coéquipier :

— Prends ton appareil-photo et descends à la morgue !

— Je ne sais pas ce qu'on t'a raconté sur moi, mais je n'ai aucune attirance morbide pour les cadavres.

Hunter se mit à rire. Kenzie l'ignora.

— Ce n'est pas le moment de faire de l'humour, Choi ! Je veux que tu photographies le tatouage d'une des victimes de notre tueur en série. Le Dr Rayburn te dira de laquelle il s'agit. Tu iras ensuite montrer les clichés dans tous les salons de tatouage de la ville. Avec un peu de chance, quelqu'un reconnaîtra ce tatouage et saura qui l'a commandé. Ça nous permettra d'identifier une troisième victime.

— Quand je me suis levé ce matin, j'ai cru que j'allais passer une journée tranquille… Je me trompais !

— De quoi tu te plains ? Le soleil brille, dehors, et tu seras le seul de nous quatre à en profiter !

Résigné, Kyle se dirigea vers la porte. Kenzie le suivit des yeux, puis elle se tourna vers les deux autres hommes. Hunter arborait un sourire goguenard, et elle lui demanda :

— Qu'est-ce qui t'amuse, cette fois ?

— Tu as beau le nier, tu intimides les gens.

— Choi m'a obéi parce que j'ai été placée à la tête de ce groupe, pas parce qu'il a peur de moi.

— Tu en es bien sûre ?

Kenzie ne répondit pas. Elle trouvait stupide de perdre du

temps à se chamailler avec Hunter. Il y avait dans la région un psychopathe qui s'attaquait à des hommes âgés et solitaires... Il fallait le mettre le plus vite possible hors d'état de nuire.

Hunter dut parvenir à la même conclusion, car il reprit son sérieux et déclara à son coéquipier :

— La victime identifiée grâce à sa prothèse de hanche est Anthony Pagliotti, un chanteur d'opéra autrefois célèbre. Tu peux te renseigner sur lui ? Il serait utile de savoir qui l'a vu en dernier, et si quelqu'un a signalé sa disparition.

— D'accord, dit Valdez. Je vais essayer de me trouver un ordinateur.

Il sortit ensuite de la pièce, laissant Hunter en tête à tête avec Kenzie. Il promena lentement son regard sur la jeune femme avant de susurrer :

— Tu as une idée de ce qu'on peut faire, maintenant qu'on est seuls ?

— Tu dois être la seule personne au monde capable de donner une connotation érotique à une question concernant le travail.

— Je sais, c'est un don...

Hunter posa les yeux sur l'ordinateur portable que Valri avait déverrouillé, puis il reprit :

— Tu veux que j'aille voir quels sites John Kurtz a visités ?

— En plus de celui de Deuxième Chance ?

— On peut commencer par celui-ci...

— Tu crois qu'il s'y est inscrit sous son vrai nom ?

— Il n'avait sans doute pas assez d'imagination pour se fabriquer un pseudonyme. Il ne devait même pas se douter que certaines personnes mettent de fausses informations sur leur profil !

Une question vint soudain à l'esprit de Kenzie et, après une brève hésitation, elle la posa :

— Tu es déjà allé sur un site de rencontres ?

— Non, je préfère avoir les gens en face de moi. Par écrans interposés, il est impossible de savoir si on a des affinités avec quelqu'un.

Il y avait pourtant des gens à qui ces sites avaient permis de trouver l'âme sœur, d'après ce que Kenzie avait entendu dire. L'idée d'y avoir recours ne la tentait pas pour autant.

— Et toi ? demanda Hunter. Tu es déjà allée sur un site de rencontres ?

— Non. Si j'ai du temps libre, je préfère le passer avec un bon roman.

Et belle comme Kenzie l'était, pensa Hunter, elle n'avait sûrement pas besoin d'Internet pour se trouver des petits amis si elle en avait envie.

# 11

— Je regrette un peu le temps où, quand on avait besoin ou envie de quelque chose, il suffisait d'aller dans un magasin pour se le procurer, dit Kenzie à Hunter en se garant sur le parking d'une zone industrielle.

Cet endroit était situé dans le comté voisin, et il leur avait fallu près de deux heures pour le trouver. Ils descendirent de voiture et se dirigèrent vers l'immeuble de douze étages qui abritait, entre autres sociétés, les bureaux de Deuxième Chance.

— C'est d'aliments que tu parles ? demanda Hunter.

— De n'importe quel type de bien de consommation. Tout était simple, à cette époque : si on n'avait pas le commerce voulu à proximité immédiate, on consultait l'annuaire téléphonique, on notait l'adresse et, muni d'une bonne vieille carte papier, on s'y rendait.

— Je ne te croyais pas passéiste !

— Je ne le suis pas. La dématérialisation constitue un progrès dans certains domaines, mais elle a tué le contact humain dans beaucoup d'autres.

— C'est vrai : Internet rapproche les gens et les isole en même temps.

— Allons soumettre ce brillant aphorisme au P-DG de Deuxième Chance ! déclara Kenzie en pénétrant dans l'immeuble.

Le siège de Deuxième Chance était situé au septième étage. Une rangée de trois ascenseurs occupait le fond du hall d'entrée.

L'un d'eux était là et, une fois à l'intérieur de la cabine, Kenzie observa :

— Ces gens vont peut-être te trouver la femme de tes rêves !

— La femme de mes rêves a mieux à faire de son temps que remplir des questionnaires sur Internet, répliqua Hunter.

Kevin Campbell, le P-DG de Deuxième Chance dont le nom et la photo figuraient sur son site, avait trente à quarante ans de moins que les personnes auxquelles ce site s'adressait. Et il n'avait pas l'air aimable : ce fut le visage fermé qu'il s'approcha de la porte vitrée à laquelle Hunter et Kenzie frappaient avec insistance depuis deux bonnes minutes.

Il commença par leur faire signe de partir, puis, comme ils ne bougeaient pas, il entrouvrit la porte et leur dit sèchement :

— Désolé, on n'embauche pas en ce moment !

— Ce n'est pas pour demander du travail qu'on est là, indiqua Hunter.

— On ne reçoit pas non plus de clients. Connectez-vous au site et créez-vous un profil, comme tout le monde ! Encore que... vous n'êtes ni l'un ni l'autre dans la tranche d'âge que nous visons... C'est donc un de vos parents que vous voulez sans doute inscrire chez nous, mais ça ne change rien : tout se fait par Internet.

Sur ces mots, il commença à refermer la porte, mais Hunter appuya son épaule contre le battant pour l'immobiliser.

— Allez-vous-en, ou j'appelle la sécurité ! s'écria Campbell.

Kenzie et Hunter sortirent leurs insignes et les lui montrèrent.

— On a besoin d'informations sur un de vos clients, annonça Kenzie.

Campbell s'écarta en soupirant, et ils entrèrent dans un open space sous le regard intéressé de la dizaine de personnes qui y travaillaient.

— Venez dans mon bureau ! grommela Campbell.

Ledit bureau était à peine plus grand qu'une cabine de piscine, et guère plus accueillant.

— Je ne peux vous donner aucune information sur les

utilisateurs de mon site : je suis tenu par le secret professionnel, annonça Campbell d'un air important.

— Vraiment ? déclara Hunter. Et si on vous disait qu'on enquête sur la mort d'un de vos clients ? Dans ce genre de cas, les médecins et les avocats eux-mêmes acceptent d'aider la police... On a absolument besoin d'accéder à vos fichiers.

— Vous avez un mandat de perquisition ?

— Non, mais on a mieux que ça : des contacts avec plusieurs blogueurs très influents. Si vous nous obligez à aller chercher un mandat de perquisition – que nous obtiendrons facilement –, votre société coulera encore plus vite que le *Titanic*.

— Vous bluffez !

— Vous êtes prêt à prendre le risque de vous tromper sur notre capacité de nuisance ? intervint Kenzie.

Le visage de Campbell se crispa.

— Quel profil vous intéresse ? demanda-t-il en allant s'asseoir devant l'ordinateur posé sur son bureau.

— Celui d'un certain John Kurtz, pour commencer, indiqua Hunter.

L'air d'avoir du mal à contenir son irritation et à s'empêcher de dire des choses qui auraient encore aggravé la situation, Campbell se mit au clavier. Au bout de quelques minutes, il tourna l'appareil vers ses deux visiteurs.

— C'est lui ? questionna-t-il.

Kenzie se pencha vers l'écran. La photo qui s'y affichait était identique à celle que Connie lui avait apportée. Son père ne devait pas en avoir beaucoup.

— Oui, répondit-elle.

— Maintenant, déclara Hunter, vous allez nous imprimer toutes les informations que vous possédez sur les personnes que John Kurtz a contactées et qui l'ont contacté par l'intermédiaire de votre site.

— Je ne peux pas savoir qui a contacté qui et pour lui dire quoi ! protesta Campbell.

— Bien sûr que si ! Toutes les données fournies ou échangées par vos clients sont stockées quelque part ! Alors arrêtez de nous prendre pour des idiots, et faites ce qu'on vous dit ! Sinon, on confisquera vos ordinateurs, et nos experts en informatique y trouveront ce que vous refusez de nous communiquer.

Plus furieux que jamais, Campbell ramena l'appareil en face de lui et se remit au clavier. N'ayant que moyennement confiance en lui, Hunter contourna le bureau afin de pouvoir regarder ce qui s'affichait sur l'écran. Campbell s'arrêta aussitôt de taper.

— Je déteste avoir quelqu'un derrière moi quand je suis à l'ordinateur ! s'écria-t-il. Ça me perturbe !

— Vous n'avez qu'à vous dire que vous êtes en représentation.

Campbell marmonna quelque chose d'inintelligible, mais il reprit son travail et, quelques instants plus tard, les pages correspondant aux fichiers qu'il ouvrait commencèrent à sortir de l'imprimante posée sur une petite table, sur sa gauche. Kenzie s'en approcha et récupéra les feuilles au fur et à mesure.

— C'est tout ? demanda-t-elle quand l'imprimante se tut. Trois femmes seulement ont eu des contacts avec John Kurtz ?

— Apparemment..., grommela Campbell. C'est lui qui est mort ?

— Oui, indiqua Hunter.

— Alors c'est vrai ? Vous n'avez pas inventé cette histoire pour me convaincre de vous renseigner ?

— Non. John Kurtz est bel et bien mort.

L'air affolé, Campbell sauta sur ses pieds.

— Vous ne pensez tout de même pas que mon site a quelque chose à voir avec ça ?

— On n'exclut pour l'instant aucune hypothèse.

— On veut donc parler à toutes les personnes qui ont eu des contacts avec John Kurtz avant son assassinat, renchérit Kenzie.

— Il a été *assassiné* ? s'exclama Campbell.

Sa voix avait grimpé d'une octave à la fin de sa question.

Kenzie sortit son portable de sa poche et afficha la photo de la tête et des mains de John Kurtz prise à la morgue. Les petits prétentieux l'exaspéraient. Elle n'avait pas envie de ménager celui-ci.

— John Kurtz a pu se faire ça tout seul, à votre avis ? demanda-t-elle en lui mettant l'écran sous le nez.

Campbell pâlit, puis il se couvrit la bouche de ses deux mains, comme pour s'empêcher de vomir. Il mit ensuite presque une minute à se ressaisir, et son visage n'avait toujours pas retrouvé ses couleurs quand il remarqua :

— Il doit y avoir une autre explication.

— On vous écoute ! déclara Kenzie.

— Vous êtes policiers... C'est à vous de trouver les réponses !

Hunter interrogea Kenzie du regard pour savoir si elle avait d'autres questions à poser. Elle secoua la tête, et il dit à un Campbell qui n'avait toujours pas l'air dans son assiette :

— Merci de votre aide. On reviendra si on a autre chose à vous demander... Inutile de nous raccompagner !

Avant de franchir le seuil de la pièce, Kenzie se retourna, et elle vit Campbell ouvrir un tiroir de son bureau et en extirper ce qui ressemblait à une bouteille de whisky. Elle eut alors presque pitié de lui.

Mais presque seulement.

Quand ils sortirent de l'immeuble, la nuit commençait à tomber.

— Il est tard, observa Hunter. La journée a été longue... Si on arrêtait pour aujourd'hui ?

— Tu as rendez-vous avec une de tes nombreuses petites amies ?

— Non, avec ma douche.

Hunter marqua une pause, puis il ajouta sur un ton sarcastique :

— Si tu m'y autorises, bien sûr !

Kenzie ne releva pas cette pique.

— Tu as été très efficace, tout à l'heure, pour convaincre Campbell de coopérer, dit-elle à la place.

Alors qu'il s'apprêtait à lui lancer une réplique cinglante, Hunter décida au dernier moment d'accepter la branche d'olivier qu'elle lui tendait.

— Merci, déclara-t-il.

Le trajet du retour fut silencieux mais, une fois la voiture garée sur le parking du commissariat, Hunter pensa que leurs relations s'étaient suffisamment apaisées pour qu'il demande à la jeune femme :

— Quand on sera redescendus du bureau, tu veux qu'on aille manger un morceau ensemble ?

— Il y a un dîner qui m'attend dans mon frigo, répondit Kenzie, immédiatement sur la défensive.

— Ce sera pour une autre fois, alors...
— Je n'ai pas parlé d'une autre fois !
— Je sais. C'était sous-entendu.
Kenzie ne répondit pas. Non seulement elle était fatiguée, mais, bizarrement, elle n'avait pas envie de s'engager dans une nouvelle dispute avec Brannigan.

— Tu as passé la nuit ici ? demanda Hunter à Kenzie le lendemain matin en entrant dans le quartier général de leur groupe de travail.
Alors qu'il pensait arriver le premier, il trouva la jeune femme assise devant son ordinateur portable.
Quand Hunter posa sur la table le plateau en carton contenant quatre gobelets de café, Kenzie leva à peine les yeux. Elle était en train d'étudier les trois profils récupérés la veille au siège de Deuxième Chance. Elle avait annoté chacune des feuilles et ne cessait de les relire, à la recherche de tout élément intéressant qui lui aurait échappé la fois précédente.
— Non, tu n'as pas passé la nuit ici, répondit Hunter à sa propre question, parce que tu as changé de tenue. Mais tu étais encore là quand je suis parti hier, et tu l'es déjà à une heure que je considère comme matinale... Tu as dormi, entre les deux ?
Parce que Hunter la déconcentrait, et dans l'espoir qu'il se taise ensuite, Kenzie se décida finalement à lui parler.
— Je n'ai pas besoin de beaucoup de sommeil pour être opérationnelle.
— Même le lapin tambour qui vantait l'endurance des piles de je ne sais plus quelle marque a besoin de piles neuves de temps en temps.
— Pas moi !
— Ça te ferait pourtant peut-être du bien de dormir plus.
— De quoi tu t'occupes ?
— Tu t'es levée du pied gauche, Kenzie ?
Non seulement Hunter ne se taisait pas, mais il aggravait son cas en utilisant son prénom !

— Je t'ai déjà dit de m'appeler par mon nom de famille !

— D'accord... Qu'est-ce qui ne va pas, *Cavanaugh* ?

— Tu vois ces profils ? grommela Kenzie en montrant les feuilles posées sur la table.

— Oui. Ils vont nous permettre de...

— Rien du tout, parce qu'ils sont tous fictifs.

— Une partie des informations qu'ils contiennent est peut-être enjolivée, mais...

— Non, ce n'est pas seulement ça.

— C'est quoi, alors ?

— Ces trois femmes n'existent pas. Leurs photos proviennent d'un site Internet qui en propose des milliers. J'ai fait une recherche à partir de chacun de leurs noms... Deux d'entre elles sont sur les réseaux sociaux, mais les photos postées dessus ne correspondent pas à celle de leur profil sur le site de Deuxième Chance. Quelqu'un a créé trois personnages fictifs.

— Pourquoi ?

— Pour appâter un certain type d'homme, j'imagine, mais la correspondance entre John Kurtz et ces trois « fantômes » a été effacée, si bien que nous sommes maintenant dans une impasse.

Hunter prit les feuilles et annonça :

— Je vais apporter ça à Valri. Elle pourra peut-être en tirer quelque chose.

— Tu en as assez de vivre ?

— Non, j'ai envie de savoir si la personne qui se cache derrière ces faux profils est responsable de la mort de John Kurtz.

— Je t'accompagne ! déclara Kenzie en se levant.

— Ce n'est pas la peine.

— Si ! Il n'est pas question que je te laisse descendre seul dans la fosse aux lions !

— J'étais sûr que tu finirais par t'attacher à moi...

— Tu te trompes : je vois juste dans ta témérité l'occasion de faire ma BA de la journée.

— Si on apportait à ta cousine, en guise d'offrande propitiatoire, un des cafés que j'ai apportés ?

— Je doute que ça suffise à amadouer une femme surchargée de travail et sous-payée ! Si tu as de l'argent sur toi, en revanche...

Le rire franc et sonore de Hunter fit courir un délicieux frisson le long du dos de Kenzie.

# 12

Valri fronça les sourcils en voyant Hunter et Kenzie franchir le seuil de son bureau.

— Il faut vraiment que je demande l'autorisation d'accrocher une pancarte « Défense d'entrer » à la porte, marmonna-t-elle.

— On ne vous dérangera pas longtemps, lui dit Hunter.

— Vous étiez censés *ne plus* me déranger !

— On a encore besoin de ton aide, admit Kenzie, mais ensuite on te laissera tranquille, promis !

— Bon, d'accord..., soupira Valri. De quoi s'agit-il, cette fois ?

Après lui avoir expliqué la situation, Hunter déclara :

— Il y a moyen de savoir qui a créé ces faux profils ?

— Non, c'est impossible ! répondit-elle.

Presque aussi déçue que le jour où elle avait appris que le Père Noël n'existait pas, Kenzie observa :

— Je croyais que « l'impossible » était ta spécialité ?

— L'impossible, oui, mais ce que vous demandez relève de la sorcellerie, et l'informatique n'a rien de commun avec la magie noire. Pour que je puisse lancer une recherche de ce type, il me faut du concret : une empreinte digitale, une trace d'ADN, une photo authentique...

— Merci quand même d'avoir pris le temps de nous écouter, dit Hunter.

— Si vous alliez parler aux techniciens de scène de crime qui ont mis au jour la tête et les mains de John Kurtz ? dit Valri. Ils ont peut-être découvert un indice.

— À supposer qu'il y en ait eu un, la boue l'aurait effacé, répondit Kenzie. L'assassin devait de toute façon porter des gants tout au long de son macabre rituel.

— Désolée pour cette fois. Si un élément nouveau et exploitable se présente, vous savez où me trouver.

Puis, sans plus se soucier de ses deux visiteurs, Valri reprit la tâche qu'ils avaient interrompue.

— J'espérais vraiment que ma cousine pourrait nous aider, dit Kenzie à Hunter quand ils eurent regagné son étage.

— Moi aussi. On va maintenant essayer de trouver des parents ou des amis d'Anthony Pagliotti.

— Le chanteur d'opéra ?

— Oui. On aura peut-être plus de chance.

La sonnerie du portable de Kenzie interrompit la conversation. Elle le sortit de sa poche, et à peine s'était-elle nommée que la personne, au bout du fil, se mit à parler – vite et fort.

— Attends, ralentis ! s'écria Kenzie. Je ne comprends rien à ce que tu racontes !

Hunter haussa les sourcils comme pour lui demander qui appelait, et il eut sa réponse quelques minutes plus tard, quand elle déclara :

— Je t'en prie, Connie, arrête de pleurer ! On arrive !

Kenzie raccrocha et déclara :

— C'était Connie Kurtz.

— Oui, j'avais compris, mais pourquoi pleure-t-elle, et pourquoi a-t-elle besoin de nous ?

— Elle a téléphoné ce matin à la banque de son père pour signaler son décès, et là, on lui a appris qu'il avait fermé ses comptes il y a un peu plus de deux semaines.

— « Ses » comptes ? Il en avait combien ?

— Deux seulement : un compte courant et un livret d'épargne.

— Bien garnis ?

— Non, il n'y avait de fortune ni sur l'un ni sur l'autre.

— La banque a pu se tromper, confondre les comptes de John Kurtz avec ceux de quelqu'un d'autre...

— Non, Connie m'a précisé que son père était client de cette banque depuis trente ans. Il y était connu de tous les employés.

Ils étaient dans le couloir menant au service des personnes disparues quand le portable de Kenzie avait sonné. Résignés, ils firent demi-tour, et Hunter observa :

— Dommage que l'usage fréquent de l'ascenseur ne donne pas de points en matière d'avancement !

— Oui, dit Kenzie en riant, parce que, si c'était le cas, cela nous assurerait une promotion rapide !

— Il était seul ? déclara Hunter après être monté dans la voiture de Kenzie.

— De qui tu parles ?

— De John Kurtz. Il était seul quand il a clôturé ses comptes ?

— Je ne sais pas, répondit Kenzie en démarrant. Pourquoi cette question ?

— Je me dis que la mystérieuse petite amie de John Kurtz l'a peut-être accompagné à la banque, ou attendu dehors.

— Et, dans un cas comme dans l'autre, une des caméras de surveillance de la banque l'aurait alors filmée...

— Oui. Ça permettrait à Valri de trouver une correspondance entre le visage de cette femme et ceux qui sont stockés dans les différentes bases de données servant à la reconnaissance faciale.

— Primo, il faudrait pour ça qu'il figure dans l'une d'elles... Et secundo, John Kurtz est peut-être allé seul à la banque.

Une voiture venant en sens inverse en doubla une autre et se rabattit ensuite juste à temps pour éviter d'entrer en collision avec celle de Kenzie. À cette heure matinale, beaucoup de gens se rendaient au travail. Cet automobiliste devait être en retard.

— À la place de cette mystérieuse femme, déclara Hunter, tu aurais suffisamment confiance dans ta proie pour la laisser aller seule chercher ton futur pactole ?

— Non, je ne la quitterais pas des yeux.

— Ah ! tu vois ! Il y a donc de bonnes chances pour que cette femme ait été filmée par une des caméras de surveillance de la banque. On demandera à visionner les enregistrements de ce jour-là.

Au moment où la voiture arrivait à un carrefour, le feu passa à l'orange, et Kenzie accéléra pour ne pas avoir à s'arrêter.

— Je me rends compte que je ne sais pas grand-chose sur John Kurtz, observa Hunter. Il était à la retraite ?

— Connie m'a dit qu'il comptait la prendre à la fin de cette année.

— Quel métier exerçait-il ?

— Il était ingénieur. Comment un homme comme lui a-t-il pu se laisser piéger par une aventurière ?

— Un quotient intellectuel élevé n'a jamais empêché personne de souffrir de la solitude et de faire preuve d'aveuglement dans le domaine des sentiments. La mort de son épouse avait terrassé John Kurtz, et quand son inscription à Deuxième Chance lui a valu ces contacts, il a dû se sentir revivre… Les hommes sont très sensibles à l'intérêt que leur portent des femmes plus jeunes qu'eux.

— Tu parles d'expérience ?

Hunter fronça les sourcils.

— Pourquoi tu fais tout le temps ça ? demanda-t-il.

— À savoir ?

— Tu te sers de tout ce que je dis pour me mettre en accusation.

— Ce n'est pas vrai ! protesta Kenzie - un peu trop vite et un peu trop fort.

— Si ! répliqua Hunter avant de s'enfermer dans le silence.

Alors qu'ils approchaient de l'immeuble de Connie, Kenzie se rangea sur le bas-côté, mit le frein à main et se tourna vers Hunter.

— Excuse-moi, lui déclara-t-elle. S'il m'arrive d'être désagréable avec toi, c'est parce que ta réputation me rappelle…

Elle laissa sa phrase en suspens, mais Hunter insista :

— Te rappelle quoi ?

Au lieu de ce qu'elle avait eu l'intention de dire, Kenzie répondit :

— Le genre d'homme qui se croit tout permis et se prend pour le nombril du monde.

— Ce n'est pas ce que tu allais dire la première fois, n'est-ce pas ?

— Tu lis dans les pensées, maintenant ?

Hunter se tut mais se promit de parler à Finn ou à Murdoch

des fiançailles de leur sœur. Tout ce qu'il savait, c'était qu'elle les avait rompues.

Kenzie redémarra et, dix minutes plus tard, ils sonnaient à la porte de Connie. Cette dernière leur ouvrit tout de suite ; elle les attendait manifestement avec impatience.

Quand ils furent tous les trois assis dans son séjour – elle, sur le canapé, et ses visiteurs, chacun dans un fauteuil –, Kenzie commença par la mettre au courant de ce que leur enquête leur avait appris sur son père.

— Il s'est entiché d'une femme beaucoup plus jeune que lui ? s'écria Connie. Comment est-ce possible ? J'ai l'impression d'être en train de parler d'un inconnu !

Puis elle fondit en larmes. Hunter alla la rejoindre sur le canapé et lui passa un bras autour des épaules.

— Si ça peut vous consoler, déclara-t-il, je crois que votre père était comme ensorcelé. La solitude lui pesait, et cette femme en a profité.

— C'était... à moi de... le soutenir, bredouilla Connie entre deux sanglots. Pourquoi il ne s'est pas... tourné vers moi ?

— Il est parfois plus facile de se confier à des inconnus qu'à ses proches. Ce qui s'est passé n'est pas votre faute, et la sienne non plus.

Kenzie observait la scène en silence. Les paroles de Hunter réconfortaient visiblement Connie, qui finit même par ravaler ses larmes et dire d'une voix raffermie :

— Vous avez raison.

Hunter la lâcha mais resta près d'elle et lui prit la main.

— Le chagrin va continuer pendant un certain temps à vous submerger par vagues, mais elles seront de plus en plus espacées et finiront par laisser la place à une forme d'acceptation sereine.

— Vous croyez ?

— J'en suis sûr !

Son amie s'étant maintenant ressaisie, Kenzie jugea le moment propice pour intervenir dans la conversation.

— Tu m'as dit au téléphone que ton père avait fermé ses comptes...

— Oui, il les a complètement vidés le 7 août dernier. Quand

l'employé de la banque m'en a informée, je n'en ai pas cru mes oreilles !

Connie essuya du dos de la main ses joues trempées de larmes, renifla… Hunter sortit un mouchoir de sa poche et le lui tendit en silence.

— Merci, murmura-t-elle.

Cela faisait jouer à Kenzie le rôle de la méchante policière qui s'obstinait à interroger une femme fragile sans se préoccuper de sa détresse, mais elle avait le sentiment que le temps pressait, que l'assassin de John Kurtz était en ce moment même à la recherche d'une nouvelle victime.

— Tu peux nous donner le nom et l'adresse de la banque de ton père ? déclara-t-elle. On va aller parler au directeur.

Connie inspira profondément, l'air d'essayer de rassembler ses esprits, et Hunter lui dit d'une voix douce :

— Prenez votre temps !

— C'est l'agence de la First Interstate National qui se trouve à l'angle des rues Alton et Yale, finit par indiquer Connie. Vous voulez que je vous accompagne ?

— Non, ce n'est pas nécessaire, répondit Kenzie. Merci de ton aide ! Si tu as besoin de quelque chose dans les jours qui viennent, appelle-moi !

— C'est gentil, mais ma cousine Rachel s'est proposée pour me tenir compagnie. Elle est sortie faire des courses. Elle ne va pas tarder à rentrer.

Comme un fait exprès, une jeune femme rousse entra alors dans le séjour. Connie lui présenta ses deux visiteurs, et Kenzie nota que Rachel semblait subjuguée par Hunter : elle le dévorait littéralement des yeux.

Son fan-club devait compter au moins un membre de plus par jour !

# 13

Sur le chemin de la banque de John Kurtz, Kenzie chercha un moyen de féliciter Hunter – il avait su réconforter Connie – sans que cela lui monte à la tête. Il avait déjà un ego qu'elle jugeait surdimensionné.

— Ce que tu as dit à mon amie..., commença-t-elle.

Faute de trouver les mots adéquats, elle s'interrompit, et Hunter déclara avec un soupir :

— Qu'est-ce que j'ai encore fait de mal ?

— Rien. Tu as été très gentil et compréhensif, au contraire.

— Ça paraît te surprendre !

— C'est bien le cas.

— Pourquoi ?

— Ça ne cadre pas avec ton image de jouisseur.

— Et si c'était cette image qui ne cadrait pas avec la personne que je suis vraiment ?

Songeant qu'il faudrait pour l'en convaincre des preuves à la fois nombreuses et plus solides, Kenzie observa :

— Une hirondelle ne fait pas le printemps.

— Quel beau proverbe ! s'exclama Hunter en riant.

— Je voulais te faire un compliment, au départ ! s'écria Kenzie, exaspérée. On ne m'y reprendra pas ! Je ne sais même pas pourquoi j'en ai eu l'idée !

— Je le sais, moi : parce que, sans me connaître, tu m'avais catalogué, et que tu commences maintenant à réviser ton jugement.

Kenzie garda le silence. Hunter avait raison, mais elle était trop fière pour l'admettre à haute voix. Il avait de toute façon un défaut qui la pousserait toujours à se méfier de lui : c'était un séducteur invétéré, comme Billy.

Une fois à destination, elle se gara sur le parking réservé aux clients. Ils sortirent en même temps de la voiture, mais Hunter atteignit le premier la porte de la banque, et il la lui ouvrit.

— Merci, marmonna-t-elle.

— Bravo ! dit Hunter. Avec un peu d'entraînement, tu pourrais devenir une ventriloque de renommée internationale !

Elle lui lança un regard noir.

— Quoi ? demanda-t-il d'un air innocent. C'était un compliment !

Le bureau de l'accueil était tenu par un jeune homme - Aaron Jacobs, d'après la plaque nominative épinglée au revers de sa veste.

— Nous sommes les lieutenants Cavanaugh et Brannigan, lui déclara Kenzie, et nous voudrions parler au directeur de cette agence.

— C'est une femme, Mme Murphy. Mais elle ne reçoit que sur rendez-vous.

— Elle est avec quelqu'un, en ce moment ?

— Non.

— Alors elle peut nous recevoir... Où est son bureau ?

Jacobs montra du doigt une porte située au fond de la salle. Kenzie se dirigea dans cette direction d'un pas énergique, suivie de Hunter.

— Attendez ! s'écria Jacobs, derrière eux. Je vais vous annoncer !

Sans doute craignait-il d'être réprimandé... Toujours est-il qu'il les dépassa, frappa à la porte et déclara après l'avoir ouverte :

— Il y a là deux lieutenants de police qui désirent vous parler, madame Murphy... Je leur ai conseillé de prendre rendez-vous, mais...

— Faites-les entrer ! ordonna une voix autoritaire.

Une fois dans le bureau, Kenzie comprit pourquoi Jacobs avait eu peur de contrarier la directrice : elle n'avait pas l'air commode.

Vêtue d'un tailleur bleu marine, impeccablement maquillée, ses cheveux noirs relevés en un chignon sévère, c'était une de ces femmes qui conserveraient cette apparence irréprochable même au milieu d'une tornade inattendue.

La main qu'elle tendit à Kenzie était froide. Après avoir serré celle de Hunter, elle les invita à s'asseoir et leur demanda :

— Que puis-je faire pour vous ?

— Nous voudrions visionner vos vidéos de surveillance du 7 août dernier, répondit Kenzie. Celles des caméras installées à l'intérieur comme à l'extérieur de la banque.

L'appellation de « reine des glaces » vint à l'esprit de Hunter tandis qu'il observait la directrice : son visage ne trahissait aucune émotion, et sa posture rigide évoquait celle d'une statue.

— Cette requête est extrêmement précise, lieutenant ! remarqua-t-elle. Puis-je vous demander pourquoi vous vous intéressez aux images enregistrées ce jour-là spécifiquement ?

— D'après ce que l'un de vos employés a dit à la fille de John Kurtz, l'un des plus vieux clients de votre agence, c'est ce jour-là que son père a vidé tous ses comptes, expliqua Kenzie.

— Nos clients ont le droit de clôturer leurs comptes quand bon leur semble.

— Bien sûr, madame Murphy ! déclara sèchement Hunter. Tout ce que nous voulons, c'est visionner ces enregistrements.

— Vous avez un mandat ? Parce que nous avons vis-à-vis de nos clients une obligation de confidentialité, et...

— M. Kurtz est mort.

— Je le sais, mais...

— Savez-vous aussi que l'entrave à la justice est un délit dont se rend coupable toute personne qui refuse son aide à la police dans le cadre d'une enquête pour meurtre ? intervint Kenzie. Alors, sauf si vous ne craignez pas de faire une mauvaise publicité à votre banque, et à votre agence en particulier, je vous conseille de nous laisser visionner ces vidéos.

— Très bien ! dit la directrice d'un air hautain.

Elle décrocha le téléphone posé sur son bureau, appuya sur une touche et déclara :

— J'ai besoin de vous, Matthew !

À peine avait-elle raccroché que la porte s'ouvrit et qu'un grand échalas entra dans la pièce. Ce devait être un stagiaire, car il avait l'air tout juste sorti du lycée.

— Matthew va s'occuper de vous, indiqua la directrice.

Son ton cassant disait que l'entrevue était terminée. Elle n'aurait pas congédié de façon moins abrupte un employé dont le comportement l'aurait indisposée.

Hunter et Kenzie quittèrent le bureau, et Matthew les suivit. Il referma la porte, et Hunter lui exposa alors leur requête.

— Vous ne pouvez pas emporter ces vidéos, les prévint le jeune stagiaire, mais les visionner ici ne pose aucun problème.

Il les emmena dans une salle équipée d'une multitude d'écrans de contrôle. S'y affichait en direct ce qui se passait non seulement à l'intérieur de la banque, mais devant et sur le parking des visiteurs.

— Attendez-moi là, déclara Matthew. Je reviens tout de suite. Mais vous avez de la chance, parce que les enregistrements ne sont conservés ici que pendant quatre-vingt-dix jours.

— Que deviennent-ils ensuite ? demanda Kenzie. Ils sont effacés ?

— Oh non ! Ils sont archivés. La banque possède toutes les images filmées depuis l'installation de caméras pour assurer la sécurité de ses clients.

Pour les espionner, plutôt ! songea Kenzie. D'un autre côté, sans ce système de surveillance, les chances de découvrir qui avait dépouillé - et peut-être tué - John Kurtz seraient bien moindres.

Matthew partit, et il revint quelques minutes plus tard avec une boîte remplie de cartes mémoire.

— Ça correspond à une journée seulement ? s'exclama Kenzie.

— Oui, il y a beaucoup de caméras, et chacune a sa carte SD. Maintenant, vous voulez vous partager le travail, ou visionner les enregistrements ensemble ?

— Mieux vaut se partager le travail, répondit Kenzie, sinon on y sera encore demain !

Imitée par Hunter, elle s'installa devant un moniteur et glissa dedans une première carte mémoire.

Deux heures plus tard, Kenzie se renversa dans son siège et massa sa nuque douloureuse.

— Je crois que je ne vais plus jamais regarder la télévision !

Et je commence à douter de l'utilité de notre recherche : Connie s'est peut-être trompée de date.

— Tu ne tiendrais pas un jour dans le service des affaires non résolues ! dit Hunter en se tournant vers elle.

— Cette remarque est censée froisser mon amour-propre au point de me convaincre de persévérer ?

— Non, mais si elle a cet effet-là, tant mieux !

Agacée, Kenzie s'écria :

— Si tu peux le faire, moi aussi !

Elle se remit au travail et, soudain, son cœur bondit dans sa poitrine. Elle appuya sur la touche « Pause » et se pencha en avant dans l'espoir que l'image gagne en netteté vue de près. C'était le contraire, malheureusement...

— Brannigan ?

— Oui ? Tu as quelque chose ?

— Peut-être.

Après avoir orienté l'écran de manière à ce qu'ils puissent le regarder tous les deux, Kenzie remit l'enregistrement en marche.

Une grande femme blonde marchait de long en large devant le distributeur de billets situé à droite de la porte de la banque. Elle semblait correspondre à la description que Franklin McGinty avait faite de la petite amie de John Kurtz. Au bout d'un moment, elle s'approcha de l'entrée du bâtiment, s'arrêta un instant devant, l'air hésitant, et la franchit finalement.

Grâce à l'heure qui s'affichait en bas de l'écran, Hunter et Kenzie purent ensuite visionner la suite des événements : plusieurs caméras de surveillance avaient filmé la femme blonde à l'intérieur de la banque. Elle ne s'approcha pas de John Kurtz, qui apparaissait lui aussi sur les images, mais il était évident qu'elle l'observait attentivement.

Pas un instant elle ne le quitta des yeux pendant qu'il remplissait des papiers. L'employé qui s'occupait de lui prit ensuite les documents et disparut dans les profondeurs de l'établissement. Il revint quelques minutes plus tard avec une grosse enveloppe et la tendit à Kurtz, qui la prit d'une main un peu tremblante.

— Il doit y avoir là-dedans les économies de toute une vie, observa Kenzie.

— Oui, c'est vraiment triste !

— Et voilà le vautour qui fond sur sa proie…

La femme blonde se dirigeait en effet vers John Kurtz. Ils sortirent ensemble et, une fois dehors, elle se pendit à son bras, telle une adolescente retrouvant son petit ami après une longue séparation. Ils gagnèrent ensuite le parking des visiteurs, montèrent dans un véhicule, et Kenzie s'exclama :

— Ce n'est pas la voiture de John Kurtz ! Connie m'a dit que son père conduisait une Honda Civic vieille d'une dizaine d'années !

— Je crois que là, on a affaire à une jeep, mais je peux me tromper.

— Quelle modestie ! ironisa Kenzie.

L'une des premières choses que ses frères lui avaient apprises sur Hunter Brannigan, en effet, c'était qu'il s'y connaissait très bien en matière d'automobiles. Il était même capable de démonter et de remonter entièrement le moteur de presque tous les types de véhicule.

— Je savais bien que ma remarque te ferait réagir, déclara-t-il, puisque tu me trouves vaniteux.

— Je n'ai jamais dit ça !

— Mais tu le penses.

C'était vrai mais, pour ne pas avoir à l'admettre, Kenzie détourna la conversation.

— Et si, au lieu d'essayer de lire dans mes pensées, tu t'employais à déchiffrer la plaque minéralogique de cette voiture ?

— On la voit très mal, sur cette vidéo… Elle sera peut-être plus nette sur d'autres.

Vingt minutes plus tard, après avoir visionné toutes les images du parking sur lesquelles ce véhicule figurait, ils n'étaient parvenus à identifier que trois chiffres sur les sept de la plaque minéralogique.

— C'est mieux que rien, observa Hunter.

— Je préférerais avoir le numéro d'immatriculation complet, mais Valri tirera peut-être quelque chose du peu qu'on a, déclara Kenzie.

Puis elle sortit son portable de sa poche et fit une copie des vidéos susceptibles de faire avancer l'enquête.

# 14

Ils apportèrent à Valri les trois chiffres relevés sur la plaque minéralogique de la jeep et une copie de la vidéo sur laquelle la femme mystérieuse apparaissait le plus nettement.

La jeune informaticienne n'eut pas l'air ravie de les revoir, mais elle interrompit tout de même ce qu'elle était en train de faire pour visionner l'enregistrement.

— Si cette femme a déjà eu maille à partir avec la justice, indiqua-t-elle, sa photo doit figurer dans la base de données de la police. Mais même si c'est le cas, je ne peux rien vous promettre : les caméras de surveillance donnent des images de mauvaise qualité.

— On comprend, dit Kenzie.

— Et si on n'a pas de vos nouvelles d'ici là, déclara Hunter, on se verra de toute façon à la réception de dimanche prochain.

— Oui..., marmonna Valri sans lever les yeux de l'écran de son ordinateur.

Kenzie fronça les sourcils et demanda à Hunter pendant qu'ils quittaient la pièce :

— Quelle réception ?

— Celle que donne ton oncle Andrew pour fêter la nomination de son fils Shaw au poste de chef de la police, bien sûr !

— Je sais qui est Shaw, merci ! Mais il occupe cette fonction depuis un petit moment déjà !

— Il a apparemment été difficile de trouver pour cette réception une date qui convienne à tout le monde.

Ils étaient arrivés devant l'ascenseur, et Kenzie appuya sur le bouton d'appel avec plus de force que nécessaire. Le fait que Hunter lui apprenne sur cette réception des choses qu'elle ignorait l'irritait au plus haut point.

— Comment se fait-il que tu en saches plus que moi sur ma propre famille ? déclara-t-elle.

— C'est peut-être parce que je n'ai pas autant de frères, d'oncles et de cousins que toi. Ça libère de la place dans mon cerveau.

La porte de l'ascenseur s'ouvrit et, quand ils furent montés dans la cabine, Hunter reprit :

— Tu iras à cette réception, n'est-ce pas ? Si je te pose la question, c'est parce que tu en as déjà manqué plusieurs. Je crois que ta présence à celle-ci ferait très plaisir à ton oncle.

— Ma décision en la matière ne te regarde pas !

— Étant donné le nombre de Cavanaugh qui travaillent dans un commissariat où je passe la moitié de mes journées, leurs affaires me regardent, d'une certaine façon.

— Ton raisonnement est trop alambiqué pour que je perde du temps à essayer de le comprendre... Tout ce qui m'intéresse, c'est l'arrestation de la personne qui tue des hommes vulnérables avant de les couper en morceaux et de disséminer leurs restes.

— Je suis aussi désireux que toi de mettre cette personne hors d'état de nuire ! Mais tu n'as pas répondu à ma question.

— Laquelle ?

— Tu iras à la réception donnée en l'honneur de ton cousin Shaw ?

— Oui, j'irai..., grommela Kenzie.

L'ascenseur s'arrêta. Elle en sortit la première et observa en s'engageant dans le couloir qui menait à son service :

— J'espère que ton coéquipier a pu trouver des gens susceptibles de nous renseigner sur Anthony Pagliotti.

Hunter entra derrière elle dans la pièce qui servait de quartier général à leur groupe de travail, et son attention se fixa aussitôt sur le tableau d'affichage.

Des photos y avaient été punaisées. Tout en haut s'alignaient celle de John Kurtz, deux d'Anthony Pagliotti et celle d'un parfait inconnu.

Kenzie s'approcha du tableau et examina ce dernier cliché. Il représentait un homme aux cheveux ras et si blonds qu'ils paraissaient presque blancs, son visage était buriné et sillonné de rides profondes.

— Qui est-ce ? questionna-t-elle.

— Je te présente William Kelly, répondit Choi. C'est l'homme au tatouage de la Vierge à l'enfant.

— Tu l'as identifié ? Bravo !

— Je n'ai pas grand mérite... Tu savais que le FBI a un fichier où sont recensés les porteurs d'un tatouage atypique ou intéressant ? Ça aide les fédéraux à identifier criminels et terroristes.

— Tu n'as donc pas eu à faire le tour des salons de tatouage ?

— Non.

— Comment as-tu pu avoir accès à ce fichier, Choi ? demanda Hunter, intrigué.

— Disons que j'ai un peu partout des amis assez larges d'esprit pour me donner un coup de main de temps en temps. À charge de revanche.

Hunter n'insista pas. Presque tous les policiers avaient des contacts dans d'autres administrations que la leur. Des informations s'échangeaient ainsi sans qu'il soit besoin de passer par les voies officielles, lourdes et lentes.

— J'imagine que tu as enquêté sur ce William Kelly, Choi ? déclara Kenzie.

— Oui. Il s'est volatilisé en décembre dernier. Son frère a signalé sa disparition, mais il a ensuite annulé sa demande de recherche.

— Pourquoi ?

— Il a découvert que William avait vidé son compte en banque, et il en a déduit qu'il était parti chercher fortune à Las Vegas.

— Comment son frère s'est-il aperçu de la clôture de ce compte ?

— La banque en a envoyé à William une confirmation écrite, que son frère a trouvée dans son courrier. Son propriétaire l'avait appelé pour lui dire que William ne payait plus son loyer depuis deux mois.

— Une seconde ! s'écria Kenzie. Kelly a vidé son compte bancaire ?

— Oui. Pourquoi ? C'est important ?

— Et comment ! répondit Hunter après avoir échangé un regard avec Kenzie. John Kurtz a fait la même chose peu de temps avant sa mort. Tu peux te renseigner sur les finances d'Anthony Pagliotti, Valdez ? Essaie de découvrir qui l'employait et où ses cachets étaient versés. Ça permettrait de savoir de quelle banque il était client, et s'il a lui aussi vidé son compte avant de disparaître de la circulation. Ça me semble probable, mais il faut bien sûr vérifier.

Hunter et Kenzie exposèrent ensuite à leurs collègues le résultat de leurs démarches de la veille et de la matinée.

— On a donc sans doute affaire à une veuve noire, conclut Hunter. Elle n'épouse pas ses victimes avant de les tuer, mais le mobile – l'argent – et la méthode – la séduction – sont les mêmes.

— Je vois bien une femme tuer des hommes un peu âgés, observa Choi, mais pas les couper en morceaux et aller en enterrer une partie dans un endroit, et l'autre, ailleurs. C'est compliqué, et ça demande beaucoup de force physique.

— Oui, admit Hunter, mais notre veuve noire a peut-être un complice, qui se charge de liquider les victimes après qu'elle les a dépouillées. Mais elle peut aussi agir seule : on trouve des tueuses en série dans les annales du crime. Et la femme qu'on a vue ce matin sur les vidéos de la banque semble avoir de la ressource. Certaines femmes ne sont pas les créatures fragiles et vulnérables qu'elles prétendent être.

Hunter avait prononcé cette dernière phrase en fixant Kenzie.

— N'oublie jamais ça ! lui dit-elle, l'air plus amusé qu'irrité.

— Maintenant, il faut essayer d'identifier les autres victimes, en étudiant les affaires de personnes disparues et jamais retrouvées au cours de ces dix dernières années… Tu es d'accord, Cavanaugh ?

— Oui. Les recherches se concentreront sur les hommes veufs ou célibataires de cinquante ans ou plus. Même ainsi, c'est beaucoup de travail, et le chef des enquêteurs nous a permis d'augmenter nos effectifs en cas de besoin. Je crois que c'est le moment de demander du renfort… Une objection, Brannigan ?

— Non. Il y a quelqu'un, dans ton service, qui ferait l'affaire ?

— Dylan O'Hara a bouclé un dossier la semaine dernière, rappela Choi à Kenzie.

— Exact, déclara-t-elle. Et c'est quelqu'un de très consciencieux.

Puis elle se tourna vers Hunter et lui demanda :

— Tu penses à quelqu'un d'autre ?

— Non. Un élément supplémentaire devrait suffire pour l'instant. Tu es du même avis ?

— Oui.

Kenzie apprécia le fait que Hunter ne prenne aucune décision sans l'avoir consultée d'abord. D'autres que lui se seraient imposés d'emblée à la tête du groupe...

Sur ce plan-là, Hunter la traitait avec beaucoup d'égards, alors qu'elle était désagréable avec lui depuis le début de leur collaboration !

Elle avait laissé sa relation avec Billy influencer son jugement sur Hunter, et elle se promit d'être plus juste envers lui à l'avenir.

— Jamais je n'aurais cru qu'il y avait en Californie autant d'hommes qui se volatilisaient tous les ans ! soupira Kenzie le lendemain après-midi.

Même avec l'aide de Dylan O'Hara, le tri des dossiers était encore loin d'être terminé.

Kenzie travaillait au service des personnes disparues depuis relativement peu de temps, mais elle y avait été mutée à un moment où ce changement avait été le bienvenu : acquérir de nouvelles compétences lui était apparu comme un dérivatif à une rupture de fiançailles dont elle avait du mal à se remettre.

Elle savait qu'il lui restait des choses à apprendre, et la recherche systématique dans les archives d'hommes présentant le même profil que les trois victimes identifiées de la veuve noire lui faisait toucher du doigt une triste réalité : il y avait chaque année un nombre élevé d'hommes comme John Kurtz, Anthony Pagliotti et William Kelly qui disparaissaient du jour au lendemain.

Il fallut deux jours supplémentaires à l'équipe pour mener sa tâche à bien.

— Voilà, terminé ! s'écria Hunter, l'air aussi soulagé qu'un marathonien franchissant la ligne d'arrivée. En ce qui concerne la Californie, tout du moins, parce que la veuve noire et son éventuel complice ont pu aller opérer dans d'autres États.

— J'espère que non ! dit Kenzie, qui venait elle aussi de refermer son dernier dossier. J'ai sélectionné soixante-quatorze affaires de disparition, et toi, Brannigan ?

— Cent dix.

— Moi, il m'en reste quelques-unes à étudier, indiqua Choi, mais j'en suis déjà à quatre-vingt-trois.

— Moi, j'arrive à presque deux cents ! déclara Valdez. Ça me donne droit à une médaille ?

— Seulement dans un monde où les derniers sont les premiers, répondit Kenzie. Et toi, O'Hara ?

— Soixante-huit seulement.

— « Seulement » me paraît impropre dans ce contexte, observa Kenzie. Parce que, si on additionne tous ces chiffres, on arrive à un total impressionnant de disparus ! J'espère qu'ils n'ont pas tous croisé la route de notre veuve noire !

— C'est le cas d'au moins dix d'entre eux, lui rappela Hunter.

C'était en effet le nombre de troncs non identifiés découverts à Aurora Park.

— Il faut être complètement détraqué pour commettre de telles horreurs ! s'exclama O'Hara.

— C'est certain, dit Hunter. Maintenant que la liste des victimes potentielles est établie, on va essayer de la raccourcir.

— Comment ? questionna Valdez.

Hunter ouvrit une enveloppe en papier kraft et en vida le contenu sur la table. Il s'agissait de photos au format 10 x 15 des troncs non identifiés qui avaient été déterrés quelques jours plus tôt.

— C'est l'un des techniciens de scène de crime qui, à ma demande, est allé prendre ces photos à la morgue, expliqua Hunter. On va les comparer aux descriptions physiques contenues dans les dossiers de nos disparus, pour voir s'il y a des correspondances.

— J'ai du mal à imaginer travail plus macabre ! s'écria Choi.

— Macabre ou pas, il faut le faire ! déclara Kenzie. Les choses seraient plus faciles si on avait des empreintes digitales, mais c'est justement pour nous compliquer la tâche que notre tueuse a coupé les mains de ses victimes.

— Plus on identifiera de victimes de cette femme, plus on aura de chances de la démasquer, renchérit Hunter.

— Il faut aussi penser aux familles de ces hommes, qui attendent pour certaines depuis dix ans de savoir ce qu'est devenu leur proche, souligna Kenzie.

— C'est vrai, admit O'Hara. Je regrette seulement que le côté glamour de notre travail ne soit pas toujours au rendez-vous.

Cette remarque suscita l'hilarité générale et détendit l'atmosphère.

— Qui a faim ? demanda ensuite Kenzie. Je vais commander des sandwichs…

— Faim ? répéta Valdez comme s'il s'agissait d'un mot dont il ignorait la signification.

— Je mangerais volontiers un morceau… À condition que ces photos ne soient plus sur la table à ce moment-là, annonça Choi.

— Moi aussi ! indiqua O'Hara.

— Moi aussi, déclara Valdez. Et pour plus de sûreté, je vais remettre tout de suite ces photos dans leur enveloppe.

— Quelle petite nature tu fais ! s'écria O'Hara en riant.

— Tu as trouvé un moyen de remonter le moral des troupes, murmura Hunter à Kenzie. Bravo !

Le sourire chaleureux qui ponctua ces mots troubla tellement Kenzie qu'elle dut attendre d'avoir recouvré l'usage de la parole pour passer sa commande.

# 15

Quatre jours plus tard, l'équipe n'avait pas encore fini son travail d'élimination, mais elle était parvenue à ramener la liste des victimes potentielles de cinq cents à cent « seulement ».

Cent disparus, parmi lesquels se trouvaient les dix hommes non identifiés dont les restes avaient été découverts à Aurora Park.

— J'ai la vue qui se brouille, à force d'étudier ces dossiers ! grommela Valdez qui, après avoir passé vingt-cinq minutes sur un de ces dossiers, n'avait toujours pas décidé s'il devait l'écarter ou non.

— Personne n'a dit que ce travail serait facile, lui rappela Hunter.

— Non, déclara Choi, mais personne ne nous avait prévenus que ce serait comme chercher une aiguille dans une botte de foin !

Hunter se tourna vers une Kenzie entièrement absorbée par sa tâche et lui demanda :

— Tu sais si Valri a obtenu un résultat avec le système de reconnaissance faciale ?

— Non, et j'ai peur de l'appeler pour lui poser la question, parce qu'une réponse négative achèverait de me plomber le moral.

— Je comprends.

Puis, comme l'atmosphère confinée de la pièce commençait à lui donner mal à la tête, Hunter ajouta :

— Je vais aller lui rendre une petite visite.

— Non, Valri étant ma cousine, c'est à moi de le faire ! protesta Kenzie De plus, j'ai besoin de me dégourdir les jambes.

Elle se leva et se dirigea vers la porte, mais s'arrêta net en voyant Hunter lui emboîter le pas.

— Inutile de m'accompagner ! lui dit-elle.

Il l'ignora et, quand ils furent dans l'ascenseur, Kenzie observa avec une pointe d'irritation dans la voix :

— On n'a vraiment pas besoin d'être deux pour demander à Valri si elle a trouvé une correspondance !

— Je sais. Je suis là uniquement pour te soutenir moralement.

— Je ne te vois pas du tout dans ce rôle, Brannigan !

— C'est parce que tu me connais mal, répliqua-t-il avec un grand sourire.

Et, pour la première fois, Kenzie remarqua qu'il avait une fossette à la joue gauche.

L'ascenseur les conduisit au sous-sol et, le temps d'atteindre le bureau de Valri, Kenzie éprouvait une dose égale d'espoir et d'appréhension.

— Le visage de notre suspecte figure dans une base de données ? demanda-t-elle à sa cousine.

— Pour une fois, vous tombez bien, tous les deux !

— Pourquoi ?

— Attends !

Valri pressa quelques touches de son clavier, puis elle se leva et alla se poster devant l'une des imprimantes de la pièce. Des feuilles commencèrent à en sortir, qu'elle prit une à une avant de les réunir et de regagner son bureau avec.

— La recherche faciale que j'ai lancée ce matin vient juste de me fournir un résultat, expliqua-t-elle alors. Votre suspecte n'est pas une personne ordinaire : elle a commis de nombreux délits sous tout un tas de noms différents. Soit elle souffre du trouble de la personnalité multiple, soit c'est une criminelle extrêmement inventive.

— Je penche pour la seconde hypothèse, indiqua Kenzie.

— Sa dernière adresse connue est mentionnée quelque part ? demanda Hunter.

— Non, déclara Valri.

Puis elle tendit les feuilles à sa cousine et se remit au travail sans plus se préoccuper de ses visiteurs.

Kenzie la remercia et Hunter lui dit au revoir, mais seul le cliquetis des touches du clavier leur répondit, et ils quittèrent rapidement la pièce.

Pendant qu'ils attendaient l'ascenseur, Kenzie jeta un coup d'œil aux feuilles qu'elle tenait à la main, et observa :

— Il y a là un nombre incroyable de pseudonymes – qui viennent s'ajouter à ceux de ses profils sur le site de Deuxième Chance. Et elle en a peut-être d'autres… Comment fait-elle pour se souvenir de tous ?

— Le fait que sa survie en dépend doit l'y aider, répondit Hunter.

L'ascenseur arriva, et Kenzie demanda pendant qu'ils remontaient à son étage :

— Tu as des informateurs ?

Surpris par ce brusque changement de sujet, Hunter s'écria :

— Pardon ?

— Est-ce que tu as des informateurs ? Des indics, ou des sources, si tu préfères, susceptibles de nous aider à retrouver cette femme ?

— Non, mais je sais que Murdoch en a. Je lui en toucherai un mot.

— Et moi, je demanderai à Finn d'activer ses contacts. Il y a forcément quelqu'un, quelque part, qui peut nous mettre sur la piste de cette psychopathe !

De retour dans leur quartier général, Hunter et Kenzie s'apprêtaient à rapporter à leurs collègues ce qu'ils venaient d'apprendre quand Choi leur annonça :

— On a découvert que les trois victimes identifiées à ce jour avaient quelque chose d'autre en commun : elles étaient inscrites sur le site de rencontres Deuxième Chance.

— Ah ! on avance ! observa Kenzie. Il faut maintenant voir si certains des hommes qui figurent sur la liste établie à partir des dossiers de personnes disparues étaient eux aussi abonnés à ce site.

— Mais on n'a encore pu relier aucun d'entre eux aux restes humains déterrés à Aurora Park ! protesta Choi.

— C'est vrai mais, comme il y a maintenant de bonnes chances pour que la veuve noire fasse la connaissance de ses futures victimes par l'intermédiaire de ce site de rencontres, il faut explorer cette nouvelle piste.

— D'accord ! soupira Choi, résigné. Mais je dois dire que je n'ai jamais été aussi heureux de voir le week-end arriver ! Quel soulagement ça va être de pouvoir se détendre et se livrer à des activités *normales* pendant deux jours !

— Je suis du même avis, déclara Valdez. Même l'idée d'aller faire des courses avec ma femme me sourit, c'est tout dire ! Et toi, Brannigan, tu as prévu quelque chose de spécial ?

Certain que son coéquipier allait passer le week-end en compagnie d'une de ses belles petites amies, il accompagna ces mots d'un sourire entendu.

— Oui, répondit Hunter en se tournant vers Kenzie.

Elle comprit alors qu'il pensait à la réception donnée par l'ancien chef de la police en l'honneur du nouveau.

— Amuse-toi bien ! lui lança-t-elle. Moi, je serai ici, à chercher un moyen d'identifier notre veuve noire.

— Tu m'avais dit que tu irais à cette fête ! lui rappela Hunter.

— J'ai changé d'avis.

— Pourquoi ? Les victimes ne seront ni plus ni moins mortes si tu mets notre enquête en suspens pendant deux jours !

— Non, mais l'homme sur lequel elle a peut-être déjà jeté son dévolu aura la vie sauve si elle est arrêtée à temps.

Sachant que Kenzie n'aimerait pas se faire sermonner devant les autres, Hunter la tira à l'écart.

— En suivant ton raisonnement, les policiers ne devraient jamais rentrer chez eux, parce que ça pourrait les empêcher d'appréhender un malfaiteur avant qu'il commette un nouveau crime !

La jeune femme plissa les yeux et releva le menton d'un air belliqueux.

— Pourquoi tu tiens tellement à ce que j'assiste à cette réception ?

— J'ai déjà répondu à cette question : parce que ça ferait très plaisir à ton oncle Andrew. Je pense aussi que tu as, comme tout le monde, besoin de décompresser.

Kenzie faillit s'éloigner sans rien dire, mais Hunter aurait interprété cela comme une dérobade. Elle n'avait jamais fui un contradicteur, et ce n'était pas maintenant qu'elle allait commencer !

— Mon oncle a beaucoup d'autres nièces. Je ne lui manquerai pas. Il ne s'apercevra même pas de mon absence !

— Tu plaisantes ? C'est d'Andrew Cavanaugh qu'on parle ! Même s'il n'est plus chef de la police, rien ne lui échappe… Tu ne devrais pas avoir besoin qu'on te le rappelle !

— Je n'en ai pas besoin, en effet.

— Alors pourquoi suis-je en train de le faire ?

— Parce que tu adores fourrer ton nez dans les affaires des autres.

Sur ces mots, Kenzie quitta la pièce et alla dans la salle de repos se servir un café. Elle n'eut même pas à se retourner pour savoir que Hunter l'avait suivie.

— À propos de fourrer mon nez dans les affaires des autres…, déclara-t-il.

— Quoi, encore ?

— J'ai eu une conversation intéressante avec tes frères, l'autre soir.

— Portant sur quoi ?

— Tes fiançailles.

Courroucée, Kenzie s'exclama :

— Qu'est-ce qui t'autorise à fouiller dans ma vie privée ? Continue comme ça, et ton nez aura l'air d'avoir servi de punching-ball au champion du monde de boxe catégorie poids lourds !

Hunter eut du mal à ne pas éclater de rire. Kenzie était sûrement capable de lui donner un coup de poing, mais de là à se comparer à un poids lourd… Il ignora donc sa menace. Maintenant qu'il avait abordé le sujet, il voulait aller jusqu'au bout.

— Aucun de tes frères n'a pu me dire pourquoi tu avais rompu tes fiançailles, déclara-t-il. Mais ils sont contents que tu ne te sois pas mariée avec ce Billy. Ils trouvaient qu'il n'était pas assez bien pour toi.

Bien que sa colère ne cesse de monter, Kenzie s'interdit de crier, pour ne pas attirer l'attention.

— Je me moque de ce que mes frères pensent de mes fiançailles et de leur rupture, et je me moque encore plus de ce que *tu* en penses ! Ton opinion sur le sujet – et sur tout autre sujet – m'indiffère totalement.

Elle prononça ces derniers mots avec plus de force que les précédents, comme si cela pouvait suffire à les rendre vrais.

En fait, depuis qu'ils avaient commencé à travailler ensemble, l'opinion de Hunter lui importait. Un peu trop, même.

— Alors, comme tes frères ne pouvaient pas me renseigner, expliqua Hunter sans tenir compte de sa diatribe, j'ai mené ma petite enquête.

Kenzie faillit s'étouffer.

— Tu as quoi ?

— Après la rupture de tes fiançailles, enchaîna Hunter comme si de rien n'était, tu as changé de service, tu t'es noyée dans le travail, et tu tiens depuis les autres à distance sans raison valable.

Furieuse que Hunter sache autant de choses sur elle, Kenzie faillit tout nier en bloc, mais elle se serait ainsi mise sur la défensive. Mieux valait contre-attaquer.

— En ce qui te concerne, Brannigan, j'ai une excellente raison de te tenir à distance !

— Tu parles de ma vie privée, j'imagine ? Eh bien, contrairement à ce que tu as l'air de croire, je traite mes petites amies avec le plus grand respect. Je ne sors jamais avec plus d'une femme à la fois, et nos séparations, qu'elles soient de mon fait ou du leur, se passent toujours bien. Tu peux aller leur demander ce que tu veux, je te garantis qu'aucune ne te dira du mal de moi.

Pourquoi Hunter lui racontait-il tout ça ? songea Kenzie. Était-ce seulement vrai ?

— Qu'est-ce que tu attends de moi, Brannigan ? Des félicitations ? Une médaille ?

— Non, je veux juste que tu arrêtes de me considérer comme un coureur de jupons. Je ne suis pas ton ennemi.

— Tu n'as pas que des qualités non plus !

— Je te l'accorde. Mais je peux être ton ami.

— J'en ai déjà plein.

— On n'a jamais trop d'amis.

— J'ai l'impression d'entendre un slogan, observa Kenzie.

Hunter lui sourit, et elle sentit une onde tiède se propager dans ses veines. Cette réaction involontaire l'inquiéta, et elle se dépêcha d'enchaîner :

— Maintenant, si tu n'as rien d'autre à me dire…

— Si tu ne vas pas à la réception de dimanche, tu le regretteras.

— Pourquoi ?

— Primo, parce que ton oncle sera déçu, et secundo, parce que tu te priveras bêtement de quelques heures de détente au milieu de ta famille et de tes amis.

— Mais tu y seras, toi, et nous n'avons d'autre relation que professionnelle.

— Mon offre d'amitié tient toujours, mais on peut s'ignorer complètement ce jour-là, si tu préfères.

— Tu me promets de ne pas me parler ?

— S'il faut ça pour que tu te décides à te rendre à cette réception, oui, je te le promets.

Kenzie doutait que Hunter tienne parole, mais il avait avancé un argument qui ne pouvait la laisser indifférente : son oncle serait sensible à sa présence et, chez les Cavanaugh, la famille passait avant tout le reste.

Elle regrettait juste que ce soit Brannigan qui le lui ait rappelé.

# 16

— J'étais sûr de te trouver là !

Surprise, Kenzie leva les yeux du dossier qu'elle était en train de lire sur l'écran de son ordinateur. La dernière personne qu'elle s'attendait à voir aujourd'hui dans le service des personnes disparues se dirigeait vers elle.

Hunter.

Comme tous les samedis, le commissariat fonctionnait en effectif réduit. Des renforts pouvaient être mobilisés en cas de besoin, mais il y avait dans les salles beaucoup plus de postes de travail vides qu'occupés.

Hunter ôta sa veste, la suspendit au dossier d'une chaise et s'installa au bureau qui lui avait été assigné de façon temporaire.

Kenzie se demanda pourquoi elle avait éprouvé un tressaillement de joie en voyant Hunter. C'était la réaction contraire qu'elle aurait dû avoir !

— Qu'est-ce que tu fais là ? s'exclama-t-elle. Je croyais que tu devais passer ta journée en charmante compagnie !

— Je n'ai jamais dit ça ! Mais maintenant que tu en parles, n'est-ce pas ce qui va se passer ?

— Comme ce n'est sûrement pas dans le but de flirter avec moi que tu es venu, je répète ma question : qu'est-ce que tu fais là ?

— Je suis venu poursuivre notre enquête.

— On est samedi !

— Rien ne t'échappe, on dirait !

Kenzie se risqua à regarder Hunter. Ses yeux verts brillaient de malice, et un sourire charmeur flottait sur ses lèvres… S'il restait, elle n'arriverait pas à travailler.

— Rentre chez toi, Brannigan !

Une expression étrange se peignit sur le visage de Hunter et chassa son sourire. Si Kenzie n'avait pas été certaine de n'avoir aucun pouvoir sur l'humeur de cet homme, elle aurait dit qu'il était peiné.

— Je me suis douté que tu serais là, déclara-t-il, et je suis venu t'aider. Mais si tu dois passer tout ton temps à me chercher des noises, il vaut mieux que je m'en aille, en effet ! À toi de voir !

Logiquement, Kenzie aurait dû saisir la perche que Hunter lui tendait pour le faire partir… Au lieu de cela, elle s'entendit demander :

— C'est vraiment pour m'aider que tu es venu ?

— Oui, répondit-il sobrement.

— Admettons ! Mais les autres membres de l'équipe attendaient le week-end avec impatience… Tu n'as pas envie, comme eux, de te changer les idées ?

— Je m'investis beaucoup plus dans mon métier que tu ne le penses, et je n'aime pas savoir que rôde dans les parages une tueuse à la recherche de sa prochaine victime… D'autres questions ?

Que pouvait-elle dire sans avoir l'air de pinailler ? songea Kenzie.

— Non, pas d'autres questions… Tu vois cette pile de dossiers, sur ma droite ? Tu peux commencer par là.

— D'accord.

À la grande surprise de Kenzie, Hunter parla très peu pendant qu'ils travaillaient, et cela leur permit d'avancer vite : de nombreux dossiers de personnes disparues purent ainsi être éliminés parce que leur physique ne correspondait à aucun des troncs retrouvés à Aurora Park.

Hunter commanda un déjeuner pour deux sans se préoccuper des protestations de Kenzie.

Protestions qui ne l'empêchèrent pas, ensuite, de manger avec appétit.

À la fin de la journée, ils réussirent à identifier un troisième tronc. C'était celui d'un certain Jerry Wiley, lequel avait lui aussi un profil sur le site de rencontres Deuxième Chance.

— Je crois maintenant possible d'affirmer que ce site est le terrain de chasse de notre veuve noire ! s'écria Kenzie, triomphante.

— En effet, et ça tombe bien : on peut en rester là, parce qu'il commence à se faire tard, tout en ayant le sentiment de ne pas être venus pour rien.

Hunter repoussa son siège, effectua quelques étirements pour détendre ses muscles ankylosés et reprit :

— Tu es d'accord pour qu'on s'arrête ?

Kenzie hésita. Elle avait envie de continuer, mais sa nuque et ses épaules étaient douloureuses, et elle avait mal aux yeux à force de lire des dossiers dont certains n'existaient que sous forme informatique.

— Oui, déclara-t-elle. Je me range à ton avis.

— J'ai dû m'endormir et ne pas être encore complètement réveillé, parce que j'ai l'impression de rêver !

Trop fatiguée pour se fâcher, Kenzie se contenta d'observer :

— Je peux encore retirer ce que je viens de dire…

— Non, surtout pas !

Après avoir éteint son ordinateur et rangé sommairement son bureau, Hunter demanda :

— Tu as faim ? On pourrait aller manger un morceau ensemble… C'est moi qui régale !

— Non, je n'ai pas…

— Je te laisse choisir le restaurant !

— Merci, dit Kenzie, mais je suis éreintée. Je vais rentrer chez moi et me coucher.

Hunter n'insista pas, ce qui la surprit agréablement et lui donna envie, pendant qu'ils quittaient la salle, de lui faire un compliment.

— Merci pour ton aide, Brannigan !

— De rien !

— Tu as été très efficace.

— Cette fois, je rêve, c'est sûr !

Personne d'autre qu'eux n'utilisant l'ascenseur à cette heure tardive, il les emmena au rez-de-chaussée sans s'arrêter une seule fois. Hunter en sortit derrière Kenzie et déclara :

— On se voit demain, chez ton oncle !

— Chez... Ah oui ! J'avais presque oublié !

Une fois sur le parking du commissariat, et avant qu'ils regagnent chacun leur voiture, Hunter referma une main sur le bras de la jeune femme, la regarda droit dans les yeux et lui dit sur un ton ferme :

— À demain, donc !

Kenzie eut le sentiment désagréable de recevoir une mise en demeure.

Ce sentiment la tarauda pendant tout le trajet, et perdura encore longtemps après qu'elle se fut couchée.

Plongée dans son travail depuis l'aube, Kenzie relisait certaines de ses notes quand la sonnette de son appartement retentit.

Elle regarda sa montre. 11 heures.

11 heures. Un dimanche, et pas n'importe lequel : celui d'une réception où elle avait promis d'aller.

*Et zut !*

Nouveau coup de sonnette. Ce devait être Brannigan. Il était sûrement capable de venir la harceler jusque chez elle pour lui rappeler sa promesse.

Elle décida de faire la morte. Il finirait par se lasser et partir.

— Ouvre, Kenzie ! cria une voix grave depuis le couloir. On sait que tu es là !

*« On »* ?

Kenzie ayant reconnu cette voix, cependant, elle alla ouvrir et se trouva face à ses frères Finn et Murdoch.

— Qu'est-ce que vous faites là ? leur demanda-t-elle.

Ils la dominaient l'un comme l'autre d'une bonne tête, et ce fut Finley, le plus grand des deux, qui répondit :

— On vient te chercher, Cendrillon ! Tu avais oublié qu'il y avait un bal, aujourd'hui ?

Sans attendre d'y être invités, les deux hommes entrèrent chez elle.

— C'est la première fois que vous vous proposez de m'accompagner à une des fêtes d'oncle Andrew ! observa-t-elle en les considérant d'un air suspicieux. Qu'est-ce qui se passe ?

— On a adopté une nouvelle politique, déclara Murdoch.

Puis il examina sa sœur de la tête aux pieds et reprit :

— Tu n'as rien de plus élégant à te mettre qu'un jogging qui poche aux genoux ? Tu te laisses vraiment aller !

— Non, je ne me laisse pas aller, espèce d'idiot ! Ce jogging me sert de vêtement d'intérieur : je ne me suis pas encore habillée, parce que ce n'est pas nécessaire pour travailler chez soi.

Kenzie savait qu'il y avait de l'affection sous les remarques sarcastiques de ses frères, mais, là, elle n'était pas d'humeur à les supporter.

— Arrête de travailler et va t'habiller ! lui ordonna Finn en la poussant vers la porte de sa chambre. Ton carrosse t'attend dehors, et les chevaux piaffent, alors dépêche-toi !

Mais elle se dégagea et, les poings serrés, se tourna vers ses frères.

— C'est Brannigan qui vous a dit de venir me chercher, n'est-ce pas ?

— Tu ne nous crois pas capables de prendre des décisions tout seuls ? répliqua Finn.

— De façon générale, si. Mais là, non.

— Arrête de discutailler et va te rendre présentable ! intervint Murdoch. Tu pourrais arriver chez oncle Andrew vêtue d'un rideau de douche sans qu'il y trouve à redire, mais les autres membres de la famille en seraient un peu gênés.

— Tu veux que je t'aide à choisir une tenue ? proposa Finn. Je suis devenu une sorte d'expert dans ce domaine.

Kenzie leva les yeux au ciel.

— Non ! Restez là, tous les deux ! Je n'en ai que pour quelques minutes.

— « Quelques minutes » en langage féminin équivalent à combien d'heures dans le langage courant ? demanda Finn en consultant ostensiblement sa montre.

D'abord tentée de riposter, Kenzie s'en abstint finalement. Elle savait que son frère avait dit cela dans le seul but de l'agacer, et elle ne voulait pas lui donner le plaisir de voir qu'il avait atteint son objectif.

Une fois dans sa chambre, elle sortit une robe sans manches bleu roi, achetée sur un coup de tête et encore jamais portée. Elle l'avait rangée au fin fond de sa penderie après avoir quitté Billy. Les étiquettes étaient même encore dessus ! Kenzie les enleva, enfila la robe et constata alors qu'elle tombait mieux que le jour de son achat. Autre conséquence de la rupture de ses fiançailles, elle avait perdu, et jamais repris, plusieurs kilos.

Un peu de mascara, de fard à paupières et de blush, un coup de brosse, une paire de talons hauts...

*Voilà, terminé !*

Le tout ne lui avait pas pris plus de dix minutes, et l'expression surprise de ses frères quand elle les rejoignit la récompensa de s'être dépêchée.

— Prêts ? leur déclara-t-elle sur un ton faussement innocent avant de les inviter de la main à sortir de l'appartement.

Kenzie aurait préféré se rendre à la réception avec son propre véhicule, afin d'être libre de la quitter dès qu'elle pourrait le faire discrètement, mais ses frères ne lui avaient pas laissé le choix, et son sort serait donc entièrement entre leurs mains pendant une bonne partie de la journée.

D'un autre côté, il était difficile de se garer dans le quartier où leur oncle habitait. C'était peut-être en partie cela qui avait poussé ses frères à venir la chercher, et à le faire tôt, de façon à arriver à la réception parmi les premiers invités.

— Je crois qu'oncle Andrew a décidé de mettre les petits plats dans les grands, dit Murdoch après avoir trouvé une place de stationnement à deux rues seulement de leur destination finale. Il reçoit toujours royalement mais, là, il paraît qu'il s'est mis aux fourneaux dès hier.

Les réceptions de l'ancien chef de la police étaient réputées : c'était un excellent cuisinier, et un hôte merveilleux.

Kenzie et ses frères se dirigèrent vers la maison de leur oncle et, bien que la porte d'entrée ne soit sûrement pas fermée à clé,

Kenzie appuya sur la sonnette pour prévenir leur oncle et leur tante de l'arrivée de nouveaux invités.

À peine avait-elle baissé son bras que la porte s'ouvrit, et elle faillit pousser un cri de surprise en voyant Hunter s'encadrer dans l'embrasure.

— Tu travailles au noir comme portier, Brannigan ? déclara Finn en riant.

— Si tu t'attends à un pourboire, tu vas être déçu ! plaisanta Murdoch à son tour.

S'apercevant ensuite que sa sœur n'avait pas bougé, il lui lança :

— Entre, Kenzie ! Tu bloques le passage !

— Votre oncle m'a demandé d'aller ouvrir la porte, dit Hunter. Il est occupé, et Mme Cavanaugh est en train d'apporter des verres sur la desserte de la salle à manger.

Ces explications n'étaient pas destinées à ses amis mais à Kenzie, qui le considérait d'un air accusateur.

— Il y a beaucoup de « Mme Cavanaugh », remarqua Finn. J'imagine que c'est de notre tante Rose que tu parles ?

— Euh... Oui, répondit Hunter.

Depuis que Kenzie lui était apparue dans une robe dont la couleur faisait ressortir celle de ses yeux, il était comme hypnotisé, incapable de détacher son regard d'elle.

— Arrête me fixer, Brannigan ! s'écria-t-elle avant d'entrer dans la maison.

— Tu es très jolie, se risqua-t-il à observer. Le bleu te va bien.

La jeune femme poussa un grognement indistinct.

— Dis merci au gentil monsieur, lui susurra Murdoch.

— On lui a appris les bonnes manières, déclara Finn, mais les inconnus la rendent encore un peu nerveuse.

Kenzie fusilla ses frères du regard.

— À plus tard, les guignols ! Je vais aller dire bonjour à oncle Andrew.

— Il est dans la cuisine, indiqua Hunter en lui emboîtant le pas.

— Inutile de m'accompagner : je sais où est la cuisine !

Mais Hunter ne se laissa pas décourager.

— On a réussi, hier, à passer toute une journée sans se disputer, lui rappela-t-il. Si on faisait la même chose aujourd'hui ?

Kenzie s'arrêta net et se tourna vers lui.

— Autant que je me souvienne, tu t'étais engagé à n'avoir aucun contact avec moi pendant cette réception si telle était ma volonté.

— Je peux essayer de t'éviter, mais ça va être difficile ! J'avais oublié que les gens étaient un peu les uns sur les autres, dans ce genre de réunion… Maintenant, permets-moi au moins de t'emmener voir ton oncle. Il m'a fait promettre de te conduire à lui dès ton arrivée.

— C'est bien vrai ? demanda Kenzie, sceptique.

— Pourquoi je mentirais ?

— Je l'ignore, mais je t'en sais parfaitement capable, répondit Kenzie.

Et puis, brusquement, la situation lui parut tellement absurde qu'elle éclata de rire.

— Peu importe, au fond ! Allons-y !

# 17

Andrew Cavanaugh s'activait dans une cuisine presque aussi bien équipée que celle d'un restaurant. Il surveillait tour à tour la cuisson de ce qui mijotait dans la demi-douzaine de casseroles posées sur les brûleurs de son piano, et celle du contenu de ses deux fours contigus.

— Il doit faire plus chaud dans cette cuisine qu'en enfer ! murmura Hunter.

Cette chaleur ne semblait pas déranger le maître des lieux. Grand et mince, encore athlétique, il faisait malgré ses cheveux gris dix ans de moins que son âge.

De façon inhabituelle pour un homme aussi observateur que lui, il ne s'aperçut qu'il n'était plus seul dans la pièce qu'en voyant le reflet de Kenzie dans la porte vitrée d'un des fours.

— Kenzie ! s'écria-t-il en se retournant. Tu es venue !

— Bien sûr ! dit-elle. Je n'aurais manqué cette fête en l'honneur de Shaw pour rien au monde !

Son oncle avait traversé la pièce pendant qu'elle parlait, et il l'écrasa alors pratiquement entre ses bras. Elle s'attendait à ce que Hunter rétablisse la vérité – il avait dû beaucoup insister pour qu'elle vienne – et, comme il se taisait, elle tourna la tête vers lui. Il contemplait la scène en souriant, et elle se demanda ce qu'il manigançait.

— Vous m'aviez dit de vous amener Kenzie dès qu'elle serait là, déclara-t-il à l'ancien chef de la police. Mission accomplie !

— Bravo ! s'exclama Andrew en relâchant sa nièce. Tout le

monde sait qu'elle n'aime pas recevoir des ordres... Maintenant, allez rejoindre les autres, tous les deux ! Il me reste beaucoup de choses à faire.

— Je peux t'aider ? proposa Kenzie.

— Oui, en me laissant travailler.

— D'accord !

Dès qu'ils furent sortis de la cuisine, Kenzie demanda à Hunter :

— Pourquoi tu n'as pas dit à mon oncle que tu étais l'artisan de ma présence ici aujourd'hui ?

— Je ne voulais pas qu'il le sache. Apprendre que tu ne serais pas venue si je ne t'y avais pas pratiquement forcée lui aurait gâché son plaisir.

Hunter était manifestement sincère, et Kenzie le fixa un moment en silence. Jamais elle ne l'aurait cru capable d'une telle délicatesse. Il ne méritait donc pas *tout* le mal qu'elle pensait de lui.

— Tu commences à ressembler à un être humain, Brannigan ! observa-t-elle.

Loin de se vexer, il déclara en riant :

— Et tu n'as encore rien vu !

Bien que cette remarque l'intrigue, Kenzie s'abstint de faire le moindre commentaire et de poser la moindre question. Elle craignait, si elle connaissait mieux Hunter, de devoir réviser complètement son jugement sur lui. Elle trouvait plus simple de continuer à l'assimiler à son ex-fiancé.

— C'est là qu'on se sépare ! annonça-t-elle.

Et elle s'éloigna d'un homme qui, à sa grande surprise, commençait à lui faire peur.

Dans un endroit rempli de gens qu'elle connaissait, Kenzie aurait cru relativement facile d'éviter de croiser la seule personne qu'elle n'avait pas envie de voir.

Qu'elle aille dans le jardin, sur la terrasse, dans le séjour ou la salle à manger, pourtant, Hunter y était. Ou alors il y apparaissait dans les cinq minutes qui suivaient.

Et, peut-être plus agaçant encore, elle constatait au fil des heures qu'il ne parlait et ne riait pas seulement avec Finn et

Murdoch : tous les autres membres de la famille semblaient le connaître et l'apprécier.

Si bien qu'elle dut se résoudre à remettre en question une partie au moins de ses préjugés contre lui. Si ses tantes Rose, Lila et Maeve, notamment, l'aimaient bien, il valait mieux que sa réputation de don Juan, car elles avaient toutes les trois un jugement très sûr.

Pour tenter d'y voir plus clair, elle décida d'aller interroger Finn, celui de ses frères qui connaissait le mieux Hunter. Elle le trouva devant l'une des tables qui faisaient office de buffets.

— Pourquoi ton copain Brannigan n'est pas venu accompagné de sa dernière conquête ? lui demanda-t-elle sans préambule.

— Bonne question ! Et maintenant que j'y pense, je ne l'ai vu avec aucune femme depuis la création de votre groupe de travail interservices... Qu'est-ce que tu fais ? Tu l'enchaînes à son bureau ?

— Bien sûr que non !

— Alors il doit consacrer toute son énergie à votre enquête. La vieille affaire non résolue qui en fait partie le hante depuis des années. Sans doute espère-t-il pouvoir enfin l'élucider et ne pense-t-il plus qu'à ça... Ou alors il en a assez de papillonner. Il suffit à un homme de trouver la femme qui lui convient pour s'assagir, paraît-il.

— Si c'était son cas, il te l'aurait dit, non ?

— Pas forcément.

— Je croyais qu'entre hommes on se racontait ce genre de chose ?

— Pas toujours.

— Tu ne m'aides pas beaucoup !

— Désolé, je ne peux pas faire mieux, déclara Finn.

Puis il quitta sa sœur pour aller parler au roi de la fête, leur cousin Shaw.

— Tu passes une bonne journée ? questionna une voix grave derrière Kenzie.

*Hunter !*

La seconde d'après, il surgissait à son côté.

— Tout allait très bien jusqu'à maintenant, répondit Kenzie.

Elle voulut accompagner ces mots d'un regard hostile, mais sans du tout y parvenir.

— Arrête ! s'exclama Hunter. Tu ne me détestes pas autant que tu essaies de me le faire croire. Tu commences à t'attacher à moi, admets-le !

— Je me demande comment tu arrives à te tenir droit : ton ego hypertrophié devrait t'en empêcher.

— Je n'ai pas un ego hypertrophié. Je sais juste ce dont je suis capable et ce dont je ne suis pas capable. Je n'ai pas peur de dire, par exemple, que je suis un bon policier, parce que c'est vrai. Tu l'as toi-même reconnu.

Kenzie soupira. Elle n'aurait jamais dû faire des compliments à Hunter ! Il n'en avait pas besoin pour être content de lui.

— Je ne nie pas tes compétences professionnelles, en effet ! déclara-t-elle.

— Mais sur le plan personnel, tu me rejettes en bloc... Si tu enlevais tes œillères, tu t'apercevrais que tu m'aimes bien, en fait : notre collaboration ne serait pas aussi fructueuse si tu ne m'appréciais pas au moins un peu en tant qu'homme.

— Tu ne manques pas de...

— Ose dire que je te suis indifférent !

Kenzie ne savait pas si l'émotion qui accélérait les battements de son cœur était de la colère ou autre chose. Quoi qu'il en soit, elle se tut le temps de recouvrer son calme. Hunter en profita pour poser un champignon farci sur l'assiette qu'elle tenait à la main, puis il ajouta :

— De quoi as-tu peur ? Je ne mords pas... Sauf si tu me le demandes.

Afin de couper court à un face-à-face qui la mettait de plus en plus mal à l'aise, Kenzie esquissa un pas en avant, mais Hunter la retint par le bras. Sans doute croyait-il qu'elle avait pris sa boutade au premier degré, car il s'écria :

— Détends-toi : je plaisantais ! Tu es ici plus en sécurité que tu ne le seras jamais !

Hunter avait raison, songea Kenzie. Pourquoi était-elle si nerveuse ? Quoi qu'elle pense de Brannigan, il n'était pas homme à l'entraîner de force derrière les buissons d'azalées et à abuser d'elle ! Si une femme refusait ses avances, il n'insisterait pas, elle en était sûre.

C'était cependant une situation qui ne devait pas lui être familière : son physique avantageux faisait sans doute craquer toutes les femmes.

*Sauf moi*, songea Kenzie.

Alors peut-être était-ce cela qui la rendait intéressante à ses yeux... Elle lui résistait, et il voulait la faire changer d'avis.

Ça ne risquait pas d'arriver !

— Ça va ? lui demanda Hunter. Tu es toute rouge, brusquement !

— Je pensais à notre enquête, prétendit Kenzie. L'idée des meurtres atroces que notre veuve noire a commis me met en colère.

— Tu devrais essayer de ne plus y penser jusqu'à demain. Tu te fais du mal pour rien... Tu as besoin de te détendre et de manger... Commence par les champignons farcis : ils sont délicieux !

— Je suis une grande fille, Brannigan ! s'écria Kenzie. Arrête de...

La fin de sa phrase lui resta dans la gorge : Hunter avait saisi le champignon posé sur son assiette et l'avait glissé entre ses lèvres.

Obligée de le mâcher si elle ne voulait pas s'étouffer, elle admit après l'avoir avalé :

— Délicieux, en effet !

— J'avais donc raison ! Et si j'étais toi, je me dépêcherais d'en prendre un autre, sinon, le temps que tu te décides, ils seront tous partis.

Hunter se tourna vers la table et vit qu'il ne restait plus qu'un champignon dans le plat. Il s'en saisit et le posa dans l'assiette de la jeune femme en indiquant :

— C'est le dernier.

— Tu le veux peut-être alors ?

— Non, je te le laisse.

Mais Kenzie refusait de devoir quoi que ce soit à Hunter. Si elle acceptait son offre, il ne perdrait ensuite aucune occasion de lui rappeler son « sacrifice », et cela l'agaçait à l'avance.

— On va le partager, déclara-t-elle.

— Tu es sûre ? lui demanda Hunter en plongeant les yeux dans les siens.

Pourquoi avait-elle l'impression que cette question portait sur tout autre chose que le champignon ? pensa Kenzie.

Et puis elle se dit que son imagination lui jouait des tours, que rien ne justifiait le trouble qui menaçait soudain de l'envahir.

— Sûre et certaine, répondit-elle.

Hunter prit une fourchette sur la table et coupa le champignon en deux. Il souleva ensuite un des morceaux et le glissa entre ses lèvres, comme la première fois, mais, ensuite, il ne quitta pas sa bouche des yeux et, malgré tous ses efforts pour se concentrer sur le goût du champignon, Kenzie sentit son trouble grandir.

— Alors, c'est bon ? demanda Hunter quand elle eut dégluti.

— Oui, articula-t-elle péniblement.

— Tu veux l'autre moitié ?

— Non, c'est la tienne !

— Je te la laisse, si tu veux.

— Pas question ! On a passé un accord, il faut le respecter !

— Oui, mais...

Hunter ne put terminer sa phrase, car la jeune femme fit la même chose que lui : elle se saisit du morceau de champignon et le lui mit dans la bouche.

Kenzie ne s'attendait pas à ce que Hunter lui prenne la main pendant qu'elle l'abaissait, et encore moins à ce qu'il effleure ses doigts d'un baiser. Une sorte de décharge électrique la traversa, qui faillit lui arracher un cri de surprise.

— Il y avait un peu de farce dessus, expliqua-t-il.

Bien que rapide et léger, ce baiser eut des effets intenses et durables sur elle : son cœur battait toujours la chamade lorsque Hunter lâcha sa main.

— Je vais aller demander à mon oncle la recette de ces champignons, s'entendit-elle déclarer.

Parce qu'elle *devait* dire quelque chose, sinon elle céderait à la tentation d'embrasser celui qu'elle vilipendait depuis le début de leur enquête.

C'était incompréhensible ! Comment était-il possible d'éprouver une telle flambée de désir pour un homme qu'elle méprisait ?

Alors était-elle folle ? ou bien Hunter avait-il raison de dire qu'elle ne le détestait pas, en fait ?

# 18

— Tu danses ?

Après les toasts et les discours en l'honneur du nouveau chef de la police qui avaient accompagné la dégustation d'un énorme gâteau, les invités s'étaient de nouveau divisés en petits groupes. De la musique jouait, en sourdine pour ne pas gêner les conversations, mais quelques couples dansaient dessus.

Et cela avait donné à Brannigan l'idée saugrenue de l'inviter à se joindre à eux, songea Kenzie.

— Non, répondit-elle.

— C'est un slow ! Tout ce que tu auras à faire, c'est te balancer un peu et bouger de temps en temps les pieds.

— Tu penses que je ne sais pas danser ?

— C'est le cas ?

— Non.

— Alors tu as d'autant moins de raisons de rater cette occasion de te changer les idées !

Sans attendre d'y être invité, Hunter prit la main de Kenzie et lui enlaça la taille de son bras libre. Il la serra ensuite légèrement contre lui et l'entraîna vers la petite piste créée au milieu du séjour par les autres couples.

— Qu'est-ce que tu fais ? protesta Kenzie. J'avais refusé ton invitation !

— Allez, détends-toi ! Il faut de temps en temps s'autoriser à lâcher prise.

Kenzie ne voulait pas provoquer un esclandre chez son oncle, et Hunter ne l'aurait sans doute pas écoutée, de toute façon. Elle n'avait donc d'autre choix que de céder.

— Bon, d'accord, Brannigan... Tu as gagné.

— Je pensais ne jamais t'entendre me dire ça ! Mon cœur chavire !

— Tu as de la chance qu'il batte encore, parce qu'il y a beaucoup d'armes dans cette maison, et que je sais m'en servir ! répliqua Kenzie.

Les yeux de Hunter lui sourirent une seconde avant que tout son visage s'illumine. C'était un sourire si chaleureux qu'elle se surprit à le lui rendre.

Et, bizarrement, quand le slow s'acheva, elle ne songea pas à s'écarter de son cavalier. Un autre morceau suivit, et elle continua tout naturellement de danser avec lui.

Kenzie aurait aimé pouvoir le nier, mais mentir n'était pas dans sa nature.

Il lui fallait donc l'admettre : en dansant avec Hunter, elle avait commencé non seulement à toucher du doigt le charme de cet homme, mais à y succomber.

Après trois – peut-être quatre – slows pendant lesquels Hunter la serra si fort contre lui que leurs corps semblaient ne plus faire qu'un, il s'immobilisa, et elle lui lança un regard surpris.

— La musique s'est arrêtée, lui dit-il.

— Ah ? Euh... Oui, en effet, déclara-t-elle, embarrassée. J'étais perdue dans mes pensées.

— Moi aussi.

À contrecœur, Hunter lâcha la main de la jeune femme, mais il continua de la tenir par la taille pendant qu'il regardait autour de lui.

— La réception touche à sa fin, observa-t-il.

La moitié au moins des invités étaient en effet déjà partis, et les autres semblaient s'apprêter à le faire.

— Tu veux que je te ramène chez toi ? demanda Hunter.

— Non, merci, ce n'est pas la peine. Je suis venue avec Finn et Murdoch.

Bizarrement, c'était la mort dans l'âme que Kenzie avait

décliné l'offre de Hunter. Le champagne devait lui être monté à la tête… Elle n'en avait pourtant bu qu'une coupe, et elle tenait plutôt bien l'alcool, d'habitude.

Ce n'était donc pas cela la cause de ses regrets.

— Ça veut donc dire que tu vas maintenant au Malone, déclara Hunter.

— Pourquoi ?

Le « Malone » était le nom du bar où les policiers de la ville aimaient aller boire un verre après leur service. Ils disaient que cela leur permettait de prendre du recul par rapport aux dures réalités de leur métier avant de rentrer chez eux. C'était une sorte de sas de décompression.

— J'ai entendu tes frères proposer à quelques autres personnes d'aller y finir la soirée, expliqua Hunter. Mais je déduis de ta question que tu n'étais pas au courant…

— Non.

— Ça te tente ?

— Pas du tout, et je ne comprends pas que Finn et Murdoch aient pris cette décision sans m'en parler !

Furieuse, Kenzie fit un pas vers eux, mais Hunter la tira en arrière.

— Au lieu de courir sonner les cloches à tes frères, pourquoi ne pas accepter que je te ramène chez toi, tout simplement ? J'aurai juste besoin de l'adresse.

Une adresse que Hunter devait déjà connaître, pensa Kenzie. Et comme elle le soupçonnait d'avoir inventé cette histoire de bar pour la convaincre d'accepter son offre, ce fut en observant attentivement son visage qu'elle déclara :

— D'accord, mais il faut que j'aille annoncer à mes frères que je n'ai pas besoin d'eux pour rentrer.

— Je t'accompagne, si tu veux.

Cela signifiait qu'il n'avait pas peur d'être confondu, et donc qu'il n'avait pas menti.

— Ce n'est pas la peine, lui dit Kenzie

Alors qu'elle se dirigeait vers ses frères, Murdoch se porta à sa rencontre.

— Finn, quelques amis et moi, on va aller boire un verre au

Malone, lui indiqua-t-il. On n'y restera pas longtemps, et on te ramènera ensuite chez toi, promis !

— Inutile : je me suis arrangée autrement.

— Tu es sûre ?

— Certaine ! Amusez-vous bien !

Kenzie se mit ensuite à la recherche de son oncle Andrew et de sa tante Rose. Elle les trouva sur la terrasse et les remercia chaleureusement. Hunter vint la rejoindre dans le même but, et l'ancien chef de la police dit à Kenzie au moment où elle s'apprêtait à partir :

— Il n'y a pas que le travail dans la vie, ma belle ! Lève le pied, de temps en temps !

— D'accord.

— Je compte sur vous pour lui faire tenir parole, Brannigan !

— Je ferai de mon mieux, monsieur, répondit l'interpellé.

Quand ils eurent quitté la terrasse, Kenzie demanda à Hunter :

— Je rêve, ou bien tu viens de t'engager à m'empêcher de me surmener ?

— Non, je viens de promettre à ton oncle d'essayer de te faire « lever le pied ». Mais je ne peux pas t'y forcer, et le succès ou l'échec de ma mission dépend donc de toi.

— Tu pinailles !

— Non, je cherche à éviter que mes paroles soient mal interprétées. C'est un risque dont j'ai appris très jeune à me protéger.

— Très jeune ? répéta Kenzie, intriguée.

Car elle connaissait la réputation de Hunter, mais pas son passé.

— À l'âge où j'ai dû élever mon père, déclara-t-il.

Bien qu'il n'ait pas du tout l'air ivre, peut-être avait-il quand même trop bu, pensa Kenzie, parce que sa réponse n'avait aucun sens.

— Tu m'expliques ? demanda-t-elle.

Hunter faillit éluder, mais Kenzie satisferait alors sans doute sa curiosité par un autre moyen. Si c'était lui qui racontait l'histoire, il saurait au moins qu'elle en entendrait une version exacte.

— Mon père a quitté le domicile conjugal quand nous étions encore petits, mon frère cadet et moi. Notre mère, qui n'était déjà pas très équilibrée, a alors décidé de refaire sa vie complètement

– c'est-à-dire sans s'encombrer d'enfants. Elle nous a confiés à sa mère et, quand celle-ci n'a plus été capable de s'occuper de nous, notre père est venu à la rescousse.

Ces derniers mots furent ponctués d'un tendre sourire, puis Hunter reprit :

— C'était un type formidable, mais il aimait un peu trop la bouteille, si bien que j'ai dû m'occuper autant de lui – de façon différente mais presque aussi attentive – que de mon petit frère.

Tout en parlant, ils avaient atteint la petite voiture de sport de Hunter, garée dans une rue voisine. Bien qu'il ne la lui ait pas encore demandée, Kenzie lui donna son adresse.

— J'ai répondu à ta question ? déclara-t-il après avoir démarré.

— C'est un début.

— Comment ça ?

— Eh bien, j'imagine que j'apprendrai le reste de ton histoire par épisodes, pendant que nous travaillerons ensemble… C'est ce que font les coéquipiers, non ? Ils se racontent leur vie pour tromper l'ennui.

— Notre enquête est tout sauf ennuyeuse !

— Oui, mais elle avance lentement.

— Tu trouves ?

— Ce n'est pas une critique ! Ce que je veux dire, c'est que si tu as envie ou besoin de parler, je t'écouterai.

Hunter ravala la remarque ironique qui lui était montée aux lèvres. Le brusque changement d'attitude de Kenzie envers lui le surprenait agréablement, et il ne voulait pas gâcher ce moment de grâce en lançant un de ses sarcasmes habituels.

— D'accord, je m'en souviendrai, déclara-t-il simplement.

Kenzie s'agita nerveusement dans son siège. Hunter lui ayant confié quelque chose de personnel, elle se sentait presque obligée de lui rendre la pareille, mais sans en avoir pour l'instant le courage.

Quand il se gara sur le parking de son immeuble, elle se tourna vers lui et se jeta à l'eau.

— Tu avais raison, l'autre jour.

— À propos de quoi ?

— De mon ex-fiancé. Tu as dit qu'il ne me méritait pas et, sans me vanter, c'est la vérité.

— Bien sûr ! C'était alors une simple conjecture de ma part, mais tes frères me l'ont confirmé depuis. Ils ne savent cependant pas pourquoi tu as rompu tes fiançailles.

— Non, je ne l'ai dit à personne. Je ne voulais pas inspirer de la pitié.

— De la pitié ? Et pourquoi ?

— Parce que Billy me trompait, répondit Kenzie.

Même après tout ce temps, ces mots lui laissaient un goût amer dans la bouche. Elle avait aimé Billy, et la blessure causée par ses infidélités n'était pas complètement cicatrisée.

— Quand je l'ai appris, continua-t-elle, il m'a suppliée de lui pardonner, et promis de ne jamais recommencer.

— Mais il a recommencé...

— Oui, et je lui ai de nouveau pardonné.

— Mais la fois suivante, tu l'as quitté.

— Comment le sais-tu ?

— Je pense que tu n'es pas femme à supporter plus de trois fois d'être trahie.

Lisant sur le visage de Kenzie un mélange d'inquiétude et de méfiance, Hunter posa une main sur son épaule.

— Ne t'en fais pas, reprit-il, je n'en parlerai à personne, et surtout pas à tes frères. S'ils étaient au courant, ils tueraient ce Billy de leurs propres mains. Je peux les comprendre, mais ce sont mes amis, et je ne veux pas les voir inculpés de meurtre. Sans compter que sa stupidité vaut déjà à ce type une lourde punition.

— Quelle punition ?

— Il t'a perdue faute de mesurer la chance qu'il avait, non ?

Kenzie eut soudain l'impression que le temps s'arrêtait.

Peut-être était-ce à cause de l'heure tardive... Ou de la fatigue accumulée au cours de ses longues journées d'enquête... À moins que ce ne soit le fait d'entendre, pour la première fois depuis longtemps, quelqu'un d'extérieur à sa famille lui dire quelque chose de gentil ?

Toujours est-il que, sous l'effet d'une impulsion subite, elle se pencha vers Hunter et l'embrassa...

Une fois, et puis elle recommença, comme pour se convaincre que le plaisir provoqué par ce premier baiser n'était pas le fruit de son imagination.

Mais, non, elle éprouva le même feu d'artifice de sensations, le même sentiment d'euphorie…

Alors qu'elle s'apprêtait à s'écarter de Hunter, il la serra contre lui et prolongea leur baiser avec une ardeur qui fit bouillonner le sang dans ses veines et battre son cœur encore plus fort qu'à l'arrivée du marathon couru pendant ses études à l'école de police.

# 19

Hunter détacha ses lèvres de celles de Kenzie.

Il lui semblait avoir été propulsé dans un univers parallèle. Ou alors il était en train de dormir, et tout cela n'était qu'un rêve. Un rêve merveilleux.

— Si je m'attendais à ça..., déclara-t-il.

— Pour moi aussi, c'est une surprise, murmura Kenzie.

Puis elle s'obligea à bouger dans l'espoir de recouvrer un minimum de contrôle sur la situation et sur elle-même. Mais sa main tremblait lorsqu'elle ouvrit sa portière, et ses genoux manquèrent de se dérober sous elle quand elle mit pied à terre.

*Ressaisis-toi, Kenzie !*

— Merci de m'avoir raccompagnée, dit-elle à Hunter.

— De rien.

Hunter mourait d'envie de pousser plus loin l'initiative que la jeune femme avait prise, mais il savait qu'en précipitant les choses il risquait de l'effrayer, ou pire... Il resta donc assis au volant, immobile et silencieux.

L'appartement de Kenzie était situé au rez-de-chaussée d'un immeuble de deux étages. Elle se dirigea vers l'entrée mais, au bout de trois pas, elle rebroussa chemin et alla demander à Hunter par la vitre ouverte de sa portière :

— Tu veux entrer boire un café ?

Après quelques secondes d'hésitation, il répondit :

— Volontiers.

— Alors viens !

Il descendit de voiture, appuya sur la commande de verrouillage des portières et suivit Kenzie.

— J'habite au rez-de-chaussée, lui indiqua-t-elle.

— Ce n'est pas prudent, pour une femme seule.

— Je sais, mais cet immeuble n'a pas d'ascenseur, et je n'aime pas l'idée de gravir des étages avec de lourds sacs de provisions. De plus, quand je me suis installée ici, c'était censé être temporaire. Je voulais surtout, dans un premier temps, habiter à proximité du commissariat.

Kenzie ouvrit sa porte, et introduisit Hunter dans un séjour clair et spacieux

— Ce « temporaire » dure maintenant depuis un peu plus de trois ans, ajouta-t-elle en refermant la porte derrière lui.

— Mais tu as toujours envie d'aller vivre ailleurs ? demanda-t-il.

— Oui, dans une maison. Quand je regarde par la fenêtre de ma chambre, j'aimerais voir un jardin, pas un parking.

— Je comprends, et ça t'arrivera un jour.

— Comment peux-tu être aussi affirmatif ?

— Tu es une battante. Tu feras en sorte que ton rêve se réalise.

— Qu'est-ce que tu en sais ? Tu me connais à peine !

Avant de répondre, Hunter alla s'installer sur un canapé qui devait pouvoir accueillir quatre personnes au moins.

Ce meuble était à l'image de la famille Cavanaugh : d'une taille démesurée ! pensa Hunter, amusé.

Kenzie, elle, était maintenant dans la cuisine attenante au séjour, et elle préparait le café.

— Détrompe-toi ! répliqua Hunter. J'ai étudié de près *tous* les Cavanaugh.

— Quelle drôle d'idée ! Tu n'aurais pas le cerveau un peu dérangé ?

— Non, c'est le comportement de quelqu'un qui n'a pas de famille et qui le regrette.

— Pas de famille ? Tu m'as parlé tout à l'heure de ton père et de ton frère cadet !

— Je me suis mal exprimé : c'est *plus* de famille que j'aurais dû dire.

Venue entre-temps s'asseoir sur le canapé, Kenzie déclara, un peu honteuse de sa brusquerie :

— Excuse-moi... Que s'est-il passé ?

— Mon père est mort pendant ma dernière année d'école de police : son foie a fini par lâcher. Quant à mon frère, il a un jour disparu de la circulation, et j'ai appris il y a six mois qu'il avait succombé à une overdose d'héroïne. Tes frères sont pour moi ce qui se rapproche le plus d'une famille et, par extension, ça vaut pour tous les Cavanaugh.

La cafetière émit un dernier gargouillis, puis trois petits bips annoncèrent que le café était prêt. Hunter se leva et se dirigea vers la cuisine.

— Où tu vas ? lui demanda Kenzie avant de sauter sur ses pieds et de le suivre.

— Je réponds à l'appel de la cafetière.

— Tu es mon invité, ce n'est pas à toi de servir le café !

— Ça ne me dérange pas, et nous avons dépassé le stade des cérémonies, il me semble !

Hunter se retourna et posa sur Kenzie un regard brûlant.

— Ce n'est pas seulement pour boire un café que tu es venu, n'est-ce pas ? dit-elle d'une voix mal assurée.

— Non, mais je ne ferai rien que tu ne m'aies donné la permission de faire.

Le cœur battant, les yeux fixés sur le beau visage de Hunter, Kenzie s'approcha de lui.

Pourquoi la fascinait-il autant ? Pourquoi, de tous les hommes de son entourage, était-ce celui-ci qu'elle désirait ?

— Je vais le regretter, mais tant pis..., déclara-t-elle avant de lui passer les bras autour du cou.

— Ce n'est pas certain, observa-t-il en l'enlaçant.

— Si, ça l'est.

Kenzie crut avoir prononcé ces mots à voix haute, mais peut-être ne les avait-elle formulés qu'intérieurement... Elle ne le saurait jamais, parce que Hunter s'empara juste après de ses lèvres et qu'elle sentit sa lucidité s'envoler.

Il était trop tard, beaucoup trop tard, pour revenir en arrière.

L'aurait-elle pu, d'ailleurs, qu'elle ne l'aurait pas fait, faute de le vouloir. En cet instant précis, elle avait *besoin* de s'abandonner au plaisir qu'elle savait d'instinct Hunter capable de lui procurer.

Une même fièvre devait habiter ce dernier, car à peine lui avait-elle indiqué, en déboutonnant sa chemise, sa volonté d'aller plus loin qu'il descendit la fermeture Éclair de sa robe et la fit glisser sur le sol. Ils finirent ensuite de se déshabiller mutuellement, sans se soucier de l'endroit où tombaient leurs vêtements.

Lorsqu'ils furent peau contre peau, Kenzie crut que Hunter allait tout de suite unir leurs corps... Au lieu de cela, il commença par tracer des sillons de baisers sur ses épaules, sa gorge, son ventre... Elle essaya de lui rendre la pareille, mais il lui était difficile de se concentrer quand une multitude de sensations délicieuses ne cessaient de fuser à travers son corps.

Des sensations encore inconnues.

Car bien que Hunter ne soit pas son premier amant, jamais encore aucun homme ne l'avait fait se sentir aussi belle, aussi désirée.

C'était cela dont elle se souviendrait plus tard, se promit-elle.

Et si ses frères disaient vrai, si des dizaines de femmes s'étaient réellement succédé dans la vie de Hunter, elle voulait que, pour lui aussi, ces moments soient mémorables.

Forte de cette résolution, Kenzie gagna en audace et en inventivité, si bien qu'ils n'eurent pas le temps d'aller dans la chambre : ce fut le tapis du séjour qui accueillit leurs corps palpitants.

Avant de la pénétrer, Hunter plongea son regard dans celui de Kenzie, comme pour solliciter son accord. Elle le lui donna au moyen d'un sourire et, l'instant d'après, ils ne faisaient plus qu'un. Hunter se mit ensuite à bouger en elle, de plus en plus vite, jusqu'à ce que l'explosion de la jouissance leur arrache à tous les deux un cri de bonheur.

Pendant quelques minutes, Kenzie flotta dans un état de semi-inconscience, et puis la réalité s'imposa.

Maintenant qu'il avait assouvi son désir, pensa-t-elle, Hunter allait lui murmurer une banalité, se lever, se rhabiller et partir.

Peut-être même ne dirait-il rien.

Elle s'interdit d'en éprouver de la déception. Car ce n'était pas une relation suivie qu'elle recherchait, mais la satisfaction ponctuelle d'un besoin physique, non ?

Hunter, qui s'était affaissé sur elle, se mit à bouger...

Voilà, songea-t-elle, le moment fatidique était arrivé.

Mais, à sa grande surprise, Hunter se contenta de rouler sur le côté. Il se souleva ensuite sur un coude, se pencha vers elle et lui demanda :

— Ça va ?

— Oui, répondit-elle avec circonspection. Pourquoi ?

— Parce que, l'espace d'un instant, à la fin, j'ai cru que tu t'étais arrêtée de respirer. Je ne t'ai pas fait mal, j'espère ?

Cachant sa surprise, car elle ne s'attendait pas à ce que Hunter se montre aussi attentionné, Kenzie répondit :

— Je suis plus solide que j'en ai l'air.

— Aucun doute là-dessus ! Je voulais juste m'assurer que tout allait bien.

Kenzie s'aperçut alors que Hunter lui avait passé un bras autour des épaules et la serrait contre lui. Elle sentait leurs cœurs battre à l'unisson, et il y avait dans cet accord quelque chose d'émouvant.

— Tout va bien, déclara-t-elle.

— Tant mieux ! dit Hunter en effleurant ses cheveux d'un baiser.

Il se comportait comme s'ils éprouvaient de l'affection l'un pour l'autre, comme si ce qui venait de se passer entre eux était autre chose qu'un rapport sexuel torride mais sans lendemain.

C'était incompréhensible, et cela continuait d'entamer l'image qu'avait Kenzie d'un Hunter séducteur sans scrupules.

— Qu'est-ce qu'on va faire du reste de la soirée ? demanda-t-il.

Sans trop savoir pourquoi – peut-être à cause du ton sur lequel il avait posé cette question –, Kenzie éclata de rire. Des larmes se mirent à couler sur ses joues, et elle les essuya du revers de sa main avant d'embrasser Hunter en guise de réponse.

L'incendie qui enflamma instantanément leurs sens rendit leurs ébats plus fougueux encore que les précédents, même s'ils eurent cette fois le temps d'aller s'étendre sur le lit de Kenzie avant d'en savourer l'apothéose.

Hunter passa la nuit chez Kenzie et, bien que certaine de ne pas pouvoir fermer l'œil, elle s'endormit dans ses bras.

Quand Kenzie se réveilla, le lendemain matin, la place, à côté d'elle, était vide.

Une onde de déception la parcourut, qu'elle se reprocha aussitôt : à quoi s'attendait-elle ? À trouver des pétales de roses sur son oreiller ? Elle n'était qu'une femme parmi les dizaines de celles que Hunter avait séduites et séduirait encore ! Il n'était pas homme à s'attarder une fois sa libido satisfaite. Elle était même surprise qu'il soit resté si longtemps... Car il n'avait sûrement pas envie qu'elle commence à croire au début d'une grande histoire d'amour !

Kenzie se redressa. Elle devait s'habiller en ce lundi matin, premier jour d'une nouvelle semaine d'enquête. Elle avait une tueuse en série à mettre hors d'état de nuire, et ce n'était pas en se lamentant sur son sort qu'elle y parviendrait.

Une odeur indéfinissable lui parvint de la pièce voisine au moment où elle se levait.

Avait-elle oublié d'éteindre la cafetière, hier soir ? Si oui, cela risquait de provoquer un incendie !

Affolée, elle se rua dans la cuisine, prête à y voir... tout sauf ce qu'elle découvrit.

# 20

La stupeur laissa Kenzie sans voix.

Hunter n'était pas parti.

Ce qu'elle avait senti, c'était une odeur de café frais mêlée à celle des œufs au bacon en train de cuire dans une poêle. Il y avait aussi du pain dans le toasteur, mais, pour l'instant, Hunter ne cuisinait pas : il fixait Kenzie.

— Tu ne t'habilles jamais pour le petit déjeuner ? demanda-t-il sur un ton pince-sans-rire.

S'apercevant alors qu'elle était sortie de sa chambre en tenue d'Ève, Kenzie poussa un petit cri de consternation et chercha des yeux quelque chose pour se couvrir.

Et puis elle renonça à cette idée. Hunter l'avait déjà vue nue, et ce brusque accès de pudeur était donc absurde.

Elle n'en alla pas moins se poster derrière un siège dont le dossier lui permettait de se sentir plus à l'aise pour entamer une conversation.

— J'ai eu peur d'avoir laissé la cafetière allumée, hier soir, expliqua-t-elle. Mais je me rappelle maintenant qu'elle s'éteint automatiquement au bout d'un quart d'heure... Qu'est-ce que tu fais ?

— Je prépare le petit déjeuner. Ça me paraissait évident, mais peut-être que ça ne l'est pas tant que ça, puisque tu me poses la question !

— C'était moins une question qu'une manifestation de

surprise ! dit Kenzie un peu sèchement, parce qu'elle n'aimait pas être prise au dépourvu. Pourquoi tu ne m'as pas réveillée ?

Les tranches de pain sautèrent du toasteur. Hunter les sortit et commença à les beurrer avant de répondre :

— Tu travailles beaucoup en ce moment. J'ai pensé qu'une petite grasse matinée te ferait du bien. Si je t'ai contrariée, je m'en excuse.

Honteuse de sa brusquerie, Kenzie déclara d'une voix radoucie :

— Euh... maintenant que je suis rassurée, je vais aller m'habiller.

— Tu peux rester comme ça. Ça ne me dérange pas, au contraire !

— Très drôle ! grommela Kenzie avant de regagner sa chambre.

Elle en ressortit moins de cinq minutes plus tard, et Hunter, qui se tenait devant la gazinière, dos au séjour, lui demanda :

— Tu ne t'es pas habillée, finalement ?

Puis il se retourna et, à sa grande déception, vit que la jeune femme portait un jean et un T-shirt.

— Tu as fait vite ! observa-t-il. Viens t'asseoir, le petit déjeuner est prêt.

Kenzie s'attabla, et Hunter posa devant elle un mug de café et une assiette assez grande pour contenir des œufs au bacon et deux tranches de pain de mie grillées.

Peu habituée à se faire servir, Kenzie se sentit gênée de l'être – et chez elle, de surcroît !

— Merci, déclara-t-elle, mais... où est passé le Brannigan machiste que je connais ?

— Il n'a jamais existé que dans ton imagination. Je t'avais dit que je traitais les femmes avec le plus grand respect... Ce n'est pas ma faute si tu as alors refusé de me croire !

Plutôt que de s'attarder sur un sujet qui ne la faisait pas paraître à son avantage, Kenzie se tut et attaqua son petit déjeuner. Hunter alla se servir le sien, puis il s'installa en face d'elle.

Ce fut seulement en commençant à manger que Kenzie eut conscience d'avoir très faim, et il ne restait presque plus rien dans son assiette quand elle observa :

— C'est très bon ! Quand as-tu appris à cuisiner ?

— Quand mon père nous a récupérés, mon frère et moi. Après qu'il a failli plusieurs fois mettre le feu à la cuisine en préparant un repas, j'ai compris que je devais prendre les choses en main dans ce domaine-là *aussi*.

Le portable de Kenzie sonna, dans sa poche. Elle l'en avait à peine sorti que celui de Hunter fit de même. Il attendit pour décrocher de s'être levé et éloigné de quelques pas. Kenzie, elle, avait tout de suite pris la communication. C'était Choi qui appelait.

— Un ranger a rencontré un couple de randonneurs terrorisés, tard hier soir. Ils s'étaient perdus et, quand ils ont vu un bungalow, ils ont décidé d'y passer la nuit : ils le croyaient abandonné. D'après le ranger qui les a recueillis, ils tremblaient comme des feuilles.

— Où sont-ils en ce moment ?

— Dans nos locaux. Le ranger a appelé la police, et une de nos voitures est allée les chercher.

— Tu leur as parlé ?

— Oui. La peur rend leurs propos presque incohérents, mais d'après ce que j'en ai compris, ce qu'ils ont à raconter est très intéressant... Il faut les soumettre à un interrogatoire serré.

— J'arrive !

Kenzie coupa la communication, et Hunter, qui avait déjà raccroché, lui annonça :

— Valdez a localisé le frère et la belle-sœur de Jerry Wiley, la quatrième victime identifiée. Il va aller leur parler, pour tenter de savoir qui Jerry fréquentait dans les mois ou les semaines qui ont précédé sa disparition... Et toi, qui t'a appelée ?

— Choi, pour m'informer qu'un couple de randonneurs était tombé par hasard sur un bungalow qui, pour une raison ou pour une autre, les a terrorisés.

Kenzie se dirigea vers le secrétaire où elle rangeait son arme de service. En se retournant après l'avoir prise, elle vit que Hunter avait pendant ce temps débarrassé la table et empilé la vaisselle dans l'évier.

Cet homme ne cessait décidément d'accumuler les bons points !

— Qu'y avait-il dans ce bungalow de si horrible ? demanda-t-il.

— Je ne sais pas : Choi n'est pas entré dans les détails. C'est un ranger qui a trouvé ces randonneurs, et ils sont maintenant au commissariat... On y va ?

— On y va !

Une fois sur le parking, Kenzie observa :

— Je crois qu'on devrait prendre chacun notre voiture.

— Bonne idée ! Mieux vaut ne pas prêter le flanc aux commérages.

— Et il y a autre chose : certaines personnes présentes à la réception de mon oncle vont peut-être remarquer que tu portes les mêmes vêtements qu'hier.

— Peut-être, mais ces personnes ne me poseront pas de questions, car elles savent que je n'y répondrai pas. Je ne suis pas du genre à faire étalage de ma vie privée.

Kenzie se rendit alors compte que c'était précisément cela dont elle avait peur : si quelqu'un apprenait que Hunter et elle avaient passé la nuit ensemble, le commissariat tout entier ne tarderait pas à être au courant. Sans en avoir honte ni le regretter, elle préférait que cela ne s'ébruite pas.

— Tu n'as pas à t'inquiéter, reprit Hunter. Je ne parlerai à personne de la nuit dernière.

Il monta ensuite dans sa voiture et démarra pendant que Kenzie se dirigeait à grands pas vers la place de parking qui lui était réservée.

Sur le chemin du commissariat, Kenzie ne put s'empêcher de penser au changement que ces dernières vingt-quatre heures avaient amené dans sa vie.

*Non !* se dit-elle aussitôt. À partir de maintenant, elle ne devait plus considérer Hunter comme un amant, mais de nouveau comme un simple collègue. Elle n'avait pas le droit de se laisser distraire de leur enquête… Sans compter qu'il considérait peut-être déjà cette parenthèse comme refermée.

Arrivée à destination, Kenzie se gara comme d'habitude à l'arrière du commissariat. Elle gravit ensuite deux à deux les marches qui menaient à la porte de derrière. L'appel de Choi avait piqué sa curiosité.

Qu'est-ce qui avait bien pu terroriser ces randonneurs ? Pour qu'ils aient été dirigés vers son groupe de travail, ce devait être en rapport avec l'enquête... Étaient-ils tombés sur un cadavre ? ou sur des restes humains semblables à ceux qui avaient été découverts à Aurora Park ?

Quand Kenzie entra dans la pièce qui servait de quartier général à leur équipe, Choi y était seul. Elle n'avait pas vu la voiture de Hunter sur le parking, tout à l'heure, mais elle n'en avait rien déduit : aucun règlement n'obligeait le personnel du commissariat à s'y garer.

Mais, comme ils avaient quitté le parking de son immeuble à quelques minutes seulement d'intervalle, il aurait dû être là...

Où était-il ?

Kenzie s'interdit de s'inquiéter. Hunter devait traîner un peu en route, tout simplement, pour ne pas risquer d'arriver en même temps qu'elle et d'alimenter ainsi les ragots.

Choi se leva alors et lui annonça :

— Les randonneurs sont dans la salle de conférences.

— Comment s'appellent-ils ?

— Bob et Cynthia Kellogg. On y va ?

— Non, on attend Brannigan. Il codirige l'équipe, et il serait indélicat de recueillir un témoignage important sans lui.

— Il n'est pas au courant, pour les randonneurs. Je ne l'ai pas appelé.

— Moi, si, juste après ton coup de téléphone, prétendit Kenzie. Il m'a dit qu'il allait sauter dans sa voiture, mais tout le monde n'habite pas aussi près du commissariat que moi.

Ce fut tout ce qu'elle trouva pour expliquer l'absence de Hunter et faire patienter son coéquipier.

Par chance, Hunter arriva deux minutes plus tard. Préférant finalement prévenir toute question sur l'endroit où il avait passé la nuit, il s'était changé, et Kenzie réprima un sourire.

Il salua Choi d'un signe de tête, n'oublia heureusement pas d'adresser le même à Kenzie, et demanda ensuite :

— Où sont les randonneurs ?

— Dans la salle de conférences, répondit Choi. O'Hara n'est pas encore là, et Valdez est allé interroger le frère et la belle-sœur de Jerry Wiley.

— Pourquoi est-ce à nous que ce couple a été adressé ?

— Les agents de police qui sont allés les récupérer leur ont parlé. Il semble que l'histoire de notre veuve noire se soit répandue.

Hunter, Kenzie et Choi se rendirent ensuite dans la salle de conférences. Ils y trouvèrent deux trentenaires d'allure sportive, mais aussi nerveux que s'ils craignaient que leurs chaises ne prennent brusquement feu. Leur récente aventure les avait traumatisés au point que la femme avait poussé un cri de frayeur en entendant la porte s'ouvrir.

— Désolée ! déclara Kenzie. Je ne voulais pas vous faire peur.

— Tout lui fait peur en ce moment, indiqua son mari. Et à moi aussi !

Après que Choi eut fait les présentations, Hunter demanda :

— Que s'est-il passé hier soir, monsieur Kellogg ?

— J'aimerais pouvoir l'effacer de ma mémoire...

La voix de l'homme se brisa. Son épouse lui prit la main, et Kenzie se demanda si c'était pour lui offrir du réconfort ou pour en chercher.

— Ça nous ennuie de vous faire revivre une expérience aussi éprouvante, monsieur Kellogg, dit-elle, mais on a absolument besoin que vous nous la racontiez de la façon la plus complète et précise possible. Un détail apparemment insignifiant nous permettra peut-être de sauver la vie de quelqu'un.

Bob inspira profondément, serra la main de sa femme comme pour se donner du courage et déclara :

— On a marché plus longtemps que prévu, et on a fini par se perdre. Un orage nous a ensuite surpris, et quand on a aperçu un bungalow, on s'est dit qu'on avait de la chance : il allait nous servir d'abri contre la pluie, et même de refuge pour la nuit si le temps ne s'améliorait pas.

— Vous sauriez y retourner ? demanda Hunter.

Bob ferma les yeux, comme si cette seule perspective lui était douloureuse. Cynthia, elle, poussa un petit gémissement. Hunter s'en serait voulu de les faire souffrir si leur témoignage n'avait été aussi important.

— Oui, finit par répondre Bob, je crois que je pourrais retrouver ce bungalow.

— Très bien ! Vous y êtes entrés ?

— Oui.

— La porte n'était pas fermée à clé, alors ?

— Non, et ce qu'on a vu derrière nous a donné froid dans le dos. C'était tellement… bizarre.

— Bizarre comment ? déclara Kenzie.

— Il y avait des feuilles de plastique accrochées un peu partout. Plusieurs allaient du sol au plafond, et il y avait ce qui ressemblait à du sang sur certaines… On a tout de suite senti qu'il se passait des choses horribles dans cette maison, et puis, tout à coup, on a entendu un bruit strident…

— Vous avez vu ce qui l'avait produit ? demanda Hunter.

— Vous plaisantez ? On a fait demi-tour, et on est partis en courant !

Kenzie et Hunter échangèrent un regard.

Les Kellogg seraient-ils tombés sur l'endroit où la veuve noire tuait et découpait ses victimes ?

# 21

Bob Kellogg aurait peut-être accepté d'emmener les policiers au bungalow si son épouse ne s'y était opposée avec une véhémence proche de l'hystérie.

— J'ai l'impression que ces deux-là ne sont pas près de repartir en randonnée, observa O'Hara.

Il avait rejoint ses collègues quelques minutes plus tôt, et ils s'étaient tous réunis dans un coin de la salle de conférences pour offrir au couple un peu d'intimité.

— Qu'est-ce qu'on va faire ? déclara Kenzie.

Plutôt que de perdre du temps à étudier différentes possibilités, Hunter se tourna vers Bob et lui demanda :

— Vous vous rappelez dans quelle direction vous alliez quand l'orage a éclaté ?

— Oui, vers le nord. Et à partir du moment où je me suis aperçu qu'on s'était perdus, j'ai créé des repères visuels tous les cent mètres environ, sous forme de petits tas de pierres, pour nous guider au retour. La pluie a commencé à tomber après l'installation du troisième repère, et le bungalow nous est apparu quelques minutes plus tard.

— J'imagine que vous avez une carte, dans votre sac à dos ?

— Oui.

— Montrez-nous jusqu'où vous êtes allés avant de vous perdre.

Bob obéit, et Hunter, qui connaissait assez bien la région, fut certain de pouvoir maintenant trouver le bungalow sans son aide.

Les quatre policiers remercièrent les Kellogg et regagnèrent leur quartier général pour préparer leur expédition.

Estimant qu'un assassinat au moins avait été commis dans ce bungalow, Kenzie décida de demander à une équipe de la police scientifique de les accompagner.

— Ne vaut-il pas mieux d'abord s'assurer que nos randonneurs ne se sont pas laissé emporter par leur imagination ? objecta Hunter.

Normalement, Kenzie aurait été du même avis mais, là, son instinct lui disait que le temps pressait.

— J'ai le sentiment que, si on attend, cette piste sera perdue. C'est la saison des incendies... La personne qui utilise ce bungalow peut en profiter pour y mettre le feu si elle se sent menacée.

— Tu as raison, admit Hunter. Allons voir ton oncle Sean.

— Je ne comprends pas pourquoi tant de gens aiment la randonnée, déclara Kenzie quelques heures plus tard.

Hunter, Choi, O'Hara et elle, accompagnés de quatre techniciens de scène de crime, étaient en train de gravir une hauteur baptisée Big Haven Mountain.

— Je pense que c'est pour la vue, dit Hunter.

Kenzie craignait à chaque pas de glisser. Hunter lui avait tendu la main à plusieurs reprises, mais elle l'avait ignorée à chaque fois.

— Je peux trouver sur Internet de magnifiques photos de paysages, souligna-t-elle.

— L'air est plus pur ici qu'en ville.

— Oui, mais il y a moins de moustiques en ville, et on s'y fatigue moins à marcher.

— J'ai l'impression d'entendre une ado grognon ! observa Hunter en riant.

— Bon, j'arrête de me plaindre, mais la randonnée ne comptera jamais parmi mes activités préférées ! Je regrette de ne pas avoir le pied aussi sûr qu'une chèvre.

— Si tu l'avais, tu ressemblerais à une chèvre, et ce serait très dommage !

Cette remarque les fit rire, et Choi, derrière eux, s'exclama :

— Vous vous amusez bien, tous les deux ? J'aurais vraiment préféré que vous ayez choisi Valdez pour vous accompagner !

— Il est plus âgé que toi, indiqua Kenzie.

— Oui, et ça veut dire que je mourrai *vraiment* jeune si je me casse le cou sur cette satanée montagne !

— Malgré son nom, cette « montagne » est à peine plus haute qu'une colline ! indiqua Hunter. Et on vient de dépasser le troisième tas de pierres construit par Kellogg... On est presque arrivés.

— Tant mieux ! s'écria Choi. Mais j'aurai au moins appris aujourd'hui que je préfère encore la paperasse à la randonnée !

— Ce qui ne t'empêchera pas de râler la prochaine fois que tu auras un rapport à rédiger ! dit Kenzie.

Sans doute parce que c'était vrai, son coéquipier ne protesta pas.

— Je le vois ! s'exclama alors Hunter.

— C'est du bungalow que tu parles ? demanda Kenzie. Parce que moi, je ne vois rien !

— Là-bas..., déclara Hunter en pointant le doigt vers la droite.

Le groupe prit cette direction, et Kenzie ne tarda pas à apercevoir le logis découvert par les Kellogg. Elle en fut si contente que, oubliant sa fatigue, elle franchit presque en courant le reste du trajet et se trouva vite devant une petite maison rustique, sans étage et aux volets fermés.

Arrivée la première devant la porte, elle commença par enfiler des gants en latex. Elle bouillait d'impatience mais, si son instinct ne la trompait pas, il y avait déjà dans cet endroit les empreintes digitales de nombreuses personnes. Inutile de compliquer encore les choses en y ajoutant les siennes !

Le temps qu'elle mette ces gants, Hunter l'avait rejointe, et elle s'aperçut qu'il avait pris la même précaution qu'elle.

— Prête ? lui demanda-t-il, la main sur la poignée.

Du coin de l'œil, elle vit que leurs compagnons avaient l'air de retenir leur souffle.

— Prête ! répondit-elle.

À la seconde même où Hunter ouvrit la porte, Kenzie sut qu'ils avaient trouvé le repaire de la veuve noire : bien qu'il n'y ait aucun cadavre en vue, il y flottait une odeur de mort.

— Qu'est-ce que tu en penses ? lui demanda Hunter.

— Je suis certaine qu'on est au bon endroit.

Le vent chaud qui entrait par la porte faisait bouger les grandes feuilles de plastique dont Bob Kellogg avait parlé. Ce bruit et ce mouvement achevaient de rendre inquiétante l'atmosphère de la maison.

— C'est du sang, déclara Kenzie en montrant une tache rouge, sur l'appui d'une fenêtre.

— Et il y en a des éclaboussures ailleurs, dit Hunter.

Leurs collègues les rejoignirent alors. Les techniciens de scène de crime entreprirent de passer le bungalow au peigne fin tandis que Kenzie, Hunter et les deux membres de leur groupe de travail se mettaient en quête d'indices plus directement exploitables que des empreintes ou des éléments pileux.

Le bungalow se composait de deux pièces et d'une minuscule salle de bains. La porte d'entrée s'ouvrait sur un séjour meublé de deux chaises et d'une grande table rectangulaire.

L'imaginant recouverte de plastique et servant à tout autre chose qu'à manger, Kenzie ne put réprimer un frisson, et Hunter observa :

— Tu trembles ? Tu ne peux tout de même pas avoir froid !

— Si, murmura-t-elle.

Car l'horreur des crimes commis ici glaçait le sang dans ses veines.

— Hé, Cavanaugh ! appela Choi depuis la pièce voisine. Devine ce que j'ai trouvé !

*Pas un autre tronc sans tête, j'espère !* pensa Kenzie.

Accompagnée de Hunter et d'O'Hara, elle alla rejoindre son coéquipier.

Choi était à quatre pattes près d'un lit, et ils le virent sortir ce qui était caché dessous : une scie sans fil et une scie à métaux dont la lame était partiellement cassée. Il se releva ensuite, épousseta ses genoux et s'écria :

— Je crois qu'on a touché le jackpot !

Pendant ce temps, O'Hara était allé ouvrir l'unique meuble de rangement de la pièce – une armoire penderie qui ne contenait que des cintres vides.

— La personne qui mettait là des vêtements est partie avec, déclara-t-il.

— Mais elle était encore là quand les Kellogg ont pénétré dans le pavillon. Ils ont eu de la chance, car c'est leurs cadavres que nous aurions sans doute trouvés ici aujourd'hui ! observa Hunter.

— Non, je ne pense pas, objecta Kenzie. Ils ne correspondent ni l'un ni l'autre au type de victime que recherche notre veuve noire.

— En effet, mais elle les aurait alors tués par nécessité, non par plaisir, souligna O'Hara.

— C'est vrai, admit Kenzie. Si on allait explorer les alentours, maintenant ?

Un appentis se dressait au fond du jardin, derrière la maison. Ils commencèrent par là, et Kenzie observa en s'en approchant :

— J'espère qu'il n'y a pas de rats, là-dedans !

— Il n'y a qu'un moyen de le savoir, dit O'Hara.

Puis il dépassa ses compagnons et alla ouvrir la porte de l'appentis.

— Bon sang ! s'exclama-t-il.

Hunter courut le rejoindre.

— Qu'y a-t-il ?

Apparemment incapable de parler, O'Hara lui fit signe de reculer. Il s'éloigna ensuite de quelques pas et se mit à vomir tripes et boyaux.

Inquiète, Kenzie voulut se porter à son secours mais, en arrivant au niveau de la porte, elle vit l'intérieur de l'appentis et s'arrêta net, prise d'un dégoût insurmontable.

Le sol du bâtiment était jonché de têtes et de mains coupées - celles des victimes dont le tronc avait été découvert à Aurora Park, de toute évidence.

Voyant que Kenzie, malgré sa pâleur, s'apprêtait à entrer dans l'appentis, Hunter la prit par le bras et la tira en arrière pour l'en empêcher.

— Va chercher les techniciens, Choi ! ordonna-t-il.

— C'est là qu'elle les cachait..., dit Kenzie d'une voix blanche.

Hunter essayait de l'éloigner de l'appentis, et il était fort, mais elle résista.

— C'est sa salle des trophées, poursuivit-elle. Là où cette femme peut venir admirer son œuvre.

— Tu n'en sais rien, objecta Hunter. Cet endroit lui sert peut-être juste à entreposer les restes identifiables de ses victimes.

— Non, dans son esprit, ce sont des trophées, je le sens ! On a affaire à un monstre !

— Ce n'est pas moi qui te dirai le contraire !

Choi revint alors, accompagné des techniciens de scène de crime. C'étaient tous des professionnels chevronnés, et pourtant le spectacle d'horreur qu'ils découvrirent à leur tour les fit pâlir.

— Ça va nous prendre du temps ! annonça Lawrence, leur chef.

— Prenez-en autant que nécessaire, lui déclara Kenzie en s'efforçant de cacher qu'elle était toujours au bord de la nausée.

Puis elle se tourna vers Hunter.

— Il faut se renseigner pour savoir à qui ce bungalow appartient.

— La conservation des hypothèques du comté nous le dira. Il ne s'agit peut-être pas de notre veuve noire, mais, même dans ce cas, l'identité du propriétaire fera avancer l'enquête et, de pas en pas, on finira par la boucler.

Kenzie se raccrocha à cet espoir. Il lui semblait de plus en plus urgent de trouver *la* piste qui les mènerait à la tueuse en série.

# 22

Le Dr Rayburn poussa un petit grognement en voyant Kenzie et Hunter franchir le seuil de la morgue, le lendemain.

— Sachez que, de toute ma carrière de légiste, je n'avais encore jamais eu le « privilège » de m'occuper d'une affaire de ce genre ! leur lança-t-il. Elle dépasse en horreur toutes les autres, et de loin !

Pour gagner du temps, Kenzie, Hunter, Choi et O'Hara étaient restés sur place, la veille, pour aider les techniciens de scène de crime à recueillir et cataloguer tous les indices découverts dans le bungalow et l'appentis.

Douze têtes, vingt-quatre mains et un tronc – celui de John Kurtz, selon toute vraisemblance – avaient été ensachés, étiquetés et déposés à la morgue la veille au soir. Le Dr Rayburn était alors parti, et Kenzie imaginait facilement le choc qu'il avait eu en découvrant ce matin ce nouveau « lot » de restes humains.

— Ça va vous aider à identifier les troncs stockés dans vos tiroirs réfrigérés, lui déclara-t-elle.

— Je l'espère.

— Vous n'en êtes pas sûr ? demanda Kenzie, surprise.

— Non, parce que ces têtes et ces mains appartiennent peut-être à d'autres victimes que celles d'Aurora Park… Que se passera-t-il, dans ce cas ?

— On continuera à chercher les morceaux manquants, et on les trouvera !

— J'admire votre optimisme, et je l'envie ! Maintenant, je peux savoir pourquoi vous êtes là, tous les deux ?

— Pour vous remettre ceci, répondit Kenzie en tendant une grosse chemise cartonnée au médecin. Il y a là une copie des dossiers de personnes disparues dont le profil correspond à celui des quatre victimes identifiées à ce jour. On pense que quelques-uns au moins de ces hommes font partie des victimes dont nous avons retrouvé les restes hier. Ces dossiers peuvent donc vous être utiles.

Le légiste soupira. Le gobelet de café qu'il avait acheté sur le chemin de la morgue était en train de refroidir sur son bureau, parce qu'il s'était mis au travail tout de suite en arrivant... Et maintenant, il avait en plus ces dossiers à consulter ! Mais le lieutenant Cavanaugh avait raison : les informations qu'ils contenaient pourraient l'aider à identifier les hommes dont la tête attendait son examen.

— D'accord, merci ! dit-il en posant la chemise sur le brancard vide le plus proche. Autre chose ?

— Non, déclara Kenzie. On vous laisse.

— J'ai l'impression que Rayburn n'aime pas son travail, déclara Hunter à Kenzie dans l'ascenseur qui les ramenait au service des personnes disparues.

— Moi, j'en suis sûre : j'ai vu sur son bureau un calendrier de décompte.

— Qu'est-ce que c'est ?

— Un calendrier qui donne le nombre de jours qui sépare quelqu'un de la retraite. Rayburn est donc impatient de prendre la sienne.

— Personne ne devrait exercer un métier qui ne le passionne pas.

— Le tien te passionne ?

— Je me réveille tous les matins en sifflotant, répondit Hunter.

Était-il sérieux ou sarcastique ? se demanda Kenzie.

Mais comme elle n'avait pas envie de lui poser d'autres questions personnelles, elle changea de sujet :

— J'espère qu'on pourra identifier quelques autres victimes...

Plus on en connaîtra, plus on aura de personnes susceptibles de nous fournir des informations... Et à ce propos, Valdez en a obtenu du frère et de la belle-sœur de Jerry Wiley ?

— Je n'ai pas encore eu l'occasion de lui parler. Comme tu t'en souviens peut-être, la journée et la soirée d'hier ont été chargées.

Un sourire accompagna ces mots. Rentrés tard du bungalow, ils étaient allés directement chez Kenzie et avaient commandé des pizzas. Bien qu'ils n'aient pas déjeuné, ils y avaient à peine touché : c'était d'autre chose que de nourriture qu'ils avaient faim.

Hunter était parti au petit matin pour aller se changer, et Kenzie aurait pensé qu'il en serait ainsi tous les jours si sa raison ne l'en avait empêchée : Hunter Brannigan n'était pas homme à se laisser enfermer dans une routine. Elle aurait aimé pouvoir se dire qu'il était en train de changer sous l'effet de sentiments nouveaux pour lui, mais ce genre de miracle ne se produisait que dans les comédies sentimentales...

Et là, c'était la vraie vie.

Mieux valait se concentrer sur le présent, profiter pleinement de leur liaison le temps qu'elle durerait. Il ne fallait surtout pas tomber dans le piège des projets d'avenir : Kenzie savait que ce serait le début de la fin.

Ils trouvèrent Valdez seul dans leur quartier général, et ce fut lui qui engagea la conversation :

— Alors, il paraît que vous avez passé une sacrée journée, hier ?

— Oui, répondit Hunter, mais où sont les autres ?

— Choi est allé se chercher un café, et O'Hara n'est pas encore arrivé.

— D'accord... Et toi, tu as appris quelque chose d'utile des Wiley ?

— Oui. De très utile, même ! J'avais emporté un cliché provenant des enregistrements de la banque le jour où John Kurtz a vidé ses comptes, et je le leur ai montré.

Valdez marqua une pause, et Hunter s'écria :

— Continue !

— Jenny Wiley a reconnu la femme blonde : son beau-frère sortait avec elle juste avant de disparaître, il y a un an.

— Jenny l'a rencontrée ? demanda Kenzie.

— Non. Jerry ne présentait jamais ses petites amies à sa famille. Il ne leur parlait même jamais de sa vie intime.

— Alors comment sa belle-sœur a-t-elle pu reconnaître notre veuve noire ?

— Elle est très curieuse. Elle était sûre que son beau-frère avait une liaison, et elle a décidé un jour de le suivre. Elle l'a vu entrer chez cette femme, et une fenêtre laissée ouverte lui a ensuite permis de les observer.

— Elle se souvient de l'adresse ? demanda Kenzie.

— Oui.

— Alors il faut y aller tout de suite ! Même si elle n'y habite plus, on trouvera peut-être là-bas quelque chose qui nous aidera à la localiser.

— Après la disparition de Jerry, son frère et sa belle-sœur se sont rendus à cette adresse pour parler à cette femme, mais elle n'y était pas. Selon les voisins, la maison en question était inoccupée depuis un certain temps.

— Encore une impasse ! s'exclama Kenzie, profondément déçue.

— Ça y ressemble, admit Hunter, mais il ne faut pas se décourager. On a une autre piste à explorer, celle du propriétaire du bungalow.

— Une piste qui ne mènera peut-être nulle part, elle non plus.

— Si le métier de policier était facile, tout le monde pourrait l'exercer.

— Je sais, je sais…

— Où est passé l'optimisme que le légiste t'enviait, tout à l'heure ?

— J'attendais trop du témoignage du frère et de la belle-sœur de Jerry Wiley, j'imagine…

— Et à propos du Dr Rayburn, il y a de bonnes chances pour que la comparaison entre les restes découverts hier et les dossiers qu'on lui a apportés lui permette d'identifier d'autres victimes.

D'humeur résolument sombre, Kenzie observa :

— On devra dans ce cas enlever à de nouvelles personnes l'espoir de retrouver un jour vivant leur proche disparu.

— Mais on obtiendra peut-être d'elles des informations capitales, souligna Hunter. Je vais maintenant aller à la conservation des hypothèques du comté. Tu m'accompagnes, ou tu préfères rester ici ?

Cette question fouetta l'orgueil de Kenzie. Comment Hunter pouvait-il penser qu'elle se laisserait mettre sur la touche ?

— Je t'accompagne ! Je ne suis pas du genre à me tourner les pouces en attendant que quelqu'un d'autre obtienne des résultats, au cas où tu ne l'aurais pas remarqué !

— Si, je l'ai remarqué ! s'écria Hunter en riant.

— Qu'est-ce que vous voulez qu'on fasse pendant ce temps ? demanda Valdez.

Choi et O'Hara les avaient maintenant rejoints, et Hunter déclara :

— O'Hara, tu vas aller voir au labo si l'analyse des prélèvements effectués hier a déjà donné quelque chose... Choi, descends au service informatique et tâche de faire dire à Valri Cavanaugh où elle en est de ses recherches sur notre veuve noire... Toi, Valdez, retourne voir les Wiley et demande-leur s'ils savent dans quelle agence bancaire Jerry avait un compte. Dans l'affirmative, va là-bas, renseigne-toi sur le jour où il a vidé son compte – il l'a fait, j'en mettrais ma main au feu –, et tâche de te procurer les images enregistrées par les caméras de surveillance ce jour-là. Notre veuve noire a dû rôder dans les parages pendant toute l'opération de fermeture du compte, pour s'assurer que sa proie lui obéissait... Elle finira bien par commettre une erreur qui nous permettra de l'identifier et de l'arrêter.

— Ça arriverait peut-être dans un monde parfait..., marmonna Choi.

— Non, dans un monde imparfait ! rectifia Hunter. Parce qu'un monstre comme cette femme n'existe pas dans un monde parfait.

La conservation des hypothèques du comté se trouvait à une quarantaine de kilomètres d'Aurora. Hunter se porta volontaire pour conduire et, à sa grande surprise, Kenzie n'émit pas d'objection.

— Je te trouve bien morose, lui dit-il pendant le trajet. L'étau se resserre pourtant autour de notre veuve noire.

Mais Kenzie ne voyait pas les choses de la même façon. Ils

allaient peut-être obtenir le nom de la personne à qui appartenait le bungalow, mais ce nom ne serait pas forcément le bon. Elle avait le sentiment qu'une affaire d'une telle complexité ne pouvait pas connaître un dénouement aussi simple et rapide.

— Si ça se trouve, l'identité du propriétaire de ce bungalow nous apportera plus de questions que de réponses, déclara-t-elle. J'ai parfois l'impression d'être bloquée dans un rêve où je marche sur une route qui en mène à une autre qui en mène à une autre, et ainsi de suite.

— Tu as peut-être besoin de faire une pause. Si cette enquête devient trop dure pour toi, je pense que tu aurais intérêt à t'en détacher pendant un petit moment.

— Contrairement à ce que tu crois, tu me connais vraiment mal, pour me suggérer une chose pareille ! Je n'ai pas le droit de faire une pause ! Il faut retrouver cette femme avant qu'elle ait piégé un autre homme.

— D'accord, tu ne veux pas lever le pied. Alors, dans ce cas, concentre-toi sur la résolution de cette affaire, et fais abstraction du reste.

— Quel reste ?

— Les têtes et les mains coupées, les troncs... Efface ces images de ton esprit et remplace-les par celle du moment où on arrêtera ce monstre, compris ?

Kenzie éclata de rire.

— Oui, chef !

— « Chef » ?

— Tu avais un ton de sergent instructeur, à l'instant, alors j'ai répondu comme une recrue !

Le portable de Hunter se mit à sonner.

— Tu prends la communication ? déclara-t-il.

— L'appareil est dans ta poche !

— Et alors, où est le problème ? Tu étais moins pudibonde, la nuit dernière !

Cette remarque rappela à Kenzie toutes sortes de souvenirs agréables, et elle secoua la tête, impressionnée : Hunter avait réussi à la faire rire à un moment où elle se sentait un peu déprimée, et il lui inspirait des pensées érotiques alors qu'ils étaient tous les deux habillés et assis dans une voiture roulant à cent kilomètres/heure...

Cet homme ne cesserait décidément jamais de la surprendre !

# 23

L'achat de la maison dont Kenzie et Hunter recherchaient le propriétaire ne figurait pas dans ses fichiers informatiques, leur apprit l'employée de la conservation des hypothèques qui les reçut. Cette acquisition datait donc d'une époque où les documents de ce type n'existaient que sur papier, et ils étaient maintenant conservés à un autre endroit.

Ils s'y rendirent, et, là, un fonctionnaire pâle et voûté du nom d'Arthur Calavetti les emmena dans un immense sous-sol rempli d'étagères dont chacune contenait des rangées interminables de boîtes d'archivage poussiéreuses.

— Ce que vous cherchez devrait être là, déclara-t-il.

Kenzie ne trouva pas cet emploi du conditionnel très encourageant.

— Ce local compte combien de boîtes en tout ? demanda Hunter.

— Des milliers... Je vous laisse maintenant : il faut que je retourne à l'accueil.

Les étagères allaient du sol au plafond et, une fois seule avec Hunter, Kenzie observa :

— Combien de gens sont morts d'épuisement ou étouffés par la poussière avant d'avoir trouvé le document dont ils avaient besoin ?

— Sans doute moins que tu ne le penses.

— Voilà qui n'est pas vraiment réconfortant ! Comment on procède ?

Après avoir examiné les étagères les plus proches d'eux, Hunter répondit :

— Les boîtes sont rangées par ordre chronologique. On va commencer par l'année la plus proche de nous, et remonter ensuite le temps.

— On en a pour des heures et des heures !

— Tu as une meilleure idée ?

— Oui ! déclara Kenzie, qui venait justement de penser à quelque chose. Arthur n'a pas l'air de trouver grand intérêt à son travail, tu ne trouves pas ?

— Si, et alors ?

— Alors si on lui dit exactement ce qu'on cherche et pourquoi, il acceptera peut-être de nous aider. Si quelqu'un peut nous faire gagner du temps, c'est bien lui !

— Peut-être, mais je te rappelle qu'on est ici pour les besoins d'une enquête criminelle en cours... On n'a le droit de communiquer à personne des informations la concernant.

— Si on se passe de toute aide extérieure, cette enquête restera au point mort. Et Arthur ne me semble pas du genre à communiquer ce qu'on lui dira à un journal en ligne ou à une chaîne d'info... Même s'il le voulait, d'ailleurs, il ne saurait sans doute pas comment s'y prendre. L'illettrisme numérique est plus répandu qu'on ne le croit généralement.

— Bon, d'accord ! Va le chercher !

Hunter avait à peine fini sa phrase que Kenzie était partie. Elle revint dix minutes plus tard avec un Arthur tout excité. Hunter aurait même pu jurer qu'il s'était redressé et que ses joues avaient rosi.

— Il s'agit donc d'un meurtre ? était-il en train de dire à la jeune femme.

— Pas « un » : plusieurs, indiqua-t-elle.

— Combien ?

— Au moins treize, et vous rendriez un immense service à la collectivité en nous aidant à attraper l'assassin.

— Qu'est-ce que je peux faire ?

— On a besoin de savoir à qui appartient une maison située près du sommet de Big Haven Mountain, répondit Hunter.

Kenzie sortit son téléphone de sa poche et sélectionna quelques-unes des photos qu'elle avait prises la veille du bungalow et de l'appentis. Elle se limita aux vues extérieures : les clichés de la « salle des trophées », notamment, auraient inutilement terrifié Arthur.

— Je vois ! s'écria ce dernier. Attendez-moi là !

Puis, l'air résolu d'un homme investi d'une mission, il pivota sur ses talons et disparut dans le labyrinthe des rangées d'étagères.

Quelques heures plus tard, Hunter et Kenzie remontaient en voiture avec une copie du document qu'ils étaient venus chercher.

— On a enfin un nom ! s'exclama Kenzie. Et ça ne nous a coûté que dix dollars… Ce n'est pas cher, pour une information aussi importante !

— Ne nous emballons pas ! déclara Hunter. Il faut découvrir où ce Cameron Bishop se trouve en ce moment et ce qu'il a fait pendant tout ce temps. Une chose est sûre, en tout cas : il n'habite pas, ou plus, ce bungalow à l'année.

— Tu penses que l'assassin est un homme finalement ?

— Je n'ai pas dit ça. Il peut s'agir de la femme de ce Bishop, ou de sa fille… Il est encore trop tôt pour affirmer quoi que ce soit.

Dans d'autres circonstances, les conseils de modération de Hunter auraient agacé Kenzie, mais, là, elle était trop contente pour s'en offusquer. La réussite de leur expédition avait chassé ses doutes du matin sur son utilité.

— Tu as raison, admit-elle, il faut attendre pour conclure d'avoir tous les éléments en main. Mais c'est comme quand on court un marathon et qu'on aperçoit la ligne d'arrivée : on a soudain envie d'accélérer, de sentir le ruban contre sa poitrine avant les autres concurrents.

— Un peu de patience, Desiree Linden !

— « Desiree » qui ?

— Linden. C'est la gagnante du marathon de Boston de 2018. Comme tous les spécialistes de cette discipline, elle te dirait que la précipitation peut provoquer une chute synonyme de défaite.

Kenzie prit son portable et annonça :

— Je vais téléphoner à Valri et lui demander de trouver le maximum d'informations sur ce Cameron Bishop.

— Il n'est pas un peu tard pour l'appeler ? Elle est peut-être déjà rentrée chez elle.

— On va voir.

Sans réponse au bout de quatre sonneries, Kenzie commençait à penser que Hunter avait raison lorsque sa cousine décrocha.

— Valri ? Kenzie, à l'appareil.

— Sois brève, parce que je suis sur le départ. J'ai atrocement mal au dos en ce moment, et mon mari m'a promis de me masser quand je rentrerais.

— D'accord... On a trouvé un nom, le lieutenant Brannigan et moi, qui ouvre une piste potentiellement prometteuse dans notre enquête.

— Rappelle-moi demain matin, et je m'en occuperai dès que je pourrai.

— Non, c'est tout de suite qu'on a besoin d'aide, Valri ! C'est très important : cette femme a déjà coupé en morceaux au moins treize hommes, et elle recommencera si on ne l'arrête pas rapidement.

— Vous êtes sûrs, maintenant, que c'est une femme ?

Cette question lui disant qu'elle avait capté l'attention de sa cousine, Kenzie estima pouvoir entrer dans les détails sans risquer de se faire raccrocher au nez.

— Oui, c'est une femme. On a découvert la maison où ses victimes ont été tuées, et on a le nom du propriétaire de cette maison. On a maintenant besoin d'un maximum d'informations sur ce dernier.

Un soupir, dans l'écouteur, lui indiqua que sa cousine capitulait.

— Bon, d'accord, donne-moi ce nom ! Je vais voir ce que je peux faire, mais ne t'attends pas à des miracles !

— De toi, j'en attends toujours, Valri ! s'exclama Kenzie avec un grand sourire. La personne qui nous intéresse s'appelle Cameron Bishop.

— Compris... Je te téléphonerai quand j'aurai quelque chose, mais ça peut prendre du temps, alors n'attends pas mon coup de fil pour aller te coucher !

— Tu sais très bien que je le ferai quand même ! Merci, Val…

Kenzie ne termina pas sa phrase : sa cousine avait coupé la communication.

— Que feras-tu « quand même » ? déclara Hunter lorsqu'elle eut raccroché.

— Valri m'a dit de ne pas attendre d'avoir de ses nouvelles pour aller me coucher.

Hunter allait lui conseiller d'écouter sa cousine, parce que les informations demandées ne seraient sans doute pas disponibles avant le lendemain, songea Kenzie.

Elle se trompait.

— Je connais une façon très agréable de faire passer le temps, annonça-t-il.

Le pouls de Kenzie s'accéléra.

— Vraiment ? Et de quoi s'agit-il ?

— À ton avis ?

— J'ai bien une petite idée sur la question…

— Et comme les grands esprits se rencontrent, il y a de grandes chances pour qu'on pense à la même chose ! s'écria Hunter en riant.

Kenzie reçut un appel de sa cousine le lendemain un peu avant 10 heures. Accompagnée de Hunter, elle descendit au service informatique, et Valri observa en la voyant :

— Tu as l'air aussi fatiguée que si tu n'avais pas dormi de la nuit ! Je t'avais pourtant dit de ne pas attendre que je te téléphone pour aller te coucher !

— J'ai étudié les éléments de l'affaire en notre possession jusqu'à tard hier soir, déclara Kenzie.

C'était faux, mais elle ne pouvait pas dire à sa cousine qu'elle avait passé la nuit à faire l'amour avec Hunter. Ce n'était pour lui qu'un moyen de la distraire pendant un moment de l'enquête en cours, et elle ne voulait pas qu'il la soupçonne de prendre leur liaison au sérieux.

Aucune des femmes avec lesquelles il était sorti n'avait pu le convaincre de se ranger… Cela signifiait qu'il refusait de se laisser mettre la corde au cou, et ce n'était pas elle, Kenzie, qui allait le changer !

— Alors, qu'est-ce que vous avez découvert, Valri ? demanda Hunter. Où peut-on trouver Cameron Bishop ?

— Aucune idée !

Une déception à la hauteur de ses espoirs submergea Kenzie.

— Mais vous avez quand même découvert quelque chose sur cet homme, n'est-ce pas, Valri ? insista Hunter.

— Oui. Je sais qu'il a disparu sans laisser de traces. Et ce n'est pas une grande perte : c'était quelqu'un de très déplaisant.

— Comment ça ?

— J'ai réussi à reconstituer son histoire. Il ne s'est jamais marié et a vécu pour l'essentiel dans l'ombre de son frère Steve qui, parti de rien, a fini par devenir milliardaire. Steve et sa femme sont morts un jour dans des circonstances suspectes, laissant derrière eux une fille, Camille, dont Cameron a récupéré la garde. Il a aussi obtenu de gérer jusqu'à sa majorité l'argent qu'elle a hérité de ses parents.

— J'ai le sentiment que cette histoire se termine mal, observa Kenzie.

— Il y a eu au fil des ans plusieurs signalements aux services sociaux de la part de voisins, poursuivit Valri, mais aucun n'a été suivi d'effet.

— Cameron a conservé la garde de sa nièce ? demanda Hunter.

— Oui, il est toujours arrivé à circonvenir les travailleurs sociaux, en leur faisant croire que Camille ne supporterait pas de ne plus habiter chez elle. Il s'agissait en effet de la maison de ses parents, où il était venu s'installer pour s'occuper d'elle – lui ne possédait en propre qu'un petit bungalow.

— Celui qu'on a trouvé avant-hier, souligna Kenzie.

— Oui, déclara Valri. Selon lui, Camille avait besoin d'une stabilité qu'il était la seule personne à pouvoir lui assurer. Et pendant ce temps, il la dépouillait apparemment petit à petit de son argent.

— Pourquoi les services sociaux sont-ils intervenus, au départ ? questionna Kenzie.

— Pour des soupçons de maltraitance. D'abus sexuels, plus précisément.

Bien que les pièces du puzzle commencent à s'assembler dans son esprit, Hunter demanda :

— Camille a fini par échapper à son oncle ?

— Oui, quand il a disparu. Ça m'a donné du mal, mais j'ai réussi à dénicher une photo de Camille Bishop prise par un employé des services sociaux à l'occasion de leur dernière intervention.

Valri tourna l'écran de son ordinateur vers ses visiteurs et reprit :

— Ça ne vous rappelle pas quelqu'un ?

# 24

Kenzie fixa la photo un peu floue que sa cousine avait trouvée.

— Ça pourrait être la petite sœur de la femme qui a volé l'argent de John Kurtz ! s'écria-t-elle.

— Ou cette même femme quand elle était adolescente, souligna Hunter.

Le scénario des meurtres perpétrés par la veuve noire commençait à prendre forme dans l'esprit de Kenzie.

— Et tu dis que des soupçons d'abus sexuels ont pesé sur Cameron Bishop, Valri ? déclara-t-elle.

— Oui, mais rien n'a jamais pu être prouvé. Il s'agissait de simples rumeurs.

— L'ADN de cet homme est peut-être répertorié quelque part... Dans un dossier médical constitué à l'occasion d'une opération chirurgicale, par exemple.

Hunter se tourna vers Kenzie.

— Où veux-tu en venir ?

— Je pense aux têtes et aux mains stockées dans l'appentis du bungalow. Et si Cameron Bishop avait été la première victime de Camille ? On peut imaginer qu'il ait utilisé cette maison isolée pour abuser d'elle en toute tranquillité, et qu'un jour elle se soit défendue. Folle de rage, non seulement elle l'aurait alors tué, mais coupé en morceaux... Si on récupère un échantillon de l'ADN de son oncle, le Dr Rayburn pourra le comparer à celui des victimes encore non identifiées, et je suis prête à parier qu'il trouvera une correspondance.

— Tu t'avances beaucoup ! observa Hunter.

— Je sais qu'il m'arrive de m'emballer mais, là, je suis sûre de ne pas me tromper ! Tu peux nous tirer la photo de Camille Bishop, Valri ?

— Oui, et je vais vous imprimer aussi la liste des pseudonymes que je lui ai découverts. Il y en a sept : Sheila Gibson, Dorothy Wilson, Penelope James, Colleen Alexander, Sally Marco, Miriam Howe et Rebecca Robertson.

— Mais elle en utilise peut-être un autre en ce moment, remarqua Hunter.

— Quel rabat-joie tu fais ! s'exclama Kenzie. Viens, on va aller parler au Dr Rayburn.

~

— Vous voulez que j'analyse l'ADN de toutes les victimes encore non identifiées de votre tueuse en série ? grommela le légiste.

— Ce n'est pas possible ? dit Kenzie d'un air faussement surpris.

— Bien sûr que si, mais ça prendra beaucoup de temps, et en plus, pour que ça serve à quelque chose, il faut que vous m'apportiez un échantillon de l'ADN de ce Cameron Bishop.

— Un de nos collègues est en train de s'en occuper, indiqua Hunter.

Avant d'entrer dans la morgue, en effet, il avait appelé Valdez et l'avait chargé de rechercher tout dossier médical relatif à Cameron Bishop.

— D'accord..., marmonna le légiste. Laissez-moi travailler, maintenant !

Les deux policiers quittèrent la morgue et, pendant qu'ils attendaient l'ascenseur, Kenzie déclara :

— Il faut trouver un moyen de localiser notre veuve noire... Des suggestions ?

Hunter réfléchit, puis il demanda :

— Qu'est-ce qu'elle ne cesse de faire ?

— Elle séduit des hommes d'âge mûr et les tue.

— Oui, bien sûr, mais en plus de ça ?

L'ascenseur arriva et, quand ils furent montés dedans, Hunter se pencha vers Kenzie. Troublée par sa proximité, elle demeura silencieuse.

— Allez, Kenzie ! insista-t-il. Tu connais la réponse !

Une bouffée de colère l'envahit. Elle n'avait aucune envie de jouer aux devinettes !

Et puis la lumière se fit dans son esprit.

— La veuve noire emmène ses victimes au bungalow pour les tuer parce qu'elle reproduit à chaque fois le meurtre de son oncle.

— Exactement ! Si elle choisit ses proies dans la tranche d'âge à laquelle Cameron Bishop devait appartenir quand elle s'est débarrassée de lui, c'est tout sauf un hasard !

— Et avant de les tuer, elle leur vole leur argent, mais pas par cupidité : parce que son oncle lui avait pris le sien !

La douloureuse histoire de Camille Bishop rendait maintenant évident le mobile de ses crimes. Cette femme n'en était pas moins une dangereuse psychopathe, qu'il fallait mettre le plus vite possible hors d'état de nuire.

L'ascenseur s'arrêta, la porte s'ouvrit, et Kenzie déclara en la franchissant :

— Je crois savoir ce que tu as en tête : tu veux surveiller le bungalow.

— Oui. Camille va forcément y retourner. Tu avais raison, tout à l'heure : c'est là que son oncle abusait d'elle, là qu'elle l'a tué, et en y emmenant ses proies elle assouvit sa soif de vengeance.

— Mais pourquoi n'a-t-elle pas prévenu la police, autrefois, ou dit aux services sociaux ce que son oncle lui faisait subir ? Pourquoi ce silence ?

— C'était compliqué pour elle de le dénoncer : Cameron était sa seule famille, après la mort de ses parents... Elle s'est retrouvée piégée dans une relation de dépendance envers un homme qu'elle haïssait sûrement, mais dont elle avait besoin.

— Peut-être, mais ceux qu'elle a tués ensuite ne lui avaient fait aucun mal, eux !

— C'est vrai, mais il ne faut pas demander à une déséquilibrée d'agir rationnellement ! Maintenant, si on allait voir ton oncle Brian pour l'informer de l'avancée de notre enquête et lui demander son feu vert pour l'opération de surveillance ? On va devoir constituer deux – voire trois – équipes de deux personnes, qui se relaieront pour observer le bungalow jusqu'à ce que Camille Bishop y amène sa prochaine victime.

— Ça va te paraître horrible, mais j'espère que ce sera bientôt. Et si c'est nous qui l'arrêtons, je n'hésiterai pas à l'abattre si nécessaire.

Kenzie scruta le visage de Hunter à la recherche d'un signe de réprobation avant d'ajouter :

— Ça fait de moi un monstre sanguinaire ?

Une onde de soulagement la parcourut lorsqu'elle vit un sourire se dessiner sur les lèvres de Hunter.

— Je ne pense pas, répondit-il, et si c'était le cas, nous serions deux à l'être, parce que je suis dans le même état d'esprit.

Ils avaient donc quelque chose en commun, songea Kenzie. Et ce constat lui apporta un immense soulagement.

Brian Cavanaugh donna tout de suite son accord à l'opération de surveillance du bungalow.

— Bon boulot ! dit-il à sa nièce et à Hunter à la fin de leur entretien. Continuez comme ça !

Valdez s'occupant de rechercher un dossier médical susceptible de leur fournir l'ADN de Cameron Bishop, les deux équipes de surveillance mises sur pied se composèrent de Kenzie et de Hunter d'une part, de Choi et d'O'Hara d'autre part. Pour commencer, elles se relaieraient toutes les douze heures et, s'il fallait à la veuve noire plus d'une semaine pour se trouver une nouvelle proie et l'amener au bungalow, d'autres équipes seraient constituées.

— Le camping a de moins en moins d'attrait pour moi ! déclara Kenzie à Hunter en tuant un énième moustique d'une tape sur son cou.

Ils étaient assis dans la voiture de Hunter garée en haut de Big Haven Mountain. De là, ils avaient une bonne vue sur le bungalow et pouvaient également repérer toute personne qui s'en approcherait en provenance de n'importe quelle direction.

— Je ne sais pas ce qui, des moustiques ou de la chaleur, m'incommode le plus ! reprit Kenzie.

— Et moi qui pensais que ma compagnie te ferait oublier tout ça !

— Ta compagnie ne m'est pas d'une grande utilité en ce moment. On est en planque, je te le rappelle !

Faire l'amour avec Hunter dans une voiture n'aurait pas déplu à Kenzie mais, quand elle était dans ses bras, elle oubliait tout le reste, et une opération de surveillance n'autorisait pas le moindre relâchement de l'attention.

— Ça fait maintenant presque une semaine qu'on observe ce bungalow vingt-quatre heures sur vingt-quatre, enchaîna Kenzie, dont l'impatience ne cessait de grandir. Je commence à me demander si on ne l'a pas découvert trop tard : Camille Bishop a peut-être décidé d'aller commettre ses crimes ailleurs, ou alors elle estime qu'avec treize victimes sa vengeance est assouvie.

Un moustique l'avait piquée à l'épaule. Cet endroit la démangeait et elle se tortillait pour tenter de l'atteindre quand, soudain, elle s'immobilisa et s'écria :

— Regarde, Hunter ! Une jeep vient de se garer sur le côté du bungalow !

Une silhouette émergea de l'avant du véhicule, et Kenzie souffla :

— C'est elle...

Un homme descendit de la jeep côté passager, et Hunter observa :

— Il est sur ses deux jambes.

— Oui, c'est déjà ça, dit Kenzie.

Ils virent la femme passer un bras sous celui de son compagnon, qui ne se doutait manifestement de rien. Quiconque n'aurait pas connu l'histoire de Camille Bishop aurait pris ces deux personnes pour un couple ordinaire.

Elle murmura quelque chose à l'oreille de l'homme. Il pressa le pas, et ils entrèrent ensemble dans le bungalow.

— On y va ! déclara Kenzie.

Puis, sans attendre l'avis de Hunter, elle bondit de la voiture et dévala la pente. Il se lança à sa poursuite pour l'empêcher d'intervenir seule, comme il l'en croyait capable.

Sans doute était-ce bête de sa part – et elle en serait agacée si elle le savait –, mais il voulait la protéger. Même si Kenzie n'avait rien d'une faible femme, la veuve noire avait peut-être un pistolet sur elle, et une arme à feu, dégainée et déchargée au bon moment, pouvait avoir raison en une seconde du plus solide des adversaires.

Kenzie et Hunter atteignirent en même temps le bas de la pente. Ils communiquèrent alors par gestes : elle allait entrer par la porte principale, et lui par celle du jardin, après avoir compté tous les deux jusqu'à vingt.

Un coup de pied suffit à chacun pour enfoncer « sa » porte, et ils comprirent immédiatement qu'ils arrivaient juste à temps : une minute de plus, et le couteau que Camille Bishop tenait à la main aurait égorgé sa dernière conquête.

— Lâchez ce couteau, Camille ! ordonna Hunter. Cet homme n'est pas votre oncle ! Lui, vous l'avez tué il y a des années !

Comprenant soudain qu'il venait d'échapper de justesse à la mort, l'homme en question poussa un cri et courut se réfugier derrière Hunter tandis qu'un hurlement s'échappait des lèvres de la veuve noire. Privée de sa proie, elle fixa sur les policiers des yeux remplis d'une telle haine qu'elle n'avait plus rien d'humain.

Kenzie lui arracha le couteau des mains... et ne s'aperçut qu'elle disposait d'une autre arme qu'en la voyant braquer sur elle un pistolet jusque-là caché dans le creux de son dos.

Hunter vint aussitôt se placer entre les deux femmes et engagea le combat avec Camille. Une détonation retentit, puis une autre...

La deuxième balle rata Kenzie de peu, et Hunter parvint ensuite à désarmer son adversaire. Après lui avoir immobilisé les bras dans le dos, il dit d'une voix étrangement sourde :

— Passe-lui les menottes, Kenzie, et fais-la s'allonger sur le sol, face contre terre.

Kenzie obéit, puis elle appela son oncle Brian pour le mettre au courant de la situation.

— C'est fini : la veuve noire est neutralisée, lui annonça-t-elle dès qu'il eut décroché.

Un bruit étrange attira soudain son attention. Elle se tourna vers Hunter et vit qu'il était tombé à genoux. L'instant d'après, il s'écroulait.

— Hunter ! cria-t-elle, plus effrayée qu'elle ne l'avait été de toute sa vie.

Et sa peur grandit encore quand une tache rouge apparut sur la chemise de Hunter, s'agrandit...

— Que se passe-t-il, Kenzie ? déclara son oncle.

— Envoie-nous une ambulance et des renforts ! Hunter est blessé : Camille Bishop lui a tiré dessus... Non, envoie-nous plutôt un hélicoptère sanitaire : je ne suis pas sûre que Hunter tiendrait jusqu'à l'arrivée d'une ambulance.

— Entendu.

Kenzie coupa la communication et alla s'agenouiller près de Hunter. Il ouvrit alors les paupières et murmura :

— Ne t'inquiète pas, ça va aller.

— Ne parle pas, je t'en prie ! dit-elle, les larmes aux yeux. Il faut que tu économises tes forces... Mais qu'est-ce qui t'a pris d'intervenir ? C'était à moi que cette balle était destinée !

— Je sais.

— Tu n'es qu'un idiot ! s'exclama Kenzie.

— C'est comme ça que tu me remercies ?

— Je refuse de te remercier d'avoir pris une balle à ma place ! Et dès que tu seras sur pied, je te flanquerai une bonne raclée pour t'apprendre à être moins bête !

— J'ai... hâte.

Ce fut tout ce que Hunter parvint à articuler avant de perdre connaissance.

Les larmes que Kenzie essayait de retenir se mirent alors à couler sur ses joues, bientôt accompagnées de violents sanglots.

# 25

Les minutes suivantes furent les plus longues de toute sa vie tant elle craignait que Hunter ne meure dans ses bras. Elle crut même être sur le point de le perdre quand les secours s'annoncèrent, car il était alors inconscient depuis presque un quart d'heure et respirait de plus en plus faiblement.

Et puis, au moment où l'hélicoptère se posait près du bungalow, elle sentit les doigts de Hunter effleurer son poignet. Son cœur bondit dans sa poitrine.

— Tiens bon, Hunter ! lui murmura-t-elle à l'oreille. On va te soigner.

L'entendait-il ? Impossible à savoir, car il avait les paupières closes et les traits figés.

— On est à l'intérieur ! cria Kenzie à pleins poumons pour tenter de couvrir le bruit des rotors de l'hélicoptère.

— Je vais aller les chercher, déclara l'homme que l'intervention des deux policiers avait sauvé.

Dans son affolement, Kenzie l'avait presque oublié !

— D'accord, lui dit-elle.

Il revint moins d'une minute plus tard accompagné de deux secouristes et de Murdoch.

Ce dernier courut rejoindre Kenzie et lui demanda, les yeux fixés sur le visage livide de Hunter :

— Que s'est-il passé ?

— Cet idiot a jugé utile de barrer la route à une balle qui m'était destinée.

Kenzie se remit à pleurer et ne prit même pas la peine d'essuyer ses larmes. Son frère lui passa un bras autour des épaules, la releva et lui dit en l'éloignant doucement du blessé pour permettre aux secouristes de faire leur travail :

— Brannigan est un battant. Il va s'en sortir.

— Il a intérêt !

— On est prêts à y aller, lieutenant ! annonça l'un des secouristes à Murdoch.

— Je pars avec vous ! s'écria Kenzie.

L'homme interrogea Murdoch du regard et eut un hochement de tête affirmatif en guise de réponse.

— Je vais rester ici avec la prisonnière, indiqua ensuite Murdoch à sa sœur.

Puis, un peu tardivement, il se tourna vers le rescapé et lui demanda :

— Qui êtes-vous ?

— Je m'appelle Donavan Reese, et...

— C'est l'homme qui a failli devenir la victime numéro quatorze de cette femme, intervint Kenzie.

Les secouristes avaient maintenant allongé Hunter sur une civière. Elle les suivit et, au moment où elle franchissait le seuil du bungalow, elle entendit Camille Bishop répéter en ricanant :

— La victime numéro quatorze ? Il y a bien plus de treize macchabées enterrés dans les environs !

Si les secouristes n'avaient pas été en train de charger la civière dans l'hélicoptère, Kenzie aurait fait demi-tour et secoué la veuve noire jusqu'à ce qu'elle donne l'emplacement des corps.

Elle laissa cette tâche à son frère. Rien ne lui importait plus désormais que la vie de Hunter.

— Où l'emmenez-vous ? demanda-t-elle aux secouristes.

— À l'hôpital d'Aurora. Le personnel a été prévenu. On nous attend.

— Tu entends ça ? dit Kenzie en se penchant vers Hunter. Il y a des médecins qui attendent ton arrivée... Ils vont te remettre sur pied en un rien de temps !

L'hélicoptère se posa sur le toit de l'hôpital moins d'un quart d'heure plus tard. Les secouristes sortirent aussitôt la civière de l'appareil, et Kenzie courut derrière eux, le dos courbé et le souffle des hélices faisant voler ses cheveux.

Les deux brancardiers qui attendaient le blessé le prirent ensuite en charge et, dans l'ascenseur qui les emmenait au bloc opératoire, Kenzie chuchota à l'oreille de Hunter :

— On n'arrête décidément pas de prendre l'ascenseur ensemble, Brannigan...

Sauf pour descendre de l'hélicoptère, elle n'avait pas lâché sa main. Sans qu'elle puisse se l'expliquer, ce lien physique lui semblait indispensable à la survie de Hunter.

Toutes les salles d'opération de l'hôpital étaient situées au rez-de-chaussée. Ce fut devant la porte à double battant de l'une d'elles que Kenzie dut finalement lâcher la main de Hunter.

— Vous ne pouvez pas aller plus loin, l'informa le Dr Rogers, un chirurgien dont elle se souvenait vaguement.

— Je ne bouge pas d'ici, Brannigan ! cria-t-elle tandis que le lit, poussé par les brancardiers, franchissait la porte. Je t'attends, et je t'interdis de me poser un lapin !

— Tout ira bien, dit une voix dans son dos. Cet hôpital est l'un des meilleurs du pays.

Kenzie se retourna. Son oncle Brian était juste derrière elle, et elle vit à travers ses yeux embués de larmes qu'il n'était pas seul : son oncle Andrew, son cousin Shaw, sa tante Maeve et plusieurs autres membres de la famille Cavanaugh étaient là, eux aussi.

— C'est moi qui devrais être au bloc en ce moment ! leur expliqua-t-elle. La balle qu'il a reçue m'était destinée !

— Il a fait ce qu'il estimait devoir faire, lui dit Maeve. Inutile de revenir là-dessus ! Pense plutôt à l'aide que tu pourras lui apporter pendant sa convalescence.

Trop émue pour parler, Kenzie hocha la tête, et quand sa tante lui tendit les bras, elle alla y chercher la chaleur et le réconfort dont elle avait désespérément besoin.

Pendant que Hunter était en salle d'opération, les couloirs du rez-de-chaussée de l'hôpital se remplirent rapidement de policiers – accompagnés pour certains de leur femme ou de leur mari.

Eve Cooper, l'infirmière en chef du service, considéra d'un œil réprobateur tous ces gens entassés dans un espace relativement restreint et dit à la jeune collègue qui l'accompagnait :

— Regina Henderson, à qui j'ai succédé, m'avait prévenue : dès qu'un policier est amené ici après avoir été blessé dans l'exercice de ses fonctions, tout le commissariat débarque. Sur le moment, j'ai cru qu'elle exagérait, mais elle parlait visiblement d'expérience !

Puis, haussant la voix pour se faire entendre par-dessus le brouhaha ambiant, elle reprit :

— S'il vous plaît ! Vous ne pouvez pas rester là ! Vous allez désigner une personne ou deux à qui je donnerai des nouvelles du patient et qui vous les transmettront. Les autres, *rentrez chez vous !*

Voyant à l'expression de Kenzie qu'une violente dispute menaçait, Andrew se hâta d'intervenir :

— Désolé, madame, mais nous voulons *tous* savoir comment s'est passée l'opération *dès* qu'elle sera terminée. Nous ne partirons pas avant. Attendre près du téléphone est trop éprouvant pour les nerfs.

Sans doute impressionnée par la calme assurance et l'autorité naturelle de son interlocuteur, l'infirmière déclara sur un ton radouci :

— J'imagine que je ne peux pas vous mettre tous dehors à moi toute seule...

— J'en doute, en effet.

— Vous me promettez de partir quand votre collègue aura quitté le bloc ?

— Oui. Ne resteront que les quelques personnes autorisées à l'accompagner dans sa chambre.

— Bon, d'accord, mais rassemblez-vous au moins par petits groupes, au lieu d'encombrer l'ensemble du rez-de-chaussée !

— Entendu.

Une fois les infirmières parties, Brian s'approcha de son frère aîné et observa malicieusement :

— On dirait que ton charme légendaire agit toujours !

— Cette femme fait son travail en tant qu'infirmière en chef, et moi le mien en tant que chef de la famille Cavanaugh, dit Andrew avec bonhomie.

— « Chef de »... je te déconseille de répéter ça devant papa !

— Aucun risque : je ne suis pas suicidaire.

Toujours debout devant la porte qui menait au bloc opératoire, Kenzie entendait et voyait à peine ce qui se passait autour d'elle. Ses frères et sa sœur Skylar étaient venus lui apporter leur soutien, et elle les avait remerciés, mais son attention était concentrée sur la porte qui la séparait d'un homme qu'elle craignait de ne plus jamais revoir vivant.

Au bout de deux heures et demie, cette porte s'ouvrit enfin, et le Dr Rogers apparut.

— On a extrait la balle, annonça-t-il. Elle a causé une grosse hémorragie interne, mais on a réussi à la stopper à temps. Le lieutenant Brannigan était heureusement en excellente santé, sinon il n'aurait pas survécu. Maintenant, les prochaines quarante-huit heures vont être cruciales, mais sauf complication imprévue, je pense que votre collègue se remettra complètement de sa blessure.

— Merci, docteur, dit Shaw au nom de toutes les personnes présentes. Nous voilà rassurés.

— On va le garder en salle de réveil pendant une heure encore, puis le monter dans sa chambre.

Reconnaissant ensuite en Kenzie la jeune femme aux vêtements tachés de sang qui avait voulu accompagner le blessé au bloc, le chirurgien lui déclara :

— Vous pourrez alors aller le rejoindre.

— Merci, murmura-t-elle.

— Je te ramène d'abord chez toi pour que tu te changes ? suggéra Maeve.

— Non, je ne partirai pas d'ici avant que Hunter ait ouvert les yeux. Mais c'est gentil de me le proposer.

— C'est tout naturel, ma chérie ! s'écria sa tante en la reprenant dans ses bras. La famille est là pour toi, et pour Hunter aussi, parce qu'il en fait partie.

Ces derniers mots remplirent de joie le cœur de Kenzie.

Bien que consciente d'avoir l'air de sortir d'une rixe, Kenzie tint parole : elle refusa de rentrer chez elle tant que Hunter ne serait pas réveillé.

Assise à son chevet, elle passa ainsi de longues heures à lui parler en lui tenant la main. Quand elle ne trouvait plus rien à lui dire, elle lui faisait la lecture. Deux ou trois fois, la fatigue la terrassa, et elle succomba au sommeil, mais pas longtemps : c'était comme si, inconsciemment, elle craignait que Hunter ne rouvre les yeux pendant ce temps.

Le lendemain matin, Skylar lui apporta des vêtements de rechange. Elle les enfila et remit les autres à sa sœur.

— Ne te donne pas la peine de les laver : jette-les ! Même propres, ils me rappelleraient de trop mauvais souvenirs.

— D'accord ! Il faut que je te laisse, maintenant. Je sais que tu t'inquiètes parce que Hunter n'a pas encore repris connaissance, mais tu ne devrais pas : il va s'en sortir.

— Oui, c'est ce que tout le monde me dit.

Une fois seule, Kenzie retourna s'asseoir près de Hunter et le regarda avec attention. Pas un muscle de son visage n'avait bougé depuis son installation dans cette chambre, et elle se surprit alors à implorer le ciel.

Quand les gens demandaient un miracle, qu'offraient-ils en échange ?

— Je donnerai de l'argent aux bonnes œuvres, je travaillerai bénévolement dans une association caritative, je prendrai le voile s'il le faut, mais s'il vous plaît, *s'il vous plaît,* ramenez-le-moi ! Je ne pourrai pas vivre dans un monde qu'il aura quitté.

Fermant les paupières, elle continua de prier jusqu'à perdre la notion du temps.

— Kenzie ? Qu'est-ce que tu marmonnes ?

Bien que certaine d'être victime d'une hallucination, elle ouvrit les yeux…

Ceux de Hunter étaient ouverts, eux aussi, et ils la fixaient.

# Épilogue

Une fois réveillé, Hunter se rétablit si vite que le Dr Rogers lui-même en fut surpris.

— Vous êtes vraiment extraordinaire ! s'écria le chirurgien trois jours après son admission, quand il l'autorisa à quitter l'hôpital.

— On me dit souvent ça, en ce moment…, observa Hunter avec un regard appuyé en direction de Kenzie.

Venue le chercher pour le ramener chez lui, cette dernière déclara au médecin :

— Il délire, docteur ! Vous devriez le garder encore un peu.

— Non, il est prêt à partir : j'ai signé son bulletin de sortie… Prenez soin de vous, lieutenant Brannigan ! Et à l'avenir, tâchez d'éviter de vous retrouver sur la trajectoire d'une balle !

— Je ferai de mon mieux.

Le Dr Rogers s'en alla, et Kenzie remit à Hunter les vêtements qu'elle lui avait apportés.

— Tu as besoin d'aide pour t'habiller ? s'enquit-elle.

— Pour me déshabiller, éventuellement…

— Très drôle !

Alors que Kenzie se dirigeait vers la salle de bains pour y prendre les affaires de toilette de Hunter, il l'arrêta en refermant une main sur son poignet et indiqua :

— Pendant qu'on est encore seuls, il faut que je te demande quelque chose.

Les mots sortaient difficilement de sa bouche. Pour la première fois de sa vie, il avait à poser une question dont dépendait tout le reste de son existence.

— Oui, je veux bien te servir de chauffeur jusqu'à ce que tu sois complètement rétabli, dit Kenzie.

— Merci, mais il ne s'agit pas de ça.

La gravité de Hunter inquiéta Kenzie. Elle ne savait pas du tout à quoi s'attendre.

— Je t'écoute..., murmura-t-elle.

— Eh bien, comme tu m'as vu sous mon plus mauvais jour et que tu n'es pas partie en courant, peut-être que... qu'on pourrait officialiser les choses ?

La jeune femme fixa Hunter en silence pendant un moment qu'il trouva très long, et il se rendit compte qu'il retenait son souffle.

— Quelles choses ? finit-elle par déclarer.

— Bon sang, Kenzie, tu ne comprends donc pas que c'est une demande en mariage ? Je ne veux pas attendre que tu te trouves un homme moins amoché que moi !

Pour le taquiner, Kenzie fit mine de réfléchir, puis elle répondit :

— Je ne peux pas t'épouser.

D'abord comme sonné, Hunter reprit le dessus et s'exclama :

— Tu peux me dire pourquoi tu refuses de m'épouser ? Et si c'est pour une raison qui ne me paraît pas pertinente, je te préviens : je reviendrai à la charge jusqu'à ce que tu changes d'avis !

— Je ne peux pas t'épouser parce que j'ai conclu un accord avec une puissance supérieure : si elle te laissait la vie sauve, je devrais prendre le voile.

Kenzie avait l'air si sérieuse que Hunter se demanda si elle plaisantait ou non. Dans le doute, il observa :

— Tu ferais une très mauvaise religieuse.

Un sourire se dessina sur les lèvres de la jeune femme, s'agrandit...

— C'est ce que cette puissance supérieure m'a dit, et elle a donc préféré accéder à ma demande sans contrepartie.

— Tu es complètement folle, MacKenzie Cavanaugh, tu sais ça ? s'écria Hunter, infiniment soulagé.

— Oui, et on est donc faits l'un pour l'autre, parce que aucun homme sain d'esprit n'aurait l'idée de barrer la route à une balle !

— C'est oui, alors ? Tu veux bien m'épouser ?

— Non.

— Pardon ?

— C'est *mille fois* oui !

Hunter attira alors Kenzie sur ses genoux et l'embrassa passionnément.

Il avait trois jours à rattraper... Autant commencer tout de suite !